半岛的月亮

曹林光 著

作家出版社

新中国第一代农民的立体塑形

——序曹林光的长篇小说《半岛的月亮》

刘海涛

曹林光的长篇小说《半岛的月亮》真实地反映了雷州半岛从1950年到1975年这20余年的沧桑巨变，展现出雷州半岛的农民经历从土地改革到合作建社再到人民公社化的历史新时期社会风貌与人文精神。而这块红土地上两代农民的传奇故事，构成了目前这部作品宏大的新中国乡村叙事。

我们欣喜地看到：在这块红土地上成长起来以李奇为代表的翻身当家做主人的新农民，他们经历了获取土地资源，参与解放海南岛战役，组建了从初级到高级的合作社，灭掉逃亡到香港的反动地主李三泰的种种反扑阴谋；也经历了人民公社食堂从兴旺到衰落的全过程；从大炼钢铁破坏了林业生态，到改良果树、推广蔗林，一直到远洋捕捞；从计划生育到推荐回乡青年上大学；从两代青年农民的情感纠葛到策划新农村的集体婚礼；从一个民兵排排长成长为新中国农村基层干部的表率……这一幕幕几乎已被年青一代遗忘了的中国南疆的乡村历史，通过曹林光的文学叙事，一一做了既生动又概括的精彩展现。

雷州半岛解放后的头20余年，两代新农民迅速成长为改变中国乡村社会的新生力量，他们当中每一个人的生活经历，每一个人的情感变化，每一个人的个性命运……都组成了我们在其他农村长篇作品中看不到的已打上那个独特时代印记的乡村传奇故事，这样的个性化的独特叙事视角，都与新中国成立以来的时代转型密切相连。可以说，《半岛的月亮》叙述的中国新农民的传奇故事，反映了时代的转型变迁，——也是中国新农民的成长之路。这些已成为历史的半岛农民的个性和命运，被曹林光站在今天改革开放、扶贫奔小康的新时代，重新做了审视和认知，有了新的发现和新的体验。《半岛的月亮》讲述的雷州半岛解放后头20余年里所发生的惊心动魄的中国农村发展的故事，就是今天我们扶贫攻坚、建设社会主义新农村的历史前兆。那一个个移风易俗新风尚的诞生和普及，那一个个在乡村人际关系的激烈冲突中所形成的斗争策略和建设举措，那一个个的在农村基层党组织建设中所遇到的深层和表层的矛盾冲突，那一项项的从种田种蔗到远洋捕鱼的成功经历，都为当今的精准扶贫工作提供了宝贵的经验；那一幕幕的“放卫星”浮夸风的涌现和消失，也为我们今天反对“左”倾浮夸、反对“四风”提供了生动而深刻的经验教训。

如此看来，《半岛的月亮》虽然仅仅只写了雷州半岛解放后头20余年的历史故事，但“她”却折射出了对今天时代转型、社会变迁所具有的深刻的参照意义，“她”是在用文学叙事的艺术力量，史诗般地演绎中国“三农”问题的发生与发展；“她”让我们重新感悟了那早已逝去的雷州半岛20世纪50年代至70年代的乡村历史，重新体验和审视了今天社会主义新农村建设中所必需的一种视野开阔、立意深远的历史材料。

这部长篇小说集中了全部的艺术力量塑造的主要人物是新中国成立后党培养起来的第一代新型农民李奇。在工作组长、部队转业干部郑昌的培养教育下，李奇迅速成长为一个党组织倚重的工作骨干，出任了东兴区南吉村的第一任村长。李奇带领村民办合作社、反击被镇压而潜逃香港的反动地主的反扑，调动广大贫下中农的积极性，迅速在中国南疆的乡村——一穷二白的大地上开始描画新生活的绚丽色彩。接下来在抗击各种困难和矛盾的难忘岁月里，他带领乡民们多种经营，种果树、甘蔗，下海捕鱼，兴修水库，参与雷州南渡河堵海工程等，一步步地展现以南吉村为代表的半岛乡村，逐步发生的翻天覆地的变化，乡村的人际关系和意识形态出现的新气象、新风尚。李奇敢想敢干，处处为乡民谋利益、为农村谋发展的品德，成为了党在新中国成立初期，坚守初心、谋求发展的代表和典型。曹林光在塑造这个社会主义第一代新农民的典型时，有一个值得我们重视和总结的成功经验——作者不是把李奇写成不食人间烟火的“神”，而是让他贴近历史，回归生活，展现他作为成长中的新农民的真实的一面。比如：在成立了高级合作社后，农村出现了一个“大跃进”、“放卫星”的冒进时期，这个时期的李奇也并不是一个一贯正确的反潮流、反“左”倾的带头人。他同样顺着潮流，听从了当时领导们的安排，做了一件将10亩稻谷移植到1亩田里的虚假工作，还支持了自己的初恋情人刘艳用竹竿扶稳倒伏稻穗的主意，使南吉村爆出了“亩产万斤”的浮夸信息。这就真实地写出了当时的浮夸风对中国农村建设的破坏，对新一代农民成长的负面影响。作家没有回避这些，李奇这样的一个不是“神”的、贴近人间烟火的形象，更能让读者读出历史和人性的真实感。曹林光也没有把李奇写成一种正人君子般的高冷形象，他也有着一般人的七情六欲：他创造条件促成了自己初恋情人刘艳调入城里当干部；当进了城的刘艳背叛自己时，李奇也像普通青年一样，迅速地释消内心的情结，找到另一个村姑翠玉成家，快速地治愈失恋的痛苦。曹林光塑造李奇的方法，就是一种让他成为回归人间、充满烟火气的“二重组合”的形象。正是这样的“二重组合”的写法，没有把故事的主要人物公式化、脸谱化，不是过去那种人物“高大全”的神化形象。这种写法，才能真正地还原真实，写出人性的本相，达到引发读者情感共鸣的艺术效果。

曹林光这种“二重组合”的写人方法，同样也用在了其他人物群像的塑造中。那个乡村里八面玲珑、老谋深算的命理先生周太公，时时会凭借着自己懂点风水的知识来哄骗农民，为自己谋取私利，但他在生命的最后阶段敬佩李奇一心为公、丝毫不怕李三泰的暗杀，理解了村里平坟改田的重大工作，临死终于意识到自己一生的过错而充满悔意。那个善于做表面文章、会见风使舵的干部吴拔群，最后也被李奇拒绝行贿买官的一身正气感动，他为李奇的提拔和命运的改变做出了正确的决定。那位新中国成立后的第二代新农民苏光宗，既有为自己的恋人自杀身亡后而做出守墓度蜜月的感人之举，也有着这一代有文化的新农民在面对父母的封建僵化、阻碍自己的爱情时束手无策的无能状。作家写刘艳，既写了她对李奇的一往情深的爱恋，也写了她进城当了妇联干部后情感的质变和对李奇的背叛；既浓墨重彩地书写了她离婚时内心惨烈的痛苦和寂寞，也放笔写了她重逢李奇后的大胆表白……曹林光描写雷州半岛这一群过去的各种各样的农民、干部、妇女、老人，都不是有意地拔高他们的人品和行为动机，而是扣紧了他们的个性和人物命运，写出了他们真实的性格特点与生活逻辑。正是这样接地气、食烟火的人物形象的刻画，才使得《半岛的月亮》的人物群像的立体化塑造，显得真实可信，能够获得读者的认同和赏识。且“乡村恋爱”故事的描写很细腻，富于田园诗韵，令人回味陶醉。

配合着这部作品的故事讲述方式和人物塑造的特有方法，曹林光在这部长篇的叙事文本的构建上有着相当多可圈可点的构思设计，并有着不少填补空白式的文体创新——很少有作家能在一部长篇小说中加进如此丰富的地方文化和风土人情的描叙。比如将一系列的雷歌文本嵌入了故事的讲述中：在突出渲染雷州半岛过新年的风俗时，有雷歌式的春联；有年初一晚上的雷剧演出；在乡村各种酒席上有各人的雷歌对唱。雷歌雷剧作为雷州半岛文化的特定载体，在这部作品中有着丰富细致的艺术再现。

在叙述李奇出任农业高级社主任教育社干部们如何做到清正廉明、忠于职责、服务人民时，李奇给大家讲了雷州半岛历史上的清官陈瑸的故事——曹林光将这个历史人物及“陈瑸上任台湾”“陈瑸放犯”“陈瑸与‘把米庙’”“陈瑸捉蛍”“陈瑸审案”“陈瑸归葬”等故事，均巧妙地插入长篇小说的叙事文本中。类似这样的文本插入在作品中还有多处，如：郭能二向民警交代自己替李三泰搞破坏的过程；庄国荣校长给学生讲《尼黎担靴去考状》等故事；李炳给年轻的船员讲自己永生不忘的第一次出海经历……这些写作技法是曹林光这部长篇小说的一个创新和创造。雷歌文本和故事文本的有机嵌入，一方面将雷州半岛的文化和风土人情的特色，以完整、鲜明的特点在长篇小说中得以最充分、最完整的审美展现；另一方面，又使得长篇小说的故事叙述节奏和叙述形态得到一种有效的机智设置，形成了一种新颖的长篇小说的叙事形态。根据笔者目前的阅读经历，还真没有看到哪部作品像这部小说那样对“天下四绝”之一的雷州换鼓、雷州石狗、雷州的婚嫁习俗、半岛的捕鱼生活、半岛的种植养殖等风土人情，有着如此丰满细致的叙述和描写。曹林光以长篇的形态来讲述雷州半岛地域文化的这部作品，是对岭南文化的一个审美展现，也是对岭南文学和乡土文化的一个重大贡献。

（刘海涛　中国写作学会名誉副会长，广东写作学会会长。文科二级教授，广东省级教学名师，享受政府特殊津贴专家，曾任岭南师院地方文化研究院院长。）

目录

第一章

艳阳天情窦初开

1

一九五〇年季春，半岛的天空连续多日被涂抹着大海的颜色，淡淡的咸腥味儿与艳阳散发的热气，被海风吹得四处飘散。中共雷康县委、县政府的农村土地改革运动如同眼下的季节一般，正如火如荼地开展着，各路土改工作队（组）已陆续进驻各个乡村，工作队所到之处，都在开展打土豪、分田地。为此，各地村民自发成立了狮子队、锣鼓队，还经常组织雷歌表演，庆祝翻身做主人。一时间，雷州大地锣鼓喧天，热闹非凡。

这一天，东兴区南吉村来了三个人，他们都荷枪实弹。其中二位是部队官兵，另一位是地方游击队女班长。为首的那位干部模样的人名叫郑昌，三十上下的年纪。他是东兴区委书记洪耀华连长的下属排长，奉命进驻南吉村负责土改工作。郑昌是雷州本地人，老家在遂溪县黄略村，人们管他叫郑同志。那游击队女班长叫李琼花，是雷康县本地人，渔村姑娘。另一位官兵，是来自湛江东海岛的小张。工作组驻村后，按照区委指示，小张负责村东的调查工作，李琼花负责村西的调查工作，郑昌是组长，负责对村里重点人事进行调查摸底。他们都住在村公屋。村公屋是原村保甲长吴杜生办公的屋子。

工作组经过调查摸底后，在村公屋召集李奇、苏黑二、吴明山等村民代表开会，确定了民兵排的组成人选，共十八个人，其中包括李奇、苏黑二、吴明山等人。人员敲定下来后，郑昌向区里作了汇报。第二天，区里派民兵中队石队长到南吉村负责对民兵排进行集训。集训之后，再发枪给民兵正式上岗。

经过三天的集训，李奇脱颖而出，无论是打靶，还是组织能力，都与众不同。经工作组研究决定，任命李奇为民兵排排长。民兵排分为两组，一组组长孙保春，二组组长王锋。民兵排正式成立后，立即投入工作，日常基本工作是巡逻，重点监视地主、富农家庭的一举一动。

民兵排的工作进展顺利，土改工作组决定在此基础上，成立南吉村农民委员会，推选八位村民担任农会委员，分别是：李奇、苏黑二、吴明山、许昌民、朱东汉、孙保春、郭泰和、王锋。农会主席由烈属苏黑二担任。

南吉村农会成立后，首先是组织学习党在农村进行土地改革的有关精神以及方针、政策。接着开会讨论土改工作有关措施。郑昌在会议上呼吁农会委员团结一致，发动广大贫苦农民站出来，揭发坏人坏事，积极支持土改工作。

布置完土改工作后，郑昌请苏黑二发言。苏黑二有点不好意思，就推李奇发言。李奇没有推辞，他站起来，有些紧张，但声音有力："我李奇跟大家一样，出身贫苦，现在终于不再做奴隶了。所以，我拥护共产党，听毛主席的话，土改工作组要我干啥就干啥！"说完，他又举手高呼："打倒地主阶级！土改万岁！"

村公屋里响起了一片热烈的掌声。

经过几次批斗与反复调查，农会搜集了反动大地主陈海福欺压百姓、私通土匪等罪证。县委、区委指示，没收南吉村所有地主、富农的土地与财产，并枪决了反动地主陈海福。枪决陈海福的枪声宣告了一个时代的终结。

南吉村除保甲长吴杜生畏罪悬梁自尽外，其他地主、富农一律被集中到南吉寺实行专政劳动改造。

南吉村斗地主、清算土豪劣绅的工作已告一段落，接下来进入分田地与财产的阶段。

连续多日，南吉村的土改工作组成员与农会委员们都待在地主、富农家，分别对这些被打倒的家庭进行财产清点与登记。参与这项工作的，还包括几个贫农代表。

一天中午，在已被枪决的地主陈海福家的大院里，贫农刘谨慎的女儿刘艳正将陈家的一些物品搬到院中晾晒。这时，李奇连同农会主席苏黑二、土改工作组同志李琼花、小张等人，跟着工作组组长郑昌走进院门。碰巧，刘艳抬起头，目光正好落在李奇身上，而李奇一眼也看到了她。两人的目光对接上了，似乎产生了一道电流。李奇顿时心跳加快起来，儿时的往事一幕一幕浮现在眼前。

李奇和妹妹华玉还穿着开裆裤的时候，经常与刘艳等一群小朋友到南吉岭脚下摘野山竹、青大乳果子。吃饱了水果，孩子们便到溪口河戏水，不论男娃还是女娃，都会脱掉那开裆裤，一丝不挂地在溪河里玩耍，互相给对方的光身子涂泥巴。

八岁那年春天，李奇父亲病重。一天晚上，母亲对李奇说："奇儿，你爸干不了活儿了，你得担当一些家务事了，明天你上山砍柴，换点钱。"小李奇点了点头。于是，八岁的李奇开始像大人一样，担起了养家糊口的重任。

家里穷困，每顿都是番薯稀饭。李奇早上喝上一碗稀饭，就从矮小的茅屋里出来，上山砍柴。每次背着一捆柴回来，他都饿得要命。但每逢赶集的日子，李奇却很开心。因为刘艳经常在他家土墙外，向他招手。因这一天，她父亲会从集上带回一些好吃的给这个宝贝女儿，刘艳疼惜李奇，每次都省下一些，偷偷给他送来。看到刘艳招手，李奇都会撒腿跑过来，从刘艳手中接过小芋头或水果、糖果等食品。

就在这一年年底，李奇的父亲病得快不行了。临终前，以捕鱼为生的舅舅来看望他，父亲恳求说："舅呀（照儿的称呼），求你看在你姐的面儿上，一定要想法借点钱，让奇儿上几年私塾，识几个字，往后好过日子。我死之后，求你多帮衬帮衬家里。"舅舅本来也很穷，但对于姐夫的遗愿，还是满口答应。

父亲离世后的第二年，李奇九岁，在舅舅的帮助下，李奇被母亲带到庄国荣的私塾里念书。当时六岁的刘艳也在这个私塾念书。他俩被安排在同一张桌上学习。

刘艳的家境比李奇家要好。在私塾期间，她常常拿一些小芋头、饼干等零食塞给李奇吃。乡下孩子调皮捣蛋的多，看他俩这么相好，就说刘艳是李奇的媳妇，刘艳气得直哭鼻子。这以后，她从家里拿来吃的，再也不敢明着给李奇，而是偷偷塞在他的衣袋里。

读私塾的最后一年，李奇已十二岁。有一次，同学们在玩儿"雷公下蛋"的游戏，李奇不敢到人圈儿里去，背靠墙边儿站着，朝他们那边看。因为他屁股后面的补丁已绽开了窟窿，皮肉露了出来。有一个调皮的男孩发现了，便串通其他几个同学把李奇拉进圈子里。所有男孩都指着他的屁股蛋儿喊叫起来。女孩子们都羞红了脸，捂着脸跑开了。李奇更是又羞又恼，尴尬极了。

这时，刘艳拉着他走了出来，叫他在山脚下等她。大约过了半个钟头，刘艳从家中拿来一条裤子交给李奇穿上。这条裤子是刘艳哥哥的，刘艳骗她妈妈说，庄国荣先生的邻村亲戚家有个上私塾的男孩弄湿了裤子，庄先生就叫她回家借一条。她母亲便将她哥哥的一条半旧裤子给了刘艳。

三年私塾读完后，李奇就回家劳动了。他跟母亲到地主陈海福家做杂活儿，妹妹华玉到舅舅家帮助织补渔网。而刘艳也不上学了，她母亲送她到二十里地外的外婆家陪伴外婆。因为外公去世早，体弱多病的外婆长年一个人独居。

刘艳这一去就是七八年，直至外婆去世后才回到南吉村。这七八年时间里，刘艳很少回家，李奇和刘艳难得见上一面。

这次一见，李奇发现刘艳已出落成一个大美人。此时，站在院中的刘艳，亭亭玉立，光彩照人。她脸蛋儿圆润，牙齿洁白，眼睛水汪汪的，特别有神，笑起来还露出一对小酒窝。

李奇对刘艳一见倾心，但由于多年不见，两人如今都已经长大，见面明显有些生疏。所以，李奇对刘艳不好意思多看，他跟着郑昌步入陈海福曾经的大宅子。

陈家的客厅并不豪华，但非常大。正对大门的是一张八仙桌，桌子上方，挂了一幅中堂。中堂的侧边是一个巨大的挂钟，钟摆嘀嗒嘀嗒地响着，时针指向十二点零五分。

郑昌招呼大家坐下，然后开口说："把大家召集来开个小会，我简单地传达一下区里的会议精神。"

大家都点点头，李奇和李琼花、小张掏出笔和本子，准备记录。苏黑二不识字，所以就没有准备这些。

郑昌也掏出笔记本，环视了一下四周，咳嗽了一声，开始传达："上午我参加了区里的会议，会上，县委董书记与区委洪书记都作了指示。董书记说：全国革命形势大好，我志愿军在抗美援朝的战役中不断取得胜利。另外，我军已经全面控制海南岛，扫清了反动派所有残余势力。我县新寮乡李富卿被授予

‘渡海作战功臣’，并出席了在北京召开的全国战斗英雄表彰大会。还有，全县动员了两万五千多名群众，开垦山地种植橡胶树，圆满完成了任务。特别重要的是，全县人民彻底粉碎了一起骇人听闻的‘中国青年党反共抗俄救国军粤桂边区第六纵队’的反党反人民大案并取得了伟大胜利……”

郑昌翻了翻笔记本，继续传达董书记的讲话：“前段时间镇压地主、土豪劣绅取得了巨大成功，东兴区处决反动地主、土豪劣绅总共二十五人，没收田地一万八千二百亩，豪宅瓦房近三千间，粮食近八千石。”

“接下来是区委洪书记的指示。”郑昌说，“第一阶段的阶级斗争取得了伟大胜利。但我们要戒骄戒躁，再接再厉，后面的任务还很艰巨，主要工作是分田地。这项工作同样复杂，因为分田地是体现咱们贫下中农真正当家做主的根本，一定要防止在分配过程中产生新的不公。”

郑昌的一番话，让李奇醒悟过来：原来分田地也不轻松啊！

散会后，大家仍然坐在客厅里聊天。李奇走出大门，长长舒了口气。他的目光在院子里扫了一遍，见刘艳站在院中间，用扫把轻掸晾晒在阳光下的家具，家具长久无人打理，上面落满了灰尘。

李奇走过去，对刘艳说：“刘艳长大了，变漂亮了，我差点儿没认出来。”

“奇哥你也长大了啊，身上背着枪，好威风！”刘艳羞赧地说。

说话间，刘艳准备将一只柜子从树荫下移到阳光充足的地方。李奇忙过去帮忙，这时，他的手正好触碰到了刘艳的手，两人都像触电般将手抽了回去。

这种感觉很美妙，李奇在一瞬间产生了莫名的幸福感。

刘艳的脸红了。她低声说：“谢谢奇哥，我自己能搬得动。”

说完，刘艳又去搬柜子。这次李奇鼓起勇气，直接将手紧紧按在刘艳的手上，说：“我来搬吧，我力气大。”

刘艳紧张得不知所措，不过，她这回没再把手抽回去。

为了避免让别人看见，李奇没敢长时间地按刘艳的手。他把柜子搬开之后，又问刘艳：“还有什么需要我帮忙的？”

刘艳紧张地说：“没，没了，有需要时，我再找你。”

李奇点了点头，告别刘艳，回家吃饭去了。

自从在陈家大院里与刘艳偶遇，李奇的心就乱了。他知道，自己不可救药地爱上了刘艳。吃饭时想着刘艳，睡觉时也想着她。于是，有事没事，就往从前的地主富农家跑，因为刘艳十有八九都在那儿帮忙清点财产，或者搞清洁卫生。

一天下午，李奇在大地主李三泰家的院子里“遇”到了刘艳。李奇假装若无其事地跟刘艳打招呼，然后问她有没有需要帮助的。

“有的，奇哥你过来一下。”刘艳说。

李奇走过去，问是什么事。刘艳红着脸，塞给李奇一张折了几折的白纸，说：“不许打开，只能回家看。”

李奇接过纸，内心一阵狂喜。他问了句：“这是什么？”刘艳没有回答，立即跑出了院门。

李奇呆呆地站了一会儿，也走出了院门。在一处僻静的地方，他打开纸一看，上面只写着几个字：“今晚七点溪口河堤见。”

李奇这下激动坏了，心想，莫非刘艳也喜欢我？

于是，李奇开始盼天黑。

好不容易，太阳落山了。李奇吃过晚饭，然后洗了个澡，换上一套只有做客时才穿的衣服。接着，他又对着镜子，把头发梳了又梳，直到弄出自己满意的发型。

出村的路上，他听到了一片狗的叫声。这叫声，让李奇觉得踏实。

溪口河堤在村子的西边，堤下面有一大片青竹林。走进竹林，脚下发出沙沙的响声。林梢上面，是皎洁的月亮，那月亮在稀薄的云层里，时隐时现。在林子里走着走着，不时地碰到竹枝，发出的声音总会引起一片虫鸣与蛙声。李奇的心里很紧张，仿佛自己是第一次出门行窃的小偷。

刘艳到底在哪儿？李奇停住脚步，四处张望。

蓦地，有一只手伸了过来。李奇吓了一跳，慌乱中，他去抓那只手，却只抓住了一个指头。很熟悉的手指，很熟悉的温度，他被手指牵引着，往前走。前边有呼吸声引导着，林子里的空气也湿了，沾了女人香气的湿。就这样，不知不觉地来到了林中的一段渠埂上。那是一条横穿竹林的引水渠，渠基是土夯的，有半人高，长着花草。突然，那手指抽走了，手指的主人柔声地叫：“李排长。”

月光下，刘艳像女神一般，站在李奇的面前。这晚，她的两只长辫子竟然盘起来了，一个黄色的蝴蝶发卡十分醒目地别在那头黑发上。

“你看我头上的卡子好看吗？”刘艳问。

李奇没听明白，问：“卡子？”

刘艳用手摸了摸那只别在头上的“黄蝴蝶”，说：“我哥从广州寄回来的。他说是有机玻璃的，好看吗？”

他随口说：“好看。”

她说：“真的？”

他说：“真的！”

接下去就沉默了，仿佛一下子都没了话说。

林子里的雾气迷漫着，虫儿在草丛中呢喃，月光又暗下去了。

刘艳弯下腰，在渠埂旁的一棵香蕉树上摘下两片香蕉叶，用手帕抹干净。先是将两片蕉叶铺得近了些，而后又稍稍地挪开一点儿，自己先坐下来，说：“坐吧。”

李奇有点儿不好意思，没有坐，只是蹲了下来，离她有四五尺的样子。

夜越来越模糊了，只有那两片蕉叶还在暗中亮着。

“你怎么不坐呀？”她好奇地问。

“我蹲习惯了。”他说。

“你坐近一点儿，我都看不见你了。”她说。

他心里的火又烧起来了。他心里说，坐就坐，怕什么？

两个人的心跳都很急促，似乎彼此都能听见。

突然又没话了。那话就像是断了线的念珠，再也穿不到一起。

刘艳的手扯着身边的细草，一下又一下。李奇不知所措，也不停地扯着小草。慢慢地，两人的手指就勾在了一起。那一刻，呼吸停了，心跳也停了，只有两只勾着的手指，缠缠绵绵地粘在了一起。慢慢地，两只手也紧紧地握在一起了。

过了许久，李奇又鼓起勇气，将手抽出来，一下子就箍住了刘艳的腰。刘艳颤抖了一下，继而身子蛇动着，猛地扭过脸来。“咚”的一声，两人的头碰在了一起。刘艳像鸟儿一样在李奇的脸上啄了一下，然后打趣说：“奇哥，你心真野！”

李奇彻底陶醉了。

月亮从云层里钻出来，林子里变得很亮。墨色的夜像是被水洗过一样，一切都历历在目。李奇的那只“箍”松了下来，刘艳却软绵绵地靠在了他的肩上，喃喃地说：“奇哥，你还记得咱们儿时在南吉岭一起玩耍的情景吗？”

他说：“记得。”

她说：“你能记住的是什么？”

他沉默了一会儿。

她说：“记不住吧？想想。”

他想了想，说：“我还能记住的，就是咱们夏天在南吉岭吃酸竹、大乳，在溪口河光着身子耍水、涂泥巴。还记得吃过你给我的糖果。”

她吃惊地说：“真的吗？”

他说：“那还有假？”

她说：“还能记住别的吗？”

他乐呵呵道：“我还记得在庄先生的私塾里，你有时从家中带来小芋头、饼干给我吃，捣蛋鬼‘猴精’说你是我的媳妇，气得你哭鼻子。还有你被牛二欺负时，我打得他鼻子直流血，让庄先生狠狠地训了一顿。还有我的裤子破了窟窿，不敢见人，你回家拿了你哥的一条裤子给我换上。还有，我拧过你的小屁股。”

她羞羞地说：“你的记性真好！”

……

2

太阳每天都是明媚的，映照在海湾的海面上，闪着金光，椰风扫过村中的每条巷子，使秋风变得更加清凉。

一天，刚刚吃过早饭，李奇正准备出海湾捕鱼。家里好长时间没吃过鱼了，而且日常花销也缺钱，所以李奇打算和妈妈一起去捕点鱼，然后让妈妈拿到街上去卖，顺便也改善一下家里的伙食。

前天，李奇在村口遇见了从南吉埠回家的老孙头，跟他说好要租用他的渔船。老孙头长期在南吉埠一带出租渔船供人出海捕鱼，租金可以是钱币，也可以用鱼虾作抵。

正在收拾渔具之际，苏黑二来到了他家。

苏黑二开门见山："李奇，地主富农的财物差不多清点完了，郑同志（即工作组郑昌组长，大家习惯叫他郑同志）叫我们去村公屋商量一下分配方案。"

李奇说："二叔，我今天要出海，你们商量就可以了，你才是农会的当家人嘛！"

苏黑二说："郑同志要你去，他很信赖你，他最想听你的意见。再说了，我这水平，你还不知道？我当这个主席还不是沾了老父的光？"

苏黑二的父亲曾是地方上的游击队队员，为掩护同志而牺牲。因为黑二是英烈后代，土改工作队便推举他当上农会主席。

李奇笑笑说："你德高望重，说话有分量。再说了，我今天要出海啊！"

苏黑二抓住李奇的手往外拉："快走，男子汉，少啰唆，开完会你再出海也不迟。"

一边拉李奇，苏黑二一边对玉婶儿说："婶婶，对不住啦！李奇要去开会商量分财产，到时分到财产，还怕没鱼吃？"

李奇和玉婶儿都笑了。

李奇被苏黑二拉到了村公屋。屋内，工作组和农会的人都在。

郑昌招呼李奇坐到自己身边，然后宣布开会，请大家谈谈地主富农的财产分配问题。

大家你一言我一语，都说出了自己的想法。

郑昌皱着眉头，听过大家的意见后，问李奇："小李，你怎么看？"

李奇想了一会儿，说："郑同志，这些财物大小不一，价值也各不相同，确实不太好分，弄不好，就会引起不公平，有违上级的指示精神……"

李奇停顿了一会儿。郑昌点点头，示意他继续。

"依我看，可以首先将每一样财产估个价，然后按价值分配。估价要公开透明，让贫雇农也参与，这样，以后分配到人就不会让大家有太多意见。另外，财产分配可以按贫穷的级别来定，越穷就分得越多。”

“好办法！”苏黑二大声说。

“我再补充一点，为了实现更大的公平，把财产理清后，用抓阄的办法领取。这样，就算抓到不满意的财产，他们也无话可说。”李奇说。

“好！”郑昌很满意以上方案，参加会议的成员也都一致同意照办。会议还决定，财产分配于第三天进行。这两天抓紧给财产估价。

第三天上午，南吉村热闹非凡，在村中央的大榕树下，全村九十七户贫下中农的人家蜂拥而至，等着分财产。平时爱吹牛皮的南吉埠屠夫郭八两喜欢造声势、耍热闹，不知从哪儿找来了锣鼓队、雷歌咏队，锣鼓敲得震天动地，雷州姑娘歌手也纷纷大显身手，高歌庆祝。

郑昌拿着一个扩音器，跳到大榕树下的一张桌上，开始喊话：“各位父老乡亲，今天是分财产的日子，我宣布一下分配方案：各地主富农家的财产已经汇总，并按全村家庭分成了九十七份，这九十七份又按贫穷等级分成了四个等级，下中农为一级，贫农为二级，佃农为三级，雇农为四级。大家按照自己的级别，分别找各个农会委员抓阄，抓到号码后，就去各地主富农家领走自己的财产。下面，大家都去抓阄吧！”

由于分配规则事先已经在村里张榜公布了，所以大家早就明白。郑昌一声令下，村民就一哄而散，都跑去抓阄领财产了。

没多久，就见刘家领着犁、耙、锄，李家抱着挂钟、柜子，苏家牵着一头大水牛，还有……大家领着自己应得的一份财产笑逐颜开地回家去。

接下来，是粮食、土地与房产分配问题。粮食与土地的分配比较好办，可以平均到人。房产分配相对麻烦。经过工作组与农会反复讨论，最后决定，李三泰家的房产用于兴办学校；陈海福家的房产用作农会办公兼村民文化活动场所；其他小地主与富农的房屋分配给住房条件差的贫农使用。

在土改工作组和农会代表的共同努力下，南吉村各项工作都取得了预期效果。群众中虽然有极个别人有不满情绪，但经过大家分头做工作，都取得了谅解。

大约过了一个月，已是深秋时分，雷康县人民政府将印刷精美的土地证发到了南吉村。在这个收获的季节，拿到土地证的村民第一次有了真正收获的喜悦，人人激动，无不热泪盈眶。

转眼又到了年关，在这不同寻常的一年，人们第一次不觉得寒冷。今年到南吉埠购买年货的人比往年增加了几倍。南吉埠的各商家生意兴隆，处处喜气洋洋。郭八两的猪肉档前人头攒动，郭景山的“升隆”布行、许康盛的“兴昌”百货店，都是生意火爆。整个南吉埠市面年货品种繁多，白白的大米、粉红的番薯、跳跃的鱼虾、肥美的活禽走兽，还有那数不清的蔬菜、水果，样样俱全，应有尽有。琳琅货场，繁忙渡口，街上的叫卖声、禽畜叫声、大人的欢笑声、小孩的啼哭声汇成一片，宛如一曲动听的交响乐。

腊月二十四俗称“小年”。这日，标志着旧岁新年的更易，是“交年”，这天晚上有祭送灶神上天言好事的风俗。为防止灶王爷在玉皇大帝面前告人间之状，因此人们在灶君上天之前要祭祀。雷州习俗认为，灶神最为廉洁，送灶神升天时，应予保廉，故供品忌荤腥，不设鱼肉，须以甘蔗、橘子等“清果”及“清茶”三杯为馔，供于灶前。然后上香化宝帛，默祷灶神“上天言好事，巡境保平安”。故南吉村按这一习俗，各家各户无不依例照做。

腊月二十五日举行大扫除，称“打屯”。是日，南吉村各家各户将堂屋神龛上的神祇牌位搬下，用毛巾擦干净，置庭院中晾晒，并以一把全新的笤帚（多用“坡银树”枝叶制成，寓意“来年生银子”），对全庭院及大小房屋的平顶及墙壁进行大保洁。是日关仓，忌向别人借用财物。

“腊月二十六，做粑发达。”是日至除夕前，南吉村家家户户都忙于制作“新年粑”：泡米的、舂粉的、揉面的、上馅的、蒸煮的，男女老少齐上阵，忙得不亦乐乎。新年粑的主要原料是米粉。米粉的制作步骤很复杂：先是将粳米、糯米置水中浸泡一晚（约十小时）使之膨胀疏松，然后将米淘出置筐箩中去水至半干状态，最后将泡好的米置石臼中舂米粉，且将该米粉用粑筛筛成柔絮的米粉备用。新年粑大者为年糕，小者有大乙、叶搭、菜包，且有咸、甜之别，馅料有芝麻、花生、椰丝等等，品类多，数量大。

“腊月二十八，宰猪过节。”是日，南吉村里杀猪分肉，猪是一年内邻户轮流养的，按户分配；戽塘分鱼，鱼是村集体的，按人口分配。这天，家家户户忙着腌咸肉、煎塘鱼，准备过年。有女新婚者，娘家人须到女婿家做客，称“认亲戚”。

二十九或三十晚为除夕，俗称“廿九夜昏”。这一天，南吉村每家每户贴门联、门神，设酒肴祀祖先及灶君等神，叫“围炉”。晚餐全家团聚吃“年饭”，亦称“团圆饭”。房内“点灯”至天明（有的连点十二个或三十五个昼夜）。还有“守岁”习俗，达旦不眠。

除夕日，设果粑供于堂阁，叫作“摆年粑”。此外，凡桌、柜、米缸等物都得放置“大乙粑”。置于桌上的叫“压桌”，置于柜上的叫“压柜”，置于米缸的叫“压缸”。

除夕忌在床上打喷嚏，儿女宜早起早下地。下地前若在床上打了喷嚏，须请外婆家“讵喜饭”祈福。且念顺口溜：“大吉朗爽，富贵平安。”

除夕那天，各家各户贴出了新春联，其中：

苏黑二家春联：

上联：翻身不忘共产党

下联：分地铭记解放军

李奇家春联：

上联：幸福想念毛主席

下联：吃水不忘挖井人

南吉埠商铺春联：

上联：万象承乾黎民好运

下联：三阳开泰赤县新天

上联：五云献瑞民丰物阜

下联：七曜争辉雨顺风调

横批有：“感谢新政府”“新中国万岁”“春满乾坤”等。

春节，俗称“新年”。正月初一至初五，叫“大新年”。

初一子时一到，南吉村家家户户燃放鞭炮迎新年。

爆竹无疑是春节钟情的歌者，它肩负着神圣的使命，散发着浓烈的年味儿，如雄鸡报晓的啼鸣，是报春的惊雷，是迎春的粗犷高亢、感天动地的交响曲。

爆竹声中一岁除，春风送暖入屠苏。

千门万户曈曈日，总把新桃换旧符。

这是王安石描写春节的诗句。诗中典型的意境、鲜活的细节，构成了一幅乡风民俗的绚丽画卷，流传千古，南吉村的文化人为之津津乐道。

这时，各家屋外庭院，鞭炮隆隆响，烟花腾空四起，硝烟味儿弥漫着夜空，夹杂着大人孩子们的欢声笑语，神州大地被淹没在春节热烈欢快的氛围里。

寅时烧早香、供岁饭。供饭时男女穿着新衣，相见互道“恭喜发财”。礼仪之家，晚辈应向长辈行两跪八叩礼，启槟榔盒相请；长辈要给晚辈压岁钱，以示吉祥。

初一以素菜为主食，俗称“斋礼”。

初一大清早，人们便踩着一地花花绿绿的炮屑纸，给长辈和亲友拜年，孩子们穿着新衣，兜里装着压岁钱，嘴里含着奶糖，脸上挂满微笑，一派节日景象。“过年好”“恭喜发财”的祝福声此起彼伏，不时从村头巷尾传来。

初一忌杀生、扫地、吃荤、讨债，忌说不吉利话、损坏家中器具等。

初二早祀“财神”，俗称“做初二”。为图吉利、发财，大家都郑重其事，以阉鸡、猪腿为供品祭祀。有女新婚的，家长还要备宴招待前来拜年的女婿，称“待尼官”。

初二晚，旧俗有“钉赤口”（或称“消口嘴”）。村掌教道士在各家大门贴红符，行法文，念咒祛除“赤口白舌”，以免被飞来口嘴（流言妄语）所扰。或者遇眼皮跳动时，默念“眼皮跳跳是跳饭与粑，谁若骂我谁嘴歪”；遇打喷嚏时，默念“喷嚏朗爽，大吉利是”；遇乌鸦叫，默念“赤口入地，白舌飞天”。

初二、初三走娘家，便是春节习俗中最温馨、最甜蜜、最崇高的日子，正如一位学者说的，那是“一个巨大的人伦美丽”。

南吉村的庄国荣先生为此特吟七律诗二首：

神州大地贺新年，喜气盈门户户欢。
馋口鱼虾围客座，垂涎糖果满瓷盘。
孩童兴奋玩鞭炮，父母怡然贴对联。
回首往年风月苦，祈求好运转乾坤。

上元鞭炮映霄辉，云渡星河逐浪徊。
龙鼓花灯穿闹市，连谜成语显奇魁。
鸳鸯戏水融融乐，翁妪秧歌旖旎姿。
皎月良宵妆美景，欢欣一曲动春雷。

初五有“谢年”俗，酬谢灶神。

正月十二称“小新年”。主要民俗有“吊灯”或“开灯”：上年生男孩的人家，当晚到祠堂敬祖时，须张挂“塔楼”彩灯一盏，向祖先报丁口、答神贶，称“吊灯”。吊灯后，还须坚持添油“点灯”至二月初二夜。

正月十五闹元宵。元宵是将结束的春节期间又一个高潮，然而不论多么热闹，也难掩人们对春节的不舍。春节像陈年老酒一样醇香、醉人、绵长！年年岁岁花相似，岁岁年年人不同。

今年过年比任何一年气氛都热烈，南吉埠商家今年生意好，为表达对新中国的庆祝、爱戴，联合请来雷剧团演出几天的雷剧社戏，为新春助兴。古装剧目有《状元张文秀》《蔡玉英告状》《樊梨花招亲》《秦香莲》，还有地方剧本《陈瑸公》《雷州义盗》等。

雷剧是雷州半岛自古发育成长起来的一个地方剧种。它跟其他地方剧种一样，只不过唱腔不同罢了。雷剧古往今来负有盛名，多次赴京汇演。二〇〇一年十二月晋京汇演雷剧《梁红玉挂帅》获“梅花奖”；二〇一二年十月上京汇演《黄飞虎》，获“第二届全国戏剧文化奖”等。雷剧的演唱腔调是雷歌。雷歌相当于民歌，讲究节奏和押韵。解放初期，雷剧与雷歌延续着它那奇特的表演，优美的唱腔，一如既往地在雷州半岛这块神奇的红土地上流行着。

大年初一晚上，许多得知消息的外村人也赶来看戏。当晚演出古装雷剧

《状元张文秀》。女主角“三姐”由陈兰英姑娘扮演。她不光人长得漂亮，声音也柔美。在戏台上，她风摆杨柳，燕语莺啼，小伙子们的心都被她勾着，如醉如痴。唱到愉快的片断，观众的情绪也跟着愉快，随她唱雷歌：

枇杷树下设酒宴，父亲试才论诗篇；
（三姐我）暗藏书窗来偷看，喜看张郎好文才。

谁人若问官何品，官是雷阳高材生；
八斗文章京赶考，新科状元梦里缠。

（三姐我）涂抹朱唇红一点，彩画眉头两头尖；
双挂耳钩颠倒吊，身穿红裙赛洛阳。

唱到剧中嫌贫爱富的父母把心上人张文秀赶出家门，观众也被悲伤的情绪感染，跟着擦拭眼泪，随她唱雷歌：

流泪分开各两地，度日也同三秋天；
废寝忘餐空怀恨，翻去覆来听鸡啼。

日月星辰轮流转，夏秋冬辞春又归；
河水滔滔东流逝，郎君此别几时回？

轻风拂过孤树影，不禁欲灭三更灯；
雨中聆听花果落，惊醒鸟虫悲声鸣。

雷剧演了一晚又一晚，人们的心被剧情牵引着，确有人入戏太深，引出了许多奇闻异事。

戏场上经常能看到一对又一对叠起来的父子，成为一道景观。郭八两大年初二晚看戏，肩上叠着小儿子，他看得入神，只顾钻进戏里头，还咿咿呀呀地跟着哼调子，小孩子被架在脖子上，不一会儿烦了，便哭起来。八两听不见，过了一会儿，八两感到脖子一阵热，原来是哭累了的小儿子尿了他一脖子，连衣服都被尿湿了。这时，郭八两万般无奈，拍了孩子屁股一顿，只好返家换衣服。这情形早被站在旁边看戏的朱阿九看见了，却故意道：“八两，衣服怎么湿了，天这么冷，冻着没有？”朱阿九话中带刺，八两是听得出来的，便道：“听说你父亲肩上扛着你看戏时，你不也尿湿了你父亲衣服？不足为怪！”阿九回道：“不怪，不怪，快回家换衣服，千万不要被嫂子知道。”八两不再搭理他，急忙忙地回家换衣服，老婆看戏去了，他换上衣服又赶去戏场了。

第二天，朱阿九把八两昨晚被尿湿的事，告诉了许三成，并叮嘱许三成不能说是他说的，许三成也保证不会说。可是不过一时辰，这一大新闻就在全村传开了。由此，八两被乡里乡亲们传为笑谈。

苏黑二的小女儿苏小妹、李奇的妹妹李华玉，她俩可称得上是十足的戏痴，只要听到哪个村在演社戏，都会跑去看，时常被剧情弄得哭哭笑笑，不光能记住大段的唱词，还能模仿得像模像样。这期间，她俩每天中午都到村中央的大榕树底下，苏小妹模仿《状元张文秀》中的“三姐”陈兰英，学着陈兰英的唱腔，咿咿呀呀地唱。她似乎也迷着戏中的张文秀，模拟张文秀的动作，展示出状元张文秀的风采！而李华玉则模仿《陈琔公》中的安妮，把自己当作女犯人，装出一副被冤枉相，给人的感觉很可怜。那哭哭啼啼的样子，引得到大榕树挑井水的人们驻足哈哈大笑，甚至赢得众多人的掌声！

戏台上演着雷剧，台下却有很多摆卖的吃食，雷州人谓之“台脚”。狗肉是台脚不可缺少的，就如舞台上的文生和正旦。这些摆卖吃食的档摊，除白切狗熟食档外，还有雷州出名的白切鸡、白切鸭、白切鹅熟食档，醋水猪崽肉熟食档；带地方特色的油炸糯米饭块、油炸花生饼块、油炸白粑档；海鲜类的蒸炸熟食档；以及明火粥、汤圆、豆脑、甜糟打鸡蛋糖水等富有地方特色的小食系列，可谓五花八门，应有尽有。

这些熟食档摆设极为简陋，铺一张草席，置几张木板桌，和几条长凳短凳，就可以了。吃客们蹲在席子上或长短凳上，美滋滋地吃将起来。

正月初二，新女婿首次给岳父母家人拜年，甚是隆重。雷州人叫新女婿为“尼官”。“尼官”首次访岳父母家，礼节仪式甚讲究。解放前，富家少爷坐一等大轿，礼品一条龙，大摆气派到岳父母家；中等家庭坐二等轿，中下等家庭坐三等轿，这等人家，也很讲究体面，备足礼品到岳父母家；贫民人家也得七拼八凑，做几个大年糕，买几只大阉鸡，一对大猪脚，装一槟榔盒（寓意岳父母吃槟榔，心甜美），请一名亲属当脚夫，挑着装满礼品的担子，陪“尼官”步行到岳父母家拜年（过年）。现是新社会了，地主阶级被打倒，富家少爷的派头消失了，穷人当家做主，但旧礼节还是延续着。

今年正是南吉村中农周太公家接女婿。他亲家也是中农成分，姓郭，南港村人，木匠世家，手艺精湛，远近闻名。郭师傅儿子念过中学，知书达理，去年腊月娶了周太公的大女儿周丽萍，按习俗，新女婿与女儿过了初一就得返娘家拜年。那郭家公子，留着新式小平头，身穿一套新制的涤卡蓝中山装，款式雅致大方。他高个子，五官端正，斯文得体。夫妻二人是坐二等轿来的，本来郭公子不肯坐轿，说新社会了，坐轿显得封建，但双方家长觉得也是刚刚解放，许多人家还是坐轿的，都说习俗不可废，面子不可丢，硬是请来轿夫侍候。

周太公思想很封建，也很讲究体面。南吉村的红白事都请他帮过忙，故村里许多人对他很尊重。这回周太公接待女婿，村里的年轻人都赶来周家凑热闹。周家预备招待酒宴六席，其中左邻右舍、远房亲戚占三席；周太公的亲朋好友，包括面子人物占三席。周太公是文化人，又很要面子，请客中自然少不了村里的当权人，农会主席苏黑二，民兵排长李奇，还有农会委员们都要请。再就是南吉埠几位商家老板，包括许康盛、郭景山、郭八两、邓式昌、何明翰、孙庆佳等，这些村里村外的头面人物都陆陆续续到客厅就座。

新郎忙着给各位来客递高级香烟，新娘周丽萍也殷勤地给各位递喜糖。吴明山、苏黑二、朱东汉等“水烟鬼”觉得抽香烟不过瘾，便轮流抽水烟筒。一会儿，人来多了，一个接一个抽个不停，大家蹲着抽水烟那姿势，那神态，那缭绕的烟雾，还夹着你一言我一语的欢笑声，还真为周太公大堂客厅增添了一道亮丽风景线。

雷州的旧婚礼习俗流传着一句顺口溜：男怕“尼官”酒，女怕“哭嫁歌”。这里暂且不说女子为何怕哭嫁歌，只说男怕“尼官”酒。按习俗，“尼官”首次到岳父母家拜年（过年），务必过“三关”，即“礼节关”“饮酒关”和“文化素质关”。到岳父母家拜年的“尼官”，事前务必做好思想准备，比如“礼节”，正如出使外交官，事先要弄懂出使国礼节，而“尼官”同样需要熟识娘家风俗习惯，学会上、下辈的礼节称呼，言行举止要大方得体。这些来前必须向内人一一请教，弄清其家族、亲戚等关系的相应礼节，熟悉内情，临战应付。又如“过酒关”，雷州人素来爱酿酒，爱喝酒，春节这样的大节，酒是家家户户必备的年货，不仅自家人要喝酒欢度春节，还要和来客喝个痛快，不喝酒就等于没有过年。故“尼官”到岳父母家拜年，岳父母一定会摆酒席请亲戚，乡亲父老等陪“尼官”喝酒。人家给“尼官”敬酒，“尼官”是绝对要接受回敬“干杯”的，若不然，则失礼，客人会说“尼官”看不起他，可借此离席。如出现如此尴尬场面，亲家面子则被“尼官”丢掉了。故“尼官”来前做好应对敬酒准备，大多不胜酒力的“尼官”即与内人商量好对策，说到底即让“尼官”喝假酒，也就是在“酒”上做手脚，将“白酒”用冷开水稀释十多倍。若是“红酒”，即用冷红茶水稀释十多倍，稀释后的酒倒进做“记号”的酒瓶，与真酒瓶一模一样。客人虽觉得有玄机，但出于礼貌是不能较真儿的，故这种偷梁换柱做法最容易蒙混过关。

再则，“文化素质关”是考验“尼官”的文化常识和随机应变能力。客人会委婉或刻意地出一些问题，让其作答。雷州文化源远流长，说到底主要是吸收中原文化之精华，因为雷州人民祖先是由中原迁徙过来的，所以，天文、地理、吟诗、赋对、讲书、说道、雷歌、雷剧，样样流行。故“尼官”平时要多积累一些带地方特色的文学常识，以便应对试题解答。

主席桌上，相互敬了几回，米酒下肚，言语出口，开始对“尼官”进行考试。先是拉家常，接着庄国荣先生诗兴起来，吟七律一首：

周公姑爷贺新年，喜气盈门宾友欢。
馋口鱼虾围座客，垂涎糖果满瓷盘。
众人兴奋饮甜酒，岳父怡然笑展颜。
大地回春风月好，南吉好运福绵绵。

庄国荣先生吟罢，众人鼓掌叫好：“好诗，先生不愧为大诗人，吟出心声，吟出南吉幸福无疆！”大家转向先生，纷纷举杯向庄国荣先生敬酒祝贺。庄先生即时站起回应，感谢大家的赞赏，一口把酒干掉！干杯完便把目光投向“尼官”，请“尼官”自由吟诗一首。于是，“尼官”应声，便反复推敲一下，吟七律一首：

开元晚辈追霞辉，幸运高贤来奉陪。
岳父酒甜酬宾客，众人韵美显奇魁。
鸳鸯戏水融融乐，朋友莺歌旖旎姿。
政府为民谋幸福，奔腾万马动春雷。

“尼官”吟罢，众人大赞“尼官”才华横溢，德艺双馨，庄国荣先生刮目相看，竖起大拇指，赞道：“后生可畏，栋梁之材。”在座客人即时响起热烈掌声，周太公与大舅父喜笑颜开。“尼官”客气道：“哪里哪里，晚辈献丑了，多多包涵。”说罢连连向在座的施礼鞠躬。接着各桌来宾纷纷过来给“尼官”敬酒，“尼官”一一接纳，干杯。不一会儿，“尼官”起身走向其他各桌回谢敬酒，拱手作揖，施礼鞠躬。

经过几回合的敬酒，大家畅所欲言，席间谈天说地，开怀畅饮。人逢喜事精神爽，一点儿也不假，大家陶醉在喜气洋洋的气氛中。众人都饮了大量的酒，不胜酒力的差不多醉倒，唯有“尼官”喝的是假酒，虽然喝得很多，却神志安然。郭八两醉得东倒西歪，竖起拇指向“尼官”笑道：“‘尼官’好酒量，酒鬼！”逗得大家哈哈大笑！

吃罢周太公家的酒席，苏黑二与李奇顺便去南吉寺看望了被打倒的地主富农家庭。这包括已被枪决的地主陈海福的小老婆何小丽及他的大儿子陈明佑、小儿子陈明坤。看到他们都很配合接受劳动改造，但生活极其困苦，每餐吃得也很简单，不像其他村民那样有年味儿，李奇心生同情。他对苏黑二说：“二叔，都是一个村的村民，能不能用农会经费给他们增加点年货，改善一下生活？”

苏黑二说：“这事恐怕得请示工作组的郑同志，可是工作组的同志现在都回家过年去了。”

李奇说：“工作组的同志在发完土地证后，好像就不怎么参与村里的事情了。去年腊月初开始，郑同志他们已经很少待在村里了，所以，要见到他很难。要不，我们先斩后奏？”

苏黑二说：“也可以，不过不能声张，也不能由我俩提出来，最好由农会中的一名代表提出。你回去同你妈说，请她找许昌民夫妇说，由许昌民夫妇提出来，然后我们批准，这样才妥当。”

苏黑二为什么这么说呢？因为在南吉村，真心希望陈海福被枪决的没几个人。在多数人的眼中，陈海福并非十恶不赦，有少数家庭还得到过陈海福的帮助。当然，这种帮助主要就是借钱借粮什么的，但在极度贫困的年代，这种帮助已属难能可贵，更重要的是，与一毛不拔的恶霸李三泰比起来，陈海福简直算得上是仁慈了。只不过，李三泰逃跑了，南吉村首恶，是地主李三泰，此人阴险毒辣，无恶不作。他欺压长工，不但工钱少，还经常克扣、拖欠。村里演戏，看到戏班名旦长得美，便授意狗腿子设法把她带回家，软硬兼施，强行与她淫乐，若不从，戏班就要遭殃。李三泰还开赌场敛财，他手下有狗腿子十多个，都配有枪支，每次开赌时，都要找雷城“柳絮巷”的妓女作陪。赌赢了，就把这些妓女赐给他的狗腿子们轮奸。曾经有一名妓女经不起侮辱，跳井自杀。人们对李三泰深恶痛绝，恨不得将他碎尸万段才解恨。只不过，李三泰逃到香港了，陈海福就成了南吉村的“出头鸟”。

但是痛恨陈海福的，也大有人在，比如吴明山父子。吴明山祖辈三代贫穷，祖父、父亲分别给陈家做过长工、短工。他父亲曾因饥饿难忍，偷吃陈家地里的甜瓜，被陈海福看见，用皮鞭将他父亲打得伤痕累累，又因无钱医治，伤情拖了好长时间才恢复过来。当时，陈家富甲一方，家丁十余人，家门又时常有县老爷、保安团老总出入，哪里容得他父亲讨公道呢！因此，那次蒙受的耻辱始终埋在吴明山父子心里。

即便如此，包括吴明山、苏黑二在内的许多被陈家剥削过的人，并没有想要将陈海福置于死地，觉得剥夺了他的财产，将他关几年大牢，也就解恨了。但有一个人例外，他就希望陈海福死，那就是村里的二流子王锋，现任农会委员、民兵组长。

王锋父亲给地主李三泰打长工时，连生王锋的窝儿都没有，王锋是在霜冻地里诞生的。王锋出天花时，因没钱医治，便落下满面麻子，因而他有个绰号叫“王麻子”。他八岁给地主李三泰放牛，忍受不了李三泰的虐待，就跑回家，同父母一起外出乞讨度日。后来父母不幸双双病亡，王锋就成了孤儿，被他叔父王百顺收养。王锋长大后，王百顺忙于生计，管不了他，他也渐渐变得好逸恶劳，整天跟那些不三不四的人混在一起，偷鸡摸狗的事干得可不少。有一次，他竟敢伙同几个人去偷地主陈海福家的稻谷，被陈海福的家丁发现了，被当场逮住，少不了一阵拳打脚踢。家丁们还将王锋拉到陈海福面前罚跪、磕头，陈海福将他关押了一个晚上，第二天早上才将他放出去。从此，王锋对陈海福恨之入骨，恨不得将他碎尸万段。

村里人对陈海福的情感很复杂。有人想惩罚他，有人想他死，但也有人想救他。除了许昌民夫妇，村里还有一个人想救陈海福，她就是李奇的母亲玉婶儿。

和许昌民夫妇一样，李家也曾经得到过陈福海的恩惠。几年前，李奇的父亲李小根得了肺结核病，因没钱医治而四处借钱，但哪里借得到？乡亲们基本上是穷人，大多数是有心无力。少数条件好一点的，也不敢借钱给他们家，因为都知道这借款起码三年五载是还不上的。所以，即使是地主、富农，也不愿借钱给患有重病的穷人。只有一个人愿意借钱给李小根，那就是陈海福。陈海福愿意借，也是有原因的，因为李小根的父亲与他的父亲年轻时是好朋友，两人曾经一起走南闯北做过茶叶生意。只不过，陈海福的父亲胆子大、资金足，把生意做起来了，而李小根的父亲因初期一直赔钱，不敢再干，中途打了退堂鼓，又回家种地了。因为父辈关系好，陈海福与李小根从小玩儿得比较多，两人也有着不错的感情基础。除了借给十几块大洋，陈海福还没少送粮食接济李小根一家。但这些帮助还不足以医治好李小根的病，挺了两三年之后，李小根还是撒手人寰了。

当时，玉婶儿听说了陈海福要被送到区里去枪决的消息，曾找过苏黑二说情，救救陈海福。陈海福被枪决后，玉婶儿曾多次到南吉寺看望陈海福的遗孀及其子女。

所有这些，苏黑二都一清二楚，故……

李奇觉得苏黑二说得在理，便回家跟母亲说了。玉婶儿立即找到许昌民夫妇，他们当然同意，事情就这样办成了。

3

南吉村依山而居，可远眺南渡河出海口，站在山顶上，可望见大海上千帆点点，百舸争流。村子北面约一里地，便是南吉埠。南吉埠是东兴区境内一个通往大海的内河埠头，同时也是乡间的小农贸集市，每逢赶集日，来往的商船常常挤满小码头。埠面上有南北二十多间商铺，铺面并排而建，建筑保留了清朝时期古色古香的风貌。

每到南吉埠赶集日，街上就会热闹非凡。集市上货物品种繁多，不少海鲜摊的竹筐里，对虾、海蟹、乌贼、白鲳、红三、马鲛还是鲜活的；晒干的海鲜也是五花八门，琳琅满目。日常百货、山货等门市，货品样样俱全。方圆百里的乡民们蜂拥而来，有的肩挑着大米、番薯等农产品，有的手提着鸡鸭鹅等家禽，还有的牵着牛、赶着羊、拉着车、骑着马，纷纷来此做交易。南吉埠的商业归东兴街上的工商、税务所辖，但户政归南吉村所管，埠上的商人大部分是南吉村的村民。

南吉埠往西约一公里，就是出海口。出海口的左边有一个小岛，岛内有座山峰兀立，海拔约有八十米。远望酷似蓝鲸挺立，又像白鹅望天。渔民归航时，望到它，就感觉快回到家了，心里顿感踏踏实实的。因此，这座小岛便成了渔民心中的故乡标志，他们亲切地称它为“故乡岛”。久之，这一带的乡亲们都这样称呼它了。

六百年前，这里只是一片荒岛滩涂。有一年，福建几户渔民耕海至此，相中了这块风水宝地。于是，他们在这荒岛内避风歇脚。这避风港内有一条港汊，登高俯瞰，犹如一条白练。当潮涨港满之时，一艘艘渔船便犁出一条条水路，沿着出海道疾驰而去。当年，在解放海南岛的大军强渡琼州海峡的日子里，渔民们曾配合解放军在这一带修船只，链竹排，并帮助大军运大炮，筹银两，送粮食。

旧社会，渔户们大多是一条舢舨小船就是一个家，一家人就在舢舨船上日出而作，日落而息。白天，他们终日在波峰浪谷中摇晃，一只竹篓，一根钓竿，一条摇橹，一叠渔网，就是他们的全部谋生工具。古有鱼谚流传：“小舢舨，像葫瓢，脚一动，摇三摇，三日打鱼，二日断粮。”可见当时这些渔民的生活条件有多恶劣。

福建来岛的那几户渔家，每天收到的海货大多挑到南吉埠去卖，换回日常生活所需。每到傍晚，他们就把小舢舨停靠在“故乡岛”边，桩杆一插，棕绳一扣，就算是“安家”了。这些渔家远离陆地生活，他们的孩子在船里生、浪里长，根本不知道学校为何物。一旦他们遭遇风灾，则很可能船覆人亡，家也随之消失。后来，渔民们逐渐改变了“随波逐流”的安家方式，到海岛边沿搭板栅，建高脚屋居住，慢慢地发展成为几十户家庭的小渔村。由于他们经常到南吉埠头卖鱼，因此与南吉村的村民们成了熟人，甚至有几户渔家与南吉村家庭结了儿女亲家。比如，李奇的母亲玉婶儿就是这个岛上的渔家闺女。因此，李奇小时候经常到外公外婆家的高脚屋，一住就是半个月。那时候，他经常与岛上的小伙伴嬉戏，一起锄沙虫、摸蟹、挖鳝，还学着渔家姑娘们刨螺、剜蛎，好不开心。

解放初年，在东兴区政府的扶助下，这些渔民把船体扩大了，并且都装上了风帆，部分小舢舨变成了罟家船，生产也从原始的钓业发展到拖网、刺钓相结合。收入多了，生活改善了，不少渔民把家从海岛迁到了岸上。到了农业合作化时，按照乡政府的规划，将“故乡岛”以及上岸的那些渔民正式划归南吉村。

因此，南吉村是个杂姓大村，有十多个姓氏，千余口人。其中大姓有吴姓、苏姓、李姓、郭姓、孙姓、许姓、朱姓、周姓、王姓，其余为小姓氏。他们的祖先大多是宋、元、明时期躲避战乱的人，他们从中原迁徙到福建，又从福建迁徙这里安居乐业。

村中央有一棵大榕树，高十几丈，枝繁叶茂，遮天蔽日，晴天时，树下有将近一亩见方的浓荫。夏天时，村里人喜欢躲在树下乘凉、拉家常。大榕树底下有一口古井，井水冬暖夏凉。夏日三伏天，如果喝口井水，那清凉的感受可以从喉头一直爽到心头。立在井边，俯身谛听，还可以隐隐听到出自地底的水源渗出的汩汩声。无论有没有人在那里，老井都如同一个永不疲惫的歌者在低声吟唱。

在漫长的岁月里，村民日日取水，充盈生命，洗涤身心。在井边，经常可见村中男女说东道西，打情骂俏。月光如水的盛夏之夜，村民趁月色，担水浇灌菜园，水桶落到井中，井底的月亮砰然散碎，似银子一般闪亮，而提上来的不是水，是满桶的银月。

大榕树与水井，有日月星辰相伴，结下兄弟姐妹般的情谊，它们是南吉村的历史见证者。在这里，父老长辈、兄弟姐妹、大村姑小媳妇，都有说不完的话题。这里诞生了讲古先生庄国荣、朱东汉，还有吹牛皮、说荤话的小伙子朱三成。除了本村人，一些三教九流的江湖人士也爱在这里驻足，如杂货郎郭青、阉鸡佬吴四、木匠刘奇、铁匠廖黑、媒婆孙三娘，一进南吉村，都会自然而然地坐在树底下的石条凳上歇歇脚，聊聊天。

榕树与老井，是南吉村最亮丽的风景线，是南吉村的“闲话中心”。而周太公又是这道风景线中的一个鲜活的亮点，是这“闲话中心”的重量级人物。

自从地主陈海福被镇压，南吉村名声响当当的算命先生周太公好像生了一场病，成天都是无精打采，好长时间也没有去南吉埠了。周太公读过书，酷爱研究天文地理、命理学，精通儒家经典，尤其对《风水秘录》《黄帝宅经》及《神鬼妖道》等书籍钟爱有加。凭借这些研究，周太公成了整个东兴区最有名的算命先生、驱鬼道士。周太公跟陈海福关系不错，现在陈家落难，他哪里能高兴得起来！

周太公肚里有墨水，会讲风水，会看相，会说书，还喜欢唱雷歌，大家都听他讲过不少荤荤素素的事情。

周太公曾说，他县城的一位朋友读懂了女人的“浪”。这个女人姓张，绰号叫“无盖锅”。那朋友一听到这个绰号，他就知道这女人是“浪”或“荡”了。这个女人曾经“浪”得让他神魂颠倒。她有一个非常显著的特征：眉心有颗黑痣，大约就是“美人痣”了。按相学上的说法，那叫“穿心箭”，专门伤男人的。她三十刚出头，年纪轻轻却成了寡妇。因为这“穿心箭”，凡是沾过她身的，不是死就是走霉运，据说这女人克死过三个男人。可周太公说他的这个朋友命硬，是什么“箭”都伤不了的，因而，他要见识见识这个“无盖锅”到底是啥样女人。

一个中午，他的朋友故意路过“无盖锅”的家门口。正巧她站在门口，上身穿一件短袖白衬衣，那衬衣是漂洗过的，束紧她的身子，勾勒出苗条美丽的体态，下身穿一条短裙，粉红色的，楚楚动人；一双水汪汪的眼睛大胆地望着他。她热情地向他打招呼，请他进屋里坐。他跟她进了屋，坐定后，与她拉了一些家常。闲谈中，她说她命贱，孤儿寡母的，城里人常欺负她，她很需要人帮她排忧解难，过像样的日子。他一边安慰她，一边关注着她的那颗黑痣。那黑痣像一团黑色的火苗，在他眼前晃来晃去。

她对他微笑道："先生，难得你到我这寒酸的家里坐坐，这是缘分，可我没什么可招待你。不过我有一把炒熟的'勿忘香'，你愿尝尝吗？"他觉得很好奇，就说："啥东西？"

"炒花生仁，花生仁是仙果，吃了养生明目，长生不老。想不想尝尝呀？"她妩媚地说。

听说是炒花生仁，他就说："好吧。"

她又说："我这儿的吃法跟别处不同，比较特别，能叫吃过的人一辈子不忘，所以才叫'勿忘香'。"

他更好奇了，就想领教领教，于是说："咋个吃法，你教教我。"

她说："那你跟我来吧。"

他就像中了魔似的，跟着她走进一个房间。只见她掀开房间的布帘，一扭身走了进去。他站住了，突然悟出"无盖锅"的意思了。那"无盖锅"进了房后，三下五除二地把衣服脱了个精光，赤条条地躺在床席上，这让他脸红心跳，紧张不已。但是，女人不慌不忙，随手从床头拿出一个小果盒，打开果盒，倒出一大把炒花生仁放在肚脐上围成一个圆圈，接着，她嗲声嗲气地说："你站着干什么，你不是说要吃花生仁吗？你要是不吃，我可就喊了！"

他看到她赤条条地躺在那里，目光又落在那颗醒目的黑痣上了。那颗黑痣真像是一支"穿心箭"，一下子就把他射中了。他一步步地走到床前，弯下身去，刚伸出手去拿花生仁，突然，她抓住他的手说："不是这样吃的，这样吃不出好味道来，要这样……"说着，她伸出舌头，做了一个舔的动作……

他吃了"无盖锅"的"勿忘香"后，觉得味道确实芳香，事后帮她排了不少"忧"，解了不少"难"，帮她介绍了不少客人。

周太公说，自己是驱邪之身，那女人的"穿心箭"也伤他不得。

"无盖锅"的故事，通过周太公的嘴，很快在南吉村传开了。每当村里人炒花生、吃花生仁时，常常都要称花生仁是"勿忘香"。久而久之，"勿忘香"与"无盖锅"就成了南吉人的口头禅。女人不安分时，会被讥讽为"无盖锅"，男人拈花惹草时，自然会被视为"勿忘香"。

"无盖锅""勿忘香"成为民间俗语，就这么在南吉村流传开来。

第二章

春风送暖僧尼缘

1

南国春来早。

正月十二的早上，凉风习习，树叶婆娑，椰子树宽大的叶片上，不时有露珠滚落，朝阳斜射在半岛的红土地上，泛出五彩的光泽。在南吉村外的田野上，到处人头攒动。翻身得土地的农民们，早早就来到自家田地里，他们有的松土，有的整修田埂，田野里充满了勃勃生机。

李奇手握锄头，正在给自家田埂加固。歇下来擦汗的工夫，他突然看到两个熟悉的身影朝他这儿走来。仔细一看，竟是郑昌和小张，而李琼花没有同行。

李奇问："琼花同志怎么不来？"

小张抢先回答："琼花同志已调往县妇工委工作了，同时与郑排长喜结了良缘。你不知道吧，双龙山战斗，郑排长救了李琼花一命，李琼花当时就爱上了他，两人在你们村相处一段时间后，就相互好上了，去年腊月就结了婚。"

李奇接过话，笑着说："郑同志，这么大喜的事也没说一声，把我蒙在鼓里，我一直想着郑同志什么时候结婚吃喜酒，原来你俩瞒着我们，偷着快乐……"

郑昌不好意思地解释说："李排长，这不能怪我，洪书记做了主，说新社会了，移风易俗，新事新办，不摆婚宴，让我们趁元旦新年结婚。于是，他交代区委办公室备好糖果，让我俩在区机关庆祝元旦的座谈上发放糖果给大家，当场便宣布我与李琼花同志结婚了。"

郑昌说着，抱拳表歉意："这事还望李排长多多包涵啊！"

李奇笑嘻嘻道："要我包涵可以，但今天你得请我们吃一餐，中午到南吉埠饮喜酒去！"

郑昌也乐呵呵道："好，中午饮喜酒去！"

土改组的同志自去年腊月以来，就很少在村里露面了。李奇想，这时候郑昌突然到访，一定又有重要的事情通知。

过了一会儿，郑昌愉快地对李奇说："年还没过完，就出来干活儿了？有了自己的土地，大家干活儿的热情就是不一样啊，今年一定会有个好收成。"

"是啊！好久不见你们了，大家好挂念啊！"李奇高兴地说。

"黑二呢？"郑昌问李奇。

"一早就到南吉埠卖鱼去了，昨天他出海了。"李奇回答。

"你派人找他回来，今天工作组和农会最后一次开个会。"郑昌说。

"最后一次？"李奇疑惑地问。

"最后一次。"郑昌卖了个关子，没有透露开会的内容。

李奇觉得可能事关重大，马上扛起锄头，说："那咱们回去吧，我自己去埠上叫黑二叔。"

"好，其他委员我们回村时顺便通知。大家都到村公屋集合吧！"郑昌说。

大约一小时工夫，除了许昌民、王锋出海捕鱼，其他的农会干部都陆续回来了。

等大家都落座了，郑昌开始讲话。

"同志们，我昨天从老家回到区里上班，就接到了上级通知。通知提出，我们县的土改工作已基本完成，土改工作组和农会都将尽快解散……"

郑昌刚说到这儿，话就被众人的疑问给打断了。

"解散？"

"村子谁来管？"

"我们怎么办？"

……

郑昌制止了众人的喧哗："请大家安静，听我把话说完。"

众人安静了下来。

"根据上级的通知，区政府也要取消，改为乡政府，各村也将建立新的组织，领导班子由村民选举产生。领导班子设置为：村长、副村长、妇女主任、治保主任、民兵班长各一名，区里推荐村长候选人，村民表决。新的领导班子产生后，土改工作组与农会即自动解散。”

说到这儿，大家终于听懂了，但仍然有些忧虑。

“那什么时候选举？提名怎么提？”李奇问。

“后天选，今明两天在全村进行宣传和动员。提名候选人，我们工作组已经有了初步意见，现在跟大家交流一下：提名村长候选人，李奇；副村长候选人，苏黑二。妇女主任、治保主任、民兵班长的人选，由新当选的村长与副村长商定。”郑昌讲完，接着问：“大家有什么意见吗？可以畅所欲言。”

李奇一听，心里非常高兴。起先担心自己的民兵排长位置不保，没想到，竟然还有更美的差事等着自己。

苏黑二对郑昌的安排其实也很满意。他深知自己确实不胜任南吉村的当家人，而李奇又识字又聪明，管理能力也是有目共睹的，选李奇当村长，他心服口服。能够在村里给自己保留一官半职，他已经很知足了。

“没意见。”与会人员异口同声地对郑昌说。

散会后，李奇握住郑昌的手：“咱们说好中午去饮喜酒的啊！”

郑昌大笑说：“好，饮喜酒去，我婚后请大家吃一顿。”

于是，李奇与郑昌、小张以及其他农会委员一起走向南吉埠……

经过两天的宣传与动员，南吉村选举大会如期在大榕树下举行。上午，民兵们已经在树下拉了一条红色横幅，上写“南吉村首届村民委员会选举大会”。横幅下搭建了一个简易的台子，方便发言的人喊话。这是南吉村的又一件大事，跟上次分财产一样，榕树底下热闹非凡，全村人都来见证这一历史性的时刻。

小张主持大会，他用扩音器讲完选举的意义和规则后，请郑昌代表区政府作指示。郑昌站上台子，接过扩音器向全体村民致辞：

“乡亲们，今天是南吉村大喜的日子，大家一定要懂得选举村民委员会的意义。解放前，村里的所有事务都是由国民党反动政府说了算，保甲长都是有钱有势的人担任，咱们贫下中农哪有机会当家做主？现在，咱们推翻了反动政权，终于可以行使民主选举的权利了。什么叫民主选举？简单来说，就是谁有能力，谁有服务人民的觉悟，咱们就选谁来当干部，干部不称职，我们也可以让他下台。所以，大家要珍惜自己手中的权利，选几个能力强、作风硬、有威望的人来管好南吉村，来为广大群众服务。下面，我们推选出几个候选人，然后由广大群众举手表决，举手人数超过半数，就算是通过了选举。村委会成员选出来后，我们报请区政府批准，区里批准后，村委会就正式取代农会，代表党和政府行使南吉村的管理权。土改工作组也将自动解散和撤离。下面，请大家推举候选人。"

郑昌话音刚落，台下群众就喧闹起来，大家你一言我一语，商量着心目中合适的人选。

这时候，郑昌拿起扩音器，又喊了起来："首先提名村长候选人，我们工作组提名李奇。大家都说说自己的看法。"

"我也推荐李奇。"苏黑二与王锋异口同声地喊。

"我推荐周太公。"外号"双响喉"的陈日升举手大喊。

"我也推荐周太公。"外号"九曲溪"的孙得利应声附和。

陈日升与孙得利都是中农，他们站在中农的立场上推举周太公。因为周太公也是中农，并且他的名气确实够大，有一定的号召力。

李奇和周太公被提名后，没再有其他人提名了。于是，郑昌挥了挥手，对大家说："工作组、苏黑二和王锋同志都提名李奇同志当村长，同意的举手。"

苏黑二率先举手，接着农会委员、全体民兵也纷纷举手，几乎所有贫农、雇农，以及部分中农也都举了手。由于土改工作组的威信与号召力很强，因此工作组提名的人也很受村民信任，现场绝大多数人都举手赞成。小张数了数没举手的人数，然后宣布：全村到场的三百多人中，大约只有五十几个人没举手，同意李奇当村长的人呈压倒性多数。

接着，郑昌又喊话："下面，同意周太公当村长的请举手。"

台下有人陆陆续续地举了手，小张数了数，一共六十余人，远远低于到场人数的一半。

郑昌接过扩音器，对台下喊："我宣布，李奇同志票数最多，超半数，李奇当选村长。"

台下响起了雷鸣般的掌声。

接着，郑昌转向台下的李奇："请李奇同志上台。"

李奇虽然早有心理准备，但仍然很紧张。他舒了口气，振作精神，在掌声中走到台上，然后向群众深深鞠了一躬：

"感谢父老乡亲信任我！人若私心太重，良心必然很轻。我一定要做到大公无私，一定会凭良心办事，不辜负乡亲们的信任。请大家支持我、监督我。我在此保证，一定尽职尽力为大家服务。"

李奇说完后，郑昌抓住他的手，使劲握了握，微笑着说："李奇同志，祝贺你当选。下面，请你提名副村长人选。"

李奇点了点头，跨前一步，说："我提议，苏黑二担任副村长。"

郑昌接过话说："工作组也提名苏黑二担任副村长。大家还有其他提名吗？"

"我提名吴明山。"人群中不知谁喊了一嗓子。

郑昌点了点头，再朝台下问了一遍："还有没有提名？"

见不再有人提名，郑昌宣布，开始对苏黑二、吴明山进行举手表决。表决的结果，是苏黑二当选副村长。

接下来，由李奇和苏黑二提名村委会其他成员的人选。两人提名吴明山担任治保主任，经群众表决，获得通过。接着提名王锋为民兵班长，经表决，以微弱优势勉强获得通过。

最后一个村委职位是妇女主任。李奇把目光停留在台下的刘艳身上，提名刘艳，是他早就想好了的。他征求苏黑二的意见，苏黑二也表示同意。

于是，李奇对台下喊："我提议由刘艳同志担任妇女主任……"

李奇话还没说完，刘艳的父亲刘谨慎就大声反对："不行，绝对不行，我家艳儿还小。"

刘艳满面羞红，低着头不敢说话。郑昌看了一眼刘艳，问刘谨慎："请问，你家刘艳今年多大？"

刘谨慎冷冷地回答："刚满十八岁。"

郑昌说："我们解放军队伍中有大批十四五岁的女孩儿当兵打仗呢！不信你问我们土改组小张同志。"

小张马上接过话头道："是啊，谨慎同志，不只是解放军队伍里有，就是地方的游击队中也有十四五岁的女孩儿出来闹革命呢！”

郑昌接着说：“谨慎同志，小张同志都说了，你还说十八岁小吗？妇女主任也是革命工作，也是为人民服务，你就不要阻拦了，让群众决定吧！”刘谨慎急忙又说：“我这女儿什么事都不懂，哪干得了那么大的事啊？”

郑昌语气严肃起来：“谨慎同志，人要锻炼才能成长。再说了，她能不能当选，还不一定呢！”

刘谨慎无言以对。郑昌转身面向台下的群众：“李奇同志提议刘艳同志担任妇女主任，我完全同意，因为刘艳同志聪明能干，工作积极，又有文化，相信她一定会把妇女工作做好。同意的请举手。”

鉴于郑昌在村里的威望很高，大部分人都举手支持了郑昌的号召。

“好！”郑昌满意地点点头，大声宣布：“我宣布，南吉村民委员会选举结束。选举结果如下：李奇任村长；苏黑二任副村长；吴明山任治保主任；刘艳任妇女主任；王锋任民兵班长。我下午就回区里汇报，等批文下来，村委会就正式上任。我诚恳地希望，南吉村的广大贫下中农同心同德，积极支持与配合村委会的工作，把咱们村的事情办好，为我们共同的家园多做贡献。拜托大家！”

郑昌说完，向台下群众深深鞠了一躬。

鞠躬完毕，郑昌接着又深情地说：“从今天开始，工作组将正式撤离南吉村，区政府对村委会的批文随后有专人送达。也就是说，我们已经完成在南吉村的土改使命，将从此告别大家。感谢广大村民对本人工作的信任与支持，与大家共同生活与工作了这么长时间，我很荣幸。工作组及我个人有做得不周到的地方，还请乡亲们多多谅解！再见，父老乡亲们！”

听到这儿，许多村民回忆起土改组同志们的辛劳与贡献，默默地流下了眼泪。

人群中有人高喊：“希望郑同志与土改组的同志有空常回来看看我们！”

郑昌与小张看到此情景，忍住眼泪，含笑点了点头，然后依依不舍地与人们挥手作别。

2

正月十五元宵节，雷州半岛有这样一个习俗：妇女们到田野偷采蔬菜一棵，藏到袖中带回，这种做法被称为“偷青”。“偷青”如果不被物主发觉，就属于“彩数好”——偷到菜，寓意有财运；偷到葱，寓意变聪明；偷到蒜，寓意会算账……出于对这一习俗的尊重，这一天男人都很大度，对妇女“偷青”行为往往视而不见，泰然处之。

这一天，城乡各地还会举行“游神赛会”。人们抬着神像游行或比赛技艺，俗称“游人”。游行队伍中有六国旗、八宝、飘色、锣鼓圈、长龙舞、高跷龙舞、舞鹰雄、舞狮、闹花灯等方阵，热闹非凡。

游神赛会之后，就是跳雷州傩舞，又称为“走成伥”。舞者（俗称“伥子”）各戴面具，穿特制服装，手持纸旗，连跳带舞，挨家逐户，直至把预先放好的“灾殃”捉住，放在纸船上，到河溪边烧掉，以驱灾除害，俗称“遣灾”。遇新娘子，伥子可以旗杆轻敲，以祈吉祥。有的家长还故意让伥子给小孩抚摸一下，或扯其旗上一丝，系于衣纽扣上或放入口袋中，说能“退罹”。

正月十五在雷州又叫开雷节。《雷祖志》记载：是日，民间筹备雷鼓、雷车等物，齐候文武百官，送入庙致祭，名曰开雷。其中，孕育了位居“天下四绝”之首的“雷州换鼓”（明代冯梦龙的《警世通言》记载：“从来说道天下有四绝，却是雷州换鼓、广德埋藏、登州海市、钱塘潮。”）。“雷州换鼓”是一种人文景观与自然景观的完美结合体，是古代雷州祭雷仪式中出现“天人互应”，引来电闪雷鸣、雷声大作的奇观。

新中国成立后，政府反对封建迷信，过年过节旧习俗中带封建迷信色彩的内容被废除，但保留了其中艺术性、趣味性的东西，以丰富节日文化。

这一年，南吉村的新年元宵节活动，也废除了古时封建迷信色彩，进行移风易俗。村里请雷州狮子班、傩舞队、舞鹰雄队、高跷舞队、李月娥姑娘歌班来表演和祈福，期望开春吉祥，风调雨顺。

表演舞台就设在村中央大榕树下，台前横幅上写着“南吉村庆祝元宵佳节歌舞荟萃表演”十五个红字标语。早上八时整，村长李奇上台宣布表演开始，台下响起一阵阵热烈的掌声，广场气氛顿时热闹起来。

首先出场的是狮子班。只见两头“狮子”跳上舞台，舞步矫健，动作威猛，他们善变自如，踩着阵阵锣鼓声，忽左忽右，忽上忽下。舞到高潮时，热闹的鞭炮声突然响起。狮子班那高超的技艺，扣人心弦的动作，牵引着无数目光随之转动，现场不时响起热烈的掌声。

村里人和四面八方赶来的邻村人，无不身穿节日盛装；小孩子们东窜西走，在鞭炮纸堆里捡拾未燃的炮仔。整个广场人人喜笑颜开，那热闹的气氛，构成了一幅祥和而幸福的乡村画卷。

狮子班下台后，接着陆续出场的是雷州傩舞、高跷龙舞、舞鹰雄及雷州醒狮。

雷州傩舞又称“走成伥”“走清将”“舞巫”“考兵”等，是雷州民间祈祷雷神遣灾祓禳、保佑平安的一种传统舞蹈。表演队伍由六至十二名演员组成，戴面具，着傩服，持斧、凿、鞭等兵器，扮演雷首、玄坛、灵官三位主神，东、南、西、北、中五位雷神，加上土地公婆、艄公艄婆等神明，舞蹈造型威武、夸张，动作古朴、粗犷。雷州傩舞集武术、舞蹈、音乐、雕刻于一体，是雷州半岛独具特色的传统文化。

雷州傩舞的道具，有木质傩面具、橹罟质傩面具、牛皮质傩面具，及彩绘傩脸谱等。色彩以黑、红、黄为主，线条朴实，色彩鲜明。面具造型中，武相豪放不羁、粗犷狞厉，文相端庄俊秀、气宇轩昂。

解放前，雷州傩舞主要在每年正月十四至二十八日，或二月十二、十三日举行。清嘉庆《雷州府志》载：“自正月十二日起，曰‘开灯’，连至十五夜，城市间每夜彩灯，或三四百人为一队，或五六百人为一队，放爆竹，烧烟火，妆鬼判诸杂剧，丝竹锣鼓迭奏，游人达曙，是曰傩。城中为最，各乡圩间有之，谓之遣灾，亦有至二十八日或二月十二日乃傩者。”雷州傩舞的活动仪式是，先由道士在庙前设坛，向神灵燃烛、焚香、烧纸宝、供三牲。接着颁令、颁符，敬请五色旗、八宝、飘色、锣鼓、傩舞队等到坛前扎寨练兵，然后到各家各户赶鬼驱邪，保佑平安。之后，抬神像游神，队伍浩浩荡荡地到有关乡村巡境祈禳。巡境后，队伍回到神庙前再次祭神。祭毕，活动结束。

雷州傩舞是一种独特的雷傩，是中原地区傩文化与雷州半岛崇雷习俗相结合的产物。傩舞素称“舞蹈活化石”，起源于原始社会图腾崇拜祭祀仪式。殷商周时期演化为驱逐疫鬼的一种巫舞，流传于民间后逐渐成为驱邪、祈福、喜庆的传统舞蹈。秦汉时期，傩舞随中原戍卒传入雷州。至唐贞观十六年（642年），为了满足“崇雷”活动的需要，雷州民众首先对传统的“驱傩”舞蹈进行改造，添加了“雷首公”的道具及舞蹈内容，突出了活动的“崇雷”主题。此后，逐渐演变成为具有雷州半岛特色的“雷傩”。

下午三点，是讲古节目，由私塾先生庄国荣上台讲故事。

庄国荣登上舞台时，台下观众热烈鼓掌。庄先生向台下深鞠躬，接着大声对众人说道：“李奇村长要我给大家讲故事，我只好恭敬不如从命了。今天，我给大家讲讲雷祖的故事，故事名叫《雷祖出世》。”

接着，庄国荣便抑扬顿挫地讲起来：

相传，雷祖是雷神投胎于石卵，受日月精华，诞降于世的。

南朝陈代，住在古合州（现雷州）英灵村的州民陈铁，以捕猎为生。陈铁家里养着一只九耳猎狗，灵性十足。他每次出猎前，都观察灵狗耳朵：一只耳动，获一兽；两只耳动，获两兽；猎狗几只耳动，当天就能捕获几只猎物，十分灵验。

一天，猎狗的九只耳朵齐动，陈铁大喜。他邀请几位邻居，带齐猎具，一齐上了乌仑山。山上，荆棘密布，野藤丛生。陈铁等人钻入丛林寻找野兽。可是，从早晨到太阳落山，只见猎狗在密林里狂吠不已，竟然没有一只野兽出没。陈铁等人觉得奇怪，拨开荆棘一看，只见猎狗从地里挖出一个大卵，围有尺余，卵壳青碧。陈铁又惊又喜，抱卵回家。

第二天早上，天空乌云密布，电闪雷鸣。陈铁一家人慌张起来，认为是抱回怪物，才招雷引电，急忙把大卵放置于天井桌子上。突然，一声霹雳，巨卵裂开，跳出一个婴儿。陈铁赶忙抱入室内，一看，是个男婴，手掌上还有文字，左手是“雷”字，右手是“州”字。陈铁不知所措，只好将此事禀告州官。州官听了陈禀报，仅将卵壳寄存官府，婴儿交与陈铁哺养，取名陈文玉，这便是雷祖，长大后任雷州刺史。

雷祖降世后，雷州民间以狗为灵物，不但不杀狗，而且也不再骂狗、打狗。石狗前常常红烛高烧，香火鼎盛。到了狗年，偌大的雷州半岛，没有一声婴啼。雷祖陈文玉察知，急忙上奏朝廷。唐太宗李世民也觉纳闷儿。适逢第二年，太宗头顶南瓜，神游地府。阎王见太宗驾临，忙备酌款待。太宗忽记起陈文玉禀报之事，便问阎王："雷州狗年为何没有婴孩降生？"阎王掐算了一阵后答道："十二生肖均为畜物，在人间受尽苦难，任人屠杀，才转世为人。雷州人崇狗为神，再没捕杀，哪有狗仔转世投胎呢！"

太宗神游归来，召雷州刺史陈文玉进京，告知"狗肉经肠过，神灵心中留"。从此，雷州人开始吃狗肉，敬狗吃狗两不误。到了狗年，雷州大地与以往其他生肖年一样，婴啼之声四季不断。雷州人从此喜将小孩乳名叫狗仔，并制狗仔帽、狗仔鞋、狗仔铜像穿戴，以保安康。自此，雷州吃狗之风盛行，人丁兴旺。雷州白切狗也渐成为极地道的珍味佳肴。

《雷祖出世》的故事讲罢，台下传来阵阵叫好声。人们意犹未尽，纷纷喊："再来一段，再来一段。"庄国荣很是得意，连说："好好好！"

"我再讲一个《雷祖少年神功》的故事。"庄先生笑道。

雷祖少年时，文笔优美，武艺出众，并且怀有腾云驾雾的神功。

一天，雷祖问老师："师父，您想去远方游览，并且看看社村杂耍吗？"老师听了，哈哈地笑起来："你怎么知道我有这般嗜好？可是那么远，我如何去得了嘛？"雷祖说："我有办法。可是白天要上学，那不行，不过，晚上可以。"老师听了，认为是雷祖乱吹牛，一笑了之。

晚上，雷祖来找老师，请他到海南岛去。老师不相信，笑说："怎么去？""我背着您，乘风飞去。""你该干吗干吗去，别逗我开心了。"老师说。雷祖知道老师不信，就郑重其事地说："师父请紧闭眼睛，伏在我身上，抓紧我肩膀。"老师当然不信，但是觉得他是个孩子，不妨就陪他玩玩儿。于是伏在雷祖背后，刚刚闭上眼睛，老师就听到"唰"

的一声，腾上了半空。老师吓得不敢睁眼睛。

片刻工夫，渐渐地听到了锣鼓声、嘈杂声、喝彩声。雷祖双脚轻轻着地，稳稳当当地放下老师。技艺场火把通明，锣鼓喧天，人山人海。师生两人高高兴兴地坐着看技艺表演。

表演结束，雷祖又背起老师，腾空而飞。雷祖起飞后，老师想看他用什么神功妙法，于是悄悄睁开眼。突然，雷祖身子摇晃了一下，坠落到地上，老师惊得一身冷汗。幸好雷祖神功好，才没有摔着。雷祖对老师说："这是神功，天机不可泄露。"老师频频点头称是，随后二人重新起飞。

从此，老师更加钟爱雷祖，精心教育。后来，雷祖升天为神，没有忘记老师的恩情，封老师为教官神，在雷祖古庙享受千年香火。

"故事讲完了，老夫该回家了。"庄国荣起身欲走。但台下的观众仍旧意犹未尽，纷纷叫喊："先生再来，先生再来。"

庄国荣很享受被众人叫好的感觉，他自豪地用目光扫视了一圈台下人群，然后开口说："再讲最后一个，这个讲完，老夫说什么也得走了。"

庄国荣接下来讲的故事叫《雷祖斗道士》。

话说，古时有一名道士姓谭，甚为神秘，无人知其名字，平素自负得很。

一天，他与雷祖见面，要求比拼道法。雷祖推辞不过，只得应允。双方约定，比三个回合分胜负。

第一回合，雷祖拿来一只水杯，微闭双眼，口中念念有词，瞬时狂风大作，暴雨从天而降，在空中形成一道水柱，往水杯中猛灌。水杯霎时变成大水缸，装满雨水。雨过之后，那水杯竟然周围滴水不溢。谭道士微微一笑，拿来一只牛角，口中喃喃自语，只见一条金黄色谷带直往牛角里猛钻，牛角渐渐变得与庭院一样大，房檐那样高，里面填满了金黄稻谷。这一回合谭道士胜。

第二回合，他们一起来到河边。谭道士连连挥动拂尘，念过咒语，谭道士变成一只大鲤鱼跃进河中。雷祖见状，摇身变成一只硕大的丹顶鹤，追着鱼儿猛啄。鲤鱼赶紧逃跑。过了一刻钟，鲤鱼刚探出头来，丹顶鹤便猛啄下去，咬住鲤鱼不放。谭道士只好现身认输。

谭道士法力消耗过大，不敢继续比赛，提出七七四十九天后，再决雌雄，雷祖答允。谭道士回到家中，交代儿媳："我要躲在大缸中炼道，缸不用盖，你看好家门即可。"儿媳照办。

日子一天天过去，雷祖想了解谭道士在修炼什么法术，便化作货郎，来到谭道士家门口，见他的儿媳坐在门口。雷祖进门讨水喝，喝完水后，问："看你忧心忡忡，好像有事?"那媳妇说："我家公公要修炼道法，已过了三七二十一日，不吃不喝，真令人担心。"雷祖说："这还了得，人不吃不喝七日就死了，二十多日就要生虫啦!"媳妇一惊，便到公公藏身的大缸边，揭开谷筛，往里一望，立马吓呆了：只见满缸都是白嫩嫩的虫子来回蠕动。她慌忙跑到门口告诉雷祖："先生，正如你所说，我公公已经生虫了，怎么办呀?"

雷祖听后也吃了一惊，深知这些虫子是谭道士施法所聚拢来的侍从和道具。一旦修炼期满，谭道士功力大增，绝难对付。于是就对其儿媳妇说："别急，你公公是炼道之人，你快去烧一锅开水先将虫子烫死，再叫你公公醒来。"媳妇忙到里屋烧了一锅开水，直往缸中倒去。瞬间，满缸的虫子尽被开水烫死。谭道士也被烫得苏醒过来。

由于炼道时间未到，谭道士于是变成了一个不会道法之人。第三回合不用说，是雷祖得胜了。

庄国荣先生讲完故事，坦诚地说："雷祖是人不是神。雷祖陈文玉正气凛然，品行端正，不事非君，孝顺高堂。他出任雷州刺史时，深入民间，解民疾苦，精察吏治，雷厉风行，机智果敢，政教并行。因而，民皆富庶，风俗大变，人民安居乐业，社会安定和谐。他且疏具朝廷，将古合州改名为雷州，雷州之名自此沿用至今。因此，雷州人非常崇敬他。为了纪念这位德政昭彰的地方官，雷州人建雷祖祠以敬奉，把他神化了，把他作为惩恶扬善、驱邪扶正的正义之神，以保佑雷州千年国泰民安。今天，李奇村长之所以要我讲雷祖故事，就是希望大家学习雷祖陈文玉光明磊落、大公无私的可贵精神和大爱大孝的高尚品质。从而，学会做人做事，把咱南吉村的事情办好。希望大家不辜负村长的期望！”

庄国荣先生讲完，向台下听众深鞠躬。

庄国荣以雷州方言讲故事，手脚并用，同时还配合着口技，非常传神。听故事的男女老少无不聚精会神，听到精彩处，就热烈地鼓掌，听到幽默处，就哈哈大笑。故事一直讲到四点半结束，人们才依依不舍地散去。

3

十五的月亮十六圆。元宵节过后的第一个晚上，又圆又大的冷月挂在半岛的上空，如水的月光，流进千家万户的窗子里。满怀心事的青年男女，在床上辗转反侧，难以入眠。

刘艳自从被选上妇女主任，她父亲刘谨慎就经常对她冷言冷语。他一再警告刘艳：首先，女孩成天跟着大男人跑，容易学坏；其次，李奇让她当妇女主任是别有用心。刘艳很委屈，因为她完全是被动当选的，做村干部并不是她本人的意愿。但是一想到能经常跟心爱的奇哥在一起，并且有机会支持他的工作，她又感到很幸福。刘艳躺在床上，想着父亲的偏见和李奇的殷切期盼，无法入睡。

李奇躺在自家床上，同样是翻来覆去。一方面，他不停地想着刘艳；另一方面，他又要思考如何开展村里的工作。常言说，新官上任三把火。他这个新当选的村长，现在连第一把火怎么烧，都没想好。

到了半夜，李奇干脆从床上爬起来，拿起水烟筒，坐在床头吸将起来。在明明灭灭的火星中，李奇突然有了个想法：他在忙季中注意到，一些没有耕牛的农户翻耕很艰难，只能用锄头一块一块地翻地，劳动力较充足的家庭，则是父亲在后扶着犁耙，儿子们吃力地在前面拉。他们辛苦耕种的样子，一直深刻地留存在李奇的脑海里。他完全能理解，这些没有耕牛的农民是多么希望有人来帮一把呀。李奇看在眼里，痛在心上，却又无能为力。现在，他当村长了，有责任来帮助他们。于是他想，可以考虑成立五个互助组，由当选的五位村干部各负责一个，深入有耕牛的农户中做思想工作，请他们帮助无耕牛农户把田地翻耕了。想到这儿，李奇舒了一口气。

第二天早上，李奇就去找苏黑二商量自己昨晚的想法。苏黑二听后很赞同，于是通知其余三位村干部一起开会研究落实。

当天晚上，新当选的五位村干部首次召开村委会议。李奇首先开口发言："我还是那句话：'人若私心太重，良心必然很轻'，我们大家要时刻平衡好私心与良心。今天开会，主要内容是如何帮扶没有耕牛的农户搞春耕。我建议，村里成立五个互助组，由当选的五位村干部各负责一个，即每人兼任互助组组长，各组长的主要任务是组织发动有耕牛的农户加入自己的互助组，帮助无耕牛农户把春耕播种工作按时完成。"

听了李奇的想法，村干部们都非常支持。

说干就干，村干部们第二天早起就挨家串门，说服了有耕牛户、劳力充足户来帮助那些没耕牛、缺劳力的村民。春耕开始后，翻身得土地的南吉村农民无不干劲儿十足，互帮互助，顺利完成了春耕。李奇这位新中国成立以来的首任南吉村村长，算是烧旺了新官第一把火，深受村里人的肯定，也受到了乡政府的表扬。

刘艳也摆脱了内心的顾虑，渐渐进入角色，一心扑在工作上，进步很快。她接受互助工作后，很是认真，奈何工作经验确实不足，于是多次找李奇帮忙。

一天晚上，刘艳约李奇到办公室讨教工作上的问题。李奇耐心地教给她许多方法，包括与农户对话的方式、场合、说话语气等，刘艳觉得很受益，同时对李奇更钦佩了。

两人坐在办公室里，聊完工作又谈情说爱，其乐融融。不知不觉间，已经是月上柳梢头。刘艳说咱们该回家了，于是，她在前，他紧跟在后，相距不足一米。在一小段沙石路上，刘艳忽被小石块绊了一下，差点儿摔倒，李奇快步冲过去，把她搂住。在这一刹那，李奇的手正好碰到刘艳那圆鼓鼓的奶子上，触电般的火热顿时传遍全身。刘艳的脸一下子红到耳根，同时又觉得李奇那双手是那么温热，那么安全可靠。

第二天上午郑昌给李奇来电话，说是晚上乡里举行一次联欢晚会，要求李奇与刘艳一起参加。

李奇、刘艳应邀出席晚会。晚会上，李奇、刘艳不会跳舞，刘艳与邻村的妇女主任一起玩儿扑克牌，李奇与郑昌在一起观看跳舞。一会儿，一个姑娘把郑昌带走了。又一个姑娘走来，那姑娘个子不高，微微地笑着，浑身上下带着健康和鲜活。她一弹一弹地向李奇走来，大大方方地伸出一只手，说："请你跳支舞。可以吗？"

那姑娘圆圆的脸儿，嫩嫩白白的肌肤，就像春天里的一朵牡丹花，袅袅一姝，是娴雅？是窈窕？是典丽？叫人忍不住想摸一摸。那刚成熟的挂在胸前的挺挺润润的桃子，那水蛇玉腰，那饱饱翘翘的臀儿，整个看上去就是一条S形、凹凸有致的美人儿，活似仙女下凡！李奇不看也罢，一看入了迷。当她伸出那玉手时，李奇一下子六神无主。

古人有云：所谓美人者，以花为貌，以鸟为声，以月为神，以柳为态，以玉为骨，以冰雪为肤，以秋水为姿，以诗词为心，以翰墨为香……天啊，这样的美人坯，恐怕连上帝也难以塑造。

李奇终于定下神来，四下看了看。当着这么多的人，这姑娘径直走到了他的面前，一时间让李奇很难适应。李奇不由得舔了一下嘴唇，嘴唇很干，他有些慌乱地说："我不会。"

不料，只听那姑娘说："我教你。"

李奇孤零零地站在那里，头上竟然冒汗了，他嗫嚅地说："我，真的不会。"

那姑娘歪着头，调皮地一笑，说："怕什么，我教你嘛。"

李奇再一次望去，只见有几对男女牵牵拉拉地下了舞池……突然，他看见郑昌同志正在给他使眼色，那意思是：上呀，跳呀！

李奇还是有些犹豫，他再一次舔了舔嘴唇，说："我真的不会。"

这时候，那姑娘回身看了看她的同伴们，再一次伸出手来，笑着说："来吧，来吧，我教你。不然，我多没面子呀？"

李奇抬头看了那姑娘一眼，对方的目光给了他很多的鼓励。她小声说："你别怕，你怕什么呢？"

于是，李奇就像是一只待耍的"猴儿"被人牵拽着到了"耍场"上。在舞池里，他一直是一种"猴儿"的感觉，他被人牵拉着，一步一步地向前走，走得硬，仿佛出操一般！她一直在安慰他，说："你抬起头，踩着点走，就这样。一二三，二二三，一二三，二二三……慢慢就好了。"可"猴儿"怎么也觉不出"好"来，他走得硬硬邦邦、架架势势的，一时想着脚下，一时又忘了上边；想着脚下时，身子很僵；看着上边，就又忘了脚下。两条腿一叉一叉的，一不小心就踩在了对方的脚上！他羞涩地说："你看，我不会，真的不会。"她说："没关系，没关系。"……走着走着，身上的汗就下来了。李奇心里骂自己，你怎么这么窝囊？！她却很潇洒，她小小巧巧的，一旋一旋地走，看上去既热情又大方。她拽着他，就像是一匹火红色的小狐狸拉着一辆没有方向感的拖车，虽歪歪斜斜的，倒也从容啊。在李奇的手里，对方却成了一片飘着的羽毛，火一样的羽毛，那轻盈，那快捷，那无声的干练，都使他惊诧不已！一时就更显出了他自己的笨拙。尤其是那双眼睛，明亮亮的，像火炭一样烧着他，烧得他浑身上下热辣辣的。往下，就这么走着、走着，在她的导引下，倒也慢慢走出了一些"点"的感觉……她也不时地鼓励他说："好，很好。我说你行嘛。就这样，好的，就这样……"

第一支舞曲停下，李奇仔细一看那姑娘，发现她那双大眼睛一闪一闪地生出一朵一朵的涟漪，涟漪一波一波，陡然泛出一种奇妙无比的光。那光似是会幻化，有魔力，它会让人一下子灿烂起来。这时候，李奇觉得她脸上的每一个部位都是生动的。李奇不禁称赞她说："你真美！"

跳第二支舞曲的时候，他已经可以踏着"点"走了。她问他："东兴的？"他说："是。"她歪着头说："我是乡团委的，我叫金彩虹。你呢，你叫什么？"他一边在心里数着"点、点、点；一、二、三……"一边说："我姓李，叫李奇。"她笑了，说："木子？"他说："嗯嗯，木子。"她看了他一眼，说："家是农村的？"李奇还了一眼，说："农村的。"金彩虹说："我没有别的意思……"李奇笑了，干干地说："一身泥巴子？"金彩虹说："不，不，朴实。""是朴实吗？"李奇说。金彩虹接着说："彼此，彼此，我也是农民的女儿，湛海农专毕业的。"李奇说："原来金同志是大学生呀，这么和蔼可亲。今晚，我有幸得到金同志教舞，真是太高兴了！可咱村穷人也笨啊！"……就这么说着说着，金彩虹最后接道："你能跟郑同志这么亲近，就很了不起，人又长得这么帅，又聪明能干，我觉得你真好。"他不明白这"真好"是什么意思，"好"什么呢？

心里一慌，“啪”，又踏到了人家的脚上！没等他开口，金彩虹先笑了，一串葡萄般的笑声！

李奇觉得她那笑声像开了花似的，飘香四溢，且那花香里带有一点幻化中的浸润，在浸润中缥缈，在缥缈中奇诡，美艳洁净，简直绚丽极了。人，一下子就变得光彩无比，千般狐媚，万种风情。

刘艳看着李奇与那如花似玉的姑娘翩翩起舞，心中有说不出的滋味……

4

春风又绿南渡河两岸。

一下子跨入新社会，许多人还很不适应，独居南吉寺的和尚马本善，就是其中的一个。政府不许搞封建迷信，没人进香了，也没人再为寺庙施舍了。寺庙里原有的一些谷物、番薯，也慢慢被吃光。马本善不得不把寺庙里原有的几亩荒地开垦出来。许久没有下地耕种了，现在重操旧业，累得马本善腰酸背痛，周身不舒服。

马本善是雷州徐闻县人，穷苦人家，由于饥荒和战乱，家里人接连离世，唯他一人幸存下来。有一年，徐闻县大旱，庄稼颗粒无收，马本善只好逃荒。路上不幸遇到土匪，被劫持上山，入了伙。但马本善生性厚道，干不得偷鸡摸狗、杀人越货之事，于是想方设法，逃了出去，流落到雷康县，乞讨度日。可行乞日子难熬，他便到南吉寺当了和尚。当时，南吉寺有八个和尚及一住持，住持在解放前夕圆寂，圆寂之前，托马本善接他的任。马本善当住持没多久，就解放了，其余七位和尚看到新政府的宣传布告后，各自还俗返乡，分田当农民。从此，南吉寺日益萧条。马本善也曾想过回老家还俗，但因为受了老住持重托，不能扔下寺庙不管，于是独守寺庙至今。

傍晚，袅袅炊烟在晚霞的映照下，如同一片升腾的云彩；浓密的竹林边，归巢的鸟雀忙着呼儿唤女，叫得正欢；小狗守候在村口那头，等候着主人归来。

这时，马本善将荒地上拔起来的茅草捆成一捆挑在肩上，准备拿回去当柴烧。同一时间，李奇从田里收工回来，路上，他突然发现一个女人躺在路边。那女人脸色蜡黄，三十多岁模样，身材高大，穿着一件半旧的花布衫，戴着浅蓝色的帽子，她在昏迷中还不时地抽搐着。李奇见状，立即把她抱起，拼命向附近的寺庙奔去。

在南吉寺门口，李奇正好遇到了马本善。马本善见到李奇，立即把肩上的茅草往地上一扔，帮李奇把那女人接了下来。李奇喘着气对马本善道："快，快救人！"

马本善按住那女人的人中穴，不一会儿，她慢慢清醒了过来。马本善小声说道："施主从哪儿来，为何沦落至此？"

那女人用微弱的声音回答："师父，我本是徐闻县的一个尼姑。解放后，尼姑庵再无人进香、施舍，庵里就断了粮，我只好外出乞讨。今天来到这个村子，因为一天没吃饭，就饿昏在路上。"

听到这儿，马本善叹了口气："我俩是同病相怜啊！"

李奇见那女人已经清醒，就对马本善说："师父你发发慈悲，给她煮点吃的吧！有什么困难，就跟村里反映。我有急事先走了。"

马本善对李奇点头说："村长放心，救人行善，是出家人的本分。"说完，将那女人扶起，搀进寺庙自己的房间。

房间里光线暗淡，马本善点上煤油灯。灯光下，马本善发现这女子大脸庞，五官端正，虽然头发短浅，面容憔悴，但仍然保持着几分姿色。

马本善端来一碗热开水，让她喝下去，然后嘱咐她先躺下休息，自己去煮饭。

饭煮好之后，马本善走回房间，叫醒正在熟睡的女人。女人一天里粒米未进，拿起饭碗，便狼吞虎咽地吃起来。

吃完饭，女人的精神渐渐好转。随后，两人攀谈起来。马本善对她说："我与你同乡，都是徐闻人，经历与你相同，跟你一样无家可归，也没亲戚可投，就来到这个寺庙当了和尚。"言谈中，马本善隐瞒了曾经当过土匪的那段经历。

女人也谈了自己的情况，她说自己本姓何，名叫菊花。徐闻县解放后，尼姑庵因无人施舍，尼姑们在庵里生存不下去，各自还俗去了。而她的父母早几年因病去世，无家可归，她只好外出乞讨。言谈中，她也隐瞒了自己曾经做过风尘女子的经历。

马本善说：“菊花，本寺庙也像你的尼姑庵一样，原来有九名和尚，后来住持圆寂。解放后，另七名和尚也都各自寻找出路去了，现寺庙里唯独我空守寺门。不过，寺庙现住有两家地主及一家富农，平日，会有民兵轮流监视他们。他们现就住在我房间左侧的厢房，都是以前和尚们住的房间。天黑了，这些人都在房间，不得出门，所以没有多余的房间了。估计明天民兵来时见到你，会查问你的身份，你就说是李奇村长救你来的。今晚你就住我房间，我到耳房睡。”

何菊花过意不去：“那怎么行，我去耳房睡吧。”

耳房与马本善的卧房相连，之间有道门，菊花说着，便起来拿自己的行李包。马本善拦住她说：“耳房里比较冷，你一个女人家，身体又不好，还是别去。”

何菊花推辞不过，就在马本善床上睡了。

马本善便到耳房放一扇门板，垫一层稻草，再铺一床被子睡了。

一夜无话。次日早晨，马本善起床后，走到院里，发现到处被打扫得干干净净的。他走到院门口，正好撞见何菊花从门外回来，双手端着一盆水。朝霞照着她的脸蛋儿，显得颇为妩媚动人。马本善看得有些发呆。

“大哥，你看啥呀？”何菊花见马本善站在门口发呆，笑着问。

“哦哦，没什么！你早啊，庙里这点小事，不必劳烦你。你去歇着吧！”马本善回过神来，准备去接何菊花手里的脸盆。

“这是渠里的水，很干净，我去烧热了给你洗脸。”何菊花避开马本善伸过来的手，径直往院里走。

马本善只好跟着她，进到厨房里。

没多久，水烧热了。何菊花用脸盆装好水，送到马本善面前。马本善从未有过被人服侍的经历，很是感动。

见马本善洗罢脸，何菊花叫了声“大哥”，欲言又止。

“菊花，有啥话尽管说吧！”马本善说。

“我，我想跟你商量下，我想在你这儿，多住几天，行不行？”何菊花有些难为情地说。

“你要不嫌弃，就住吧，住到你想走的时候为止。”马本善说。

何菊花感激地朝马本善鞠了一躬：“那太感谢了，给大哥添麻烦了。”

“都是苦命人，不用客气。”马本善说着，就去灶台边准备烧早饭。菊花跟上去帮忙。两人吃过早饭后，马本善要去地里忙活，就让何菊花在院里待着。但何菊花执意要跟他去。马本善拗她不过，就带着她一起上山沟开垦荒地去了。

接连几天，何菊花白天都随着马本善下地干活儿，收工后就帮着一起做饭、打扫卫生、洗两人衣服，自由自在地，幸福得仿佛两口子。那些地主富农家庭很是羡慕。

有一天深夜，外面突然下起了雨，雨水打在屋顶的瓦片上，哗啦啦作响。马本善在耳房里睡得正香，突然醒了过来。他感觉身边多了一个人，吓得他赶紧坐起来，正准备喝问。那人用手捂住了他的嘴，轻柔地说：“大哥，是我。”

原来是何菊花。马本善顿时心跳加快，他紧张地推开何菊花，轻声说：“你我原本是出家人，虽然现在已经不像是出家人，但还是要注意影响，万一被人发现，如何是好？”

何菊花按倒马本善，呼吸急促地说：“大哥，你待我恩重如山，小女子无以为报，你就接受了我这身体吧。现在外面下着雨，不会被人听到的。”说着，她迅速脱下上衣，露出温热的裸体，然后紧紧搂住马本善。马本善再次伸手去推，手按在何菊花的光身子上，突然失去了力气。

何菊花开始解马本善的衣服，马本善试图抗拒，但何菊花力气出奇地大，而且抗拒时床板发出了响声，马本善只好停止了挣扎。何菊花三下五除二，很快脱光了马本善的衣服，接着，她又脱掉了自己的睡裤。两人的裸体贴在了一起。

马本善的热血沸腾了起来，他第一次接触女人，既紧张，又有所期待。

何菊花开始用温热的嘴唇亲吻马本善，同时用手抚摸马本善的下体。马本善渐渐有了反应，开始主动用手抚摸何菊花。何菊花更加兴奋，迅速骑在马本善身上，让他进入自己的身体。

激情过后，马本善流泪了，他用被子擦了擦泪水，长叹了一口气。

何菊花起身把煤油灯点亮，灯光下，她那丰满的胴体，如一团粉色的火焰。可马本善全然不顾，呆呆坐着。何菊花挨着马本善坐下，又亲了亲他的嘴唇。

“大哥，都新社会了，还这么封建啊？人这辈子，不能委屈自己呀！如今，许多和尚庙、尼姑庵都倒闭了，出家人哪还像个出家人？你还留恋什么呢，你已经还俗了，今晚也失守了，不如想开一些，开始新的生活，好吗？”

马本善依旧沉默不语。何菊花当然无法理解马本善的信念。她当过多年妓女，陪伴过许多男人，以为天下男人都喜好风流之事。她当尼姑也是因为走投无路，因为新中国取缔黄赌毒。可当尼姑后发现尼姑庵也逐渐衰败，所以，又流浪在外，因此谈不上什么信仰，自然也就无法理解马本善的哭泣。

马本善一夜无眠，天刚蒙蒙亮，就起床走了出去。

何菊花赶紧穿好衣服，收拾好床铺，然后去找马本善。在大殿里，她发现他跪在菩萨面前，屁股高翘，上身着地。

何菊花顿时觉得很惭愧，站在那儿，不知所措。

这天中午，李奇从田间回来，路过南吉寺，见马本善蹲在路边，便放下锄头跟他打招呼。

“村长。”马本善红着脸，站起来对李奇喊了一声，又沉默了。

“马师父，有啥事尽管说。”李奇觉得奇怪，便微笑着鼓励他。

“我，我……”马本善吞吞吐吐。

“是不是遇到什么困难了？”李奇问。

“我，我有女人了。”马本善艰难地说出了他想表达的意思。

李奇更觉得奇怪了，根本没有理解马本善这话的意思，就问：“什么女人？”

“就是那天你救的那个女人。”马本善不好意思地说。

“喔！”李奇想起来了，就问：“她还没走？”

“是的，我，我想，娶了她，不知村长同不同意？”马本善脸又红了。

“好事啊！你成了家，又救了一个人，两全其美啊，我为什么不同意？”李奇笑了。

“我，我是出家人，还没有名正言顺地还俗。还俗后，我算不算南吉村的村民？”马本善说。

“当然算。现在是新社会，出家还俗，是你的自由。你要娶妻结婚，村里给你开证明。”李奇爽快地说。

“谢谢村长。”马本善高兴地抓过李奇的手，使劲儿握了握。

“先恭喜你了，有什么困难尽管跟村里说。”李奇说完，扛着锄头走了。

马本善回到庙里，把情况对何菊花说了。何菊花喜上眉梢，当天下午，她就跟着马本善到村委办公室开证明。李奇让村妇女主任刘艳开了证明，盖上公章。李奇将证明递给马本善，说：“你俩这也属于自由恋爱，政府正提倡呢。你们拿上这个，到乡政府找民政助理许同志登个记，就算正式夫妻了。”

这时，刘艳微笑着握住何菊花的手说：“菊花姐，恭喜你俩永结同心，夫妻恩爱，白头到老！”

马本善接过证明，与何菊花双双对李奇、刘艳鞠躬道谢。

马本善婚后，心里有说不出的高兴。夫妻俩早出晚归，埋头苦干，精心耕种那寺院里的几亩田地。一分辛劳，一分收获，他俩的汗水换来了番薯的丰收、稻谷的芳香、瓜果的甘甜。

夫妻俩对新社会很感恩，每逢收获的时候，他俩总不忘村里的孤寡老人、贫苦人家，常常拿一些番薯、大米、瓜果送给特困户。寺院里荔枝树、龙眼树盛夏时挂满果实，夫妻俩也摘下来分给村民品尝。人们对本善夫妇的品行，无不交口称赞。有位老人还打趣说：“本善啊，你的为人就跟你的名字一个样。”

第三章

元宵社戏鸳鸯月

1

土改后的第一年，雷州半岛风调雨顺，田地里的庄稼，从春天的绿油油，到秋天的金灿灿，显示出不同的美丽景观。

苏黑二是南吉村的种田能手，收割时节，他们家田里的稻穗沉甸甸的，番薯的个头儿则大如皮球，尤其是山坡上的香蕉、菠萝，沉甸甸地挂在枝上，村里人无不羡慕有加，纷纷夸奖苏黑二是农业专家。

南吉村的耕地面积不算多，农民在耕种之余，还有大量的时间出海捕鱼。这种半耕半渔的劳作特点，在解放后尤其明显。因此，南吉村也涌现了不少捕鱼能手，李奇便是其中的佼佼者。每个月里，李奇都会选一两个风平浪静的日子，和母亲一道到南吉埠租船下海。李奇善于通过风向、光照、海水颜色，来判断鱼的动向。每次出海，他都能满载而归，什么黄花鱼、鲽鱼、石斑鱼、鱿鱼、红三鱼，还有麻虾、沙虾、泥虾、基围虾，应有尽有。这些海产品不仅可以拿到集市上去卖钱、兑换物品，而且还大大改善了家中的伙食。

“三月鱼，四月薯。”这是雷州百姓的口头禅，意思是说，农历三月正是三面环海的雷州半岛的渔汛旺季；四月则是番薯的丰收时节，同时也是雷州盛产热带水果的大好时期。这时的西瓜、菠萝、香蕉、荔枝、龙眼、芒果、杨桃，都是硕果累累，让人垂涎三尺。也许是老天爷情有独钟，为青黄不接的半岛大地提供了既有鱼又有薯和新鲜水果的时节。

初夏夜的第一声鸡啼惊醒了沉寂的乡村。妇女们揉了揉惺忪的睡眼，来到厨房，燃起柴火，熬煮番薯粥。早餐煮熟后，她们会催促男人们赶紧吃饭出海赶潮。这时，一家人围着桌子，吃着鱼虾，吸溜吸溜地喝着粥。填饱了肚子，大家便收拾渔具，跨出家门，向大海奔去。

每年这个时节，孙保春还经常夜间组织村民到“故乡岛”周边的浅海搬罟网。因为通信落后，交通闭塞，村民出海、作业全靠一只呜呜作响的螺号指挥和联系。大螺号吹起来，声音悠远绵长，在夜间，方圆几里地都能听到。螺号一响，有意夜间网鱼的村民就抄起渔具，奔向海边。人们到附近的林间扛出罟网和缆绳，然后跳上渔船。青壮年男子被安排到海里去放网投缆绳，其余的人留在沙滩准备拉网。孙保春看潮水开始退落，就吹响螺号，示意开工。这时，两只小船，一只载着罟网，一只载着缆绳，向海的深处划去。离岸五百米左右，船上的人便开始撒网。网撒完后，载网船留守，载缆船则从另一边包抄，拉绳上岸，使整个网缆形成一个口袋状。拉绳的小伙子们光着上身，两边站定，人数相当。每人腰间缠一条绳子，一端执在手里。螺号一响，就一齐向后挪步，仿佛在同大海拔河。

汉子们边拉绳，边操着粗犷的嗓音唱雷歌：

妹坐船头哥掌舵，靓妹眼神送秋波；
戏水鸳鸯融融乐，兴奋梦入溪口河。

这时，泼辣妹子会接着唱：

靓妹船头乐呵呵，敢和帅郎对情歌；
花好月圆人心爽，成双坠入恩爱河。

此时的沙滩上，熙熙攘攘，螺号声、吆喝声、欢笑声、歌声，响成一片，混合成一曲渔村交响乐……两边的大网逐渐收缩，网袋越拉越近。细看之下，可见到网肚里已有鱼儿跳跃。不一会儿，罟网被拉上浅滩，哗！在汽灯或手电筒的灯光与月光的相互辉映下，只见网袋里鳞光闪闪，各种鱼儿乱蹦乱窜，真是喜煞人。

这样搬网捕鱼，多时可达几百斤，少时也有百来斤。搬网结束后，指挥一吆喝，早就等候在一旁的鱼贩们便马上进场议价过秤，装篓赶市。而周围散落、漏网的鱼虾，自有妇女和小孩们争着去捡拾，然后各自拿回家中。每次搬网的鱼款，孙保春都会按人头或能力等级，分到各人手里。

渔汛旺季过后，南吉村人都不忘祭拜大海保护神——天后娘娘妈祖。相传妈祖是福建莆田人，生于北宋初年，是都巡检林愿的女儿，因其出生后几月不啼，故名林默。林默自小聪颖，深晓天象，谙熟水性，凡遇狂风恶浪，常泛舟于骇浪惊涛之中，救助遇险渔民与过往商船，若遇沉船覆舟，即渡海拯救落水者。后来，林默为治病救人，独自登上湄州岛的巅峰采药而羽化成仙。林默成仙后，一如既往地在海上保驾护航，被沿海人民尊奉为海神。雷州人的祖先多是南宋时从福建迁徙而来的，一直信奉妈祖，所以雷州半岛不少地方都建有天后宫，以对天后娘娘祭祀感恩。每年农历三月二十三日妈祖诞，南吉村人都要到村里的天后宫祭祀妈祖。

田地出硕果，出海也顺畅，解放后的农民们，个个笑逐颜开。

为了回报政府分地的大恩，许多农民在留下全年口粮之余，还将余粮自觉地交给政府作公粮。苏黑二、吴明山家交的公粮最多，政府在发给他们余粮款的同时，又特别颁发他们一张红字奖状，上面印着“纳粮大户”四字。

苏黑二很看重这张盖着县政府红印的奖状，将它贴在年画正上方，非常醒目。

这一年，在马本善开年大喜的带动下，南吉村前后有十多户人家娶亲或嫁女，喜事一桩接一桩，这忙坏了村里的大媒婆孙三娘。孙保春、郭泰和等年轻人也在这一年先后娶回了新娘。

为此，苏黑二夫妇也开始考虑长子永盛的婚事了。虽然永盛还不到二十岁，但看到一些同龄小伙子都在张罗着相亲，苏黑二夫妇也有点急了。俗话说，先筑巢，后引凤。苏黑二将政府发给他的余粮款用来翻修三间正宅，重砌已破烂的院墙，然后都刷上窑灰。远远看上去，就如新盖的瓦房一般。

接着，苏黑二开始托媒婆孙三娘给儿子介绍对象。孙三娘是本村寡妇。待闺时上过私塾，天生丽质，身材丰满。可惜早年丈夫离世，留下一个傻乎乎的儿子与她相依为命。孙三娘母性十足，为了孩子宁愿受委屈，也不愿改嫁。她性格活泼，能说会道，是远近闻名的鹊桥红娘。她常年走村串户，周边各村哪家有闺女，谁家有帅哥，谁是光棍、寡妇，她都一清二楚。

孙三娘干这一行已十多年了，她很喜欢这一行当，闲时总喜欢哼唱与她职业有关的雷歌：

鹊桥媒婆名声响，千里姻缘一线牵；
喝辣吃香又红利，比乜职业它都强。

如今媒婆生意贱，婚姻自由不相亲；
任性拍拖吃禁果，气死三娘夜难眠。

这天晚上，苏黑二提着一只鸭来到孙三娘家。孙三娘迎出来，笑眯眯道：“二哥来是为永盛找对象的事吧？你提这么重的礼上门，我就知道一定是为这事。”

苏黑二对孙三娘竖了根大拇指，笑说：“你是人精啊，既然这样，我也就不兜圈子了。”

孙三娘马上接过话：“巧得很，我正好有个姑娘人选，长得好，家里条件也不错，跟永盛算是门当户对。”

“三娘，就一个啊？给我多选几个行不行？”苏黑二问。

“永盛又不是选妃，要那么多干啥？”孙三娘打趣说。

“三娘，永盛要是挑到好姑娘，我决不亏待你，你放心。多给几个人选，我请周太公看看生辰八字。”苏黑二认真地说。

孙三娘答应了，让苏黑二在家等消息。

第二天，孙三娘亲自到苏黑二家，送来了三个姑娘的名字和出生时辰。苏黑二接过纸条，马上就拉孙三娘去周太公家。

周太公问过永盛的生辰，再看了看苏黑二递来的纸条，掐了掐指头，然后口中念念有词。孙三娘知道周太公算命是比较准的，却故意开玩笑说：“般不般配，还是要看眼缘……”

苏黑二对孙三娘眨了眨眼，示意她别再说。因为周太公虽然喜欢开玩笑，但很介意别人怀疑他的算命水平。

过了两三分钟，周太公用笔在纸条上的一个名字前画了个圈儿。

苏黑二问："这个姑娘合适？"

周太公点了点头。

苏黑二很高兴，谢过周太公。然后交代孙三娘，约个时间跟这个姑娘见个面。

孙三娘满口答应，当即安排男女双方第三天上午到南吉埠茶馆见面。

到了第三天，吃完早饭，永盛就被母亲孙美莲带着去了南吉埠。苏黑二因为忙，没有同去。

快到午饭时分，苏黑二刚到家门口，就见母子二人也回来了，两人无精打采的，满脸的不愉快。苏黑二就问："看得怎么样？"

孙美莲气鼓鼓地说："八字倒是很合，但那姑娘是个半瞎子，只有一只眼睛是亮的。"

苏黑二一听，气得直骂孙三娘，当即赶到孙三娘家去讨说法。

孙三娘也很委屈："那姑娘我也没见过，我头一个介绍给你的那个姑娘我是见过的，人长得真不错，可是周太公又没看中，我有啥办法？"

苏黑二觉得也是，要怪只能怪自己。于是请孙三娘安排头一个姑娘见面，说也不管什么生辰八字了，"是我错了，新社会不该讲这一套，我作为村干部，应当带头反封建才是"。

过了两天，在孙三娘的再次安排下，苏黑二一家人再次去南吉埠相亲。这回，总算皆大欢喜，不仅男女双方对上眼了，双方家长也很满意。孙三娘趁热打铁，提议女方到男方家中看看。双方都表示同意。

第二天上午，苏黑二早早去南吉埠买菜，准备招待女方一家。

临近中午，女方一家在孙三娘陪同下，来到苏黑二家。那姑娘名叫郑英玲，父亲叫郑尚德。郑尚德两口子仔细察看了苏家新翻修的房子和围墙，发现农具、耕牛、家具都比较齐备，两人很是满意。

当天中午的饭菜很丰盛，苏黑二还请来村长李奇作陪。

过了几天，女方又请男方一家去做客。这一天，在孙三娘的主持下，男女双方的婚事基本确定了下来。

尽管嘴上说"反封建"，但是在选择结婚日期时，苏黑二还是找周太公择个黄道吉日。周太公照例掐算了一番，将婚期定在腊月二十六。

周太公高兴时，也喜欢哼唱职业雷歌：

三教九流算命佬，信口开河收红包；
虽然有人反迷信，但未形成大潮流。

我行我素很自在，凶吉两门讲善哉；
红白之事必请我，日子逍遥又发财。

婚期将至，新娘英玲与爸妈筹措嫁妆，选购布料、毛巾等赠送永盛（夫家）的长辈及三姑六婆等。

出嫁前，英玲妈请村中多福多男的郑大嫂给英玲“拾脸”（以棉线绞除脸上的绒毛）、结髻（梳头），以求容颜姣妍，同时寓意婚后没“毛屎”（意即夫妻婚后没摩擦）。英玲的梳头歌词：“嫂呀，我的好嫂嫂呀，您一梳，梳起龙凤妇呀；二梳，梳起龙争珠凤呈祥呀；三梳，梳起三元及第呀；四梳，梳起四季兴隆呀；五梳，梳起五子登科呀；六梳，梳起六国封相呀；七梳，梳起七仙送子呀；八梳，梳起八仙贺寿呀；九梳，梳起九龙朝水呀；十梳，梳起十全十美、大吉大利呀！”

英玲的梳头歌词，都是婚后美好的祝愿与期望，充满着人间对美好生活的憧憬！

出嫁前一天，姐妹、女伴都来“送嫁”。夜晚聚集在闺房行“哭嫁礼”，传授婚育知识。只听英玲哭嫁雷歌：

姐妹多年情义重，今要分离奔西东；
相见无期情牵挂，洒泪话别罗巾湿。

父母生我恩功重，出嫁夫门心难安；
养育之恩怎报答，三省今晨孝未还。

英玲哭嫁歌，倾诉父母恩、姐妹情、离别愁，如泣如诉，别有一番情致。

出嫁日，英玲身着红装，凤冠霞帔。登轿之前，由郑大嫂扶至正厅向祖先告别，向爸妈鞠躬。英玲妈为女儿蒙上红帕盖头，并安排郑大嫂、李二婶将其送出门。英玲边走边哭，以示对姐妹依依不舍之情及感谢父母养育之恩。

英玲出嫁，陪嫁姐妹一路跟来十多位当“送嫁姨”，送亲队伍早上出发。为图吉利，出嫁路上，郑大嫂、李二婶一再叮嘱英玲不准回头看。

英玲的嫁妆是一个大立柜、两只箱子、两床被子和英玲自己织的三匹巾。这些嫁妆由王二叔及郑大伯抬着紧跟送嫁队伍，郑大嫂及李二婶各提一个箱子。

男方永盛，娶亲前一天，行“加冠”礼，“安床”，择良时置洞房。娶亲前晚永盛邀一男童上床同睡，以祈婚后早生贵子；苏黑二做迎亲布置，在自家大门、婚房门等家中房屋的门贴喜联，包括香火宅大小门贴喜联，并上香、请茶、上酒饭向祖先讲“公知”，告知列祖列宗永盛结婚大喜。

苏黑二派出乐队、花轿迎接新娘，摆“喜宴”，招待至爱亲朋、内亲外戚及全村的父老乡亲。

喜宴八仙桌上摆满山珍海味，让人垂涎三尺，整个场面连空气都是香喷喷的。那丰盛的喜宴，动人心弦，人人脸上绽放笑容。这景象如过年一样，处处喜气洋洋，人人不亦乐乎。

李奇、吴明山、孙保春及刘艳，还有庄国荣、邓式昌等同坐一桌。婚礼按礼节进行，苏黑二及新郎官向大家敬酒，众嘉宾贵客纷纷举杯响应，大家齐声祝福新郎新娘婚姻美满，夫妻恩爱，白头偕老，早生贵子，竹苞松茂，子孙满堂!

英玲的送嫁队伍即将到南吉村口，只见娶亲的苏家队伍已在等待。永盛身穿一套新制的大卡其蓝中山装，头戴娶亲帅哥帽，胸挂新郎大红彩，与一帮血气方刚的后生、汉子乐颠颠地张扬着，莺歌燕舞、锣鼓喧天。新郎永盛与司仪孙保春走向英玲坐轿前作揖，表示迎请。然后，随着锣鼓声、鞭炮声，双方队伍向苏家走来。到了苏家大门，好命苏大嫂、何二婶牵引一对金童玉女到花轿前将新娘英玲扶下轿，并步行引进洞房。

这时，只见苏家到处披红挂彩，鞭炮声动地，锣鼓声喧天，乐声悠扬，有穿红戴绿的大姑娘、小媳妇飘飘然走来，大男童小女孩在鞭炮纸堆拾炮仔，大嫂小婶、大伯小叔、大姑妈小母姨夹道热烈欢迎。屋内屋前喜宴间，苏黑二夫妇热情接待贵宾亲朋，人人脸上喜笑颜开，一派喜气洋洋的新景象，真是热闹非凡！

新娘入洞房后，站在床前，让新郎永盛以折扇往头上轻轻敲三下，并揭开红盖头。行完见面礼后，新郎永盛将新娘英玲扶坐床上，并把折扇交新娘掩面遮羞，叫“做见识”。英玲歌曰：

新娘来到新官内，官打扇头讨伶俐；
扇头打嫜做见识，不是打娘做错来。

“做见识”后，新郎、新娘端槟榔盒，先请双亲、后请长辈吃槟榔。双亲及长辈吃槟榔时，给“槟榔钱”压彩，以示对新人婚姻的祈福。

接着是闹洞房（雷州称打外茶）。新婚之夜，新郎家请八音班演奏喜乐，营造欢乐气氛。仪式开始，新娘在闹洞房者的簇拥中由“送嫁姨”（送亲队代表，其他送嫁姐妹在苏家吃完喜酒后，于当天下午返回，只留下一名能言善辩的陪妹，叫送嫁姨）牵引着，围绕着摆满糖果与熟鸡的八仙桌转，与新郎方的好命苏大嫂行对面礼（又称“牛踏稻礼”，因为新娘绕着八仙桌转像农村的牛绕着谷场踏稻）。然后，孙保春、刘艳等男女青年唱土歌（雷歌）逗乐，孙保春唱道：

俩人相送过条沟，眼汁流流用帕包；
回家人问帕包乜？帕包哥情做枕头。

刘艳接唱：

苦楝开花白历历，我嫜拣官拣婆家；
重在尼官有志气，更要家婆笑螺螺。

保春兴起再唱：

春风习习虫声脆，中天月华泻银辉；
月伴阿妹等阿哥，望断路头几多回。

刘艳接唱：

心花怒放流热泪，满腔热情迎朝晖；
敢上刀山入火海，愿送光明入官门。

保春又唱：

山高水深有穷尽，难报父情与母恩；
山羊跪谢反哺义，人为物灵该孝贤。

刘艳接唱：

父母恩深深似海，十月临盆吃苦哀；
若没父教母哺育，君子圣贤从何来。

……

闹洞房气氛热烈祥和，逗得大家连连鼓掌，哈哈大笑，最后大家吃白切鸡肉，美味无穷。闹洞房旨在祈祝新人婚姻美满，偕老百年，早生贵子，教诲新娘新郎孝敬父母长辈，妯娌和睦相处等。整个过程，新郎新娘恭敬相候。

第二天早上，新郎、新娘到家庙（香火屋）进行“谒祖”礼，跪拜天地、祖先。

婚后三日，新娘回娘家，称“回路”。

苏黑二为儿子风风光光办了婚礼。这年春节，苏家就多了一口人一起过年，新婚加春节，喜上加喜，苏黑二两口子别提有多高兴了。

正月元宵节，正逢南吉埠庙会，南吉埠的老板们特别邀请了苏黑二等南吉村的干部参加庙会典礼。庙会既是为庆祝雷祖的诞辰，又是雷州的“开雷节”。活动仪式是：用雷车、雷鼓、电火等物，送太庙致祭，名曰“开雷”。主要目的是“祈雨，驱邪”。期待新的一年里，雷州半岛风调雨顺，大地丰收。

雷州是世界第二大雷区，也是传说中雷的天国。根据民间故事，这里的山是雷神的山，水是雷神的水，灯是雷神的灯，百姓是雷神的子孙，而作为统治者雷神，既是这天国的雷王，也是这块土地上万民的共祖，即雷祖。

雷州半岛这块红土地，地形狭小，季节性干旱明显，农业用水主要依靠雷雨。所以，雷州的农民认为雷能行云致雨，润泽万物，故奉雷神为“农业之神”。且雷神又是“正义之神”，民间传说“雷公”还能“捉精”（驱除邪魔），惩恶扬善，主持人间正义。

雷祖是“雷司之神”，职司风雨。天旱时，古代雷州父母官便会择吉日率吏民于祠内设坛祈雨。这一活动参与者均为男丁。仪式开始时，主祭司先点燃九炷香，分别插入雷祖祠内的大炉，然后赤着双脚，头缠红毛巾，挥剑舞拂尘，口念祭文，然后一边焚化灵符，一边敲打法器。司鼓者擂鼓一百零八响，与祭人员腰缠稻草绳绕神坛三步一跪，五体投地，不停地高呼“天公降雨”，直至雷祖显灵，大雨倾盆而至。

正月十五，是雷祖诞辰，有雷祖“分灵”的村庄，这一天合村老少就会抬雷祖神像巡境驱邪，以祈消灾灭祸，四季平安。有的村庄还有“下火海”“叨犁头”“穿令箭”“翻刺床”“舞傩”等仪式，以增加欣赏气氛，显示神灵威严。

由于雷祖的威灵显赫，神通广大，法力无边，能知“过去与未来”，所以，有许多村民向雷祖占卜问卦，用求签等方式，祈求雷祖释疑解难，指点迷津。还有村民上表祈福，通过“上表文”的方式与雷祖订“契约”，把孩子过继为雷祖的“义子”，以祈神佑，保佑孩子一生平安。善男信女祈神庇佑应验后，来年必须如约到雷祖祠还福，酬谢神恩，否则，恐遭神谴。

南吉埠的庙会，以鸣锣击鼓开道，以舞狮、舞鹰雄、高跷龙舞来壮威，八宝、花灯、飘色添彩以及乐队来助兴。在游行方队浩浩荡荡的气氛中，众壮士抬着雷祖神像轿为首，妈祖神像轿、青惠神像轿、三山祖神像轿、南陈祖神像轿等四顶随后，开始巡境。沿途人山人海，欢呼声此起彼伏。

整个游神活动下午结束，各庙神灵回社戏台后神阁坐定，接受众村民祝福跪拜，以待晚上观看第一晚的雷剧节目《伏波将军平南越》。

临近傍晚，南吉埠的社戏前台的锣鼓、钹、唢呐、二胡、笛子等演奏乐器开始登场。演出即将开始，埠头人（组织这次庙会的首席）至雷祖及神灵牌位前上香，邀请其降凡看戏，俗称“讲公知”。仪式毕，鸣铁炮三响。听到炮声，戏班“前台”锣鼓齐鸣，宣告演出正式开始。

苏黑二全家早已坐在戏场前排位置。台上首演开台戏，剧目是《状元送子》，伴奏音乐是“开天门”，场面喜庆、热闹，台下掌声一片。开台戏大约演了一个小时，接着是正剧《伏波将军平南越》。只见西汉将军路博德亮丽登场，其身材魁梧，头戴将帅冠，手持钢刀，雄赳赳气昂昂地出现在观众面前。其时，旌旗奋，战鼓擂，好不威武壮观，吸引人们目不转睛地看着，不时拍手叫好。

苏黑二夫妇之所以喜欢看今年的庙会雷剧社戏，其最大的意愿是抢“炮头”。因为，雷州庙会戏都会放花炮贺神，而花炮中设有“炮头”，燃放后“炮头”会从空中掉落。雷州习俗认为拾（抢）得“炮头”，则家中媳妇能生“男丁”。雷州人重男轻女，男尊女卑的观念很重。为此，家有媳妇想怀孕的人家都会抓住这个机会抢“炮头”生“男丁”。

苏黑二对台上的表演心不在焉，脑子里总是想着抢“炮头”。终于有人叫喊：“放花炮了，放花炮了！”苏黑二父子俩马上用目光搜寻最佳的站位，心情也随之紧张起来。这一紧张，使得苏黑二不小心踩着了也在抢“炮头”的马本善。马本善正打算发火，转头一看，见是苏黑二，只好忍住痛，微微一笑说：“苏村长，新年好，好运气！”苏黑二觉得尴尬，也回了一句“新年好”。但“运气好”一语到了口头却不敢说出来，因为怕真的让马本善抢到了“炮头”。

时间一分一秒地过去，终于看到斜对面有人再次喊：“放花炮了，大家抢‘炮头’啊，新年运气好，抢到‘炮头’生男丁！”说完，果真放花炮了，“炮头”从空中正朝苏黑二父子这边奔来。苏黑二手疾眼快地冲上前几步，硬是把“炮头”抢到手了。心愿已遂，苏黑二的脸上绽放着无法形容的光彩。周围的人们纷纷向苏黑二投以赞许的目光，人群中有人高喊：“苏村长好运，抢到‘炮头’啦！”李奇、吴明山、王锋听到喊声，都疾步走来祝贺。

苏黑二手中拿着“炮头”，回家心切，便带着家人向众人致谢并挥手道别。

这年孟冬，苏黑二还真的抱上了大胖孙子。苏黑二夫妇觉得英玲生子有功，拿她当宝，吃饭时总为她夹菜。他们的女儿苏小妹觉得嫂子抢了自己的风头，很不是滋味。这为姑嫂关系，埋下了隐患，当然这是后话。

2

这元宵节的社戏演出一半时，李奇和刘艳悄悄离场往南吉岭的竹林里拍拖。

在一片夜的光明里，刘艳成了月儿的剪影。她一身月白，银银、素素的。她抓着他的一根指头，牵得紧紧的。

在林子里，她说：“奇哥，咱俩闹鸳鸯月好吗？”

“鸳鸯月？”他不解。

“鸳鸯月。”她说。

“怎么闹？”他问。

“就这样。你跟着我，来呀，你看着地上的月光……”她松开他的手指，往前走着。

他就跟着她走了，踩着银粉粉的“月亮”走。

地上的“月亮”是千姿百态的：有蜂窝样的，鸟巢状的，瓣状的，蕊状的；有饱饱的一圆，有瘦瘦的一涧，有曼妙的一舒，有苍劲的一卷。刘艳在前面走走跳跳。她跳，他也跟着跳。她忽然快速亲一下他的口唇，他就顺势拧一下她的小屁股，如此追逐打闹，如鸳鸯戏水一般……

这就是闹鸳鸯月？平生第一次，他跟她闹了一回鸳鸯月。

走到竹林中央，她又忽然停下来，贴近他，细声说：“我想咬你。”

“咬吧。”他大度地说。

“真的呀，我咬了！”她说。

“你咬。”他说。

她抓住他粗壮的胳膊，咬了下去。他故作镇定，咬着牙，没有出声。

她抱紧他的胳膊，又亲了一口。

他搂住她的肩膀，深情地说："天怎么这么亮啊？你看那星星，多美。哪个是牛郎？哪个是织女？哪儿是天河？"

她没有回答，靠在他宽阔的胸前，说："奇哥，你会娶我吗？"

"当然，只要你肯嫁。"他说。

"我非你不嫁！可那晚的联欢晚会你与乡团委的金彩虹同志跳舞，你觉得她怎么样？"刘艳问。

李奇马上回答："那是人家金同志好心教我跳舞嘛。我心中只有你，还能对人家怎么样？再说，人家金同志是大学生，我李奇怎么敢高攀啊！艳，我是一心一意爱你，非你不娶的，你千万别误会。"

这时，她抱紧他，将她温润的小嘴慢慢凑近他的嘴唇，亲了一口。他顿感浑身发热，筋酥骨软，舒服得无以言表。于是趁机捧住她的脸，在鼻尖上、嘴唇上、下巴上，吻了又吻。

她浑身颤抖，感觉平生最大的幸福就在这一晚到来了。

她又抓住他的胳膊，说："我还得咬你一口，我得咬个能让你记住我的痕迹。"然后，她在他身上寻找可以留下印记的地方，看看这里，又摸摸那里，一处处都很珍惜的样子。

"你怕疼吗？你可不能怕疼。"她说。

"不怕。"他很坦然地笑了。

"你笑我干什么？人家想你嘛！人家要你记着，记着。"说完，她突然抓起他的手腕，出其不意地狠狠地咬了一口。

这回，疼得他叫出了声。她咯咯地笑了。他随即也笑了。

"就这地方好，一捋袖子就看见了。"她说。

他点点头，抬起手腕，对着她咬过的牙印，亲了一口。

她抓回他的手腕，也对着自己的牙印，亲了一下。然后深情地对他说："你可要记住，我是你的人了。一生一世都是你的人。"

过了一会儿，刘艳即兴哼唱了一句雷歌：

流水细声竹林过，细语柔情神采飞；

月照竹子两个影，咱俩今宵星做媒。

李奇马上回应：

艳妹美似芙蓉面，步似金莲竹声轻；
正是天姿国色态，金星做媒乃天然。

他抱紧她，久久地，在月光下，如雕塑一般。

3

这年冬天，苏黑二中年得孙，给孩子取名苏光宗，全家人的高兴劲儿，就甭提了。新中国成立三年以来，半岛上的出生人口有了明显的增长，东兴乡也不例外。乡党委书记洪耀华决定狠抓教育，兴办学堂，让贫下中农的孩子都有机会上学读书。他指定自己的秘书兼文教办主任郑昌到全乡各村调研，为增建或扩建中小学校，提供可行性报告。

春节后上班的第一天，郑昌骑着自行车来到南吉村。首站调研选择在这里，当然是因为郑昌曾经在南吉村工作与生活过很长一段时间，对这里的人和土地有着非常深厚的感情。

刚到村部门口，李奇就发现了郑昌。

“郑同志来了！”李奇一边喊，一边冲出办公室门口。其他几位村干部也赶紧跑了出来。大家都争先恐后地找郑昌握手，嘘寒问暖。

郑昌很感动，深情地对大家说：“同志们好，我想死你们了！今天我来南吉村，又有好消息告诉大家。”

“那太好了！咱们进屋里谈吧！”李奇将郑昌请进办公室。刘艳马上给郑昌送来一杯热茶。

大家纷纷落座。郑昌还是像当年土改时那样，发表讲话开门见山，突出重点，废话不多。

他说："今天我来，主要是跟大家商量一下如何办好村小学的事。没有文化的人是可怜的！南吉村不但要办好小学，还要办好夜校，扫除文盲，要让村里的所有贫下中农子弟有书读，还要让大人们也能认字，懂得利用文化来种田和经营渔业。"

苏黑二顿时激动起来，说："我就是吃了没文化的亏。要是办起夜校，我第一个报名。"

郑昌点点头，继续说："李奇同志，苏黑二同志，我主要是来协助你们的，具体怎么办，你们先摸查一下适龄学童人数，和有意愿参加学习的成年人口数，然后研究个方案，我们再一起商量办学规模和师资。首要任务是扩建小学。"

李奇点了点头。忽然想起他的启蒙老师庄国荣先生，就说："弄这件事儿我不在行，让庄国荣老师一起参与可行？"

郑昌说："当然可以，他是教育界的前辈，应当多听听他的意见。"

李奇说："那太好了，我晚些时候就去跟他谈谈。"

郑昌沉默了一会儿，突然对李奇说："李奇同志，你出来一下。"

李奇觉得很奇怪，跟着郑昌走到门外一处竹林边。

郑昌扫视了四周一圈，然后严肃地对李奇说："我再与你谈两件事：一是南吉村在逃地主情况复杂，对新生政权不满。还有落后中农比较多，封建思想根深蒂固，例如算命先生弄鬼，白娘子装神，她们明里虽不敢，暗里迷惑群众，你务必注意阶级斗争新动向，不能让他们阴谋得逞。你肩上的任务很重，不只是管好劳动生产那么简单。二是你要发动群众，培养骨干力量，加强党在农村的先锋作用。首先培养几个条件成熟的积极分子入党，成立党支部。我准备向洪书记推荐你当支部书记。"

听到这儿，李奇突然感觉很羞愧，同时对郑昌的敬佩进一步加深了。与郑昌相比，他觉得自己根本不像干部。他感动地对郑昌说："谢谢郑同志的提醒和关照，我一定不辜负你的信任。"

接着，李奇又说："我觉得有几个同志是可以先培养的，如苏黑二、吴明山、刘艳、孙保春、王锋、许昌民、郭泰和……"

郑昌正色道："王锋举止粗鲁，得加强教育。"

李奇说："领导放心，他是赤农，阶级觉悟高，培养起来不难。"

郑昌没再说什么。他推来自行车，准备离开。

李奇打算留他吃午饭，就说："郑同志吃完饭再走吧，顺便让乡亲们都见见你，这会儿大部分村民都忙春耕去了，中午大家就都回来了。"

郑昌说："不了，以后还有机会，我现在还要去别的村考察办学的事情。"

说完，郑昌就骑上自行车走了。

郑昌走后，李奇随即来到庄国荣家，讲了乡政府要抓办学的事。庄国荣听后，非常激动："李奇，你一定要办好这件事，为南吉村子孙后代造福，我随时听候你的差遣。"

李奇问："现在适龄学童比较多，先生你觉得学校办在哪儿合适呢？"

庄国荣思考了一会儿，说："放在南吉寺怎么样，院内清静，适合读书，院外天宽地阔的，孩子们有地方玩耍。"

"这地方好，装修改造一下，会是一个像样的好学校。"李奇说。

"不过，本善一家及地主、富农们怎么安置？"庄国荣问。

"这个好办。"李奇说，"本善已还俗结婚，不该再住庙里。李三泰的两间大瓦房空着，不比庙里差，暂时分给他家住。我再跟村干部们商量一下，给他分几亩地。至于地主、富农，各自回到原先预留给他们的茅屋里住。"

"如此甚好。"庄国荣满意地点了点头。

当天晚上，李奇与庄国荣来到南吉寺，向马本善夫妇讲了办学及他们的安置之事。两口子听完，喜出望外，连连点头答应搬家。地主、富农们当然没什么好说的，他们只有听候处置的份儿。

南吉寺清空后，李奇把刘艳摸查到的人口数据，和自己的办学方案一起上报给了乡文教办主任郑昌。郑昌随后骑自行车来到南吉村，实地察看了南吉寺的建筑质量与地理位置后，表示非常满意，当场批准了李奇的方案。

随后，李奇发动群众，呼吁各家有钱出钱，有物出物，有力出力，共同建设村办小学。乡政府也拨了部分钱款与物资，协助村小学建设。

钱物到位后，村委会请来泥瓦匠，与村民一起，将马本善好不容易垦松的荒地重新夯实，加盖了六间简易教室，与寺里的老房子连在一起。然后再扩大院墙，用石灰水粉刷老房舍，一所崭新的小学，就展现在人们的眼前。

学校建好后，在李奇的提议下，村委会决定聘请庄国荣为小学校长，并报送乡文教办备案。随后，郑昌从县教委会申请调来几个刚毕业的师范生前来任教。为了把学校办好，庄国荣干脆拖家带口，住进了学校。

庄国荣先生从教已二十多年了，他喜爱这一职业，闲时，也喜欢哼唱雷州的流行歌曲：

教书先生吃田蟹，木匠做犁吃阉鸡；
若知教书这么贱，早那几年学做犁。

我看教书不是贱，教书育人为乡亲；
生活虽苦苦中乐，德艺双馨笑入眠。

经过几个月的努力，当年夏天，南吉村小学终于在一片欢呼声中正式挂牌。

在南吉村小学首次开学典礼上，庄国荣先生给学生们讲一九四九年年底人民解放军进驻雷州，指挥解放海南岛及雷州的故事：

一九四九年十二月，中国人民解放军第四野战军官兵浩浩荡荡挺进雷州半岛，准备渡海作战，解放海南岛。为了吸取金门海战失利的教训，部队进驻雷州之后，并不急于挺进，而是进行了为期五个月的战前部署。到第二年四月中旬，解放海南岛的战役正式打响。解放军在雷州百姓的积极支持与紧密配合下，依靠简陋的木帆船，强渡琼州海峡，仅用半个月的时间，就摧毁了国民党在海南的统治，解放了全岛。

海南岛战役前后，第四野战军某部奉命驻守雷州，与地方游击队合力清剿散落在当地的国民党残部及土匪势力。

双龙山战斗打响了。半山腰间，国民党官兵与土匪的子弹密集，炮弹在前方阵地爆炸，升腾起一柱柱黑烟。

这时，解放军战士吹响军号，旗手高举红旗，众战士像潮水般地冲上山坡。敌方的机枪像野狗一样狂叫，阻止我军的冲锋。我军战士端着机关枪，拼命向敌方阵地扫射。我方掩护冲锋的炮弹，在敌方阵地一颗接一颗地爆炸，敌方战斗人员在火焰中发出惨叫。冲锋在前的我方战士，有三人已中弹牺牲，另有数名战士身负重伤。

负责救护伤员的游击队担架班女班长李琼花，被战地火光照绿了脸庞。她腰上束着皮带，皮带上挂着几颗木柄手榴弹，率领担架班紧跟冲锋队伍的步伐。见战士倒下了，就命令游击队员把伤员抬走，自己则取下腰间的手榴弹扔出去，掩护队员救护。

可是，在掩护担架班撤离的途中，李琼花左手腕中了一颗子弹，跌倒在地。担架班队员只顾着往后撤，没注意到李琼花倒在地上。没过多久，突然有三个敌方匪兵冲过来，将李琼花抓起来，用绳子将其五花大绑，准备掳走当作人质。李琼花拼命挣扎，将其中一名匪兵的手咬出了血，疼得对方嗷嗷乱叫。

三个匪兵恼羞成怒，恶狠狠地甩了李琼花几个耳光，然后用枪顶着她的脑袋，将她强行拖进树林。正在这时，不知从哪儿突然飞来两颗子弹，先后将两名匪兵撂倒，另一名匪兵还没来得及反应，一名解放军战士一个箭步冲上来，飞起一脚，将其踢倒在地，接着，又对其补了一枪。

这名解放军战士，是某连排长郑昌。当时，他正指挥冲锋。途中，他远远看见三名敌方人员正与一名女子拉扯，马上赶了过来。救下李琼花之后，郑昌给她松了绑，然后叫来手下战士小张将她护送回战地医务所。

李琼花见了年轻帅气的郑昌，感激地说：“感谢您的救命之恩，不知怎么称呼您？”

小张抢着回答：“他是我们排长郑昌同志。”

李琼花深情地说：“救命之恩，等小女子日后相报。”

郑昌说：“战友之间，相互搭救是很正常的事，不值一提，你快去战地医务室治伤吧！”

郑昌说着，扭头就走，追赶部队去了。

李琼花望着郑昌远去的背影消失，才跟着小张去了后方医务室。

到了中午，敌我双方激战了一个多小时，仍不分胜负。连长洪耀华急了，他与指导员商量了一会儿，决定先行抢占制高点。洪耀华走到先锋排队员的后边，挥动手臂高呼：“同志们，我们绕道跑到山顶，尽快抢占一个高地。跟我来！”

话音未落，战士们如脱弓之箭，跟着连长急速冲上山顶，占据了最高点。

敌方匪兵很快反应了过来，将火力瞄准高地，顿时枪声大作，子弹从不远处的甘蔗林里密集射出。

“赶快散开，卧倒！”洪连长喊道。他光顾着指挥战士，自己却站在道旁。这时，一颗子弹从他右手背上擦过去，擦破了一些表皮，疼得他“哎哟”叫了一声。

“挂彩了？”郑昌急速跑上来问道。

“不碍事，飘彩。”洪连长忙说，“你们快卧倒，快！”

话音刚落，一颗子弹射在郑昌的枪托上。瞅着连长挂了彩，自己的枪托又挨了一弹，郑排长发火了，他顾不上卧倒，端起冲锋枪，一边对敌方怒骂，一边朝敌方猛烈扫射。见此情景，洪耀华立即命令战士们扔手榴弹掩护，自己一个箭步冲上去把郑昌按倒。

躲在甘蔗林中的顽匪中了郑昌的子弹和战士们扔出的手榴弹，死伤了四五个人，威势一下子被压了下去。他们纷纷退回甘蔗林中的垄沟里，伺机行事。

见敌方隐藏了起来，洪连长趁此喘息之机，命令郑昌的一排搬来大石头，在阵地上垒起一个个小“城堡”，以掩护连队作战并休整。

歇了一会儿，顽敌再次冲锋。这一回，他们改变了战术，不是一大群正面直线冲过来，而是从密密麻麻的甘蔗丛里，一个一个抄左右翼偷袭。

眼看右翼的敌人快要接近“城堡”了，郑昌对手臂被子弹擦伤的战士小张说：“老弟，你歇歇吧！”小张不答应，他把自己手里的步枪放下，挪到前面被击毙的一名敌人身边，捡起其洋枪，解下子弹带。正在这时，敌方一颗子弹飞来，把他的草帽打掉了。他吓得马上退回壕沟，接着，他把捡来的枪架在“城堡”的石头上，眯着左眼，右脸挨近枪杆，瞄准一个跑在前头的敌人就是一枪，那人应声倒下。郑昌见时机已到，便下令射击。我方接连开火，很快就放倒了几个敌人。敌人赶紧卧倒隐蔽。

为了尽快把双龙山这股顽敌消灭干净，洪耀华连长与众排长及当地游击队长商量对策，决定兵分三路主动出击：一路“诱”敌，一路“猛打”，一路“巧诈”。其中“巧诈”一路由游击队组织群众呐喊、放鞭炮迷惑敌人。

夜幕即将降临，郑昌带领“诱”敌一路战士向甘蔗林里的敌人发起猛烈射击，顽敌仓促应战。郑昌与众战士边打边佯装撤退，顽敌于是紧追猛打，没多久，甘蔗林里的顽敌全被引到山脚下的山沟里。埋伏在山沟的“猛打”一路，由洪连长亲自指挥，当顽敌进入伏击圈时，洪连长高呼：“打，狠狠地打！”众战士便一齐向追赶来的顽敌进行猛烈扫射，手榴弹纷纷在顽敌面前开花。同时，埋伏在四周的当地群众苏黑二、李奇等近百人，大放鞭炮，炮声由远而近，震天动地。在茫茫烟雾中，顽敌以为解放军增援部队来了，惊慌失措。

这时，洪耀华领头高呼：“缴枪不杀！”众战士与民兵跟着大喊“缴枪不杀”，呐喊声响彻云霄。顽敌见大势已去，纷纷放下武器，举手投降。

这次双龙山战役，共歼灭顽敌五十一人，重轻伤三十人，活捉八十二人，缴获枪支子弹一大批。而我方也牺牲了七名战士，其中有两名是班长，重轻伤战士十余人。

我方战斗人员流着泪埋葬了牺牲的战士后，马上集结，迎接新的战斗。经过几个月艰辛奋战，终于全部打垮了散落雷州各地的敌对势力。

到一九五〇年季春，雷州全境解放。

雷州，地处中国大陆最南端，是全国三大半岛之一，与海南岛隔海相望。雷州属亚热带海洋季风半湿润气候，台风、雷雨频发，民间传说，雷州因雷多而得名。此地历史悠久，文化璀璨，自西汉以来，历代朝廷大多在这里设郡置县，有“天南重地”之称。

当然，也由于地处大陆边陲，偏在岭南一隅，雷州也因此成为贬谪官员们的集散地。其中，最有名的莫过于“雷州十贤”：寇准、苏轼、苏辙、秦观、李纲、赵鼎、李邕、王岩叟、胡铨、任伯雨。英才汇集，推动了多种文化（如楚越文化、土著文化、闽南移民文化、海洋文化、中原文化）在雷州的融合，形成了独具特色的雷州文化。由于雷州半岛的土壤是红黏土，故雷州文化又有红土文化之称。

对于雷州红土文化，当代本土诗人云津有《红土地》七律诗云：

火山红土万千年，越国蛮荒兵马喧。
寺庙戏台锣鼓奏，海田丝路俚歌欢。
琮公宰相文豪仰，石狗雷神傩舞传。
最是南疆民做主，人心奋发谱新篇。

庄国荣先生讲完故事后，号召全体师生向解放军战士学习，学习解放军战士为人民的解放事业而壮烈牺牲的英雄气概和高贵品质，热切希望广大学生努力学习，长大后接好革命班子，做共产主义的接班人。

4

转眼间又到了冬天。苏黑二的孙子苏光宗满周岁，摆完周岁酒的第二天，正逢周末，村里有两个在乡上上学的初中生回来了。这两个学生，一个是吴文才的儿子拔群，另一个是张来喜的儿子松节。

吴文才和张来喜家境较好，解放后的第二年，就把儿子送到乡上读书，眼下已经读到初中了。一听说吴拔群回来，苏小妹就坐不住了。她来到吴文才家，轻轻推开院门。院子里干净整洁，长着许多花草。吴文才刚刚从菜地里回来，看到苏小妹，有点意外，继而笑呵呵地说：“是小妹呀，好久没见你来了。”

“你家院子里的花真多，开得真好。”苏小妹说。

“等到明年开春，还有更好看的呢！”吴文才美滋滋地说。

“真是太好了。”苏小妹不无羡慕地说。

吴文才的大嘴咧得更开了：“小妹呀，你是无事不登三宝殿，这阵儿来，肯定不是来看花的吧？”

苏小妹的脸微微一红：“拔群呢？今天星期天，怎么不见他？我有个事想问问他。”

吴文才说：“你到松节家看看，他俩是同学，干啥都一块儿。”

苏小妹点点头，走出院门。来到张来喜家，来喜妈说：“他们都在大榕树广场那边，你去找吧。”

苏小妹便告辞来喜妈，跨出门外，高高兴兴地哼起雷州童谣：

鸡角仔，鸡角哥，飞去菜园吃菜禾；
飞去南山吃竹籽，飞去海南吃槟榔。
槟榔青，槟榔红，槟榔生子……

路过大榕树时，苏小妹远远望见空场上围着一群孩子，吵吵闹闹的。苏小妹加快步伐赶过去，发现站在场中心的正是吴拔群。

将近半年没见，与她同龄的吴拔群似乎没长个子，还是比她矮小半个头，但他变得更加清秀了，更有精神了。别看他个子矮，但打小就是孩子王，只要一回村里，大小孩子都要跟在他的屁股后面转。

此时，吴拔群领着众孩子正在戏弄已故的地主陈海福的七岁小儿子陈明坤。

“你妈叫什么？”吴拔群扯着嗓子问。

“何小丽。”陈明坤小声回答。

“你妈是不是嫁了个后爸？”

“是。”

“你后爸跟你妈是不是天天晚上抱着睡？”

“不知道。”

“你喜不喜欢吃屎？”

“不喜欢。”

不论吴拔群他们问什么，陈明坤都不敢生气，只是小声回答。

这时，吴拔群挥手对小伙伴们喊：“小弟们，咱们今天玩儿斗地主的游戏，好不好？”众孩子异口同声地喊：“好！”

吴拔群想了一会儿，然后说：“咱们给他戴纸帽，插牌子，在村里游行。”

孩子们立马兴奋起来。

陈明坤吓得哭了起来。

“不好了，他的后爸来了。”不知谁喊了一声。

苏小妹见陈明坤后爸孙发祥正急急朝这边赶来，连忙大喊：“拔群，快跑。”

顷刻间，孩子们全都跑得没影儿了。

5

自从已故地主陈海福的小老婆何小丽与富农孙发祥结婚后，王锋便与何小丽断绝了暧昧关系。可他的风流本性不变，随后又物色了一位新对象，那就是小地主许培德的老婆郭婧。

小地主许培德，财产田亩大约是大地主李三泰的一半，土改时一切已充公。他育有一儿一女，儿子曾在湛海读学堂，跟大舅郭海一起生活。郭海是县老爷的秘书，解放大军南下之前，郭海觉察到形势不妙，就变卖了家产，同时劝姐夫许培德也卖了家产，两家一起逃往香港避难，可自己的父亲与姐夫都不肯走，郭海只好带着外甥一起逃往香港了。土改工作组进南吉村后，曾一再追问许培德儿子的具体下落，许培德夫妇都说不知道，事实上他们也确实不知道，只知道在香港。工作组见他们死活不说，也没办法。但作为当时的民兵组长，王锋一直揪住不放，借此大做文章，一会儿说他们的儿子逃往台湾，一会儿又说已逃往香港，逼得许培德夫妇苦不堪言。

当王锋的贼眼发现许培德老婆郭婧的姿色时，就开始变本加厉地审讯郭婧。郭婧丰满可人，她三十多岁，眉清目秀，肌肤白净，这对王锋来说，已经很满意了。

那时还是土改时期。一天晚上，王锋在审讯室里单独提审郭婧，他装腔作势地说："你儿子的下落，区公安及土改工作组已查明，住在香港中山街永昌巷，区里叫我负责带民兵去香港逮捕他。但我想来想去，觉得咱们是同村人，多少是有感情的，在万不得已的情况下，也不想绝你许家的香火。不过，我去不去香港逮捕你儿子，得看你的表现。"

王锋这话当然有很多漏洞，因为香港当时由英国管辖，内地执法人员哪能随随便便去那里抓人？再说了，即使抓人，也轮不到民兵。至于说查到郭婧儿子的住址，那纯属是瞎编的。

这些，郭婧怎么懂得？一听说要去香港逮捕自己的独生宝贝儿子，她信以为真，一下子就慌了，立即跪地抽泣起来："王组长，只要不去逮捕我儿子，你要我做什么都行。"

王锋一听"做什么都行"，就知道郭婧中招了，心里十分高兴："这就对了，看在你的面儿上，暂时不去逮捕你儿子了。不过，今晚你得让我在你身上快活快活。"

郭婧一听要与他做那事，开始怎么也不同意。但王锋步步紧逼，用手托起她的下巴，狠狠地说："如果要保住你的儿子，就由不得你不同意了，不但你要同意，而且你要给我保证，今晚的事，一点儿都不能向外透露，连你老公都不能说，否则你儿子有什么不测，就只能怪你自己了。"

郭婧回想起前段时间王锋对自己的残酷折磨，想到儿子逃难到香港的艰辛，想到林家的后继香火……越想越害怕，最后只好选择屈从。

想到这里，她只好闭着疲倦的双眼，长叹了一口气。

郭婧的表情，让王锋看到了希望。他试着用手摸了摸她迷人的脸蛋儿，没有遇到反抗。于是，他的手开始往下移，摸向她鼓鼓囊囊的前胸。郭婧的身子颤抖了一下，但仍然没有明确地反抗。王锋便大胆地解她上衣的扣子，郭婧本能地将他的手拨开，但是没有用，王锋继续解她的扣子。很快，郭婧的上身就裸露了出来。在昏黄的煤油灯映照下，她的胴体朦胧而优美。王锋的心跳加快，口水都流了出来。

王锋马上抱起郭婧，将她放到蒲草席上，接着将郭婧的裤子也脱了下来。

这样，郭婧的身体就完整地展现在眼前。王锋的呼吸变得急促了，他用手触摸了一下她耸立的乳峰，顿时，一股电流从手指尖通向全身。

王锋的手继续在郭婧的裸体上游走，从胸部到腹部，最后停留在那神秘的黑色三角地带。他感觉自己的下体在燃烧，欲火焚身，浑身燥热。

他迫不及待地扒光自己的衣服，将自己的下体挺进那黑色的三角地带。郭婧的身体扭动了一下，发出了一阵长长的呻吟……

自土改工作组进村，查封地主家产，地主家庭历经了批斗、管制、审讯、劳动改造等一系列专政措施之后，许培德被折磨得日益消瘦，苍老了许多，从此无心于夫妻房事。但郭婧比许培德年轻近十岁，尚处于“三十如狼”的年龄段，对房事还是有需求的。这时遇到王锋这个情场老手，尽管在道德上很反感他，但在生理上，她很快就适应了王锋的侵犯，并且还不由自主地配合了他。

有了这一次，王锋和郭婧每隔一段时间都要在审讯室折腾一回。只不过，原先严肃的审讯，变成了掩人耳目的逢场作戏，郭婧对王锋的反感，变成了对王锋的期待。

南吉村小学成立以后，地主富农各自搬到原先预留给他们的茅屋居住，王锋就再也没办法与郭婧寻欢作乐了。

从这时起，郭婧开始关心起王锋的终身大事来。她在脑子里搜寻适合王锋的结婚对象，最后想起了自己的穷表妹蔡玉珠。

蔡玉珠是郭婧姨妈的女儿，离异后再未结婚。郭婧托人传话把蔡玉珠叫到南吉村，将王锋的情况对表妹一一说了。当然，主要是讲王锋单身，穷人出身，现在是村干部。蔡玉珠觉得王锋条件不错，愿意跟他见面。

当晚，蔡玉珠就在郭婧家住下。第二天，郭婧把王锋找来，将表妹的情况跟他说了。王锋也爽快地答应见面谈谈。蔡玉珠长相不错，性格又温柔，王锋很满意。蔡玉珠对王锋的第一印象也很好，两人就这样慢慢好上了。

王锋与蔡玉珠都喜欢唱雷歌，两人约会时，经常一唱一和：

王锋唱：

九霄云外游玩回，今早刚回南吉村；
巧遇一位漂亮妹，敢问媚娘乜家门。

蔡玉珠接：

三山五岳嬞箱柜，五色云霞是娘村；
彩虹是嬞红头绳，天宫帝门我来回。

王锋唱：

雷州是我安砻碓，地宽天高是我村；
米缸大过仕礼岭，南吉山头我谷围。

蔡玉珠接：

沧海是嬞漱嘴水，日月我娘灯火光；
五雷都听嬞使唤，七星捧茶永跟随。

王锋唱：

你也爱我我惜你，叫香应甜相称呼；
鸟是靠山鱼依水，无水怎能养活鱼。

蔡玉珠接：

日也挂念夜仰慕，慕官时常梦里思；
若肯和嬞牛郎配，出也同途回同途。

王锋唱：

有命多久合多久，合到石烂与海枯；

共苦同甘归一梦，地久天长永不辞。

不久，结婚事宜就提上了议事日程。王锋家境贫寒，简简单单地办了个婚礼，就把蔡玉珠娶回了家。从此，王锋结束了单身和地痞式的生活。

蔡玉珠也是受苦人出身。十七年前，一个严寒的冬天，一个面黄肌瘦的中年妇女拖着一个十二三岁、瘦骨嶙峋的小闺女，随着成群结队的逃荒人，从徐闻逃往雷康。这个女人的丈夫在饥寒交迫中倒下，再也起不来了，她那怀抱着的婴儿，冻死在路上，大闺女卖给了人贩子，只剩下她和这个小闺女了。

母女俩跟着成群的饥民，在一座关帝庙里落脚，希望就在当地找一份能够维持生活的工来做。有一天，一个五十多岁的胖老头来到庙里，他看上了这中年妇女，就把她们母女带到他的宰狗场里，让她们吃了饭，给她们换了身旧衣服。那个中年女人就成了胖掌柜的“填房”。

那个小闺女就是蔡玉珠。胖掌柜喜欢这个白捡来的闺女，给她吃穿，给她钱花。蔡玉珠十四周岁那年，她妈得了伤寒，躺在东屋，发着高烧。蔡玉珠就到前边汤锅房里去煎药。后爸正在那儿煺狗毛。这个老牲口，色眯眯的眼睛斜瞟在小玉珠身子上，一时兽性大发。他放下手中活儿，走来灭了玉珠煎药的火苗，把玉珠抱往靠近汤房的西屋，命令玉珠躺在床上，脱掉衣服。玉珠不知道发生了什么事，就照着做了。后爸便脱光自己衣服，扑向小玉珠。玉珠下身一阵疼痛，便使劲挣扎。后爸答应给她两块银子，要她忍着，她便忍着再不挣扎了，任由后爸摆布。完事后，后爸再给了她一块银子，叮嘱她今天的事绝不能告诉她妈及其他人，要保密。

蔡玉珠十八岁那年，出落得如花似玉，搽脂抹粉会打扮，像一朵妖艳的花。后来时代变了，蔡玉珠也糊里糊涂，不知不觉地跟着变化。可恶的后爸死后，妈妈又改嫁到别的地方，蔡玉珠搽脂抹粉的日子也就一去不复返了。

蔡玉珠做姑娘的时候，曾经是个风流女子。可王锋家穷，底子薄，能娶到这美女般的老婆，已是万幸了。他珍惜这个来之不易的家，他爱着蔡玉珠，宠着蔡玉珠，将她惯得不像样。她有点好吃懒做，爱臭美，每天吃饱了饭，孩子一抱，东门出来，西门进去，到处扯闲话。平时说话做事，也没个主见，稀里糊涂地过日子，很是懵懂。

第四章

鬼胎表姐懵懂妹

1

清明节刚过，李奇接到通知，到乡里连开了两天会。会议的重点内容是讨论农业合作化的开展，县政府也派出主管农业的负责人到场作了讲话和情况说明。

当时，农业合作化运动已在全国各地展开，雷康县大部分乡镇也陆续成立了农业初级社、高级社，而东兴乡仅有一两个村成立了农业合作社，相比其他乡镇，显得落后了。对此，洪耀华书记很着急，他在会议上要求乡干部们到各村去蹲点包干，尽快成立农业合作社。郑昌因为对南吉村情况熟悉，被派往南吉村蹲点。

开完会之后，李奇和郑昌一起回到了南吉村。

路上，郑昌对李奇说："要提高农业合作化改革的效率，应当调动起党员模范带头作用，你们村除了你，还没有其他党员，需要尽快做好这项工作。"

李奇点头表示同意。当天晚饭后，李奇将苏黑二、吴明山、刘艳、孙保春、王锋、许昌民、郭泰和七个入党积极分子召到村部开会。郑昌从文件袋里掏出七张白纸，让李奇分发给各人。随后，郑昌严肃地说："各位同志，你们是南吉村的骨干分子，经受住了土改、镇反等各次运动的考验，经李奇同志推荐，以及我和他的反复商讨，决定发展你们入党，我和李奇愿意做你们的入党介绍人。你们每人写一份入党申请书，不识字的同志可以口述，请人代笔，写好后明天交给我。"

"太好了，谢谢组织，谢谢领导！"王锋第一个表达了兴奋之情。其他人也很高兴，七嘴八舌，议论纷纷。

“请大家安静，接下来我还有更重要的事情跟大家谈。”郑昌大声说道。

“农业合作社的建设，是一项新的考验，我们一定要紧跟形势，听从党的号召。在这场全国性的改革中，党员干部要发挥先锋模范作用。你们几位同志是向党靠拢的积极分子，应当积极发动群众，做好群众的思想工作。要以自愿为原则，不能强迫村民入社。”

李奇接过话头，对大家说：“我的意见是，咱们先搞个小社吧，我带头参加，起个示范作用。”

郑昌点了点头：“好，最好在座的各位先成立小社，李奇同志当这个合作社的主任吧。”

李奇笑着说：“好，我当主任。你们几位还有谁参加？”

孙保春拿起水烟筒，慢悠悠地抽着水烟，问道：“我愿意参加，但怎么参加呢？”

郑昌解释说：“就是入股制，村民把家里的土地、农具交到社里，好比组成一个大家庭，社员们一起合作，分工劳动，然后按劳分配。”

王锋接过话：“这挺好啊，像我这样，以前一直单身，干起活儿来确实累，有了合作社，这对劳动力欠缺的家庭也有个帮扶作用。”

苏黑二、吴明山、许昌民也觉得在理，表示愿意加入合作社。刘艳、郭泰和则表示自己没意见，但要回去与家人商量。

散会后，孙保春离开村部，边走边想着该动员哪些人入社。正想着时，突然前面有个声音喊：“保春。”孙保春抬头一看，原来是马本善，他不知不觉走到了马本善家门前的小道。

孙保春当即决定先动员马本善，他说：“原来是本善哥，我正打算去你家呢！”

马本善呵呵直笑：“巧了，我正要找你呢！我的娃子明天满月，想请你们大家都来喝满月酒。”

孙保春说：“喜事啊，恭喜恭喜！”

马本善忙将孙保春请进屋里。屋里坐了不少人，算命先生周太公、媒婆孙三娘、木匠许克安、屠夫郭八两等人也在。孙保春跟众人打了个招呼，目光却被正给孩子喂奶的何菊花吸引了过去。何菊花白白的乳房圆鼓鼓的，像月亮挂在她胸前。孙保春不敢多看，马上收回目光。何菊花见到孙保春，满不在乎地打招呼：“保春弟难得来，坐下喝茶。”

马本善给孙保春倒了杯茶。何菊花扣好衣服，就抱着娃子走到周太公先生面前，请他给娃子起名。

周太公问明娃子的生辰八字后，用手指头掐来算去。算了大约两分钟，他突然高兴道：“这娃子生性厚道，刚强，既聪明，又有志气，将来可上天摘月，下海擒蛟，就叫马志龙吧！”

按周太公的命理，这娃子命中有坎坷，青年时有一难。但不便说出来，便委婉说道：“这娃子得好好教育，不能太任性，不能乱冲乱撞，特别是年轻时要注意安全，平安是福。”

何菊花能听懂话中的意思，便与马本善承诺：“好好，一定要好好教育，决不能让他胡来，平安是福。”

众人也纷纷说道：“平安是福。”

不一会儿，周太公称有事，先行离去。其他人还在闲聊。趁着大家谈兴不错，孙保春开始向大家宣传新政府要建立农业合作社之事。

孙保春说完，老木匠许克安露出不屑的神情，说：“你小子，你给我说说，搞合作社有什么好处？”

孙保春说：“入社就是将土地和农具交给社里，由社里统一耕种，互帮互助，按劳分配，人多力量大嘛！”

老木匠两眼睁得圆圆的，提高嗓门说：“有这等好事？我恐怕消受不起。”

孙保春听出他话中有话，不再吱声。

马本善看出了两人的不愉快，就拿着茶壶过来续茶。

老木匠将空碗一推，阴森森道：“你们喝吧！我喝到头了，先走一步。”说着，立马起身，大步走出大门。

接着媒婆孙三娘也起身告辞。

屠夫郭八两也站起身，临走前问孙保春：“合作社对我宰猪有什么影响吗？”

孙保春回答说：“这是两码事，你只要拿土地入社就行，对你宰猪没影响。”

郭八两说了句“那就好”，就走出了大门。

老木匠许克安为何表露出明显的抵触情绪？孙保春凑近马家的邻居朱东汉，请他谈谈看法。

朱东汉说："保春，不瞒你说，土地是农民的命根子，许克安后洋那两亩地比他的命还重要。"

以下是朱东汉对往事的叙述：

七八年前，恶霸李三泰强行霸占许克安家的土地，侵吞手段狠毒。克安家的庄稼苗儿刚出土，李三泰就指使他的车夫在地里走大车；庄稼刚拔节，李三泰又让他的长工赶着牛群践踏损毁。克安是穷苦人家，这样毁他的地，不是要他一家子的命吗？可克安惹不起李三泰，只好在地里搭个小棚子，由家人轮流在棚内守着。眼看一部分庄稼保住了，快抽穗的时候，一场大祸从天而降。

那年深秋的一个夜里，许家父子钻进棚子正要睡觉，突然闯进一群手持木棍的家伙，不由分说，将克安父子捆绑带走。

半夜里，不知走了多远，许家父子迷迷糊糊地被关进一间小黑屋子里。直到第二天过堂，他才知道那地方是东兴乡政府牢房，他的罪状是私通共产党。李三泰买通国民党贪官袁乡长及牢房爪牙，给克安用刑，强迫他承认罪状，他当然拒不承认这个杀头的罪名。

逼供不成，乡长便与李三泰密谋耍诡计，派人到许家威逼他老婆："如果想保护你丈夫的命，要么花钱赎人，要么求李三泰担保。"许家一贫如洗，哪里有钱赎人？眼看走投无路，许氏便忍辱负重，到李三泰家跪求担保。可李三泰坐在太师椅上，怪声怪气地说："要担保得有条件，你有什么条件？"

许氏说："除了两亩地，哪里有值钱的东西？"

李三泰说："好，那你就把两亩地卖给我，我出钱担保克安出来。"

万般无奈，许氏只好点头同意。这时，李三泰叫来管家，代许氏写好贱价卖地的协议，让她按了手模。就这样，克安的后洋两亩地就归了李三泰。

第二天，袁乡长收下李三泰的红包后，就放了克安父子。克安回到家，他老婆见父子俩人不人鬼不鬼的样子，一口气堵在心窝，一病不起。不久，因无钱医治，她最终断了气。克安悲痛欲绝，也觉得活不下去了，买来一包鼠药拌饭，准备自杀。

那天中午，正好我路过他家门口，听到家中传来克安儿子撕心裂肺的痛哭，就走了进去。那孩子一见我，就叫我救救他爸。我一看桌上那碗饭，就觉得不对，因为颜色有点黑，旁边还有鼠药的包装纸。当时克安坐在桌前，他儿子死死抱着他的胳膊。我拿起那碗饭，闻了闻，就扔到了外面。我苦劝克安要想开点儿，有什么事情，让乡亲们帮忙。事后，我帮他家筹了点钱，渡过了当时的难关。

后来，土地改革，恶霸李三泰的土地被没收，贫下中农当家做主。分田地时，许克安跑到后洋两亩地上不住地流泪，回来后恳求苏黑二一定要把原先这块地分给他。鉴于这块地饱含着他的血泪史，农会同意了他的请求，这块地终于又回到了他的手里。他决心要把这块地作为祖宗产业传给他的后代，可今天你却说要把土地交出给合作社，这不明摆着割他的肉、放他的血吗?

孙保春听朱东汉这么一说，终于明白了。他对朱东汉道："东汉大叔，这么说，你就是克安叔的救命恩人，他应该敬重你的。我请你同他说说，土地只是入社，不是没收他的，地入了社，还是咱贫下中农的，又不是返还恶霸地主。请你劝劝他，让他知道，合作社是对咱贫下中农好，大家一起劳动，一起享受劳动成果，同甘共苦过日子，有什么不好呢！"

朱东汉觉得孙保春说得合情合理，何况土改时自己也是农会委员，应当拥护党和政府的政策。于是，他点头答应了孙保春的请求，而且还表态，自己回家后与老婆商量要不要加入合作社。说着，起身告辞了。

马本善夫妇在一旁听得很认真。朱东汉走后，马本善迫不及待地问："保春弟，照你这么说，入社是件大好事啊，我的情况能不能入?"

孙保春喜出望外道："我晚上找你，就是想请你入社呢！"

"好，我们入。"还没等马本善开口，何菊花先说了出来。

何菊花是个乐观的人，一有高兴事儿，就喜欢哼小调。这会儿，她又唱起了当时正流行的雷歌：

雨似珍珠射入内，月似金银泻满间；
日是福星相拱照，入社光荣双喜来。

如今我婶生贵子，丈夫善良我心松；
牦牛之子头长角，母虽俗人子是龙。

除了孙保春，其他村干部的宣讲工作也在紧锣密鼓地进行中。

李奇的收获最大，他说服了九户入社。苏黑二也不错，说服了七户入社。刘艳说服了五户入社。其他人也都有收获，最少的也说服了三户。

两天后，李奇召集七名入党积极分子到村部开会。经过统计，南吉村贫下中农共有四十六户愿意入社。李奇对大家的工作成绩表示满意，会议决定本月十五日为立社日，由蹲点干部郑昌上报乡党委、政府批准。

南吉村农业合作社成立那天，李奇一大早赶到村部庭院，检查大院的布置情况。整个大院已焕然一新，地面干干净净，墙上前一天就刷了石灰水，白亮亮的。大院门口已经拉了横幅，上面写着“庆祝东兴乡南吉村农业合作社正式成立”的字样。

上午九点，村部大院内外聚集了许多村民。乡党委书记兼乡长洪耀华在郑昌的陪同下，来到南吉村。洪书记在现场作了热情洋溢的讲话，并宣布南吉村农业合作社正式成立。全场掌声雷动，掌声中，首批入社的社员排成一行，李奇站在最前头，苏黑二、吴明山、孙保春等四十多户贫下中农则扶着木轮车，挑着犁耙，牵着牛，站成一排。仪式上，社员们还把土改时发放的土地证一并上缴。

2

由于南吉村成立合作社的效率高，乡政府推荐李奇为模范村干部，组织上安排他到县委党校培训半个月。郑昌也因为工作出色，晋升为乡党委副书记。

李奇到县党校培训，正巧东兴乡团委的“舞精灵”金彩虹也参加这次培训班学习。两人一见如故，互相问长问短，问寒问暖，甚是亲热，咸话淡话说了一大堆。

一天晚上，金彩虹到李奇的单人住宿房间，邀李奇出去跳舞。一进房间，彩虹的打扮让李奇大吃一惊。彩虹竟一下子变得这么漂亮！她的头发平时是扎着的，现却披开来了。她身穿粉红色的短衬，配上湛蓝的短裙，那两条出水芙蓉般的玉臂及象牙似的玉腿活灵活现，美滋滋的，令李奇看着了迷。

李奇为了掩饰自己，把双眼转向窗边，说：“彩虹，今天你打扮得有点特别。”

她说：“跳舞嘛，不好吗？”李奇连忙说：“好，谁敢说咱们的金姑娘不好呀！”于是，双双出门，往舞场奔去。

跳舞的时候，她脸上闪闪的，亮晶晶，闪得李奇心神不定。

有别人来邀她跳舞，她就说：“休息一下。”

这使李奇非常得意，说：“舞场最漂亮的金姑娘今晚就被我李奇承包了。”

她说：“我有这么漂亮吗？”

李奇道：“我只会实事求是，要我甜言蜜语我也说不出来。歌里不是说姑娘好像花一样，我觉得那就是唱你！”

她低了头说：“花一样有什么用？连个说话的伴儿都没有，打单身算了。”

这时“慢四”舞跳完了，刚下舞池，灯光就暗下来，渐渐地伸手不见五指，只有她脸上的胭脂粉在漆黑一片中闪着，给人梦幻的感觉，又像在向他打招呼。

那曲子幽幽地响着，像是从遥远的天边飘来。再一次舞起来，旋转时李奇不经意间手脚正碰着彩虹的玉臂玉腿。每碰一下，他的那个部位就像点燃了一片火。这种感觉在刘艳那里似乎还未得到。

在黑暗中，李奇说：“今天跳舞有一种特别的感觉，是一种很陌生的感觉，被唤醒似的感觉。”

她说：“那是什么感觉？”

他说：“似乎是一种说不清、道不明、无法形容的感觉。”

她说："我是可以想象的。"然后，嘻嘻道："李支书讲话好有韵味，我就是愿意和有幽默感的男人说话。"

李奇一听这顺耳的话，似乎感到自己在不知不觉中被金姑娘渐渐诱导到预设的圈套里去了。

散了舞，李奇回到房间，发现自己的心情有点异样。难道自己真的受到了诱惑？这是不可能的，自己与刘艳已经咬过"齿痕"了，是不能再想入非非了。

这时，有人敲门，是金彩虹。

她进门道："白天在班上看你在看一本小说，借给我看看，晚上就靠一本书打发日子。"

李奇把桌子上放的《红楼梦》拿给她。这时，看到彩虹已换掉了舞装打扮，已洗去脸上的脂粉，显出了活力的清纯。李奇忽然感到她身上的少女因素非常丰富，全身肌肤光洁细腻，线条柔和，嘴角微微上翘，显示出调皮的味道，浓密的头发在灯光下乌黑发亮，体态曲线分明，凹凸有致。尤其是腰部小小巧巧地收了进去，动一动都有一种韵味。

她见他看得入了神，把头一偏，说："怎么了？"扭头检查自己身上有什么不对劲儿。她张开双臂扭头的姿势很自然成了一种舞蹈的造型，李奇全身一麻，有一种被电击的感觉。

他说："彩虹，孤男寡女在一起可能有些危险，你知道吗？"

她认真地望着他说："不知道。"

他说："不知道就算了，知道嘛，那也只好算了。"

她哼一声："你以为我不知道男人？新社会了，还能那么天真吗？"

他说："你就不怕我图谋不轨，让你吃了亏，这么晚了到我这里来！"

她打量了他一番说："我自上次教你跳舞以来，观察到你并不那么坏。"

接下来，两人天南地北谈了一大堆，谈到了很晚她才走。

一连几个晚上，金彩虹都到李奇的房间来说话。她若来迟了，他心中似乎还有些不自在的感觉。

两人在一起说话都很兴奋。她仰着头，神采飞扬的样子。在兴头上，她说："以后我怎么叫你？我不愿叫你什么支书了，老是支书、支书的没有什么趣味，我叫你奇哥好不？"

他说："你喜欢怎么叫就怎么叫吧。"

她突然说："奇哥，你觉得我这个人怎么样？"

他躲避着说："哪方面怎么样？"

她说："你知道我想问什么。"

他说："好。"

她说："你一个'好'字就把我打发了？"

他说："你掂掂这个'好'字的分量，抛出去能打死一头猪，这个'好'字我可不轻易给一个人的。"

她幽幽地说："等半天得来一个'好'字，哪方面好？你说。"

他说："哪方面都好，你人生得靓丽，工作、学习又好，待人又热情大方，我若是你领导就会给你评优。"

她说："我不想听这些话，该说的你不说。"

他说："我真说了，你敢听吗？"

她马上说："你以为我是胆小鬼？"

他说："你不是，我是，我是。"

她说："男人大丈夫，这么婆婆妈妈的，有什么大胆说！皇帝爱江山，更爱美人，哪个英雄好汉宁愿孤单，哪个女人喜欢寂寞，快说来我听听。"

他说："我真的很喜欢你，爱你！可我跟刘艳咬过'齿痕'了，咱俩有缘无分，咱俩是迟来的爱了！"

她不再说什么了，托词很晚了，便告辞。

散班的前一天晚上，她又来找李奇。进了门，走到桌边，把那本《红楼梦》放在桌上说："书还给你。《红楼梦》这本书甚好，古往今来，爱情表达颇多。每个人的笔下，爱情都是不同的，世界上有多少种人就有多少种爱情。但不管出于什么版本的爱情，有人想念你，就是幸福；你心中有个想念的人，也是一种幸福。内心世界的频道往往是美好的。像烟花，灿烂过后是美好的记忆当然最好，灿烂过后只剩下凋零的碎片，也不必悲伤。"

她审视他一眼后继续说："在《红楼梦》中，黛玉对宝玉道：'宝姐姐和你好你怎么样？宝姐姐不和你好你怎么样？宝姐姐前儿和你好，如今不和你好你怎么样？你和她好她偏不和你好你怎么样？你不和她好她偏要和你好你怎么样？’宝玉呆了半晌，忽然大笑道：‘任凭弱水三千，我只取一瓢饮。’”

说完，她眼珠盯着李奇，以肯定的语气道：“弱水三千，我只取一瓢，梦有万千，我只梦一朝！我们不要像《红楼梦》里的林黛玉那样柔情似水，纠结缠绵，更不能像贾宝玉那样忠贞不渝。因为若那样，实在太累、太辛苦、太苍凉了。”

说到这里，她似乎不经意把窗帘拉上了。他笑了一下，她也笑了一下，房间里就有了一种特别的气氛。

他装着对这种气氛不理解，说：“你给我送行来了？”她坐在椅子上，望着他一声不吭。

他无奈又说：“你怎么不说话？”

她说：“说什么？再说什么也是多余的。”

说着说着流泪哽咽：“奇哥，咱有缘无分，咱没有什么可怨，这就是命运。刘艳是好姑娘，我的良心告诉我，我不能夺人所爱，你好好地珍惜刘艳的‘齿痕’，我不会为难你们。”说完便起身告辞了。刚走到门口，又回头说：“奇哥，明天我不送你了，保重。”

金彩虹走后，李奇似卸下一件沉重的思想包袱，自言自语：“爱情的内涵原来这么深啊！”

第二天，李奇结束了在县党校的培训学习，返回了南吉村。此时，正值夏秋之交，农闲季节。

南吉村是郑昌在地方工作的起点，也是他蹲点包干的村子，因此，农业合作社成立后，他更加重视南吉村的发展。他多次到南吉村指导工作，将原来的初级社扩大为高级社，李奇由原来的初级社主任升为高级社社长，苏黑二随之升为副社长，其他社委也相应升级为高级社社委。

成立高级社后，入社户数已有八十多户。按郑昌的意见，社大了，人多了，应按村东、村西、村中编为三个生产队，在社委里选出三个人兼任生产队长。经过社委会讨论，最终决定吴明山兼村东生产队队长，王锋兼村西生产队队长，孙保春兼村中生产队队长。刘艳兼高级社青年突击组组长，许昌民兼高级社统计员，郭泰和兼高级社出纳员。增补邓山花为新的高级社社委，兼高级社会计员。

此外，还任命马本善为三个生产队的社员出勤登记员。雇农出身的郭魁汉特别贫穷，四十多岁了，还一直单身，同时考虑到其为人正直无私，大家认为他适合长年住社，便让他担任高级社财产物资保管员。

李奇主持南吉村农业高级社的全面工作，刚刚初中毕业的小伙子吴拔群被李奇选定为高级社的文员秘书。那年，吴拔群尚不到十七岁，虽然还有几分顽皮，但学历高是其最大优势。

农业高级社成立后，为了提高社委领导班子的工作积极性，增强大家全心全意为人民服务的思想意识，树立为政清正廉明、忠于职守、艰苦奋斗的崇高风尚，李奇给大家讲了陈瑸公的故事：

陈瑸公，广东雷州附城南田乡人，生于清顺治十三年（1656），少有大志，勤奋攻书，满腹经纶，康熙二十七年（1688）在雷城设馆课童，翌年出长雷阳书院三年。康熙三十二年（1693）中举，三十三年（1694）中进士，三十八年（1699）44岁，为福建古田县知县，四十年（1701）46岁出任台湾府台湾县知县，四十四年（1705），授刑部主事，累迁郎中，四十八年（1709）调任福建按察使司佥事，分巡台湾厦门兵备道，兼学政。五十四年（1715），奉旨摄兵部侍郎衔、都察院右副都御史，特授巡抚楚南、偏沅（湖南）等处地方，同年调任福建巡抚，五十六年（1717），兼摄闽兵部尚书衔、都察院右都御史、覃恩诰受光禄大夫，五十七年（1718），病逝任上，享年63岁。被朝廷授礼部尚书，赐谥“清端”。

在岭南历代大儒中，死后被皇帝赐谥“清”的，据史料反映还有南宋名臣崔与之被谥为“清献”。“清”则代表清廉，这是至高的褒奖。陈瑸公一生，先为学，后为官，清正廉明，忠于职守，为国为民谋福祉，官民交口称誉，在中国清官廉吏文化史上，树立了一座不朽丰碑，也是雷州文化的殊荣。

中国封建社会官场，贪污受贿成风，陈瑸公置身官场二十多年，不带家属，孑然一身，轻车简从，饮食唯瓜蔬，严守本职，毫不懈怠，闻鸡即起，夜分不寝，远离声色犬马，二十年如一日，甚为难得。他奏言："官吏妄取一钱，即与百千万金无异。"这一名句，可做官场金字格言。他身后，"一绨袍，覆延以布衾而已"薄殓俭办，以致"同僚人视者，莫不感泣"。陈瑸公由此被列为明清时期岭南三大清官之一（另为海南邱濬和海瑞）。康熙帝闻知陈瑸公清廉事迹，说"陈瑸公居官甚优，操守清洁。清官朕亦见之，如伊者，朕实未见"。"从古清官未见有如伊者，亮哉！是国家祥瑞"。康熙五十四年（1715），康熙帝召见他时赠诗曰：

留犊从来汉史传，建牙分阃赖官贤。
宽弘驭吏当持法，休养安民务使全。
岭海屏藩靖蜃气，关山保障息烽烟。
迎年节近新春至，援笔枫宸饯别篇。

陈瑸公逝世后，康熙帝赐其谥号"清端"。雍正十年（1732），皇帝赐陈瑸公入京师贤良祠供奉，时只有十人入选，为一种规格很高的荣誉。后来清朝重臣左宗棠也称陈瑸公"邱海徽风昭岭表，程朱道学有根源"。寥寥数语，高度概括了陈瑸公从行为楷模到思想标杆的根源。连横在《台湾府志》称陈瑸公是一位"知谋国而不知营家，知恤民而不知爱身"的清官。

陈瑸公，爱民为民的榜样。陈瑸公生于雷州穷乡僻壤，对民生困苦有深切体会。其家境如顾镇在《陈瑸公家传》中所记："公少贫，屡茹苦力学，年十九补郡学，旋丁，内外艰毁，家庀丧葬，生计日索，膳粥时不继然。"加之半岛常受台风肆虐，旱魃时发，陈瑸公目睹百姓生活艰辛，对此充满同情。

直到他当了福建巡抚、闽浙总督，于康熙五十五年（1716）向皇帝上《题修雷阳堤岸疏》，提出"凡在濒江附海堤岸，通令修筑，保固民田"，获得允准和拨款，但仍不敷应用。陈瑸公于翌年（1717）再向皇帝上《题将公费捐修堤岸疏》，将自己任内所得薪俸1500两白银悉数捐出修堤。自此，雷州"海岸自是永固，乡人蒙其利"，有效地捍卫了东西洋田，成为雷州半岛粮仓，陈瑸公一心为民的善举结出了丰硕成果。

陈瑸公，治国安边的干吏。陈瑸公是大海的儿子，自小生活在雷州半岛，深受海洋文化熏陶，深知倭寇、海盗和海外势力对海疆的侵扰和破坏，具有强烈的海洋国土意识。所以他从政以后，把主要精力、政绩放在维护国家利益上，为安定海疆做出了重要贡献，被写入我国海洋文化史册。

对于陈瑸公，康熙认为“瑸生长海滨，非世家大族，无门生故旧，而天下皆称其清。非有实行，岂能如此？国家得此等人，实为祥瑞”。这说明皇帝很重视陈瑸公生长于雷州半岛海滨这个因素。康熙四十年（1701）陈瑸公调任台湾县知县，县治在今台南市，辖境相当于今台湾地区。此后不久，又调任福建按察司佥事，分巡台湾厦门兵备道，前后主政台湾共九年，对台湾、大陆沿海各港正常运作，发展海洋经济发挥了应有作用。

陈瑸公在台，深得人心，被称为“陈青天”。陈瑸公治台卓越贡献，朝野咸服，史家连横在《台湾通史》中评价：“康熙中，陈瑸公任台湾道，吏治为海疆第一，其后寂寂无闻。”这殊为确论，而台湾人民更是世世代代铭记陈瑸公的功劳。

陈瑸公，雷州教育的功臣。陈瑸公以科举入仕，深刻理解教育对国家、民族、地方发展的重大意义。在为官之前，即考取进士，待家六年期间，曾执掌雷阳书院三年，其事迹见当地百姓《请祀乡贤造报居乡事迹》，内称其：“一、勤学好文，陈中丞少好读书：为诸生时，岁科试辄冠军。至老手不释卷。”除他个人笃好读书，接济族亲、学生以外，在教学上，陈瑸公循循善诱，细致用心，不乏真知灼见。如谈到作文，他指出：“其行文之法，有起有序，有正有反，有开有阖，有伏脉，有照应，有收拾，有顿性，有波澜，有虚神，有实理，亦有声有色。”这类学习方法教诲，不胜枚举。陈瑸公特别教导学生：“世间荣华富贵，一切皆如电光泡影。唯学问一书，但不日进则日退，断无中立之理。”这些教导，使雷阳书院学生带上明显学风烙印，即“雷士之肄者，皆宁静不佻，勤学不息”。这其中即有陈瑸公一份功劳。

陈瑸公一生著作甚丰，是雷州文化一笔珍贵历史文物遗产。从清中叶起，即有关于陈瑸公的著作问世，计有《陈清端家书》；嘉庆十三年（1808）举人丁宗洛编《陈清端公年谱》凡两卷和《陈清端诗集》，乾隆三十年（1765）兼山堂刊本《陈清端公文集》8卷，同治七年（1868）广州富文斋刊本《陈清端文集》10卷，道光六年（1826）上东求不负斋刊本《雷康陈清端公诗集》10卷。

陈瑸公是清朝雷州乡贤。下面以几个侧面的动人事迹加深大家对陈瑸公的认识：

陈瑸公上任台湾

海上月明星稀，陈瑸公带上老仆人，扬帆东渡，朝台湾而去。一帆风顺，乘风破浪，几天后，船便靠岸了。陈瑸公与老仆在码头附近的饭店中，买些干饭，掏出一只咸鸭蛋，一分为二，主仆两人津津有味地吃了起来。

在陈瑸公对面，坐着一个满面胡须的彪形大汉。这人是谁？他是台湾县聚众闹事的大首领。大汉听说新任知县快到了，就在码头周围，寻找新知县。他想先下手为强，扣押新知县做人质，搭救关押在县监狱里的三四百名乡亲。

他听说新上任的县官姓陈名瑸，但做梦也没有想到，坐在对面的人就是他朝夕等待的新县官陈瑸公。大首领见陈瑸公和蔼可亲，便对陈瑸公说，台湾局势混乱，人心惶惶，常有暴徒拦路，杀人越货，从闽来台的官商寸步难行等等。陈瑸公若无其事地说：“我俩这次赴台探亲访友，身上盘缠不多，即使倾囊相赠，绿林好汉都不在乎，何况我们无冤无仇，有什么可担心的呢？”

话里言间，大汉见陈瑸公十分同情台湾黎民百姓的困苦，便悄悄地在他们包袱上留下一个特别的记号，让沿途“关卡”放行。

第二天，一个小头目气喘吁吁地赶来告急：新任知县陈瑸公已经到达驿馆，明天要接印办事了。大汉大吃一惊。陈瑸公是如何混过去的呢？他百思不得其解，只好快马加鞭，奔赴县城，打探实情，另谋对策。

新知县从驿馆走马上任，左右随从鸣锣开道。大汉朝坐在轿中的知县望去，觉得这个新知县好面熟。在轿子后面，他发现紧紧跟随的老仆，惊呼一声：“天哪，原来是他！”他高兴地对小头目说：“当官的是他，我们就不用多操这份心了！”

陈瑸公“放犯”

陈瑸公从古田县令调任台湾县令，一路微服查访，了解到许多老百姓因交不起赋税被关在牢里的情况。为了进一步了解案情，陈瑸公到狱中提审犯人。一进狱中，景象惨不忍睹。监狱阴森恐怖，牢房阴暗潮湿，便溺满地，腐臭不堪。时值隆冬，绝大多数犯人赤足单衣，饥寒交迫，不少人已经病倒了。

救人要紧。陈瑸公立即组织衣物，发放给犯人保暖；请来郎中，治病救人。在陈瑸公的重视下，监狱犯人的生活得到改善，他们对现任知县产生了感激之情。陈瑸公询问案情，有的如实回答，有的甚至知无不言、言无不尽。原来台湾官吏，自上而下层层加征税收，百姓不堪重负，加上统治者对被汉化的住民（“熟番”）耕种的土地不断霸占，对原住民（“生番”）的猎场不断蚕食，严重威胁到他们生存的根本，激起民变，聚众闹事，对抗官府。官府更加疯狂地镇压，制造冤案。

为此，陈瑸公对狱吏公差约法三章：不准勒索犯人、虐待犯人，不得克扣犯人的钱物，一经发现，严惩不贷。春节将至，犯人全部被释放回家，让他们与家人团圆。此事震动了台湾，惊动了朝廷，康熙皇帝派钦差到台湾查狱。消息传出，人们奔走相告。犯人及家属知道后，纷纷表示，决不能让好官陈知县为我们受累！于是，三百余名犯人全部提前回狱。钦差点犯，发现多出两个：一个是怕儿子未归，父亲顶替的；一个是怕兄长未归，弟弟顶替的。结果，儿子、兄长都来了。钦差如实具奏朝廷，康熙极为赞赏。

陈瑸公与“把米庙”

把米庙又称女儿庙。据说，陈瑸公任台湾知县时，化身平民，到村庄巡视，发现当时台湾的婚俗习惯是这样的：男女新婚时，所需的一切生活用品，如床箱衣柜、被铺蚊帐，甚至碗碟筷子，都要由女方出钱购置。嫁一个女儿丢了半个家（产），谁敢再生第二个女儿呢？因此，家家户户，大女儿出生后，第二个女儿一出生，就不让她活了。不是把她丢弃，就是让她自己夭折。陈瑸公采取了有效措施：一是惩治扼杀女婴的人；二是移风易俗，废除了原来的婚姻习惯。从此，“妃二”得救了。

春去秋来，一个妃二长大了，两个妃二长大了，千万个妃二都长大了。这些女儿长大后，念念不忘她们的救命恩人陈瑸公，当她们成家做饭时，不约而同地省下一把米来。一餐一把米，十餐十把米，聚沙成塔，积水成渊。她们把省下的米卖出去，集钱建庙，且雕刻陈瑸公的像置于庙中。群众称此庙为“把米庙”。陈瑸公逝世后，台湾把米庙就成为人们瞻仰陈瑸公的名胜古迹了。

陈瑸公捉鲎

陈瑸公到台湾当知县，处处关心人民的疾苦，常常下乡访贫问苦，深入田间地头了解生产情况，受到民众的尊敬、拥护和爱戴。

一天，正值涨潮，他带着数名随从下乡视察生产，发现成群结队的人们在对大海叩首膜拜。一个头插鲜花的老巫婆，涂脂抹粉，披红挂绿，腰系铜铃，手持腰鼓，正在手舞足蹈，振振有词：“皇天保佑，龙王息怒，宽恕良民，神鲎退去……香烛宝鼎，鸡鸭烧猪，如数敬奉，诚心诚意。”“拜——一叩首！——二叩首！——三叩首！——升！——跪！”在巫婆的指挥下，人们双手按地，连连叩头，动作整齐划一。

陈瑸公觉得奇怪，走近一看，只见几十对海鲎翘尾拱土，弄得满田坑坑洼洼。眼看水稻就要收割了，鲎群把一块块稻田毁掉，谁不痛心？

陈瑸公蹲下仔细观察，发现海鲎跟家乡雷州的一样，正是人们送饭下酒的佳肴。怎能让它们蹂躏稻田破坏庄稼？！陈瑸公手摸胡须，计上心来。说时迟，那时快，只见陈瑸公捋起袖子，顺手拿起一对鲎。两位长者见状，忙上前劝阻：“大人，此乃神鲎，捕捉不得，捕捉不得。”陈瑸公笑而答之：“此乃海鲎，卵逼难受，上岸产卵，趁机捕捉，既可食用，又可卖钱，何乐而不为？”群众一时茫然。陈瑸公又叫随从捉上数对鲎捆好，挑往府中。

趁火捉蜂，陈瑸公指着巫婆说：“你聚众祭鲎，蛊惑人心，兴风作浪，敲诈百姓，十恶不赦。你从此洗手不干坑害百姓的勾当，便也罢了；若再执迷不悟，以身试法，必以重刑处之。”巫婆吓得心惊肉跳，连连点头。

如何宰鲎？陈瑸公请诸位到府中观看。只见陈瑸公将一只鲎拿来，用碎布塞紧鲎屁股（因鲎屎有毒，所以塞住），洗净，开刀，小心取出鲎肠及鲎屁股中的粪便，将其丢掉，鲎肉任煎任炒，鲎卵以淀粉搅和，放进盆碗蒸煮。约莫一小时，掀开锅盖，香味扑鼻。陈瑸公带头吃鲎，片刻，众人也大吃起来，边吃边赞：好吃，好香。

第二天，陈大人吃鲎的事，传遍城乡，家喻户晓。从此，捕鲎的人与日俱增，祭鲎的事没人再提。破除了迷信，增添了佳肴，保护了庄稼，大家都赞扬陈瑸公又为台湾人民做了一件好事、美事。

陈瑸公审案

却说台湾县有两人是朋友，脾气相投，极相友善，一人名叫欧预，一人名叫崔元。那时候儿女婚姻，遵从“父母之命，媒妁之言”。两位朋友一辈子好不够，还约为亲家。欧预的儿子欧允与崔元之女准娘定了娃娃亲。按照当时风俗，欧家通过媒婆给崔家送去银链、礼盒、婚帖。后来欧预因故携家搬回大陆龙溪老家。婚约虽然还在，但远隔重洋，二十多年鱼沉雁杳，消息全没。眼看儿子到了娶亲年龄，欧预在龙溪县领了出海护照，带着欧允渡海完婚。不料刚到厦门，欧预得病殒身。老朋友崔元也在台过世了。

崔元之妻连氏贪恋钱财，把女儿转嫁给富户施荣。施荣佯装不知准娘前有婚约。是年五月，欧允来台完娶，见未婚妻嫁了他人，遂把对方告上公堂。

知县陈瑸公耐心倾听双方陈词，进行公堂调查。了解清楚事情首尾，把惊堂木一拍，几名涉案男女心中一凛，两列皂役抖擞精神，听他断案。

陈瑸公说，这明显是一桩欺贫废婿、恃势夺妻之案：

“崔妻连氏，你家与欧家婚约齐备，女儿已经是欧家的人，听到女儿家翁去世，应该令女儿速去奔丧才是。因妇道人家行走不便，若能坚守夫约，待其婿守过丧前来完娶，也才对。可是你贪人钱财，辱女改嫁，完全不顾先人期望，见利忘义，欺贫废婿。拉下去，脊杖三十！”

陈瑸公说着往堂下扔了令签，几名衙役把连氏拉向门外。

“施荣小人！你明知准娘已是欧允之人，为有夫之妇，还贪其美色，用金钱遂己私愿，坏人良缘。如果金多者皆可胡为，把道德置于何方？把国法置于何处？拉下去，脊杖四十，不得便宜了他。”

“准娘、欧允听了。你们婚帖只字未改，聘礼依旧，成婚合好去吧。望你们好好过日子，生儿育女，以慰先人之遗愿。”

“退堂！”

陈瑸公归葬

康熙五十七年（1718年）十月初三，陈瑸公在福建巡抚任上病逝，享年六十三岁。康熙皇帝赞他“居官甚优，操守极清”，追授为礼部尚书，赐谥号“清端”，同意归葬乡里，还派风水师随送，并谕旨“遇山葬山，遇水葬水”。

人们护送灵柩千里迢迢进入鉴江县城梅菉镇，在天后宫附近街道上，抬棺绳索断裂，坠棺街上。风水师一喜说：“就地安葬。”镇上居民闻知，惊恐万分，倾城出动，纷纷解囊捐助，并跪求不要在街道安葬。陈瑸公家属念及群众之情，遂起棺从鉴江下船，取水路回乡。

当船进入广州湾海道时，平静的海面狂风骤起。风水师定神察看，喜得大声叫嚷：“海底是块福地，快下棺，快下棺！”陈瑸公子女不忍心将父葬于大海，死活不从。风水师灵机一动，立即掀起盖棺草席抛进海里。大家回头一看，草席落处凸起一块土墩，海面又恢复了平静。众人见状非常惊奇，喟叹不已。

回到故里后，风水师忙着择地。陈瑸公的故乡在雷州东洋田中心，四周是一马平川的稻田。而稻田西边有块坡地，名曰：“五里坡”，风水师详细勘察，认定是“金鸡地”，便择黄道吉日安葬，墓碑前后两面分别刻有汉文满文。事完后，风水师回京复旨说陈瑸公葬在金鸡地。皇上问：“此地有山否？”风水师曰：“无山。”皇上喟然叹曰：“金鸡无山，何以隐藏？”

其实，“金鸡地”周边就有榜山、英山、韶山、孟山等九个有山名的村庄，这不就是九“山”藏“鸡”地嘛！只可惜风水师对此不详，被皇帝批定，否则陈家不知出多少功名富贵呢。

陈瑸公逝世后，台湾人民为纪念他的丰功伟绩，以每人一把米捐献的方式，集资建庙，名曰“把米庙”。台湾人民还以香木雕刻了两座像，一座留在台湾奉祀，另一座赠雷州，请入祠，供雷州人民千古拜谒悼念。

庙里有颂诗一首：

雷阳英杰似青松，秉政清廉送惠风。
进士御封千里耀，衮衣龙赐百年荣。
闽台巡抚黎民福，礼部尚书廊庙忠。
剑胆琴心抒鹤志，神州世代仰丰功。

李奇讲完陈瑸公的故事后，号召大家向陈瑸公学习，学习陈瑸公执政为民、克己奉公、清正廉明的思想品德和艰苦朴素的生活作风，希望大家在各自的工作岗位上，忠于职守、兢兢业业、奋发图强，为集体出大力，为南吉村造福祉。

农业高级社成立后，李奇创造性地提出了兴修水利的设想。他提出了南吉村今冬农田水利建设的构思，呈请郑昌副书记审阅。郑昌副书记审阅后很满意，并高度赞扬了李奇敢想敢干的革命首创精神，然后将李奇这一构思方案交高级社全体社委讨论。经全体社委研究，决定在南吉埠靠近农田（后洋）周边的南渡河支流两港湾截流，集水防干旱，同时有利于灌溉农田。另外，沿南吉岭脚下开两大引水渠，把南渡河流经南吉埠支流的水引出来，便于干旱天东洋片农作物的耕种。再则，在南吉坑口筑堤坝，这就是所谓的堵堰建小水库。

三项水利建设工程建成后，既能抗旱，又能排涝。并且，这些工程都是南吉村农业生产所迫切需要的，符合广大贫下中农的愿望，同时也表现了农业高级社成立的大手笔、新气魄。但工程需要劈山凿岭，挖掉地主李三泰家的风水墓地。对此，农业高级社有个别干部觉得挖人祖坟不合适。

郑昌摆明了自己的观点："李三泰及其祖辈作恶多端，罪大恶极，并且都逃脱了人民的惩罚，现在挖掉他们家的墓地，为南吉村农业生产造福，也算是李三泰家族给南吉村贫下中农赔罪，该挖！"

李奇也认为可以挖，有了郑昌的表态，他腰杆更硬了："就这么干吧！有人民政府给咱们撑腰，天塌不下。干社会主义事业，就要敢于跟天斗，跟地斗，跟阶级敌人斗。"

在县、乡两级政府的高度重视下，东兴乡成立了水利工程指挥部，指挥部就设在南吉村，洪耀华书记与郑昌副书记亲自出面，动员邻近三个自然村派出三支年富力强的突击队支援南吉村农田水利建设，三支突击队分别负责三个项目的建设。水利工程就在这年冬天如火如荼地开展起来。

刘艳的青年突击组进军南吉岭引水工程，这些青壮男女，个个意气风发，斗志昂扬，干得热火朝天。挖土的，开石的，推车的，挑土的，还有扛石头的，你呼我叫，那热烈场面，真是一幅动人的图景！

在石场里，男青年抡锤，女青年扶钢钎。后来，刘艳也试着抡锤，她力气小，抡锤稳着来，时间一长，根本受不了，只好跪在地上打，把裤膝上的布都磨烂了。她一不小心，锤便擦破了手腕，微血渗出。李奇刚好路过，见状马上用水烟丝压住，止了血，并关切地问："还痛不？"刘艳便说："小小皮外伤，不算什么！"李奇转而鼓励："咱突击组组长铁姑娘啊，好榜样！"接着，向突击组女青年说："毛主席说过女人能顶半边天，你们撑起了半边天，男同志能干的，咱女同志也能干！敢向男同志挑战，好样的！"说完微笑着走开了。

为了加快工程进度，民工们中午饭在工地上解决，所需伙食经费由乡政府补助。工程施工中所需的钢筋、水泥，由乡政府与县政府共同无偿提供。

工程建设开展大约半个月之后，有一天李奇傍晚收工回家，刚推开门，突然发现有什么东西从门缝里掉下来。他捡起来一看，原来是一封信。

信封上面只有收件人地址及收件人李奇的姓名，没有寄件人地址，下面只写着"内详"两个字。李奇好奇地拆开信封，内容是关于南吉岭引水工程建设要挖李三泰祖墓一事的。大体意思是谴责工程指挥部的这种行为，信中语言，充斥着恶毒的谩骂、恐吓。结尾一句话为："若一意孤行，胆敢强挖人家祖墓，你将付出包括你在内的全家人的生命代价。"

李奇看完信，推测出这是李三泰所为。这封信表明，李三泰与新政府、贫下中农为敌的贼心不死。李奇认为，这是一封与新政府为敌的挑战书，是对贫下中农当家做主的恐吓。这位年轻的农业高级社社长、基层党支部书记，回想起郑昌同志多次提出的阶级斗争问题：急风暴雨式的阶级斗争虽然已经结束，但这些地主阶级是不会甘心失败的，他们时刻想着"变天"，想着重回剥削压迫劳动人民的时代。

想到这儿，李奇怒火冲天，但没有丝毫恐惧。第二天一大早，李奇吃完饭便急忙赶向工地。路上正巧遇着刘艳，便将恐吓信内容简单与刘艳说了。刘艳气愤万分地说："地主李三泰太恶毒了。奇哥，你可小心啊！"李奇接着说："没有什么可怕的，正义一定会压倒邪恶的。你不必担心！"接着，他俩特意绕经李三泰家的祖墓，突然看到墓边竖着一个牌子，上面写着："谁胆敢挖掉此墓，他的人头一定落地。"

李奇、刘艳再次被激怒了。刘艳正准备伸手拔掉这块牌子，李奇马上说："这是严重的阶级斗争，要保留好现场。"于是，他俩压住心中怒火，快步朝工地指挥部走去，准备将这一情况报告给洪书记与郑昌副书记。

洪书记不在，郑昌副书记正在看文件。李奇迫不及待地将昨晚及今早发生的事情一一向郑昌作了汇报。听完李奇的讲述，郑昌赶紧拨通乡政府电话，向洪耀华书记作了汇报。洪书记指示郑昌尽快调查。李奇、刘艳又急忙向工地赶去。

在工地上，民工们已开始陆续上工。自从被发展为中共预备党员后，王锋表现良好，思想觉悟大有提高。他现在是南吉岭引水工程村西队队长，工作主动，肯吃苦，勇于迎难而上。对于昨日发生的案情，作为民兵班长的王锋积极协查，既认真又严密。他的媳妇蔡玉珠对案件也特别关心，常向他询问有关案情的消息。

这天，两个民兵来到李三泰祖墓边，在拔起作案人竖立的牌子时，突然发生了爆炸。原来牌子下埋了一颗地雷，由于该地雷小，爆炸力不大，只炸伤一个民兵的右脚，大脚趾有血流出，另一个民兵马上用水烟丝帮他包扎。

当天下午，蔡玉珠到南吉埠买了许多好菜，还打了一瓶米酒。晚饭做得很丰盛，等着王锋收工回家。王锋回来后，蔡玉珠显得格外热情，陪着他一起喝酒。等到王锋醉意正浓，蔡玉珠便向他打听案情。她问："李三泰祖墓的牌子被拿走了，李奇不打算挖墓了吧？"王锋醉醺醺地说："不挖，不挖吗？你喜欢不挖吗？你喜欢就不……"后面的话模模糊糊听不清。

见王锋昏昏欲睡的样子，蔡玉珠忙打水帮王锋洗澡，扶他上床，然后帮王锋捶腰按摩。接着，她把自己脱个精光，赤裸裸地逗王锋乐儿。王锋一下子就兴奋起来，蔡玉珠马上骑到他身上。两人风流快活了十几分钟，直到王锋瘫软下来。

蔡玉珠见时机已成熟，便轻轻地拍了拍王锋的脸，说："锋哥，我拿了人家钱财，替人家消灾，受表姐郭婧托付，想请你帮忙办一件事。"

这时，王锋醉意已渐消，忙问："什么事？"

蔡玉珠说："郭婧姐赏给我一千万钱（相当于现在的人民币约一千元），要我请你与李奇说情，不挖李三泰祖墓，她可以给你和李奇各一千万钱。她再三叮嘱我，这事要绝对保密，决不能提'郭婧'两个字，否则她会要我的命。锋哥，你就帮帮我吧，也算是帮帮郭婧姐，想必她也是受人之托。"

听完蔡玉珠的话，王锋感觉案情越发复杂了，自己的老婆已经卷入案内，以前的情人郭婧也扮演了更大的角色，他深深地意识到问题的严重性。他内心很矛盾，不停地问自己：我该怎么办？怎么办？拿郭婧的钱与她合作，为恶霸地主办事？这是万万不能的。我是共产党解救出来的，现在又是预备党员，我的阶级立场是绝对不允许我背叛党的。郭婧啊郭婧，你这个狐狸；许培德呀许培德，你这个变色龙。你们伪装得不错啊，表面上看已接受了改造，可骨子里还是地主阶级立场。你们打错算盘了，我王锋是那种见钱眼开的人吗？你郭婧拉表妹下水，再拉我下水。我本该揭发你，可念在与你的私下情分上，暂且放你一马。

王锋深知李奇的为人，那是一位顶天立地的男子汉，他立场坚定，对党的事业忠心耿耿，哪能接受金钱利诱呢？郭婧啊郭婧，你这是白日做梦。

经过深思熟虑，王锋决定将蔡玉珠所说的话埋在心底。他对蔡玉珠说："玉珠啊玉珠，你太天真了，太糊涂了，你上了地主阶级的当了。你知道这样做的后果吗？这是通敌罪，是要坐牢的，你已被阶级敌人收买，知道吗？你给我记住李奇的话：‘鱼因贪饵上鱼钩，蚂蚁贪油溺油缸，老鼠贪吃被毒死，人因贪钱坐监牢。’而今天之事，看在夫妻情分上，我暂且不揭发你，希望你知错就改，不要再被他们利用了。你转告郭婧，李三泰家的祖墓是绝对要挖的，任何人也改变不了，我这样的小人物更不可能改变，请她不要再抱幻想。这事到此为止，否则有她的苦日子过。另外，你出入郭婧家，千万注意不能被人发现。你要是出差错，还会把我拉下水，知道吗？”

蔡玉珠听自己男人这么一说，一下子傻了眼，她万万没想到问题会这么严重。她头脑简单，原以为自己男人是村干部，与李奇说个情应该是可以的。再说了，有钱能使鬼推磨，哪有猫不吃腥呢？可谁想到，共产党的干部与国民党的干部就是不一样啊！她这么一想，觉得再没有必要与王锋说什么了。

王锋这一夜睡得很不踏实。半夜里还做了个梦，梦中再现了他与郭婧寻欢作乐的情景。但眨眼间，郭婧又露出了狰狞的面目，她用拳头敲他的头，恶狠狠地道：“打死你这个忘恩负义的东西，俗话说不看僧面看佛面，不看鱼面看水面，你也不想想你在我身上风流了多少次了，当初你是怎么承诺的？说爱我、保护我，如今却扔下老娘不管。老娘绝对不会放过你，等着瞧吧！”她一边骂一边打，王锋怎么躲也躲不过，被她打得头破血流。他掩面大哭，跪下连连磕头求饶。

梦中惊醒后，王锋一身冷汗，心里说：“郭婧呀郭婧，你太过分了，咱等着瞧吧！”

起床后，王锋见蔡玉珠不见了，猜测她可能去了郭婧家，于是匆忙吃了早饭，就上工地去了。

蔡玉珠凌晨一点多就去了郭婧家，因为王锋叮嘱过，到郭婧家要避免被人发现。蔡玉珠坐定后，将王锋的话向许培德夫妇说了，同时还把郭婧原先赏给她的钱归还了，希望此事到此为止。

许培德夫妇听完蔡玉珠的话，没有责怪王锋，也不埋怨蔡玉珠。他俩意识到阻止挖李三泰祖墓一事没有回旋余地。等到蔡玉珠走后，郭婧便向南吉埠走去。

但是她们二人不知道，隐藏在暗处的民兵与公安干警对二人的举动看得一清二楚。两人一前一后走出屋外时，马上便被跟踪了。

郭婧到了南吉埠，走到永和茶馆门口时，回过头四下望了望，没发觉异常，便跨进茶馆。

与郭婧接头的是一个约莫三十岁的男子，中等身材，留着平头。郭婧与他交头接耳了大约十分钟后，便匆匆忙忙走出茶馆，一直往家中走去。

平头男子在郭婧走了大约五分钟后，也走出茶馆。两位便衣民警远远地跟了上去。那人穿过一条小巷，来到南吉埠码头，坐上渡船，到了河对岸，然后朝东港村方向走去。走了大约二十分钟，到了东港村口。那人回头看了看，觉察不到什么动静，便走进村里，进入一座茅草房。

此时，天已微亮。两位便衣民警一人留在茅屋外围继续监视，另一人去找该村支部书记。打听到支部书记的家后，民警郑伟业出示证件，表明来意，希望村支书提供那座茅草房的户主信息。东港村支书名叫方永良，他热情地接待了民警，并一五一十地将该茅草房农户家的情况作了详细介绍。

这户人家姓郭，住着母子两人。母亲为寡妇，其丈夫在解放后第三年去世。他生前曾在南吉村李三泰家混，在李三泰的赌场里是一位得力的打手，李三泰逃走后他便回家耕田。由于家中贫困，土改时被划成贫农，分了田地，两年后因病去世，剩下母子两人相依为命。儿子二十七岁了，现还是单身。前些天听说他家来了两位远房亲戚，都是三十来岁的男子，以前他们从来没见过这两位亲戚。前天傍晚，村里有人在南吉埠见过这两人，后来便不知去向了。

听完方书记的讲述后，郑伟业表示感谢，并握手告辞。

郑伟业回到茅屋农户附近，与守候在那里的另一位民警商量了一下，决定让他留下继续监视，自已马上赶回去向郑昌报告。

回到农田水利建设指挥部，恰好洪书记、郑副书记、李奇、苏黑二都在，郑伟业便将跟踪到的情况作了介绍。大家对案情进行认真分析后认为：案中的王锋的老婆是被罪犯金钱利诱，为郭婧所利用。而郭婧是案犯的同伙，也是案犯的马前卒。东港村那位郭姓男子则是郭婧的单线接头人，情报传递者。操纵案件的真正案犯就是方书记所说的那两个“远房亲戚”。或许不止两个人，极有可能都是从香港偷渡回来的，而幕后主犯，当然就是李三泰。

3

上午，李奇带领民兵开挖李三泰祖墓，郑昌带着几位民警在周边监视。为防止再现地雷伤人之类的情况，开挖前，民警先用探雷器对周围做了全面排查。

整个挖墓过程，没再发生异常。从李三泰祖墓挖出的棺材，重新选择位置入土安放。

根据各个监视点的信息反馈，挖墓工作完成后，郭婧再次出门。这次，郭婧身穿旧衣服，头戴大草帽，快步向南吉埠永和茶馆走去。到了茶馆门口，依老规矩，她环视周围是否异常，然后跨入。跟她接头的还是郭姓男子。大约十分钟后，郭婧走出茶馆，原路回家。大约一顿饭工夫后，那男子也坐船返回东港村。

下午四时许，那男子从自家茅屋出来，头也不回，直奔码头。

他在河边寻找打鱼的小船。过了一会儿，便找到了一只渔船。他问船家："今晚八点至夜五更前租用大叔的船办点事，可以吗？"

那船家说："我的船从来没出租过，不过，我认识你，既然你办事需要，就暂时租给你吧！"

那男子问："租金多少？"

船家说："我夜间打鱼能赚八万，租给你就收五万吧！"

那男子说："好，我现在就给你租金，晚上八点左右我就到这里开船，五更前再把船停放在这里。"

船家点了点头，收了租金。那男子谢过船家，又快步往回赶。

晚上七点半，天空突然乌云密布，紧接着电闪雷鸣。雨点一会儿就从天而降，大一阵小一阵，下个不停。此时，天色一片漆黑，伸手不见五指。

突然，东港村的那间茅屋大门打开了。这时，一道闪电掠过，借助闪电的光芒，盯梢的民警可以看见三个蒙面人穿着黑雨衣，走出门外。他们手中拿着小电筒，一前一后地向码头方向赶去。

到了码头边，他们找到了事先租用好的船只，三个蒙面人一起下船，不一会儿，船启动，朝对岸开去。

对岸就是南吉埠码头，另有两位民警事先已在此蹲守。

三个蒙面人的船只停靠下来后，其中的两个人走上岸，另一个还留在船中。两位民警马上尾随着那两个蒙面人。

那两个人对路并不陌生，显然事先已经反复踩点儿。两人转到通往南吉村的小道，径直走去。进了村子，两人来到李奇家的房子旁边，然后围着房子转了一圈儿，确认没有什么异常情况后，便在房子的一个墙角停住了。墙角边是李奇隔壁邻居朱东汉家。朱家的墙壁与李家并非在一条线上，而是往里缩进了两尺左右，正好形成了一个小旮旯。在夜间，不要说是下着雨，就是天上有月亮，人穿着黑衣贴在墙角不动，也很难被发现。

那两人选定了这个藏身的好位置，贴着墙直挺挺地站在那，伺机行动。他们中的一人握着一把尖刀，反抄在背后；另一人的尖刀插在腰带间，手中攥着一只打火机。按接头人提供的信息，这个时候如果李奇家还没有亮灯，说明李奇还没有回家。李奇如果到了家门口，一定是先掏钥匙，随后开门。在他开门的那一刻，他们就会以最快速度对李奇行刺。刺杀成功后，就一把火烧了这房子。

雨又变小了，夜还是那么黑，微风吹着村巷旁的树叶，发出低沉的“沙沙”声，给这黑暗的夜增添了恐怖的气氛。

这时，从村东面传来了脚步声，两人的心悬了起来。脚步声越来越近了，两人屏住呼吸，紧张地辨别走过来的是一个人还是两个人。来人没有说话，只有靴子蹚着泥水的声音。依稀可见手电筒的光，忽明忽暗。

李奇那把旧手电，电量不足，开关也不好用。他扛着铁锹，一边走着一边拧手电。两个歹徒紧张得不得了。他们听着那踩踏泥水的脚步声，越来越近了。再过十几秒钟，李奇就可以到门口了，他们就可以动手了……

忽然，隔壁人家的门一响，走出一个人。两个歹徒很气恼，真想扑过去，先给这捣乱的人捅一刀。

走出来的是朱东汉。他撑开了油纸伞，打算出门。才走几步远，他正好跟李奇碰上了。

“噢，李书记才回来啊？”朱东汉跟李奇打招呼。

“东汉叔啊，你不歇歇，还出去转？”李奇也热情地问候朱东汉。

“这天气说变就变，我想着得赶快想办法解决工地山体滑坡的问题，等雨水过去，一忙起来，又把这件事耽搁了。”

“你说得很对，就怕天气反常，得早点儿做准备。”李奇关了手电，亲切地说道，“我还想，能不能想一个又能解决问题又省钱的办法。你老经验多，得多给咱农业社出出主意噢！”

朱东汉听到这话，心里很舒坦，说：“要说省钱的办法，我倒是有一个，就是用稻草打苫子，往斜坡上一围，可隔雨啦。”

李奇高兴地说：“好好，可以试试。昨天晚上我还跟黑二社长商量，咱们可成立一个农社参谋部，你和苏吉祥、吴牛四、郭魁汉、许克安等人参加，专门给社里出主意。”

朱东汉心里更乐了，嘴上却说：“唉，我哪是那个材料？不过你挑的这几个人还不错。依我看哪，打草苫子这件事就交给克安那老家伙干。做木匠的，这方面能找到更好的办法。”

李奇说：“我完全没意见。噢对啦，今天克安叔在工地上表现得很不错，你得趁热打铁，把他再往高处拉拉。”

……

这边两个人越说越热乎，那边可急坏了要行凶的两个歹徒，恨不得一人给他们一刀。后来听到他们要分手了，赶紧又打起十二分精神。

朱东汉的脚步声渐远，李奇也走到了家门边。两个歹徒听到了李奇摸钥匙的声音，他们都把刀子握在手中，紧贴着墙根，悄无声息地离开墙角，朝李奇家门口移动。

就在他们准备举起刀子的那一刻，突然“轰”的一声雷响，一阵大雨又袭来。接着又一道闪电，照见了好几条黑影——四名全副武装的特警如神兵天降，站在他们面前。两人吓得转身欲逃，特警迅速上前，按住他们，铐上手铐。两人还来不及挣扎，就被逮捕了。

民警当场从两人身上搜出刺刀两把，短枪两支，子弹二十发，手榴弹六颗。恶霸地主李三泰派出的刺客，就这样落入了法网。

当刘艳得知香港杀手潜入李奇住宅作案，谋杀李奇未遂被公安特警逮捕的突发事件后，特别震惊，第一个赶到李奇家……

4

两个歹徒马上被押至南吉村高级社办公室连夜进行审讯。支部书记兼社长李奇、副社长苏黑二、治保主任吴明山、妇女主任刘艳还有民兵班长王锋坐一旁陪审。

先审案犯符九养。

民警：如实报上姓名、年龄、籍贯、职业，因何作案？

符九养：我叫符九养，外号“狗仔”，现年三十二岁，雷州徐闻县人。解放前偷渡香港，在老板李三泰的赌场当保镖。受命于老板李三泰，回东兴乡南吉村，阻止新政府破坏李三泰祖墓，并伺机杀死南吉村农业高级社社长李奇。

民警：何时、何处、与何人、何种方式回内地？上岸地点、落脚点在何处？与何人接头？如何获得作案情报？

符九养：一九五六年农历十一月初三从香港启程，与李三泰，老板贴身保镖何龙虎、郑霸山共四人一起乘货轮回内地，以港商身份上岸于湛海港十一号码头。上岸后，李三泰及贴身保镖何龙虎住在港口海富大酒店。我与李三泰分手时约定五天内办妥阻止挖祖墓计划，杀死李奇，烧毁其房屋，然后在海富大酒店碰头，再一起返回香港。同时约定，若五天内不能碰头，李三泰及其保镖先行返港。

离开湛海后，本人与郑霸山高价租用渔民轮船，乘船至南渡河东洋段下船，步行到东港村郭能二家落脚，接头人为郭能二，所获情报来自郭能二与郭婧。

民警：你与郭能二家是否相识？为何能在郭家住这么多天？

符九养：我与郑霸山都不认识郭家。我是拿着李三泰的亲笔信，和他与郭能二父亲郭保安当年拜把子时做的“生死牌”，来到郭家的。我向郭保安遗孀袁美英出示了“生死牌”并送了五千万重金给她。袁美英一看到“生死牌”便流泪，并跟我们说起了往事：

当年，郭家贫困不堪，郭保安又不争气，整天无所事事。有一天，李三泰到东港村大地主家做客，到村口时突然内急，急忙躲进甘蔗园里大便。突然一条恶狗跑来，可能是被便臭引来的。李三泰见那狗来势汹汹，惊恐万分。而藏在甘蔗园偷吃甘蔗的郭保安正好看到了这一情景。眼看那恶狗逼近李三泰，郭保安突然跑出来，用随身带的铁棒对准那狗头砸下，恶狗当场死亡。李三泰感激不尽，对郭保安说："兄弟，你救了我，我一定报答你。"说完就邀请郭保安到他府上饮酒。第二天郭保安依约赶到李三泰府上，李三泰亲自出门迎接。李三泰注意到郭保安身材魁梧，肌肉发达，很是喜欢，决定请他在自己手下效力。郭保安当然欣喜无比。李三泰接着又说："我俩是有缘分之人，不如结拜为兄弟，立个生死牌。"郭保安嘴上说不敢，心里却非常欢喜。结拜为兄弟后，郭保安便为李三泰出生入死，成为李三泰的得力助手。袁美英能够成为郭保安的妻子，也是李三泰做的媒，袁美英当年就是李三泰买来的婢女。

袁美英如此信任我们，正是因为上面这些原因。这么多天，她好饭好酒款待我们，都是因为老板李三泰的面子。这些天里，郭能二为我们带路，到过南吉岭水利工地，认识了李奇，又在工地上看了李三泰的祖墓，偷偷埋了小地雷。我们还到李奇家的周围侦察过，留下了一封信，同时又联系到郭婧，让她为我们提供情报。

阻止挖祖墓不成，我们打算立即杀死李奇，烧毁他的房子后，连夜返回南吉埠，坐郭能二接应的船逃跑，没想到，被你们抓了。

民警：你认为李三泰是否已经返回香港？

符九养：李老板做事一向谨慎，超过五天我们没回去，他肯定会偷返香港。

……

接下来审讯另一同案嫌犯郑霸山。

民警：犯罪嫌疑人，如实报上姓名、年龄、籍贯、职业，因何作案？

郑霸山：本人郑霸山，外号"山猫"，现年三十岁，雷州雷康县人。现偷渡香港，跟符九养一样，在老板李三泰的香港赌场当保镖。今年农历十一月初三受命于老板李三泰，回东兴乡南吉村，阻止新政府破坏李三泰祖墓，并伺机杀死南吉村农业高级社社长李奇。

民警：何时、何处、与何人、何种方式回内地？上岸地点、落脚点在何处？与何人接头？如何获得作案情报？

郑霸山：我与符九养是一起行动作案的，你所问的问题，符九养已回答得很明白了。

……

审讯完毕，民警连夜将两案犯押至雷康县看守所。

随后，民警将案情及审讯结果直接向洪耀华书记汇报。洪书记随即指示将正在南吉埠接应案犯的郭能二、许培德及其老婆郭婧抓捕审讯。

以下是郭能二的交代：

我叫郭能二，今年二十七岁，家住东兴乡东港村，家庭成分贫农。农历十一月初四上午，符九养及郑霸山两人到我家，我与母亲都不认识他俩。当时符九养介绍说，他俩是李三泰在香港经营生意时的保镖，老板李三泰派他们回来看望我们母子，送钱给我们过好日子，顺便请我们帮李三泰办点事。我与母亲开始并不十分相信，符九养便取出李三泰的亲笔信，拿出纸币五千万，并出示一张"生死牌"。母亲见到那"生死牌"，泪水便夺眶而出。接着她便要我协助符九养为李三泰办事。

符九养他俩说，要办成李三泰的事，一定要熟悉南吉村现状及李奇的起居、作息、生活规律等情况，请求我们一定要帮助他们摸清这些情况。我与母亲觉得问题不好办，因为我们不是南吉村人，于是就对他俩说："要准确摸清南吉村这些情况，最好找南吉村的人帮忙才行。"

这两个人对我们母子说："这个问题，李三泰老板早已准备好了。"说着便拿出一封信来，那信是南吉村地主许培德儿子写给父母的亲笔信。信中说，他与舅舅逃到香港后，由于资金不足，人地生疏，找不到工作，后被李三泰老板收留，舅舅在李家赌场管理账务，自己也在赌场打杂。希望父母为了舅舅和自己的生计，尽全力协助李三泰老板的保镖办好老板要办的事情。

在他俩的要求下，我拿着这封信立即赶到南吉村，请地主许培德或者他老婆郭婧来我家商量事情。许培德夫妇看完信后，愁眉苦脸。

最后，郭婧随我到了东港村我家中。那两个人介绍了她儿子及弟弟在香港的情况，然后交给她五千万，让她行贿高级社干部，取消挖李三泰祖墓决定，同时摸查南吉村的有关情况，随时与他们联络，让我充当联络接头人。郭婧虽然很为难，但考虑到自己的亲人在李三泰手下干事，只好答应了他们的请求。

郭婧走后，符九养要我与他一起化装成捕蛇人，到南吉村摸查情况。

第二天早上，我又按原先商定的计划，到南吉埠永和茶馆与郭婧接头，获得郭婧的有关情报。在茶馆，郭婧跟我说，行贿干部的事已没有希望了。她没有透露是向哪位干部行贿的。然后，她便将南吉村的现状及李奇社长的起居、生活习惯、晚上活动地点、回家睡觉的时间等，都作了详细的报告。

我第二次与郭婧接头是次日中午。郭婧到了永和茶馆，脸色很不好看，她说李三泰的祖墓已被挖掉了，她说她已经尽力了，请我转告那两个人，希望理解她的艰难处境。

郭婧走后不久，我便赶回家，将情况向那两个人说了。那两个人听后很气愤，看样子很憎恨李奇，但并未责怪郭婧。我也为郭婧说了情，要他俩多多理解郭婧。

之后，符九养与郑霸山耳语几句，便要我赶到码头租船，说是今晚他俩要到南吉村办一点事，不便叫渡口的船家开船，因为返回的时间确定不了。

我下午到了码头，为他俩租到一只渔船。到了晚八点时分，他俩要我一起走。当时，天下大雨，我和他俩披着雨衣，到了码头。我帮他俩把船开到对岸，他俩要我在船里等他们回来，然后他们就上岸去了南吉村。

接着提审郭婧、许培德。以下是郭婧的交代：

我随郭能二到过东港村他家，见到了那两个案犯。问及我儿子及我弟弟在香港的情况，后来那两个人给我五千万钱，要我行贿高级社干部。当时我不肯接受，因为我是戴罪的阶级敌人，是不能办这种事、也办不了这种事的。但那两个人软硬兼施逼迫我，说如果不与他们配合，李三泰会对我儿子及弟弟使坏。我不得不与他俩配合，但我后来并没有行贿干部，五千万如今还一分钱不少，我可以把这钱上缴给政府。

那两个人要我把南吉村的现状及村干部情况，尤其是李奇社长的详细情况摸清楚，报告给接头人郭能二。我与郭能二接过两次头，两次接头都是按那两个人指定的时间、地点进行的。第一次是在一个早上，在南吉埠永和茶馆接头，在行贿干部的问题上，我向郭能二说谎，说行贿干部失败，已绝对没有希望了。接着便将南吉村的有关情况向他报告了。第二次接头是在一个中午，就是挖掉李三泰祖墓的那天，我亲身到过挖墓现场，然后直奔永和茶馆与郭能二见面，告诉他李三泰祖墓已经被挖掉。

对那两个案犯蓄意谋杀李奇社长等罪行，我们一点儿也不知道，他们从来没向我们透露过，我们可以发誓：如果对此事有隐瞒，天打雷劈，让我们不得好死！

郭婧说完，便与许培德跪地磕头，请求民警饶恕。

坐在一旁陪审的李奇，一直都在思考案件的真相。他了解许培德夫妇，算是看透了他们的内心世界。他分析情况应该是这样的：

老奸巨猾的地主夫妻完全清楚李三泰派那两个人回南吉村办的是什么事，如果行贿干部成功，李三泰祖墓不挖，那李三泰要办的就是小事一桩。如果恐吓、利诱不成，祖墓被挖，那李三泰要办的就是复仇大事，比如杀人放火。

许培德夫妇经过反复推理，认为行贿的成功率很低，李三泰复仇的可能性最大。夫妻俩既希望复仇成功，解他们多年心头之恨，但也害怕复仇成功，因为政府一定会追查到底，会把案情联系到阶级敌人身上，到时候火就会烧到自己身上。但是如果不跟李三泰合作，李三泰一定会怪责他们夫妻，可能会对他们的儿子及其舅舅使坏。所以，思来想去，他俩还是觉得应行贿，若行贿成功，李三泰祖墓不挖，就皆大欢喜。

但行贿谈何容易？一对臭名昭著的地主，很难接触到说话管事的干部。现在南吉村唯有李奇说话顶用，要利诱他，只能找中间人。找谁？王锋的老婆蔡玉珠显然是最佳人选，因为她是郭婧的表妹，也是郭婧有意安排在王锋身边的有利用价值的人。蔡玉珠是郭婧的穷表妹，郭婧出入王锋家自然不会让人联想到什么。

蔡玉珠头脑简单，表姐托她找王锋送钱给李奇，对她来说并不是什么大不了的事情，何况表姐还送了不少钱给自己。但王锋是明白人，他哪敢受贿？所以，行贿之事最终没有办成。郭婧在供词中隐瞒了行贿一事，为的是保护蔡玉珠和王锋，为自己的将来留条后路。

李奇揣摩到了其中的蛛丝马迹，但因为是推测，他没有当场揭露。

审讯结束后，民警将郭能二、郭婧、许培德押往东兴乡派出所，听候处理。

第二天早上，李奇与苏黑二按照洪耀华书记的指示，决定对王锋老婆蔡玉珠的问题做内部调查处理。两人来到王锋家，王锋与蔡玉珠正在吃早饭。两人见两位社长同时到来，未免有些紧张。

王锋在昨晚陪审时，就已经紧张过一次了，手心里捏了一把汗，唯恐郭婧把他供出来。好在郭婧隐瞒了问题，否则，老婆可能会被处置，自己的干部岗位恐怕也保不住。他回来后，马上与蔡玉珠商量着如何应对可能发生的民警或领导问话。

蔡玉珠给来客递上茶后，李奇便直奔主题："玉珠同志，我与黑二社长是有事才登三宝殿。事情与村里发生的案件有关，你是干部家属，又是穷人出身，为避免影响王锋的形象与工作，所以昨晚没有抓你去审讯，你明白吗？"

蔡玉珠一听，吓出了冷汗，但马上记起了王锋的交代：镇静，再镇静！于是，面不改色地说："谢谢两位社长了，可我不明白李社长所说的是什么意思，难道我犯了什么罪？"

李奇说："现在还不能说你犯了什么罪，但有些疑问，请你交代一下。民警在跟踪地主婆郭婧时，发现郭婧当天傍晚到过你家。她走后，当天半夜里你又到了郭婧家，直到天亮时，你们才一前一后地离开，而郭婧当时是去给案犯送情报。因此，你的行为很可疑。我与黑二社长根据上级指示，到你家核实问题，请你如实告诉我们。”

“啊！原来是这样。”蔡玉珠说着露出一副吃惊又无辜的表情。

“那我真得赶紧解释清楚，事情的经过是这样的：郭婧姐那天傍晚到我家串门，只是闲谈，她问我近来身体有什么变化，结婚几个月了，有没有怀孕。我说没有什么变化。于是她就教了我一些孕育知识，叮嘱我应注意饮食。然后又问我近来有没有回娘家，并说了一些关心我娘家人的话。最后我留她一起吃饭，她不肯，就告辞了。我当晚深夜急忙忙赶到她家，是因为夜里王锋一直拉肚子，腹泻不止，当时我很焦急，于是想起郭婧姐家里有保济丸，就赶到她家。郭婧姐就给我拿保济丸，但忘记放在什么地方，找了好久才在一个柜子里找到。事情就是这样的，请两位社长放心。我是穷苦人家出身，王锋又是村干部，我俩是一贯拥护党和政府的，绝对不敢做坏事，请大家相信我的清白。”

蔡玉珠讲得有条有理，脸不红心不跳，坐在旁边的王锋一下子松了口气。

李奇和苏黑二听完，虽然是半信半疑，但又找不出什么破绽，只好起身告辞，决定将蔡玉珠的话转述给洪书记和派出所民警，让他们定夺。

次日一大早，为赶水利工程进度，王锋早饭没吃就赶着牛车到乡里拉钢筋。在返回的路上，天空中突然乌云密布，随着就下起了大雨。王锋赶紧穿上蓑衣，继续赶路。半路上，他发现前面有一个头戴大草帽的人被大雨浇得浑身湿透了。王锋走近一看，认出那人是东港村派出支援南吉村农田水利建设的突击队女队长梁靓妹。

梁靓妹二十五岁左右，个子高，脸庞方正，皮肤黝黑，行事作风颇有男子汉风范。她的这一形象，王锋印象很深刻。他少年时经常与小伙伴们到南吉埠头河滩边摸鱼捉虾，家离南吉埠不远的梁靓妹也经常同伙伴们到这里玩耍。在这河滩边玩耍的时间长了，王锋与梁靓妹也就相互熟识了。梁靓妹还经常邀王锋到她家玩儿，王锋便把捉来的鱼虾送给她家。这样，梁家人对王锋印象很好，梁靓妹也挺喜欢王锋。可是好景不长，王锋由于家里穷，父母又早逝，失去生活依靠和家庭教育，渐渐地与那些不三不四的人混上了，成了二流子。梁靓妹见他变成这样，多次劝他改邪归正，可他不但不听，还经常对她动手动脚。从此，梁靓妹就疏远他了。直到有一年，东兴乡武装部为了应对老蒋反攻大陆，组织全乡各村民兵野营集训大备战，他俩在集训时久别重逢，重归于好。不过，这时双方都已结婚。

此时，王锋在大雨中碰到梁靓妹，赶紧喊了一声她的名字。梁靓妹见是王锋，便高兴地说："锋哥，原来是你呀，我正要赶回工地，没想到遇着大雨。"王锋赶紧让靓妹上车，还把蓑衣脱下来给她披上。

蔡玉珠正在家里缝补衣服，王锋与梁靓妹浑身湿漉漉地跑进家门，令她大吃一惊。蔡玉珠上下打量着梁靓妹，王锋抹一把脸上的水对老婆说："这就是我在民兵集训时认识的梁靓妹，现在是支援咱们村水利建设的东港村突击队队长。你快找一件干衣服给她换上，别凉着人家。"王锋隐瞒了他少年时与梁靓妹相处的事情。

蔡玉珠心里不高兴，没好气地说："真不巧，我的衣服都洗了，天在下雨还没干呢！"

梁靓妹脱下蓑衣，说："没事儿，锋哥，把你的衣服给我换上也行。"

蔡玉珠斜着眼说："嗨，锋哥的衣服都没洗，脏着呢。"

梁靓妹说："没关系，脏衣服总比湿衣服好。"

蔡玉珠一听，心里更是不悦。但既然话已说到这份儿上，也只好找出王锋的衣服给靓妹换上了。

王锋让蔡玉珠赶快做早饭，别慢待了客人。蔡玉珠又推说她头疼，做不了饭。

梁靓妹没意识到蔡玉珠的醋意，她爽快地说："嫂子身体不舒服，我来做吧，都是熟人，不用那么客气。"

厨房里，王锋烧柴火煮饭，靓妹洗菜、洗碗，两人不停说着话。蔡玉珠没想到，自己的推三阻四反倒给他俩增加了亲近的机会。她非常气恼，但又不好发作，便警惕地偷听他俩的对话。

梁靓妹说这阵子大搞水利建设是好事，只是有些操之过急。王锋笑着说共产党为咱穷人打天下，就是为咱们过上好日子，得好好干。梁靓妹夸王锋思想进步，将来一定有前途。王锋夸梁靓妹人长得美，工作又出色，嫁的丈夫一定很好。梁靓妹夸王锋媳妇长得挺好看。王锋说光好看没用，过日子不行。

蔡玉珠听到这里，气得肺都快炸了。

吃过早饭，王锋和梁靓妹准备去工地。临出门时，王锋发现梁靓妹脸色苍白，气色很差，就关心地问：“你怎么了，是不是身体不舒服？”

梁靓妹说：“没什么，大概是被雨淋感冒了，不是什么大事，咱们走吧，雨早就停了，要开工了。”

王锋说：“你等等，我去给你烧碗姜汤喝，祛祛寒。”

这时，蔡玉珠看不下去了，冷笑着对王锋说：“看你俩的热乎劲儿，就是没病、不下雨，你也要黏上她。我看出来了，你对她有意思。”

王锋瞪圆眼睛，怒道：“胡说八道，别没事找事。”

蔡玉珠说：“是你找事。我就看不惯你那副色眯眯的嘴脸。”

王锋气急了：“看来你是非惹事不可了，不揍你一顿是不行了。”

王锋这一说，加重了玉珠的怒气，她一头撞向王锋的怀里，杀猪般地喊：“救命啊，王锋要杀人了。”

梁靓妹见王锋夫妇在吵闹，知道是因为自己引起的。她上前拉开二人，抱歉地说：“真不好意思，没想到我给你们添麻烦了，你们也别吵了，我这就走。”

走到门口，梁靓妹又扭头对蔡玉珠说：“嫂子，你真的误会了，锋哥是好人，但我们是革命的同志关系。另外，我爱我的丈夫，此生除了他，我不会与其他任何男人有不正当的感情。你这样误会我，是对我的羞辱。”

蔡玉珠一听，愣住了。

梁靓妹走出大门，突然，她站立不稳，倒在了地上。王锋吓坏了，赶紧跑过去，背起她向南吉埠邓式昌的诊所跑去。

到了诊所，邓大夫为梁靓妹把脉诊断，说是重感冒，接着就开处方，给她打吊针、服药。王锋安慰了梁靓妹一番，又向邓大夫说明了她的情况，接着，告别梁靓妹，上工地去了。

第五章

纯真爱情花绽放

1

转眼又到了腊月。经过两个月的奋战，南吉村水利工程终于竣工了。

庆功典礼过后，李奇决定让所有参加工程建设的社员休假三天。休完假后，还要投入冬季农作物的耕种与管理。雷州半岛地处大陆最南端，气候温暖湿润，日照充分，并且冬天不下雪，因此，一年四季都有品种繁多的农作物生长。即使到了冬天，仍有许多农作物需要种植、管理与收割，比如，雪豆、甘蔗、芒果、菠萝、木瓜、香蕉等。现在是合作社时期，社员劳动生产由农业社与生产队统一安排，按劳计分，按分计酬。

三天假期里，李奇没有休息，而是到农业社办公室值班，整理水利工程建设方面的各项数据。

这天，李奇坐在办公桌前专心致志地工作，有人进来也没意识到。突然，背后伸过来一双冰冷的手，将他的眼睛蒙住了。

李奇吓了一跳。但马上知道背后是谁了——除了她，还有谁跟他开这样的玩笑呢！

“猜猜我是谁？”背后的人故意压低嗓音，变粗声调。

李奇故意说了个别人的名字：“雪英。”雪英是南吉埠卖肉佬郭八两的大女儿，十九岁。

“再猜。”背后的声音说。

“阿花。”李奇又说了个名字。阿花是邻村的一个大美女，二十出头。

背后的人松开了手。李奇回过头，看到了刘艳那张愤怒的脸。

刘艳气愤地说："你心里只有别的女孩儿，却没有我，你变心了。"说着，她拿起放在一旁的红布包，转身往外跑。

李奇开玩笑，就是为了逗刘艳玩儿，没想到她反应过激，不由分说就跑了。他赶紧站起来，追了出去。在院门口将刘艳拦住了。

"我知道是你，我故意猜错逗你玩儿呢！"李奇笑着说。

刘艳却不笑，认真地说："故意猜错？那你为什么不猜王锋、保春他们的名字？你是不是心里早就有雪英、阿花了？"

李奇还是笑："猜女孩儿名字才容易惹怒你啊！"

刘艳说："你逗我不是为了让我开心吗？难道是为了惹怒我？"

刘艳说着，又要走。

李奇用身体挡住她，说："先惹怒你，然后解释清楚，你不就开心了吗？再说了，雪英、阿花她们从来没有到过我们办公室，我跟她们连话也没怎么说过，她们怎么可能一进办公室就蒙我的眼睛呢？"

李奇边说，边用手拉刘艳，将她拉进院子，然后将她抱住。

刘艳这才由怒转嗔："下次不许开这样的玩笑，你吓到我了。"

"你也吓到我了！"李奇也笑着说。

"我怎么吓到你了？"刘艳努着嘴问。

"先是蒙眼吓我，然后又跑走吓我！"李奇做了个鬼脸说。

刘艳终于笑了。然后两人一起回到办公室。

进了屋子，李奇刚刚坐下，刘艳就将带来的红布包递给他："奇哥，送给你的，不许打开。"

"这是什么？"李奇接过包，疑惑地问。

"你回家再打开看，我有事先走了。"刘艳说着就往外走，李奇在后面喊，她也不理。

等刘艳的身影消失了，李奇就迫不及待地打开红布包，发现里面是一件棕色的新毛衣。他把毛衣抖开，发现胸口绣了两朵粉红色并蒂莲，花的下面还绣了四个小字："争奇斗艳"。两朵花，再配上"奇"和"艳"，其中的寓意非常丰富，李奇当然马上就看明白了。这里既饱含着刘艳的奇巧构思，又寄托着她对未来爱情生活的憧憬。李奇很感动，将毛衣抱在胸口，想象着刘艳在孤灯下给他织毛衣的情景，心里被幸福充满了。

李奇想，刘艳二十好几岁了，而自己更是老大不小。村里和他同龄的小伙子，都已结婚成家，并且大部分当了爸爸，只有他还在单身。因为他在等刘艳，严格来说，是等刘艳的父亲改变态度。

刘艳也一直在父亲面前说李奇的好话，说他善良、无私、做事有魄力，试图改变刘谨慎对他的成见。但每次遭遇的，却都是父亲的那张冷脸。

时间不等人，刘艳决定直接向父亲摊牌。

这天傍晚，刘谨慎蹲在院中抽水烟。刘艳走过来，斜靠在院中的荔枝树上，默默地看着父亲。刘谨慎抬起头，看了她一眼，继续抽烟。

刘艳靠在树上，继续盯着她爸。刘谨慎终于开口了："你好像有心事？"

刘艳又沉默了一会儿，然后鼓起勇气说："我，我昨天送了件毛衣给他。"

"你说什么？"刘谨慎突然站起来，冲女儿吼道。

刘艳没有回话。刘谨慎又蹲下来，接着闷声抽水烟。

"爸，我知道你看不上李奇。可是你说说，这个村子哪个年轻人比李奇更好？嫁给一个可靠的人，难道不是你的心愿？我喜欢他，他也喜欢我，为了等我，他到现在还单身。你不能只固守着自己的看法，也要为女儿的幸福考虑一下吧？"

刘谨慎站了起来，盯着刘艳，然后缓和了一下语气："艳儿，跟你说实话吧，不是你爸看不上李奇，而是我跟李奇的爸爸小根曾经有过节儿。"

"什么过节儿，我怎么没听说过？再说小根叔早就去世了，你还计较干啥？"刘艳问。

"你不懂。那时候你还小，只有三四岁。记得那是一个秋天。"刘谨慎开始讲述那段往事，"我出海捕鱼，拿到南吉埠上卖。刚好遇到小根也在那儿卖鱼，我就和他打招呼，把鱼摊摆在他旁边。接着两个人就聊天。后来不知是谁喊了小根一声，他转过头去看，发现是他的一个亲戚来赶集，就跟他亲戚聊起来。正在这时，我有一条大鱼跳出盆子，跳到了小根的脚下。小根就去捡，我就跟他说，那是我的鱼。可小根非得说是他的，他的亲戚也帮他说话。我很气愤，跟他们争了起来，结果越争越厉害，最后动起手来。小根的亲戚在一旁帮忙，我当然打不过他，只好忍气吞声地回家了。艳儿呀，你说爸能咽下这口气吗？

虽然事情过去了二十年，但我没法忘掉这段仇恨。村里有些年纪的人都知道这事。现在，他们李家得势了，我却把女儿嫁给他们家，那不让人笑话我忘记仇恨，主动巴结李家吗？你爸可没那么贱！”

刘艳听完，心里顿时感到了事情的复杂性。她不知道说什么好，只好柔声劝刘谨慎：“爸！我理解你。可是，小根叔已经过世了啊！上辈人的仇恨难道要让下辈人来承担？”

“艳儿，你听着，我没有让你们下辈人承担仇恨，我只是要求别巴结他们李家，嫁给李奇，想都别想！”刘谨慎严肃地说，接着就背着手，转身进了家门。

刘艳突然觉得很无助。她走回自己的房间，躺在床上，眼泪顿时涌了出来。

当天晚上，刘艳就去找李奇。李奇刚刚吃过晚饭，他妈妈玉婶儿正在厨房洗碗。刘艳把李奇喊了出来。两人朝着村西的竹林走去。

在路上，刘艳委屈地把父亲刘谨慎的话对李奇说了。李奇听后，紧皱眉头，也感到了事情的复杂性。但他强作镇定，安慰刘艳别难过，他会想办法的。

送走刘艳后，李奇回到家，把他和刘艳之间的事情向母亲说了。玉婶儿早已察觉到了儿子与刘艳之间的关系，曾经几次就这事问李奇，李奇总是不承认。

玉婶儿也很喜欢刘艳，尽管她能感觉到刘谨慎的不友好，但是只要刘艳愿意做她媳妇，她不介意刘谨慎的态度。现在，当听说刘谨慎还在记恨二十年前与丈夫之间的过节儿，她突然发怒了。

“奇儿，那段往事我早就忘了，没想到刘谨慎那个老东西还在惦记着，说明这人很记仇。你跟他们家结亲，不会有什么便宜占的。你趁早死了这条心，别跟刘家丫头来往了。”玉婶儿激动地说。

“妈，我只喜欢刘艳，这事你们大人就别管了，我来想办法解决。”李奇说。

“你这不孝的东西，都快三十了还不结婚。要是刘家丫头不嫁，你就这样一直单身啊？你想让咱们李家绝后不成？”玉婶儿板起脸，严肃地说。

“妈，相信我，刘艳会嫁给我的，你看，她给我织的毛衣。”李奇说着，跑进房间把刘艳送的毛衣展开给妈妈看。

玉婶儿沉下脸：“就凭刘谨慎这个态度，我也很生气，你和刘艳是不会有结果的。我也要让刘谨慎知道，不要以为没他闺女我们奇儿就得打光棍儿，就算他同意了，我也不同意。明天妈就去找孙三娘给你物色姑娘。”

李奇开始生气了，冲妈妈大声说：“我不见。”

玉婶儿愣住了，接着眼泪就掉了下来：“你想气死我啊！你这个样子，对得起你死去的爸爸吗？”说到这儿，玉婶儿越发伤心，泣不成声了。

李奇只好缓和了语气，安慰妈妈：“妈妈别哭，我听你的就是，但相亲的事情再过几天吧，我这会儿心情不好。”

说完，李奇走出家门。他独自一人在外面转悠，没有方向，脑子里一片混乱。他第一次感到如此迷茫、无助。眼前一会儿浮现出刘谨慎凶恶的脸，一会儿又闪出妈妈哭泣的脸，一会儿，刘艳温柔可爱的脸像月亮一样，引着他往前走。

第二天中午，李奇来到南吉埠，准备找个地方喝闷酒，恰好遇到东港村的支部书记方永良。方永良跟李奇打过招呼后，邀请他去自己家喝酒，李奇爽快地接受了邀请。

两人边喝边聊，一直聊到太阳西沉。见天色不早，李奇向方永良告辞，醉醺醺地回到南吉村。他没有进家门，跑到村部办公室里呆坐着。坐了很久，突然院子里传来脚步声。

脚步踏进办公室的门。李奇抬头一看，大吃一惊。

来人竟然是郑昌。郑昌笑呵呵地说：“李奇同志，这么晚还在工作啊？”

李奇清醒过来，连忙站起来跟郑昌握手：“这么晚了，领导过来是不是又有重要通知？”

“你说对了，有重要通知。”郑昌坐下来哈哈地笑起来。

李奇也坐下来，做出一副洗耳恭听的样子。

“是这样的，今天乡里不是开妇女大会嘛！散会时天已经太晚了，洪书记担心刘艳同志的安全，安排我把她送回来。”郑昌没有直接说“通知”，而是说明他这么晚到南吉村的原因。

“嗯，领导辛苦了。我在这儿正等着她呢！刘艳她人呢？”李奇问。

“我直接送她回家去了。”郑昌说。

“领导有啥重要通知？”李奇接着问。

郑昌笑了：“今天这个通知是我个人安排的任务，希望你不折不扣地完成。”

“领导请讲，保证完成任务。”李奇说。

“是这样的，上次兴建水利工程，洪书记见到了你们农业社的会计邓山花同志，留心了几次，对她很有好感。今天在乡里开会时，我跟刘艳同志说到了这事，想请她帮忙，可刘艳说，你在村里德高望重，最好请你做红娘。”

“原来是这么回事。做领导的媒人，是我的荣幸啊，可我自己也是光棍儿一条，不知做媒够不够格？”李奇笑着说。

“没问题，论起光棍儿，你没有洪书记资格老。洪书记三十出头一大截了，还八字没一撇儿，上下级都在关心他的婚事，也为他牵线相过几次亲，可就是没有洪书记中意的。现在，难得洪书记对山花同志有眼缘，一定要抓住这个机会。你要把这件事当成大事来抓，有信心不？”郑昌说。

“这事包在我身上，领导尽管放心，请转告洪书记，李奇一定完成任务，咱们就等着喝喜酒吧！”李奇信心满满地说。

“就这么说定了。”郑昌说着，起身告辞。

再说刘艳。她被郑昌送回家后，父亲刘谨慎又冲她发火，叫她必须与李奇断绝交往，否则就断绝父女关系。刘艳气得把自己关进房间里，伤心地哭。母亲心疼女儿，就劝刘谨慎不要再用这种态度对待女儿，以免女儿想不开。

刘谨慎没出声，他想到了郑昌，希望他出面做做李奇和刘艳的工作，劝阻他们来往。“郑昌是他们两人的上级，他的话，两人总要听吧？”刘谨慎这么想。

第二天早上，刘谨慎就去农业社办公室找郑昌。在经过大榕树时，恰好遇到郑昌骑着自行车过来。他就主动迎上去打招呼：“郑书记早啊！”

郑昌连忙下车，很和气地向刘谨慎问好。

刘谨慎说：“郑书记，我有件事情想请你帮忙。”

郑昌把车推到刘谨慎跟前，把车停好：“刘大叔，有事请讲。”

刘谨慎就把李奇和刘艳之间的事情从头到尾都说了，然后请郑昌帮忙劝阻他俩来往。

郑昌这时候才明确地知道李奇和刘艳之间的关系。此前他也听人说过，但问起李奇时，李奇不置可否。

郑昌沉默了一会儿，就对刘谨慎说："大叔，要我说，这是你的不对。现在是新社会了，还分什么刘家李家的。刘李两家的过节儿，是上一代人的事情，不要再翻旧账了，更不能让上辈人的恩怨毁了下一代的幸福。难道，你的面子比女儿的幸福更重要？再说了，现在地主打倒了，农民翻身了，同一村再不能讲姓氏宗派，大家都是阶级兄弟和姐妹。咱们不是搞合作社了嘛，合作社就是大家庭，社员们共同出工，共同劳动，共享劳动果实，明明是一家人的关系，你非得弄个敌我矛盾出来，这显然是错误的。大叔，你这个旧观念一定要改。俗话也说了，冤家宜解不宜结，冤冤相报何时了。何况，咱们新社会讲的是恋爱自由、婚姻自主，父母包办的年代早就一去不复返了。你可不能再干涉刘艳的婚姻大事了。你这样逼刘艳，逼得她出了什么意外，你也是要负法律责任的，到时候，你后悔都来不及。大叔，你是长辈，我尊重你，但是在这个问题上，你得听我的。我希望你们两家和好，家和万事兴，社员和好，就是合作社兴旺。"

听了郑昌一席话，刘谨慎的态度渐渐缓和了下来。他觉得郑昌说得对，认识到自己确实太自私、太粗暴了。

本意是劝郑昌，结果反被郑昌劝，刘谨慎觉得自己很可笑。他对郑昌表示愿意改变自己的态度，然后告辞回家了。

刘谨慎走后，郑昌来到了李奇家，把同样的道理也对李奇的母亲玉婶儿说了一遍。玉婶儿同意郑昌的说法，同时承诺不干涉儿子的恋爱自由。

刘李两家的疙瘩，就这样被郑昌化解了。

就郑昌委托李奇为邓山花与洪耀华做媒一事，晚上，李奇到邓山花家谈了郑昌的嘱咐和洪书记的想法。邓山花一直害羞地低着头，不好意思回答，应该算是默许了。接着，李奇又找邓山花的父母谈了这事。邓山花的父母一向思想开明，说是新社会了，婚姻大事由女儿做主。

李奇头一次当红娘，没想到这么顺利，心里美滋滋的。更令他开心的是，郑昌为他与刘艳之间的关系扫除了障碍，化解了双方家长的矛盾。兴奋之余，他哼起了雷歌小调：

雨过天晴蛙声脆，中天月华泻银辉；
月伴艳妹等奇哥，望断路头几多回。

雄鸡一唱愁闷去，从此夜宁无苦思；
蒙正听钟终有讯，苦去甘来福运浮。

2

惊蛰过后，半岛大地上已是树木葱茏，生机盎然。

三月二十二日，是雷州杨家乡井尾坡阴阳圩。其特点是无庙有会，集随会至，朝聚暮散，故称“阴阳圩”。井尾坡地势较高，地形开阔，是洋田地区举行大型集会活动的好地方。雷州民间每年妈祖诞辰，各村群众便云集此地举行庙会。有一年曾汇集有三十多支游行队伍，赴会的达十多万人次。为了满足游行群众的需要，附近小贩便利用这一时机开始在该地临时经营一些熟食、汤水等，为庙会提供服务。后来，又因为庙会正值春耕时节，人们便开始经营竹器、农具、种子等买卖，从而形成了“无庙有会，无店有圩”的特色。相传，在此购买的竹木器具不生蛀虫，该圩因此享有盛誉，吸引了雷州三县群众及北海、海南等地客商到此地进行交易。

这天，李奇、苏黑二及高级社的三个生产队长吴明山、王锋、孙保春等赶圩为集体购买农具。

他们来到井尾坡阴阳圩，只见十里八乡的群众云集在此举行庙会，锣鼓声喧天，鞭炮声动地，临时商铺、摊位纵横交替，叫卖声此起彼伏，整个井尾坡一派热热闹闹、欣欣向荣的新景象！

李奇一行人在农具行中挑选了九把铁犁、九把铁耙、九台木制风谷机、九张办公桌，还有九把铁铲、九款谷围、九对畚箕扁担、九把铁锨，一堆缆绳、扫帚等。购买的这些农具、日用品由许昌民、郭泰和、马本善三人赶着牛车拉回高级社，分摊于三个生产队使用。

李奇一行人办完公家事情后，逛阴阳圩竹器行。李奇买下竹织菜篮子一个，竹织碗碟筐一个；苏黑二买下竹织座椅一个，谷筛一个；吴明山买下竹织谷筐一个；孙保春买下竹织渔具一个，竹织米筛一个；王锋买下竹扁担一把，竹渔具一个。

当他们走出竹器行时，便碰见吴拔群、苏永发、许永昌、朱保明、周明德等几个年轻小伙子正在观看江湖佬儿耍猴儿卖膏药，看得入迷。李奇一行也驻足观看：

只见江湖佬儿紧了紧腰间的猫皮裙，抬起一只手，抹了一把脸，戴着悟空面具，那张脸变得活泼而生动，猴儿气十足。他挤鼻子，弄眼，一副猴儿精作怪的模样，活灵活现。一会儿，脸上表情突变，怪叫一声，双手着地，接连翻了几个跟斗。接着，一个鲤鱼打挺，从地面跃起，竟如一只飞燕拔地腾空，飞高足有三尺，然后四平八稳般降落地上。如此卓绝轻功，观众无不瞠目结舌，暗暗称奇。于是，众人齐声喝彩。江湖佬儿得到夸奖，得意忘形，把那金箍棒猛地抛向高空，然后，自己弹起身体，在空中连翻两个跟斗，落地时不摇不晃，伸出只手，恰好接住从天降落的金箍棒。其人若神龙，棒如游龙，施展棒术：打、扫、挡、戳、抽……棒声啪嚓，棒影飘忽。然后，棒立如杆，一纵身，跃上棒尖，单腿如金鸡独立，手掌搭在眉上，做出悟空远眺状。又来了个后空翻身，飘然落地，对众人抱拳作揖。他如此大方自然的不平凡表演，博得众人鼓掌欢呼！

江湖佬儿表演完毕，李奇一行起身要走。拔群眼快，一下子见到李奇一行，便走上前与他们搭话，见到他们各人都挑着竹器具，立即想起出门时父亲嘱托买竹雕鸟笼养鸟一事。于是同李奇他们说要去买竹雕鸟笼，便与李奇一行告辞。而伴随拔群的年轻小伙们也随之奔向竹器行。

到了竹器行，拔群挑选了一只精制的竹雕鸟笼，便掏钱买下。又看到旁边的竹椅很大方，藤沙发更美观，便各买下两张。

刘艳、邓山花、苏小妹、吴翠玉等姑娘一早也到井尾坡逛“阴阳圩”。这帮姑娘各挑所需要的布匹买下了。接着，姑娘们奔向李月娥姑娘的歌台，观看雷歌对唱、独奏等。到近晌午，大家（包括李奇一行）便回家了。

井尾坡的“阴阳圩”沸腾了一天，至傍晚时分，便恢复了往日的宁静。

这天，东兴派出所民警把小地主许培德及其老婆郭婧遣返南吉村。这两名去年年底杀人未遂案中的嫌疑从犯，最终因不能认定参与犯罪而被释放，交由村里的民兵监管。

井尾坡“阴阳圩”的第三天，李奇接到通知，要求他和刘艳前往湛海地委礼堂参加全地区农业合作社社长及妇女主任会议，为期六天。

雷康县参加会议的同志住在海滨旅馆。旅馆是东西两栋两层的砖木结构瓦房，楼梯与地板都是木制的。李奇住在旅馆东一栋，刘艳住在西一栋，每天就餐都在该旅馆食堂。

刘艳第一次出远门，也是第一次到湛海这样的大城市，这里的一切对她来说都是新鲜美好的。李奇虽然经常出门开会，但是到湛海也是第一次。

会议期间，白天会务紧张，晚上自由活动，星期日休息。

第一天晚饭后，李奇本想与刘艳约会，结果被东兴乡的几个老相识约出去一起逛街。第二天下午，好不容易开完了会，李奇又打算约刘艳，结果，洪书记临时决定组织本乡与会同志晚饭后到电影院看电影《开国典礼》。

看完电影后，李奇约刘艳明天早上六点一起去海边看日出。因为明天是星期日，不用开会，也没有其他安排。

星期日一大早，李奇和刘艳就起床了。在旅馆大门口，刘艳激动地挽住李奇的手臂，在黎明昏暗的街灯下，走下了台阶。

来到大街上，李奇招来一辆黄色老爷车。两人上车后，紧挨着坐在一起。

两人很久说不出一句话。李奇抓过刘艳的手，她趁势靠在他的怀中。

南风把街心花园的树木吹得瑟瑟作响，十字路口的几盏灯光还在黎明的光线中努力地亮着。她好奇地看着窗外陌生的风景，而他紧紧地搂着她。

车子拐到了一条宽阔的马路上，这条马路似乎长得没有尽头。突然，车子朝另一条街上拐去，一个急转弯儿，使得两人的身体失控，他的脸差点儿倾到了她的脸上。此情此景，使他忘乎所以，他就势把嘴紧紧地贴到了她的双唇上……

车又转了一个弯儿，朝海边开去。大约开了十分钟，便停车了。啊，到了海边了。李奇付了车费，扶着刘艳下车。

天越来越亮了，东方的云朵隐约透出淡淡的红色。一片灰白发亮的海水横在他俩的面前。岸边是一片窄窄的沙滩，潮来时会被全部淹没，现在潮已退去，沙滩上还很潮湿。他俩站在岸边，望着水天相接处，默默不语。海风温和地吹拂着他们，刘艳的头发随风飘扬，显得更加妩媚动人。

这时天空已由深蓝变为明亮的浅蓝，粉红的云彩挂在他们的头上。

他俩走到一块岩石旁，他说："我们在石头上坐会儿吧，太阳马上就要出来了。"

她伸手在岩石上摸了一下，说："这上面还是湿的呢。"便掏出手帕在石头上擦了擦。然后两人坐了上去。

朝霞越来越红，后面似乎隐藏着无数道金光。渐渐地，云朵被金光冲开了，天空顿时开阔起来。一轮朱红色的太阳在海天交接处露出了头。海面上顿时闪现出金子一般的细碎波光，非常美丽。

两个年轻人许久都不曾说一句话，他们带着赞叹和惊奇的目光静观这炫目的景象，既被美景所陶醉，更对未来的美好生活充满了向往。

朝阳已渐渐升高了。李奇觉得饿了，就牵着刘艳的手，离开了。

离海岸不远，就是一条街。两人来到一家汤团店。店里坐满了人，他俩找个位置坐下，要了两碗汤团。李奇用筷子把一个汤团弄成两半，夹了半个送进口里，另一半送到刘艳的口里。

这时，一个二十岁不到的少女从外面进来，手里端着碗。她长着一张漂亮而标致的瓜子脸，脑后垂着一条辫子，穿着一件白色的外套，楚楚动人的样子，将店里食客的目光都吸引了过去。

"她就是'汤团西施'……"李奇听到旁边一名食客轻声地对其同桌说。

那少女回过头朝这边张望，她那美丽的大眼睛恰巧与李奇的目光碰在了一起。她若无其事地笑了笑，又把头转了过去。李奇的心里禁不住跳动起来，望着那少女的背影出神。

刘艳在旁边叫他，他回过神来，见刘艳抿着嘴笑。他不知道她笑什么，正纳闷儿，忽然觉察到自己手里还夹着一个汤团，不觉红了脸，便低下头吃汤团。吃完后，他正要付钱，却被刘艳抢先付了。

他俩从汤团店里走出来，太阳已经高挂在天空了，街上也开始喧闹起来。李奇感觉有点儿热，便把外套脱下来搭在手臂上。

他们决定原路步行走回旅馆。先是走进一条较僻静的巷子，巷子很窄，低矮的房檐下，有几个妇人和女孩儿正忙着补渔网。他俩穿过巷子，又转到一条大路上。两人手牵着手，沿着大街边逛边聊天。这样的场景，他们此前连做梦也想象不到。

五六里地的路程，一个人走或许会觉得有点儿长，但两个人一起走，很快就到了。他们走过旅馆门前，看见服务员正引着水管在草地上浇水。李奇摸出怀表看了看，还不到九点钟。李奇觉得两人单独相处，意犹未尽，便指着树林那面提议："那边咱们还没有去过，要不走走？"

"奇哥要去，我当然乐意奉陪。"她微笑着说。

"好温柔的声音呀！"李奇也打趣说。

两人转入了小径，走了一会儿，路渐渐地变窄了，最后窄得只可容一个人通过。刘艳在前面走，李奇跟在后面。路边的柳条垂下来，不时地拂到他俩的脸。

李奇靠近刘艳，刘艳感觉到他身上的热气吹到自己的耳边和脸颊上，她的女性敏感的心，还可以听出他的急促的呼吸。她不觉红了脸，突然停了下来。他来不及收住脚步，前胸碰到了她的后背。他趁势吻了吻她的柔发，用手轻抚她的双肩。她的肩头在微微颤动，他似乎感觉到她的胸膛也在起伏。一阵发香和体香混合起来直往他的鼻子里送。他非常激动，走上前去搂她，忘情地吻她、抚摸她。

两人很陶醉，很满足。他激动地说："今天真美好，太阳真伟大，它到处散播生命的激情，照到哪里，哪里就充满生机与希望。"

刘艳也感叹地说："是呀，今早看日出，那万丈光芒，使我想起庄国荣先生念的诗句'日出江花红胜火'。太阳真的好神奇。"

这时，两人已走到一片茂密的树林前面，一条曲折的小径把他俩引进了树林。越往里走，树林越密。参天的大树遮住了阳光，使树林变得更加幽深。走着走着，他们突然看到一口井，井旁立着一个木架，架上拴了一个桶。抬头望去，发现前面有一座茅屋，一个老头子坐在屋檐下的竹椅上，正用竹条编篮子。他的脚下躺着一条黑狗，那黑狗看见陌生人，便跳起来狂吠。老人连忙站起，把它唤回去。

“是从海滨旅馆来的吧？”老人微笑着，大声冲他俩打招呼。

“你怎么知道的啊？”李奇惊讶地问道。

“我们本地很少有你们这么俊美的年轻人。”老人呵呵地笑起来，“这些年经常有外地人来这里散步，他们大都住在海滨旅馆，因为海滨旅馆离这儿最近。旅馆建好还没几年，我在这里却住了十几年了。”

说完，他又转头向屋子里喊了一声：“琴姑。”

屋子里响起一个少女的应答声。老人又喊：“搬两个凳子出来。”

茅屋里走出一个十七八岁的姑娘，手里提着两个竹凳子，摆放在李奇和刘艳的面前，说了声“请坐”，便回到老人身边。

“是你的女儿吗？看相貌就知道很聪明。”刘艳说。

“不，她是我的侄女，我弟弟的孩子。弟弟夫妇俩死得早，剩下她孤零零一个人，我就把她带到这里来。我没有娶过亲，也是孤零零的，把她当作亲生女儿看待。”说到这儿，他便转过头，用爱怜的眼光看了看那姑娘。

接着，他继续说：“她待我也像亲爸爸一样。她人又聪明又勤快，如今，年岁一天天地大起来了，我得尽早给她物色一个可靠的人，把她嫁了，让她过点好日子。我一直留心着，可总也选不到一个中意的，唉！”

那姑娘听到这儿，脸红了，就跑进了屋里。老人叹了口气后，就对李奇和刘艳说：“你们两位真是天生的一对儿啊，这样亲密无间的好夫妻，让人好羡慕。”

刘艳的脸马上红了。李奇却很享受，他对老人微笑着说：“谢谢老人家，相信你的侄女会找到如意郎君的。”

老人很开心，又向他们聊起自己的身世：他姓王，年少时也读过书，而且练得一手好拳脚，后来又当过兵。他渴望谋得一官半职，谁知经过了无数次浴血奋战，依然是士兵一个。抗战胜利后他便离开了军队，在东北混了好几年，然后又跑到这里来。后来他得到了看守树林的工作，这样一住就是十几年。

聊了很久，李奇决定起身告辞。老人站起来送他们时，又说了一句：“你们俩这样好的一对儿，怎么没有带着孩子一块儿出来？”

李奇故作平静地对老人说：“我们很快就会有孩子的。”

刘艳顿时羞得满脸通红。

两人往回走，走出树林时，都感到很疲劳。刘艳说要回房间休息一下，李奇就送她。因为是星期日，许多前来开会的人都外出逛街或走亲访友去了，旅馆里很安静。

进了刘艳的房间，李奇让刘艳躺下休息，自己却不愿离去。

刘艳说：“奇哥，今天咱们起得太早，你也回去休息一下吧，到吃午饭的时候，我去叫你。”

李奇点点头，却舍不得走开。他的心越跳越快，一个大胆的决定控制了自己的脚步，这个脚步不是走向门口，而是走向刘艳的床边。

“艳，我爱你，爱得真的快疯了。”李奇挨着刘艳坐下来，搂住她的腰。

“奇哥，我也爱你，爱得要发狂了。”说着，就闭上了眼睛，紧张地等待李奇的狂吻。

李奇捧起刘艳的脸，让自己的嘴唇对准她的嘴唇，让自己的吻像雨点一样落在上面。紧接着四片热唇和两根舌头在你吞我咽，他们的嘴唇在灼热中像葡萄糖一样熔化了……刘艳紧紧地抱住刘奇，享受这前所未有的心跳和激情。

李奇右手摸到了刘艳的胸前，尝试解她衣服的纽扣。刘艳更加紧张了，她本能地按住了李奇的手。但是，李奇的手力大无穷，很轻松地化解了刘艳的抵抗。

不一会儿，刘艳那赤裸裸的玉体，展现在李奇面前。他终于看到了她那坚挺的乳峰，那优美的腰身曲线，那雪白的双腿……这神秘的裸体，曾在李奇的脑海中，多次闪现。

李奇陶醉了，他脱光自己，将刘艳的裸体抱得紧紧的。刘艳在他怀中，不停地扭动着身体，梦呓一般地叫着：“奇哥，奇哥，奇哥。”

李奇将刘艳放在床上，轻轻地，将自己的身体融入她的身体，如水到渠成，瓜熟蒂落，真正地合二为一了。刘艳在下面，发出了轻声的尖叫……

爱情的高潮，是如此美妙，多么幸福，多么甜蜜。这对相爱多年的恋人，第一感受到了爱的神奇。

高潮过后，两人相拥着，慢慢睡着了。

……

会议开到了第五天。

这天晚饭后，李奇和刘艳离开食堂时，遇到了洪耀华书记。两人忙跟洪书记打招呼。

洪耀华问："你们俩吃完了？打算去哪儿？"

李奇说："是的，准备去散散步。"

洪耀华说："我也刚刚吃完，那么咱们一起走走？"

"好啊，我正想着向你讨教学习呢！"李奇很高兴，因为他一直想找个机会找洪书记聊聊南吉村未来发展的设想，听听洪书记的看法和建议。现在正好可以借散步的机会谈谈自己的设想。

洪耀华点点头。三个人慢慢地朝旅馆旁边的花园小径走去。

李奇先聊到了邓山花的情况，关于她的出身、为人、思想觉悟等。这些情况正是洪耀华近来最感兴趣的自身大事，因此，他听得很入迷。李奇向他保证，做媒的任务，他一定能圆满完成。洪耀华听得哈哈大笑。

接着，李奇又提出了他对南吉村未来发展的设想：组建南吉村渔业队和牧果场。

李奇认为，南吉村组建牧果场的基础条件是具备的，但涉及土地、资金等问题，需要政策支持。组建渔业队困难相对较大，比如渔民技术薄弱、出海捕捞设施需要大量资金，这同样需要上级政府提供支持和指导。

洪耀华听后，认为李奇的设想很好，要改变农村一穷二白的面貌，单靠农业生产是不够的，需要壮大集体经济，搞多种经营，让农、副、牧、渔同步走。

于是他问李奇："你具体谈谈，需要上级怎样的支持？"

李奇说："第一，请求乡政府拨给南吉村渔业队渔船两艘，配备捕捞渔具。两艘渔船及配套渔具的价钱，由南吉村高级社先付二成，另外八成为无息赊欠，三年内付清。第二，为渔业队聘请船长一名，负责培训渔民的驾船与捕捞技术，船长由南吉村借用三年，其间工资由渔业队支付。第三，牧果场需要乡政府委派农业技术员，常年指导。"

洪耀华听后，沉思了一会儿，然后表示："你的第一条要求，我觉得难度比较大，因为目前乡政府财政困难，你要无息赊欠八成，财政恐怕顶不住。我建议，你们以集资分红的形式发动群众集资，看能否再提高两成的首付，其余的六成，财政可以无息赊欠三成，另外三成由信用社以有息贷款解决。至于第二、三条，乡政府可以出面帮忙，尽最大努力解决，但也不是容易办得到的事情，因为全乡各村的合作社都在寻求发展经济，都要求乡政府支持。不要说乡政府能力有限，就是县政府也会感到无奈。所以，我只能说尽力而为。”

李奇和刘艳听后，都点头表示理解，并不约而同地说：“谢谢洪书记！”

洪耀华微笑着说：“你们不要谢我，要谢就谢共产党、毛主席，有共产党，才有咱们年轻人施展才能的广阔天地啊！”

李奇激动地说：“洪书记，这些年来你对南吉村的支持与帮助实在太多了，我们都记在心里，我们会努力以优异成绩报答领导的关心爱护，报答党和毛主席。”

洪耀华点点头：“好，你们年轻有为，大胆干吧！”

第二天，是大会的最后一天。上午是闭幕仪式，湛海地委与政府主要领导先后作了重要讲话，随后，会议主持人宣布大会胜利闭幕。下午，全体参加会议的同志被安排前往湛海大剧院观看电影《红旗渠》。观影结束后，各县区参会人员陆续离开湛海回家。

回家路上，李奇与刘艳心花怒放……

第六章

端午救溺祭英灵

1

回到南吉村后，李奇首先与苏黑二会面，商讨成立渔业队和牧果场一事。两人决定，随后召开高级社全体社委会议，共同表决相关事宜。

两天后，李奇主持召开了南吉村高级社全体社委会议。会上，李奇向大家具体谈论了关于渔业队和牧果场的发展规划。经过大家的反复讨论与表决，会议通过了组建南吉村渔业队和牧果场的决定，同时，任命高级社社委许昌民兼任渔业队队长，其原先兼任的统计一职暂由马本善接替，任命社委郭泰和兼任牧果场场长，其原先兼任的出纳一职也由马本善接替。

在讨论马本善的职务时，王锋曾提出异议，认为马本善一人不应挂两职，应该培养有文化的年轻人出来任职。他提议由周太公的儿子周明德当统计员。

王锋的提议得到了不少人的赞成，但也有一些反对意见，反对者认为统计工作需要细致、耐心和经验。李奇的意见是，培养有文化的年轻人是对的，但周明德初中毕业没多久，年龄较小，出来当干部的时机还不成熟，等过段时间再作考察。

王锋听后，心里不痛快，认为自己的合理要求得不到认可，很可能是因为去年的杀人未遂案涉及自己的老婆，李奇把自己也列入嫌疑，把自己当成了异己。因此，他对李奇开始产生了怨恨。而周太公呢，认为自己的儿子好端端的，还有什么继续考察的必要呢？两个职务给同一个人，也不分一个给他儿子，这分明是与我周太公过不去嘛！因此，他也怨恨李奇。

会议最后决定，渔业队的渔民人选由许昌民队长决定；牧果场的职工人选由郭泰和场长决定；关于这两大经济实体的资金筹备、技术员的聘请，由李奇和苏黑二协同上级领导及有关部门解决。至于群众集资入股分红问题，则由高级社全体社委分工负责，共同发动经济条件较好的社员积极投资入股。

南吉村渔业队与牧果场的组建，由于得到乡党委和政府的大力支持、广大社员的积极参与，只用了短短两个多月的时间便宣告成立了。

渔业队的技术指导由乡政府委派来的船长李炳负责。他对渔民朱克农、吴文才、邓培斌等九位船员及渔业队队长许昌民等人，进行了半个月的集训，队员们熟练掌握了浅海上捕捞鱼虾的方法与技巧。随后，渔业队队长许昌民向李奇申请启航出海作业。

渔业队启航出海作业仪式在南吉埠码头举行。渔船上插着国旗、党旗和渔业队队旗。三面旗帜在海风中迎风招展，队员们在旗帜下列队，整装待发。岸边聚集了许多围观的群众，乡党委书记洪耀华及副书记郑昌亲自到场祝贺，并发表了简短的讲话。随后，李奇请洪书记宣布渔业队启航，但洪书记抓过李奇的手，让李奇自己宣布。在洪书记的鼓励下，李奇拿起扩音器，大喊："南吉村渔业队，启航！"

话音刚落，现场顿时锣鼓喧天，鞭炮齐鸣。

为了表达对洪书记和郑书记的谢意，同时也为了创造机会让洪书记与邓山花近距离相处，李奇极力挽留洪、郑两位领导到南吉埠邓山花伯父——中医邓式昌的家中吃午饭。

这餐饭的用意，洪耀华是再明白不过的了，因而他欣然接受了邀请。他一踏入邓山花伯父邓式昌的家门，就被邓老拉住手，使劲儿握个不停。洪耀华边握手边拍邓式昌的肩膀，显得格外亲切。

在李奇的安排下，这顿午餐极为丰富。席间，李奇安排邓山花坐在洪耀华身边。邓山花开始有些腼腆，但很快就消除了紧张心理，接受大家的逗乐，渐渐随和起来。洪耀华虽然是久经战场考验的老战士，但在男女之事上却没有经验，也显得比较腼腆。但他毕竟是领导，善于没话找话。他不停地与邓山花搭讪，还不时地往她碗里夹菜。邓山花大大方方地回应着，显得甚是配合。大家看在眼里，乐在心里。

席间，洪耀华喜欢与邓式昌聊中医。他提出应该让邓山花学医，说农村正缺医少药，急需医学人才，邓山花学医更有前途。邓老中医也很赞成，希望侄女跟他学医。于是，洪耀华问邓山花是否愿意，邓山花连连点头。洪耀华很高兴，说县里正打算办一个农村医生培训班，建议邓山花报名参加。邓山花马上答应下来。洪耀华便对郑昌说，过两天来接邓山花去县里报到，参加为期半年的乡村医生培训班。

这餐饭大家吃得很开心，洪耀华与邓山花之间的恋爱关系因为这餐饭，而正式确定了下来。

话说，半岛大地又迎来一年一度的端午节。雷州人对端午节情有独钟。

五月初五，为仲夏的第一个午日，故名"端午"。端午又名"五月节""端阳""重五"等，是民间一个重要的传统节日。雷州习俗还认为，五月节为水鬼节，俗称"水生子"，故忌小孩子下水游泳、玩耍，以免发生意外。因此，除人们熟知的龙舟竞渡、吃粽子等活动外，雷州半岛古代还流行放纸鸢、佩香袋、饮菖蒲酒、束角黍祀祖、闾里相馈遗、悬艾虎于门、童子斫百卉等习俗。

农历五月初一，南吉村家家户户在门框插艾草，妇女用艾草簪发以祈吉祥。它源于"落村"的一个古老传说。雷州古代匪患严重，其中有一名叫"妃满"的山大王，于某年四月因手下喽啰被白沙乡民团捕杀，扬言报复。四月底，有消息说，匪帮将下山复仇，且逢人必杀。于是民心惶惶，纷纷出逃避祸。白沙某村一农妇，因丈夫外出，兄嫂死后还遗下一孤儿，所以只好一人带着儿子及侄子逃难。这时，路旁的几位汉子，对农妇抱着一个七八岁的大孩子、拉着一个四五岁的小孩子逃命的行为深感困惑。为首的一位上前与她搭讪。她说大孩子是她的侄子，小孩子才是她的亲生儿。亲生儿若遭难，自己还能再生；侄子若有意外，自己将无法向死去的兄嫂交代，所以保护侄子要紧。汉子大为感动，安慰她道："我就是妃满，你放心回村去吧。回家后用艾草插在门框上，可保平安无事。切记！切记！"妇人回村后，连夜告知村里来不及逃走的群众，并在各家门上插上了艾草。初一，周围一百多个村庄均被匪帮烧杀一空，唯有该村因"插艾"躲过此劫。此后，该村得名为"落村"，插艾习俗由此广为流传，插艾也便成为辟邪习俗。

南吉村村民初一插艾，初二便开始做"五月粽"。五月粽用橹罟叶编织鸭母、锅盖、枕头、橄榄等形态的"兜"，装入粳米或糯米，置锅蒸熟。有的人家让孩子们各持一两只粽子到附近溪河作水浴，洗净糯米黏液，叫“流脓”，以祈不长脓疮。因雷州天气炎热，小孩头上常长疮子，而糯米粽的黏液颇似疮子的脓水，故有此俗。

龙舟竞渡。雷州南渡河沿岸村庄及乌石、企水两港有龙舟竞渡习俗。它源于古越族的“断发文身，入水以避蛟龙”之俗，有驱邪镇魔、祈求吉祥的文化内涵。

雷州地处沿海地区，境内甚至还有很多“疍家”等海上部族。古时海潮肆虐，海难频发，故民间有竞渡“夺标”习俗。竞渡时，以竿悬银牌于船上，胜者得之，曰“夺标”，而且习俗认为“粽子的饭粒似蛆，龙鳞怕蛆”，为驱恶龙，竞渡时还向水里投放粽子，以祈吉祥。

今年端午节龙舟竞渡，起点为雷城夏江，夏江是雷州南渡河流经县城的一个埠头港口码头。

这天大清早，雷州南渡河龙舟竞渡组织者（头人）、乡绅前呼后拥到码头举行龙舟竞渡仪式。雷城市民、四邻八里的千万观众络绎不绝地涌至码头，把整个埠头围得水泄不通，沿河村庄参加龙舟竞渡的方队早已有序排列在夏江港内，舟楫如林；竞手们生龙活虎；各船长如战场的挂帅将军，正指挥一场生死搏斗似的；只待一声令下，壮士们随即冲锋决战。

吉时到，头人宣布龙舟竞渡开船，随即锣鼓喧天，鞭炮动地，那场面，那气派，怎不叫人叹为观止！

这时，各村庄方队龙舟竞手，目不转睛注视着令旗。当令旗一挥，他们勇猛地划着舟楫，那龙舟像箭一般向前方飞去，如万马疾蹄奔腾。

等候在南渡河沿岸的各村庄人们，已早早拥挤在各自的岸边，旗帜招展，人山人海。那浩浩荡荡的龙舟竞渡场面一出现，各村庄的迎接头人立即命令鸣锣击鼓，大放鞭炮，大造声势助威。这时，喝彩呼声此起彼伏，一浪高于一浪，景象万千，热闹非凡！

南渡河龙舟竞渡终止站位于桥竹西山湾，首先到达湾口的是雷城夏江龙舟队，接着是南兴南渡龙舟队，次之是杨家少榄龙舟队。故“夺标”者为雷城夏江龙舟队。

龙舟竞渡的第二天，是南吉村渔业队出海捕捞的第五天。每天傍晚时分，满载而归的渔业队都会准时出现在南吉埠码头。李奇、苏黑二都会到码头迎接渔业队，同时派出十几名生产队的社员到船舱上帮忙搬运鱼虾上岸。其中有活蹦乱跳的大鱼大虾，也有已在海上晒至半干的鱼干。人们挑的挑、提的提、背的背，将鱼虾分别装到码头上的三辆牛车上。

为了让广大社员尝到渔业队的甜头，激发大家的积极性，李奇与苏黑二商量，把第一次出海所捕捞的全部鱼虾平均分到社员各家。一些尚未入社的家庭看了，心里痒痒的，后悔当初没有入社。

牧果场里，羊群咩咩叫，果苗正茁壮成长。在农技站派来的技术员刘建华的精心指导下，牧果场里也是一派生机勃勃的景象。

2

然而，天有不测之风云。就在这样一个事事顺心的时间点上，一件不幸的事发生了。

一天中午，苏黑二像往常一样到南吉坑巡田，检查各生产队劳动的情况。当他踏上坑堰堤坝时，突然听到有孩子喊“救命”的声音。苏黑二往前一看，大吃一惊：在不远处的山脚下，三个孩子正在水库中挣扎。苏黑二赶紧扔下手中的锄头，像疯了一样冲过去，然后“咚”的一声跳进了水库，连衣服也来不及脱下。

苏黑二在溪河边长大，游水技艺较好，捞鱼捉虾的本领也很不错。但他前天因重感冒发高烧，让邓式昌打了吊针，并开了药，今天还在服药。可他闲不住，病情刚有所好转，就跑出来巡田，查看庄稼的病虫害。因此下水救人时，他有些体力不支。他拼出全身力气，终于把八岁的朱小英和十一岁的黄小曼托上岸。此时，苏黑二已筋疲力尽，但旁边还有一个孩子在水中挣扎着。他用身上仅有的力气，游到那孩子身边，将那孩子往岸边推，孩子被推上岸边时，苏黑二自己却沉到了水底。

三个被救上岸的孩子经闻讯赶来的社员做人工呼吸，都得救了。

社员李永强第一个冲入潭里，寻找黑二。等到把黑二拖上岸来时，他已经没气了，与世长辞。

“爸——”永盛惨叫一声，扑上去就拼命做人工呼吸。然而，这已经太晚了。永盛悲痛万分，哭得死去活来，闻讯赶来的众多社员们屈身跪地，都号哭起来。

一会儿，孙美莲、郑英玲、苏永发、苏小妹都赶到了，他们扑在黑二身上，撕心裂肺般地哭作一团。南吉坑堰边，人人泪流满面。尤其被救起的三个孩童的亲属，更是哭声如雷。

李奇、刘艳一听到噩耗，飞奔赶到现场，跪地放声痛哭，其他村干部及群众也为失去苏黑二这样的一位好人，而悲痛不已。李奇、刘艳回忆起与苏黑二共事的愉快时光，回想着他的沉默寡言，音容笑貌，无法相信这样一个人从此永不能再见。

社员们在悲痛中将苏黑二的遗体抬回他的香火屋，料理后事。

苏黑二淹死于坑堰野外（不是在香火屋“寿终正寝”），即其灵魂在坑堰野外，按习俗，必须招魂回香火屋。于是，苏家族人请算命先生周太公及道士组成“招魂”队伍，到坑堰边设“招魂”案台“招魂”，欲把苏黑二的灵魂招回香火屋。

“招魂”完毕，苏黑二的家族便按雷州风俗礼葬。

苏黑二的长子苏永盛、次子苏永发、女儿苏小妹、儿媳妇郑英玲、遗孀孙美莲等亲属，以及被救起的儿童的家属轮流日夜守灵。

“沙步”（仵工）吴老六，贫农，文盲，身体矮胖健壮，他与算命先生周太公为常年搭档，因此，村里死人都是他收尸入殓。吴老六为苏黑二理发、剃须、洗身、换新衣，并“开面”。苏永盛赏给了他一万“开面钱”。

接着，按周太公择的时辰，吴老六把苏黑二的遗体入殓盖棺。盖棺时，苏黑二的遗孀及子女一律回避。苏家族老“盖棺定论”，给予黑二以“刚正懿德”的谥号。然后，周太公为苏黑二择吉地阴宅的地址、坐向；买地券，选择出殡、入土的吉日良时。

出殡时，哀乐队鸣锣，哀曲一路伴奏，鞭炮声跟随。“大孝”（子女、媳妇）以长幼为序，依次背斧、刀、弯刀、镰刀为前队，其后，以李奇为首的父老乡亲等几百号人紧跟送丧。灵柩过处，沿路散发“买路钱”阴币。送丧人员向棺柩告别后，取他路离开。

出殡前，洪耀华书记及郑昌副书记等乡政府有关部门同志已到苏家吊唁、慰问。其后，周太公与道士“引魂”；苏永盛请扎灵师傅扎灵屋，设灵堂“做七”，为苏黑二哀饭、塞门。

满“七七”做斋。做斋当日下午，南吉村几乎每户人家都到灵堂吊唁，送来阴币、香烛之类，拜祭苏公。

苏黑二的丧事，在悲壮的仪式中结束。

东兴乡党委乡政府对苏黑二奋不顾身勇救落水儿童的见义勇为事迹，给予了高度赞扬；《新雷州时报》头版对其事迹进行了重点报道；雷康县委县政府追授苏黑二“道德模范”“模范共产党员”“见义勇为标兵”“优秀基层干部”“优秀革命烈士后代”的光荣称号。县委县政府发文号召全县广大干部群众认真学习苏黑二同志的高贵品德和艰苦奋斗的工作作风，大力弘扬苏黑二同志大爱无边、无私奉献的革命精神。东兴乡党委组织宣讲队到各村庄宣讲苏黑二同志的动人事迹，号召全乡广大革命干部群众以苏黑二同志为榜样，鼓足干劲儿，大干社会主义，把农业社搞好，夺取革命、生产双丰收。

苏黑二葬礼结束后不久，南吉村多处发现传单，这些传单分别被张贴在南吉村高级社办公室门口、小学门口、干部家门口，以及南吉埠码头。传单内容主要是说：南吉村高级社去年年底大搞水利工程，所建坑堰小水库伤了南吉岭的龙脉，激怒了地头龙，地头龙便招来鬼怪，要吸童血，并惩罚干部们的罪恶。苏黑二救人而死，正是罪有应得，因为苏黑二堵堰时出风头，是破坏南吉岭风水的元凶之一。传单还警告南吉村高级社其他干部，若要消灾避祸，必须马上炸掉南吉坑堰小水库，否则还会有李奇、王锋等干部接着遭报应。

南吉村高级社干部们看到如此恶毒的流言，非常气愤。李奇随即向洪耀华书记及郑昌副书记报告了案情。洪书记指示派出所介入调查。

派出所民警经过连续几天的调查核实，确认这是一起由香港李三泰集团策划的又一次闹剧。

真是祸不单行。闹剧结束不久，苏黑二的遗孀孙美莲突然生病了，肚子痛得要命。她不吃不喝，蜷曲着身子，在床上不时发出呻吟。

苏永盛不敢出工了，他急得不知如何是好，急忙把弟弟永发叫来，两人商量着，决定把母亲送到东兴卫生院去。

可是，孙美莲坚决不去医院，她呻吟着说："你们把白娘子叫来。"

兄弟俩一听，面面相觑。他俩知道母亲叫白娘子来是什么意思。白娘子是巫婆，土改时，工作队曾惩治过她，她从此不敢再贸然上门给人"看病"了。

永发面对母亲说："妈，那是迷信！"

可孙美莲不管，继续用微弱的声音说："一定要把白娘子叫来。我夜里梦见一条白蛇，在我肚子上咬了一口，早上起来就痛得不行。这个梦，医生是解不了的。"

永盛无可奈何地："那我们去把白娘子叫来'捉拿'这条'白蛇'吧！"

永发说："反正我不信白娘子那一套，要去你一个人去。"

苏永盛到了白娘子家，简短地说明了来意。

白娘子眯着眼睛沉默了一会儿，问："你妈还说了啥？"

苏永盛回答："我妈说她昨夜里梦见一条蛇在她肚子上咬了一口……"

白娘子又沉默了一会儿，然后咧开嘴狡黠地笑了笑："你是革命烈属家庭，我不能去你家，万一让李奇知道了那还得了？"

看来，神鬼也惧怕共产党的"革命"。

苏永盛连忙哀求说："白娘子，请你出山积阴德的事，我绝对保密，你就行行好，给我妈治病去吧！"

白娘子心中窃喜，她慢条斯理地说："你妈跟我还算要好的，如今她有病，我不去给她看，良心过不去。这样吧，你回去，晚上睡觉时，不要关门，我到时会敲一扇门三声响，你们就起身，记住。"

永盛满口答应，就回家了。

到了晚上，他和英玲关灯躺在床上，一直都没睡。子时到，突然听见门外响了三声敲门声，永盛和英玲便翻身起来。

只见白娘子身穿一套白服，腰里束一根多种颜色的腰带，如同缠着一条花蛇。她直勾勾地看着一个地方，怪可怕的。她对永盛说："你把你妈的脸蒙住。"

永盛就走到妈妈床边，用被子把她的脸蒙住了。

白娘子眼睛盯着孙美莲的床正对着的墙，说："你祖辈当家建这宅时，这块地不干净，曾死过一条白蛇，正埋在宅地里，后来这蛇变成了白蛇精。你妈就是被这白蛇精咬了，但你妈这病没什么大危险，因为我前天在阴界的阎罗王生死簿上，看到你妈的名字上没有打着死的标签。我也遇见到你爸黑二叔，他在阴界刚上任，是管水利的职务。他对我说，白娘子，你要好好照顾我一家大小啊。我满口答应了他，也因此，我今晚才来的呀！”

说完这段话后，白娘子叫永盛点上三炷香，她闭着眼睛，嘴里开始念一些让人听不懂的咒语。紧接着，只见她“咚”一声栽倒在地，身体僵直，双拳紧握，嘴里吐着白沫子，牙齿咬得咯咯响。

永盛夫妇恐惧地退到门边，隐约听见白娘子嘴里喊：“钟馗大人，快把白蛇精收回去。”接着又“天灵灵，地灵灵”地念叨个不停。

不一会儿，又见白娘子胳膊一扬，把什么东西向窗户上撒去，便听到窗户被打得啪啪地响。苏永盛夫妇被这非凡的景象惊得嘴巴张得大大的。

其实，白娘子的白衣里有暗袋，里面装着粗沙子，她扬手的时候偷偷从暗袋里取出了沙粒向窗户撒去。

又过了一会儿，她睁开双眼，不看人，只痴呆呆地看屋顶。过了许久，她才恢复了常态，开口说：“我刚才下了一回阴曹地府，钟馗大人对我说，他已将白蛇精收回去了。”

苏永盛听后，给了白娘子五百万（购买力相当于现在的五元钱）。白娘子收了钱，说：“万事大吉了。”然后从白衣袋里拿出一包药粉，嘱咐永盛马上给母亲服下。交代完后，就告辞了。

次日早晨，孙美莲对永盛说，她肚子痛似乎减轻了。永盛听了很高兴。

可好景不长，到了下午，孙美莲的病情突然加重了，肚子痛得令她在床上乱打滚儿。

永盛大惊失色，连忙叫来永发，兄弟俩不敢再瞎折腾，手忙脚乱地把母亲送到了乡卫生院。

医生问明病情，开了化验单，化验结果是：急性结肠炎发作。医生开了药，服药一天后，孙美莲的病情好转，肚子也不疼了。

病好之后，孙美莲逢人便说：“卫生院的医生真灵，往后大家不要再相信白娘子那一套了。”

第七章

十五月圆多事秋

1

太阳火辣辣地烘烤着半岛大地，高温天气已经持续了一月之久，雨水仿佛遗忘了这片土地，有两三个月没有光临了。

不少地方遭受了旱灾，但是，南吉村去年冬季兴建的水利工程发挥了巨大的作用，引水灌溉可照常进行，因此干旱没有对农作物的生长造成太大影响。加上有农技站技术员刘建华的指导，南吉村各种农作物长势良好，夏收时仍然获得了丰收。水稻亩产平均超过了三百五十斤，后洋田地亩产接近四百斤。番薯的个头大得惊人，孙保春从许克安的前洋地里挖出了一个重七斤二两的特大番薯，在全县范围内，都算是创造了奇迹。李奇将这个大番薯展示在农业社办公室里，不时拿出来对来访的外村客人炫耀。

夏收分配时，每户家庭分得的稻谷、番薯等农产品，都比往年要多。社员们喜气洋洋，干劲儿更足。还没有入社的一般都是中农户，旱情使得他们的粮食大幅减产，有的农民因为田地靠近引水工程，得到了农业社的帮助，所受影响较少，但也有不小的损失。这些农户开始后悔当初没有入社，在活生生的事实面前，他们认识到单干比不上集体了。思想转弯儿较快的人马上申请入社，少数还在犹豫的人也慢慢地接受了现实，随着大势走，最后也入了社。

就这样，南吉村全部村民都加入了农业合作社，按地段分配到各自的生产队。多数中农户住在村西，因此被安排在村西队，也就是以王锋为队长的生产队。

下半年，下了好几场雨，结束了旱灾，农业生产迎来了前所未有的好时节，前洋、后洋的水稻茁壮成长，秆粗花繁，遍地芬香，在微风的吹拂下，如翻滚的绿色波浪。

快到中秋节时，李奇为进一步展示大集体的优越性，提高社员们生产与生活的积极性，他提议向社员们发放福利：一是发月饼，四人以下家庭发一筒，四人以上家庭发两筒；二是，渔业队在中秋节前一天捕捞回来的鱼，全部按人头分发给社员；三是，牧果场提供三头羊，宰杀后将羊肉按人头分发给社员，同时搭配一批香蕉、菠萝等水果。

李奇的提议获得了社委会的同意。于是，南吉村迎来了有史以来最隆重的中秋节。贫雇农苏吉祥、朱克农、马本善等社员分到月饼、鱼肉、水果时，激动万分、热泪盈眶。分到这么丰富的食品，全村社员也个个兴高采烈。

八月十五为中秋节，也叫“团圆节”。其意是天上月儿圆，人间亲人团聚。今年中秋节，南吉村村民除了合作社分的鱼肉水果、月饼外，家庭经济条件好的还到南吉埠添置过节物品。这样，南吉村村民户户蒸鱼炒肉，买鱼肉、杀鸡鸭，全家欢聚，亲朋好友还互赠月饼。入夜，又蒸芋赏月。

雷州习俗称月亮为“月母”“月老”，把月亮当成始祖神仙、婚姻红娘敬奉。还有的称月蚀为“红猫吃月”，月蚀时有教孩子敲锣、振筛、撒米以“驱猫救月”等习俗。八月十五晚上，闺中的女孩还有拜月卜婚、卜命运等习俗，此习俗又称“浮针”。村中姐妹三五人为一群，由好命大嫂带领，于庭院中设供拜月。主要供品有月饼、时鲜水果，道具有碗一只、针一枚。占卜时，以碗盛满清泉水，卜者以针浮于水上，然后视浮针在月下的投影论婚姻是否如意（针影平滑者为如意，凹凸不平者为不如意）。这一活动，少男少女尤为喜爱。大家找个理由欢聚，或交朋友，或互诉衷肠，中秋节也就过得更有意义。

对于女孩儿，除拜月卜婚外，还有农历七月初七的“七夕节”，又称“七夕乞巧”，是闺中的女孩儿占卜婚姻的活动，俗称“冚蜘蛛”。女子盘内有插一枚花针的鲜果一块，放蜘蛛一对，后以另一盘覆之。次日开盘验视，以蛛丝穿针眼者为吉，蛛死者为不吉利。相传“牛郎”“织女”这一晚在银河上的鹊桥相会。为赞美这一爱情，同时也为了给自己图个吉祥，少女们纷纷参与，效仿此俗。有童谣：“七月初七冚蜘蛛，七支香、七盅茶，七个娘子跪平平；蜘蛛公，蜘蛛母，穿过针鼻结个茧，三个嫁官四作奶。”

这年的八月十五晚上，南吉村的闺中姑娘分几处拜月，其中刘艳、邓山花、苏小妹、李华玉、吴翠玉等在村部庭院中设供拜月，供品有刘艳、邓山花带来的月饼，苏小妹带来的香蕉水果，李华玉、吴翠玉带来的碗一只、针一枚。她们以碗盛满清泉井水，各自把针浮于碗的水中。刘艳、邓山花的针浮在月下的投影比较平滑；苏小妹的浮针投影不太平滑；李华玉及吴翠玉的浮针投影也较一般。因此，刘艳、邓山花脸上露出笑容，苏小妹及李华玉、吴翠玉外表上陪着笑笑，可心里总有些不是滋味。其实她们在这年的“七夕乞巧”（七月初七）和“讧蜘蛛”卜婚，与这次的拜月卜婚效果大同小异。

中秋节正逢星期日，庄国荣校长及老师们组织学生进行游园活动。游园活动内容丰富多彩，高年级同学进行“跳绳”“乒乓球”“足球”等比赛；低年级同学玩儿游戏，其中有“砍山猪”“雷公下蛋”，还有“坐花轿”等。

最后，庄国荣校长给学生们讲故事二则：

一、《尼黎担靴去考状》，其主题是：

像尼黎这样一个仆人也能考中状元，意思是只要机遇好，一切皆有可能。王侯将相，宁有种乎？不要看不起穷人。人穷志不短，人要有志气，有志者事竟成。

二、《人心不足蛇吞象》，其主题是：

人不要太贪心，不能过多地向别人索取。就算你对他有救命之恩，也不能这样。否则，你的性命就不保了。

庄国荣先生利用这两则故事给学生上了一堂生动的思想道德课，教导学生做人既要有志气，又要大公无私，既懂得感恩，更不能忘恩负义。

到了晚上，一轮圆月，从天涯海角爬出来，挂在南吉村东岭的山梁上，把南吉岭的山林、田野、庭院照得一览无余。这时，村里的男女老少纷纷搬出小桌椅，坐在院中边吃月饼边赏月。

刘艳和几个姑娘拜完月后，各自分手。然后，她到农业社办公室等待李奇。坐了一会儿，她终于听到有脚步声由远而近传来。一听这脚步声，她就知道是李奇来了。她马上关了办公室的门，走到院门口，正好与李奇撞了个满怀。她牵着李奇的手，往南吉岭走去。藏在坡地里的一只野兔子被他们惊动，从草丛中蹿出来，连蹦带跳地跑了。李奇从地上拾起一块小石子，朝兔子跑的方向投过去。于是又惊动了几只小鸟，扑棱棱地四处飞奔。

刘艳笑着说："你真顽皮。"

李奇也笑了。他拉着刘艳，钻进甘蔗林地，走在林地中的狭窄土路上。路原本是红土筑成，但久经践踏，红色都沉淀到底层。长长的甘蔗叶子伸向路边，从他俩身上划过，唰唰作响。

皓月当空，星汉灿烂，他俩在一片草地上偎依着坐下。此情此景，与《西厢记》中的"月移花影动，疑是玉人来"很是相似。

自从在湛海偷尝禁果，感受到无比美妙的男欢女爱之后，刘艳的性情变得既开朗，又奔放，对李奇的依恋也更深了。李奇对湛海的那段时光，同样记忆深刻，只要有空闲，他便想刘艳，尤其是夜深人静的时候，脑子里被刘艳的笑脸和玉体充满了。

此时，那银盘般光彩夺目的圆月，似温柔的天使打量着这对恋人。李奇和刘艳赏着月，说着话儿，不再像第一次约会那样拘谨。没多久，两人就搂在了一起，先是嘴对着嘴，接着是舌头搅着舌头。很快，心跳就加速了，肉体就燃烧了。亲着亲着，两人的欲火急剧上升。于是，他把她的衣服一件一件脱光，她也不甘示弱，将他的衣服也脱光了。

月光在两人的裸体上洒了一层银辉，好看极了。李奇看着刘艳的玉体，着了迷。

刘艳娇滴滴地问："奇哥，你怎么发呆了？"

李奇回过神来，说："今晚花好月圆，我想用特殊的方式，丰富一下爱的内涵。"

"什么方式？"刘艳问。

"我想在你身上写三个字，好吗？"李奇说。

"好啊，怎么写？写哪三个字？"刘艳问。

"手指头写，等我写完，你再猜是什么字。"李奇说。

刘艳点了点头。李奇于是坐在刘艳的大腿上，伸出中指，在她肚脐眼处写了一个"我"字。接着，他起身伸出一只手，托住她的左大腿放在自己的膝盖上，在腿上写了一个“爱”字。最后，他放下她的左腿，抓起她的右腿放在自己的膝盖上，写了个“你”字。

“知道我写的是什么吗？”李奇问。

“我爱你。”刘艳回答。

“我爱你，宝贝。”李奇兴奋地抱起刘艳。

刘艳也紧紧地抱着李奇，两人忘情地亲吻着。当激情达到了顶点，他们身体中最敏感的部位，就紧紧地接触在一起了……

月至中天，变幻的月色让人心潮澎湃。

此刻，这对如胶似漆的恋人，又谈起了生活、工作和未来。

刘艳说：“村西的中农户入社土地比贫下中农多，投入社里的劳动力却比不上贫下中农，可是，他们竟然聚集在一起闹着按土地分粮油、蔗糖、鱼虾，村西生产队长王锋也赞成他们的意见，不知道这是怎么回事？如果按土地分粮油、蔗糖、鱼虾，这些中农户分的粮油食品就会很多，而贫下中农所分的粮油食品就会减少，这绝对是不合理的。何况，社章明文规定要‘按劳分配，统购统销’。”

李奇说：“这些人被利益蒙了眼睛。上半年天旱，减产了，他们不吱声；下半年的丰收，是广大社员用辛勤汗水换来的，可这些人就开始喊吃亏了，想多分。真是岂有此理！至于王锋是怎么回事，我要调查一下。”

……

中秋过后不久，刘艳突然病了。那天，李奇在乡政府开会。刘艳在办公室里觉得不舒服，吐了几次。起初，她并不在意。等到中午回家后，她又连着呕吐了几次，人的精神状态也急转直下，只好去乡卫生院检查。

检查的结果让她大吃一惊：她怀孕了。

刘艳一下变得非常紧张。当天晚上，她把检查结果告诉了李奇。李奇也大吃一惊，不过，为了缓解刘艳紧张的情绪，他故作轻松地跟她开玩笑：“也就种了两次，那种子居然就发芽了，你可真是一块好地呀！”

刘艳红着脸，拿拳头捶他：“都怪你，你还笑得出来，快说该怎么办吧！”

“那你说怎么办？”李奇微笑着反问。

“那就生吧，反正做女人总要生孩子的。咱们马上结婚吧，我爸妈都催促好几次了。”刘艳说。

“现在还不行啊，社里事情那么多，又烦又累，等把村西队那些人闹着要求多分粮油食品的矛盾解决了，然后把社里的工作都理顺了，咱再结婚吧。至于父母长辈催婚的问题，我来做他们的思想工作。现在是新社会，要有新观念，应当提倡晚婚晚育。洪书记比我们大好几岁，不是也还没结婚吗？我想好了，如果你同意，我们明年结婚。现在你怀上了，只能狠心把胎打掉。刘艳，咱们都是共产党的干部，凡事要先公后私。我知道这样太委屈你了，但是没办法啊，你说呢？”

刘艳的眼圈红了。她是舍不得打掉胎儿的，但她深爱李奇，同时又觉得李奇讲的话不无道理，只好含泪说：“奇哥，我听你的，咱们明天一起去医院吧！”

李奇激动地说：“艳儿，你这么通情达理，将来一定是我的好妻子，是我们小家庭的贤妻良母。”说着，就搂着刘艳，吻了她一下。

2

南吉村的秋收又获得了大丰收，贫下中农人人喜笑颜开。可那些中农户却是喜忧参半，他们觉得，合作社的章程规定“按劳分配”，明摆着对原来地少的贫下中农有利，自己地多入了社后，却同样参与按劳分配，很不合算。于是，他们聚集在一起，商讨着要按入社的土地面积分粮油、蔗糖、鱼虾。同时，他们收买村西队队长王锋，让他支持他们。

这天早上，村西队的陈日升扛起锄头，准备去田里上工。

他老婆李满花冲过来，拦住他：“大家都没走，你一个人那么早就去上工干吗？又不给你多分什么，等队长喊了再说。你过来帮我搭个鸡窝，又要搬砖，又要和泥，我一个人哪行？”

陈日升觉得老婆说得对，就放下锄头，帮老婆去搬土砖。

刚搬了几块砖回来，周太公踏进了他们家院门。

周太公和陈日升一样，都是中农户。在周太公眼中，陈日升性格直爽，敢讲敢干。周太公很欣赏他敢讲话的直爽性格，给他起了个外号叫“双响喉”。

周太公走进院子，笑着对陈日升打招呼说：“双响喉，这么勤快啊！”

陈日升拍了拍手上的灰尘，对周太公说：“不勤快哪行啊！光靠社里那点粮油食品，还不得饿肚子！”

周太公哈哈大笑：“南吉村谁都能饿肚子，唯独就饿不到你。”

听到这话，陈日升来气了：“我怎么就饿不着？社里分给我双倍粮了吗？”

周太公说：“你消消气，今秋大丰收，可以给你分双份儿……”

正在这时，李满花提着泥桶走进院子，见他们闲聊，就对自己的男人大声说：“你一边说一边干活儿行不行啊？”

李满花是村中的厉害女人，管家大王，人们暗地里叫她“虎母”。平时，陈日升乖乖听她的，今天不同，大客人周太公在，为男人大丈夫的自尊……他，陈日升，壮着胆子生气了：“在生产队里干活儿都没有人逼我，在家里，你却拿我当长工使唤。”

李满花是明白人，顿觉刚才对日升太过分，失言了，在客人面前多少得顾及男人面子。于是，她对日升笑了笑，说：“咱开个玩笑，还当真呢？”就去砌鸡窝了。

陈日升凑近周太公，认真地问：“你刚才说啥？给我分双份儿粮？”

周太公朝四周瞅了瞅，然后对陈日升轻声说：“王锋是同意给咱们多分的，但是又遇到麻烦了。”

“什么麻烦？”陈日升疑惑地问。

“李奇现在正跟王队长吵呢，说王队长偏袒咱们中农。”周太公说。

“团结中农有什么不对？就许偏袒贫农啊？只要王队长出来撑腰，我们集体出来闹，看他李奇还能不能坚持。”陈日升激动地说。

“也别说得那么简单，王锋能跟李奇比吗？人家李奇在县里、乡里都是红人，他说怎样就得怎样。”周太公说。

“管他是红人还是黑人，不给我多分，我就退社单干。”陈日升说。

周太公乐了，继续给陈日升煽风点火：“也不用真的退社单干，你就拿退社来吓唬他。”

陈日升点点头：“行！不达目的我决不罢休。”

周太公心里偷着乐，感觉自己与王锋商量好的计划达到了。接着他又撩拨了陈日升几句，就告辞了。

双响喉的大嗓门儿，惊动了几个邻居。这几户跟陈日升差不多，入社的土地都不少，也都想多分点儿。这会儿他们先后跑到陈日升家，又议论起来，商量着怎么“维权”。

争论的声音传到陈日升的东邻许实厚家。

许实厚和张桂娥两口子，在南吉村中农里是劳动得最卖力的一对儿，为人处世如许实厚的名字一样，老实厚道。不是一家人，不入一家门，这两口子平时都比较胆小，最怕惹是非。办事情，用耳朵比用嘴要多。

张桂娥听到邻家的议论声，也走了过来，一看大家都在陈日升家的院子里，就止住了脚步，因为她跟陈日升家有过节儿。

那是土改后不久的事情，当时许、陈两家新调换的地挨在一起。夏耕的时候，陈日升在后边扶犁，老婆在前边牵牛。犁到地边上的时候，陈日升的老婆故意往外拉牛，于是犁尖也跟着往许实厚家地里靠，侵占了许家半垄地的宽度。在农民眼中，被人家侵占土地，就如同被人家霸占老婆，再胆小的人也不能忍受。可是许家这两口子却没有马上发作，晚上他们躺在床上，商量来商量去，最后决定待秋收时再与陈家交涉。

临近秋收的一天，张桂娥在院门口遇到过路的李满花，就和气地说：“嫂子，你看这样好不好，你这季庄稼就让我们收一点，下季耕地，就各耕各的。”

李满花一听，急了：“你这叫啥话？我家地里的庄稼，凭什么你要多收？”

张桂娥壮着胆子说：“你真奸恶呀，侵占我家的土地，还嘴硬。”

李满花跳起来：“你才奸恶呢，说我侵占你家田地，为什么插秧时不说，等快收割了才说？存心捡便宜啊！”接着，她又叉着腰骂起了脏话，说张桂娥偷汉子，是“无盖锅”破鞋，是“走水”（发情）母狗。

张桂娥火气腾地上来了，她反唇相讥，骂李满花是暗娼，是妓女。

两个女人相互恶骂了十多分钟后，开始扭打起来。当时陈日升不在家，许实厚见状，就过来劝架。可双方打红眼了，谁也不肯停手。许实厚就用力拉开自己的老婆，李满花又冲上来，许实厚就拿手臂去挡，一不小心，手掌碰到了李满花的胸部。

李满花顿时觉得被“侮辱”了，对着许实厚下身一脚踢去，正好踢中了许实厚的命根子。许实厚一声惨叫，倒在了地上。张桂娥马上哭喊：“‘虎母’打死人了，快救命啊！”

“九曲溪”孙得利听到呼声，马上赶过来，与几个村民一道，把许实厚送往南吉埠的百草堂诊所去救治。

事情闹大了。许姓人对此无不义愤填膺，纷纷站出来对陈家叫骂。李满花跳起来哭喊：“许实厚他不要脸，他耍流氓，抓了我胸前的‘凸凸’”。

陈姓人见此，也纷纷跑到陈日升家门口帮腔，与许姓人对峙。陈姓是村里的大姓，人多势众。陈、许两大家族各自维护着各姓的尊严，一个个争论得面红耳赤，有好事者还回家抄来了家伙，眼看着两姓就要发生械斗了。

这时，农业社党支书兼社长李奇带着村干部们赶来，喝退了双方。

李奇黑着脸，瞪着眼，对众人喊：“活得不耐烦了是吗？打呀，打死人就解决问题了。想要见阎王，想要判刑坐监，就打！”

听着李奇的训话，大家都低着头，一语不发。

李奇接着说：“今天，你们陈、许两家的所作所为，完全违背村规民约，纯粹是胡作非为。根据目前掌握的情况，我在这里对这两家恶性纠纷，暂作以下处理：首先是各打五十大板，判两家错对错，抵平；二是实厚叔的医疗费，由打人者承担，如果他有个三长两短，还要追究打人者的法律责任，交由公安局、法院处理；三是，两家的土地纠纷，明天我与村干部一起重新丈量。如果对我的处理意见有看法，可以单独找我谈。”

李奇说完就匆匆地离开了。

幸好，许实厚因抢救及时，命根子恢复正常。

后来村委会重新丈量土地，发现陈日升家的地确实越界了。于是重新埋了界石，两家的纠纷才算结束。但两家从此结下了难解的仇怨，两家的女人见面不说话，走路碰了面，就扭着脖子走。

这会儿，张桂娥听到陈家院里在议论分粮油、蔗糖、鱼虾的事儿，也想参与讨论，但又不方便进去，就急忙朝自家院子招手：“快过来，快过来。”

许实厚马上走了过来。

张桂娥对男人说：“那边又在说分配的事情，你也进去听听。”

许实厚没好气地说："让他们说去吧，他们怎么说也不算数。最后怎么分，都不会把我一家单独对待。"

许实厚对分配这事儿不太上心，除了他天生不喜欢掺和事情，也与他的家底相对不错有关。许实厚是中农出身，一向勤勤恳恳，省吃俭用，积累了一些家底。此外，他的大女儿也嫁了个好人家。女儿许小曼，生得靓丽，又聪明能干，上中学时便恋上了同班同学、东方红农场的职工子弟张庆东。张庆东是一表人才，毕业后当上了农场橡胶与剑麻科研组组长。许小曼与张庆东结婚后，两人就是国营农场双职工，这怎能不叫许实厚夫妻俩开心呢！

话说周太公，鼓动完陈日升后，他又去了另一户人家。这户人家的主人叫孙得利。这孙得利，以精明著称，他对一些事总喜欢"九曲十八弯"谋算，锱铢必较，村人管他叫"九曲溪"。他不像陈日升那么好对付。周太公来到孙家门口，不见人，只见到一把铁锹，旁边还放着一顶草帽。孙得利把这两样东西放在门口是有含义的，那就是在告诉人们：我早就在等着集体出工了。

孙得利这几年总觉得自己不顺。他把四婶儿的后洋上等地换到手，还没收一季庄稼，就又进了农业社。入社之后，他时常装病不干活儿，结果土地不能参与分粮油、蔗糖、鱼虾，他工分少自然分得也少。他入社的土地，在全村比哪一家都多，工分却比哪一家都少，他心里憋得慌。如今，他琢磨着只要王锋队长发挥作用，他就有希望白捡一千斤稻谷，二十多斤花生油，五十多斤蔗糖，还有鱼虾。五口人就能天天吃米饭、油炒菜，糖水等也吃不完。

周太公走进院子时，孙得利正在院子的树下抽水烟。见到周太公，孙得利忙打招呼。

"老哥，王队长打的那个保票，到底算不算数啊？"孙得利问。

"当然算数。但咱们也不能闲着，得添柴加油。"周太公说。

"我们能起啥作用？还不是干部们说了算。"孙得利说。

"干部的意见无法统一，李奇社长就是不同意王队长的意见，王队长需要咱们支持啊！"周太公说。

"那就让他俩斗一斗吧，我在后头给他助威。"孙得利说。

孙得利的老婆孙玉花在旁趁火添油："斗一斗多好啊，我就喜欢看龙虎斗，斗个鱼死网破更好！"孙得利的老婆在村中就是一盏不省油的灯，比"虎母"

还厉害，台前是人，台后是鬼，“三个女人一台戏”，村人给她起外号：“花旦”。

周太公是想让孙得利夫妇打前阵，把声势搞大，可这两口子是精明鬼，想吃鱼又怕腥，不愿做“出头鸟”。周太公觉得指望不上这对狐狸精了，就说：“那我看你后劲儿的威力吧！”说着就告辞了。

以周太公为首的中农们将“土地参与分配”的办法正式提出来时，王锋开头是不赞成的，因为他自己的地亩少。后来，周太公出了一个主意，说是等土地参与分配实现了，每个中农户给王锋补贴个二斗三升的，加在一起就有八九担。王锋一听，眉开眼笑，觉得办好这件事，又长脸又得利，于是满口答应。

可是王锋没想到李奇的反对态度那么坚决，还将他严厉批评了一通。这不是明摆着往我王锋的脸上抹灰吗？往后我还怎么跟社员讲话，这个队长当得还有威信吗？王锋觉得，自那年杀人未遂案之后，李奇对他就反感了，他每次在社委提什么事，李奇都让他难堪。

王锋对李奇充满了怨恨，他正想找个机会碰碰李奇。这回，就拿按土地分配的事情跟他李奇交交锋吧，给李奇一点儿颜色瞧瞧，让他知道我王锋也不是好欺负的。

3

正午的阳光特别强烈，照得人昏昏欲睡。树上的知了似乎也疲倦了，鸣叫声中失去了几分清脆。

李奇这两天都没睡好觉。村西生产队中农们闹事弄得他很心烦，他知道光拿农业社章程来说事儿，是难以平息中农们的情绪的，得做思想工作。这个工作看来还得亲自做，别的社委的说服力与威信恐怕都还不够。

李奇想，应该避开人多形成的势力，采取各个击破的办法来平息风波。他决定先找吵得最凶的中农陈日升。

走进陈家院门，陈日升正在院里捆柴草。他一见李奇，不由得一愣：“是书记呀，快到屋里坐。”

“不用了，在院子里站着聊会儿，没那么闷。”李奇微笑着说。

这时候，李满花笑着走过来，跟李奇打招呼。接着她又提了把竹椅子，请李奇坐。

陈日升拿起水烟筒，蹲在李奇对面，一边抽水烟，一边问："书记啊，咱们村的秋收分配方案有没有定？"

"我正是为这事找你来的，先听听你的意见。"李奇说。

"按你的意思，我们社员的意见也管用？"陈日升问。

"当然了，社里的事情，当然要跟社员商量。但是你得以理服人。"李奇说。

"我们当然有我们的道理，地多的人入社本来就吃亏了，按劳分配对地多的人不公平。要是按入社土地面积分谷物，我们就少吃点亏。"陈日升说。

李奇点点头，说："这也算是一个理由，还有没有其他理由？"

陈日升想了想，说："地多的基本是中农户，让中农顺了心，对你们干部有利啊！"

李奇又点点头："还有吗？"

陈日升又想了想，没词儿了。

李奇严肃地说："你讲了半天，都是讲中农户的利益，贫农的利益有考虑吗？就你们赞成按土地分配，但如果多数人不赞成，不还是通不过吗？这事不是干部说了算，关键是要服从大多数人的意见。你想想，是不是这个理儿？"

李满花坐在屋门口，边择菜，边竖起耳朵听院里的谈话。这时，她听到李奇说的道理，就探出身子，假惺惺地插了一句话："人家书记说得对，你在这饶什么口舌？你懂个屁！"

李奇微笑说："嫂子，话也不能这么说。农业社是讲民主的，任何人都可以提出自己的意见。俗话讲，有理走遍天下，无理寸步难行嘛！你们说是不是？"

陈日升不知道说什么好。李奇发现，不走正路的人是心虚的。按土地分粮这件事，他们背后闹得凶，一讲理由，就没词儿了。

李奇继续给陈日升讲道理，讲政策，并许诺，只要大家和和气气，勤勤恳恳，今年多分个三五斗，一定不是问题。陈日升听了，只好连连点头。

似乎说服了陈日升，李奇的心情豁然开朗起来。他离开陈家后，哼起了雷歌小调：

长江黄河归大海，永远东流不向西；

我似泰山青松样，任乜风摇不皱眉。

有理驳倒糊涂汉，怕乜小人乱无章；

梅花不惧漫天雪，乱舌胡言乜可嫌。

4

话说周太公，近段时间与王锋谋划推行“土地参与分配”计划，可谓殚精竭虑。这天中午，他刚从外头回家，发现堂屋里坐着两个陌生女子。

一个是四十岁左右的中年妇女，长着好看的瓜子脸，高鼻梁，右眼角下嵌着一颗小小的黑痣，穿着打扮，端庄又大方。另一个是二十出头的妙龄姑娘，长相甜美，个子不高，白衣青裙，充满青春的朝气。

周太公感到很意外，他打量一下两位来客，礼貌地问：“两位是哪里来的贵客？”

中年妇女站起身，微笑着说：“周大哥言重，我俩不过是小民百姓，哪里称得上贵客。久闻周大哥大名，今天是慕名而来……”

停顿了一下，那中年妇女环视了一下厅堂四周，凑近周太公小声说：“周大哥，能不能里屋说话？”

周太公是明白人，便对老婆道：“你在这儿守着，要是有人找我，就说不在。”

说着，推开卧室门，引两个女人进去。三人坐定后，周太公说：“这里很方便，有话请随便说吧。”

中年女人点点头：“实不相瞒，我俩是从湛海过来的，我叫刘丽君，受公司老板委托，想与大哥谈一笔交易。”

周太公吃了一惊，忙问：“你老板是什么人？我一个农民有什么资格与他谈交易？”

“老板的身份，请原谅我暂时不便告知，先看看大哥对这笔交易有没有兴趣。如果谈得来，什么都好说。”刘丽君说。

“那得看是什么交易，请讲吧！”周太公说。

“是这样的，我们老板听说周大哥一向与南吉村合作社社长不和，想投一笔资金，烦劳大哥搞垮社长李奇。不知周大哥有没有兴趣？”刘丽君说。

周太公更加吃惊了，不知该如何作答。

那妙龄姑娘插话说：“大叔有什么顾虑吗？说出来我们一起解决。”

周太公说：“我能有什么顾虑呢？只不过这笔交易太难办，不知你们老板肯投资多少？”

刘丽君说：“早听说大哥智谋过人，相信什么都难不倒你的。至于我们老板肯投资多少，咱们好商量。关键是搞垮李奇一事，大哥觉得难在哪里，怎样解决，咱们好好商量一下。到时咱们再另约时间和地点详细谈谈。我俩这几天住在南吉埠龙门旅社，有事可随时联系我们，大哥你看可行？”

周太公点点头：“好。要不明天晚上在南吉埠兴昌饭店用餐吧？到时我会带上一个人，不知你意下如何？”

刘丽君与那姑娘交换了一下眼色，然后点头说：“周大哥办事果然爽快，就按你说的办。”

说完，这两位女子起身告辞。

第二天黄昏时分，刘丽君与妙龄姑娘赵小曼早早来到南吉埠兴昌饭店“牡丹”房，等候周太公。晚上六点左右，周太公及王锋赶到。两位女子热情地招呼他们坐下。周太公向她俩介绍了王锋，赵小曼便与王锋拉家常，刘丽君则与周太公商量点菜。

菜上齐后，两位女子首先举杯向周太公、王锋敬酒，大家各干了一杯。接着，周太公与王锋回敬两位女子，又各饮了一杯。

酒过三巡，话归主题。刘丽君请周太公、王锋谈谈搞垮李奇的办法。

周太公说：“昨晚我跟王锋队长商量过了。要搞垮李奇及南吉村高级社，必须从两方面入手。首先，今年秋收分配时，在群众中大造舆论，反对按劳分配、统购统销。继而以‘民主’为导向，鼓动土地多的中农户站出来，同时再收买一些贫农，集体与李奇大辩论。李奇必然寡不敌众。等火候到了，王队长就在干部会上向李奇发难，我们为王队长呐喊助威。这样，李奇在干部群众中的威信会马上丧失。这个时候我们就提出重新选举社长，李奇必然落选。接着实施第二步方案，就是选上我们的人当社长，掌握了印把子后，就解散高级社，土地财物各归原主，这样一来南吉村的合作社不就垮台了吗？”

周太公真够阴险毒辣，谋划得如此周密。两位女子听后，都拍手叫好。

听到她们的叫好声，周太公颇为得意，他趁机向刘丽君提出了关于报酬的事：“我们的计划如果成功了，请问你们老板愿意投多少资金给我们啊？”

刘丽君与赵小曼交换了一下眼神后，笑着说：“资金当然是少不了的。我们老板的意思是，先付一百万，等事情成功了再付三百万酬金。二位觉得可以吗？”

这时王锋发话了：“咱们现在是坐在同一条船上，哪有什么可以不可以的呢？少是少了些，不过这不重要，只要事情办成了，那就比什么都好。就按你们说的办吧。但有一点我们得弄明白，请问二位为何要找我们办这件事？你们的幕后老板到底是谁？”

刘丽君微微一笑：“王队长说得好，如今咱们已是坐在同一条船上的人了，那我们也不必有什么顾虑了。实不相瞒，我俩是从香港过来的，受老板李三泰之托，回家乡办这件事。李三泰与二位是同村人，关于他的情况就不必我细说了吧？前年，南吉村搞水利建设，李奇带头挖了李三泰的祖墓，李老板对他恨之入骨。他要报复李奇，可当时的行刺计划失败了。李老板耿耿于怀，不肯认输，说不惜一切代价也要把李奇整垮。最近，李老板根据老家线人提供的信息，得知王队长与周大哥长期对李奇不满，于是就让我们来找二位，共同对付李奇。”

刘丽君所说的这些，正中周太公与王锋的下怀。连日来，他们正紧锣密鼓地办这件事，没想到背后还有人提供资助，看来李奇垮台是天意啊！

周太公高兴地举起酒杯，说：“咱们预祝计划圆满成功！”

大家纷纷碰杯，干了一杯又一杯。

王锋有了几分醉意，眼睛开始不老实了，不时地盯着赵小曼高耸的胸脯发呆。刘丽君看出了王锋的不老实，决定趁热打铁，把李三泰交代的“不惜一切代价”充分落实了，以便牢牢地控制住王锋和周太公。

酒足饭饱，刘丽君付完账，邀请王锋与周太公去旅社坐坐。王锋求之不得，拉着周太公，跟两位女子去了龙门旅社。

进了刘丽君的房间，四人坐下，又聊了一会儿。这时周太公提出，时间不早了，应当回家了。刘丽君说："二位喝得不少，回去安不安全？"

王锋趁机说："我喝多了，想睡，不如今晚我们就在这儿住旅馆吧！"

周太公说："那怎么行？家里人还等着呢！"

刘丽君说："不如这样吧，你们先休息一会儿，等清醒了再回去也行。"

周太公点点头。刘丽君就叫赵小曼扶王锋去她房间休息。

王锋乐坏了，在赵小曼的搀扶下，进了她的房间。

周太公则留在刘丽君的房间里。周太公意识到将要发生什么，他告诉自己，女人是祸水，不能陷进去。怎奈，刘丽君已经把房门关上了，而且他自己的思想意志也被刘丽君的万种风情摧毁。刘丽君关上门后，就给他脱衣服。不一会儿，出水芙蓉就裸露了，一对比成熟的桃子还要软绵的奶子呈现在周太公面前，浪得水漫了金山寺。她用温柔得让人筋酥骨软的声音，叫他躺下休息。周太公听话地躺下了，刘丽君也挨着他躺下。

接下来发生的事情，已是顺理成章的了。相同的一幕，也在赵小曼的房间里发生。两对男女，就这样风流逍遥起来。

周太公和王锋既享受了美女的艳福，又拿到了真金白银，高兴极了。两人对搞垮李奇的决心更大，勇气更足。周太公得意地说："这年头有奶就是妈，有钱就是爸。我就不相信李三泰老板肯如此投资，还有办不成的事。"

王锋身为合作社的干部，不便公开出面闹事，就让周太公利用平时算命占卜的便利，挨家逐户鼓动，同时利用李三泰的投资，适当给社员一些好处。

周太公深知要搞垮李奇不是件容易的事情，单靠王锋及一些中农户的力量还不够，还必须取得上面有关领导的支持。于是，周太公决定到县里找他的老朋友、雷康县委办公室主任王鹏飞帮忙。

王鹏飞，五十开外，高个子，大脸庞。他受过师范教育，当过几年中学老师，文字功底好，知识面广，是通文墨、懂世故的能人。当年，县委一名副书记看中了他，把他调到县委当了几年秘书，后因工作出色，慢慢升到了县委办公室主任的位置。他爱好广泛，琴棋书画，样样在行，尤其对《易经》感兴趣。一次偶然的机会，他认识了算命先生周太公，便与他聊起命相学来。两人谈得很投机，渐渐地，成了好朋友。前不久，王鹏飞的母亲去世，还请周太公为母亲的坟地看了风水。

这天，周太公到了县城，进了一家中医推拿诊所。这诊所的张老板跟他已是老熟人了，因为周太公每到县城，当地朋友常常带他来这里放松。

周太公与张老板握过手后问：“最近有什么大师？”

张老板吹嘘说：“哎呀，你还不知道哪？现有两名顶级大师，是我们特地邀请来的。这两位大师得到了武当山道长的真传，是带功推拿的，不但能治疾病，还能治心病，他们以前还为省里的领导带功推拿过呢！”

周太公说：“真有这么神吗？”

张老板认真地说：“要有半点虚假，任凭你怎么处置我。”

于是，周太公到张老板办公室给王鹏飞打电话。王鹏飞一听是周太公邀请出来推拿，便满口答应，马上赶过来。

这诊所并不热闹，人也不多，里面都是一些木板隔成的小房间，每间掩着一道布帘，里面摆着一张床。张老板把王鹏飞和周太公引到一个较为宽大的雅间，一边吩咐服务员泡茶，一边说：“两位先饮茶，我这就去请大师。”

一会儿，张老板领来两位“大师”。两人都穿着道袍，面目清瘦，一副仙风道骨的样子。两人各戴一副墨黑眼镜，站着不动，只微微地点头。身子不动，这就很明白了，两位都是盲人。

两位“大师”都不懂雷州话。他们来到床前，用普通话说：“我们这是带功推拿，你们要放松，全身放松，什么也不想，什么私心杂念都得抛下，这样才能入仙境，效果才好。”

两位“大师”开始推拿按摩，动作与功法音乐互动着。随着音乐的节拍，周太公觉得面前是一位老人在讲古，又像是在吟唱什么。渐渐地，那音乐随着“大师”手指的节奏，融入了灵魂深处。这时，脑海里升起了一钩凉丝丝的明月，心中也是一片空明。

就在周太公半睡半醒的时候，他模模糊糊地听见“大师”说：“你身上无病，心里有病。”

周太公突然惊叫起来：“我没病，我哪里都没病。”

这一叫，吓了“大师”一跳，也惊醒了正在进入梦乡的王鹏飞。

王鹏飞对周太公说："怎么啦，周兄？"

周太公意识到了自己的失态，赶紧说："没什么没什么，好像做了个梦。"

两人清醒过来后，周太公叫退了两位"大师"，开始与王鹏飞聊起了自己的心事。

"王主任，我有件事求你帮忙。"周太公说。

"你说吧？只要我能办得到的，一定尽力而为。"王鹏飞说。

周太公犹豫了一下，接着便鼓起勇气说："我村高级社支书兼社长李奇，大权独揽，独断专行，干部群众怨声载道，纷纷要求把他的支书、社长一职撤掉。我今天来，就是代表广大社员群众向你请愿的，请你出出主意，如何才能把这家伙撤下来。这祸害不除，我们村子永不安宁，我们家的日子也不好过啊！"

王鹏飞听后，微笑着对周太公说："周兄，撤掉合作社的干部，是组织上的事，得按组织原则办事，我哪有这方面的权力？不过，你是我的朋友，帮你出出主意，还是应该的。我可以将你说的情况向有关领导反映，争取派出两名调研员到你村搞调查，听听群众对李奇的意见。这么做，也许就能把南吉村合作社支书李奇存在的问题揭露出来，那么撤销他的职务，就指日可待了。"

周太公听完王鹏飞这番话，甚是高兴，因为他事先已经买通了不少社员，调研员下来调查，得到的肯定大多是对李奇不利的意见。于是他连连称谢："感谢王主任帮我们传达民情，果真能把李奇这坏蛋撤职，造福乡里，我们村广大社员对你将感激不尽。"

王鹏飞听到这话，心里美滋滋的。他说："周兄太客气了，你交代的事情，我会想尽一切方法提供协助。"

离开推拿诊所后，周太公告辞回家。

过了三四天，县里真的派了两位调研员到南吉村。年纪大的叫老姜，五十出头；年纪小的叫小强，三十多岁。他俩按王鹏飞主任的交代，先到周太公家拜访。周太公甚是高兴，好饭好酒款待他俩，席间，免不了要说说李奇的坏话。

午饭后，两位调研员便往合作社办公室走去。到了办公室，只有妇女主任刘艳一个人在值班。他们便把县委的介绍信交给刘艳。

刘艳看完介绍信，对两位调研员说："李书记下午和社里的干部们到后洋试验田去了，要不要我去通知他们？”

老姜说：“不用了，等他们收工回来后，请你再通知李书记晚上到办公室碰个头，我们有事情与他商谈。”

刘艳点头答应，接着提出要安排两位调研员吃住问题。老姜说：“吃住问题等见到李书记后再说。”说完，两个人就走了。

天黑下来的时候，老姜和小强再次来到合作社办公室大院。大院的门是开着的，但没有灯光。在黑暗中，可辨认出有几间屋子，但不知道哪间是李奇的办公室。这时，老姜对小强说：“估计李奇没有回来吧，我在门外等他，你进去随便找一间屋，点亮灯再说。”

小强点点头，就向左边的一间屋子走去。屋里漆黑，小强就用手去摸索，却摸到了一张床。他坐下去，又一摸，竟然摸到一个裸体女人。

那女子惊叫了一声，把小强吓了一大跳。

这女人是护院的吴妈，她是方圆几里地有名的老处女。由于长相过于男人化，不像个女人，因此没人愿意娶她。她父母过世得早，多年来都是独身一人生活。李奇觉得农业社办公大院需要一个没有家庭牵挂的中年人来管理，既能看护大院，又能打扫卫生、浇花除草，大家商量后，一致认为吴妈是合格的人选。于是，吴妈就常年住在大院宿舍里。

这天晚上，吴妈因为白天干活儿干得太累，加上天气又热，就早早冲凉上床睡觉了。睡前连内衣也懒得穿，也忘了给房门上反锁。小强把她摸醒的时候，她吓了一大跳，忙问：“你是谁？你怎么进来了？”

小强也吓坏了，赶紧站起来，说：“我是县里来的，晚上漆黑的，我走错了门。”

吴妈赶紧在旁边的桌上找火柴，准备点灯，不小心碰翻了桌上的热水瓶。热水瓶掉到地上，发出一声巨响。水瓶里的开水溅到了小强的脚背上，痛得他大叫了一声。

屋子里的声响惊动了刚好巡逻到大院的民兵。

“不好，有贼，都来抓贼呀！”民兵组长苏小勇大吼了一声。接着，苏小勇提着一盏马灯，带着两个民兵冲了进来。

小强慌了，在慌乱中大喊：“我是县里的同志，我是来搞调研的。”

苏小勇把小强踹了一脚，骂道："调你妈的屁股，调研调到女人身上来了？"

一旁的吴妈赶紧穿上衣服。她觉得这事根本说不清，为了洗清不必要的怀疑与指责，她干脆装无辜，指着小强说："他，他非礼我！"说完干哭了两声。

院门外的老姜听到了里面的动静，知道小强出事了。他本想进去辩解，但转念一想，自己是陌生人，弄不好会被当成"同伙"挨顿揍。于是他马上想到了周太公，急忙往周太公家奔去。

听说村里出了"强奸案"，许多社员跑到合作社办公室看热闹。"双响喉"陈日升、"九曲溪"孙得利高喊："把那非礼女人的贼拖出来。"众人随声附和。于是，小强被拖了出来。

小强哭丧着脸说："你们不能打我，我是县里的调研员，我是被冤枉的啊！"

"虎母"李满花瞪着虎眼骂道："就打你这个'偷女人'的屌调研员，老娘还要阉了你呢！"

"花旦"孙玉花在旁助威呐喊："调……调你老婆那屁毛。呸！阉了他，揍他，看他还敢不敢'偷女人'！"

话音刚落，小强又挨了一顿拳脚。

这时候周太公匆匆赶到，他上前对众人喝道："都给我住手！这是一场误会，大家都不要再动手了。"

大家的目光纷纷转向周太公。周太公接着说："他确实是县里派下来的，怎么可能刚刚到咱们村，就干这种事呢？今天晚上，县里两位同志本来是约李书记谈事的，因为李书记没回来，他们就先进屋等，没想到进错了屋。大家都回去吧，这事留给小勇处理就行了。"

接着，周太公拉苏小勇到一旁耳语几句。苏小勇听完后，就转过身对围观者说："大家都回去吧，这事是有点蹊跷。"

围观的社员一边叫骂，一边散去了。

周太公见乱象已平息，就急忙往家里赶，路上碰到刚赶回来的李奇。两人打了个照面，说了几句套话，就各自走了。

周太公回到家，安慰了老姜几句。老姜觉得，闹出了这么大的事情，在社员中引起了不好的影响，调研工作恐怕难以进行。于是决定次日就和小强回县里，让县委另行安排。

就这样，周太公与王鹏飞策划的调研闹剧还没开始，就已结束。搞垮李奇的计划，也因此受到了重创。

5

那天，李奇从陈日升家出来后，又走访了两户中农和几户贫下中农，对社员的基本想法，有了更清楚的认识。

他认为，应当开个干部会议，统一一下思想，然后让干部们分头做群众工作，让广大社员都明白道理，提高觉悟，从而拥护粮食统购统销、按劳分配的原则。

调研闹剧发生后的第二天，李奇主持召开了合作社干部会议。会上，李奇首先提出了干部增补问题：一是，苏黑二去世后，空出了副社长一职，李奇推荐吴明山接任，担任副社长后，仍需兼任村东队队长。二是，原南吉村合作社共青团小组已升格为共青团支部，原共青团小组组长刘艳不再兼管共青团工作，根据刘艳提议，推荐现任共青团小组副组长的吴翠玉接任团支部书记。三是，会计邓山花被派往县里参加乡村医生培训，结业后将回村里当医生，因此会计一职需要另派人接任，推荐吴文成的儿子吴松节接任。同时取消统计一职，其相关职能由会计负责。

以上提议，经社委会充分讨论后，全部通过。

接下来讨论粮食分配问题。

李奇还没把话说完，王锋就插话放了第一炮："还讨论什么啊？今年秋收一定要按地分配，必须这么办，因为这是群众的呼声。谁要是反对，谁就是抗拒民主。说是高级合作社，可社员们高级了吗？分了多少粮食？现在丰收了，就得给社员群众多分点儿。不然，这个合作社还有个屁搞头啊！没事搞啥合作社，再搞下去，把人都得饿死。我辛辛苦苦带队劳动，你却上上下下做好人。李奇，你别觉着自己有多了不起，你那野心也该收收了……"

为了壮胆儿，王锋在开会前喝了不少酒。这会儿，他满嘴喷着酒气，冲着李奇指手画脚。会场上的人无不深感震惊。还没有等他把话说完，就有好几个人站了起来，朝他愤怒地喊叫：

“王锋，你胡说八道！”

“合作社把哪个人饿死啦？你说说看！”

“王锋，你说什么鬼话？还是在替谁说话？”

……

吴明山抑制不住满腔怒火，走上前，直接朝王锋甩了一耳光：“李书记这么好的一个人，能有什么野心？你平白无故污蔑人，恐怕有野心的人是你吧！”

最气愤不过的是刘艳。她深爱着李奇，她觉得南吉村的所有人都爱戴李奇。可是现在，竟然有人公开骂支部书记，骂人的竟还是书记亲手培养起来的干部，而且还是当着书记的面骂。书记，你是个光明磊落的人，用几句严厉的话就可以把王锋顶回去，可是你为什么沉默啊？

当然，现场也有人在支持王锋，那就是周太公。不过他没有开口，而是用两只眼睛说话，那眼神一会儿落到王锋的脸上，表示着赞许，也是在给王锋打气；一会儿又落在李奇的脸上，表示出不满和怨恨。

李奇的心被深深地刺痛了。他有着强烈的自尊心，对这种野蛮无理的污蔑，是绝对不能容忍的。他的怒火在燃烧，两只拳头攥得紧紧的，很想走过去给王锋两下子。但是理智告诉他，要冷静，一定要冷静。他心想：王锋是贫农，新中国的农业社给他带来的只有好处，没有坏处，我跟王锋一向没有什么过节儿，他说这些话一定是受了别人的指使。我是党支部书记，是社长，要忍耐，要顾全大局，不能意气用事，否则可能带来意想不到的后果。想到这儿，他的拳头慢慢地松开了，怒气也消了大半。

他走过去，把吴明山几个人拉开，说：“都坐下，让王锋把话讲完。”

现场安静下来，大家都拿不解的目光看着李奇。

这时候，院子里围过来不少社员。人们听说干部会议正在讨论粮食分配问题，而且干部们为这事吵起来，就纷纷过来旁听。

一场眼看就要爆发的殴斗，因为李奇的冷静而平息了。

李奇对王锋开口说：“你接着讲。”

王锋冷冷地说：“讲完了。”

这时候，周太公不平静了。他本想借这次吵闹，煽风点火，没想到，李奇如此冷静，把好不容易点起的火浇灭了。周太公想，得赶紧想个对策。他脑子一转，想了个办法，于是朝事先赶过来声援王锋的村西队社员说：“屋里才是讲理的地方嘛，你们光在门口议论个啥？”

孙得利听明白了这话的用意，就用手碰了下陈日升，小声说：“进去。”陈日升就往里挤。

这时候，朱克农夫妇对莲婶儿说：“我们也进去吧？”

莲婶儿说：“好，他们进，我们也进。”说完，也往办公室挤。

于是，办公室内外都是人。“虎母”“花旦”不时伸长脖子往屋里看……

王锋一瞧，见村西的社员基本上都到了，觉得自己不能软，否则太丢脸。于是又提高嗓门说：“大家决定吧，按地分粮。”

这话又激怒了干部们，许多人又骂起来，新提拔的团支书吴翠玉对王锋怒目道：“王队长，你是否吃错了啥药？睁着眼却说什么瞎话！”

李奇比任何时候都要平静，他对大家说：“大家安静，请听我说几句。”

李奇清了清嗓子，对王锋说：“王锋，你骂我的那些话，以后有空我们再清算。你骂农业社的那些话，现在就得讲清楚。你对在场的大伙儿说说，你有什么理由、什么权力改变合作社章程？”

王锋声势可惧的外表，掩饰不了空虚的心灵，他哪能找出可以服众的理由呢？面对李奇有力的发问，他只能重复原来的话：“入社地多的社员有意见，土地多却分得少，不公平。”

李奇立刻反问：“按土地面积分配，就意味着土地多的人家可以不劳而获，这跟以前的地主有什么区别？这样对入社土地少、劳动工分多的社员公平吗？”

这时，挤进屋里的莲婶儿喊了一嗓子：“说得好，我们不同意按土地分粮。”

朱克农夫妇也说：“我们才有几亩地？一群孩子，全靠我们俩挣工分养啊！”

王锋继续强词夺理：“地少和地多总得有区别，地多就该分得多。”

李奇觉得应该借这个机会教育一下那几个中农，就提高嗓门，冲王锋喊：“那我问你，粮食是土地自己长出来的呢，还是社员们种出来的？靠面积不靠劳动，能吃上饭？你再回顾一下南吉村的历史。过去，我们全村一亩地能施多少肥？顶多一车吧！今年上半年我们每亩施了三车多。过去，每亩产量撑死也达不到两百斤，今年夏收是过去的两倍。你说，这是不是合作社的优越性？合作社怎么饿死人了？请举个例子，你不能胡编乱造。”

王锋哑口无言。李奇话中透露出来的那一笔笔清楚又实在的账，打动了旁听的社员们，大家都连连点头，连孙得利、陈日升也觉得李奇讲得有理有据。

李奇进一步向社员们摆事实讲道理：“咱们南吉村有将近两千亩地，这么大面积的地，是谁耕出来的？是全体社员；是谁在施肥除草？是全体社员。今年上半年大旱，是怎么灌溉的？是全体社员兴建的水利工程。现在的大丰收，就是全体社员辛勤劳动换来的啊，可是现在却有人要求给自己多分粮食，难道他们付出的劳动更多吗？不，恰恰相反，有些中农出工很少，合作社都统计得清清楚楚，谁的工分多，谁的工分少，我这里有账本可查。不服气的，随时欢迎来查账。”

李奇越说越激动，现场有人鼓起掌来，引得办公室内外掌声一片。那群想闹事的社员们都被镇住了。孙得利因为工分最少，羞愧得干脆退出了人群。陈日升先前已经被李奇做过思想工作，本来也不想参与闹事，但受不了周太公与孙得利的劝，同时也对能够多分粮抱有一丝希望，就跟着来了。这会儿觉得李奇说的道理更加无可辩驳了，于是也退出了人群。

李奇刚刚说完，吴明山站起来，补充了一句：“书记说得好，我们社有五百多亩地过去都是属于李三泰这几个地主的，他们要说他们地多，也要多分粮，行不行？”

老保管员郭魁汉接话说：“那不反了啊！”

朱东汉斜视王锋一眼说：“某些人就是要反哪！”

王锋满头冒汗。他转过脸，用求援的眼神看看周太公。周太公没有吭声，拿眼睛去寻找孙得利和陈日升，发现他们俩早已没了人影，气得脸色发白。

吴明山见王锋这副狼狈相，忍不住笑了。孙保春则瞪着王锋说：“王锋，你哪一条也占不住理，你一个贫农，土地不多，却要帮土地多的人说话，我看是良心被狗吃了。”

王锋被逼得没办法，冲着周太公喊了句：“你们他妈的都哑巴了，光老子一个人说。老子不管这闲事了。”说完，气呼呼地挤出人群，走了。

许多人对王锋的背影发出了嘘声，接着，现场又响起了热烈的掌声。李奇见问题已解决，就与吴明山商量了一下，然后宣布散会。

第八章

耕海生涯悲泪情

1

与土地连连增收有所不同，南吉村渔业队的产量最近呈现了下滑趋势。渔业队创建之初，效益喜人，每次回来都是鱼满舱，人欢笑。不过，随着频繁的捕捞，以及其他的村子也纷纷成立了渔业队，附近海域的渔业资源略显吃紧，渔业队的产量开始逐渐下降。

为此，李奇召集渔业队全体渔民开会，讨论如何提高捕鱼产量，多创收。会上，渔业队队长许昌民及船长李炳提出了一个大胆的设想：到海域去捕捞。

“听说邻村东港、港尾渔业队已决定到海域捕捞，咱们也不能落后。海域不但鱼多，而且又大又肥，比咱们北部湾海域渔业资源丰富得多。”李炳说。

对于这一提议，多数人表示赞同，觉得应该闯一闯。李奇也很感兴趣，但也有些顾虑，他问：“合法吗？而且会不会出安全事故？出了事故如何承担责任？”

李炳说：“合法不合法不好说，但是自古以来，北部湾就有许多大船打鱼，好像很少听说出过什么大问题。至于安全风险，到哪里捕捞都难免，在龙王嘴里捞肉，哪能没有风险？要是万一出了事故，当然不能让个别人承担责任，应该大家统一意见，集体要求去海域的，责任由大家共同承担。”

许昌民马上接过话说：“对！咱们渔业队打鱼，也是为集体做事，为社会主义建设出力，如果大家都认为值得干，意见统一了就干吧！”接着他把脸转向李奇：“书记，打鱼这事让今天到会的同志们举手表决，如果大多数同意，就决定让渔业队去闯一闯，你看怎么样？”

李奇点点头，说：“既然大家决心这么大，那就按你说的办吧！”

许昌民一听，很高兴。他马上对在场的渔业队队员高声喊：“各位，我们现在集体表决一下，同意去的请举手！”

话音刚落，所有队员都举起了手。

就这样，一场捕鱼淘金的战斗拉开了序幕。大家商定，渔业队休整两天，为远洋作业做各方面准备。两天后，如果天气晴好，就扬帆起航。

巧的是，开完会后不久，李奇接到县政府与乡政府转来的湛海行署通知，通知指定各高级社干部、书记及妇女主任参加行署在北海召开的三级干部会议。三天后，行署将在北海召开贯彻落实中央农村工作会议精神的三级干部现场会，会议主题是“鼓足干劲，力争上游，多快好省地建设社会主义”。于是，李奇及刘艳决定乘坐渔业队的顺风船，与全体队员一起扬帆出海。

出海那天，晴空万里，微风拂面。南吉村渔业队连同东港村渔业队和港尾村渔业队相约一起出发。

三艘大渔船，劈波斩浪，航行在无边的大海之上。队员们个个精神抖擞，仿佛奔赴战场的战士。

在波涛汹涌的北部湾海上，耸立着一座雄鹰形状的岛屿，岛上长满了荒草野花，远远看去，酷似雄鹰的羽毛。远近居民都叫它雄鹰岛。据考证，雄鹰岛在五百年前是个荒无人烟的地方。有一年春天，北海有位姓李的渔夫被渔霸逼得无法生活，便在一天夜里放火偷偷烧毁了渔霸大院，接着便驾着一只小舢板船，载着老婆孩子在海上漂呀漂，寻找没有人压迫人的土地。历经艰险，他们终于在一天早晨发现了雄鹰岛，就登上了岸。渔夫在雄鹰山选择了一块背风朝阳的地方，建了个小石屋，从此定居了下来。男的下海捕鱼，女的开荒种田，生活得很幸福。后来，消息不知怎么传出来，陆陆续续有一些穷苦人离乡背井，逃来雄鹰岛。渐渐地，这里就成了一座颇具规模的海岛渔村。但是，官吏、渔霸也闻风而来，于是雄鹰岛落入他们的魔掌之中。直到一九五〇年四月，共产党解放了雄鹰岛，岛上的渔民才回归平静与祥和。

雄鹰岛与雷州乌石渔港隔海相望。这里是渔船的必经之地，因此，岛上渐渐有了渔船修造厂、渔船加油站、海鲜交易市场、旅馆、餐馆、商店等现代设施。这些商家生意兴隆，还有赖于岛内的天然避风港。当台风来袭时，过往渔船都会在港内停泊休息、保养。渔民们便上岛或住宿，或吃饭，或娱乐。

雷州东兴乡的三艘渔船经过雄鹰岛时，正逢中午。船长李炳提出到岛上给船加油并吃中午饭，大家都表示同意。

进入餐馆后，各村渔业队队员分开就座。

许昌民去点菜，其他人坐下饮茶。于是，李奇同李炳攀谈起来："咱俩同姓兄弟，同事这么久了，还不知道你的祖籍呢！会不会与我同宗同祖呢？"

李奇这一问，勾起了李炳对往事的回忆。李炳说："这雄鹰岛就是我的祖籍，这个岛的开山祖就是我的祖先。我父亲四十多岁时为逃避渔霸的迫害，在一个风雨交加的夜晚带着我和家人离开了这个岛。一家人划着小船，在海上漂荡了一天一夜，后来到了东兴龙口湾渔港。上岸后，父亲卖了渔船，到一家造船厂当工人，我也在厂里当学徒。造船厂老板见我们父子身强体壮，干活儿卖力，就决定长期收留我们，安置我们一家住在厂里。解放后，造船厂归政府所有，我们就幸运地成了集体所有制工人。第二年，区委书记洪耀华到造船厂视察，了解到父亲的身世和航海技术后，把父亲提拔为造船厂厂长。我父亲现在五十多岁了，他出生在海岛上，经历过无数风险，懂得大海的语言，摸透了浪涛的脾气，熟悉大海就像熟悉自己的身体一样。他的水性好，驾船捕鱼的技术也很精湛。再大的风，他也捏得住舵把；再黑的天，他也能摸得准航道；网撒得半空打旋，橹摇得海里冒烟；一个猛子扎进三四丈深的水下，敢在暗礁丛里钻来钻去。岛上人都叫他'老海鹰'。我刚满十周岁时就跟他航海了，航海与捕鱼的技术都是他手把手教会的。我记得，我和父亲曾经一起钓了一条一千多斤的大鲨鱼……"

"啊，一千多斤，那样大的鱼，怎么能钓上来？"李奇惊讶得张大了嘴巴。其他队员听了，也都围了过来。

李炳笑了笑说："信不信由你……"

"不过，弄这条大鲨鱼，可着实不容易。"李炳接着说，"那天晚上，风暴刚过，海面平静，这正是鲨鱼露面的时候，我和父亲就摇着船出海了。谁知把臂膀摇酸了，整个渔场连个鲨鱼影子都没见着。我正要抽水烟歇歇，忽然发现不远处有个像小舢板一样黑乎乎的东西，仔细一瞧，嗬，原来是个大虎头鲨。我和父亲又惊又喜，就轻轻把船摇了过去。快到跟前时，就拿起标枪。标枪是木把铁尖，一尺多长，用长绳系着。我们接二连三投射出六支，有四支正好击中它的脊背。鲨鱼受了伤，痛得浑身发抖，用尾巴猛烈地扑打水面。接着，它从水里一跳，蹦起老高，然后轰隆一声落到水里，激起的浪头差点把小船打翻。要不是我们摇着船走得快呀，说不定连人和船都被遣送到阎王爷那儿去了……”

大家听了，倒吸一口冷气。刘艳把舌头一伸："好厉害！"

"是啊，要不怎么叫它海霸王啦？厉害归厉害，可到底还是被我们制服了。"李炳松口气，接着说："大鲨鱼落水后，痛得没命地往外蹿，搅起了很大的浪涛，小船被它弄得忽左忽右，真险呀。那鲨鱼挣扎了好久，最后终于劲儿用完了，血流尽了，气断了，直挺挺地浮在水面上，一动也不动了……"

"它死了？"

"死了。"

"真有一千斤？"

"一千还余个三百二呢！"

刘艳再问李炳："船长，你潜过海底吗？海底有什么呀？"

一提到潜海，李炳又来精神了。他绘声绘色地说："潜过啊，你只要穿戴好专业的潜水服，一扎到海底，就发现可热闹啦，那些大鱼、大虾、大蟹、大鳖，都会列队欢迎你，围着你横冲直撞。它们之间也常发生战斗，你要有兴趣的话，还可以帮它们劝架呢！"

"真有意思，除了鱼鳖虾蟹还有什么？"刘艳给李炳添上茶，继续好奇地问。

这时，服务员送菜来了。李炳说："不说了，以后再聊，现在吃饱饭要紧，李书记和你还要赶着去北海开会呢！"

大家只好各就各位，操起筷子夹菜吃饭。

吃饱饭后，李炳给渔船加足柴油。接着，三条渔业队的渔船起航，径直开到北海码头。李奇及刘艳在北海下船去开会，渔业队则继续航行，开往渔区。

三条船来到预定地点，每条船相隔十五海里，互成掎角之势，还用上了《三国演义》中的排兵布阵法。

当时是凌晨两点半，渔业队开始下网，等到八点钟再开始起网。

李炳起网一看，白花花的白枪鱼真不少，每一网都是收获满满的，比家乡海域里的收获大多了。大家都眉开眼笑，起网的起网，装筛子的装筛子，但个个又都心惊肉跳，这种感觉倒是挺刺激的。

东港渔业队的万庆旺和港尾渔业队的刘海福也起网了，鱼都非常多。

一直干到下午四点，南吉渔业队还有三十块网没起。

突然，港尾渔业队的船长刘海福大叫起来："不好了，快跑！"

李炳心里咯噔一下，他脑袋探出窗户，抻着脖子对队员们喊："快起网，快起网！"

刘海福按约定，放出烟花二枚，说明他跑不了了，他要"破釜沉舟"了。

万庆旺的渔船靠近李炳的渔船，大声问李炳："怎么办？"

李炳沉默了片刻，大声回答："附近船不少，估计不会这么快找到咱们，咱们先起网，等会儿我去刘海福那儿看看，想破釜沉舟也没那么容易，就怕船被拖走。"

万庆旺表示同意，两条船加快起网。两个小时后起完网，李炳照着坐标，奔刘海福那儿去，万庆旺原地待命。

渔民们所谓"破釜沉舟"，是为了防止扣押船只，就把船舱凿个洞，让海水灌满船，一条二百五十马力的大木船，灌满水后起码有百多吨的重量，死沉死沉的。但这种方法只适合木壳船，铁壳船绝对不行，因为木头本身有浮力，舱进水了也能漂在海面上。当然，要是大风大浪的天，"破釜沉舟"也是找死。

当然，"破釜沉舟"还有一个前提条件，那就是确信得有人来救你，而且至少要有两条船才能把你给拖回来，这样你才能修船，否则就只能等死了。

李炳驾船开了一个半小时，找到了刘海福的船。他立刻给万庆旺发信号烟花一枚，意思是："过来，我们在这儿。"

见到港尾渔业队的船，许昌民的眼泪掉了下来。好好的一条大船，凿成了这样，令人痛心。港尾渔业队的船一大半在水下，海水和船帮子齐平，船长刘海福等八个人都站到舵楼顶上，一个个神情沮丧。

看见有南吉渔业队的船过来，港尾渔业队的人都兴奋地喊起来。等李炳驾船靠近，八个人哆哆嗦嗦地上了李炳的船。刘海福终于控制不住悲伤的情绪，坐在船上号啕大哭起来，弄得李炳的眼睛都湿了。

许昌民把刘海福扶起来，说："走吧，先吃饭，一会儿万庆旺就过来了，我们肯定会把你连人带船一块儿带回去。"

刘海福沙哑着嗓子骂个不停。船就是渔民的命，打鱼打到“破釜沉舟”这个份儿上，恐怕在整个渔业史上都比较少见。

半个小时后，万庆旺驾船赶到。趁着天还没黑，李炳和万庆旺的两条船一左一右，夹住浸满海水的漏船。李炳和万庆旺拿绳子捆住漏船的大桩，再拿绳子的另两头各自拴住自己船的大桩，两条船一起给油前进。刘海福的漏船就这样被拖着走了起来。

在茫茫无边的大海里，三条渔船相依为命，朝着北方航行。

刘海福“破釜沉舟”的地方离凭祥码头约三百六十海里，他们空船的船速能达到每小时十二海里，到达那里需要连续航行三十个小时。现在回去就麻烦了，两条船装满了鱼，本来就够分量了，再拽着一条死气沉沉的“潜艇”，估计要用一百二十个小时，也就是整整五天时间。可是船上的鱼太多，用于保鲜的冰可挨不了那么长时间。李炳和万庆旺不是傻子，两人一路走一路找过往渔船收购他们的鱼。最后，终于遇到了三条没打着鱼的广西渔船，就和他们商量卖鱼的事儿。这三条船的主人也不客气，压价收鱼。李炳和万庆旺也没办法，最后只能挥泪大甩卖。不管咋样，总比到岸上卖臭鱼强。亲兄弟，明算账，损失的钱由三个渔业队共同承担，这也是事先商量好的。

还算幸运，由于中途卖了鱼，船速快了一些，经过四天四夜的航行，三条船终于到了凭祥码头。靠岸后，刘海福他们去修船，李炳和万庆旺换网，然后在近海打马鲛仔鱼。由于现在赶上了大潮水，还得再等几天。

在这几天里，李炳为了让年轻船员养成遇事冷静沉着的品质，经常给他们上“思想课”，希望大家碰到棘手问题时，不要慌，不要乱了阵脚，而应当冷静应对。只要有一线希望，就要付出百分之百的努力。其间，李炳还特意讲了他少年时与父母出海打鱼的一次惊险遭遇：

我一辈子也不会忘记那次出海的经历。那天早上，海上风平浪静，天出奇地蓝，像刚刚洗过一样。父亲开着渔船，一直观察着海面。开了一个小时，船停住了。那时，海岸线还能看到。我们开始放网。突然，我听到一个奇怪的声音，船身侧了一下。我尖叫了起来：“不好了，船舱进水了。”我的声音在颤抖，惊慌极了。四周都是海水，连一座岛屿都没有。我当时感到很绝望，觉得自己的小命即将断送于此。水涌进船舱，发出汩汩的声响，这声响在船舱里回荡，像魔鬼的召唤。渐渐地，冰凉的海水没过了我们的脚趾，像刀子一样刺痛了我。

但是，我的父亲并没有表现出慌张的神情，显得很冷静。他叫我妈去掌舵，把船往回开，又叫我找盆子来舀水。我把所有的盛水器皿都找了出来，一次生死战斗就这样开始了。谁也不说一句话，死亡的阴影压得我喘不过气来。因为，我发现舀水的速度，远远赶不上海水涌进来的速度，水已经没过了脚踝。我觉得自己没有力气了，肌肉僵硬，手抬不起来了。但是我不能停下来，因为停下就意味着彻底放弃，意味着海水很快就会将我们淹没。我边舀水，边哭了起来。父亲依然冷静地与海水作战，他像个英雄一样，不停地将水往外舀。看到我哭，他骂道："哭有什么用？只要还有一线希望，就不能放弃。这样哭着，只能让我们更快淹死。"我停止了哭泣，又加大力度拼命舀水。我感觉船越来越重，口子好像开得更大了，水没到了我们的膝盖，像魔鬼抱着我们的腿，使劲儿往下拽。

正当我们绝望的时候，突然发生了一件奇怪的事：舱内汩汩的水声消失了，船舱里的水也没有再往上涨。我回到甲板上，看到海岸线越来越近，心中不停地祈祷："快点，快点，再快点。"船吃了一肚子水，像一个孕妇，开得比平时慢了很多……海岸线终于变得清晰起来，甚至可以听到岸上人说话的声音。渐渐地，海水变得浑浊起来，船终于靠近了海滩。还没靠岸，我们就跳下了船，拼命往沙滩上跑去。

死里逃生的我，身子往沙滩上一摊，像一条搁浅的鲨鱼。烈日照着我的脸，海风吹着我的脚丫，我觉得身子还在晃动。我感觉自己被魔鬼吞进嘴里，又吐了出来，忍不住感叹："在岸上的感觉真好，活着的感觉真好。"父亲也累坏了，坐在我旁边，摸了一支烟，抽了起来。

下午，修船的来了，他们用水泵把船舱里的水抽完之后，发现船底粘了一个圆乎乎的白色东西，凑近一看，竟然是一条鱼。鱼瞪大着眼睛，早已死了，它不大也不小，身子的中部正好卡在船洞里，像塞子一样。修船的人修了几十年的船，还是第一次碰到这样的情况，笑着说："这条鱼救了你们的命，它可是一条神鱼，你们千万不能吃，晒干后拿去和祖先的灵位供在一起。"

我见识了大海的威严，也见证了奇迹的发生，经受了死的考验。父亲笑着说："你已经是死过一次的人，以后遇到任何困难都不会害怕了。你今后当渔民再也不会死了。你是当渔民的料，今后就当渔民吧！"

船长李炳的故事刚讲完，年轻船员朱刚就问："船长，我是不是当渔民的料啊？"

李炳哈哈笑道："你们都是当渔民的料！因为你们跟上了一个永远不会被大海淹死的船长！"

大家听后也哈哈大笑起来。

雷州人休闲、兴奋时最喜欢唱雷歌。这时，李炳首先开口唱起来：

出海捕鱼好景趣，鸥鸟追涛逐浪飞；
海水长天共一色，无限风光看入迷。

鱼因搁滩遭人扔，鸟是离群啼声哀；
众志成城获全胜，孤军马弱必败哉。

接着，朱刚与永昌两人扮男女展开对唱。朱刚唱男角：

今早钓鱼到日午，日午钓鱼到暗候；
鱼不吃饵该离钓，也该诳人蹲桥头。

永昌扮女声：

小小河子狭狭沟，不料钓鱼人偌闹；
白天水清鱼见影，有心钓鱼等暗流。

朱刚又唱：

睡到半夜起来坐，看见东边两颗星；
星啊你都成双对，弃我单伶怎过夜。

永昌接唱：

枉费你是男子汉，没有老婆还敢孱；
我娘提笼去捉鸟，你怎这傻不入笼。

他俩的对唱，婉转动听，大家纷纷鼓掌，伴随着哈哈大笑……

2

转眼就到了十月一日国庆节。

在全国人民欢度佳节的喜庆日子里，渔业队可没闲着。现在正是落潮的日子，队员们穿着一身腥臭的衣服，坐在左摇右摆的木壳船上，继续捕鱼。刘海福已经修好了船，三个村的渔业队驾驶着各自的大船，再次开进。

秋高气爽，海上的风格外地小，浪格外地平，但船长们都皱紧了眉头。李炳甚至骂了起来："这鬼天，真令人讨厌。"

渔民出海，不都希望风平浪静吗？没错，但现在就不同了，这样风平浪静的好天，海域执勤的几率比较大，要是风浪大点儿，几率就小点儿。当然，风浪也不要太大，那样的话就有船毁人亡的风险。

早上八点，南吉村渔业队的船员开始吃早饭。从昨天到现在，一连起网二十个小时，人累得裤子掉了都懒得提。

李炳踹了一脚眯在舵楼角落的张丰："起来吃饭。"

张丰惊醒了，打了个哈欠："再睡会儿，吃不吃饭无所谓了。"

李炳说："睡个屁，不吃饭待会儿咋干活儿？你给我起来。"

张丰被李炳拽到饭桌旁，眯着眼睛端起饭碗。李炳见状，往张丰嘴里塞了半截辣椒。张丰被辣得跳了起来："船长，你真像李三泰，剥削得太狠了！"

李炳笑着说："这回不困了吧？快吃饭。"

同桌吃饭的几个队员也都笑了，王发笑得最大声。而张丰也确实被辣椒刺激精神了，他不敢跟李炳来劲儿，就给了王发一拳头："傻呵呵笑啥呢，还想歌厅那小妹？"

王发做出得意状："想她干啥，你就知道歌厅那个，跟我相好的还多着呢！"

张丰撇着嘴说："咦，还多着呢，你有多少钱泡妞啊？"

王发说："这个嘛，是秘密！说真的，我每次去柳絮巷都提心吊胆，真怕给逮住。咱们这些常年漂在外头的男人需要一个放松的地方。"

张丰说："就是嘛，大禹他爸治水用的就是堵的招儿，堵来堵去没堵住，水把大坝给冲了。可大禹就比他爸聪明，他用排水的方法，让洪水往海里流，这样就把洪水治好了。同样的道理，人的性欲就是洪水，男人的精子也是洪水，这玩意儿就像洪水，越积累越多，能憋得住吗？朱刚，你说呢？"

二十出头的朱刚性子内向，还有点怕羞。他满脸通红，说不出话来。

张丰像是找到了佐证，一脸正经地说："大伙看看这小子憋的，满脸通红，一看就快憋不住了。"

大家立马笑得喷饭。

李炳吃完饭站了起来，他强忍住笑，故作严肃地说："都给我老实吃饭，一会儿派活儿干了。"

吃完饭，几个人借歇息的机会又躺下睡觉。他们整整一天一夜没睡了，都觉得睡觉比吃饭更重要，但空着肚子也不行，到时干活儿没劲儿。

不到一分钟，船舱里鼾声四起。

忽然，万庆旺的船上升起三道烟花。这个信号的意思是他们跑不了了，连"破釜沉舟"也来不及了，示意友船快点儿跑。

正在船头值班的许昌民，朝船舱大声喊："快起来！起网，起网。"

一船人立刻惊醒了，迅速爬起来，各就各位。现在跑，也来不及了，因为三条船早就深入海域腹地。既然如此，那就不能弃网而逃，就看运气了。

李炳和刘海福保持着联系，到下午两点，两条船都起完了网，于是他们开始返航。尽管收获不少，但两支渔队的队员心里都很郁闷：这回鱼打得是不错，但还得赎回东港村的渔船和队员，事先说好了罚款也是均摊的，这得多少钱啊。

回到广西凭祥码头，先卖鱼，再找中间人联系赎船的事。被罚款是常有的事，于是产生了专门联络赎船的中间人。中间人向李炳他们报价：要罚三万人民币。

这价肯定没的讲，李炳和刘海福骂骂咧咧交了罚款，又给了中间人六百元联络费。十几天后，万庆旺他们终于垂头丧气地驾船回来了。

3

十一月十五日，正是大潮水转变成小潮水的日子，南吉村渔队与另两支渔队再次出发，目的地还是凭祥码头西南海域。

天气早已转凉，在海风劲吹之下，海上已经有了几分寒意。队员们都穿上了厚衣服，干活儿时还得穿皮衩。这种衩，就是齐胸高的胶皮裤子连着靴子，目的是防止海水弄湿里面的衣服。但穿衩很费劲，脱下来更不容易。要是穿着衩掉到水里，很容易被淹死，因为人掉进水里之后，衩里还有空气，所以一定是头朝下，双脚朝上，想要脱下衩没那么容易。

张丰看着衩，眉飞色舞地讲起他救人的一段经历："解放前，我给王家村的王永明东家当船夫，这家伙就是周扒皮转世，对我们这些雇工横挑鼻子竖挑眼，给我们吃的天天都是米饭加咸菜疙瘩，我们恨死他了。有一天出海，他穿着衩靠在船帮正骂我干活儿慢。老天有眼啊，他儿子王小勇刚学掌舵，手不利索，不知道咋的他猛地向左一转弯儿，王永明没坐稳，就翻身掉进了海里。我们几个船夫这个乐啊，眼看着两只大黑靴子在水里乱蹬，人就是翻不过来。他儿子倒是跳进了水里，想把他老爸硬扳过来，那哪行，根本就扳不动。而且王永明抓住了他儿子的腿，死也不撒手。我一看不行啊，这父子要是完了，老子的工钱谁给啊！于是我拿把刀就跳到水里，给王永明两个靴子各划了个大口子，空气一出来，王永明的脑袋就翻了上来。船上又下来俩帮忙，费力把他父子弄上了船。一上船，王永明吐完水，瞪眼就问：‘谁在我腿上捅了两刀？’我一看，妈呀，他两条腿上血流个不停。大家都指着我，我也不知道说什么好。王永明还算明白人，他立刻就给我跪下磕头：‘张丰啊，我谢谢你的救命之恩！’回去后，王永明给了双倍的工钱。”

这时许昌民走过来，对张丰说：“少白话，准备干活儿了。”

三艘渔船又开始布阵了。李炳对另两位船长大声说：“得多加小心啊！”

万庆旺的神经又绷了起来。

值得庆幸的是，三条船都是满载而归，高产船长万庆旺打得最多。这鱼打得惬意，他们往返码头与渔区之间，卖完鱼又接着打。

这天下午，东港渔队队员们吃过饭后，都赶紧躺下睡觉。万庆旺趁着休息的空闲，检查新买的大杆秤。这杆秤长一米三，最大称重三百斤。万庆旺发现最近收鱼的贩子有点儿不地道，他想用大杆秤把几筛子的鱼称好，做个样板，到时候好看鱼贩子的秤到底准不准。

突然，万庆旺隐约听见有马达声，于是放下大秤，往声音传来的方向看。不看不要紧，这一看，万庆旺红润的脸一下子变得煞白。他哆嗦着摇响柴油机，对舱里喊：“都给我起来，快拔锚，快！”

船员们马上起来拔锚，万庆旺一边开足马力跑，一边放烟花三枚。

远处，李炳和刘海福看到了烟花，都跟触了电似的……

渔队最后决定，开船回家。眼下已经是年底了，该回去与家人团聚了。

东港村渔业队彻底完了。这年春节，东港社员们的年过得很不是滋味。东港合作社的干部筹集了一些钱，慰问了渔业队的每户家属。

南吉村的渔业队安全归来，虽然白忙活了，但全村人觉得很欣慰。刘艳为此找李奇说，今后渔业队一定要注重安全，决不能用生命换取经济效益。李奇说他已经意识到了，要吸取经验教训，吃一堑长一智。于是，李奇与吴明山叮嘱李炳和许昌民，再也不能这样冒险了。

第九章

捉奸诡计终落空

1

在北海参加会议期间，李奇向乡党委书记洪耀华反映了南吉村部分社员要求按土地面积分粮，王锋在干部会上公然支持这些人不正当要求等情况。至于王锋在会上辱骂自己这一情节，李奇则没有提及。刘艳忍不住要开口说王锋如何辱骂支书时，被李奇马上制止了。刘艳在旁愤愤不平。

“事情现在已经平息，但个别入社土地多的社员心里仍然想不通。”李奇说。

“这应当不是个别现象，说明部分干部与社员的思想觉悟亟待提高。”洪耀华觉得事情非同小可，他告诉李奇、刘艳，回去后马上就到南吉村走一趟。

一天早上，洪耀华与乡政府办公室一名干事来到南吉村。找到李奇后，他决定先召开合作社干部会。李奇便吩咐吴翠玉去一一通知干部们下午到社办开会。

下午，李奇主持召开了合作社全体干部会议，洪耀华也参加了会议。李奇首先传达了北海会议精神，接着，刘艳提出一些关于妇女工作的意见，然后，洪耀华发表了讲话。他在讲话中，批评了个别干部思想走偏，没有坚持党和政府的正确路线。他特别对王锋进行了点名批评，指责他公然支持闹事社员，不仅违背了共产党员应有的原则，而且违反了合作社的政策精神，责令他向组织作书面检讨，同时给予其党内严重警告处分。

会上，王锋首先作了口头检讨，并且向李奇道歉。他说，他上次干部会上说的那一堆话不算数，表示以后一定要立功赎罪。他同时还揭露了孙得利和陈日升在背后怎么恳求他、利诱他，又怎么用退社吓唬他的情况。最后王锋承认，自己的立场不坚定，有私心杂念，今后一定改正，并努力学习李奇的大公无私精神品质，为合作社的发展作贡献。洪耀华见他态度诚恳，表示将给他一次将功补过的机会。

干部会议结束后的第二天晚上，洪耀华又组织了南吉村群众会。会上，李奇传达了此前的干部会精神。接着，洪耀华发表讲话，他强调，合作社的“按劳分配，统购统销”基本原则，是权威且不可改变的，称这一原则是通行全国的政策，有无可置疑的合理性与优越性。他同时不点名批评了某些社员，希望他们与集体利益保持一致，劲儿往一处使，汗往一处流。

两个会开完后，洪耀华又单独找王锋谈了一次，要求他好好反省自己的问题，组织上将对他进行重点观察。事后，洪耀华又嘱咐李奇和吴明山，随时注意周太公的动向。事情都交代完之后，洪耀华就离开了南吉村。

被洪耀华批评教育之后，王锋虽然有所醒悟，但心情却很沉重。这段时间他很想躲开南吉村，到外面去冷静一段时间。

正好，最近雷康县正在兴修大洋水库，各个村都要抽调社员去工地，其中要有一名干部负责带班。王锋就去找李奇，要求到大洋水库工地上去，跟副队长吴伟明换个班。但李奇没有同意。

王锋于是哀求李奇，称去工地才能显示他改过自新的决心，他保证好好干一场。

李奇觉得不可思议，他说：“不去工地，就不能好好干一场？”

王锋说：“在生产队，干的都是同样的活儿，轻车熟路，换一片天地，或许大有作为。”

李奇说：“这个理由不成立，我知道这段时间你思想压力大，工作环境对你来说是复杂了一点儿，但却是个很好的锻炼。”

王锋执意要走，只好用激将法：“书记，你是信不过我，怕我到外面给你惹麻烦吧？”

李奇笑了。他想了想，觉得工地的劳动场面很鼓舞人，又有乡领导在那儿，王锋去待一段时间也许会有思想上的收获。另外，王锋换回正在工地上的吴伟明，也可以为村西生产队培养骨干。于是他对王锋说：“好吧，为了表示对你的信任，我同意你去。”

王锋高兴极了，连声言谢。

这天下午，周太公正在家里喝茶。上次洪耀华到村里发表讲话后，他脑子一直没闲着，琢磨怎么对付李奇。这时，他老婆蒋桂芳从外边急匆匆地走进来。

“当家的，不好了，李奇要把王锋打发到工地上去了！”蒋桂芳说。

周太公愣住了，他马上放下茶杯：“你听谁说的？”

蒋桂芳说：“王锋自己说的，说是要换吴伟明回来，马上要动身了。”

周太公慌了。在他心目中，王锋是自己的一颗棋子。因为王锋是贫农，是高级社社委，又是生产队长，不管是李奇还是洪耀华，对他都会留几分情面，哪怕他做错了事。王锋暂时的“觉醒”，周太公根本没放在心上，他早就把王锋的脉摸得精准透了。况且，王锋有好多把柄在他周太公手里捏着，王锋不敢不听他的。现在，王锋要是一走，周太公的力量就单薄了。

想到这儿，周太公站了起来，他要想办法把王锋留下。其实也不用说多少话，只要在蔡玉珠身上做点文章，就说王锋不在家守着，蔡玉珠要招野汉子，王锋这个醋缸，就会立马改变主意，不去工地。

刚走到王锋家门附近，周太公就远远看见李奇正跨入王锋家门。他赶紧加快步子，躲在门外，想听听李奇要跟王锋说些什么。

李奇没往里面走，站在门边喊：“王锋在家吗？”

李奇想在王锋临走之前，再跟他谈谈心，顺便问问有没有工作上的事情和家里的事情需要交代。王锋不在家，蔡玉珠正坐在堂屋缝补衣服。她一边穿针引线，一边哼着雷州歌谣：

月光光呀月圆圆，四娘织布在庭边。
脚踩弦机响轧轧，手合槟榔想君郎。

上宅尼姐坐绣楼，一阵悲来一阵愁。
悲愁尼哥京赶考，三更半夜空枕头。

公鸡哥呀风流郎，赶早入园吃菜秧。

昨夜南山吃竹籽，今晚海南吃槟榔。

嫁你家门苦一世，无侬带来有侬养。

睡到半夜翻身起，问侬吃乳不吃乳。

李奇的喊声打断了她的哼唱。她抬头见是李奇，忙站起来，笑容满面地打招呼："是书记呀，快屋里坐吧。"

李奇朝里走，一边问蔡玉珠："王锋呢？"

蔡玉珠说："他刚出去，一会儿就回来。"

李奇点点头，转身要走："那我过会儿再来，你跟王锋说一下。"

蔡玉珠忙说："他不在家，你就坐坐嘛，你是贵人，难得来我们家坐会儿。我特别爱听你讲话，道理深，又容易懂。"

李奇被她夸得不好意思，就说："嫂子你忙吧，等王锋回来，你就让他到办公室找我吧。"

蔡玉珠着急地说："别走啊，我还有话跟你说呢！"

李奇只好停住。

"书记，前些天王锋跟你闹别扭了？"蔡玉珠说。

"都过去的事情了，没什么大不了的。"李奇大度地说。

"听说他对你说了一些难听的话，你却没有计较他？"蔡玉珠说。

"同事之间因为工作闹别扭，在所难免嘛！只要认识到错误，有所改进，就没必要计较了。"李奇说。

"书记你真是肚量大啊，换成别人早就打起来了。我听说这件事情后，就骂了他，说他狗咬吕洞宾不识好人心，人家李书记是多好的人哪，培养了你王锋，对社员们也都那么关心，旱灾时还对没有入社的村西队社员提供无私帮助，只要是个有良心的人，都不会看不到这些。"

蔡玉珠这讲的都是真心话。李奇听了，对这个女人改变了看法，于是他借机开导蔡玉珠："嫂子是个明白人，应当多帮助王锋。王锋是贫农出身，小时候受的罪你都是知道的。共产党才是他的救命恩人，按劳分配、共同致富的农业合作化才是他应当坚持的路线，希望你在他思想动摇时多提醒他，不能再往岔道上走。”

“书记说得对，我一定会记住你的话。希望书记以后可千万别记恨他，多帮帮他，他是个有嘴没心的人。”

李奇说：“有嘴没心哪行啊！我觉着王锋最大的问题，就是喜欢跟几个落后的中农泡在一起，然后被那些人利用。那些人会安好心吗？”

蔡玉珠像母鸡啄谷粒一样拼命点头：“对，那些人可坏了！”

李奇说：“你的思想觉悟比王锋高，以后我让刘艳、翠玉她们多找你聊聊天儿，你也要多挤时间参加社里的活动，这样你的精神世界会更丰富。”

蔡玉珠再次不停地点头。两人聊得挺投机的，最后李奇提到王锋要去工地上的事情，问蔡玉珠：“王锋走了，家里有什么困难没有？”

蔡玉珠说：“可以不去吗？”

李奇说：“当然可以，我本来不让他去，他自己执意要去的。”

蔡玉珠说：“书记，可不是我要拖后腿，我觉得社里事情够多的了，为什么还要往工地上跑？”

李奇说：“王锋回来你们再商量商量，去不去你们自己定。”

说完，李奇就告辞走了。

周太公在门外边站得双腿发麻，直到李奇说要走了，他才赶紧躲开。他从李奇和蔡玉珠两个人亲切的交谈中，得到了一点重要的启发。他一边走，一边想，越想越觉得妙。

他高高兴兴地跑回家，把他的计谋跟老婆说了。蒋桂芳一听，满脸疑惑地问：“这能行吗？”

周太公信心满满地说：“当然行，只要你配合好就一定没问题。”

2

第二天上午，村子的大榕树下传来一阵拨浪鼓的声音。原来是乡供销社的下乡售货车到了南吉村。售货员把拨浪鼓一摇，村中的大姑娘小媳妇陆陆续续地围了过来。她们有的挑选针线纽扣，有的购买油盐酱醋，有的试戴纱巾发来，大榕树下顿时热闹起来。

蔡玉珠也听到了拨浪鼓的声音。她把要洗的衣服都放到木盆里，里面大多是王锋的衣服，接着就端着盆子朝大榕树下走过来。到了小货车跟前，她把盆子往榕树脚下一放，就开始寻找有没有王锋出门所需物品。

这时，李奇也从榕树下经过。他看到供销社的下乡来售货，就走近售货车，想问问有没有办公文具和镰刀之类的小农具。

蔡玉珠喜欢跟李奇说话，见他走过来，就热情地打招呼："书记，你也来买东西啊？"

李奇说："是啊是啊，马上要秋收了，我想买一些镰刀和账本之类的东西。我听说，你答应王锋上工地去了？"

蔡玉珠说："我一直都没反对他去啊！我当时只是觉得他到哪里做贡献都一样，干吗非得去工地。后来他说了他的想法，我就觉得去去也行。"

李奇说："那就好，晚点儿我去看看王锋，看他还有什么事要交代。"

蔡玉珠说："好啊，那你就到我家吃晚饭吧？"

李奇没时间再跟她闲聊，就随便说了句："吃饭就不用了吧！到时再说。"说着，他就走到售货车跟前，向售货员询问有没有自己需要的东西。

这时，蔡玉珠从挂出来的货品中，拉过一条印着花鸟图案的粉色纱巾，围在自己的身上，一边比试，一边对旁边的人说："这个是街上女人用的东西，我要是围着它，怕是会有人说闲话的吧？"

接着，蔡玉珠又对李奇说："哪有女人不爱漂亮的，书记你说对吗？你反不反对农村妇女打扮呢？"

李奇笑笑说："买一条纱巾算个啥？当然，一个人把精力用在打扮上，也不好，关键还是要品德好，人美不在外表，而在心灵嘛。至于说农村妇女该不该打扮，那完全是一种偏见，新社会人人平等，谁规定只许街上妇女打扮呢？"

"李书记说得太好了，买条纱巾算个啥嘛！"旁边有人插话。

这插话的不是别人，正是周太公的外号叫"猪母"的老婆蒋桂芳。她一直都在盯着蔡玉珠和李奇的举动，伺机找机会为周太公的计谋寻找突破口。这会儿正假装在售货车跟前挑东西。

李奇没有说话，他挑选了十几把镰刀后，对售货员说："你把这些刀捆扎好，一会儿我派人拿钱来取。”

李奇离开售货车，走了。蔡玉珠放下手里的纱巾，望着李奇的背影发呆。

一旁的猪母朝蔡玉珠笑嘻嘻地说：“哎哟哟，眼珠子快掉下来啦！”

蔡玉珠的脸立刻红了。

猪母接着说：“我看书记对你很关心啊，他对别人可就没那么好了。”

蔡玉珠放下木盆，挥起拳头，做出要打人的姿势：“你胡说八道什么，看我怎么收拾你。”

猪母笑呵呵地说：“我哪敢胡说啊，他对你有情，我是早就看出来了的，相信我的眼神，不会有错的。那么，你是不是对他也有意呢？”

蔡玉珠听了满心欢喜，但嘴上却骂开了：“都这个年纪的人了，说话没个正经，都是受你家男人影响的吧？”

猪母故作神秘地凑近蔡玉珠，小声说：“哎哟，我看你是装的吧，李书记喜欢你，稍微有点脑子的人都能看出来。对了，你不是要去洗衣服嘛，我也正准备去洗，你在河边等我，我回家拿了衣服就过来。”

蔡玉珠脸又红了，她没有理睬猪母，端着木盆，朝河边走去。

猪母内心偷着乐，她想，这世上没有不贪女色的男人，像李奇这样一个壮年单身男人，要是遇到年轻貌美的少妇来勾搭，能不上钩？现在只要蔡玉珠主动去勾引，不愁李奇不动心。

猪母回家找了几件衣服扔到木盆里，然后匆匆走出家门。她并没有马上去河边，而是先朝大榕树那儿跑去。

这个时候，蔡玉珠已经坐在河边的石头上，开始搓洗衣服了。她一边洗，一边琢磨着猪母的话，觉得李奇这段时间对自己好像真的比较关心，跟她聊天时，还有意无意地夸奖她。想到这儿，她心里甜丝丝的。

过了约莫半个钟头，猪母端着一盆衣服走了过来。刚来到蔡玉珠身边，猪母就说：“妹子啊，你家好像来客人了，我刚才出门时，远远看到有个人去了你家。”

蔡玉珠扭过头，说：“真的吗？你没看错吧？”

猪母说：“错不了，是有个人推开你家门进去了。”

蔡玉珠说：“那会是谁呢？不会是我娘家来的人吧？”

猪母说："看背影，好像是李书记。"

蔡玉珠说："又拿我开玩笑了。"

猪母说："哪有啊，你不是约他去你家吃饭吗？"

蔡玉珠说："又乱讲，人家白天哪有空来吃饭，书记说晚上去看王锋，我就叫他顺便在我家吃晚饭。"

猪母说："哦哦，我也没看清楚，但看那背影就像是李书记，穿的衣服也一样。要不你回去看看嘛！"

蔡玉珠心想：王锋上午外出了，家里现在没人，要真的来了客，得有人招呼才行啊，如果真是李奇，那就更好了……

想到这儿，蔡玉珠赶紧把衣服一件件都放到木盆里，然后端起木盆说："我先回家去看看。"

猪母点点头，看着蔡玉珠远去的背影，她又暗自乐起来。

蔡玉珠急匆匆地往回走。来到家门口，看到院门虚掩着，推门走进院子，里面也根本没有什么客人。她想，估计是来人见家里没人，就走了。她又走进屋里，忽然看见凳子上放着一个布包，她急忙打开，里面竟然是一条纱巾，正是她刚才在售货车那比试的那一条印有花鸟图案的粉色纱巾。

蔡玉珠心里狂跳起来，联想到猪母刚才说的话，她想，刚才一定是李奇进了她家，进来就是为了送她这条纱巾……

那边，猪母匆忙洗完衣服，高高兴兴地跑回了家。

这时，周太公正坐在家中品茶，一见猪母那高兴的样子，他就明白了几分，忙问："搭上线了？"

猪母得意地说："那当然，只要王锋一走，两个人肯定会滚到一个被窝里去。"

3

王锋去了大洋水库工地以后，蔡玉珠的内心空落落的。丈夫这一去，可能十天半月都难得回一趟家，留下娘儿俩，连个说话的人都没有，怪凄清的。她无所事事，便又从衣柜里拿出那纱巾来端详着。那纱巾让她看入了迷，眼前的一切便变成了模模糊糊的幻影。屋子墙壁上挂的画像变成了李奇的影子；衣架上王锋的毛大衣也变成了李奇的毛大衣了；她到灶前烧火做饭，那跳动的火焰里就出现了李奇的笑脸。她切白萝卜切破手指头而觉不到痛，锅里的米饭煮成了焦炭而闻到了煳味儿。她走路不知不觉就撞到了墙上。中午躺在床上，便梦见李奇与自己肌肤相亲，并发出尖叫，吓醒了小孩儿。她意识到自己得了严重的相思病，这相思病已经不可救药了，觉得自己要活下去，只有跟那个相思着的男人同床共枕，否则，就会被欲火煎熬而死。

王锋上工地后，她一直吃不下饭，睡不好觉。她忽然想起，双龙山上藏有一巫婆能施法，圆男欢女爱的好事。于是，她把孩子交给邻居二婶儿，掏出几年来积蓄下的一块银圆，便偷偷地上山求仙。她在供奉灵仙牌位的神案前点燃了三支香，跪地磕了三个响头，说："灵仙娘娘，救救我吧……我爱上了一个人……求你施个法帮我如愿吧！"

灵仙附了体的巫婆装腔作势："天灵灵，地灵灵，圆我大嫂夜房事。"接着把跪在地上的蔡玉珠扶起来，说："大嫂，你到南吉岭竹林里寻找两条正交配在一起的青竹小蛇，用纱巾把它俩包起来，等它俩交配完毕分开时，就会有一滴血留在纱巾上。晚上，你拿着这纱巾，找你的心上男人，对着他摇摇纱巾，他就会跟你走，跟你上床了。"

蔡玉珠把那块银圆交给了灵仙巫婆。告辞后立即上了南吉岭，按灵仙巫婆的吩咐，在竹林里寻找了半天也找不到那正在交配的青竹小蛇。她又气又急地跑回巫婆那里，再次跪地磕头说："灵仙娘娘，请你再显灵，施新法子吧！"

巫婆即时灵仙附体似的怪声怪气说："法子倒是有一个，但不是'圆情'事，而是'绝情'事，因你与心上人今世无缘，必须'绝情'，否则，你会被'情鬼'缠身折磨而死。"

蔡玉珠一听，似一盆冷水浇身，但马上醒悟过来："灵仙娘娘，既然是这样的，那就'绝情'了吧，你大发慈悲，施法吧！"

巫婆假装愁眉说："好吧，你把这包粉末冲凉开水喝下去就没事了。"

蔡玉珠按灵仙巫婆的吩咐，当场将那包粉末用凉开水冲泡，闭住气，一口气喝了下去。那粉末汤水苦不堪言，她忙问巫婆这是什么东西，巫婆说："你刚才喝下去的是那交配的青竹小蛇的尿屎干粉加大黄！这东西专治相思病，是去心火的烈药。这法子，灵仙娘娘是不让我用的，因为我用了这邪法子，是要减我两年阳寿呢。但我可怜你，怕你受冤枉罪才出此下策！”

蔡玉珠边听巫婆这么说，边弯下腰大吐，一直将绿色的胆汁几乎都吐了出来。

折腾了好一阵子，蔡玉珠那颗饱含欲火的心渐渐地清醒了，对李奇的思念虽然还是不绝，但已经不是那种死去活来的样子了。她开始有了食欲，盐入口知道咸味，糖入口知道甜了。

傍晚，蔡玉珠早早吃过晚饭，没什么事情可干，跟一个两岁的小毛孩子自然也没什么可说的，于是决定早点儿把门关了，哄孩子先睡。

刚刚把门关上，就听到有人敲门。她开门一看，是猪母。

猪母走进屋子，对蔡玉珠说：“这么早关门干啥啊？”

“吃过晚饭了，不睡觉还能干啥？”蔡玉珠说。

“我看你是太孤单，一个人待着没劲儿吧？”猪母打趣说。

“是啊，要不你来陪我？”蔡玉珠笑着说。

“你这个大美人，还要我这黄脸婆来陪？对了，我给你拿了瓶蜂蜜，冲奶粉喝口感特别好，孩子准喜欢。”

“那怎么好意思，又拿你家东西，这人情我怎么还啊？”蔡玉珠说。

“咱们姐俩还客气啥，我看你那孩子瘦成这样，心里不忍啊！快给孩子冲着喝。”猪母说。

“奶粉没有了，下次再冲吧。”蔡玉珠说。

“你不是让李书记上县城给你带了奶粉吗？”猪母说。

“还没去拿呢，明天去拿。”蔡玉珠说。

“怎么还要你去拿，他应该给你送过来啊！”猪母说。

“人家当书记的那么忙，怎么好意思麻烦他送来呢！”蔡玉珠说。

“你男人走了，书记不是说你家有事就找他帮忙吗？不行，得找人传个话，让他把奶粉送来，孩子这么瘦，多补一杯营养是一杯。”

“那就找你传个话呗！”蔡玉珠笑哈哈地说。

“也行啊！待会儿我回去从书记那儿绕个路。”猪母爽快地说。

“那谢谢你啦！”蔡玉珠本来是开个玩笑，没想到猪母竟然答应了。

“那我走了，我那当家的一大早去赶集，到现在还没归家，我得回家等他。”猪母走到门口，又转过身来，笑着说：“我顺道去给你传话，我保证他把奶粉给你送来。”

蔡玉珠将信将疑地把猪母送出门，就回到屋里。猪母几句话，又撩拨起她对李奇的念想。在这个孤寂的夜晚，要是有自己喜欢的男人来陪陪自己，那该有多好啊！

她一个人在屋里来回走动，不知干啥好。于是，她走到里屋，从柜子里拿出那条粉红色纱巾，看了又看。接着，又把纱巾抱在胸口，心于是狂跳不止。她想，李奇会不会真的送奶粉过来呢？要是真的来了，她又该怎么办呢？

蔡玉珠展开纱巾，痴痴地盯着看。李奇那温和的笑脸，发表讲话时铿锵有力的声音，挥手的姿势，都一一浮现在眼前。再联想到猪母的那些话，她开始相信，李奇是喜欢自己的，今天晚上，李奇一定会来。

天已经黑下来了。蔡玉珠把孩子哄睡了，接着就找出自己平时最喜欢的粉色衬衫、浅蓝色裤子穿上，站在镜子前，转过来转过去，对自己的样子十分满意。

这时，她憋在心中的那些骚话全涌出来：“我的好书记……我的心上人……我想你快要想死了……你可怜可怜我吧……我爱你爱得快发疯了……”滚滚的痴情话儿令她神采飞扬，目光闪耀，宛若飞蛾在明亮的火焰上飞舞。

就在她得意忘形的时刻，小孩儿在床上屙了一泡尿，尿从床沿往下流。她一看便收敛了笑容，生气地走过来掌了孩儿的屁股蛋，孩儿被这突然袭击吓哭了起来。小孩儿这一哭闹，令她头脑开了一道缝似的，自言自语：“哎呀，人家是堂堂书记，乡上县里的大红人，村中的大帅哥，你是什么？一个十足卑贱的婆娘，一个带孩儿的母狗。你为人家把心血熬干，人家还浑然不觉。即使人家觉了，也会耻笑你不知天高地厚，骂你痴心妄想，癞蛤蟆想吃天鹅肉。到头来自己肯定是猴子捞月，竹篮打水一场空，自找倒霉，煎熬死自己，活该！”

“哎呀，蔡玉珠，清醒一下你的头脑吧，你恪守妇道吧！你把你的好书记心上人忘了吧。”她心里又这么说。

她发狠忘掉自己心爱的李奇，用指甲掐自己的大腿，用拳头擂自己的脑袋，可李奇的鬼魂难以摆脱，如影随形，刀砍不掉、火烧不化似的。她感到头晕眼花，嗓子里又腥又甜。难道，非要我死了才罢休？不，我绝不能死！我要活着等待我的心上人的到来。或许李奇是真人，俗话讲真人不露相，露相不真人。据说，大清朝同治皇帝闲着三宫六院的妃子贵人不用，跑到柳絮胡同怡春楼嫖野鸡；放着御膳房的山珍海味不吃，跑到长虹桥去喝豆浆。照这么说，也许李奇对自己早就动心了，咱俩本来就很投缘嘛！她蔡玉珠越想越美，勇气顿生。于是，她强打起精神，把那屙尿被她掌打还在喘气的小孩子的湿尿裤扒下，换上干净的，把他搂在怀里，亲了又亲，哄他睡上了。然后，起身调整好自己的情绪，脸上堆起笑容，站在门口目不转睛地朝门外望，痴情地等待着她的好书记、心上人的到来。她嘴里呢喃："好支书啊，我心爱的宝贝，你什么时候才知道，你有一个女人，为了你夜不能寐；你什么时候才知道，你有一个如熟透的荔枝蜜贵妃笑的玉体等待着你来享受……

"雷祖呀，妈祖，石狗公，人人都说你灵验，你保佑我吧，把我心爱的人带来吧！

"天上的明月啊，你是女人的神，你是女人的知己，你为什么不替我传音送信？月老啊月老，你有灵验，你能光照世间万物，你能聆听暗室中的私语，你听见我的祈祷了吧？你快派来送信的鸟使吧！把我比烈火还要热烈的相思叼起来，送到我心上人那里，告诉他，我曾为他喝下了交配中的青竹蛇的尿屎汤，味道臭中带苦呢；告诉他，我为他能上刀山下火海；告诉他，我情愿变成一只温顺的绵羊，任他逗乐，让他天天开心。

"我的心上人啊，我盼星星，盼月亮，盼你盼得好辛苦啊，千言万语化成一句：你快来吧……"

那边，心怀鬼胎的猪母走到合作社办公大院，看到里边有灯光，高兴极了。她想，今天真是一个好时机，一定要把李奇和蔡玉珠撮合到床上去。

她走进大院，看到李奇果然在办公室里工作。她咳嗽了一声，说："书记还没回家去啊？"

李奇抬头一看，见是猪母，就随便点了点头，"嗯"了一声。

猪母说："书记，玉珠让你把她的奶粉送过去。"

李奇说："哦！奶粉就在我桌上，麻烦你帮我送一下。"

猪母没想到李奇会把送奶粉的任务派给自己，这让她颇感意外。不过，她很快就想出了应对的办法。

“她生病了，我刚从她家出来，现在要回趟家，我那当家的外出没带钥匙，我怕他进不了家门。”猪母说。

李奇一听，吃了一惊：“病了？严重吗？”

猪母笑笑说：“我又不是医生，我哪知道，要不你看看去？”

李奇深感不安，他想，王锋不在家，蔡玉珠带着个孩子，要是病了，连看个医生都不方便。想到这儿，他从桌上拿起奶粉，对猪母说：“我去看看，你回去吧！”

猪母心中窃喜，离开了办公室。

李奇走出办公室，才知道天已经黑了，自己还没有吃晚饭。他决定先去王锋家，然后再回家吃饭，于是，急急地朝村西走去。在走的过程中，他没有注意到身后有个黑影在尾随。

来到王锋家的门口，李奇见屋里亮着灯，就敲门说：“玉珠嫂子在家？”

没人应答。李奇心想，看来真的病了，就提高了嗓门：“嫂子在家吗？”

“进来吧，门没关。”蔡玉珠在屋里答了一声。这会儿，她正在屋里照镜子，她想去开门，又怕李奇把奶粉交到她手上就走，连门都不进。于是，她事先就把门闩都拉开，方便李奇自己进来。

李奇进了门，堂屋里没点灯，他就走进里屋。这时候，后面的黑影也溜了进来，躲在堂屋装稻谷的囤囤后面。

“嫂子，听说你病了，我来看看你。”李奇走进里屋，见蔡玉珠坐在床上，盯着他看。

蔡玉珠听李奇这么一说，很纳闷儿：怎么说我病了？莫非是李奇找借口进我的里屋？要么是猪母那张嘴又瞎说了什么？

为了避免难堪，也为了李奇能关心她，蔡玉珠就顺着李奇的话说：“是有点儿不舒服，不过不要紧的。”接着就站起来，请李奇在凳子上坐。

李奇看她不像有病的样子，就放心了。他关心地说：“要不要去看看医生？”

蔡玉珠笑笑说：“不用了，有书记的关心，休息休息就好了。”

李奇不好意思地笑了笑，说：“真的不用去看吗？”

蔡玉珠尝试挑逗李奇：“我这病，书记才能治。”

说完，蔡玉珠的脸有些红了，心跳开始加快。她一直喜欢李奇，这么近距离地单独与李奇相处，还是第一次。她想，在这样一个漫漫长夜，要是有心爱的人陪伴自己，那该是件多么幸福的事情啊！

李奇被她的话吓了一跳，他马上就明白了蔡玉珠的心思。他觉得这个女人太不守妇道了，丈夫刚离家就耐不住寂寞。李奇装着没听清她后面这句话，他决定马上离开，以免惹是生非。

“那你注意休息，有什么困难随时向我反映，我先走了。”李奇转身欲走。

蔡玉珠一看，急了，马上跑到卧房门口拦住李奇：“我现在就有困难要向你反映，你不要走，好吗？”

李奇怕脱不了身，就说：“明天再说，行不行？”

蔡玉珠说：“不行，现在得说。”

李奇没办法，就说：“好吧，你说。”

蔡玉珠有些难为情，但她顾不了那么多，她鼓起勇气对李奇说：“书记，我好想你能陪陪我，我有好多话想跟你说。自从你送了那条纱巾给我，我的心就乱了，脑子里成天都是你的身影，我想你快要想得发疯了……”

李奇一听，不对劲儿，他马上打断她的话：“我送过纱巾给你？我怎么不知道啊？”

蔡玉珠一听，也觉得不对劲儿，就说：“你不记得？一条粉红色纱巾，你在供销社的下乡售货车那儿买的。”

李奇说：“没有的事，你一定是弄错了。”

蔡玉珠越发觉得奇怪，她从床上把那条纱巾拿了过来，递给李奇。

李奇没有接。他问她：“我根本没有买过纱巾，你为什么说纱巾是我送的？”

蔡玉珠觉得事有蹊跷，就把猪母在河边洗衣时讲过的话对李奇讲了。

李奇听完，马上明白了：这一定是周太公夫妇设置的陷阱，目的是搞臭我李奇，让我下台，以实现他们不可告人的目的。

李奇很是气愤，心想，这伙人为了私利，什么丑恶的伎俩都干得出来，但他们的阴谋是不可能得逞的。这会儿，他在心里原谅了蔡玉珠，觉得她是被人挑拨和利用的。他对她说：“你被人算计了，明白吗？算计你，就是为了算计我。”

蔡玉珠脑子转得慢，没听懂李奇的话，说：“算计？谁算计？”

李奇又好气又好笑，说：“纱巾肯定是桂芳买了偷偷送过来的，她这样做究竟是什么目的，你好好想想。好好想想，以后别再上当。”

蔡玉珠似懂非懂地点了点头。

李奇又跟她讲了一通道理，分析了南吉村两派暗中对立的局面……

再说猪母。她离开合作社办公室后，并没有马上回家，而是躲在大院外面一棵粗大的棕榈树后面。当她发现李奇提着奶粉向村西方向走去时，心里乐开了花。她随即往家里赶，要将这个消息告诉周太公。

到家后，猪母发现周太公还没回来，很是着急。她心里骂道：这死鬼，估计又在县城哪个朋友家喝多了。

猪母马上关上门，往陈日升家赶。正巧陈日升坐在院里抽着水烟，她走过去，看看四下无人，就轻声对陈日升说：“双响喉兄弟，快走，咱们捉奸去吧！”

陈日升一愣，问：“捉奸？啥意思？”

猪母说：“李书记搞王锋媳妇去了。”

陈日升一拍大腿，高兴地说：“还真搞上了？太好了！”

猪母说：“是的，快去，晚了怕是抓不到了。”

陈日升放下水烟筒，说：“好，马上就去。最好多找几个人，一起做个见证。”

猪母说：“好，我去找人。你去叫上九曲溪，然后一起到王锋家门口会合。”

陈日升急忙去了孙得利家，把捉奸的事情跟他说了。孙得利也很高兴，二话不说，跟着陈日升往王锋家赶。

到了王锋家院门口，猪母和她的隔壁女邻居已经候在外面了。见到陈日升二人赶到，猪母轻声对他们说：“你们看，屋里灯还是亮的，估计两个人还没搞上，等灯灭了，咱们再一起往里闯。”

孙得利说：“说得对，捉贼要拿赃，捉奸要在床嘛！”

几个人就这样躲在远处，认真观察着屋里的动静。

不一会儿，孙得利发现窗户上的两个人影碰到一起了，就连声说：“要搞上了，要搞上了。”

陈日升说：“小点声，别急，再看看。”

这时，窗户上的人影又分开了……这会儿正是李奇离开蔡玉珠的时候。那四个人只顾着盯窗户，没留意到门口有人出去了。

李奇刚跨出里屋的门帘，蔡玉珠就无精打采地吹灭了灯火，上床闭着双眼，回想着一连串的往事……

李奇走出屋子，在院中停了一会儿，然后决定从后院门出去。他想，从大门出去要是遇到不怀好意的人，怕是又会被捕风捉影、说三道四。

李奇离开王锋家之时，先前偷偷跟着他进屋的那个人急了。他蹲在囤囤后面，很是沮丧。他想，竟然还有不吃腥的猫，这么美貌的女子放在那儿，实在可惜啊！慢慢地，这人内心开始变得燥热，借着酒劲儿，色心开始在心中泛滥。他寻思着是走开还是留下。最后，性欲占了上风。

他决定来个突然偷袭。摸到蔡玉珠的房门口，他迅速掀开门帘，准确地走到蔡玉珠床前。因为他来过王锋家，很清楚王锋家中的一切。

蔡玉珠被猛然的脚步声及模糊的人影吓坏了，惊问：“你是谁？是谁？”

那人压低嗓音，淫笑着说：“我是李奇。”

蔡玉珠半信半疑：“是真的吗？你可别骗我。”

那人说：“骗你干什么，我的心肝宝贝。”说着，就动手解蔡玉珠的衣服。

蔡玉珠闻到了那人身上的酒气，忙推开他，说：“我不信，李奇身上没酒味儿。”

那人说：“刚刚喝的，用来壮胆的。”

蔡玉珠说：“你把灯点着让我看看。”

那人说：“别看了，我们先快活快活再说。”

蔡玉珠不答应，摸索着寻找床头的火柴。那人就按住她的手，并试图解她的衣服……

在院子外边蹲守着那几个人见蔡玉珠房里的灯灭了，立刻兴奋无比。猪母挥着手，像猎人一样说了声：“上！”另几个人像狗一样，迅速向屋子冲过去。

到了里屋，陈日升把门帘子一掀，大吼一声：“李同志，你跑到人家女人床上干什么？”

孙得利也喊："别让他跑了，看看他干的丑事！"

这时，蔡玉珠像遇到了救星，对来人大声喊："快抓住他，他躲到床底下了！"

猪母喊："把灯点上，让我们看看当官的是啥嘴脸。"

陈日升从口袋里找火柴。这时候，那人从床下钻了出来，爬到了房门口。猪母的脚正好碰到了那人，赶紧喊："李奇要跑了，快拦住他。"

陈日升一脚踩住了那人屁股，说："跑不掉，我踩着他了。"

猪母用脚使劲儿踢了那人一脚，骂道："李奇，你也有今天，还不快点儿向老娘求饶！"接着，她又踢了他几脚。

那人痛得叫了起来："你们给我住手，你们他妈的都瞎了眼吗？"

众人一听那声音，全都愣住了。

陈日升划着了火柴，照见了趴在地上的周太公的脸。猪母脸色大变，紧接着，号啕大哭起来。

那人从地上爬起来，拍了拍身上的灰尘，淡定地说："老子在李奇后面盯梢，没想到这娘儿们没勾引到李奇，就勾引到老子头上来了。"

孙得利见是周太公，又好气又好笑："你躲到人家床下？"

周太公不知说什么好。那边，蔡玉珠也大哭了起来。

周太公出了丑，又悔又恨。他被一连串的问题困扰着，理不出一个头绪。他心想：要搞垮李奇，搞垮合作社，谈何容易。李三泰啊李三泰，你躲在香港，哪知道如今的形势，你的变天梦想看来只能是梦了啊！

蔡玉珠哭声加剧了周太公的烦躁和不安，他骂道："哭啥，又没有把你怎么样。你勾引书记，又勾引我，还有脸了？"

接着他又对其他人说："今天的事情，大家都不要对外讲，讲出去对谁都没好处。"说着，就摔门而出。

孙得利与陈日升相视一笑，然后又摇摇头，两人也走了。他们刚走到院子里，就听到屋里传来猪母与蔡玉珠的臭骂声。

屋子里的蔡玉珠冲着猪母骂："你这臭老公，坏透了，这'勿忘香'风流到老娘头上来了，你这臭婆娘合伙算计我，你不要脸，你大破鞋！男盗女娼！"

堂屋的猪母耍赖："你才大破鞋，不要脸，勾搭支书，又勾搭我老公！你臭妓女！‘无盖锅’！”

蔡玉珠忍不住了，跳出里屋，喊道：“你这臭蟹，陷害我，欺负老娘，老娘跟你拼了！”

蔡玉珠喊叫着，扑了过来。

于是，两人扭打在一起……

事后，刘艳对这场闹剧觉得又好笑又好气。好笑的是，这些人太愚昧、太庸俗了；好气的是，这些人太阴险毒辣了，竟然狗急跳墙，走到这一步！她出于本职工作的责任和义务，找蔡玉珠做耐心细致的思想教育工作。同时，对周太公老婆蒋桂芳进行严肃的批评教育，并要求她认真地自我批评，反省自己的错误。

然而，刘艳非常同情李奇，更加敬佩李奇的为人，敬佩他的高尚品质，更觉得李奇值得她爱，她更深深地爱李奇。当晚，刘艳找李奇，给李奇安慰和温暖……

第十章

虚荣中爱情背叛

1

秋收分配按原先的方案进行，即按劳分配，以周太公为首的几个中农户所策划的“按土地分配”闹剧以失败而告终。南吉村的社员们喜气洋洋，丰收欢乐的气氛洋溢在村庄。

一天上午，乡党委副书记郑昌来到了南吉村。在大榕树下，郑昌遇到了李奇，他马上拉过李奇的手，说：“走，去办公室，我有重要的事情跟你说。”

李奇跟着郑昌进了合作社办公室。郑昌坐下后，从公文包里摸出一沓表格，递给李奇。

“这是粮食产值预估表，县里要求各乡提前作生产计划，把明年的夏粮和秋粮产值报上去。我和洪书记商量过了，先让各社各生产队自行填报。等会儿你召集各队长来座谈，动员他们大胆报出明年的增产计划。”

说着，郑昌又从包里抽出几张报纸：“现在全国各地农业生产形势大好，这几张报纸上都有报道，到时你给大家念念，给他们鼓鼓劲儿。”

李奇点点头，让吴翠玉去通知几个生产队长来开会。

二十分钟后，三个队长陆续进了办公室。李奇见人到齐了，就先跟大家讲了开会的目的，接着拿起报纸，给他们念了关于各地农业生产的报道，基本上都是粮食增产、你追我赶方面的内容。

念完报纸后，李奇就给每人发了张表格，让大家填报明年夏粮和秋粮的产量。

三个队长各自估算了一会儿，村东队的吴明山先报出了夏粮生产计划：后洋地五百二十斤，前洋地四百六十斤。

王锋、孙保春见吴明山报的产量后，也都跟着报上，产量都相差不大。

郑昌皱了皱眉，转身问农技员刘建华："建华同志，你觉得他们报的产量怎么样？是不是太保守了？"

刘建华说："应当还可以提高一些，明年将推广水稻新品种。据说，这个新种子在试验田里平均亩产七八百斤，最高的达到了九百多斤。"

三个队长一听，都大吃了一惊。郑昌笑了笑，对大家说："要相信科学，你们不懂科学，思想就难免会保守。刘技术员的水平大家都见识了吧，你们社连年丰收，就是证据啊！好了，大家再琢磨琢磨，等会儿重新报上。"

接着，郑昌用眼睛盯着王锋，说："明山队长可能保守了些，王锋要开放一些，你先报怎么样？"

王锋憨笑了一下，说："好，我相信刘技术员，村西队明年的计划是后洋地七百斤，前洋地六百斤。"

郑昌点头微笑，然后目光转向孙保春："保春队长，你们队呢？"

孙保春马上应答："后洋地七百斤，前洋地六百斤。"

吴明山还没等郑昌发话，就接过孙保春的话说："我们队也一样，后洋地七百斤，前洋地六百斤。"

这时，王锋突然站起来，说："村西队增加五十斤！后洋地七百五十斤，前洋地六百五十斤。我刚才报错了。"

郑昌听完，连连鼓掌："好好好，我要的就是这股子干劲儿！"

孙保春抽一口水烟，斜视了王锋一眼，说："村中队也改一下，后洋地八百斤，前洋地七百斤。"

郑昌乐得合不拢嘴，不停地鼓掌。在他的掌声中，三个队长竞争起来，没多久，他们将水稻亩产抬到了上千斤，最后以王锋报出的一千零五十斤为最高。夏粮产量报完后，接着报秋粮生产计划：稻谷亩产最高达一千八百斤，番薯达八千三百斤，其他农产品产量也都报出了奇高的数字。李奇分别填好表格，然后让各队长按上手印，收起来交给郑昌。郑昌将表格装进包里，与众人告辞。

大话说出去了，怎样兑现就成了棘手的大问题。吃过午饭，李奇召集几个队长和农技员到自己家中一起商讨增产事宜。

李奇眉头紧皱，表情凝重。他开口先问刘建华："建华同志，你觉得，一亩地打一千多斤，真的能行吗？"

刘建华还没来得及答话，孙保春抢先说："这其实就是吹牛。一亩地打一千斤稻谷，我做梦都不敢想。"

刘建华接过话说："亩产一千斤，也不是没有可能，只要风调雨顺，同时我们精耕细作，实现目标还是有希望的。"

李奇点了点头："有你这话我就放心了。你让我们怎么干就怎么干，我们全听你的。"

刘建华说："好。首先，我们要改善土壤结构，增加土壤有机成分。就是深翻土地，咱们掘地三尺，然后在下面埋些稻草、草木灰等做底肥，等这些草料烂了，养分渗透进土壤，我们再翻过来。土松了，地下有肥了，庄稼就能种好，产量就能上去。"

大家对刘建华的农业指导技术早已领教，这回又听他分析得入情入理，就都放下心来。

进入冬闲时节，南吉村社员们可都没闲着。全村干部群众齐动手，在刘建华的指导下，深翻农田土壤。翻土工作一直持续到第二年开春。将近一半的前洋地，被南吉村的青壮男女翻至三尺三，然后在下面埋入落叶及枯草等可以腐烂的东西。老天也配合，开春后下了场喜雨，把土壤浸了个湿透。这样就可以保证春耕时，土壤中的腐烂物能提供充足的养分。

刘建华从县城种子公司特别挑选了从外省运来的新种子。等秧苗出齐时，南吉村社员们松了一口气。

春耕时，吴拔群很是卖力。他一边帮着刘建华四处传达技术指示，一边充当插秧队伍的急先锋，同时还要执行李奇交代的各种任务。苏小妹看着吴拔群忙忙碌碌的样子，想靠近他，却又没办法，因为一靠近他，他又忙别的事情去了。

苏小妹和吴拔群同年出生，在一起玩儿大，可谓青梅竹马。当然，这些都是早年的事。近两年，她的个子高了，胸脯鼓起来了，对吴拔群的情感与以前大不一样了。一想到吴拔群，她就会心跳加快。可是，最近一段时间，苏小妹发现吴拔群对她的态度好像变了，不再像从前那样亲切、随和，而是有些躲躲闪闪。

比如，一天中午，苏小妹坐在门口的荔枝树下帮家里择菜。不一会儿，她听到身后传来说话声，扭头一看，是吴拔群和王小三。苏小妹的心跳开了，她站起来，准备跟吴拔群打招呼。可是，吴拔群远远地看到苏小妹，突然站住了，对王小三说："小三，你先去。我有件急事，走开一会儿。"

不等王小三答话，吴拔群就绕过一棵龙眼树，走了。

王小三愣了一下，接着便走到苏小妹跟前，笑着打招呼："小妹，看你小嘴噘的，能挂个油瓶子了。怎么了？"

苏小妹瞪了他一眼，然后委屈地流下了眼泪。

2

南国的夏天来得快。立夏过后，天已经很热了，田里的稻穗开始饱满。在南吉村，由于经过了精耕细作，前洋和后洋的田地上，颗颗稻穗都沉重地勾着头，特别是许克安祖地上的那亩高产田，穗大粒多，看过的人都会啧啧称赞。

乡党委书记洪耀华决定去南吉村看看。这天上午，洪耀华与郑昌来到南吉村，在李奇、吴拔群及各生产队长的陪同下，他们来到村中队的高产试验田。洪耀华看了一会儿，转过身对队长孙保春说："保春同志，你估计一下，这亩田能打多少稻谷？"

孙保春得意地说："就是我报的那个数，完成目标应当没问题。"

洪耀华疑惑地问："哪个数？"

孙保春回答："就是年前向郑副书记报的那个数啊！"

洪耀华皱了皱眉，看了看郑昌。

郑昌微笑着对孙保春说："保春同志，多么好的稻子，怎么可能只打一千斤？我看，一千公斤还差不多。"

孙保春一愣："这，这……可能吗？"

孙保春又问刘建华，刘建华不说话。孙保春又问李奇："书记，产量怎么翻倍了？”

李奇也不知如何作答。正在这时，吴拔群从包里掏出张报纸，递给孙保春：“孙队长，你看看报纸。报纸上说，有的地方一亩地能打三千斤啊！”

孙保春瞪了他一眼：“别扯了，小孩子懂什么？”

吴拔群讨了个没趣，退到了一旁。这时，郑昌严肃地对孙保春说：“种田能手不一定就懂得更多。保春同志，这是《人民日报》，党报上讲的事情会有错吗？”

孙保春愣住了，他不知说什么好，只好沉默不语。

这时，洪耀华对李奇说：“李奇同志，一亩地能打多少稻谷，这不是产量问题，而是革命立场问题。我这次和郑书记来，就是要大家端正态度，懂得如何多快好省地建设社会主义。”

李奇似懂非懂地点了点头。这时郑昌接过话，对李奇说：“洪书记说的是方向问题，我补充一下现实问题。去年咱们乡报的产量，在县里垫底了。县委杨书记把洪书记和我叫去，让我们看材料，讲形势，要求我们重新上报产量。南吉村合作社一直是先进社，我和洪书记也都相信你李奇的能力。我俩决定，补报的事，就从你们社开始。等一会儿午饭后，咱们临时开个简短的群众动员大会，给大家端正态度，鼓鼓干劲儿。”

“好，谢谢领导的信任。”李奇点点头，然后转身对吴拔群说，“拔群，你和几个队长去村里动员一下，招呼全体社员下午一点钟在大榕树下开会。”

吴拔群说声好，马上往村里跑去。

郑昌见刘建华一直默不作声，就又走过去对他说：“建华同志，这些天你对增产一事一直有意见，这很不好。你技术过硬，应当利用自己的本领，为建设社会主义作出更大的贡献。现在全国形势一片大好，上级号召我们大跃进，跑步进入共产主义，你要跟上形势，加强学习，解放思想啊！”

刘建华红着脸，还是无话可说。

午饭过后，村中的大榕树下渐渐热闹起来。树下摆出两张桌子，树身上挂了一条红布标语，从上而下写着“鼓足干劲，力争上游，多快好省地建设社会主义”一行大字，一看就知是庄国荣的手笔。在桌子的两边，吴拔群找人竖起两根大木桩，用于悬挂标语，一边木桩上写的是“大跃进万岁”，另一边写着

“总路线万岁”。

到了下午一点钟，社员群众陆续到齐，干部们也都先后落座。李奇见人齐了，站起来宣布开会。大榕树下顿时静下来。

“社员同志们！”李奇提高嗓门喊道。

“今年春季风调雨顺，庄稼长势喜人。乡党委洪书记、郑书记两位领导特别关心咱们南吉村，这次又来咱们村指导工作。下面，大家用热烈掌声欢迎洪书记讲话！”

李奇话音刚落，雷鸣般的掌声顿时四下响起。掌声中，洪耀华站起来，用力地挥舞着手，会场便安静下来。

“社员同志们，我叫洪耀华，到南吉村来过多次，与各位都算是老熟人了。”

洪耀华停顿了一下，看到了坐在人群中的邓山花。邓山花正冲着他笑，他因此更加精神了。

“尽管是熟人，但各位还不是很了解我。我呀，跟你们一样，是老百姓，是贫下中农。因为穷，没路可走，就闹革命了，先打小鬼子，后打老蒋，最后又打土匪。我身上有好几个疤就是那些狗日的枪给打出来的。我这个人，平生有两大爱，就是爱种庄稼，爱打仗。现在没仗打了，只能种庄稼。可政府非要安排我当干部。好在，我这个干部的工作与种庄稼分不开。同志们，我没有别的要求，只求大家把我看成一家人，让我和大家一起把庄稼种好。我今天来，不为别的，是为大跃进这个革命事业来的，那么，什么叫大跃进呢？”

洪耀华停顿了一下，卖了个关子，顺便拉起了坐在身边的郑昌：“郑书记是文化人，他的理论水平比我高，让他来说说。大家欢迎！”

掌声再次响起。

郑昌站起来，接过洪耀华的话说：“社员同志们，党中央号召我们大跃进，为我们制定了一条总路线……”郑昌说着，转头指着大榕树上的标语说，“这条路线就是：‘鼓足干劲，力争上游，多快好省地建设社会主义！’什么意思呢？鼓干劲，就是我们要把干活儿的劲头不断提高；争上游就是我们做事要争在前头，不能落后。那什么叫多、快、好、省呢？具体到咱们农村，多，就是粮食打得多；快，就是粮食产量增长快；好，就是庄稼种得好；省就是生活节省，不浪费粮食，省下来用于建设社会主义。走好这条总路线，就能实现大跃进。什么是大跃进？就是飞跃式前进，快速进入共产主义，用最短时间赶超美国、英国等发达国家。”

郑昌简单几句话，把一个新运动解释得通俗明白，在场的人无不点头称赞。吴拔群更是用崇拜的目光看着郑昌，佩服极了。

“农业方面的大跃进，具体讲就是要快速提高粮食产量。”郑昌继续说道，“去年冬天，咱们南吉村合作社估报的产量，水稻最高亩产是一千零五十斤，加上秋粮，一共两千八。咱们乡的其他村子跟这个数也相差不大。按照以往的产量，这个数已经很了不起了。可现在是大跃进啊，要讲究科学种田，要努力赶上形势。现在全国各地的粮食产量突飞猛进，一千斤的产量已是落伍了。咱们东兴乡报的这个产量不仅在全县垫底，与全国相比，也是落后一大截。今天洪书记和我一起巡视南吉村的庄稼，长势喜人啊。我估算了一下，收割起来亩产肯定不止一千斤。最后到底能打多少呢？那要看咱们广大社员同志的魄力了。”

郑昌说完，示意李奇接话，然后自己坐下。

李奇站起来，环视了一下众人，说：“洪书记和郑书记首先到咱们南吉村来，是信任我们，看好我们。领导既然看好我们，我们就不能让他们看走眼！”

说着，李奇又转身对吴拔群喊：“拔群，你把报纸念一念，让大伙儿看看别人是怎么跃进的。”

吴拔群起身，从桌上一沓报纸中拿起一份，然后清了清嗓子，大声说道：“各位社员，大家先得有个思想准备，别让下面的报道吓着了。”接着便展开报纸读起来。

场下鸦雀无声。当听到某地水稻估产八千三百斤、小麦三千八百斤时，人们顿时张大了嘴巴，你看看我，我看看你，不时发出惊叹的声音。

吴拔群念完报纸后，场下的议论声更大了。这时，李奇站起来，敲了敲桌子，然后大声说：“大家安静，现在开始报产量。”

接着，李奇又对拔群说：“你把笔和本子准备好，准备记录。”

说完，李奇又转向村东队的社员们，喊道：“村东队商量好了吗？明山，你们队准备报多少产量？”

吴明山对李奇说：“请等一等，我们还在商量。”

这时苏吉祥大声问道：“请问，报的是年产还是单产？”

李奇转身看了看洪耀华。洪耀华大声说道：“就报年产吧，数字大一些。”

“要是年产，上次报两千八。我看这大跃进，无非是大家在扯大炮，吹牛皮，咱们就报个三千如何？”苏吉祥对吴明山说。

吴明山对村东的社员又问一声：“大家还有没有其他意见？”

见没人答话，吴明山就对李奇说：“村东队三千斤。”

“记上，村东队三千。”李奇对吴拔群说。

“村西队呢？”李奇又转身看着王锋。

“三千五。”王锋报完后，又笑着说，“反正是吹牛，多几百斤少几百斤一个样儿。”

李奇让吴拔群记下王锋报的产量，接着又对孙保春喊：“该村中队了。”

“三千八百五。”孙保春中气十足地喊了一声。

话音一落，全场一片哗然，接着响起了一片掌声。洪耀华与郑昌也高兴地鼓起掌来。

王锋不甘示弱，他也大喊了一嗓子：“村西队改四千。”

“村中队四千五。”孙保春与王锋较上了劲儿。

“村西队五千。”王锋喊。

“村东队五千五。”吴明山也加入了竞争。

……

坐在一旁的刘艳一直默默无声。

大家你追我赶，最后洪耀华看不下去了。他站起来，对大家说：“好了，产量差不多了，不要盲目追高。”

李奇点点头，对吴拔群说：“你把几个生产队最后报的数字宣读一下，让他们确认。”

吴拔群起身，一字一句地念起来：“南吉村合作社三个生产队产量预估结果如下：村西队第一，九千斤；村中队，八千八百斤；村东队，八千五百斤。”

吴拔群念完后，就散会了，人们纷纷离场。这时，吴拔群不知道怎么的，念起雷州一句顺口溜：点手指，平平分；水牛仔，赶将军；将军上，将军下；三百娘子放炮仗，天下太平日子长。

王锋听后，情不自禁也来了一句雷州顺口溜：

傻妃三，傻妃三，百钱买百柑，百钱雇人摘，百钱雇人担；担到半路扁担断，还欠百钱买截柴扁担。

王锋说完，拍一下吴拔群肩头说："今日好戏啊！"

吴拔群接口说："好戏还在后头呢！"

3

一场大雨过后，天气迅速升温，太阳火辣辣地烤着大地。田野里的稻穗正由青转黄。李奇背着手，走在田埂上，看着庄稼在微风中如波浪一般翻滚，心中是又喜又忧。喜的是丰收在望，忧的是如何实现预估的产量。

回到家，李奇躺在院中的躺椅上，脑中始终萦绕着那一串串天文数字。正在这时，他听到院门外响起一阵阵脚步声。他还没来得及站起来，就看到洪耀华与郑昌走了进来。

李奇惊讶地站起来，拉过两把椅子让座。

"是这样，李奇同志，我们来是为了跟你商量一件大事。"郑昌一落座就话入主题。

"前几天，咱们南吉村报的卫星数字，我们正式汇报给了县委的杨书记。杨书记当时正在喝茶，一听到这数字，马上就用拳头使劲捶桌子。"

"怎么了？还是嫌数字低了？"李奇惊讶得不知所措。

"哪儿啊！"郑昌笑起来了，"杨书记是激动啊，他握住洪书记的手高兴地说，南吉村的卫星不但在雷康县放得最高，在整个湛海行署也是数一数二的。不久前，佛山行署放出一颗卫星，到处宣扬，但是算下来，他们水稻单产也只三千多斤。杨书记当场让秘书把咱们村的产量报往行署。昨天，县委紧急通知我们，说行署的方书记非常高兴，决定亲自来咱们村视察高产田。"

李奇一听，由喜转忧："咱们单产是怎么上报的啊？"

郑昌说："就是拔群最后记的那个数，九千斤。汇报时，我把夏粮亩产报作四千，秋粮报作五千。秋粮还早呢，方书记来时，只看高产田。"

"一亩田打四千斤，这叫我怎么弄？变魔术也变不成啊！"李奇为难地说。

"李奇同志，"洪耀华笑着说，"我们来，就是跟你商量办法的嘛！"

洪耀华点燃一支烟，接着说："我虽然有十几年没种过田了，可一亩田能打多少粮食，我心里还是有数的。亩产四千斤，谁都知道是吹牛，可上级领导为什么相信？我反复琢磨，终于明白了。这就像打仗，有时候明知打不赢，但对战士们却要信心满满地说能打赢，这不是撒谎，这叫鼓舞士气。信心有了，士气鼓起来了，还真的有可能打赢。农业生产放卫星也是这样，社员的干劲儿鼓起来了，生产计划即使不能完成，也能大大地提高。"

郑昌点头称是，然后接过话头说："李奇同志，稻子快要熟了，我们得尽快商量好对策，迎接方书记的视察。"

"好，请领导指示，我不折不扣地遵照执行。"李奇无奈地说。

郑昌说："我想了很久，脑子里有个初步方案，现在我们几个人一起讨论讨论。"

洪耀华与李奇都不约而同地点点头。郑昌便接着说："能不能将十亩田的稻子连根移栽到一块，集中在一亩田里？我问过建华同志，他说，今年后洋地的稻子起码可以打四百斤，十亩地合并到一块，正好可以打四千斤。但是表面看起来，好像是一亩地的产量。"

洪耀华听后，马上扔掉烟头，连声说好。

李奇也觉得这是应付上级领导视察的好办法，但他觉得这是作假，担心露馅了，不好收拾。因此他说："办法是好办法，就怕社员群众想不通，难免会有人反对。"

洪耀华接过话说："可以做做群众的思想工作，这个问题容易解决。要知道，南吉村这卫星可是群众自己放的，白纸黑字红手印，谁能推脱责任？要是社员群众不配合，上级领导来视察时，发现实际产量低得可怜，那不也是群众自己打自己耳光吗？"

李奇一听，无法反驳，反正横竖都是吹牛和欺骗。

这时，郑昌说道："洪书记讲得好。现在，我们要让社员们知道，搞样板田不是作假，是鼓舞士气。等会儿，我们到后洋地去，与几个队长开个现场会。”

李奇点头，然后去通知三个队长。

一听说卫星放成了，行署方书记要来南吉村视察，三个队长个个目瞪口呆。不过，经过洪耀华、郑昌晓以利害，三个队长也找不到不配合的理由。

随后，大家一起商量好了十亩稻子移栽成一亩的实施方案，决定第二天就开始落实。散会后，洪耀华、郑昌还要求李奇与各个队长分别上门做好群众思想工作，确保行署方书记来视察时，万无一失。

第二天上午，洪耀华、郑昌按计划来到南吉村合作社办公室与李奇等人碰面，同来的还有一个中年男人。

郑昌首先对大家说：“介绍一下，这位是乡农技站的李站长，我们特别请来帮忙的，以指导我们的移栽计划。”

李站长微笑着与大家打招呼：“大家好，我叫李庆红，大家就叫我老李吧！”

王锋一听，问了句：“小刘哪儿去了？好几天不见他了。”

老李答道：“他调走了。”

这时郑昌接过话说：“是这样的，建华同志思想保守，跟不上形势，现在已派去县里学习了。你们社的农业技术指导，暂由老李同志负责。”

李奇等几名南吉村干部都大吃了一惊，见郑昌黑着脸，就不敢再说什么了。

接下来，洪耀华亲自坐镇，郑昌任总指挥，李庆红任技术指导，成立了以李奇为首的高产样板田突击队。三个生产队各选出十几名壮年劳动力，担任突击队员。

按照老李的安排，打造样板田的操作方法是：将其他九亩高产田的稻子连根深挖一尺，带土移至样板田，重新密植，培土。由于稻子即将成熟，禾秆易折，因此必须选在晚上和早晨有露水时动工。这样连续奋战五夜，终于大功告成。

最后，老李让突击队用喷雾器朝稻田喷水，消除周边所有痕迹，将田埂也恢复至原来的样子。如果不细心看，还真的看不出这样板田动过手脚。

等全部完工后，刘艳提醒李奇，说稻子遇风容易倒伏，应该用竹竿拦着。

李奇觉得有理，叫王锋将样板田四周围上竹栏，确保万无一失。李奇还叫社员们将周边的稻子全部割掉，铲掉稻茬，独留这一亩高产田，以免参观团对比。

4

一切准备妥当，洪耀华便将适合视察的时间汇报给县委杨书记。随后，杨书记便正式邀请行署方书记来南吉村视察高产田。

到了视察这天，南吉村顿时热闹起来，村里四处停满了各种车辆，大榕树与村道两边的房屋墙壁上，贴满了标语及欢迎词。在县委杨书记的陪同下，湛海行署方书记亲率其他相关领导干部、农业专家、报社与电台记者等数十人，将合作社办公大院挤得满满的。院子外面，也聚集了不少看热闹的社员群众。

洪耀华首先代表东兴乡政府与南吉村合作社，向来宾致欢迎词，同时就大跃进在东兴乡的落实，及南吉村高产样板田的种植过程，向领导们作了汇报。行署方书记听了，不住地点头微笑。

洪耀华讲话完毕，按预定程序，还要让杨书记、方书记先后发表讲话。但是，方书记在洪耀华讲完后，马上接过话说："接下来咱们还是先实地看看高产田吧，我已经等不及了。看完之后，咱们再谈经验、谈未来。"

杨书记表示赞同。于是，一群人前呼后拥，走出大院，沿着村道走向后洋地。田野里一片空旷，只有一块黄灿灿的稻田，特别醒目，那就是所谓的高产样板田。田里的禾秆密密麻麻，穗粗粒大，围观的众人不停地啧啧赞叹。

方书记弯腰折断一根稻穗，拿到眼前仔细观看，不住地点头。记者们赶紧围过来，不停地拍照。这时候，方书记抬起脚，准备跨过田边的围栏，走进田里面去看。可是稻秆实在太密，怎么也走不进去，只好尴尬地退了回来。

没想到，方书记收回脚时，被围栏绊了一个踉跄。旁边洪耀华的手马上伸过去扶了一下。方书记尴尬地笑了笑，说："加围栏这个主意是谁出的？"

洪耀华向远远伺候在一旁的李奇说："李奇同志，你过来，方书记问话。"

李奇赶紧小跑过来，诚惶诚恐地来到方书记面前。

方书记指着围栏，微笑着问李奇："李奇同志，这个不错嘛，想得很周到，这是你的主意？”

李奇回答道：“是妇女主任刘艳同志的主意。”说着，眼睛转了转，“这些水稻长得密，禾秆又高，两个月前我们在巡视庄稼时，刘艳看到起风，就想到了这个主意，防止稻子成熟后被风吹倒。这个想法确实不错，经过雨打风吹，这些稻子没有一棵倒伏。”

方书记点点头，问李奇：“刘艳同志在哪里？”

李奇说：“她就在这里。”于是，喊刘艳过来。

刘艳来到方书记面前，不知所措，只是叫了声：“方书记好。”

方书记上下打量了一下刘艳，微笑着说：“年轻有为，前途无量！”

接着又转身对身边的杨书记说：“杨书记，刘艳同志人才难得，你要是不培养，就交给我，如何？”

杨书记哈哈大笑：“要是方书记看中了，当然您培养更好，我高兴都来不及啊！”

方书记说：“那就这么定了，刘艳归湛海行署了。”

说完，叫来他的秘书王应聪，吩咐小王把刘艳安排到行署妇工委工作。小王连连点头，然后对刘艳说：“我回去后就安排，请耐心等候通知。”

接下来，方书记又叫来行署农科所的孙所长：“老孙同志，你是农学专家，你们认真看看，这块高产田是不是货真价实的高产田？估算一下，能打多少粮食？”

孙所长拿出笔和本子，对孙书记说：“我们已经查看过了，这是真正的高产田。我们刚才也抽样测算过，根据每颗稻子的粒数，推算出这块田亩产可达到三千九百斤上下。”

方书记大笑起来：“我想看看，你算得到底准不准。”说着便对李奇说：“李奇同志，这块田什么时候收割？”

“方书记说什么时候割就什么时候割。”李奇笑着说。

“好，要的就是你这句话。我希望现在就割，我要亲自验证你们东兴乡的卫星到底能放多高。”方书记说。

李奇吃了一惊，没想到方书记那么性急。但他马上就满口应承：“我这就安排，马上开镰。”

方书记点头说："好，有魄力。麻烦多准备几把镰刀，我也要参与参与。"

李奇领命，当场叫来吴拔群和三名队长，让他们马上挑选精干劳力前来样板田割稻子。大约半小时后，四十多名青壮年男子就陆续到齐。

方书记和其他大小干部都拿了一把镰刀，然后方书记一声令下："开镰！"众人便齐刷刷排成一排，弯起腰，割起稻子来。记者们则围着稻田转，不停地拍照。

割了十几分钟，方书记已经感到力不从心。站起身来回头一看，才割了两步远，便笑着说："这稻子可真结实，我割不动了。"

左边的洪书记也说："是啊是啊，我也割不动了，看来缺少劳动锻炼啊！"

右边的杨书记笑着说："方书记是整个行署的总指挥，指挥起来是能手，你就别再抢咱们农民的饭碗了！"

方书记笑道："好好，不抢了。"说着，放下镰刀，回到田埂上。

方书记退出后，其他干部也都先后放下了镰刀。剩下南吉村的精干劳动力大显身手。他们一部分人负责割稻子，一部分人负责摔打脱粒。十个围桶，半小时就会打满一桶谷子，桶满之后，社员们就将谷粒装进麻袋，运到打谷场上。

吃完午饭后，社员们接着干，一直忙到太阳西斜，样板田里密密麻麻的稻子终于全部放倒了，到太阳落山时，脱粒工作也全部完成。

接下来，所有人都集中到打谷场上，见证收获的成果。所有谷物过秤后，总重量达到了四千二百斤。数字报出来后，现场响起了经久不息的掌声。方书记更是笑得合不拢嘴。

在打谷场上，方书记发表了热情洋溢的讲话，他对南吉村合作社的干部与社员们的开拓精神给予了高度表扬，对雷康县、东兴乡两级干部的领导工作表示肯定。他要求现场的记者，采访好、总结好南吉村高产田的经验，积极加以宣传推广。

当晚，方书记一行乘车离去。到了第三天，南吉村放卫星的消息在市报、省报上发表，引起轰动。之后几天，不时有记者和其他地方的干部来到南吉村，或采访，或取经，李奇忙得不亦乐乎。

不久，嘉奖令下来了。李奇先后被授予"总路线标兵""'大跃进'红旗手"荣誉称号。面对这些荣誉，李奇却高兴不起来。这主要是因为，他的心上人刘艳被方书记看中，要调往湛海行署工作，从此两人将天各一方。

李奇不明白，加竹栏防倒伏这样一个普通的农业生产小创意，怎么会被方书记如此看重。他想，这样提拔人才，也无异于“放卫星”。

5

六月中旬的一天上午，方书记的秘书王应聪来到行署人事局，提交了方书记的批示。大约过了一个星期，南吉村合作社妇女主任刘艳便收到了行署人事局寄来的通知。通知要求她在月底之前到湛海行署妇女工作委员会报到。

刘艳接到工作调动通知后，既高兴，又发愁。高兴的是，自己迎来了人生的美好前途；发愁的是，即将离开心上人李奇，她非常不舍。

刘艳拿着调动通知，来找李奇。

李奇自那天方书记说要调刘艳到湛海行署工作后，一连几天都睡不好觉。他内心很是矛盾，一方面，他希望刘艳有个好前途；另一方面，他又担心两人分开后，感情会受到影响。可是，他内心的矛盾只能藏在心底，见到刘艳时，仍然装作若无其事的样子。刘艳也很矛盾，她很珍惜去湛海工作的机会，对于一个农村基层小干部来说，进城工作是做梦都不敢想的事情，要让自己放弃调动的机会，不要说自己这一关难过，父母长辈那一关都不可能通过。

见到李奇后，刘艳把通知书递给李奇看，自己却什么话也说不出来。

李奇看过通知书后，知道刘艳离去的日子终于定下来了，心里很是沉重。但他故作镇定，并表现出一副高兴的样子说：“艳儿，这是大好事，祝贺你啊！你放心去吧，我一有空就去湛海看你。你有空也常回来走走，毕竟这儿是你的家。常言说，距离产生美，我们在工作上有了距离，感情会更牢靠。从这方面来说，你也应当大胆地走出去。走出去，你会发现别有一番洞天。希望你在行署工作期间，努力学习，积极进取，同时多关心与支持家乡的发展。这样一来，于你，于我们，于咱们村，都是大大的好事。”

刘艳听了李奇的这番话，心里舒坦多了。她觉得李奇说得非常在理，于是使劲儿点头。

在刘艳出行前的一天下午，李奇主持召开了南吉村合作社干部会议。会上，李奇宣读了行署寄来的对刘艳的调动通知，对刘艳的调动表示祝贺。同时提议，由现团支部书记吴翠玉接替妇女主任一职，团支部副书记许春桃升任团支部书记，团支部支委朱志明升任团支部副书记。李奇的提议经干部们讨论后，获得通过。

干部会上，李奇还总结了前段时间的工作，表扬了王锋、孙保春等干部在这次放卫星工作中的积极表现，同时提出了下一步南吉村大跃进的工作要求。吴明山对相关工作作了具体的部署。接着，刘艳发表了离任感言，对大家在工作中给予自己的帮助与支持表示了感谢。

会议结束后，紧接着举行茶话会，欢送刘艳光荣调任。

当天晚上，李奇与刘艳这对恋人相约到东山岭谈心话别。月光明媚，在东山岭一棵树下，两人偎依着坐在草地上，互诉衷肠。刘艳说到动情处还哽咽流泪，李奇为她擦去眼泪，把她抱得紧紧的。他轻轻地吻着她的唇，越吻越激烈。刘艳是一个很容易冲动的女人，李奇的吻瞬间燃起了她的激情，她紧紧地抱着李奇的头，配合着他，尽情地和他拥吻起来。

刘艳喘着气，激动地说："奇哥，我这一去，咱们以后见面的机会就没那么多了，今晚咱俩就为所欲为吧！"

"我的好艳儿，你永远是我的，我也永远属于你。"李奇说着，又吻向刘艳，一边吻，一边解开刘艳的衣服。刘艳软绵绵地躺在被脱掉的衣服上，任由李奇在自己的身上抚摸。

月上中天，照在两人雪白的裸体上。这对有情人沉醉在浓浓的情爱中，如水的月色让这份情爱变得更加浪漫……

第二天早上，李奇来到刘艳家，与其家人共进早餐，然后准备为刘艳送行。方书记的秘书王应聪上午将驾车来南吉村迎接。

王应聪也是雷康县人，中等身材，眉清目秀，毕业于中山大学。这个周末，他开着单位的吉普车回雷康县城探亲，准备在回去上班时顺道接刘艳一起去湛海。视察那天，刘艳给他留下了很好的印象，她人长得漂亮，又精明能干。当然，最重要的是方书记喜欢她，领导看重的人，做秘书的自然也不能怠慢。

王应聪与洪耀华书记事先已经通过电话，约好星期天上午到南吉村接刘艳，洪耀华便把这一消息转告了李奇。

吉普车开到刘家门口时，惊动了左右邻居，人们奔走相告，男女老少都赶来看热闹。虽然，那绿色的“铁家伙”人们在方书记视察那天就已经见过，但现在再次见到时，新鲜中又增加了些许亲切。再看那穿着笔挺中山装的王秘书，年轻又帅气，大城市的干部就是不一样啊！人们被这么隆重的接送规格所触动，纷纷赞叹刘家出了人物。刘艳的爸妈觉得脸上有光，高兴得眉开眼笑，纷纷给围观的邻居递烟、搬来长凳请坐。

李奇和刘家人忙着提刘艳的行李往车上放。刘艳却是又激动又伤感，抱着父母，说着安慰的话儿，又走到李奇面前，依依惜别。

刘艳上车前，再次回头，向父老乡亲频频挥手。

车子启动走了很远，刘艳透过后车窗，看到父母和李奇还站在村口，目送她……

6

刘艳到湛海行署妇工委报到后，被安排住在行署干部宿舍 205 号单人房，与王应聪秘书的 305 号单人房仅一层之隔。

第二天，王应聪便带她去见方书记。方书记在办公室再次见到刘艳，非常高兴，说了许多勉励的话，并表示，只要她工作出色，一定会好好培养她。刘艳深深地鞠躬，感谢方书记的栽培之恩。

王应聪可谓刘艳的引路贵人。刘艳在湛海举目无亲，人地生疏，幸有王应聪这位同龄老乡一路关照、指导。而刘艳，不仅貌美，也善于处理人际关系，对王应聪总是大哥长、大哥短的。所以，王应聪也拿她当妹妹，很乐意帮助她。

刘艳被行署妇工委主任谢玉嫦安排到农村妇女工作部当科员。谢玉嫦考虑到刘艳文化水平不高，粤语（广府白话）不太懂，普通话也不够标准流畅，便让她负责雷州片区妇女工作的咨询、接待。

谢玉嫦主任看在方书记面子上，加之刘艳个性活泼、热情、奔放，又很虚心，所以比较看重她、体贴她，热情地引导她熟悉业务，如有前往雷州出差的机会，就会带她下乡调研。

初到新岗位，刘艳对一切都感到很陌生，无从着手，如雷州俗语所说，是“狗仔入茫园”。但她很虚心，有事就向同事请教。下班后，几乎每天晚上都到王应聪宿舍，请他指导工作。王秘书耐心又热情地指点她如何待人接物，如何开展工作，还教她练字、学说普通话和粤语。

有了王应聪的悉心关照，刘艳进步很快，不到一个月，就基本上掌握了工作方法，适应了机关单位的工作与生活，深得谢主任的赏识。

刘艳深深明白，自己能在湛海行署立足，首先是方书记的栽培，但王应聪的帮助同样重要，因此，她很感激这位难得的老乡。日久天长，她甚至对王应聪渐渐萌生了爱意。不过，一想到老家的李奇，刘艳就觉得对王应聪产生这样的爱意很不应该，因此会刻意地压制住这份感情。

王应聪与刘艳相处一段时间后，也觉得刘艳这位女同乡机灵可爱，对她同样是颇有好感。

一天晚饭后，王应聪在食堂遇到刘艳，就邀请她一起外出散步。刘艳爽快地答应了。两人先在步行街溜达，后漫步到了寸金桥。寸金桥原名赤坎桥，位于文章河上，河水连接西山公园的月影湖，桥东曾经是法租界。一八九八年，雷州遂溪人民为反抗法国殖民当局强租广州湾，在这里举行了武装斗争。为了纪念这次长达一年半之久的抗法斗争，当地人民便将赤坎桥改名为“寸金桥”。

寸金桥畔，风景优美，它既是爱国主义教育基地，又是湛海著名的旅游景点。两个年轻人徘徊在桥上，心潮澎湃，精神振奋。他们手扶桥栏，抬头望远，憧憬着祖国的美好未来，怀抱着满腔的理想抱负。

随后，两人走入公园。走累了，便在公园的长椅上坐下来。开始，两人还保持着一定距离，可越聊越投机，也不知是谁先靠近谁，两人越挨越近。

闲谈中，刘艳旁敲侧击地问到了王应聪的个人情感问题。得知王应聪仍是单身，内心竟然闪过一丝隐隐的欣慰。王应聪也问到了刘艳的个人情感问题，刘艳一时不知如何作答，匆忙中，只好轻描淡写地说，还是单身，在老家谈过一个男友。

王应聪很高兴，慢慢地又靠近了刘艳。刘艳心跳加快，她既害怕，又期待，心情很是复杂。她想到了李奇，一个有魅力的农村青年、令社员们爱戴的基层干部。她又看了看王应聪，一个名牌大学毕业的高材生、城市的机关干部。两个人都很优秀，但王应聪在她心目中显得更胜一筹。通过一个多月的相处，刘艳能够感觉到，王应聪对自己很有好感。她有好几次都想过，假如自己跟王应聪相处，会是什么样子……

看到刘艳沉默了，王应聪大胆地看了看她。月光像水一般，将公园里的一草一木洗得又干净又清晰，将刘艳的身影也洗得富有韵味。她身材凹凸有致，线条优美，显得格外性感动人。王应聪鼓起勇气，将右手伸过去，摸到了刘艳放在长椅上的左手。刘艳紧张得将手缩了回来，但是那电流般的感觉，刘艳感受到了，喜欢上了。她将手放了回去，王应聪又将自己的手按在刘艳的手上。这回刘艳没再将手收回，而是慢慢感受王应聪的温暖、心跳和爱情。

王应聪知道刘艳接受了自己无声的表白，渐渐地，变得更加大胆了。他抓紧刘艳的手，用力一拉，刘艳就滑进了自己的怀里。王应聪抱住刘艳的头，将自己的嘴唇凑近了她的嘴唇，刘艳扭过头，佯装拒绝，但是王应聪稍一用力，她的脸又转了回来。王应聪吻她，她将嘴唇迎了上去，配合他的亲吻。这亲吻的快感，又让刘艳想到了李奇。与李奇相比，王应聪的吻是狂野有力的，刘艳很快就陶醉其中。

吻着吻着，王应聪慢慢将手伸进了刘艳的上衣。这回，刘艳果断拒绝了他："不不，咱们还得相处一段时间，咱们要考虑清楚，要为自己的行为负责！"

王应聪收回了那只伸进刘艳衣服的手，说："艳儿，我爱你，当然也尊重你。自从那次陪方书记去你们村视察，我就喜欢上你了。艳儿，你放心，我会对你负责的。"

刘艳点点头，说："我也喜欢你，但我们彼此的了解还不够深入，我们还需要时间。"

刘艳的这番言行，让王应聪对她更加迷恋了。

夜已深，王应聪拉起刘艳，两人手牵着手，回到了宿舍。

自从有了那次晚上的约会，王应聪与刘艳相处的感觉与从前大不相同。两人碰面时，会有耳热、心跳的感觉，感情也显得更为亲密。当然，约会也成了每晚的例行安排。

到了星期天，王应聪约刘艳到金海岸游玩儿。刘艳很高兴，两人手牵着手，坐上了前往金海岸的公共汽车。

金海岸上有月亮岛、观海台、紫荆广场、海螺广场、沙滩亲水活动区等景点。各景点错落有致，大小不同的林荫小道将各景点贯穿起来。里面的植物种类有近百种，其中以棕榈科植物和常绿植物为主，搭配着乔木、灌木、花草。金海岸集休闲、娱乐、观赏于一体，体现了亚热带海滨城市独特的风貌。

站在观景台上，可以看见一群群红嘴鸥在蓝天下翩翩起舞，沙滩上，海鸟与海浪嬉戏。沿海岸漫步，随处都感受到巨浪海上过、行云天上飘的景致。王应聪拉着刘艳，从一个景区逛到另一个景区。两人被美景所陶醉，不知不觉就玩儿了一整天。直到太阳滑向西天，刘艳才意识到，天色不早了。于是她提醒王应聪："聪哥，咱们该回去了，否则怕赶不上食堂里的晚饭。"

王应聪说："既然出来了，就玩儿个痛快，晚饭咱们就在附近餐馆吃。"

刘艳点点头。

两人又在沙滩上走了走，直到夕阳落山，城市灯火亮起，才离开景区，在附近找了家饭馆，美美地吃了顿饭。饭后，两人又逛了会儿街。王应聪给刘艳买了许多衣服，都是城里正流行的花衬衫和裙子。刘艳很喜欢这些裙子，觉得自己穿上这些衣服，就完全是城里人了。

回到单位宿舍时，已是晚上十点钟的光景了。宿舍楼里已没了灯火，人们都已经睡了。王应聪将刘艳送进宿舍时，舍不得马上离开。刘艳于是给他倒了杯水让他坐会儿。王应聪趁机让刘艳将晚上买的衣服试一试。刘艳答应了。

当刘艳穿上新买的白色裙子出现在王应聪面前时，王应聪被刘艳的时尚之美所倾倒。他抑制不住内心的冲动，将刘艳紧紧抱住，激动地说："艳儿，你真美，这身衣服把你的美完全展现了出来。"

刘艳被他夸得很是得意，她朝王应聪脸上吻了一下，说："聪哥，感谢你为我买衣服。不早了，咱们明天见吧！"

王应聪说："不，让我再待一会儿。"说着，抱着刘艳狂吻起来。

狂吻勾起了刘艳的激情。王应聪边吻边把刘艳压倒在床上。刘艳在下面娇喘连连，不停地喊着"聪哥，聪哥"。

两人热吻了好几分钟，王应聪又管不住自己的手了，开始解刘艳的衣服。刘艳欲推开王应聪的手，却怎么也推不开。

刘艳轻声说："聪哥，别这样别这样，被同事听到多不好！"王应聪也轻声说：“艳儿，我的艳儿，我爱死你了，只要你配合，就不会惊动别人的。”

刘艳终于挡不住王应聪的激情攻势，开始就范了。她任由王应聪将自己脱光，享受着他的爱抚。王应聪被刘艳美丽而丰腴的胴体所折服，急不可耐地脱下自己的衣服，压在了她的胴体上……

第十一章

有情人终成陌路

1

那天上午，李奇送走刘艳后，就像变了一个人，显得无精打采，坐立不安。午饭时，妈妈将饭菜端上桌，他只是象征性地动了动筷子，并没有吃下什么。

下午回到办公室，他两眼直愣愣地望着刘艳坐过的座位，心情无比惆怅、伤感和孤独。他走过去，坐在刘艳的椅子上，感受她的体温、她的爱意。

吴明山知道他想刘艳了，就开玩笑说："才分开几个小时，就忍受不住相思了啊？"

在场的其他人都笑了起来。李奇也不好意思地笑了笑，但心情依然沉重。

到了晚上，月亮升起，万籁俱寂。李奇早早就躺在床上，想刘艳，想他和她谈恋爱的那些美好时光。往事像电影一般，在脑中播映着。

月光把窗户的形状投射在地上。月光在某种情况下，就是一首心灵的摇篮曲。受到伤害的人，只要躲在月光下的阴影里，就会觉得踏实。他可以独自处理伤情，又不会因为黑暗而感到恐惧。

李奇注视着窗外的月光，感到思想的碎片像鹅毛大雪在窗外纷飞。他觉得自己不是躺在床上，而是飘升在屋顶上。

渐渐地，他在迷迷糊糊中进入了梦境：

门，轻轻地开了。刘艳赤着双脚走了进来。在淡蓝色的幽光下，她站在床前，久久地注视着他的脸。

她轻轻掀开了他的被子，一声不响地躺在了他的身旁。她赤裸的身体紧贴着他的裸体。他感到一股强大的电流倏然间通过了他的全身。淡蓝色的幽光笼罩着他们。他能够感觉到她真实的存在。他可以抚摸到她，可以拥抱住她，甚至可以……

许久许久，他们沉默着，静静地躺着。

终于，她又轻轻掀开被子，无声无息地坐了起来，又无声无息地下了床，却仍然站在床边，注视着他的脸。

淡蓝色的幽光朦朦胧胧地映照着她那赤裸的身体。她徐徐地转过身去，像个幻影似的，无声无息地弯下腰，拾她的衣服。

他赶紧伸出一只手，抓住了她的胳膊，抓得很紧很紧。他和她终于又拥抱在一起了。他俩相互亲吻着，爱抚着。

她枕着他的一只手臂，喃喃地说："你啊，真像个孩子。"

他说："我真想是个孩子。我真想是你的一个孩子。"

她的嘴唇触在他的一只耳朵上，悄声说："让我起来给你做点夜宵吃吧。你一天没吃饭了，你想吃什么呢？"

他喃喃地说："什么都不想吃，抱住你，我就不饿。"

过了一会儿，他的嘴唇触到她的耳朵上，悄声说："只要你在我身边，我连死也不感到可怕。"

"什么？为什么你会想到死？"她低声问。

他说："你和我的生命一样重要，你的存在，使我连死也不感到可怕了，明白了吗？"

她点了点头。沉默了一会儿，对他说："我该走了。"

他吓了一跳，试图抓住她的手。可是没有抓住，刘艳不见了。

他赶紧坐起来，朦胧中，发现床头闹钟下压着一张纸。他立刻拿起来看，看完后，眼泪滚了下来。

刘艳在纸上这样写着：

我走了。实在没有勇气向你话别。请千万别恨我，我万万没有想到原来你爱我爱到那样深。奇哥，你是我的第一个男人，你对我的恩与爱我将永远铭记在心里。

我来到了城市，步入了官场，角逐权力，追求名誉，势必身不由己。

我爱慕虚荣，自私自利，真愧对于你对我的恩与爱。今生今世我不能做你的妻子，不能够和你生活在一起了。你对我的好，来世再报吧！

你说过，你是顶天立地的男子汉，什么都不怕。那么，你也应该不怕我们的分离吧？我请求你，今后我们如果偶然相见，不要注意我，不要跟我说话，要避开我。我碰到你，也会避开你。如果我们不这样，如果我们面对面地站在一起，我的心会当场碎掉。

彻底忘掉我吧，奇哥。

你曾经的女人：刘艳

李奇的泪水越流越多，他感到无比伤心。

一只母猫从窗台上跳下来，碰到了地上的什么东西，响声把李奇惊醒了。

李奇庆幸刚才只是做了一个梦。可是，那梦却是如此地逼真，仿佛刚刚发生的事实。

2

李奇天天等着刘艳的来信，一个星期过去，又一个星期过去，就是不见她的来信。

李奇开始有了不祥的预感，他常常想到那天晚上做的梦。当然，更多时候，他在心里分析原因：也许是因为初到新单位，她工作太忙；也许是两头的邮局耽误了时间；也许，她的信中途被邮递员弄丢了……

终于，在一个月后，刘艳的信到了。这天下午，邮递员送来了报纸和信件，李奇从中发现了写给他的来自湛海妇工委的信，知道是刘艳写的，于是急切地拆开。

信上写道：

我的支书，奇哥：

你好！分别近二十天了，你想念我吗？

我刚到新的地方、新的工作岗位，事情千头万绪，不知从何入手，忙得不可开交。

幸好，有王秘书这位贵人领路，不然我真的吃不消。王秘书领我到单位报到，领我与妇工委的谢主任见面，领我去见方书记。他还教我练字，教我如何做人、做事，如何处理同事间的关系。

我从心底感激王秘书给我的帮助与教导。你知道，我在湛海举目无亲，人生地不熟，只有王秘书悉心关照我，所以，在工作之余的大部分时间，我和王秘书在一起聊天，打发孤独。我们还一起逛街，看电影，我在这里生活得很幸福。

前些天，我们逛公园，王秘书牵了我的手，我真不好意思拒绝，因为他对我太好了……这样一来，我的情感世界就乱了。当我想到你对我的恩爱时，我就很烦恼，我到底该怎么办呀？我有些后悔，当初不该服从调动，不该离开南吉村、离开你。可是，现在后悔又有什么用呢？

奇哥，我们相爱那么多年，现在想要对你说“分手”两个字，实在太难了。之所以过了这么长时间才给你写信，就是因为不敢，也不忍心说那两个绝情的字。但是，我做了对不起你的事，躺进了别人的怀抱，又怎能隐瞒你？

奇哥，如果你想念我、爱我，请你把对我的想念与爱转移到其他女孩儿身上吧！我本质上是一个爱慕虚荣的乡下女人，不值得你爱。我相信，优秀的你，一定会找到更好的伴侣。

我知道，当你读完信，你一定会发火，一定会骂我轻浮与绝情。这些，我都认，绝不怪你。我伤害了你，辜负了你，愧对于你，一切都是我的错。我现在最担心的，是因为我而影响你的情绪，影响你的工作。

奇哥，请你理解我的无奈与苦衷，作为一个来自农村基层的、没多少文化的妇女，在这陌生的城市，真的身不由己呀！

骂我吧，忘记我吧，我亲爱的奇哥。

此致

革命的敬礼!

刘艳

7月10日夜

读完信后，李奇气得将信纸揉成一团，扔到了一边。他既伤感，又悔恨。伤感的是，刘艳太薄情寡义，自己与她六七年的感情，就被王秘书用二十天的时间击溃。悔恨的是，当初方书记到南吉村视察时，问及高产样板田用竹栏扶稻的主意是谁出的，他不应该说是刘艳，否则就不会酿出今天的苦果。不过，李奇又觉得，恨自己的这个道理，是站不住脚的。一来，做人要诚实；二来，谁知道方书记会因为那样一个种庄稼的小点子，就把刘艳要去呢？李奇觉得，要么是方书记有意为他的秘书物色对象，要么就是天意。

当然，最重要的问题，还是刘艳太势利，太绝情，太贪图荣华富贵。

李奇啊，李奇，你有时对女人的理解很深刻，有时对女人的理解又很肤浅。刘艳啊，刘艳，我原以为你纯洁天真、明白事理，却没想到你是那样轻浮、自私。

李奇抓回那张被他揉成一团的信纸，重新摊开，又将信看了一遍。确信刘艳已经变心，他又将纸揉成团，朝桌上狠狠地摔去。他脑海中一度闪过到湛海找刘艳与王秘书理论的念头，试图挽回刘艳的心，但这个念头很快又被自己否定了。他认为，他一个堂堂的党支部书记，一个男子汉，没必要像一些没骨气的人一样去向人家乞怜，这不符合他的性格。再说了，刘艳投入他人的怀抱之后，已经对自己形成了不可饶恕的背叛，就算她能够回心转意，他也无法确保自己能够接受她、容忍她。

夜深了，像坟墓一样的死寂，像不知吃了多少安眠药的寂静，让人喘不过气。李奇知道自己今夜要失眠了，他服了三片安眠药，可还是睡不着，脑海里又出现刘艳的一个又一个影子……同时，无意间又闪出“舞精灵”金彩虹的一个又一个影子……梦中竟会叫出“金彩虹”的名字。可他知道金彩虹已经嫁人了，而梦中却还想念她。

李奇在办公室里的反常行为，被一个人看在眼里，却默默地不敢作声。当时，办公室里除了李奇，没有其他人。而她自己也是刚刚从外面回来，看到李奇在屋里摔纸团，她不敢进屋，便在院子外观察了一会儿，然后默默地走开了……

熬过了一个又一个不眠之夜，李奇明显地憔悴了，精神状态也大不如前。母亲玉婶儿也发现了异常，就问儿子最近遇到什么不顺心的事了，可李奇装出一副啥事也没有的样子，微笑着说没事，只是工作任务比较繁重而已。玉婶儿相信儿子是坚强的、勇敢的，因此也就相信了他，叫他注意休息，保重身体。

回到办公室，李奇总是一个人独自发呆。其他同事在场时，他也不再是精神饱满的样子。跟人说话时，有时候甚至答非所问。

一天下午，办公室里只有李奇一个人独坐着想心事。这时，团支书吴翠玉悄悄地走了进来。见李奇无精打采的样子，她就走到他身旁，关切地问："书记，你哪里不舒服吗？我看你最近这段时间变得好憔悴，是不是遇到什么烦心事了？"

李奇抬起头，故作镇定地说："没什么事，可能有点儿感冒吧。"

吴翠玉知道他没有说实话。她观察李奇好久了，知道他心情不好。她猜测，李奇和刘艳之间的感情可能出了什么问题。根据女人的直觉，她怀疑刘艳进城后变了心。在吴翠玉心目中，李奇是一个不怕苦不怕累敢于承担一切重任的男子汉，除了感情挫折，相信没有什么事能让他变得闷闷不乐。

那天李奇摔纸团，吴翠玉在窗外看到了，就猜测可能是刘艳的信伤了李奇的心。一想到这儿，吴翠玉是又气愤又心疼。她尊敬李奇，羡慕刘艳，觉得他俩是天生的一对儿，是婚姻的完美组合。如果刘艳单方面破坏了这段爱情，刘艳的形象就会在她的心目中一落千丈；如果伤害了李奇，她就觉得那简直是十恶不赦，因为李奇是整个南吉村人的李奇，也是她心目中的偶像。李奇被伤害了，能不让她心疼吗？

看着眼前消瘦了的李奇，吴翠玉想对他说几句安慰的话，却不知该如何安慰，因为她对李奇与刘艳之间的事情，还只是猜测。

吴翠玉看了看，见四下无人，就鼓起勇气对李奇说："书记，我这些天见你突然变得很忧郁，心里很难过。要不，我陪你出去走走，解解闷儿？"

李奇无心散步，本想说不，但又不忍心拒绝吴翠玉，怕伤了她的一番好意。对于吴翠玉的身世和为人，李奇最清楚不过了。她从小失去了父母，寄居在伯父家里。解放前夕，伯父也因病去世，伯母一人显然无法担起养家糊口的重任。好在，有南吉村人的帮扶，可以说，是南吉村大家庭的百家饭把她养大成人的。她对南吉村有着深厚的感情，同时也有一颗积极进取、回报社会的心。她经常虚心地向庄国荣先生求教，学到不少文化知识；也经常跟着农技员刘建华学习，掌握了不少科学种田的技巧。当上团干部后，刘艳曾介绍她与思想落后青年朱道德谈朋友，试图改变他的人生观。一开始吴翠玉觉得朱道德知书达理，感化他并不难，可朱道德在王锋等人反对按劳分配、辱骂李奇等问题上，显得立场摇摆，他的父亲在这个问题上更是连屁也不敢放一个，这让吴翠玉很失望。于是她认为朱道德不可救药，从此与他断绝往来，终止恋爱关系。她就是这么一个爱憎分明的姑娘，颇得李奇的欣赏。

这样一想，李奇答应和吴翠玉出去走走。吴翠玉很开心，两人肩并着肩，朝溪口的堤坝走去。

一路上，吴翠玉给李奇讲了最近妇女工作的动态，说国庆节将选派一些女共青团员参加乡里的文艺演出，她自己还学会了两首歌。李奇很高兴，让吴翠玉唱给他听。吴翠玉愉快地答应了。

洪湖水呀/浪呀么浪打浪啊/洪湖岸边/是呀么是家乡啊/清早船儿/去呀去撒网/晚上回来/鱼满舱……

吴翠玉先唱了首新歌《洪湖水浪打浪》。婉转的歌喉，悠扬的旋律，得到了李奇的啧啧赞叹。

接着，吴翠玉又唱了一首《南泥湾》。那声音，简直与郭兰英如出一辙。李奇对吴翠玉刮目相看了，他没想到吴翠玉有这么好的文艺天赋。心想，与刘艳比起来，吴翠玉更具青春活力，更是可塑之才，她更适合去大的地方施展才华。

吴翠玉的歌声让李奇的心情有了很大的改善，也让李奇对她有了新的认识。得到李奇的赞赏，吴翠玉也很开心。她告诉李奇，只要他开心，她随时愿意为他唱歌。李奇不住地点头。

从此以后，李奇与吴翠玉只要有空闲，就经常一起出去散步。其间，李奇把刘艳变心的事情也告诉了吴翠玉。对此，吴翠玉并不觉得意外。她在心里打定主意，一定要好好与李奇相处，替他排忧解难。甚至，只要他愿意，她很乐意成为他的知心伴侣……

3

时间是伤口的愈合剂。渐渐地，在吴翠玉的温柔相伴下，李奇忘记了痛楚，把对刘艳的恨，转化成了对吴翠玉的爱。细心的人早已发现了这种变化，尽管李奇闭口不提刘艳的绝情，但人们能够猜测到刘艳的“变节”。母亲玉婶儿问及此事，李奇则是从自身找原因，说自己有缺点，是刘艳放弃自己的主要原因。

不久后，李奇与吴翠玉确定了恋爱关系，并让郑昌做媒，两人正式定了亲。

是年的国庆节前一天，吴翠玉带领十多名女青年团员参加乡里的国庆节文艺汇演。汇演当晚，吴翠玉上台演唱《洪湖水浪打浪》及《南泥湾》歌曲。她歌喉婉转，旋律悠扬，简直与原创歌唱者如出一辙。她美好的文艺天赋，博得全场的热烈鼓掌喝彩。台下前排的乡妇女主任梁靓妹更赞赏有加。她被吴翠玉那英姿与演艺才华所折服，同时，触动了对翠玉爱的情怀。心想，若翠玉能成为自己的妯娌多好啊！于是，梁靓妹马上将自己的心思跟正在看演出的家人一说，大家都很满意，尤其是叔子蔡志强更为动心。因为他们同样看到了翠玉的精彩表演，对她的品貌与才华都很认可。演出后，梁靓妹邀请吴翠玉明天中午到她家做客。

次日中午，吴翠玉到了梁靓妹家。因为国庆节放假，梁靓妹家客厅里坐满了人。梁靓妹首先给她介绍其丈夫，说老蔡是国营收获农场场长，于是，老蔡起身微笑着与吴翠玉握手；接着，介绍其家公是雷康县农业局原局长，家婆是雷康县妇工委原副主任，二老听儿媳妇这么介绍，也起身微笑着与吴翠玉握手；最后介绍一位年轻小伙子，说是老蔡的胞弟蔡志强，在县农业局农技科任科长。蔡志强礼貌有加，毕恭毕敬地与吴翠玉握手，然后让座、倒茶、递水果等，表现得甚是殷勤，看来他情绪很是高涨，打扮也很讲究，头发梳理得油光发亮，皮凉鞋擦得光亮明净，笔挺的西裤，雪白的短袖衬衫。吴翠玉看他这一身装束，似乎为相亲时特有的打扮。这等打扮，人显得年富力强，精神帅气，让人羡慕。不知怎的，翠玉心里觉得好笑。而整个客厅的摆设与人协调和谐，使客厅满堂生辉，洋溢着祥和美好的气氛，翠玉顿觉心旷神怡。

中午饭菜早已准备好，很丰盛。餐桌上有各式各样的菜肴：白切阉鸡、酸甜炸排骨、清蒸老虎斑鱼、盐焗九节虾，还有……这满桌丰盛的山珍海味，一看就明白是特别的招待午宴。或许是他们家以最高规格来安排这个午宴，让吴翠玉这个特殊贵客满意。

就餐时，首先是梁靓妹往吴翠玉的小碟里夹菜，接着蔡志强多次给吴翠玉夹菜。而其他人也多次劝菜，总是用柔情的眼光看她。吴翠玉敏感地意识到，这一家人对她有点过分热情与大方了，超常的款待，这似乎要表达什么“意思”，而这“意思”吴翠玉再明白不过了。她向来不是狭隘的姑娘，不愿给他们一点儿的扫兴，佯装什么也没感觉似的，也大大方方地应酬着，礼尚往来，接受每个人的敬奉，优雅地品尝着佳肴美味。

午宴后，梁靓妹拉吴翠玉到一旁，小声说：“小吴啊，我的小叔蔡志强想邀请你今晚看场电影，我们也很赞成，你看怎么样？”

吴翠玉心里很清楚：果然不出自己的所料，这“意思”是再明白不过了。她没有直截了当地告诉梁靓妹自己和李奇的关系，而是很婉转地说：“梁主任，真不凑巧，下午得赶回去，因为今晚郑昌副书记主持召开大队支委会，我得依时参加（其实当晚没有这个会议）。郑昌副书记在我大队蹲点，他要求很严格，我的情况他最清楚，你了解他就谅解我了。今天，你们这么热情款待我，我真的很感激，非常感谢！”

接着，吴翠玉向梁靓妹的一家人一一握手告辞，尤其对蔡志强礼貌有加，微笑着说：“蔡科长，应该叫蔡帅哥，今天有幸得到帅哥的诚意关照，很高兴，来日方长，往后有机会拜谢！”说完，扬手道别，刚跨出门外，回头对梁靓妹微笑着说：“梁主任，往后你们有空，一家人到我寒舍做客，好吗？”梁靓妹连连点头说：“一定，一定！”

下午，吴翠玉回到了南吉村，当晚便与李奇在溪口河堤拍拖。

皓月当空，群星灿烂，他俩依偎在河堤边上。

吴翠玉向李奇述说中午在梁靓妹家做客的趣事。

李奇故意吃醋似的笑着说："既然人家蔡科长那么帅，又那么献殷勤，你怎么不跟人家看电影去？做个科长夫人，做梁靓妹的妯娌，说不定哪一天梁靓妹和她那有权有势的家公家婆把你提拔到县或镇里吃皇粮，那不是很好吗？哎呀，回来陪我这个'泥巴子'有什么好啊？"

吴翠玉听李奇这么故意挖苦自己，便报复似的说："好吧，人嘛，还是爱慕虚荣的好，那我就做第二个刘艳姐吧。你也够大方的，愿意为我作嫁衣裳，那我现在就找我的蔡科长去。"于是，佯装起身。

李奇见状，一下子慌了神，马上按住翠玉求饶说："我的姑奶奶，奇哥跟你逗着玩儿呀！奇哥认错了！"

吴翠玉知道李奇是闹着玩儿的，便翘起嘴巴，显示出调皮的味道，装腔作势地说："你既然知错了，还不赶快给姑奶奶赔礼！"

于是，李奇调皮地扮了个鬼脸，学着清朝太监那模样跪地赔礼："皇后娘娘，奴才该死，奴才该死！"接着象征性地自己掌自己几个嘴巴。

吴翠玉看着李奇扮演的这番奴才相，哈哈大笑起来，说："我的堂堂支书，还真有一套逗女孩子开心的本事呀！"接着，双手把李奇扶起来，抱得紧紧的，忘情地亲吻着……

次日，梁靓妹向郑昌副书记了解有关吴翠玉的婚姻大事，郑昌副书记如实说了吴翠玉与李奇已恋爱。这样，昨日那等"意思"也就作罢了。后来，吴翠玉与李奇的集体婚礼，梁靓妹很乐意地参加，并跟新郎李奇开玩笑说："李支书，小吴差点儿做我妯娌，你得好好爱她，不然，我唯你是问。"又转向新娘吴翠玉："小吴，你说是吗？"翠玉顿时脸红。她这一挑逗，逗得大家哈哈大笑！

在湛海，刘艳在妇工委的工作已经是得心应手，深得领导和同事的赞赏。尤其是王应聪给她的无微不至的爱，让她倍感欣慰。可是，在甜蜜的爱中，她总是想起李奇，想起与他相处的一点一滴，尤其是看到李奇在她手上咬的口印，更让她感到刺心的痛。

越想，她越觉得自己愧对李奇。千错万错都是自己一个人的错。李奇顶天立地，他的无私无畏，他的果敢大度，都让她爱慕不已。可惜，自己立场不坚定，放弃了他，让爱人成了陌路人。

每当夜深人静，刘艳一想到李奇，就会失眠。特别是王应聪出差在外时，她想念李奇就更加强烈，有时候甚至抱着枕头独自流泪。

为了弥补自己的过错，减少良心的谴责，刘艳决定壮着胆子向方书记求情，请求方书记向雷康县委杨书记打招呼，把李奇调出南吉村。因为她记得，方书记在视察南吉村结束后，曾对县委杨书记、乡党委洪书记说，李奇是难得的基层好干部，应当好好培养。可事实上，李奇除了获得一堆荣誉证书，并没有在职务晋升上得到实质的利益。

一天中午，刘艳在食堂吃饭时，遇到了方书记。她迎上去，把她的请求告诉了他。经刘艳一提，方书记突然想起了李奇，认为给他安排新的岗位完全应该。他对刘艳表示，下午就打电话给杨书记，建议杨书记好好培养李奇。

当天下午，雷康县委的杨书记接到方书记电话后，马上叫来县委组织部部长郭方刚，交代他派人到东兴乡南吉村合作社找李奇谈话，然后看看县里有没有合适的岗位安排李奇。

郭方刚马上照办，他叫来干部科科长郑智和干事李纲，吩咐他们去南吉村。次日上午，两人便驱车到了南吉村，在合作社办公室找到了李奇。郑智科长向李奇转达了县委杨书记及郭方刚部长对他工作调动的意见，称，鉴于李奇在放卫星工作中的突出表现，县里拟将他安排到农业生产大跃进办公室工作。

李奇听后颇感意外，他沉思了一会儿说："非常感谢杨书记、郭部长对我的提携、信任与关怀。希望两位将我的衷心感谢转达到杨书记、郭部长那里。至于南吉村合作社放卫星的成功，主要功劳不在于我，而在于上级党委和领导的正确领导，如果没有方书记、杨书记、洪书记等上级领导的英明领导和大力支持，就凭我李奇，是干不出这些成绩的。而贯彻落实上级的指示精神，是一名共产党员、一名基层干部的本分。此外，我长期在基层工作，熟悉和热爱这片土地，如果去县城的新岗位，我怕不适应、不胜任，辜负了领导的信任和栽培。因此，我想在现在的岗位上，再奋斗几年。更何况，我家里又有实际问题，母亲年老多病，未来的岳母也需要人照顾。让我留下未婚妻和双方老母亲而独自进城，我很难做到。"

郑智与李纲听完李奇的一番话，既感动又惊讶。在他们的工作经历中，还没有哪个干部不愿往上调动的，李奇是他们遇到的第一个"例外"。难道真有不想当官的人？抑或是李奇脑子不开窍？

郑智与李纲耳语了一会儿，开口说："李奇同志，你是有思想觉悟、有才能的基层干部，是值得组织培养的。但是，你不要这么快就做决定，我建议你再慎重考虑一下，到哪里都是为人民服务，你是党的干部，应当服从分配。"

李奇点点头说："好吧，我跟家人商量商量吧，两位晚饭就在我这里吃吧，我找人去南吉埠上给你们安排住宿。"

郑智说："不必了，我们晚上去东兴乡还有公干，明天一大早再来你们南吉村。"说完，郑智和李纲站了起来，与李奇道别。

临走时，郑智拍了拍李奇的肩膀，说："好好考虑，不用急。"

李奇点了点头，送他们上车，然后目送他们离开南吉村。

郑智、李纲二人走后，李奇打算先回家把调动的消息告诉母亲，但转念一想，母亲肯定会逼他去县城工作，于是他转身去了吴翠玉家。

吴翠玉的伯母年近七旬，她患有类风湿关节炎，行动不便，做饭、洗衣之类需要下水的活儿，基本上干不了。吴伯母膝下只有一个女儿，解放前就已经嫁到港尾村，如今已有四十多岁了。吴翠玉与伯母相依为命，近年来，伯母身体每况愈下，吴翠玉既要上班，又要下地，还要照顾伯母，很是辛苦。

李奇走进吴家小院时，吴翠玉正在喂猪。见李奇进来，吴翠玉就迎了上来。李奇就把县委组织部派人找他谈话的内容跟吴翠玉讲了，同时也说了自己的想法，想听听吴翠玉的意见。

吴翠玉激动地说："组织上器重你、提拔你，这是一件大喜事啊！这关系到你一生的前途，奇哥你这么年轻有为，早应该被重用了，你应该把握住！俗话讲，好男儿志在四方，作为未婚妻，我希望你接受组织的提拔，为党和人民多干事业，为社会主义多作贡献。至于你所牵挂的家庭事务，我一人来扛，你尽管放心去吧，我会把两位老人照顾得好好的。"

听了吴翠玉支持与鼓励的话，李奇非常感动，他说："翠玉，谢谢你的支持，但我不能这么自私，为了个人的前程，扔下你、扔下两位老人家不管。对我来说，首先做一个合格的丈夫、儿子，比什么都重要。再说了，我热爱南吉村，我还想为这个村奋斗几年，让广大社员过上富裕的生活。"

吴翠玉接过话说："奇哥，我尊重你的选择，无论你是走是留，我都支持你。但我不希望因为我和我的伯母，而影响了你的选择。依我看，你还是征求一下你妈妈的意见，再最后决定吧！”

李奇说：“我的主意已定，我不图升官，不图发财。为人子，不尽孝，为人夫，不负责，当了官又有什么用？到头来，怕是留下终生的遗憾。至于我妈，我了解她，她一定是像你一样，希望我出人头地，光耀门庭，一定非要我到县里去工作不可。既然我主意已定，就不必跟她商量了，让她知道了，反倒麻烦。”

吴翠玉深受感动，如果把李奇与刘艳在品质上作对比，那简直是天壤之别。前者，把责任与感情放在名利之前；后者，视名利如生命。其实，吴翠玉内心也很矛盾，一方面，她真心希望李奇去县城发展，她相信凭李奇的才能，事业上会有更大的发展；另一方面，她又有些担心，怕李奇进城后，慢慢疏远自己，就像刘艳疏远李奇一样。所以，李奇去或不去县里工作，她都支持。

第二天一早，郑智和李纲又来到了南吉村。在合作社办公室，李奇把自己最后的决定告诉了两位同志，他同时引用毛主席的话说：“广阔天地，大有作为。”说自己留下来，除了照顾老人，还要兑现自己曾经的诺言：“为政乡里，造福乡亲，这是我最大的追求和幸福，希望组织上理解。”

最后，李奇承诺：“我以人格保证，在现职务上，尽职尽责，争取以更优异的成绩报答组织的栽培与信任，不辜负党的期望，不辜负广大社员的重托。”

听完李奇这番激动人心的陈述，郑智称赞说：“李奇同志，你是真正不求升官发财的党员干部，是党培养出来的好同志，咱们红土地的好儿子。今天，你给我们上了一课，我们非常受益。我们尊重你的选择，将来有一天你想换岗位了，随时欢迎向我们提出。”

4

夏收之后是抢种，待秧苗全部栽完，天气渐入三伏，热浪逼人。

这个时节，波及全国的人民公社化运动也一浪高过一浪。几场大会之后，东兴乡正式改名为东兴人民公社，洪耀华书记兼任社长，郑昌副书记兼任副社长。十六个合作社改制为二十二个生产大队，南吉村和邻近的两个自然村合并为一个大队，李奇被推举为大队支书兼大队长。

在组建大队领导班子时，李奇费了好一番脑子。吴翠玉继续担任妇女主任；让邻村北边原合作社支书郑兴旺担任大队副支书；因为南边村只有几十户，便设一个生产小队，让该村原合作社支书老黑担任治保主任。大队部依旧放在南吉村，依旧是从前的陈家大院。原南吉村合作社干部也有变动，吴明山为大队副大队长，苏永发、马本善分别为会计、出纳，吴拔群为民兵营长兼文书，许春桃为团支书兼大队办公室主任。

大队部人事安排妥当之后，李奇的心思又花在供销社代销点上。几年下来，他越来越看重这个阵地。从油盐酱醋到针头线脑，百姓的日杂食用全在这里。这一块阵地如此重要，安排管家就不能随便。李奇思索许久，最后决定，让北边村的郑兴旺的媳妇春花做主管，因她上过学，能识字，会算账。莲嫂、孙姐则担任站柜台的店员。

处理好这些杂事，李奇最后将注意力集中在取名上——为这个全新的生产大队起个好名字。“南吉”这名字原本不错，但眼下是生产大队了，他治下有三个村子，若三个村子合并后仍叫南吉，其他两个村的人会觉得不舒服。这是其一。其二，就是凝聚人心。人人都知道，李奇虽然掌管了三个村子，但他真正关心的却是南吉村。然而在南吉村，大多数人虽然听他的，暗中却也有听周太公的。要让这些人服李奇，绝不是支书这个名头就能决定的。如果改了大队名，就会使三个村的人把关心的重心放在李奇这个代表性的符号上，而不是只盯着“南吉村”。

那么，改个什么名字好呢？一连想了几天，李奇都没有找到满意的答案。最后，他叫来吴拔群。

“拔群，现在咱们大队是三个村合并的，郑书记让我给新的大队取个名字，我想了好久，就是想不出一个中意的名字。你读书多，也帮着一起想想。”李奇说。

“嗯，是该换个名字，隔壁东港村就改了名。”吴拔群说。

“是吗？我怎么不知道？他们改了个什么名字？”李奇问。

“他们叫红旗大队。”

“红旗，这名字不错。那咱们干脆叫蓝旗大队算了。蓝色，是天空和海洋的颜色，符合咱们半岛乡村的特色，怎么样？”

“好是好，但会不会惹麻烦？”吴拔群说。

“什么麻烦？”李奇问。

“蓝旗是西方国家国旗，你看英国、美国、法国，国旗上都有蓝色，咱们社会主义国家，不能搬西方国家的东西，否则怕是会被别人议论。”吴拔群说。

“嗯，你想得周到，果然书没白念。”李奇点点头。

吴拔群被表扬了一下，很高兴。他沉默了一会儿，突然想出了一个名字。

“叫红星大队怎么样？红星是咱们国旗的符号，叫这名字，响亮、大气。”

李奇听了，竖起大拇指：“好！这名字好！就叫这个名儿。”

说完，李奇趴在办公桌上，拿起笔，在便笺纸上写下一行字：

“雷康县东兴人民公社红星大队”。

东兴公社成立后的第一件大事，是催收公粮。

由于大跃进粮食“高产”，县粮食局特别拨出专款，为各个公社临时加盖了两座粮库，每座库可以容纳六十万斤粮食。加上原来的两座旧粮库，东兴公社的粮库总容量可以达到两百万斤。

孙保春接到吴拔群送来的公粮催缴单，顿时傻眼了。他揉了揉眼睛，看了又看，没错，上面清楚无误地写着：村中队应交夏粮十三万二千斤。

孙保春忙问：“拔群，这个天文数字是怎么算的？”

吴拔群说：“村中队早稻二百二十亩，按均产四千斤，应收八十八万斤，上缴百分之十五，就是十三万二千斤。”

孙保春跳了起来：“咱们总共打多少粮食，你不知道？全部加起来也才十几万斤，全部交了公粮，咱们吃什么？”

吴拔群说：“我当然知道，但这是上面定的任务，又不是我定的。因为放卫星，我们红星大队的平均亩产就是按四千斤计算的。”

孙保春又吼了起来：“他妈的！谁都知道这是吹牛皮，我原以为是领导跟咱闹着玩儿的，没想到还真按那个吹牛的数缴公粮呢！这些王八蛋，祖宗八代都没种过庄稼吗？一亩地打四千斤，他们也信？”

孙保春的吼声，惊动了正巧从他家屋前经过的周太公和马本善。两人听了孙保春的叫骂，就走了进来。

吴拔群见了他俩，就说：“我还要去找王锋和明山，你们聊吧。”

吴拔群走后，周太公恶狠狠地说：“我早就说过，那王八蛋从来不干正事，就知道玩儿虚的，哄领导开心。这下应验了吧？”

谁都听得出来，周太公说的不是吴拔群，而是李奇。大家都没应声。

孙保春转向马本善，问道：“本善，去年我们上缴的是多少公粮？”

马本善说：“两万刚出头。”

“他妈的！”孙保春又骂起来，“一下子提高了五六倍。一亩地打四千，他们竟然也信，竟然也信！”

“四千斤不算什么了。”马本善说，“前几天我在大队部，听拔群连念了几张报纸，好多个村子的亩产都七千多了，打上万斤的都有。湖北有个地方，打到了三万六，上了《人民日报》呢！他们得交多少公粮啊？想想都吓人。”

“啊！真的？”孙保春大吃一惊，接着又笑了起来，“妈的，我去问问王锋，看他们队要交多少。卫星是他们队放的，四千四百斤，哈哈！”

周太公一听，脸色发白，不声不响地先走了。因为，他就是村西队的。

孙保春盯着周太公离去的背影，对马本善说：“唉，村西队的公粮任务一定比我们多，还有村东队，地多，要交的也一定比我们多。要是大家都如数交，我们也交。交不够，我们也跟着。”

马本善点了点头。

不按要求交公粮，是人们意料之中的事。村东队交了两万三，村西队交了两万五，孙保春的村中队只交了两万。各生产队所交的数额均与去年相当。这当然过不了关，十天之后，县里派人下基层抓落实，洪耀华、郑昌等公社领导，各自带着催粮队分赴各大队催缴。洪耀华本人亲自来到了红星大队（原南吉村），因为红星大队是放卫星的明星大队，他们交不足公粮，可不是小事，弄不好要追究公社主要领导的责任。

洪耀华在大队部主持召开了干部座谈会，他在会上安慰大家：“各位尽管把粮食交够，不用担心没饭吃。咱们干的是共产主义嘛，共产主义就是财产共有，这财产不是你的，也不是我的，是全国人民的。把粮食交给国家保管，等到没粮吃的时候，国家自然会把粮食发下来。你们是明星大队，在这方面应当更有觉悟，要起模范带头作用。”

李奇接过话说：“都交吧，别藏藏掖掖的。要不是党的政策好，咱们哪能打这么多粮食？交给党和国家，有啥不放心的？说句不中听的，万一闹饥荒，党不可能看着老百姓饿死。在座的都是党员，难道也信不过党？再说了，要是粮食没交够，上级查起来，不但洪书记脸面没地方搁，咱这面子也难看啊，弄不好还得挨处分呢！”

“好，那交吧！”王锋首先表态，“不过，我们村西队应交十五万七，可我满打满算，一共才收了十三万五，就算全交了也不够啊！”

这时，吴拔群笑着说：“这是你吹的牛皮呀。”

王锋红着脸说：“我不也是被逼的嘛，我以为是闹着玩儿的呢！”

李奇转向洪耀华说：“洪书记，王锋说的是实情。放卫星的事，前后经过你都知道，四千多斤的产量是怎么回事，你也明白。上级要按这个产量征收公粮，变魔术也变不出来。”

洪耀华沉默了一会儿，突然狠狠地说：“是的！这个公粮数字到底是哪个孙子算出来的，简直他妈的胡闹！”

接着，他又和气地说：“各位，请给我老洪一个面子，今年夏粮确实增收了，大家能交多少交多少吧！我建议，各生产队留下点口粮，其余全部交了。我回去后再打电话跟杨书记商量一下，让粮食局降一降征收的公粮数字。”

说完后，洪耀华就起身，独自离去。

5

交完公粮后，广大农民丰收的喜悦荡然无存。好在，已经种下的秋粮，给人们带来了新的希望。

秋粮种完之后，半岛进入了暂时性的农闲时节。八月下旬，东兴人民公社召开了三级干部大会，动员各大队投入鹤地水库——雷州青年运河工程建设。

随后，红星大队党支部、团支部召开联合会议，决定成立红星大队雷州青年运河工程建设青年突击队。突击队队长为团支部书记许春桃，副队长为民兵营营长兼大队文书吴拔群，队员有朱道德、苏小妹等二十人。三天后，这群年轻力壮的队员高举队旗，雄赳赳、气昂昂地奔赴鹤地水库工地，投身于热火朝天的建设浪潮中。

鹤地水库地处雷州半岛北部，廉城西北14公里的河唇镇，库区跨越广西壮族自治区的陆川、博白二县，处于九州江中游，集水面积1440平方公里，总库容11.51亿立方米，是以灌溉为主，结合防洪、发电和航运等综合利用的大型水库。设计灌溉面积200万亩，有效灌溉面积130万亩。

鹤地水库灌区渠系从北至南贯穿大半个雷州半岛。总干渠名为“雷州半岛青年运河主河”，全长76公里，设计最大过水能力120立方米每秒。大干渠有东海河、西海河、东运河、西运河、四联干渠5条，总长5200公里；干渠155条，长1464公里；支渠1467条，长4041公里。在运河中段建有一座西涌节制闸，用以调节上下游水位和流量，并设有船闸一座，可通航40吨以下船只。在距遂溪县城一公里的东海河上建有新桥大渡槽一座，是鹤地水库灌区最大的渠系建筑物，全长1206米，分为40跨，双悬臂支承，双柱式槽墩，最大墩高29.5米，渡槽底宽5.5米，槽身高3.5米，设计过水量13.25立方米每秒，可通航20吨船只。

鹤地水库——青年运河建成后，雷州半岛的廉江、遂溪、雷康、湛海市郊区、鉴江等县区约130万亩农田得到了灌溉保证，基本上根治了雷州半岛的历史旱患。

对于鹤地水库和青年运河工程，邓小平说：“农业是国民经济的基础，而水利又是农业的命脉，你们干得非常好！”

红星大队青年突击队，夜以继日地在工地上艰苦奋战了一个月后，迎来了国庆节。雷康县工地指挥部此前已下发通知，放假一天，让大家欢度国庆。

红星大队突击队员大半都回了家，其余的相约到各自喜欢的地方游玩。许春桃、朱道德、吴拔群、苏小妹四人约好到湛海市郊区湖光岩公园游览。

早早起床，几个人吃过早饭，便高高兴兴地搭着工地顺路货车到了湖光岩公园门口。大家买了门票，欢欢喜喜地进了公园。天格外晴朗，万里无云，秋风送爽，让人的心情倍加舒畅。

四人一路有说有笑，不知不觉来到了玛珥湖边。湖面宽广，湖水清澈，在微风的吹拂下，波光荡漾，泛起一圈又一圈涟漪。湖光倒映着岸边杨柳、松柏的影子，非常迷人。苏小妹禁不住大发感叹："湖光好美啊！"

吴拔群也颇有兴致，随即吟起苏东坡的诗《饮湖上初晴后雨》：

水光潋滟晴方好，山色空蒙雨亦奇。
欲把西湖比西子，淡妆浓抹总相宜。

苏小妹听完，不解其诗意，便问吴拔群："西子是什么？为何西湖比西子？"

吴拔群笑道："西子就是西施，中国四大美女之一，春秋时期越国美女。西湖比西子，意思是说，西湖之美与西施有的一比。"

苏小妹调皮地说："拔群，我与西施比怎么样？"

许春桃抢答："小妹，你比西施还美。"

苏小妹努着嘴说："春桃，你说我比西施还美有啥用？"

吴拔群立即笑呵呵地说："咱们的小妹确实比西施还美呀，人见人爱呢！"

吴拔群这话逗得大家哈哈大笑。

笑声中，许春桃想到了自己的个人感情问题。自从看到吴翠玉与李奇好上后，她心里有点失落。因为她也暗恋过李奇。继而，她对朱道德进行了认真观察，觉得吴翠玉先前同她介绍的他的情况基本一致：缺乏主见，但为人憨厚，待人体贴。吴翠玉希望春桃与朱道德好好相处，说他值得爱。经过许春桃多日的观察，她觉得朱道德确实不错，于是，她慢慢地恋上了他。

晌午时分，大家觉得肚子饿了，便在公园内的小卖部买了点心，将就着吃了个午餐。饭后，吴拔群领头，大家攀上火山岩的羊肠小道，上到望海楼。站在望海楼顶上，可远眺东面的东海岛。那茫茫海面上，白帆点点，无限风光尽收眼底。一会儿，许春桃与吴拔群耳语几句后，便与朱道德往一僻静深邃处走去。吴拔群与苏小妹原地坐定。

许春桃与朱道德来到山谷边，周围野菊花盛开，空气中飘浮着幽幽清香。朱道德随手采了几株野花，递给许春桃："献给你，这儿没有玫瑰花，只有秋菊了。"

许春桃心情顿时愉悦起来，她接过野菊花轻轻地闻着："只要能代表爱情，菊花也行。"说着，壮起胆子，突然在朱道德的脸上亲吻了一下。

朱道德顿时紧张得面红耳赤，但却是满心欢喜。许春桃也为自己的大胆而羞红了脸。她轻声地问："道德，你真的爱我吗？"

朱道德不住地点头。

许春桃沉默了一会儿，又问："那你会娶我吗？"

朱道德激动地说："只要你愿意，我当然娶你，一生一世地爱你。"

许春桃很高兴，她柔声说："那咱俩钩手指为证吧！"

朱道德马上把手伸过去，抓住了许春桃的手。两人钩了钩手指后，他伸出双臂，又将许春桃紧紧抱住，使她倾伏在他的身上。

"咯咯咯……"山谷边传来清脆的山蛙声，这些小精灵似乎在为他们歌唱、祝福。

朱道德紧紧抱着许春桃，眼眶突然温润了。许春桃吓了一跳，问：

"你怎么哭了？"

朱道德说："是激动！我想，你以后不会像翠玉那样抛弃我吧？"

许春桃笑了，她用手轻轻拧了一下他的脸，说："咱俩都钩了指头了。我没有翠玉姐那样的倔脾气，其实翠玉姐还是很关心你的呢！是她建议我与你相处的，并且她让我好好爱你。只要你不变心，我就会爱你一生一世。"

朱道德听后，使劲儿点头。随后，他俩又紧紧拥抱着，嘴唇也碰到了一块儿。

亲热之际，他的一只手情不自禁地触摸到了她的前胸。她惊叫了一声，一下子挣脱了他的拥抱，一边惊恐地望着他，一边往后退。她双手紧紧护在胸前，仿佛一只受惊吓的小动物。

他面红耳赤，无地自容，连声说："对不起对不起，我不是故意的，不是故意的。"

她说："我没有生你的气呀，我只是害怕，我没有谈过恋爱，所以对热情过度的举动感到很紧张。”

他走向她，牵起她的手，说：“我再也不了，我会小心、温柔地待你，放心吧！”

许春桃含羞道：“以后等咱们结婚了，你想怎么样就怎么样。但在婚前，不可以做出格的亲密动作，这是规矩，好吗？”

朱道德连连点头。

于是，两人手牵手走出山谷，往望海楼的方向走去。

吴拔群与苏小妹在望海楼原地默默坐着。

苏小妹先开口，打破了沉默：“拔群，在想什么呢？”

吴拔群说：“在想工地上的任务进度。”

苏小妹说：“出来玩儿就好好玩儿嘛！你看，春桃姐他俩拍拖去了，咱们……”

吴拔群笑道：“小妹，咱俩从小玩儿到大，青梅竹马，两小无猜，彼此都有感情。但是，咱们得先把心思放在工作上，等我的工作有起色了，咱们再考虑个人情感上的事情，好吗？”

苏小妹很不高兴，说：“拔群，谈恋爱也耽误不了你的工作，我就喜欢谈恋爱，我那么喜欢你，你不知道吗？”

吴拔群不知说什么好。苏小妹就往他身边靠，靠得紧紧的。

吴拔群微微一笑，说：“小妹，爱情这东西是急不来的，得慢慢来。”

苏小妹装出一副可怜相，撒娇道：“拔群，你学问大，道理多，我跟你说是说不过的。反正我管不了那么多，我是非爱你不可。你亲亲我，好不好？”

吴拔群很为难，说：“这人来人往的，恐怕不大好吧？”

苏小妹说：“堂堂男子汉，还害羞啊！你不敢亲，那我来亲你。”

说亲就亲，苏小妹马上就把嘴唇贴到了吴拔群的脸上。

吴拔群满脸涨得通红，赶紧躲开。苏小妹又想凑过去，这时，有几名游客说说笑笑地走了过来，苏小妹只好作罢。

不一会儿，许春桃、朱道德回来了。

四人决定结束游玩，前往运河工地。

又过了一个月，红星大队青年突击队完成了运河指挥部分配的任务，回到了村里。但是，休整半个月后，红星大队又接到雷康县天门水库建设工程指挥部分配的任务。李奇又动员这支突击队奔赴天门水库工地。

天门水库是雷康县最大的蓄水工程，设计总库容八千九百三十五万立方米，计划灌溉面积十二万亩。该项水利工程由县水电局负责设计和技术施工。

红星大队青年突击队听从李奇支书的指令，战斗在天门水库工地上。他们挑土方，扛水泥，肩膀肿了，胳膊酸痛了，还是咬着牙挺着干。

这支突击队在许春桃、吴拔群的带领下，个个都不甘落后。为了快运多拉，他们想了一个方法，多准备几个畚箕，小车一来就把已盛满土的畚箕往车上装，这样就快多了。他们以坚强的毅力，冲天干劲儿，艰苦奋战，很快就完成了土方任务。

天门水库竣工后，接着又是西吴水库建设工程任务。红星大队青年突击队发扬连续作战精神，战斗在新的建设工地上。他们用青春，谱写出时代的凯歌，成了名扬一方的青年突击队标兵。

在这一时期的水利建设热潮中，半岛数百万建设大军以愚公移山的精神，战胜了千难万险，换来了前所未有的成就。正如著名雷歌艺人李月娥所唱：

会战艰辛冲天笑，泣鬼惊神半山腰；
肩头红肿渗血泡，汗水岭头半空浇。

各地水库万顷波，彩阁日夜起笙歌；
琼瑶不是天独有，青年运河胜银河。

第十二章

永结同心花并蒂

1

夏粮征收工作全部结束后，秋收在望。

为了提高广大农民的纳粮积极性，试点向共产主义过渡，增进人民的幸福感，上级决定加快兴建人民公社食堂。在两个月前的八月份，党中央通过了《关于在农村建立人民公社问题的决议》，其中强调，要把创办公共食堂上升到新的高度。有不少地方紧跟形势，率先办起了公共食堂，一些口号也应运而生，如："共产主义就是吃大锅饭""吃饭不要钱，老少尽开颜；劳动更积极，幸福万万年"。

为了跟上形势，东兴公社也开始紧锣密鼓地筹建大食堂。干部们轮流下乡，向群众们灌输"粮食全上交，吃得更加饱"的理念，宣称，大锅饭是最好的平均分配，社员无论贫富，都在一个锅里吃饭，就会吃得一样饱，这也是共产主义的基本要求。

在红星大队，李奇顺势而动，要求以生产队为单位，一个队兴办一个食堂。他一方面带领群众学文件、读报纸，认识大食堂的好处；另一方面要求吴拔群组织基干民兵做好准备，在公共食堂开张前一天，将各家的锅碗瓢勺筷等餐具，全部收缴充公，以防他们开小灶。

此外，还要收缴粮食，李奇在大榕树下召开群众大会，让大家主动把口粮全部交到食堂，但是每家每口人可以保留十斤大米用于过渡。社员交完粮后，李奇再让民兵挨家挨户搜查，以防私藏粮食。与此同时，李奇通过代销点买回一批大锅和小锅，每个食堂发两个大锅，用于煮饭，两个小锅用于炒菜。万事俱备后，李奇决定让村中生产队的食堂率先开张试运营，便要求该队率先上缴粮食和家庭用餐的炊具。

根据上级的文件精神，今后社员出工不再记工分，因为工分是发放口粮的依据，吃食堂后，自然就不必再分配口粮到户了，记工分也就没有意义了。

在食堂开张之前的这段时间，吴拔群还有一个任务就是搞宣传。他在红星小学（原南吉小学）挑选了几个高年级的学生，利用课余时间帮他到各家各户的墙上刷石灰水贴标语，这标语有从报纸上搬来的，也有吴拔群自己编的："砸烂小锅，铸造大锅""吃饭不要钱，努力搞生产""公社食堂万岁"……

在大队部，各家各户已将粮食上缴到院子里，大队会计吴松节、出纳马本善等人按李奇的意见，逐一与当初分配到户的口粮数字对比，结果发现，九成左右的家庭将粮食如数上缴了，约有百分之十的家庭仍有所保留。李奇得知情况后，大发雷霆，他要求干部们对这些家庭进行严厉追查。凡是查到私藏粮食的，不仅粮食全部没收，还要张榜公布名单。

李奇要追查私藏粮食的消息，很快就传遍了整个村子，可这消息经人加工，变成了"李奇到公社找公安民警要将各家各户查个底朝天"。一时间，全村笼罩着紧张的阴云。

私藏粮食的家庭，主要集中在村西队。那里的中农户较多，叫他们把粮食一粒不剩地上缴，的确不是件容易的事情。他们咒骂李奇办事太狠毒，不给人留后路；有的人则是忍气吞声，见机行事。

九曲溪孙得利得知李奇要追查私藏粮食的住户，并不紧张，他安慰老婆不要慌。接着，就到周太公家去了。

孙得利一边走，一边琢磨，如今主宰红星大队命运的不是贫农，而是中农户，李奇得与中农户搞好关系，因此他应该不敢跟中农户闹翻。所以，孙得利觉得，要翻查粮食的传闻不一定可靠，很可能是周太公散播的谣言。周太公是个大滑头，他放出假消息，既是试探，又让社员们都反感李奇。

孙得利越想，越觉着自己猜测得很对。可是，等他到了周太公家，周太公三言两语，就把他的想法推翻了。

周太公告诉孙得利："翻查粮食的消息不是我传的，这个消息十有八九是真的。李奇想要在红星大队树立更大的威信，一定会优先照顾贫农，而不是中农。因为办食堂对贫农更有利，贫农自然更拥护李奇，何况贫农在全村所占比例要大于中农。特别是像你孙得利这样的富裕中农，他李奇永远不会巴结，只会作为典型来抓。”

听周太公这么一说，孙得利的心情顿时多云转阴，他站起身，扭头就走。

周太公问：“怎么屁股没坐热就走了呢？”

孙得利说：“我可不想当典型。”

孙得利一溜烟儿似的跑回家。他的慌乱神情，被不少人看在眼里，这进一步加剧了村西边的紧张气氛。

周太公的心里，同样像是压着石头。他慢慢意识到，李奇是一个深不可测的人。过去，他把自己看得太高，把李奇看得很低，最近这段时间他才发觉，李奇的才能、谋略，都是他望尘莫及的。跟李奇斗，真的是不自量力。

如果，李奇要翻查余粮，该怎么应对这一麻烦事呢？周太公想，决不能乖乖就范，应当先让村西边私藏粮食的家庭，把粮食全藏好，然后怂恿李奇和公社里的人来翻查，不管查不查得出来，对李奇可能都不是好事：查出来了，会使得人心惶惶，都得恨李奇；要是查不出来，就更好，不光被查的人恨他，没被查的人也会对他不满。公社里的人扑了空，对他也会有看法。

这时，门外传来狗叫声。周太公一听，吓了一跳，以为翻查粮食的人来了。他远远望过去，见吴牛四领着一男一女两人在院门外，被家里的狗拦着，不敢进来。他松了口气，就叫老婆蒋桂芳去把他们领过来。

“是谁啊？他们来干什么？”蒋桂芳很紧张地问。

“香港来的，肯定又是收购粮食。”周太公说。

“啊！这个时候也敢来收购粮食？李奇在家，要是被发现了怎么办啊！我去把他们打发走。”蒋桂芳吓得直跺脚。

周太公赶紧拉住老婆，说：“别！他们来了正好。一来，存粮卖了，李奇就查不到了；二来，现在办食堂，家家都缺粮，这样粮价就高。这样吧，你让牛四先把人领到九曲溪家去，让他先卖，我们见机行事。”

蒋桂芳点点头，去了。

这会儿，孙得利正在家里急着呢！他听了周太公一番话之后，马上赶回家，发动全家人，忙着藏粮食。但是，往哪儿藏，是个问题。猪圈、牛栏、茅厕都用上了。藏过之后，孙得利觉得还是不踏实。他想了又想，最后想出了一个办法：在屋后菜园里挖个地窖，把粮食埋在下面，然后上面盖上板子，板上再盖上土……

他把想法跟老婆一说，老婆点头同意。

说干就干。正当一家人操起家伙准备去屋后时，外面有人敲门。

孙得利吓得叫了起来："查粮的来了？"

他叫老婆去院子里开门。自己擦了擦汗，然后坐椅子上，故作镇定地抽着水烟。

这时，吴牛四领着一男一女进来了，都是中年人。

孙得利忙招呼他们坐下，然后疑惑地看着吴牛四。

"这是香港来的何老板和朱大姐，你应当有印象啊！"吴牛四说。

"哦！对对，两位好！"孙得利想起来了，这两个人前年曾来他们家收购过粮食。

"这次来又要麻烦大家了。"那男的给孙得利递上一支烟，然后开口说道。

"不麻烦不麻烦，请你还来不及呢！"孙得利笑着说。

"我们这算是相互帮助吧！不过，现在都在搞大食堂，收购粮食越来越难了，不知你们这儿还能不能收到一点儿？"男的问。

"都上缴食堂了，私藏粮食的估计没有几家。"孙得利说。

"那怎么办，总不能让我们空手回去吧？"女的急了，插话说。

"价格好商量。"男的说。

"白米能给多少钱？"孙得利问。

"三毛，够意思吧？"男的伸出三个指头。

一斤三毛，比往年高出整整一倍！孙得利高兴得差点喊出声。很快，他故作镇定地说："我可以帮你出去联系联系，我自家的粮食真没多少。"

"好好好，那有劳你了。"男的说。

"二位要么在这儿等着，要么晚点儿再来，我这就去联系人。"孙得利说。

"我们出去转转，马上回来。"男的说。

孙得利与周太公一样老奸巨猾，他也想到，要卖，也不能让自己带头。他走出门口，不知道先去哪一家好。他想，陈日升这人话多，管不住嘴；许实厚胆小怕事，家里估计不敢私藏粮食，就算私藏了也不敢承认。

正在这时候，木匠朱明怀回家路过孙得利家门口。孙得利看见他后，决定先从他那儿入手。他朝朱明怀招招手说："明怀大哥，进来抽口烟！"

朱明怀走近孙得利，说："不了，我要回家吃饭。"

孙得利轻声说："来吧，有事商量。"说着就把他拉进了院子。

朱明怀一头雾水，连声问："什么事？什么事？"

孙得利说："你家粮食藏好了？我琢磨，怎么藏也没有用，不如卖掉好，省得担惊受怕。"

朱明怀被他这么一吓，心里直打鼓。不过，他嘴上却说："我都上缴了，哪还有粮食卖？你可别乱讲。"

孙得利说："我是给你透个信儿，咱们关系不错，一般人我不告诉他。李奇已经从公社搬兵准备翻查私粮了。"

接着，孙得利压低嗓音说："前年那两个收购粮食的香港老板来了，一斤米给三毛。"

"那稻子呢，什么价？"朱明怀脱口而出。

"这个我没问，你家有很多稻子啊？！"孙得利说。

"没没没有，我，我随便问问。我要回去了，吃饭。"朱明怀慌慌张张、结结巴巴地说，然后逃也似的走出了孙家的院门。

"这个老狐狸！"孙得利很恼火，他望着朱明怀远去的背影，不住地摇头。

孙得利决定去陈日升家。他相信，只要陈日升听到消息，马上就会把粮食卖了。至于陈日升口无遮拦的毛病，只要跟他晓以利害，他应当不会四处乱讲。

再说朱明怀。孙得利一番话，让他既紧张又心动。他在家中柴屋的暗洞里藏了两麻袋稻谷。这稻谷是他花了两三年才积攒下来的——每次分了新口粮，他就换下旧稻谷，总是让袋子满着。没想到，现在搞食堂，粮食要充公了，他哪里舍得把这两袋粮食交出去？

朱明怀快步走回家。家里没人。老婆在五年前就过世了；女儿早已出嫁到了外村；儿子朱道德经常不归家，不是往大队部跑，就是待在许春桃家里帮忙干活儿，这阵子好像突然变成了许家人。朱明怀在屋前屋后转了转，发现四周无人，就走进装着柴草和农具的小屋子。

他扒开堆放在墙角的柴草，移开掩住暗洞的旧木板，然后把手伸进去，摸了摸藏在里面的稻谷，发现两袋都在，心里就觉得踏实了。

朱明怀估计，今天，干部们应当不会来翻查粮食。必须趁夜里动手，把这两袋稻谷子处理掉。否则，一旦被查，他多年的心血就付诸东流了，而且被张榜示众，也是一件很丢人的事情。至于会不会受到其他处分，也难说啊。

他想起了孙得利说的粮贩，觉得还是卖给他们妥当。把粮食换成钱，拿在手里多踏实啊！

朱明怀想到这儿，决定先做午饭，等吃完饭，就去找孙得利……

正当一些私藏粮食的农户暗中想办法处理粮食时，刘艳的父亲刘谨慎也没闲着。他现在是村里的红人，也是进步分子，听说他还打算入党呢！这会儿，他也在为家中私藏的粮食发愁。他心想，要是万一被查出来，他这张老脸往哪儿搁？那还不被人骂成“假正经”“假积极”？

自己的脸面还在其次，刘谨慎还得为子女们考虑啊！女儿现在行署妇工委工作，前途无量，藏粮的丑事要是传到行署，女儿的前途不就毁了？还有儿子，已经是部队里的班长了，又是党员，自己的丑事要是传到部队，儿子还怎么管人呢？弄不好连兵也当不成。

想到这儿，刘谨慎决定把粮食全部交出去。

吃过晚饭，刘谨慎提着马灯，走进刘艳原先住的屋子里。他拿起锄头，在地上刨了几下子，一块石板就露了出来。搬开石板，下面是一个地窖，三袋稻谷就在里面，足有三百来斤。

他跳下去，准备把三袋稻谷弄出去。这个地窖很浅，最多也只能存放六七袋稻谷。这窖还是解放前挖的，当时兵荒马乱的，为防止被抢劫，家中要紧的东西平时就藏在窖里。一九四八年，国民党反动派进南吉村，把全村的粮食都抢光了，但刘谨慎家的粮食却颗粒无损。

刘谨慎打开谷袋，伸手进去抓了一把谷粒，然后朝嘴巴扔进一粒谷，一嚼，嘎嘣响。谷粒干干的，一点儿也没受潮。庄稼人对粮食特有的情感顿时涌上心头。他右手抓着稻谷，伸到左手提着的马灯下，认真端详。谷粒在灯光下，泛着光泽。

刘谨慎想，有这么多谷子，就算是一年没收成，一家人也能挨得过去。老天爷可是说变脸就变脸，灾荒随时都有可能发生。公社食堂虽好，但也顶不住灾荒啊！刘谨慎摸着粮食，想起往日曾经因为灾年而忍饥挨饿的情景，心情变得很复杂。

他想，有粮食存着，生命就有保证，面子、前途再重要，也没有命重要。这粮食还是留着好。再说，就是翻查，干部们也是查落后分子，应该不会查他这个积极分子、干部家庭；就算真的查上门来，也不怕，这地窖，连国民党土匪都找不到。

想到这儿，刘谨慎重新扎好谷袋，然后爬上地窖，盖上石板，铺上土，一切又恢复原样……

尽管私自处理粮食的农户做得很隐蔽，但还是被人发现了。第二天，有社员向大队部反映有人倒卖粮食，强烈要求大队干部处理。

李奇当天就召集大队干部开会，决定马上行动，对各家各户进行突击性搜查。当然，搜查行动并不像谣言所说的“搬来公安民警搜家”，而是由吴拔群带领民兵执行任务。

民兵们从周太公家搜出了一麻袋稻谷，约八十斤；从许实厚家搜出了番薯、黄豆等杂粮共五十斤，其他少数农户家中也搜出数量不多的大米、稻谷、番薯等各类食物。由于各家搜出的粮食并不多，李奇决定仅收缴充公，暂不张榜示众。至于孙得利、陈日升、朱明怀等人被举报倒卖粮食一事，由于他们死不承认，大队部也没有查到证据，只好暂且搁置，待日后再作处理。

2

一切准备就绪。李奇决定，五个生产队（并入红星大队的南边村和北边村各自被编为一个生产队）的食堂在十月二十日正式开张。距开张还有三天时间，李奇邀请公社书记洪耀华与副书记郑昌前来指导庆典筹备工作。

洪耀华很高兴，与郑昌一起到了红星大队。李奇随即在大队部召集大队干部和各生产队干部开会，讨论公共食堂开张的仪式和庆典筹备情况。

人到齐了之后，李奇就食堂开张庆典问题，向大家征求方案。大家畅所欲言，有的提出请狮子班锣鼓队助威，有的提出请李月娥姑娘歌班助兴，有的提出请雷剧班演两夜社戏。大家都认为，这是中华民族有史以来从未有过的新鲜事，一定要隆重庆祝，取个好兆头。

这时王锋站起来，大声说："要搞出喜庆气氛，依我看，最好是在大锅饭开饭前办一个集体婚礼，玩儿个新鲜的，最有兴头。"

说着，王锋就把目光投向洪耀华，笑嘻嘻地说："洪书记，我有一个建议不知该不该讲，只要大领导您点头了，我就讲。"

洪耀华笑了，说："讲吧讲吧，只要能搞出大大的喜庆气氛，我就支持！"

王锋说："此话当真？您可不许反悔啊！"

洪耀华笑着说："当然，只要是正当的事情。"

王锋说："洪书记，我想请您带个头办集体婚礼，这样的喜庆活动肯定最精彩、最具影响力、最有意义了，一定备受全公社人民的关注。您一带头，其他有结婚意向的男女青年，自然愿意跟从。我这个主意好不好啊？洪书记！"

大家一听，纷纷鼓掌赞成，都把笑脸转向洪书记。

洪耀华乐呵呵地说："王锋这小子，亏你想得出来。主意是个好主意，我是领导，这个头我乐意带。可是，结婚大事可不是我一个人说了算，得征得邓山花和她父母同意才行啊！食堂马上就要开张了，三天的时间，是不是太突然了呢？"

李奇一听，兴头来了，他笑嘻嘻地喊道："新事新办！只要洪书记同意就好办了，邓山花和她父母的工作，我搞掂，包在我身上。"

众人顿时欢呼起来。吴明山带头鼓起了掌。他高兴地说："洪书记的喜酒在我们村办，这是红星大队的荣幸，太好啦！"

这时，洪耀华转向李奇："我洪耀华也有一句建议给李书记，不知当讲不当讲？"

李奇说："洪书记金口一开，福禄寿禧万事如意，您尽管吩咐就是。"

洪耀华笑道："既然我带了这个喜字头，我希望你与吴翠玉同志同时结鸳鸯，集体婚礼，总不能我唱独角戏吧？"

大家听洪书记这么一说，又一次鼓起掌来。坐在一旁的郑昌副书记兴奋地说："李书记，我可是你的月老哦！我希望你不要让大家失望。"

李奇笑道：“洪书记，郑书记，我李奇当然乐意参与啦！不过，这个问题要取得双方家长同意。我妈的工作我能搞掂，关键是翠玉和她伯母的意见。”

吴明山马上站起来说：“吴伯母的工作，我和郑副书记去做，肯定没问题。”接着转向吴翠玉：“翠玉，你当大家的面表个态吧！”

翠玉脸蛋儿早已如熟透的苹果，羞红了。她笑道：“奇哥说同意了，我哪能不同意啊！”

全场又一次响起热烈的掌声。

会议最后决定：东兴人民公社红星大队公共食堂于一九五八年十月二十日中午十二时开张。庆典小组长为孙保春，副组长为王锋，监管督导为吴明山。当天上午将举办集体婚礼，红星大队适婚男女青年均可参加。届时，还将请来雷州狮子班锣鼓队助威，雷州李月娥姑娘歌班对唱助兴。

李奇在会议中途已派吴拔群通知邓山花准备中午饭，还是在其伯父邓式昌家用餐。散会后，李奇邀请洪书记、郑副书记前往邓山花伯父家吃午饭。

饭桌上，李奇向邓山花及其父母、伯父说起了举办集体婚礼一事。邓山花的长辈们都赞同这一移风易俗、喜事新办的新风尚。邓山花父母表示马上着手操办这对新人的结婚事宜。

有了洪书记带头，李奇与吴翠玉的婚事自然也是顺理成章。与此同时，红星大队还有三对男女恋人闻讯后也报名参加集体婚礼。婚礼庆典安排在村中生产队食堂举行。

到了二十日这天，红星大队公共食堂庆典活动如期举行。五个食堂定于中午十二时同时开饭。

这天，天气格外晴朗。一大早，雷州狮子班锣鼓队及雷州李月娥姑娘歌班陆续赶到红星大队。按原定计划，全村各家庭在家吃早饭，早饭后把餐具、炊具及余粮全部上交到食堂，接着到村东队食堂门口参加集体婚礼庆典。随后，在中午十二点前，回到各自所在生产队的食堂，准备就餐。狮子班锣鼓队及姑娘歌班，将轮番到各个食堂表演节目。整个表演将持续到晚饭过后。

孙保春主持整个庆典场面，王锋负责公共食堂喜宴事宜。

村中队的公共食堂广场上临时搭建了一个表演台。表演台前拉了个横幅：“热烈庆祝东兴人民公社红星大队公共食堂开张暨集体婚礼庆典”。两侧柱子上挂了对联，左联：“公共食堂幸福千秋”；右联：“三面红旗胜利万岁”。

台下全村男女老少人人满怀激情，个个眉开眼笑。村里的大姑娘小媳妇着红戴绿，大嫂小婶大伯小叔无不穿一身节日盛装，喜气洋洋地参加这场别开生面的庆典。村中一群泥鳅一般的孩子在人群中乱窜，邻村也有不少人闻讯赶来凑热闹。整个红星大队成了欢乐的海洋。

九时整，李奇宣布庆典开始。一时锣鼓喧天，鞭炮声震天动地。狮子班舞步矫健，动作威猛。锣鼓伴狮舞，鞭炮助群情，整个广场人人喜笑颜开，那非凡的热闹气氛，构成了一幅美丽动人的图画。

接着，李奇邀请洪耀华书记发表讲话。

洪耀华书记站起来，挥起右臂，对台下慷慨陈词：

“今天是红星大队双喜临门的日子，我的心情同大家一样，非常激动。我是贫苦农民出身，幸有共产党领导我们推翻‘三座大山’，走上社会主义道路，今天又快步进入共产主义，走进幸福的人民公社公共食堂，咱们从此不愁吃、不愁穿，日子会过得越来越美满，这怎能不叫我激动呢？今天又是我结婚的大喜日子。回忆起旧社会里，父母早离世，我成为孤儿，一直跟共产党打天下，解放后又一直单身生活至今。我是多么盼望有一个家啊，今天这个愿望终于实现了。托党的福，能跟我心爱的姑娘邓山花结婚，让我从此有了一个温暖的家，我太知足了！”

洪耀华顿了顿。台下的吴拔群便趁机举手高呼：“共产党万岁！毛主席万岁！”其他群众也跟着一起高呼。

等台下的声音停下来，洪耀华书记继续说：“现在，全国人民公社形势大好，各省、市、自治区的公共食堂如雨后春笋，纷纷建立。我县各个公社食堂也已成立二百多个，真是大快人心啊！现在，红星大队的食堂也要开张了，我祝愿全体社员吃得饱、吃得好，幸福生活如芝麻开花，节节高！”

洪耀华的讲话博得全场阵阵热烈的掌声。

接着，李奇请雷州李月娥姑娘歌班的主唱李月娥与周佐哥对唱雷州歌。李月娥与周佐哥是半岛上赫赫有名的雷歌能手，今天能够同时登台表演，台下的观众有福了。因此，李奇的话音刚落，广场上马上响起热烈掌声。

李月娥起唱：

南山景色望无尽，喜事连连笑人脸；
龙凤呈祥莺歌舞，公共食堂好爽神。

周佐哥对唱：

锣鼓喧天心情妍，三面红旗艳阳天；
幸福感恩共产党，公共食堂万代传。

李月娥：

人民公社好气象，亿万人民斗志昂；
大挖运河建水库，男女老少上战场。

周佐哥：

风调雨顺人欢畅，妹趁鸡啼去插秧；
行到尼哥屋前看，哥已担犁歌声扬。

李月娥：

边跑边望村前后，装粪运肥车马闹；
坡种香蕉田种稻，你追我赶赛劲头。

周佐哥：

干部带头生产好，塘也养鱼坡种蕉；
蕉园养鸡鸡肥壮，鸡屎喂鱼鱼满塘。

李月娥：

叔伯勤劳腰板硬，壮志凌云众后生；
家婆婶嫂齐上阵，力争上游战通宵。

周佐哥：

凌云志气冲帘洞，悟空腾云到半空；
探知南吉仙境美，意欲加入当神农。

李月娥：

今天月娥心情好，与你豪情唱情歌；
集体联婚该赞颂，成双坠入恩爱河。

周佐哥：

你心情好我也好，戏水鸳鸯满天歌；
花好月圆梅并蒂，成双信口来开河。

李月娥：

日夜挂怀爱慕你，慕官经常入心思；
若肯与我常做伴，出也同途回同途。

周佐哥：

你恋爱我我惜你，叫香应甜相称呼；
鸟依山林鱼凭水，无水不能养得鱼。

李月娥：

情甘意愿我爱你，我已痴情官知乎；
共苦同甘同一梦，地久天长永不辞。

周佐哥：

有命活久爱活久，爱到石烂与海枯；
爱到子孙满堂屋，爱到白头终老途。

李月娥：

男才女貌精气盛，夫唱妇随家业兴；
移风易俗高风尚，恩爱夫妻万事成。

周佐哥：

集体婚礼好吉庆，齐心协力国家兴；
新生事物大提倡，鸾凤双飞舞升平。

李月娥：

今日对歌南吉村。

周佐哥：

祝福食堂万年春。

李月娥：

祝福新婚乾坤福。

周佐哥、李月娥合唱：

祝福村民福昆仑。

李月娥与周佐哥对唱完毕，向台下观众鞠躬，退出表演台。台下观众再次鼓起一阵又一阵的热烈掌声。

这时，庆典主持孙保春再次登上表演台，向台下宣布：红星大队集体婚礼仪式正式开始，请社员群众按事先安排的位置入席就座。

前来参加庆典的领导及嘉宾主要有：雷康县委宣传部部长郭方刚、《雷康报》主编兼县委宣传部宣传科长符景耀，还有数名洪耀华原部队老战友，以及郑昌副书记带队的东兴人民公社部分干部。县委书记杨海清原本是要来参加庆典的，但因为行署临时安排了会议，因此他委派郭方刚代表自己前来出席庆典。

由于天气晴好，庆典喜宴就在表演台与食堂之间的露天广场上进行。孙保春已事先安排人将桌子全部移了出来。只见一排排八仙桌上，摆满了美味佳肴，都是红星大队牧果场、渔业队的自产自给产品。肉类有：烧猪肉，烤羊肉，白切狗，白切鸡、鸭、鹅等；海鲜类有：白灼海虾、海蟹、泥丁，清蒸白枪、白鳝、老虎斑、石头斑，爆炒鱿鱼、八爪、沙虫干等；蔬菜类有：上汤大白菜、净炒芥菜、萝卜三丝等；水果类有：香蕉、菠萝、木瓜等；滚汤类有：三鲜汤、鱼头豆腐汤、鱼翅鱼肚汤（限量）等。

满桌的山珍海味，让人看了垂涎三尺，整个场面，连空气都是香喷喷的。特别是孩子们东奔西跑，边玩儿边跑到厨房去讨吃。

孙保春在开饭前，首先作了简短的发言。接着，集体婚礼按程序举行：

第一项：五对新郎、新娘向台前毛主席像三鞠躬，表示结婚幸福不忘毛主席、共产党。

第二项：五对新郎、新娘向端坐在主席台前的家长三鞠躬，表示对父母养育之恩的感谢。

第三项：新郎、新娘对拜，表示日后夫妻恩爱，同甘共苦，不离不弃。

第四项：县委宣传部部长郭方刚宣读湛海行署方书记的贺信及雷康县委书记杨海清的贺信。郭方刚先前是组织部部长，刚刚被调到宣传部主持工作。

郭方刚读完贺信，并发表完祝词，时间刚好快到十二点了。按事先约定，由郭方刚宣布公共食堂暨婚礼喜宴开席。

郭方刚看了看手表，时间已到。于是他高声喊道："下面我宣布，东兴人民公社红星大队公共食堂、红星大队集体婚礼喜宴，现在正式开饭啦！"

现场立刻响起热烈掌声。

郭方刚带头举杯，全场社员群众和来宾都纷纷站起来，举杯向新郎新娘们敬酒祝福。接着，广场上响起了叮叮当当的声音，其中包括筷子碰饭碗、酒杯碰酒杯、勺子碰菜盘的声响，如同一曲动听的乡村交响乐。

酒过三巡，菜过五味。庄国荣先生突然诗兴大发，站起来，高声朗诵了刚刚写的一首新诗：

南吉百姓福无疆，双喜盈门喜气扬。
烤肉海鲜大家吃，喜糖纯酒众宾尝。
人民公社年年好，公共食堂样样香。
鼓足干劲争上进，来日兴盛万年长。

吴拔群带头鼓掌，连说"好诗"。郭方刚也忍不住连声赞叹，他主动走到庄国荣身边，举杯向他敬酒。这时，吴拔群喊道："郭部长是全县有名的才子，请郭部长也来一首。"

众人随声附和："郭部长来一首……"

郭方刚乐呵呵地望着吴拔群，高兴地说："你小子，真会来事儿啊！好吧，那我就献丑了。"

郭方刚思索了一会儿，随即也赋诗一首：

人民公社换新天，黎庶安康新纪元。

公共食堂锣鼓庆，和谐社会艳阳天。

新人新事新风尚，同德同心同苦甜。

三面红旗高举起，夺取胜利谱新篇。

吴拔群再次带头鼓掌。随即，整个宴席又一次响起经久不息的掌声，酒宴气氛又一次被推向高潮。

……

3

公共食堂开张暨集体婚礼宴席结束的当晚，村里就有几对年轻人被那和谐幸福的场面所感染，相约外出谈情说爱。

许春桃第一晚没找到朱道德，次日才约到他。朱道德近日心情很不好，原因是他的落后父亲被举报卖私藏的粮食，尽管父亲死不承认，但人人都在背后指指点点。这让朱道德觉得很没面子，因而他一连与父亲赌了几天气。

朱明怀连连向儿子认错赔不是，但在公共场合他是决不能承认的。他担心，许春桃会像上次吴翠玉一样又抛弃他儿子，这成了朱明怀的一块心病。好在李奇没追究，息事宁人。他打心底敬佩李奇的宽大胸怀。

这几天，朱道德因父亲之事很少露面，更不敢见许春桃。庆典那天晚上，在表演台下，他见到了许春桃，可他躲起来了。今晚许春桃约他，不知是喜是忧，真让他忐忑不安。

朱道德吃完晚饭，前往许春桃约定的地点等待。许春桃很准时地到来了，朱道德喜出望外。两人坐定后，朱道德沉默着，不敢说话。许春桃首先开了口，用很温柔的语调说："朱道德，这几天你好像在躲避我，是不是啊？"

朱道德慢吞吞地说："因为，因为我父亲被人举报，我没面子见你。"

许春桃笑呵呵地说："原来如此。不过，你父亲不是没承认嘛，再说了，人家李支书又不追究，你何必如此耿耿于怀呢？别往心里去了，好吗？今天我约你出来，是想告诉你，我明天要到县城参加团县委召开的团干部会议，我想你明天赶早送我去，散会后咱俩在县城逛逛，怎么样？”

朱道德一听，很高兴，一连几天压在他心上的大石头终于落下来了。他连连点头：“那太好了，春桃，你真是宽宏大量，人品高尚，谢谢你！”

许春桃笑道：“好啦！不要给我戴高帽了。朱道德，我看中的就是你的忠厚老实。好吧，咱们明天见。”

……

为了彰显大食堂的好处，县里下发通知，要求各公社敞开供应，让社员放开肚皮吃。

李奇召集大队干部及几个生产队长开会讨论，决定根据本村实际，每日三顿饭如此安排：

早餐是白米粥、番薯粥，配咸菜和新鲜蔬菜；午餐是白米干饭、蒸番薯，配咸鱼干、炒鸡蛋外加三个不同种类的素菜（如豆腐、木耳等）；晚餐与午餐标准差不多。每周保证有两次鱼虾、一次带肉的荤菜。在逢年过节或有贵重客人来时，就宰杀猪、羊、鸡、鸭、鹅。

这样的伙食标准，大人小孩没有不高兴的。有好吃的摆在那儿，就没几个人愿吃番薯。试行半个月后，不少番薯长出了白毛，食堂的师傅只好倒去喂猪。李奇一看，这样不行，就要求把番薯手工擦薯丝或切块，加在白米里一起煮成番薯饭。

村中队的食堂设在郭魁汉家。整个院子经过了整修，院子围墙边盖起一大间茅屋，作为碾坊房。安装碾盘，用人工推磨将谷子去皮壳，碾出粗米；又安装石臼，把粗米放进石臼，用人工舂粗米，再用米筛去米糠为白米。西边厢房空位搭起了两间草棚，砌出两个大锅灶，放入两口大铁锅。院中摆着几张大桌子，上面搁满一排一排的碗。村中队男女老少排成三条队，一队是老人，一队是孩子，另一队是青壮年。众社员有说有笑，孩子队里则是叽叽喳喳，闹哄哄的。

孙保春扯着嗓子喊：“别挤别挤，按照政府号召，咱开办食堂，不让任何人饿肚子，人人都有份儿。慢慢排队，不要急。六十岁以上老人优先，接后是孩子，再后是壮劳力。要是哪个插队，我就让他排到最后。”

孩子们安静下来，眼珠子都睁得大大的，盯着案头的白米饭和荤菜。

虽然孙保春亲自维持秩序，但在食堂里，还是有人争先恐后地找位置，乱哄哄地抢饭碗。有坐着吃的，有蹲着吃的，也有站着吃的，整个食堂洋溢着热火朝天的气氛。

各生产队食堂开张的头几天，吴拔群总喜欢在开饭时搞些宣传活动。他叫来小学歌咏队，教他们唱些自编的歌曲来捧场。

“今天唱什么啊？”有社员捧着饭碗笑嘻嘻地问。

“唱共产主义好！”吴拔群笑着回答。

于是歌咏队开始唱了：“共产主义好，共产主义好，共产主义人人都能吃个饱，白米饭，鱼肉香，吃进肚皮那个滋味儿忘不了……”

所有人都被逗乐了，不停地喝彩。

也是托共产主义的福，整个秋天，风调雨顺，田野里一片金黄。在红星大队，无论是田里的水稻，还是坡地上的甘蔗、香蕉、菠萝、芝麻、黄豆、番薯等，无不硕果累累。

不过，人们对这些好庄稼却视而不见。因为这些庄稼既不是自家的，又不能分到手，自然也就不像从前那样上心。

“双响喉”编了一句顺口溜：“人民公社，见饭就吃，不花钱，敞肚吃，吃饱树下歇，干死大人，胀死老少。”

又一个上午，村中央的大榕树底下的钟声响了。各生产队社员拿着工具，排着长龙出工了，走到了田埂上，男的坐的坐，蹲的蹲，轮流抽起水烟，这叫“开工烟”。女的不抽烟，但她们成群结队到溪堤边的竹林、蒿草丛屙尿，这叫“开工尿”。

“虎母”笑着说：“上工一条龙，收工一窝蜂，男汉田埂‘比烟功’，妇女竹丛‘冲窟窿’，大家都当懒惰虫，冤枉土地公！”

“九曲溪”也笑笑：“村巷等，田头等，队长不来我不干，做多做少一顿饭，我为啥费力干？”

这时，王锋队长来了！“朱黑脸”还在“咕噜咕噜”抽水烟。王锋喊道：“黑脸你还抽不够啊，快干活儿去！”

朱黑脸也喊：“我抽‘开工烟’咋啦？过去给地主打长工，还抽‘开工烟’呢，如今，当家做主人，‘开工烟’抽不得了？”

王锋生气似的："一天到晚抽'开工烟'，这样抽下去还要不要饭吃，喝西北风吗？还嘴硬，顶嘴！"接着，伸手把朱黑脸的草帽子扒下来扔了出去。

这回，朱黑脸的脸板得更黑，骂："王锋，你什么屌队长，你只会欺负老实人，锄掘软的，就不敢掘硬处，你还敢欺负谁？"

这下子，王锋真的冒火了，他给朱黑脸一个响亮的耳光，恶狠狠道："打一儆百，打你一个就够了。你胆敢不把我这个'屌队长'放在眼里，就该打！"

朱黑脸想再还嘴，一看王锋的大眼瞪得圆圆的，麻子脸也绷得紧紧的，有些怯，且觉得自己也理亏，无奈，干活儿去了。

社员们见状，默不作声，假正经地下力气干着活儿。

接着，王锋面向众社员大声喊："大家都给我听清楚：今后，胆敢骂我'屌队长'的都该打！不打，我这'屌队长'还当得下去吗？这个生产队还能搞生产吗？大家口口声声说是抽'开工烟'，我不反对，我也抽烟，但是全队男人都集中一起抽烟，还要不要劳动？今后，只能一个抽完了，再上来一个，这样，抽烟劳动两不误！今天，我把话说清楚了，谁敢违背，谁则挨打！还有，妇女屙屎屙尿，也不能成群结队全去了，也要错开来，若有违反，同样罚！男人不能打女人，但收工回去不准吃饭！"

王锋喊后愤愤而去。

王锋走后，男人的水烟一样抽，妇女的懒尿一样屙。不过，大家都警惕一点：千万不要让大小干部看到。

到十一月中旬，社员们无不昂着脑袋挺着胸，只将红旗打得高高的，歌儿唱得响响的，号子叫得亮亮的，又一窝蜂般拥向一个刚刚兴起的战场——大炼钢铁！

朱克农对炼钢铁百思不得其解："咱南吉村祖宗八辈九代都种地，谁会炼钢铁？这不是赶着老牛上树吗？"朱克农摇头："再说，工农不同行，井水不犯河水，怎么混起来了？农民炼钢铁，谁来种田？没人种地，哪来粮食？往后吃啥？真奇怪啊！"

"双响喉"说："克农啊，你怎么忘了'冲天炮，大卫星'啦！坐艇子插密植秧苗啦！翻地三尺，红土变黄金啦！现在啥奇事都能干出来。炼钢铁这一屌事是肯定了！"

第十三章

流产致婆媳不和

1

为了贯彻落实党中央的文件精神，东兴公社大炼钢铁运动，早在国庆节前夕就已经开始了。只不过，那时候因为兴办公共食堂，炼钢运动还没有形成大的规模。国庆之后，行署下发通知，要求各地加快大炼钢铁进度，配合中央完成一九五八年全年钢铁产量一千零七十万吨的目标。各级党委一把手必须亲自挂帅，在余下的三个月里向目标冲刺。

洪耀华决定增加炼铁炉。他和郑昌商议后，聘请做过铁匠的郭六成任技术总顾问，负责加修炼铁炉。以前是一个大队才一个炉子，现在要将炼铁炉分到各生产队，原则上一队一炉，每月出生铁五百斤。全公社六十个生产队，六十只土炉，每月总目标为生铁十五吨。

很快，六十只土炉全面投入使用。整个秋天，东兴公社各个大队红旗飘飘，口号喊得山响。家家户户的铁锅、废钢烂铁，纷纷投入了大土炉。大炼钢铁运动如火如荼。

但是，没过多久，煤炭就用完了。由于全国人民都在大炼钢铁，用于炼钢铁的煤炭和木炭只能限量供应，不够使用的，只能自己想办法。

在红星大队，吴拔群按李奇的要求，组建了一支十五个人的小分队，负责寻找木柴，用于烧炭炼铁。一开始，小分队主要是砍树。后来，树不够用，就挨家挨户搜查，凡是一时派不上用场的木料，都会被搜走。后来，木柴还是不够用，于是小分队加大了搜查范围，一些家庭准备今冬盖房用的木料也要征用，连老人备用的棺材也不放过，气得社员们追在后面哭骂。吴拔群因此臭名昭著，甚至还挨过揍。

这天，洪耀华、郑昌来到红星大队视察炼铁的进展。李奇一一作了汇报。对于寻木烧炭一事，他重点作了介绍，请求上面支援。对此，吴拔群更是叫苦不迭，一再声称，木柴严重告急。

洪耀华的心情也不好，一直皱着眉头，不发一言。

这时郑昌站起身说："李书记，上面也有难处啊！我们哪来的木柴？最终还不是向各个村要？"

这时，洪耀华也站起来，说："太闷了，咱们出去走走吧！"

李奇点点头，就跟着一起走出了大队部。

村中一片萧条，只有村中央那棵大榕树依旧枝繁叶茂，显得很不协调。

洪耀华走过去，抬起头："这树好大呀，咱们五个人手拉手，怕是抱不过来。"

吴拔群笑着说："那肯定行，没那么粗的，四个人都抱得过来。"

洪耀华对吴拔群说："年轻人，你自己村子的树，都不清楚？凭我的经验，五个人合抱绝对够呛。不信大家都来试试。"

郑昌、李奇、吴明山、吴拔群都走了过去。大家拉开架势，都伸开手臂，围着树，丈量起来。

果然不出洪耀华所料，五个人手拉手，根本抱不住这棵榕树。五个人松手，指尖对指尖，才勉强将树合抱起来。

吴拔群心悦诚服地说："领导就是领导，果然看事情精准啊！"

洪耀华笑着说："跟领导没关系，而是经验老，年轻人多学着点儿。"

大家都笑了起来。一行人离开大榕树，又转了一会儿。

走到村口，洪耀华对李奇说："我们要走了，去红旗大队看看。关于木柴的事，你们可以考虑把大榕树砍了。我这次来，也是为了筹集木柴，你们红星大队给我准备一千斤吧，一周时间，有没有问题？"

李奇一听，傻了："这，大榕树是两百年的古树，要砍的话，恐怕社员们有意见。"

洪耀华严肃地说："砍不砍是你们的事，反正你要给我筹备一千斤木柴，还有，你们自己大队的炼铁炉不能停，到时得完成炼铁任务。”

说着，洪耀华便和郑昌一道，骑着自行车走了。

望着洪、郑二人远去的背影，吴拔群对李奇说：“书记，这大榕树恐怕保不住了，迟早得砍掉。这树早成材了，还能长到什么时候？总不能就这么让它永远长下去吧？长了不用，种树有什么意义？再说了，要是哪天树心长虫，空了怎么办？到时怕是啥用都没有！”

李奇觉得吴拔群的话有一定道理。但是，大榕树是南吉村开村始祖栽下的，已经两百多年了，老人们都说大榕树在，村子就在，还说这大榕树已修炼成精，是全村的保护神。现在，你要是砍了它，恐怕全村没几个不反对的。可是，洪书记交代的任务怎么办？自己个人的前途倒无所谓，可洪书记这些年对他李奇的信任和栽培不能忘，对南吉村多年来的支持、帮助不能忘。现在，洪书记向他下达这样的任务，肯定是迫不得已，自己如果不体谅他的难处，不按指示办好，怎么对得起他？

李奇左思右想，最后下定决心，顶住压力，把大榕树砍掉。他知道，全村社员都不会答应砍榕树。于是，他叫吴拔群召集外村民兵，拿着锯子、斧子等工具执行任务。

第二天一大早，李奇带着砍树的人马前往大榕树下。远远的，李奇就看见一大群村民守候在树下。他大吃一惊，没想到消息传得这么快。

李奇走近护树的人群，大声喊道：“各位乡亲，砍掉大榕树，我也是迫不得已。炼钢铁需要木柴，公共食堂也需要木柴，我能怎么办？大家想一想，这事我个人能解决吗？就算是换了其他当家人，也会这么干。这是为了集体利益，请大家理解。请大家让一让……”

李奇一边说，一边示意吴拔群执行任务。吴拔群点头表示明白。

可是，护树的人群一动不动，也一语不发。民兵们不敢上前。

李奇一看，火了。他强行拨开人群，走到树旁，举起斧子。

“作孽啊，作孽！”一位老人用颤抖的声音喊了起来。

李奇管不了那么多，他高高地举着斧子，对准大榕树的躯干，使劲儿砍了下去。

只听见“啊”的一声，李奇重重地摔倒了，额头碰在树干上，流出了鲜血。在他身边，斧头与斧柄分离开来。原来，斧柄接头处变松了，李奇用力过猛，斧头脱落，砸在树根上，自己没站稳，一个趔趄摔倒了。

李奇晕倒在地，满脸是血。吴拔群和几个民兵赶紧过来，把他扶坐起来。许春桃一边叫人去找医务室的邓山花，一边跑去大队部找包扎伤口的纱布。

过了一会儿，李奇醒过来。他用微弱的声音对吴拔群说："别砍了，别砍了，你们，你们都走吧！"

吴拔群忙把他搀起来，在民兵们的帮助下，将李奇送回了家。

回家后，李奇就一病不起。很快，各种流言就传开了，说榕树精显灵，李奇遭了报应，中了邪。

消息很快传到了公社洪耀华那里，洪耀华觉得事情非同小可，决定和郑昌一起去看望李奇。

李奇病倒一周后的一个下午，洪郑二人买了红糖和麦乳精，来到了李奇家。

李奇躺在床上，头上缠着纱布。吴翠玉正坐在床头给他擦脸。见领导来了，吴翠玉赶忙打招呼，然后转身去倒茶。李奇准备坐起来，但脑袋昏昏沉沉的，很吃力。郑昌赶紧走过去，把他按住，叫他别动。

李奇请两位领导坐下。洪耀华坐在床边的凳子上，郑昌就坐在床头。

"身体恢复得怎么样？到底是啥问题？"洪耀华关切地问。

"搞不清楚。那天砍树时摔伤了，然后就觉得头晕，发烧。山花嫂子来看过，说可能是急火攻心导致的，加上最近天气转凉，与重感冒交杂在一起。她让我观察几天，如果病情没有加重，就继续卧床休息。"李奇回答说。

"嗯，那你好好休息。这段时间工作确实也很辛苦，容易把人弄病了。"郑昌接过话说。

"我哪能这样天天躺在床上啊？一大堆的事等我做，还有领导交代的那一千斤木柴没有着落……"李奇皱着眉头，有气无力地说。

"木柴就算了吧，砍这样一棵古树确实有点过分，这事怪我，我检讨。咱们共产党人不就是为人民服务的嘛，人民不满意的事，我们强行去做，不应该。现在的情况虽然艰难，但还没有到非砍古树不可的程度。昨天郑书记又向行署那边哀求，上面终于答应考虑给我们送一车煤炭，如果不出意外，过两天应当就会给我们送来吧！走一步算一步，砍树的事情先别考虑了。"洪耀华说。

李奇一听，喜出望外，激动得坐了起来。他说：“真的吗？那实在太好了，今晚咱们得喝两杯才行！”

接着他喊吴翠玉：“翠玉，你现在去通知王锋，让他到食堂去搞几个菜送到家来，再买几瓶酒，我要跟领导喝两杯。”

吴翠玉见李奇突然变精神了，很高兴，应了一声，就马上走出去了。

郑昌说：“你这身体，能行吗？要不还是改天再来喝吧！”

李奇笑着说：“没事，高兴嘛，酒也能治病的。”

天色渐晚，王锋把菜都送了过来。郑昌对王锋说：“你去把拔群也叫来。”

王锋说声“好”，就又跑出去了。

菜和酒都上桌了，李奇被吴翠玉搀下床。大家陆续就座，边聊天边等着王锋和吴拔群。

这时王锋一个人回来了，说：“没找到拔群，他爸说看见他和小妹不知去了啥地方，我去小妹家，也没看见他俩。”

李奇笑了：“肯定躲到哪儿拍拖去了，拍拖的人最难找了，总是藏在最隐蔽的地方。”

郑昌也笑了：“这事李书记有经验，村里人知道你也拍拖，就是没见过。”

众人都哈哈大笑。

李奇笑得有些不自在，他对郑昌说：“领导找拔群，有什么事情要交代吗？”

洪耀华接过话，笑着说：“也没什么，公社里太忙，缺人手，我想调拔群去帮一段时间的忙。如果你们大队抽得开，还请你高抬贵手。你不会舍不得吧？”

李奇说：“当然舍不得，但是，领导免了我的木材，我拿人才来顶上，应该的！这事我明天跟那小子说。”

洪耀华大笑起来。

“就这么定了。来，喝酒。”李奇说。

大家都举起了酒杯。

李奇由于还在生病吃药期间，吴翠玉让他少喝。李奇就让吴翠玉给两位多敬了几杯酒。

这顿饭，大家吃得很愉快。然后，各自散去。

翠玉喝了太多的酒，夜里醉得昏昏沉沉地睡着了。一觉醒来，天已蒙蒙亮，她起床煮好早饭，吃完便往雷城，为李奇买一些补品，让李奇早日恢复身体。

正中午时分，她便从城里赶回。当她经过南渡河出海口时，四下无人，忽然冲出两个大汉。翠玉还来不及反应，一块黑布蒙住了她的双眼，接着嘴里被人塞进了一团东西，她感到咸咸的布味儿。那两个汉子快速将她绑结实了。她动弹不得，然后那两个家伙把她抬到海边的船上。蒙在眼睛上的黑布被取下来后，翠玉发现自己躺在舱内的铺板上，双脚双手已被严严实实地固定住。

她闭上眼睛，试着活动了一下胳膊和腿脚，这才意识到自己的裤子湿湿的，她不知什么时候撒了尿。不过，她不为此感到羞耻，她睁开眼，只听到风声、水声、水鸟扑着翅膀掠水而飞的鸣叫。她的对面坐着一个中年汉子，秃顶，脸上的那条刀疤又长又深，从脸颊一直延伸到脖子上。她完全意识到自己遭流氓劫色了！

一会儿，那流氓站起来，他居然当着翠玉的面脱衣服！他那两腿间粗大强壮的棍柱耸立着向翠玉走过来。

“别过来，你不能过来！”翠玉叫道。

“我要是非要过来呢？”

“你会死的！”翠玉愤怒地喊道。

“好吧，就让我舒舒服服地死一回吧。俗话说，埋没英雄芳草地，现在，就请你来杀死我吧。”他急切地把翠玉的上衣扣子解开，又把她的下身裤子扒下。那流氓看到翠玉赤裸的美体，兴奋得像头公牛。那两腿间的木棍子高标挺起，怪惊人的。他流着口水道：“你的肉比我想象的还白。白的地方白，黑的地方才会显得黑。”他双手指用力地掐她的乳房，向上夹着她的乳头，从上到下抚摸她的胴体。然后将她的腿松绑。翠玉又急又羞，在他的脸上啐了一口，他笑着用舌头舔。翠玉道：“你这可恶的流氓，砍千刀，不得好死！”

他大笑起来：“流氓，哈哈，砍千刀，哈哈，有意思！”

他在她的腿脚上绑上串铜铃。他说：“我这个人没什么别的嗜好，就喜欢听个铃儿响。”她腿只要稍稍蹬一蹬，铃铛就会发出悦耳的当当声。她动弹得越厉害，铃铛的声音就越响。

翠玉对那卑鄙无耻的流氓的恶劣行为极为憎恨，怒火冲天，她拼命使出全身力气，蹬腿脚撞击铺板、舱壁，弄得小船上下震荡，颠簸起伏，响声飞出海边，急切而刺耳。那流氓在旁得意地哈哈大笑！

这时，一艘边防海警飞艇向这边冲过，机灵的海警顿觉这小船颠簸异常，且舱内发出的响声杂乱、刺耳、惊人，便将飞艇返回，一下子靠近小船。那两个可恶的流氓见状惊慌失措，正欲跳海时，两名边防海警飞起一脚将两个流氓踢回船上，立即按住铐上手铐。

一名海警马上给翠玉松了绑，她急忙穿好衣服，谢过海警，匆匆赶回家。一路上，想着该不该把这事向李奇说。经反复思量认为：把这事告诉李奇，只会给李奇带来精神负担，会影响他的身体早日康复。于是，她选择自己忍着。她觉得很委屈，眼泪接着流了出来，叹息道："自己为什么这么倒霉？李奇啊，怎么咱们祸不单行？"

翠玉回家后，马上洗完澡，换一身干净衣服，装作若无其事的样子，像往常一样生活、工作。

2

一九五八年十二月十九日，中央宣布提前完成了全年钢铁产量翻番的任务，当年钢产量为一千一百零八万吨，生铁产量为一千三百六十九万吨。与此同时，大炼钢铁运动也随即终止。民间传言，上千万的钢铁产量中，有一半是废钢铁，根本无法使用。

由于大炼钢铁消耗了太多的人力、物力和财力，导致农业生产被耽搁，粮食产量持续降低。在雷州半岛，一九五九年春节过后，到处一片萧条。许多地方，方圆几十里，难得见到一棵树木。

到了四月份，雨水开始增多，连绵不断。地里庄稼遭受长时间的雨水浸泡，出现了倒伏、发芽、发霉等现象。从春天到夏天，在南方的珠江、长江、淮河等流域，还先后发生了洪涝灾害。

半岛也受到了雨灾、风灾的影响，夏粮歉收，产量极低。公共食堂的粮食供应开始出现紧张局面。

雨灾、风灾过后，又来了旱灾。进入六月份，骄阳似火，老天一反常态，持续一个多月没下一滴雨。东兴公社的干部不得不投入大规模的抗旱运动，人们四处寻找水源，用人力水车、戽斗汲水，人工挑水给庄稼浇水、灌溉。

但由于旱情太严重，没多久，南渡河上游也没有淡水了。这样的情况下，前几年兴建的水利设施也无济于事。红星大队的社员们只好眼睁睁地看着前后洋的水稻等农作物逐渐枯萎。好在，东山坑的堵堰集水挽救了少量农田，秋收时有些收成，其余的田地几乎颗粒无收。

由于夏粮和秋粮连续减产，公共食堂的粮食供应紧张局面进一步加剧，一时间，人心惶惶。

食堂里的白干饭没了，每餐都只能喝粥；肉类也从此消失，只有咸菜和蔬菜。李奇看到此情此景，焦急万分，他把希望寄托在渔业队身上。可渔业队打捞回来的鱼虾卖不出去，因为到处都缺粮、缺钱，谁还有能力买鱼虾？最后，鱼虾只能放在公共食堂煮汤喝，但这比没有渔业队的村庄好多了。不过，光靠一点鱼虾也填不饱肚子，况且，为了应对粮食紧缺，四面八方的人都在打海洋的主意，过度捕捞导致渔业队的产量逐日减少。在牧果场，因为洪灾与旱灾的夹击，果树同样歉收。至于牛、羊等六畜，由于公共食堂缺粮，事先已宰杀充饥了。不过，还是比别的村庄好。果园里的香蕉、菠萝、木瓜、甘蔗等作物虽然减产了，但还是起了一定的救急作用。

慢慢熬到了年关，连粥也喝不上了，所有的谷物已全部吃完。人们依靠番薯粥和鱼汤，勉强度过了一九六〇年春节。

过了正月初七，李奇发动全村劳动力，去深挖土里残存的番薯。一时间，漫山遍野都是弯着腰寻找番薯的身影。这一翻找，还真找出不少。

立春之后，李奇找人做了一块育苗池，选出部分完好的番薯埋在池里，盖上稻草。他知道，遇到灾年，番薯是最好的救命食物。等到番薯秧出齐，他便挑选地势最低的田地，将番薯苗栽上。由于旱灾的缘故，其他地块都干裂了，只有地势低的田地还有一点湿度。

到了阳春三月。这本是一个草长莺飞、绿意盎然的季节，可如今，田野里却依然一片萧条，不见一块秧田，只有李奇种下的番薯地，飘出一点绿意。

李奇走在田野上，看着地下的裂缝依旧，他心里凉飕飕的。他想，看来今年又是一个灾年。如果这样，夏粮就没指望了，上半年的希望，全都寄托在那几亩番薯地上。如果这番薯也保不住，食堂就会断炊，饿死人是分分钟的事情。

清明过后，野菜生长得越来越快。李奇号召社员们提上竹篮子去挖野菜。不过，由于干旱，野菜长得并不茂盛，稀稀拉拉的。开始几天，社员们都能轻松地挖满一篮，但后来，想挖满一篮野菜，得跑上半天。

野菜虽然能勉强充饥，但吃起来也有一定的风险。有些野菜是有毒性的，每隔十天半月，就会有社员拉肚子，或者发高烧，就是因为吃了不明名称的某种野菜。有的野菜吃多了，还会引起浮肿。

李奇心想，这样下去也不是办法。野菜吃多了有危险不说，而且野菜现在也是稀缺品，生长的速度跟不上人们采挖的速度。

一天，李奇走过村中的大榕树，突然有了主意。他看到大榕树枝繁叶茂，长势良好，并没有受到干旱的影响，马上明白了。因为榕树旁边的那口老水井，为根须提供了源源不断的水分。李奇趴在井口往下看，尽管全村人日夜来提取，但井水的水位还是那么高。他想，可以好好利用这口水井。

当天，李奇就召集干部开会，要求全体干部发挥党员干部的先锋模范作用，想尽一切办法，确保全村不饿死一个人。接着，他提出："我们可以利用井水大种瓜菜，以瓜菜代替粮食。"

大家觉得这个主意好，纷纷赞成。说干就干，李奇提出，全村男女分工合作：男劳力由吴明山及各生产队长调配，负责翻挖菜地；女劳力由吴翠玉和许春桃调配，负责提水浇地。然后，一起种上短期就能收获的瓜菜作物，例如白菜、韭菜、黄瓜、丝瓜、南瓜、豆角等，同时增加番薯的种植面积。

经过半个月的日夜奋战，全村共种下了三十多亩菜、瓜和番薯。接着积极烧草灰、挑人粪便，用于施肥，精心管理。

在等待瓜菜生长期间，李奇每隔几天就会到公社去讨一次粮食，但每一次都是两手空空。到后来，洪耀华老是躲他，甚至连郑昌也躲他了。

李奇的脸皮也变厚了。这天，他蹲在公社大院的一个角落里，一直等。等到日落西山，终于等到洪耀华从院外归来。洪耀华走路埋着头，步伐迈得轻飘飘的，好像有满腹心事。他没有发现李奇就在大院里，直接往办公室里走去。

李奇没有喊他。不知为什么，他突然觉得自己像一个乞丐，很可悲，又很可怜，同时也深深体会到洪耀华作为全公社领导的压力。等到洪耀华上楼走进办公室，李奇才站了起来。此时，他的肚子咕咕直闹。他这才想起，从中午到现在都没吃过一粒米，早上也只是喝了点野菜羹。

李奇叹了口气，往前走了几步，感觉头晕目眩。他站在院中，不知何去何从。正在这时，吴拔群从外面进来，一眼就看到了李奇。他又惊又喜："书记，是你啊，怎么在这儿站着？"

吴拔群借调到公社已经有一年多了，由于工作出色，洪耀华已将他正式留用。这可愁死了苏小妹，因为此后想见吴拔群一面，变得好难。吴拔群只有周末才有空回家，有时候周末也懒得回。苏小妹总觉得吴拔群是有意躲避自己，所以开始时，她偶尔会跑到公社来找他。但是后来，由于闹饥荒，她饿得有气无力，而且还得想办法觅食，所以，就不再找吴拔群了。其实吴拔群心里也很矛盾。他内心是喜欢苏小妹的，但又觉得她的性格泼辣，怕时间长了难以相处。何况，他现在调到了公社，觉得自己会有一个更光明的前程，将来也有条件娶一个比苏小妹更好的女人做妻子。所以，他越发疏远苏小妹了。

这会儿，李奇听到有人跟他打招呼，认真一看，乐了："原来是你小子啊！"

吴拔群连忙热情地说："书记，快进我屋里坐。"

李奇点点头，跟着吴拔群进了他的宿舍。

"书记来有事？"吴拔群问。

"唉！还不是来讨饭吃，村里断粮好几个月了。"李奇无奈地说。

吴拔群皱了皱眉，说："书记，你还没吃饭吧？你等着。"

说着，吴拔群跑去食堂，端回一大碗番薯饼，放到房间的写字桌上。

"书记，这就是咱们今天的晚饭，你多吃点儿。现在公社食堂也只有这些了，如果去早点的话，还能打到一碗粥。"吴拔群说。

李奇点点头，拿起一块饼就啃起来，只用两三口，一块饼就吞下去了。一块饼吃下去，李奇问："领导平时也是这样吃的吗？"

吴拔群点头说是。李奇鼻子一酸，心里很不是滋味。

吃完饼后，李奇突然问："粮库里不是还有稻子吗？我知道应该还有存粮，否则我也不会三天两头跑来要粮。”

“早就没有了！”吴拔群轻声说，“书记，这话你可千万别说出去。郑书记一再交代，此事要保密。”

“啊？那社员们交来的那些公粮去哪儿了？”李奇惊讶地问。

“全被拉走了，现在到处都缺粮，城市里更紧张，市民们连野菜都没的吃。”吴拔群说。

“那属于各大队的提留粮呢？”李奇又问。

“也没了。”吴拔群回答。

李奇感到了前所未有的恐惧。

他沉默了一会儿，接着起身告辞：“不早了，我得回去了。”

吴拔群点点头，送他到大院门外。临别时，他突然压低嗓音对李奇说：“对了，有个好消息告诉你，县委宣传部准备借调我去帮忙，我下个月就要去县城工作了。洪书记说，我们公社递交到县里去的宣传文稿写得最有文采，字最漂亮，所以，宣传部的郭部长想让我过去帮忙，说是这会儿部里人手紧缺。”

李奇一听，很高兴：“好啊！祝贺你。说是借调，实际就是培养你。你看，公社借调你之后，不是将你转正了吗？拔群，好好干，我看好你。”

吴拔群说：“这离不开书记您的栽培和教导，拔群不会忘记的。”

李奇拍了拍吴拔群的肩膀，欣慰地说：“是金子，总会发光的。我走了。”

说着，李奇骑上自行车，消失在夜色中。

3

大灾荒的日子里，吴翠玉一直怀着身孕，再过一个月就要生了。怀孕之初，公共食堂还能供给稀粥菜汤和番薯，后来，粥没有了，只能吃番薯粥、喝菜汤。这汤喝下去，撒泡尿就没有了。翠玉自己吃不饱，还得供养肚里的孩子，且身为妇女主任的她，还要带领妇女们劳动，搞生产自救，哪里受得了？她的身体越来越虚弱，成天都提不起精神。

而李奇呢，为了“全村不饿死一个人”的承诺，日夜操劳，根本没多少时间料理家事。他也因为操劳过度，人瘦了一大圈儿，与大灾荒之前比，判若两人。可他从来不顾及自己的身体状况，太累了，便一头倒在床上，睡一大觉。吴翠玉看在眼里，疼在心里，自己所受的苦和累也不忍心跟他说。

负责管理食堂的孙保春见吴翠玉这个情形，心里很难过。他有时候暗地里送点儿鱼虾到她家，让她晚上偷偷煮着吃，补点儿营养。按理说，对孕妇额外给点儿照顾，无论是出于公心还是私心，都是应该的，就算被别的社员发现了，他们也会理解。可李奇发现后却责怪孙保春，他念叨起一句雷歌歌词：

人若私心过于重，良心必然是很轻；
公而忘私为榜样，坚决杜绝搞特殊。

鱼因贪饵上钓钩，蚁因贪油溺油缸；
鼠因贪吃被毒死，人因贪钱坐监牢。

无奈，吴翠玉只好和别的社员一样撑着。由于严重缺乏营养，有一次她在劳动中昏了过去。李奇连忙请老中医邓式昌前来救治，邓式昌把过脉后说是肾虚加血亏，必须尽快补充营养，否则，胎儿可能无法正常发育。这就让李奇为难了，在大饥荒的背景下，村里谁不缺营养？要补充营养，从哪儿弄去呢？

吴翠玉的腰痛起来，根本无法站立。好在李奇关怀体贴，一回到家就为她揉腰捏腿，让她感觉上好受些；食堂里有鱼汤供应时，他就把自己的一份省下来给她吃。加之邓式昌热心上山为她采草药调理，吴翠玉身体状况就慢慢好转了。

可是，屋漏又遭连夜雨，不久之后又发生了一件不幸的事。

这天早上，吴翠玉肚子饿得慌，实在熬不下去，便偷偷地将昨天亲戚带来的山竹、青大泥野果狼吞虎咽了一大把。本来孕妇是绝对不能吃这类野果的，因为这类野果酸性很大，对肠胃刺激也很大，且极难消化，若稍有不干净，更会引起细菌感染，对孕妇十分不利。故，李奇母亲多次告诫翠玉不能吃。可翠玉饥饿着实难忍，无奈偷吃了。当她吃下不久就觉得口渴，便灌下一大瓢水。

到了中午，她的肚子又胀又痛，且有便急感，于是挺着大肚子，急忙往茅坑里赶。可走不了几步，眼前一暗，脚无法站稳，便摔倒在地。她觉得肚子里一阵锥心的疼痛，两腿间涌出一股热流，她“哎哟”一声，晕了过去。

李奇的母亲玉婶儿刚好看见了，马上惊叫了一声，跑过去扶，却怎么也扶不动。她连忙喊李奇。李奇急忙从屋里跑出来，来到妻子身旁，弯下腰把她搀扶起来。只见吴翠玉双眼紧闭，裤子被血濡湿了。李奇吓坏了，抱起妻子就往外跑。

在村巷中，刚好遇到过路的孙保春。孙保春见状，快速找来手推车，与李奇一起把吴翠玉拉到南吉埠上的医务室。邓式昌和邓山花采取了急救措施，给吴翠玉止住了血。但由于农村医疗设备和条件太差，吴翠玉身子又太虚弱，安全性无法保障。邓山花提出，翠玉有早产或流产的风险，要马上送到县人民医院急救。李奇连连点头。于是，邓山花赶到大队部，打电话给丈夫洪耀华，要求他立刻向县医院求助，派救护车和医务人员迅速赶到红星大队。

洪耀华一听，不敢怠慢，火速拨通县医院急救电话。半个小时后，县医院救护车及医务人员赶到，作了一般处理后，立即将吴翠玉送往县城。

进了医院妇产科，马上进行抢救。

李奇在妇产科门前忐忑不安地走来走去。这时，一名护士走了出来，手里拿着一张单子，喊道：“谁是吴翠玉的家属？”

李奇急忙走上前说：“我是，我是。请问她怎么样了？”

护士递上单子，说：“已经上手术台了，你先去办手续，把钱一并交了。”

李奇接过单子，马上跑去办手续，然后又赶回来。

时间一分一秒地往前跑，里面还没有任何消息。

过了半个小时，门终于开了，那个护士又出来了，身后还跟了一个医生。

护士手上又拿着一张单子递给李奇。李奇问：“医生，我妻子现在怎么样了？”

医生说：“病人大出血，还在抢救，手术存在很大的不确定性。请问，万一出现问题，是保大人还是保孩子？”

李奇不假思索地回答：“当然是保大人。”

医生说：“好，那就请在手术单上签字。”

李奇于是签了字。医生和护士又进去了。

李奇和两位老人又在外面等了大约一个小时。李奇一边焦急地等待，一边在心里默默地祈祷妻儿平安。

这时，门突然开了。李奇刚刚走到护士跟前，就被护士告知：孩子没保住，很可惜，那是个男孩；但是大人救过来了，已经脱离危险。

“大人没事就好，没事就好。”李奇喃喃地说。

紧接着，吴翠玉被推出了产房，送进了病房。由于失血太多，她仍处在晕眩状态，整个人白得像一张纸。当她终于清醒过来时，下意识地摸了摸身边，然后有气无力地喊：“孩子呢？我的孩子呢……”

得知孩子没保住，她哭了，眼泪不停地往下流。没多久她就哭累了，躺在病床上，再也不说一句话。她直直地望着屋顶，痛恨自己的不小心，把孩子丢了，同时她又觉得对不起李奇，辜负了他的期盼……

这时，李奇提着白米粥和鸡蛋汤过来了，这是从医院食堂买的。他走到病床前，吴翠玉又哭了。李奇抓住她的手，安慰说：“翠玉，能保住大人就是万幸了，你失血太多，身体太虚弱，千万不要过度悲伤。孩子丢了，咱们往后再要回来。现在最重要的是安心养病，身体好了，一切才会好起来。这些东西你都吃了吧，这不只是为你自己吃，也是为了咱们全家和咱们的未来补充营养。”

吴翠玉含泪点了点头。

吴翠玉刚刚吃完东西躺下，吴明山夫妇，李奇的妹妹李华玉、妹夫许永昌，以及许春桃等一群乡亲来到医院探望。看到吴翠玉那憔悴的样子，大家忍不住都落泪了。

下午，洪耀华和邓山花也赶到了医院。洪耀华向李奇了解了情况，然后，他找来转业到县医院当副院长的老战友陈大民，嘱咐他一定要尽力关照好吴翠玉，给她最好的治疗和足够的营养。陈大民爽快地表示，一定照办。

接着，洪耀华书记安慰李奇夫妇：“我知道，在这大灾荒的日子里，你们生活极度困难，医疗费很难支付，这点我们会尽力帮助解决，你们就不必担心了。你们只要做到积极面对生活，调整好心态就可以了。特别是翠玉，你要勇敢战胜疾病。只有战胜它，放下一切包袱，才能开动机器，才能去迎接新的挑战。毛主席说过，与天斗，其乐无穷；与地斗，其乐无穷。你与疾病斗，其乐也无穷。明白吗？”

洪耀华又转向李奇：“李奇同志，还有一个问题你们要高度重视，那就是安抚好你的母亲和岳母，做好她们的思想工作，千万别让老人家因为痛苦而闹出病来。”

最后，洪耀华掏出一个信封交给李奇，说是一点儿现金，眼下可以解决燃眉之急，不够用再想办法筹。李奇知道洪耀华个人也很少钱，不好意思收，但洪耀华严肃地命令他收下。

李奇见领导这么无微不至地关心自己，非常感动。他紧握住洪耀华的手说：“洪书记，真不知道怎么感谢你才好！你的教导和帮助，我都记下了。”

洪耀华说：“我所做的这些，都是微不足道的。再说了，翠玉遇到这种情况，原因都是饥饿和贫困，我作为领导也有责任，怪我领导无方啊！只要翠玉能安心养好病，就是对我最好的安慰和回报！好了，不耽误翠玉休息了，我下午也有事，要赶回公社，我走了。”

李奇点了点头。其他亲属和乡亲见时间不早了，也都纷纷告辞。只有李奇的妹妹留下帮助照看吴翠玉。

吴翠玉由于得到了医院的特殊关照和亲人的悉心料理，恢复得很快。半个月后，她便康复出院，回到了家中。

自从流产后，玉婶儿对吴翠玉总是看不顺眼，一些鸡毛蒜皮的事情也会引起不愉快，婆媳关系渐渐紧张起来。吴翠玉知道婆婆是因为抱孙心切，突然梦想破裂，而对自己产生了情绪。尽管她理解婆婆的心思，但对于婆婆态度的转变，却很是伤心。不过，她努力克制自己，一定要努力维护婆媳关系，做一个孝顺的晚辈。因此，她尽己所能，对婆婆表现出善意和关怀。

其实，吴翠玉对婆婆的唠叨和专横还能忍受，最让她受不了的，是婆婆的说话方式。如果跟李奇或华玉说话，婆婆通常会直截了当，无所顾忌。而对她吴翠玉就完全不同了。婆婆总是以一种含沙射影的方式对她说话，通常是以“我来跟你说个故事”为开场白，以“你能明白我说的话吗”结束。故事的主人公往往都是动物，最常见的是狗。大部分情形下，婆婆那些离奇故事中的寓意，是不容易领会的。

比如，婆婆曾给她讲了一个公狗和母狗打架的故事，故事情节沉闷而冗长。根据李奇事后的解释，这个故事尽管情节跌宕起伏，但其中的寓意却十分简单，无非是说：在家庭生活中，母狗要绝对服从公狗。

还有一次，婆婆讲了另一个故事，主角换成了羊，说公羊和母羊贪图享受，生活放纵，不顾将来，只顾眼前，最后年老力衰，落得个竹篮打水一场空的悲惨结局。这次，吴翠玉似乎很快就搞清楚了婆婆要表达的意思，她喜滋滋地把故事向丈夫复述了一遍，然后得出了她的结论：妈妈是告诫我们，今后要注意节约，不要铺张浪费，免得日后老了，穷困潦倒没饭吃。

李奇却苦笑着摇了摇头，对她道："你的理解完全是错误的。"

"那她到底是什么意思？"吴翠玉问。

"她的意思，唉！无非是希望我们尽快要一个孩子。"李奇说。

吴翠玉一听，很不高兴。

婆婆还跟吴翠玉讲过一条老狗被人遗弃在荒郊野岭，终因心脏病发作，无人知晓，最终悲惨死去的故事。吴翠玉听后，一知半解，就向李奇求教。

李奇只听了个开头，就打断她的复述，笑道："这个故事同样没什么新意，无非就是要我们孝顺她。"

玉婶儿惩罚媳妇的手段总是绵里藏针，或笑里藏刀。有时候还没出手，吴翠玉就自动崩溃了。玉婶儿从不直接折磨对方，而是想方设法让对方自己折磨自己。

吴翠玉天天受委屈，心里有些愤愤不平。这天晚上，她蜷缩在李奇的怀里，喃喃自语，说着说着，泪水滚了下来，弄湿了李奇的手背。

"玉儿，要想在这个世界上生存而没有磨难，对任何人来说都是不可能的呀！"李奇像对待婴儿一样，轻轻拍打妻子的肩膀。

他的安慰，总是这样不得要领。

玉婶儿因与翠玉的不和，后来干脆搬到女儿李华玉家住了。李奇与翠玉多次劝说，可母亲还是坚持不回来。

第十四章

雨后田野焕生机

1

在这大灾荒年月，王锋一家也很不幸。四岁的儿子王建国瘦得几乎是皮包骨头，最让王锋夫妇揪心的是，儿子最近患上了急性肺炎，发着高烧。邓式昌看过之后，建议他马上将孩子送往公社卫生院住院治疗，不然，怕出事。

王锋夫妇一听，急出了一身冷汗。容不得再考虑什么，王锋抱起建国，向李奇借了自行车，往公社卫生院奔去。

到了卫生院，才知道自己身上没带钱。夫妇俩请求医生先让孩子入院，然后补交费用。可医生说："院里规定，凡没交入院费的一律不给治疗，因为院里已严重亏损了。"

万分紧急之下，王锋想起了在公社妇工办当主任的梁靓妹。他觉得梁靓妹人缘好，心地善良，一定会尽力帮助他的。梁靓妹早年与他曾经有过短暂的恋情，虽然两人最终没能走到一起，但还保持着友情关系。当年，梁靓妹还因为淋雨得了重感冒，被王锋送到诊所急救。梁靓妹感激不尽，两人友谊进一步加深了。后来，梁靓妹工作出色，受公社党委看重，调任公社当上了妇工委主任，王锋每次到公社办事，梁靓妹见到他都会邀请他到办公室坐坐，请他喝茶、吃饭。蔡玉珠听到一些传言，误以为王锋与梁靓妹有超越友情的不正当关系，还发过脾气，甚至在见到梁靓妹时，还骂过她。

想到这，王锋马上往公社大院儿奔去。正好梁靓妹就在办公室，他来不及和她问好，直接就将儿子的病况向梁靓妹说了。梁靓妹一听，二话不说，立即与王锋一起赶到卫生院，找到医生，付了入院费。

在王建国住院治疗期间，梁靓姝与丈夫多次来医院探望，送钱送物。她丈夫是收获农场的场长，为人豪爽，每次探望时都要带来农场特产，不是菠萝罐头，就是荔枝、芒果之类的水果。在那个灾荒时期，这可都是稀缺品啊！王锋夫妇感激不尽。

王建国病好出院后，梁靓姝夫妇帮他结清了费用，还送了木薯干和花生米各一小袋。王锋夫妇感动得热泪盈眶，蔡玉珠激动地说："梁主任，我曾经错怪过你，是我的愚昧无知，导致我疑神疑鬼，您大人有大量，请多多原谅。我往后一定像你们一样做人做事，报答你们的大恩大德！"

梁靓姝拉着蔡玉珠的手说："嫂子，过去的事，还提它做什么，咱们阶级兄弟姐妹就应该互相帮助，互相爱护。王锋不是也帮助过我吗？是毛主席教导我们这么做的，要感谢就感谢毛主席吧！"

蔡玉珠连连点头。

回家后，王锋夫妇把梁靓姝夫妇送的木薯干和花生米，分成若干小份儿，一包一包地包好，每一份也就相当于一小把。但王锋想，这些东西多珍贵啊，在这饥荒岁月里，许多小孩就没吃过这东西。他要把这些送给村里有小孩的家庭。

在整个南吉村，日子过得最清苦的，大概要算马本善了。马本善做过和尚，心地善良，宁可自己受委屈，也见不得别人受苦受难。所以，在大饥荒的日子里，他看到老婆孩子整天吃不饱，心里很不是滋味。

他的儿子马志龙已经八岁了，正在上小学二年级。女儿马明环也有五岁了。一双儿女因为缺吃，瘦得跟豆芽菜似的，马本善看着心疼。可是除了心疼，能有什么办法呢？公共食堂断了米之后，每天只有一点番薯粥和菜汤供应。马本善唯一能做的，就是把属于自己的一份吃食，让给儿女。

每天早上和晚上，马本善都会把自己的番薯粥和菜汤让给两个孩子吃，自己每天只吃中午一餐。儿子马志龙已经有些懂事了，他问父亲，为什么要把伙食让给自己和妹妹？马本善就骗他说："爸爸是大队干部，经常可以在食堂里蹭些吃的，每天食堂里没有发完的粥和汤，爸爸就去弄一点吃吃。"

马志龙一听，就放心地把马本善让出来的伙食吃了。

马本善的这番善意的谎言，也骗到了何菊花。直到有一天，马本善因为饥饿过度，体力不支，倒地不起，何菊花才明白了事情的真相。

何菊花赶紧叫来邓山花。邓山花给马本善把了把脉，发现马本善腿脚已经出现了浮肿，知道这是长期饥饿导致的。她摇了摇头，问何菊花：“怎么饿成这样？食堂不是还有番薯粥和菜汤供应吗？”

何菊花一听这话，泪水马上滚了下来，然后泣不成声。

哭了一会儿，何菊花就把马本善省下口粮给两个孩子的事情说了。接着，她恳求邓山花，一定救救她丈夫。

邓山花叹了口气，说：“唉！要救他也不难，只要能让他每天都正常吃点东西，慢慢就会恢复过来。我先给他打点葡萄糖，你马上去弄点吃的，记住，一下子不能吃太多，要慢慢增加食量。”

何菊花连连点头。

葡萄糖水挂下去后，马本善慢慢醒了过来。何菊花很高兴，对邓山花连连称谢。邓山花背着药箱告辞，走到门口，她又交代何菊花：“不能再让他这么饿下去了，这几天要想办法让他多吃。”

何菊花表示一定照办。到了吃晚饭的时间，何菊花从食堂打了番薯粥和菜汤，给马本善喂了下去。马本善吃完，看上去精神似乎好了一些。但他依然躺在床上，浮肿的脸上没有表情，也不说话。

何菊花知道他是饿得没有气力。想到邓医生说的话，她心里特别难受和焦急，如何弄多点粮食给丈夫吃呢？眼下家家都缺吃，想要弄到米恐怕比登天还难。

夜深了，听到马本善微弱的呼吸声，何菊花心里越发紧张，她真担心丈夫出意外。想着想着，她眼泪又滚了下来。她捏住马本善的手，哽咽着说：“本善，你要挺住，我现在就去给你找吃的。”

马本善用微弱的声音说：“没，没，没事，我，我能，挺住。”

何菊花听到他这么说话，更不放心了。她擦去泪水，想了一会儿，慢慢从床上爬起来，走出屋门，走向黑暗。

何菊花蹑手蹑脚地走到村中队的食堂，推开门。她想，只有食堂才可能有米，有更多食物。

她心里很紧张，知道偷盗的后果很严重，但她管不了那么多了。这会儿她只有一个信念，那就是救自己的丈夫。

她走到灶台边，伸手摸索起来。什么也没有，锅里干干净净的。她想，如果锅里没吃的，那东西肯定都藏在郭魁汉家。食堂和郭魁汉家是连在一起的，保管员也是郭魁汉，食堂的东西肯定都被他移到家里去了。

何菊花决定到郭魁汉家去碰碰运气。她的心又狂跳了起来。走到郭魁汉家大门口，她轻轻推了一下，发现里面没有上闩，就走了进去。堂屋里一片黑暗，只能依靠双手摸索。她知道，郭魁汉就在旁边的卧室里，她的动作必须小心又小心，不能急。

终于，她摸到一只木桶。她很高兴，马上揭开桶盖，手伸进去一摸，是粉状物。何菊花抓起一小把，用舌头舔了舔，知道这是番薯粉与粉碎的瓜藤混合物，就是自己平时吃的番薯粥原料。何菊花盖上盖子，不想，盖子落在桶上，发出了一声闷响。尽管声音并不大，但何菊花还是吓坏了。她屏息静听了一会儿，没有听到异常，就又摸索起来。不一会儿，摸到两个麻袋，凭触觉，她知道里面装的是菜干或者果壳。她还是不泄气，继续摸起来，摸到了一堆蔬菜或野菜。继续摸索，就再也摸不到什么了。

何菊花心想，大米或鲜番薯一定藏在郭魁汉睡的房间里。那房间，她无论如何是不敢进去的。何菊花无奈，只好回到木桶前，准备带些番薯粉回去。虽然这对病人来说不是什么好东西，但起码能充饥。

何菊花毕竟是第一次干这种偷盗的事情。突然，身后响起一声咳嗽。何菊花吓得尖叫了一声，瘫坐在地。她回过头，借着门外的天光，看见一个男子站在面前。不用说，是郭魁汉。

这时，郭魁汉摁亮手电筒，一道光柱射在何菊花身上。

其实，郭魁汉听到了堂屋的响动，马上就醒了。他竖起耳朵听，判定堂屋只有一个小偷，就放下心来。他找了根木棍，拿上手电筒，悄悄走到何菊花的身后。

在手电筒的光柱里，郭魁汉见是何菊花，也吓傻了。两个人一时间都惊得哑口无言。

何菊花率先回过神来，她知道自己被人赃俱获，马上跪下磕头：“魁汉叔，求求您，放过我吧，我这也是没法子。孩子他爸快要饿死了，邓医生今天来看过了，让我多弄些吃的，才能救活他。我除了偷，还能有什么法子弄到吃的啊！”

说着，她呜呜地哭了起来。

郭魁汉走回卧房，在一个角落里掀开一口米缸，拿起放在缸里的碗，连舀了三碗米递给她：“菊花，这些是救急粮，你拿去吧。”

郭魁汉，身材胖矮健壮，因童年时得过天花，脸上长了很多疙瘩，很是丑陋，所以，人们背地里叫他“猪八戒”。他早年失父丧母，成了孤儿，后被堂叔抚养成人。他忠厚老实，吃苦耐劳，所以人缘儿不错。但因为他家里穷，长相又差，没有娶到老婆，成了独居的光棍儿汉。成立农业合作社那年，李奇觉得他勤劳朴实，胆大心细，又是单身汉，无牵无挂，便让他当了合作社的保管员。公社食堂成立后，孙保春又让他当上了村中队食堂的管理员。

就在那晚，村里还发生了一件不幸的事情：吴翠玉的伯母因心肌梗塞猝死，享年七十一岁。

吴伯母一直多病缠身，特别是类风湿关节炎和心脏病，折磨了她多年。按说，活到七十一岁，在当时的年代，也算是高寿了，何况她本身就有重病在身。她能够活到现在，主要得益于侄女吴翠玉无微不至的照料和女婿李奇的体贴关怀。

吴伯母去世的那天晚上，李奇和吴翠玉正在大队部开会，讨论下一步的自救办法。会议讨论得很热烈，一直开到午夜。当吴翠玉像往常一样，赶回娘家看望伯母时，才发现伯母已经走了。吴翠玉伤心地大哭起来，她边哭泣，边跑回家，把老人去世的消息告诉了他。李奇一听，也大吃了一惊，急忙和妻子一块儿赶过去，布置灵堂，办丧事。

吴翠玉和闻讯赶来的堂姐哭成了泪人。吴明山夫妇及村干部们都前来吊唁、慰问，送老人最后一程。一些老人也自发前来看了遗体最后一眼，就匆匆离去。也是由于饥荒的原因，丧事无法按正常的风俗进行。就这样，吴伯母在李奇和吴翠玉的张罗下，匆匆入土为安。

2

过了六月中旬，李奇栽种的新鲜番薯已经成熟。虽然种植面积小，但公共食堂续上了粮食，避免了断炊之危。与此同时，先前用井水种植的瓜蔬也全面成熟了。尽管这些瓜菜产量不多，但全村人仍然充满了丰收的喜悦。

红星大队在李奇的领导下，至今尚没有一个人因饥饿而死亡。但在东兴公社的其他两个村子，已经快撑不住了。

洪耀华再也按捺不住了。这天，他吃过早饭，进县城去找县委书记杨海清。他是踩单车去的，三十里地的路程，他花了两个小时。赶到县城已临近中午，热得他气喘吁吁。到了县委县政府大院，进了杨海清的办公室，正好杨海清在里面。

杨海清看见洪耀华，赶紧站起来，迎了上去："老洪，好久不见，来来来，快坐下！"

洪耀华点了点头，在沙发上坐下。

杨海清接着说："上次你在红星大队办集体婚礼，我说好要去参加的，可行署临时通知开会，没去成，在这里我要正式向你道歉。"

洪耀华笑了笑："这事我早忘了，杨书记还记在心上呢！"

杨海清走过来，朝洪耀华肩上使劲儿拍了拍，笑着说："你这家伙，不声不响，就讨了个媳妇，可把我和内人坑苦了，一天到晚为你的婚事瞎操心，老想着为你物色对象。没想到，你突然发力，让我们毫无思想准备啊！"

洪耀华憨笑了几声，然后向杨海清讨茶喝，说赶了半天的路，又累又渴。

杨海清一听，就说："那干脆去我家吧，边喝边聊。中午就在我家吃饭。"

洪耀华点点头。

杨海清家在县委大院里，就他夫妻二人在家，两个孩子一个在上海当兵，另一个在上学。杨海清老婆姓李，是县二中的老师，这会儿刚下班到家。见洪耀华来家里，热情地打了招呼，然后就去大食堂打饭。

天闷热得出奇，外面传来了知了有气无力的鸣叫。杨海清招呼洪耀华在客厅坐下，然后一边给他倒茶，一边问："老洪，你这次来县里，一定是有事情找我吧？”

洪耀华拿起木沙发上的一把蒲扇，边扇边说：“不瞒你说，是为东兴公社的事情而来。”

杨海清挨着洪耀华坐下，问：“东兴公社有什么事？”

洪耀华说：“要点粮食。各个村都早已断了粮，我下去调查过了，野菜、树叶都吃光了。粮库里没有一粒粮，各大队的提留，也都让县里拉走了。我们公社给县政府打过好几个请求拨粮的报告，但都没有回音。杨书记，你知道我的为人，我老洪从不求人，可现在逼得没法子，只能来求你。”

杨海清听完，沉默良久。接着，他喝了一口茶，叹了口气：“老洪啊，怎么说你呢？眼下，确实出现了自然灾害，粮食也比较紧张，但按照以往的产量，还不至于没饭吃嘛！无非就是多吃少吃的问题。饿肚子现象，我相信也存在！耀华同志，我们都是老党员，可不能听风就是雨，夸大灾情，影响群众生产积极性。”

洪耀华眉头紧皱，正考虑要不要据理力争。突然，天空滚过一阵响雷，太阳不见了，一阵大风刮得树叶沙沙作响。

“是要下雨了吗？”洪耀华兴奋地站了起来，走到窗边往外看。杨海清也站起来，跟了过去。只见天上的阴云越积越多，白天渐渐变成了夜晚。

紧接着，一场倾盆大雨从天而降。

外面传来了人群欢呼的声音。洪耀华和杨海清也高兴得又喊又叫。

正在这时，李老师打饭回来了。她进屋后，也兴奋地喊：“多久没下过这样的大雨了，我差点淋了雨。这下好了，农业生产有救了。”

杨海清把窗户关上，然后叫洪耀华坐在沙发上吃饭。洪耀华看了茶几一眼，是几个番薯饼，一盆稀得不能再稀的粥，跟他们公社机关食堂完全一样。洪耀华饿了，拿起番薯饼就啃，边嚼边说：“没想到，你吃的跟我们食堂一样。杨书记，你看，连你都吃这个，社员们还能吃什么？”

杨海清望着窗外的大雨，沉默了一会儿，说：“老洪啊，许多事情，你有所不知，待日后有机会再跟你说。”

洪耀华说：“好！你先前批评我，怎么说都行。但我还是要斗胆求你一件事，念在咱们曾经一起出生入死的分儿上，你一定要帮忙！”

杨海清问："什么事？你说说看。"

洪耀华指了指窗外，说："你看，天无绝人之路，这场雨下得好大，一时没有停歇的意思。秋粮种植有希望了，杨书记，你得给我批点粮做种子，没有种子，就白白浪费了这场好雨啊！到秋天要是再没有粮食收割，这个后果相信是可以预见到的吧！"

杨海清一听，叹了口气："老洪，不是我不批给你，我实在是有苦难言。你也不是外人，我就实话跟你说了吧：县粮库里确实有稻谷，可这是国库粮，国家随时都有可能调拨。连县委大院食堂缺粮，都不敢动用。我为什么死死压着不让动？就是因为这次灾荒面积太大，特别是在北方。所以，国家把希望都寄托在南方，因为南方河流分布广，受旱灾的影响相对较小，粮食产量也相对较高，所以，上面要求我们多储备战略用粮，必要时用于救急。还有更重要的一点，就是国际局势越发复杂，苏联走上了修正主义道路，与我国反目成仇，而美帝国主义又加强了对我们的封锁，外敌入侵是分分钟的事情。所以，我国国防不能怠慢，部队大量集结于边疆，捍卫国土。兵马未动，粮草先行，这个道理，你我再明白不过了，所以确保部队粮食供应，比什么都重要。"

洪耀华一听，眉头紧皱，不知说什么好。

这时，李老师开口了，她用责备的语气对杨书记说："老杨，储备粮的战略意义再重大，也不差匀出一点种子给乡亲们耕种。没有他们耕种，粮食从哪儿来？没有他们的耕种，我们吃什么？战士们吃什么？再说了，老洪是啥人你又不是不知道，不是迫不得已，他怎么会跟你开这个口？一起滚过战壕的老战友，应当相互体谅，老洪又不是为了一己之私，他也是为了大局着想啊！"

杨海清一听，心灵终于被触动了。他觉得妻子说得有理，就问洪耀华："你准备要多少种子？"

"全公社，怎么着也得万把斤吧！"洪耀华舒展开眉头，笑着说。

"一万斤？你这可是得寸进尺啊！"杨海清站起来，大声说。

"那你说给多少？能给多少算多少吧，行不行？"洪耀华说。

杨海清背着手，在屋里来回踱步。窗外，雨还是那样大，哗啦啦的雨点打在地上，升腾起一片白雾。

"抢种秋粮也不是你们一个公社的事情。要划拨粮种，就得每个公社都划拨，每个公社要上万斤，这可不是小数目啊！这样吧，我下午找农科所的专家测算一下，按全县各个公社实际农田面积配种，不能你要多少就给多少。我明天开个会，让各个公社党委一把手都参加，部署秋粮抢种计划。你看怎么样？”

“好，没问题！”洪耀华说。他又拿起一个番薯饼，愉快地啃起来。

3

这场雨水连下了半天加一夜。初下雨的那天中午，李奇兴奋得哭了。他冲进雨中，任凭雨水交织着泪水，将自己淋了个透。

第二天早上，雨过天晴。池塘、沟渠和水库里，都积满了水，被雨水洗过的田野、山川，重又焕发出生机。吃过早饭，李奇就召开会议，部署秋粮抢种事宜。有了水，什么都好办，但是谈到粮种问题，大家都犯了难。李奇说，粮种问题，上面不会不管不问的。说着，他当场打电话到公社找郑昌。

电话中，郑昌高兴地告诉李奇：“粮种问题你尽管放心，洪书记昨天去县里要粮种了，县委杨书记答应解决。”

李奇一听，很兴奋：“洪书记办事神速，那我们就先翻地备耕吧！”

挂了电话，李奇告诉大家，可以马上组织备耕工作，等候粮种的到来。

当天下午，红星大队村口来了一辆货车。李奇以为是粮种，马上去迎接。直到司机下车解释，他才知道，那是行署送来的救灾干粮：三千斤木薯干。

司机还带给了李奇一封信。李奇拆开一看，竟然是刘艳写的。原来，刘艳得知南吉村的乡亲饥饿难熬，李奇为了生产自救，日夜操劳，办法想尽，她动了恻隐之心，决定为李奇和乡亲们做点什么。于是，刘艳多次对方书记请求特批给大跃进时“放卫星”的这个模范村一批救灾物资。最终，方书记答应了。

三千斤木薯干，真是雪中送炭，正好可用于秋粮收割之前的过渡。李奇很高兴，对刘艳的恨，又减轻了几分。

刘艳自从调往湛海行署妇工委工作后，只回过南吉村两次，一次是父亲刘谨慎的生日，另一次是母亲杨春花的生日，两次都是与王应聪一起回来的。她觉得对不起李奇，所以回来时从不张扬，绕道避之。她选定的入村时间，又都是村里人出工后，所以两次都避开了村里的各个干部。

大灾荒发生的那年，她哥哥从部队转业，刘艳凭借行署方书记的关系，安排哥哥在行署武装部工作。后来，兄妹俩觉得父母在乡村生活，一家人分开，关照起来不方便，她又想方设法把父母接到湛海生活。不仅一家人都进了城，而且她父母也被安排了工作：父亲在国营农具厂当木匠工人，母亲在该厂当清洁工。

刘谨慎夫妇是被刘艳的哥哥和丈夫一起接到湛海的，临走时，刘谨慎还把一直藏在家中地窖下的两袋粮食带进了城。

同刘艳一样，混进城工作的吴拔群也很少回村，偶尔回来一趟，也是赶在傍晚时进村。他要躲避的，也是曾经的恋人——苏小妹。他想，要是苏小妹得知他回来却不见她，还不把全村闹个底儿朝天？

苏小妹的胆子越来越大，家里没人管得了她，一切由着她来。一年没见吴拔群的面，苏小妹觉得像是过了十年。她试着找各种借口到吴拔群家去打听，他父亲的回答总是一个：在县城工作，很忙，没空回家。刚开始，苏小妹还勉强相信，到后来，她慢慢明白，吴拔群是在有意躲她。

苏小妹知道，吴拔群是公家人，公家人的周末必定要休假，所以她算好日子，在每个星期六的傍晚守在村口，可是连守多次，仍然一无所获。

……

刘艳请求来的木薯干送入食堂的第二天，县里划拨的粮种终于批下来了。东兴人民公社分到八千斤，当天下午由公安民警亲自押送，运抵东兴粮库。粮种抵达后，李奇马上就接到郑昌的通知：马上组织民兵来领种子。

李奇和吴明山亲自带队，前往公社。各大队的取粮人已陆续赶到。红星大队领到了四百斤稻种、七十斤豆种。粮种到手后，李奇和吴明山笑容满面，马上就赶回了村里。

第二天吃过早饭，李奇亲自敲钟，组织村中劳力赶到田里播种。有粮可种，社员们虽然仍然饥饿，但突然有了精神，很快，所有中青年劳力都到齐了。

人们拿着锄头，背着种子，分成了两组，一组赶到前洋地，一组带到后洋地。水润泽过的水稻田，几天后齐刷刷地冒出一层秧苗。旱地里则长出了绿油油的黄豆苗、绿豆苗。雨后的田野，重新焕发出了盎然生机。

第十五章

失恋村姑负心郎

终于熬到了秋收。虽然田地里的收成不高，但总算有粮了，公共食堂里续上米了。如果来年不出意外的话，这场旷日持久的饥荒，在半岛上算是画上了句号。

有饭吃了，人慢慢又变精神了。又是一个星期六，苏小妹又想吴拔群了。

夕阳西下，苏小妹守在村东的一棵荔枝树下，两眼死盯着吴拔群回村的必经之路。可是，一直等到天黑，仍然不见吴拔群的影子。苏小妹很失望，内心极其烦躁。她放弃了守候，离开村口，又悄悄来到吴拔群家的院子外面，耳朵贴墙，想听听有没有吴拔群的声音。

听了很久，没有任何发现。院里静悄悄的，连其他人的声音也没有。苏小妹只好悻悻地回家。

第三天，也就是星期一。一大早，苏小妹提着一个大竹篮去食堂打饭，刚刚打到饭，正准备往回走，遇到了也来打饭的吴明山的女儿吴小丽。吴小丽家住在吴拔群家东面，中间只隔着一户人家，吴拔群回家或者出门，基本上都会从吴小丽家门口经过。苏小妹想到这一层，就笑着跟吴小丽打招呼："小丽，我问你一件事。"

吴小丽迎上去，问："什么事啊，姐？"

苏小妹问："你这两天看到拔群没有？"

吴小丽说："看到了啊，就在刚才。"

苏小妹一惊，忙问："怎么看到的，他现在哪里？"

吴小丽说："我刚才出门来打饭时，正好看到他背着包从我家门口经过，他低着头，走路很快，好像是赶早班车去县城吧！"

苏小妹气得直跺脚。

吴小丽忙问："姐，怎么啦？"

苏小妹意识到了自己的失态，脸上堆着笑说："没什么，我想托他给我在县城带点东西，总是找不到他。我走了，你排队吧！"

说着，苏小妹便失魂落魄地往家赶。进了家门，她把装饭的篮子往堂屋的饭桌上一放，就跑进卧房里生闷气。

母亲孙美莲正在院里搓洗衣服，没有发现苏小妹的异常。见女儿把一家人的早饭都提回来了，就擦擦手，招呼家人吃饭。

永盛和永发因为要出工，所以先把饭吃了。光宗因为要上学，也先把饭吃了。耀祖才五岁，在他妈郑英玲的催促下，刚刚穿衣起床。万瑞刚满月，还躺在郑英玲怀里吃奶。

永盛、永发、光宗三人出门后，其他人也把饭吃完了。孙美莲催了几次苏小妹，得到的答复都是"再等会儿"。苏小妹还在屋里为吴拔群躲避自己而伤心、生闷气，没有胃口吃饭。等到肚子饿得实在不行，她才从卧房出来。

苏小妹走到饭桌边，发现只有耀祖一个人还在吃。而自己要吃的饭，却没了。

她气得喊叫起来："饭呢？我的饭呢？"

这时，郑英玲抱着万瑞从卧房出来了。她看见耀祖还在吃饭，就惊叫一声："呀！耀祖，你怎么把姑姑的饭给吃了？你刚才不是吃过了吗？"

苏小妹一听这话，气得怒目圆睁。在她看来，嫂子是故意让耀祖吃的。闹饥荒那时，郑英玲为了让自己的孩子多吃，就经常把光宗、耀祖的碗盛得多一些，轮到苏小妹时，常常只剩下一口汤。现在，饥荒虽然过去了，但食堂里的食物供应却是限量的。一来，交完公粮后，村里所剩口粮并不充裕；二来，要防止来年收成不好，提前养成节约用粮的习惯。所以，每个人都觉得饭不够吃。

这会儿，耀祖以为家里人全都吃过了，见还有多出来的饭，就把它吃了。

苏小妹很生气，本来就心情烦躁，加上对嫂子一天到晚照看孩子却不干活儿的形象一向看不惯，于是把怒气都发泄到侄儿身上了。

她狠狠地甩了耀祖一个耳光，骂道："就你们一小家人喜欢吃，让我饿死好了，这样你们就可以天天多吃一份。”

耀祖吓得哇的一声哭了。

这下，郑英玲不干了。姑姑打一下侄儿也就算了，居然还骂得那么难听。她指着苏小妹喊道：“你怎么说话呢？耀祖他只是个孩子，他做得不对，你可以教训，但你下手也太狠了吧！还骂我们贪吃，我哪里贪吃了？家里有什么东西给我吃？”

苏小妹说：“你心里有数。”

郑英玲说：“我心里没数，今天你得把话说清楚。”

苏小妹说：“懒得跟你个贱人说话，我忍你很久了，就是因为不想跟你说话。”

这话深深地刺痛了郑英玲。她像疯了一样吼起来：“你骂我是贱人？我怎么贱了！我一天到晚待在家为你们苏家养育后代，怎么就贱了？倒是你，像个叫春的骚狐狸四处转悠，见不到男人就又狂又躁。这会儿在家里发飙，准是又被男人刺激了。”

孙美莲听到了家中的吵闹，从院子里跑了进来，赶忙劝阻。

但是，郑英玲的话准确无误地戳到了苏小妹的痛处，苏小妹岂肯善罢甘休？她突然像疯子一样，冲到郑英玲面前，甩了她一耳光：“你这贱人，敢羞辱我，我妈都不敢这样说我，你算哪根葱！”

郑英玲被这一耳光打了个措手不及。她把怀里的孩子扔给孙美莲，咬牙切齿地骂道：“你个狐狸精，敢打我。”接着就捋起袖子，抓起苏小妹的头发，撕扯起来。

孙美莲被吓坏了，她手里抱着孩子，又不能上前拉架，只能光喊：“别打了，求求你们别打了。”

一旁的耀祖也哭个不停，家里顿时乱成了一锅粥。

但是，祖孙俩的哭喊声，在两个失去理智的女人面前，是毫无作用的。苏小妹用手死死地掐住郑英玲的手，迫使她放开了自己的头发。然后揪住郑英玲的衣领，两人扭打成一团。

显然，郑英玲不是苏小妹的对手。她坐完月子没多久，身子本来就虚，加上又要给孩子喂奶，自身严重营养不良。没几个回合，就被苏小妹骑在身下。

孙美莲帮不上忙，急了，她扑通一声，跪在苏小妹面前，哭喊："求求你，小妹，你快放手吧，你嫂子身体不好，打不过你呀！"

苏小妹见母亲下跪了，赶紧放过郑英玲，说："看在我妈面子上，放过你，以后你给我放尊重一点。"

郑英玲趴在地上，并没有起来，而是号啕大哭。

苏小妹瞪了她一眼，走出家门，出去了。

郑英玲受到这般羞辱，越想越伤心，继续哭。孙美莲在旁一边安慰，一边将她拉起来，扶进卧房。郑英玲躺在床上，仍然一个劲儿地抽泣。

这时候，怀里的宝宝也哭闹起来。孙美莲无奈，只好抱着孩子，在院子里哄。她这一哄，就出事了。

郑英玲因为想不开，准备寻死。她到处找农药，最后在床底下找到了。农药是办公共食堂之前，用于自留地种菜杀虫的，现在已所剩无几。郑英玲不管三七二十一，打开瓶盖，就喝了下去。

孙美莲闻到一股农药的气味儿，刚开始没注意，以为是别的地方飘来的。后来一想，觉得不对，赶紧回到屋里。一看，郑英玲软绵绵地躺在地上，旁边就是农药瓶子。她惊叫了一声："英玲，英玲，你怎么了！"

郑英玲没有说话，两眼呆呆地盯着窗子。孙美莲吓坏了，赶紧跑到外面喊"救命"。

苏小妹并没有走远，她就在附近的竹林里，想心事，想着接下来该去哪儿。这会儿，听到母亲的喊叫，知道出了大事，就赶紧跑了回来。

母亲一见她，惊恐地喊道："快，快去叫医生。你你你嫂子喝农药了。"

苏小妹一听，吓坏了。她二话不说，就往南吉埠邓式昌的医务室跑。

左邻右舍听到了孙美莲的喊叫，都陆续赶了过来。有人还去田地里通知了永盛。永盛和永发慌了，马上往家跑。

没多久，邓式昌赶到了。他给郑英玲把了把脉，查看了下眼睛，发现问题并不严重。尽管如此，他还是采取了急救措施：首先让永盛用温水和肥皂给英玲擦洗一遍；接着他自己将带来的碳酸氢钠溶液兑水给英玲灌下肚，洗胃；最后，他让永盛把手指放进英玲口中，催吐。

很快，英玲就呕吐了。邓式昌再观察了一下，又问了孙美莲一些情况，然后对永盛说：“情况还好，她喝下去的药量极少，而且这开过封的农药放置多年，毒性已挥发得差不多了，你们放心好了。这两天多让她休息，多喝水。另外，家人要多关心关心她，别刺激她。”

说着，邓式昌背着医箱，走了。苏家一家人也都松了口气。

李奇在办公室听到了苏家发生的事，也被吓了一跳。他既恼怒苏小妹的泼辣，又同情郑英玲。苏黑二去世后，他一直很关心苏家，经常去看望他们一家人，深知郑英玲老实本分。现在发生这样的事，他断定是苏小妹做得不对。

李奇来到苏家大院时，邓式昌已经走了。他对孙美莲、永盛等人说：“你们让郑英玲好好休养一段时间，凡事多顺着她，别惹她生气。”

接着他又批评苏小妹：“英玲是你的长嫂，俗话说，长兄为父，长嫂为母，哪能这么对待自己的嫂子？今天你非得向英玲道歉不可。”

苏小妹点点头。闯下这场大祸以后，她也意识到了自己的过分。同时，她还能感受到别人都拿异样的目光看着她。尽管哥哥和母亲都没有骂她，但她觉得，他们的冷眼，比骂她一顿更难受。

现在，李奇让她道歉，正好给了她一个认错的台阶。她走到英玲的床前，小声地说：“嫂子，对不起，都是我的错，我不该把坏情绪发泄到你的身上。”

英玲仍然不作声。

苏小妹很无趣地退到了堂屋。这时，李奇把孙美莲拉到一边，对她说：“美莲嫂子，小妹惹了这么大的事，待在家里，和英玲相处起来也尴尬，不如让小妹去她舅舅家住几天，等英玲身体好了，大家都消了气，再让她回来。你看怎么样？”

孙美莲点点头，说：“书记说得在理，就听你的安排。”

苏小妹听说要安排自己去舅舅家，也很乐意。下午就收拾好衣服，走了。

舅舅孙正根家离南吉村有七八里地，大约需要走半个小时。苏小妹一边走，一边想着上午发生的事，内心非常伤感。她觉得，她闯祸的根本原因，就是吴拔群伤害了自己。吴拔群这么躲着自己，说明他很可能已经变心，她觉得自己不应该再把心思放在他身上了。可是，她又不甘心，她需要吴拔群亲口告诉她，她是该放弃，还是该继续等待。

到了孙正根家后，孙正根听说了苏小妹惹下的事情，心里也很难过。他既责怪苏小妹，又怜惜苏小妹。舅舅和舅妈觉得苏小妹总跟嫂子闹矛盾，还造成了这样的恶果，认定姑嫂感情已破裂，很难在一个家庭里相处了，觉得应该让外甥女早点儿出嫁。第二天，孙正根就托媒相亲。

很快，媒人就回话了，有个在国营雷州林业局龙门林场当职工的男孩，其父亲是该林场的场长。这小伙子二十出头，人品很不错，很适合苏小妹，次日中午可以约男方到孙正根家见面。孙正根知道外甥女性格泼辣，又要面子，对相亲一事可能比较反感，所以事先也没跟她说是相亲。

那天中午，舅舅家来了个小伙子和两个中年女人，让苏小妹莫名其妙。后来见人家悄悄对自己评头论足，才意识到对方是来相亲的。她很恼火，认为这是把她当猴儿耍，便大发脾气，还恶语伤人。然后，她又赌气跑出村子。

苏小妹的举动过于突然，待舅舅一家回过神来，她人已跑得无影无踪。孙正根生怕出意外，四处寻找了大半天。

苏小妹一路小跑，直到两腿酸痛，才在一个三岔路口停住脚，思考着该到哪儿去。她既不想回家，也不想去舅舅家，突然间觉得自己在这个世界上是个多余的人。她脑海里又闪现出吴拔群的脸，她咬牙切齿地想，一切都是因为这个冤家，今天，就去县城找他，让他把话说个明白。

苏小妹向路人打听了去往县城的路，然后鼓起勇气，迈步走去。

一路走走，歇歇。整整走了将近两个小时，终于看到前面出现了一排排楼房。苏小妹感觉前面就是县城了，离吴拔群越来越近了。

夕阳西斜。苏小妹拖着疲惫的脚步，进了县城。她一路打听，终于找到了县委县政府联合办公的大院。她在大院门卫处询问宣传部吴拔群在哪里。门卫是一个中年男人，他并不认识吴拔群，只是帮她指引了宣传部所在的方向："沿着这条路，一直走，第一排楼房的二楼，就是宣传部。"

苏小妹谢过门卫。按照指示，她来到了第一排楼房的二楼。

马上要见到吴拔群了，她心里不免有些紧张。

在二楼楼梯口，走过来一个女同志。苏小妹忙向她打听吴拔群。女同志热情地回答她："吴拔群一大早下乡去了，不知道什么时候回来，可能吃完晚饭回来，也有可能不回来，说不准。"

苏小妹顿时感到很失落。

那位女同志回过头来对苏小妹说："现在是下班时间，你去吴拔群的宿舍门口等他吧。他要是回来，就是直接回宿舍的。"

苏小妹点点头，忙问吴拔群宿舍在哪儿。那女同志在阳台上朝着东面一排楼指了指："就那一排楼的四楼，具体哪个房间，我也不清楚，你到那儿去问问。"

苏小妹谢过那位女同志，来到了宿舍楼的四楼。她不知道哪个是吴拔群的房间，也没人可问。她只好在楼梯口旁边，斜靠着阳台的栏杆等待。

夕阳挨着了山尖，天边飘浮着一片红色的晚霞。苏小妹打了哈欠，感觉又累又饿。

这时，有一间宿舍门开了，走出来一个二十来岁的男同志，提着水瓶和饭盒，大概是去食堂。苏小妹赶紧迎上去，打听吴拔群的房间。

男同志指着阳台走廊的尽头，说："最后一个房间，不过他现在不在里面，下乡去了，估计今天回不来。"

苏小妹一听，慌了："那怎么办呀！我是从东兴公社红星大队赶过来的，走了半天的路。"

男同志一听，吃了一惊："那你一定很累吧，你进我屋里坐会儿，喝点水。"

苏小妹有点不好意思，又有点紧张。

男同志热情地说："没关系，我跟吴拔群是一个科里的同事。你在我屋里坐会儿，现在还没水喝，我这就去打水打饭。食堂就在附近，我马上回来。"

说着，男同志把苏小妹请进房间，自己提着水瓶和饭盒走了。

苏小妹在男同志房间找了张椅子坐下。房间很小，也很简陋，就一张床，一张书桌，两把椅子。苏小妹想，吴拔群的房间估计也是这样的。

一想到吴拔群，苏小妹是又爱又恨。她和吴拔群青梅竹马，一块儿长大。尽管长大了的吴拔群不像小时候那样跟她亲密无间，但两人也有过花前月下的拍拖，有过抚摸和亲吻。这一切，自打吴拔群调进东兴公社，就结束了。

苏小妹预感到，她和他之间的感情，到了尽头，就像刘艳去了湛海，就不再回到李奇的怀抱一样。只是，吴拔群没有像刘艳那样，把绝情的话说明。这就是苏小妹愿意一直等吴拔群的原因。今天来县城，苏小妹就是要吴拔群把话说个明白。

过了十几分钟，苏小妹听到了脚步声。她站起来，走到门口一看，那男同志回来了。

男同志示意苏小妹坐下。然后给她倒了杯水。接着，又把饭盒放在书桌上，让苏小妹吃。

苏小妹感到难为情。男同志爽朗地说："吃吧吃吧，没什么。你一定饿了，就先吃，我晚点儿再去食堂吃。"

苏小妹看了一眼饭盒，里面有红烧肉，热气腾腾的，很诱人。她的确很饿，今天中午赌气离开舅舅家，午饭都没吃。

她谢过男同志，拿起筷子，吃了起来。

男同志坐在一旁，跟她聊起来。

他问："你是吴拔群的妹妹吧？"

她说："不是！"

他问："同学？"

她说："我，我，是他老婆。"

他眼睛放光，大声说："啊！吴拔群不是说他没老婆吗？"

她说："是未婚妻，还没结婚呢！"

他似乎有点失望，就问："你俩是同一个村的吧？"

她一边嚼着饭菜，一边点头。

他沉默了一会儿，站起来，给自己倒了杯水。

喝了一口水，他又问："姑娘，你叫什么名字？"

她说："我叫苏小妹。"

他说："小妹，我跟你说，吴拔群是不会跟你结婚的，你信不信？"

她放下筷子，转过脸来问："为什么？"

"哼！"男同志露出了一副鄙视的神情，"因为他是个小人。具体情况我不多说了，我只想告诉你，他这人太自作聪明，太会溜须拍马、见风使舵，把我们办公室的人都当傻瓜。实话跟你说吧，吴拔群正在跟我们郭部长介绍的县委林副书记的女儿搞对象。副书记的女儿对他有帮助，还是你对他有帮助，你自己掂量吧！"

"啊！这是真的吗？"苏小妹瞪大眼睛，很惊讶，又觉得是意料之中。

男同志说：“谈好几个月了，林副书记也看中了他。你说这小子虚伪不？自己明明有未婚妻，却背地里又追别的姑娘。”

苏小妹没有说话。她想了一会儿，又问：“县委副书记是大官吗？”

男同志说：“当然是大官，只比县委书记的官小一点。”

苏小妹黯然神伤，她喃喃地说：“我终于明白了，他一直躲我，原来是看中大官的女儿了。”

男同志点点头：“小妹，你打算怎么办？要不要去戳穿他的伪装？”

苏小妹想了一会儿，说：“不了，不值得。大哥，麻烦你转告他，从现在开始，他不用躲我了。因为我苏小妹看不上他，他不是男人，是伪君子，这样的人，我才不会嫁给他呢！怪我瞎了眼，白白等了他这么多年。”

说着，苏小妹站起来，对男同志说：“大哥，谢谢你，我走了。”

男同志站起来，送苏小妹走下楼梯。看着小妹的背影，他有些失落。

晚上八时许，苏小妹摸黑回到了舅舅家大院门口。她敲了敲门，开门的是舅妈。舅妈一看是苏小妹，又惊又喜：“傻孩子，你总算回来了。你舅、你妈、你哥，不知多少人都在找你，我们还以为你出了什么意外呢！”

孙正根忙从屋里跑出来，见是小妹，抱住她，哭了一番。

苏小妹进到堂屋，突然咬着牙说：“舅舅，舅妈，你们去对那天与我相亲的人说，我嫁给他了，要他马上娶我！”

舅妈一听这话，惊呆了，她流着泪说：“小妹啊，别说气话。相亲这事，是我和你舅的不对，没跟你商量，把你气跑了。你前脚一走，我和你舅就后悔死了。以后咱不提相亲这事了。”

苏小妹说：“舅妈，不怪你，我愿意把自己嫁出去。你们去告诉那小伙子，要是他相中我了，就快点来娶。要是他相不中，你们帮我找一个，就算是条狗，我也愿意嫁！”

苏小妹说着，突然捂住脸，跑进卧房，趴在床上大哭了起来。舅舅、舅妈吓得不知所措。

第二天，在苏小妹的坚持之下，孙正根又去找了那媒婆。当天晚上，媒婆高高兴兴地回话：那小伙子潘小龙很喜欢苏小妹。

三天之后，潘小龙正式到红星大队去相亲，带着四色彩礼。苏小妹和她哥哥永盛、舅舅孙正根也到潘小龙的林场住所（宿舍）认过门，算作正式定亲。

妇女主任吴翠玉得知苏小妹赌气出嫁的消息后，马上赶到苏小妹舅舅家找苏小妹谈心。

她对苏小妹关切地说："小妹啊，婚姻大事关系到你的一生幸福，不能凭一时怨气，草率地任性行事，到时后悔来不及，你要考虑清楚啊！"

苏小妹激动地说："翠玉姐，谢谢你这么关心我。吴拔群是伪君子咱不说了，他与刘艳姐没有什么两样！现舅舅、舅妈给我介绍的那个对象潘小龙人长相蛮好看，且我了解到那小子是国营林场职工，品质也不错，按我的感觉是可以的，请你放心！再说，我经过这么多风风雨雨，已看破红尘，也明白了一个道理：这婚姻大事得讲缘分，也得认命。你看，命运如此捉弄人，我又有什么办法呢？我也只能听天由命了。我验证了，不该属于我的，我怎么强求也不行，该属于我的，它自然会来，你想甩也甩不掉，这俗话叫'命中注定'！翠玉姐，我的主意已定，望你多多理解！"

说完，苏小妹抱住吴翠玉痛痛快快地哭了一场。

吴翠玉见苏小妹说得这么坦诚，也不好说什么了，安慰苏小妹一番，便告辞了。

苏小妹一天也不想待在家里，双方迅速商定婚事日期。半个月后，苏小妹就匆匆出嫁了，并当上了林场工人家属。也许，这是苏小妹的最好归宿。

苏小妹出嫁后，苏永发也已十八岁了。他不想待在家里过日子，便去找姐姐苏小妹，说姐夫的父亲是林场场长，想请他帮忙找一份林场的工作。苏小妹答应下来。不久，小妹回家说通过林场与林场之间的领导关系，安排永发到另一处国营东方红林场做合同工，要求苏永发到红星大队办一份"同意"的证明手续即可。

苏永发听说后很高兴，当天便到大队部找李奇出了一份证明。第三天便乘车赶去东方红林场报到，当上了一名为期五年的合同工人。

第十六章

捕鱼异乡遭劫难

1

第二年立春后，风调雨顺。出十天半月的太阳，接着又下两三天的雨。广大干部群众，人人眉开眼笑。

红星大队男女老少齐动手，抢着春耕播种。社员们都饿怕了，种粮不敢怠慢，生产积极性空前高涨。李奇总结了经验教训，为了预防干旱，他要求社员们，只要是排水快、耐旱的地，就全都种番薯。因为番薯产量高，生长快，而且从番薯根到藤到叶，都可以食用。不像稻子，遇上大旱或大涝，就必然减产，甚至颗粒无收。

老天爷开眼，政府也不时有惠农新政策。在社员们忙于春耕的同时，李奇、吴明山等大队干部，就三天两头到公社开会，贯彻落实上级文件精神。

春耕结束后，李奇又接到通知，要去县城参加三天的大会。

李奇这次参加的，是雷康县三级干部会议，主要是贯彻中共中央《农村人民公社工作条例》，即“农业60条”，开展以反贪污、反浪费、反官僚的“三反”及速整“五风”（即共产风、瞎指挥风、命令风、浮夸风、干部特殊风），纠正农村工作中的“左倾”错误。同时还要学习领会“调整、巩固、充实、提高”八字方针，对国民经济实行全面调整。

会议期间，李奇获悉，在刚刚过去的自然灾害中，以及人为制造的阴影里，全县饥民达十三万二千九百零八人，断粮户二万八千一百二十三户，因饥饿造成的浮肿病人一百八十六人，非正常死亡三十七人。这一串串沉重的数字，让李奇深感痛心。现在，中央致力于惩治灾害中的人祸因素，尤其是惩治人神共愤的浮夸风，让李奇看到了光明的前景。

越开会，李奇的精神越振奋。不过，他没有想到，这次会议会对他个人职务带来不利的影响。

会议中的“抽‘五风’干部”这一环节，是专找领导干部毛病的。县上抽出的最大的“‘五风’干部”不是别人，是县委书记杨海清。在会上，杨海清被列为负面典型，受到了批判。他本人也站上主席台，抹着眼泪作了深刻检查。接着，他就被免职了。几天后，他被调离了雷康县。

接下来被“抽”的是洪耀华。洪耀华跟杨海清的关系，官场上人人皆知，全县的第一个卫星，也是由他放出来的。此举被指是欺上骗下搞浮夸，危害极大，影响极坏。而且，大炼钢铁时，东兴公社乱砍树烧炭，劳民伤财，责任也得他负。洪耀华自然成为该“抽”的“五风”干部。

洪耀华是在东兴公社的全体干部会议上被抽出的。主持会议的是郑昌，坐镇指挥的县领导是郭方刚，陪郭方刚前来的，是新任命的宣传科副科长吴拔群。不过，郭方刚的身份变了，不再是宣传部部长，而是县长兼县委副书记。县委书记是行署临时调过来的。据说，正在全国进行的“抽‘五风’干部”运动，行署领导班子没有一个被抽，方书记依旧是书记。

洪耀华识字少，不会写检查，他的检查是郑昌代写的，又经过了吴拔群的审查，很深刻，将大小责任全揽了。念检查时，洪耀华没流泪。念到中间，洪耀华念出一个错字，将“骗”字念成“马扁”，惹得会场上一阵哄笑，连县长郭方刚也笑了。检查念完，洪耀华扫视了一下台下黑压压的人群，然后一字一句地主动向领导请辞职务。郭方刚代表县委，当场批准了洪耀华的辞职请求，紧接着，宣布郑昌接任东兴人民公社党委书记兼社长的职务。

会议结束后，吴拔群就陪郭县长走了。接下来的几天里，各大队的领导也进行了大换班，大多数支书成了被抽的“五风”干部，其中就有李奇。

郑昌不忍抽掉李奇，但是放卫星搞的浮夸风，影响太大，护不住。郑书记连找李奇谈过三次话，李奇感动得流下热泪，他对郑书记鞠躬认错，请辞支书之职。郑昌问他选谁接任合适，李奇思索了一会儿，推荐了吴明山。

郑昌点头同意，也没有征求吴明山的意见，就直接下通知，任命吴明山为红星大队党支部代理书记。

吴明山冷不防接到任命通知，甚感意外，同时对李奇的遭遇也很同情。因为他知道，放卫星、搞浮夸的主要责任并不在李奇，李奇作为下级，是被迫执行领导指令的。

红星大队的社员们听说李奇被去职，大多感到很难过。从土改，到合作社建立，到率先发展集体经济，再到抵抗饥荒、领导全村人安全度过困难时期，李奇的贡献可谓有目共睹。不过，李奇下台的消息传出后，也有一伙人很高兴，那就是周太公、孙得利、陈日升等人。他们也不顾及李奇和李奇支持者的感受，跑到供销社买来几串鞭炮，拿到大队部的院门口接成一长串，然后就燃放起来。噼里啪啦的响声闹得就跟过年一样，震得村中央大榕树都被惊动了。

不过，李奇对这事看得比较淡。他本来就不是一个喜欢当官的人，否则，他早已是县里的干部了，前些年县里调他去，他都婉言谢绝了。

作为“浮夸风干部”被去职后，李奇决定随村里的渔业队出海打鱼。这并不是他对去职闹情绪，他倒是觉得，这次党中央反对干部“浮夸风”“共产风”是非常及时、非常正确的，是一件大好事。本来就应该脚踏实地把集体农业生产搞上去，把集体经济搞上去，这才是正确的社会主义发展方向和实事求是的工作作风。

在李奇看来，农业生产搞上去并不难，难的是，怎样才能把集体经济搞上去。因此，他想借这次去职的机会，走出去，摸索发展经济的路子。

他认为，渔业队的经济效益还不够理想，还是有很大潜力的。干部们应该从多方面入手，搞活经济，创造更多的经济利益，为红星大队多作贡献，为全村人生活水平的提高多出一份力量。俗话说，近山吃山，近海吃海。雷州半岛三面环海，应该多在“海”字上做文章。所以，他决意随渔业队出海打鱼，以期从中获得一些新的感悟。

李奇向大队代支书吴明山谈了自己的想法，又与渔业队队长许昌民交换了意见，两人都同意李奇随队出海打鱼。

2

李奇这回不只是政治上“下野”，工作上也“下野”了——去茫茫的大海中参加捕鱼作业。

由于饥荒时期，近海被过度捕捞，很难再获得较高产量，李奇建议去更远的海域捕鱼，去人迹罕至的海域冒险。队长许昌民和船长李炳都表示同意。虽然李奇不再是大队支书，但他的影响力与号召力还在，船上的渔民都很尊重他。

在一个风和日丽的早上，李奇告别家人，跟随渔业队出发了。红星大队的渔业队仍叫南吉队，与南吉队一同出发的，仍是东港队和港尾队。三条渔船排成排，浩浩荡荡地朝海域进发。

早上八点，三条船都开始起网。起三百块网，一般来说，早上八点开始，最快也要下午五点才能起完，中间不吃饭，也就是连着干九个小时，这是货最少的情况。遇到货多，那就得连轴转了，一干可以忙活二十个小时。铁打的汉子也会累得东倒西歪，饭也顾不上吃，就想找个地方睡觉。

李奇第一次这样远洋捕鱼，累得够呛，深感渔业队队员的不易。

南吉队起了二百三十块网，已经装了四百筛子。正在这时，新来的船员严老七突然大叫起来。

大伙一听，吓了一大跳。大伙往西边看，果然，西边开过来一条大白船。

南吉队渔船像蛇爬沙滩一样，走着之字形路线，大白船紧追不舍，李奇看得心都狂跳起来。

大白船追到离南吉队渔船五十米左右时，突然，大白船上喷出一股巨大的水柱，朝南吉队渔船冲过来。李奇等人连忙往舵楼里跑，老七和克农慢了两步，在舵楼门口被水柱扫倒，差点滑到海里，李奇和许昌民连忙把两人拖进舵楼。

李炳急打舵轮，这才让舵楼躲开水柱，但大水柱掉转方向，还是源源不断地往船上灌。海水在船上横流，多亏几个舱盖都盖上了，要不然舱里进水就麻烦了。

李炳咬着牙，脸色煞白。现在是什么招也没有，只能干挨喷。

渔船上的水越来越多，但它还是坚持往东南方向跑。大白船仍旧一边追赶一边喷水。

突然，大白船停止了喷水，而且还停了下来。惊魂未定的南吉队船员不知道大白船是什么意思。他们身上滴着海水，扒着窗户往后面看。

李奇问：“难道大白船熄火了？”

许昌民说：“不会吧？是不是又要采取更损人的措施？”

这时，李炳向四周瞭望了一会儿，说：“都别瞎猜了，到国界了，他们不会再追了。”

船员们都欢呼起来。李奇惊喜地说：“咱回国了，妈的，他们挺讲究。”

过一会儿，李奇对李炳说：“妈的，这鱼打的，心惊肉跳的。你们长期在海上捕鱼，真难为你们了。”

李炳嘿嘿笑着说：“习惯了就好。”

南吉队渔船顺道回到了广西凭祥码头。李奇与李炳、许昌民等人讨论了渔业队眼前和往后的生存与发展问题。按李奇的建议，这次所打捞回的鱼不再像先前那样运回公共食堂，而是在凭祥就地卖掉，换来人民币，在当地收购一批粮食和生产所需要的物资带回去。

至于渔业队往后的生存与发展，李奇认为：“像这次这样玩儿命捕捞，不是长远之计，还是应该正当地捕捞。”

对于李奇的建议，大家都表示赞同。最后，李奇决定和严老七留在凭祥采购五谷杂粮，其他人继续出海捕捞。

大家在凭祥码头休整了一晚，次日一大早，渔船再次出海。李奇和老七则启程到当地农村收购杂粮。

去年的干旱，凭祥所受影响比雷州半岛要小，农作物产量不高，但每一季庄稼多少都有一些收成。李奇他们两人忙碌了两三天，虽然收获不大，但也采购到九百多斤番薯、一百多斤黄豆、几十斤香芋。

按照事先约定，第三天下午，李炳驾驶渔船回到了凭祥码头。这次，李炳是在本地海域打鱼，多数是马鲛鱼。他们马上卖掉鱼，换来钞票。虽然这次换来的钱比上次捕鱼换来的少了许多，但大家心里踏实。

李奇与老七再次留在凭祥采购。李炳船长便与其他船员一起把先前采购来的杂粮装上船，运回南吉埠。吴明山便带人前来，把杂粮运回公共食堂。李奇初次出海，食堂突然就增加了粮食，社员们个个欢欣鼓舞。当天晚上，食堂就给各个社员增加了伙食分量。社员们吃着饭，心里非常感激李奇。

李奇在凭祥的第二次采购，又大获成功。他利用渔业队的优势，把一批又一批的五谷杂粮运回红星大队公共食堂，给广大社员带来了实实在在的好处。人们无不赞扬渔业队，赞扬李奇办下的好事、实事。

然而，最后一次采购却发生了一件不幸的大事。

这一次采购，头两天一切正常。第三天，李奇与老七购买了两百多斤番薯、几十斤黄豆后，在当地雇了一辆牛车往凭祥码头送。在一条偏僻的山路上，他们突然遭遇了三名手持凶器的劫匪。拉牛车的社员见状，吓得躲进了草丛。李奇为了保护集体利益不受损失，和老七一起拿起牛车上的竹扁担，守住牛车与劫匪对峙。李奇与老七两人要对付劫匪三人，本就处于劣势，何况对方都手持钢刀，杀气腾腾。尽管如此，在劫匪扑上来抢劫时，李奇二人还是勇敢地与他们搏斗。

由于老七年过五旬，李奇怕他体力不行，就示意他去对付其中的矮个头劫匪，自己则以一对二。最终，李奇招架不住，被其中一个歹徒的钢刀砍中了肩部，顿时鲜血直流，李奇本能地扔掉扁担去捂伤口。老七见状，也扔掉扁担，向劫匪妥协，要求放过他们。劫匪本意是劫财，不想伤人，见目的达到，就抢走了牛车及其粮食，还搜走了李奇身上剩下的一百多块钱。

劫匪逃走后，老七扶着李奇，一步步艰难地走回码头，向码头派出所报了案。李奇由于失血过多，支撑不住，晕倒在地上，面色如土。派出所民警随即派车，把李奇送往医院急救。老七则请求派出所拨通东兴人民公社办公室电话，再由东兴公社转接红星大队，报告了李奇遇险的消息。

吴明山接到电话后，马上派人通知吴翠玉。吴翠玉听后，失声痛哭。随后，她马上跑去大队部与吴明山商量该怎么办。吴明山当即决定与吴翠玉乘车赶往广西凭祥。

几经周折，终于到达凭祥县卫生院。但李奇伤势严重，被歹徒砍中肩部，伤口又长又深，还伤及了骨头。医生已经做了手术，这会儿，李奇正躺在病床上，睡着了，吴老七在一旁看护。他俩急忙向老七问情况，老七说已脱离生命危险，不过，由于失血过多，加上受到了手术的折磨，李奇现在很疲劳，身体也很虚弱，睡得很沉，估计要晚点儿才能醒。

吴翠玉一听，压在心头的大石头才卸下来。接着，她和吴明山又赶到派出所，了解案情侦破情况。接案民警告诉他们，已拘捕了一名歹徒，审出了另两名歹徒的行踪，相信很快就会抓住他们。他俩一听，心情又放松了不少。于是又返回医院。

这时，李奇已经醒了。见到吴明山和吴翠玉，握住他们的手，自己的手却不住地颤抖，说话声音低沉无力。吴翠玉心疼极了，欲语泪先流。吴明山触景生情，鼻子也为之一酸。

第二天，吴明山见李奇状态好转，就说："李支书，你伤情已经稳定，那我今天回去了，把消息带回去，免得村里干部、社员们担心，也免得你妈惦念。再说，大队里的事务繁多，我也没空留在这儿。让吴翠玉留下，她和老七在这儿照顾你，我就放心了。"

李奇说："吴支书，你不能再这么称呼了，我已去职了，你才是红星大队当家人。你回去吧，别耽误了公事，这儿不用那么多人照顾我。"

吴明山说："你在我心中永远是红星大队支书，我不过暂时代理一下罢了。"接着，起身告辞，离开医院，去车站搭乘回程的客车。

李奇在凭祥医院整整住了半个月，才恢复健康。这时案件也完全侦破，另两名歹徒也都落网了。他们抢走的粮食，基本上如数归还，但抢去的钞票，只能退回一半，另一半已经被歹徒花掉。

李奇对当地医院与派出所的办事效率感到满意。随后他办理了出院手续，与吴翠玉、吴老七三人带上失而复得的粮食，搭乘客车回到了南吉村。

3

郑英玲自从苏小妹出嫁后，精神状态大有改观。不仅一改之前忧郁、自卑的神情，而且还迷上了吃斋念佛，不时去寺庙烧香诵经，还结识了一名停留在南吉埠的游方僧人。

有一天，这名法号若尘的游方僧人，要求郑英玲发展新信徒。郑英玲琢磨着先发展谁，脑子里第一个想起的，是何菊花。

傍晚，郑英玲走进何菊花的屋里时，看见何菊花坐在一张小竹椅上，正独自落泪呢。

原来，何菊花怀孕生下一个哑巴后，她丈夫马本善就起了疑心，越看越觉得这孩子不像他的种。有时候，在言语方面还经常刺激何菊花。甚至还直截了当地跟何菊花说，闹饥荒那阵子，他记得好像也没跟她行房事。

孩子出生后，他一直没给起名字，后来孩子发高烧，成了哑巴，于是家人干脆就叫他哑巴。不过，高烧之后，哑巴再没生过病，长得健康壮实，样子也可爱。

与马本善完全不同，自从哑巴出生后，郭魁汉是满心欢喜。一有空，就跑到马本善家里引他出来，逗他玩儿。这哑巴真的和郭魁汉有缘，一见他来，就眉开眼笑。

何菊花想向马本善提议，干脆将哑巴过继给郭魁汉做儿子。不过，好几次话到嘴边，始终没敢开口。

马本善出门后，何菊花越想越委屈，坐在竹椅上大半天，独自伤心。郑英玲进门时，她才回过神来。

“菊花姐呀，我看你眼睛红红的，是遇到什么伤心事了吗？”

何菊花见是郑英玲，泪水又流出来了。她一边擦眼睛，一边给郑英玲拖过来一把椅子，请她坐下。

郑英玲见何菊花不停抹泪，却是暗自高兴。她想，人只有在悲伤时，才需要菩萨保佑。

“菊花姐，你信不信佛？我想，佛祖会解决你的一切烦恼。”郑英玲说。

“我信。解放前，我和你本善大哥就做过出家人啊！”何菊花说。

“对对，既然咱们都信佛，那就是有缘人了。”郑英玲说，“菊花姐，你心里有烦恼，得说出来，只有说出来，向菩萨赎罪，你才能不下地狱，才能得到菩萨的拯救……”

然而后来，接踵而至的坏消息，何菊花还是没有扛过去，一连两天她不吃不喝，接着就疯了。

何菊花发疯后，在村里到处跑，边跑边脱衣服。马本善死活拉不住她，跟在后面直抹泪。

李奇见状，不方便上前，于是跑到南吉埠找来邓山花。邓山花便叫来几个妇女将何菊花围起来，按住她，裹上被单，然后给她连扎数针，将她的疯劲儿止住了。接着，邓山花又开了几粒安定片和安眠药，让她好好睡觉。

妇女主任吴翠玉听说何菊花疯了，很焦急。她立即放下手中的活儿，急速赶到马本善家，看望何菊花。她打心底里同情何菊花的不幸遭遇。

何菊花一见吴翠玉来了，便站起来，吴翠玉马上搂紧她，像哄孩子似的安慰何菊花说："菊花姐，都是我们的错，我没及时帮助你，让你受苦了，对不起，很抱歉！我既然来了，你就得听我的劝说呀！菊花姐，你别这样想不开，责备自己，其实这一切的一切都与你无关，你是受害者呀，你是可怜的，我们大家都很同情你！你一定要认识到这一点！你的一切不幸遭遇，都不是你的错！你心地善良，你是好媳妇！大家都很疼惜你！

"菊花姐，可你脑袋一定要清醒呀！你一定要好好珍惜自己，再不能这样作践自己了。你得吃碗冷水，冷静地为本善哥及孩子们想一想，你这样糟蹋自己，你一个人痛苦不说，可你叫他们怎么做人？这个家还怎么过日子？现全家人因你的作践而痛苦，你这么胡闹给这个家的伤害太大了，这个家快完了，难道你要眼睁睁地看着这个家因你而破败下去吗？你不能这样下去了，你一定要好好珍惜自己，振作起来，相信一切都会好起来，好吗？我们一定会尽全力帮助你，请你相信我，好吗？"

吴翠玉说着说着，眼眶红了，眼泪像泉水一般往下流。

这时，何菊花似懂非懂地连连点头。

吴翠玉无奈告辞何菊花，又一连几天到她家安慰、关心她，何菊花终于领悟了道理，疯病日渐好了起来。

李奇得知何菊花疯病日渐好了，非常感激吴翠玉。马本善一家及全村人都为有这么好的一位妇女主任而高兴和骄傲。李奇对翠玉说："你有一颗热爱村民的心，你是南吉村的好女儿、好干部，更是我的贤内助，我李家的贤妻良母，我敬佩你，感谢你。我能娶到你，这是我三生有幸，我很幸福啊！"于是，搂紧翠玉亲了又亲……

第十七章

离异致旧情复发

1

刘艳与王应聪因婚外恋争吵得脸红耳赤脖子粗。往日的甜言蜜语没有了，夫妻关系变得愈来愈紧张。最终，两人反目成仇，感情完全破裂，只好到民政局办理了离婚手续。

刘艳离婚后，单身一人，突然又想念起李奇来。可她不敢面对李奇，也不敢贸然去找李奇，这困扰着她，令她经常失眠。

她陷入了深深的痛苦之中，曾在深夜的梦里，无数次地出现与李奇在一起的情景。她内心深处的那株草，可谓“野火烧不尽，春风吹又生”。九年前的往事，如电影般一幕又一幕浮现眼前：

土改时，身材魁梧、肌肉发达、肩背长枪的青年民兵排长李奇，凡事总是冲在前面。当时自己情窦初开，曾偷偷塞给他一张纸团，约他晚上去溪口河私会。那晚，在河堤下的青竹林旁，她与他坐在香蕉叶片铺就的地埂上，一起倾吐儿时的稚趣故事……

互助组时，李奇做南吉村村长，那朴实的形象常常是：头戴草帽，肩扛锄头，脖子上搭着一条浸满汗水的毛巾。那年元宵社戏鸳鸯月的情景，记忆犹新：她与他在南吉岭“闹鸳鸯月”“咬口印”，那“口印”现在还清晰地印在李奇的手腕上。咬完口印，她浑身颤抖，感觉平生最大的幸福就在这一月夜。

农业合作社那阵子，那个在水利工地肩挑石头、拼力爬坡的农业合作社社长形象历历在目。李奇虽然只有高小文化，讲起话来却口若悬河，十分善辩。他的嗓子也很好，唱起《东方红》《社会主义好》雄壮洪亮，铿锵有力。她给他送了《红楼梦》及《激流三部曲》等书，他甚是高兴。后来，李奇回送给她《太阳照在桑干河上》及《钢铁是怎样炼成的》等书，她也很开心。正是在那个时候，他俩一起到湛海行署开会。周末时，两人双双早起到海边看日出，游玩一天后，他俩还在旅馆尝了“禁果”……

人民公社时期，那位赤着脚板、挽起高高的裤腿、身上挟带稻香和泥土混合气味儿的生产大队党支部书记，又站在跟前。他的人生信条是“为政乡里，造福乡亲”。他有一句口头禅：“人若私心太重，良心必然很轻。”他践行着自己的人生信条，不愧为廉洁奉公的好村官，半岛的好儿子。他既有疾恶如仇的一面，又有柔情浪漫的一面。记得在一个中秋之夜，皓月当空，星汉灿烂，她和他相互依偎着，他用了一个特殊的方式表达爱的内涵。他在她的肚脐处写了一个“我”字，在她的左腿上写了一个“爱”字，在她的右腿上写了一个“你”字。她陶醉其中，与他兴奋地叠在一起……

最后，她在虚荣中背叛了他……

那一桩桩往事，有时令她笑，有时令她哭，有时令她哭笑不得。尽管离开了家乡，但她在内心深处，无时无刻不在想念那位红土地上的汉子，她一生可尊可敬可爱的初恋情人李奇。

说来也巧。一天中午，刘艳下班后骑着凤凰牌自行车，行至寸金桥头的十字路口时，一名男青年骑着永久牌自行车横冲过来。可能是刹车失灵，对方把刘艳的自行车车头撞弯了，刘艳摔倒在地，好在人没被伤着。刘艳站起来，气愤地与那男青年争吵起来。吵闹声吸引来许多路人围观。

这时，进城来办事的李奇恰好路过这里，见有人在争吵，便上前准备劝说双方。刘艳一见是李奇，不敢相信自己的眼睛。她擦了擦眼睛，认定他就是自己日思夜想的奇哥，又惊又喜，就喊了一声：“奇哥，真的是你！”

李奇也大吃一惊，一下子不知说什么好。刘艳顾不得跟那男青年再吵什么了，她马上调整一下情绪，转而对李奇微笑道："奇哥，我是刘艳啊！"声音刚出，眼圈就红了。

李奇与刘艳分手至今，已过去九年了。时间如南渡河的流水，过去两人的那些恩恩怨怨已随之流逝。李奇已不是原来的李奇，他在心底早就不再恨刘艳了。何况，在大饥荒时期，刘艳对村里也做出了很大的贡献。

尽管如此，两人在此巧遇，都难免有说不出的滋味。李奇听到刘艳亲切地喊"奇哥"，思绪一下子回到了九年前。那声音是多么亲切，多么地温柔啊！

李奇沉默了一会儿，也叫了一声："艳。"

刘艳一直微笑着，一直端详着李奇。然后，又轻声说："奇哥，你能陪我，陪我一起去修单车吗？"

李奇望着她，犹豫了一会儿才说："好吧。"说着，便扛起刘艳那被撞坏了的自行车，去寻找修理店。刘艳则紧跟在后面。

找到一间自行车修理店，把车交给了修理师傅，李奇随刘艳进了路边一家装修整洁的国营小饭店。

饭店很简陋，但是收拾得很干净。刘艳点了李奇平时喜欢吃的菜：油煎马鲛鱼、白切阉鸡、蒜蓉炒菜心，再来半斤米酒。

菜上齐了，两人边饮酒，边倾吐衷肠。

刘艳说："奇哥，一直想亲口对你说对不起，却一直不敢面对你。没想到，今天上天给了这样一个机会。这顿饭算是我向你赔罪！因我的自私，爱慕虚荣，伤害了你，我是小人，我对不起你，一切都是我的错，我……"

刘艳说着，眼圈一下子红了，泪水打湿了双眼。她拿出手帕，擦了擦眼睛。

李奇一看，也动情了，他很大度地安慰刘艳："艳，过去的事就让它永远过去吧，还提它干吗？我早忘掉了，不准再提了。快吃菜！"说着，就夹起一块鸡肉，放在她的碗里。

接着，他举起酒杯说："来，咱们为忘掉过去，干一杯。"

刘艳露出了笑脸，说："好！"于是，两人碰杯，一饮而尽。

似乎酒真的能消愁解闷，顿时，餐桌上的尴尬气氛烟消云散，取而代之的是一片艳阳天。

刘艳连连往李奇的碗里夹菜，体贴地说："你多吃菜，少饮酒。"

李奇点头，说："好久没吃过这么好吃的菜了。"

刘艳笑道："奇哥，你知道吗？近来一直想着见你，梦中几回见到你，可醒来却是竹篮打水一场空！今天真是天公赐愿，让我梦想成真，你不知道我有多么高兴啊！"

李奇接话说："高兴就好，高兴就好！其实，我也很高兴呢！"

听完，刘艳举起杯，柔情道："奇哥，为咱俩的重逢干杯！"

李奇说："好。"

于是两人又干了一杯。

两人似乎又找回了从前恋爱的感觉，聊天聊得很是畅快。不知不觉间，酒喝完了。餐厅里的食客都已经走光，只剩下一个服务员坐在柜台边看着他们。

李奇觉得过意不去，就跟刘艳说："不早了，咱们走吧？"

刘艳点了点头，叫来服务员，付了钱。

忽然，刘艳对李奇说："奇哥，不知怎么的，我头有点痛，可能酒喝多了吧，你送我回家，好吗？自行车我明天来取。"

李奇犹豫了一下，说："好的！不过，你家那位要是看到了，会不会有什么误会？"

刘艳淡淡地说："我和他已经离婚了！"

李奇吃了一惊："啊！什么时候？为什么？"

刘艳说："就在一个月前，两人过不到一块儿。我不想说了，咱们走吧！"

李奇知道刘艳不怎么喝酒，今天算是超量了。他怕刘艳路上晕乎乎的出什么事，何况她刚离婚，心情一定很差。最终，他决定送刘艳回去。

两人边走边谈，突然间，刘艳挽住了李奇的胳膊。李奇的心狂跳起来。十年前，刘艳经常这样挽着他，如今，她早已不是自己的女人了，这样挽着他，他觉得有些别扭。但他又不忍心挣脱她。他想，也许她醉了，没有力气，需要借助他的胳膊支撑一下吧！

刘艳这样做，其实也是一种试探。她发现李奇没有拒绝，心里很开心。

走了大约二十分钟，到了地委宿舍楼。刘艳与王应聪离婚后，又搬回了宿舍。

进了房间，刘艳被李奇扶上床，刘艳躺在床上。李奇见她睁眼望着自己，就说：“你没事吧？我给你倒杯水。”

刘艳点点头，接过了李奇递过来的水杯，把水喝了下去。

李奇说：“艳，你休息一会儿，我走了。”

刘艳问：“去哪里？”

李奇说：“我去开一间旅馆，明天早上回去。现在时间不早了，去雷康的班车已经走了。”

刘艳对李奇说：“奇哥，别走，留下来陪陪我。”

李奇一听这话，心跳又变快了。他坐下来，不知说什么好。

刘艳用闪着泪光的眼睛望着他：“我现在悔恨死自己了，千错万错都是我的错！”

李奇见状，巨大的感情的潮水在胸膛里澎湃起来，一股苦涩的味道卡在咽喉里，就像难咽的黄连药汤。但他很快在这种情绪中解脱出来，躁动的心在呢喃：爱情啊！你为什么这么曲折艰难？又为什么这么悄然而至，如春雨般洒在我那焦渴的心坎上，令我陶醉？以前从《红楼梦》《激流三部曲》里感受到的爱情魅力，现在又再次让自己体验到了。遗憾的是，太迟了……

他们默默地偎依在一起，如九年前拍拖的情景一样；像南吉岭的牵牛花绕着向日葵；像溪口河的鸳鸯相依相偎……

刘艳那久违且临近窒息的爱情被重新唤醒后，爱的暖流漫过了精神上的冻土地带，焕发出新的生机。她高兴地对李奇说：“奇哥，与你在一起，总感觉像是做梦一样。其实，我能活到今天，都是因为有你。还记得小时候我那次溺水吗？那天日头将落山的时候，我跟吴翠玉、苏小妹几个来溪口浅水湾学游泳，谁也没料到表面风平浪静的水面，水下暗流涌动。我一不留神被漩涡卷了进去。当时，我拼命扑打，好不容易浮上水面，却又被一股袭来的汹涌浪涛推到激流之中。我连呛几口水，四肢顿时无力，身体开始下沉。而姐妹们都刚学游泳，胆子又小，只是哭着喊我的名字。眼看着这回我是死定了。就在这万分危急的关头，幸好你路过，把我救上岸……我这条命是你给的呀！你是我的救命恩人，可我却忘恩负义……”说着眼圈红了。

李奇见状，用纸巾给她抹去脸上的泪水，安慰说：“艳，还提这些陈年往事做什么？咱们俩难得见面，该高兴才是，你说是吗？”

刘艳见李奇这么坦然，这么体贴自己，马上振作起来："是啊，上天可怜我，赐我福气才再次见到你，咱们该高兴，该高兴的。那我给你朗诵大跃进时咱南吉村流行的雷歌好吗？"

李奇马上回应说："好。"

于是，刘艳兴奋地轻声朗诵：

跃进叔伯腰板硬，壮志凌云众后生；
家婆婶嫂齐上阵，力争上游战通宵。

李奇听后，愉快地回吟了一首：

边跑边望村前后，装粪运肥车马闹；
坡种香蕉田种稻，你追我赶赛劲头。

吟完雷歌，他俩又重温了一起奋斗过的历程，聊得很畅快。不知不觉中，感情似乎又回到九年前的那段时光。

李奇红着脸，点了点头。可他却似乎清醒了："对不起，我对不起翠玉……"

刘艳安慰道："这不是你的错，是上天的错，是命运的错，更是我的错……"说着，她的眼圈又红了，泪水夺眶而出。

李奇看着刘艳的泪水，安慰她说："艳，别难过。你不要自责，你一定要珍惜自己，振作起来吧，一切都会好起来的！"

刘艳抿着嘴，点了点头。

2

李奇次日赶回南吉村，已是中午时分，便回家吃午饭。饭间他将在湛海偶然遇上刘艳的事告诉了吴翠玉。最后说刘艳现已离异，她十分悔恨当初不应该离开南吉村，更不应该离开他，说千错万错都是她的错。李奇还流露出对刘艳那深切同情与十分惋惜的表情。说她，人现在显得很憔悴……却隐瞒了他与刘艳的私“情”。

吴翠玉听后很坦然地说：“看来刘艳姐也怪可怜的呀！人嘛，一时糊涂就铸成一辈子的错。一个原本很单纯的女孩却因卷入社会的激流而不可自拔，真是可悲、可恨、可悔啊！如今，她落入最低谷的时候，你是应该多些关心体贴人家呀，毕竟刘艳姐曾经是你恩恩爱爱过的初恋情人嘛！说不定刘艳姐现在旧情复发，正爱你爱得入骨入心！现就看你的了。不过，你放心，我吴翠玉不是鸡肠小肚的人。你俩若是要复合，我义无反顾地退出，为你们开绿灯，绝不食言后悔！”

吴翠玉口里虽然这么说，心里其实是十分复杂与矛盾的，她一直深爱着她的李奇，叫她如何割舍呢？

李奇听吴翠玉这么说，深有感慨：“翠玉，你真是宰相肚里能撑船啊，换成其他女人肯定是要吃醋的，你却如此大度，真令我刮目相看、敬佩有加啊！不过，你记住，我李奇不是变色龙，丁是丁卯是卯，决没有半点含糊。我与刘艳当初的爱可以说是刻骨铭心的，最初我与母亲说过，非刘艳不娶，刘艳也与其父亲说过，非李奇不嫁，这誓言至今还回响在各自耳边。还有，刘艳最初送我的她一针一线编织成的那件毛衣及《红楼梦》《激流三部曲》这两本书，至今我还珍藏着。因为这是我俩的初恋的见证。爱是永远不会忘记的。我与你也一样，你送我的那块上海手表及北京钢笔我一样随身带着，就是某一天，你的这两件‘情’物旧了，用不上了，我还得珍藏起来。因为这同样是我与你的爱的见证，这种爱也是永远不会忘记的。但爱是有原则的，且表达的方式是多种多样的。我现在与刘艳的爱已不是恋爱，而是友爱了，是绝对不会复合为婚，这是由我俩的性格决定的，也是法律和道德不允许的，这各自都自知自明，请你相信吧！”

李奇所说的倒是情真意切，虽然他一直放不下对刘艳那刻骨铭心的初恋之爱，但绝不可能放弃翠玉而与刘艳复合为婚。因为时至今日，他的内心深处已充满了对翠玉的爱。翠玉对他的爱是绝对的纯真，且始终如一，坚贞不渝。他对翠玉的爱是崇高的，是任何人、任何力量都不可突破的。

吴翠玉听完李奇这么坦诚的表白后，激动得热泪盈眶，她很真诚地说：

“你说得对，爱是永远不会忘记的，且爱是有原则的，表达的方式是多种多样的。这才可以说是爱的真谛，这种爱确实是任何人任何力量也改变不了的。”过一会儿，又说：“你真伟大，于公，你是人民公仆，于私，你是情爱的天尊，我这辈子就是跟你一起跳崖也死而无悔。”

都说，生命诚可贵，爱情价更高，一点儿也不假。

李奇离开刘艳后不久，刘艳又有了新的追求者——湛海农委主任郭海山。郭海山后来成了李奇的上司。巧的是，王应聪也娶了后妻——雷康县妇工委副主任朱玉明，朱玉明后来成了吴翠玉的上司。

次年年底，李奇喜得贵子。这是自吴翠玉流产后，经多方面精心护理，吃了不少安宫保胎药，才生下的宝贝，起名“李培良”。

宝宝出生后，李家上上下下充满了快乐的气氛，特别是李奇的母亲玉婶儿，更是笑得合不拢嘴，逢人就说吴翠玉的好话，不再像从前那样挖苦她。

李奇夫妻俩非常宠爱这宝贝儿子，孩子刚满一岁时，吴翠玉就给他买了一只鹦鹉（八哥）。小培良非常喜欢八哥，经常给它喂食。吴翠玉每次出差拎着沉重的背包回到家中，小培良听到动静，就会托着那只八哥，出来迎接。

每当翠玉逼迫儿子回答“你最爱谁”这样无聊的问题时，在儿子的答案中，她只能屈居第二位，最喜欢的，当然是八哥。

长到两岁时，小培良已经会说很多话了，他说要给八哥起个名字。李奇让他自己起，他想了想，就起了个名字叫“乐奇”（音）。当然，这么小的孩子，不会认字，他读出来的只是发音。李奇一想，这名字还不错，为了避免与自己重名，他就写下“乐其”两个字，说这名字不错，有乐在其中的意思，以后就这么叫。

乐其可不是一只让人省心的鸟，常常在半夜里发出怪叫。而且，小培良的衣服没有一件是完好的，不是被它啄出了一个个圆洞，就是毛衣的袖口散了线。此外，家中还到处是它的粪便。

无奈，李奇去铁匠铺请人做了一个铁架子。铁架上端有一个铝制的横条，约有三公分宽，五十公分长。横条的两端各焊有一个铁皮小碗，一只碗装食物，另一只用来盛水。铁架上还接有一条细细的金属链，用来缚住乐其的爪子。这样，乐其就可以在架子上安然散步了。

有一天，不知怎么的，乐其飞走了。而小培良又感冒了。吴翠玉坐在儿子的床边，抹着眼泪。儿子正在昏睡，急促的鼻息声嘶嘶地响着，全身裹在被子里，不时地蹬一下腿。

“怎么抖得这样厉害？”李奇摸了摸儿子的额头，“早上还好好的，怎么会这样？”

“刚才抖得更凶，现在已经好一些了。给他加了两层被子，他还喊冷。”吴翠玉呆呆地望着他。

吴翠玉说，儿子晚上一个人呆呆地坐在床前发愣。叫了他几声，他也不理。她过去摸了摸他的头，还好，不怎么发烧，只是鼻子有点塞。

“我也没怎么在意，就到厨房做饭去了。没想到，等我做完饭，再去看他，只见小东西就在床边瞪眼。问他哪儿不舒服，他也不吭气。到这时，我才发现出了事，原来是乐其不见了。”

李奇也注意到了这个悲哀的事实。床头柜的铸铁架上，已不见了鹦鹉的身影。那条长长的细铁链，像蛇一样盘在柜子上。那只鹦鹉，一定是弄断了铁链飞走了。

吴翠玉这时忽然烦躁起来：“你先别管什么鹦鹉不鹦鹉的了，我看还是赶紧送孩子到诊所看看吧。要是转成肺炎，就麻烦了。”

李奇给小培良穿好衣服，将他背在背上。忽然听见儿子在耳边有气无力地提醒他，让他把窗户打开：“乐其要是饿了，会自己飞回来的……”

吴翠玉马上照办。他们到了诊所，邓式昌大夫替小培良听了听前胸后背，又用手电筒照了照孩子嘴巴，说：“还算好，仅仅是上呼吸道感染。”

夫妇俩这才安下心来。

邓医生一边飞快地写着处方，一边对他们道：“感冒三五天总能好，只是小家伙的精神状况，倒是蛮让人担心的。你想啊，养了一年多的一个活物，说没就没了，换了谁都受不了。他要是像别的孩子那样，大哭大闹一场，反倒没事。可小培良啊，两眼发直，不痴不呆的，显然是精神上受了刺激。你们这几天多陪陪他，多跟他说说话。”

他们在诊所吊完了一瓶点滴，小培良的烧明显退了。从诊所出来，吴翠玉就带着小培良去供销社买了一双红色的球鞋。以前，小培良一直嚷嚷着要买这样一双球鞋，她始终没松口。吴翠玉给他试着鞋，不停地问他喜不喜欢。小家伙总算咧开嘴，勉强笑了一下。

回到家，李奇趴在儿子的小床前，跟他说一些自己也未必能明白的疯话哄儿子。儿子很快就睡熟了。大概是刚刚吃完药的缘故，他的额头上汗津津的，凉凉的，李奇松了一口气。小培良半夜里醒过来一次，他要喝水。李奇摸了摸他的额头，还好。

“爸爸，你说乐其现在会在哪里？”儿子终于开口说话了。这至少表明，他已经基本上接受了失去鹦鹉的事实。

李奇想了想，回答道：“它不会跑远的。它可能在村外面的树林子里。等你病好了，我们就去那里转转，说不定能在哪棵树上望见它。鹦鹉是一种很聪明的鸟，聪明到能学人说话，是不是？它很聪明，别担心，它会活得很好的。”

儿子点了点头。

小培良病好之后，李奇便带他去村外的树林子里找乐其。每一次去，都是失望而归。小培良慢慢地意识到，他心爱的乐其不可能再回来了。

转眼就到了年底。一天早上，太阳刚刚起山，小培良就起床了，在屋里玩耍。玩着玩着，不慎把家中的玻璃酒坛弄倒了。坛子里约有十斤的药酒，一下子倾流满地。这酒坛里浸有鹿茸、狗鞭之类的名贵中药材，是李奇浸泡给母亲和妻子滋补身体的，价值很高。

吴翠玉在厨房做早饭，听到外面的响声，跑出去一看，满地都是药酒，顿时火冒三丈。她一边大骂，一边用力拧小培良的大腿，拧得他大腿青一块紫一块的。小培良疼得撕心裂肺地号哭。

玉婶儿对翠玉的过分惩罚极为不满。她非常怜惜小孙子，要拉开小培良。可是吴翠玉硬是不放手。老人家只好婉言劝说，但吴翠玉似乎气疯了，根本听不进劝告。玉婶儿无奈，狠狠地瞪了翠玉一眼，便愤愤地回自己卧房里去了。

这早饭，吴翠玉不做了。李奇从外面回家，得知了事情的经过，对吴翠玉很生气。他认为，儿子毕竟年龄小，闯下的祸也不是成心的。何况，事情已经发生，适当的处罚也不是不可以，但没必要把孩子打得这么狠。他批评了吴翠玉几句，然后给小培良涂了消肿止痛跌打药酒。

可是吴翠玉又骂开了。儿子可怜兮兮地说：“妈，我知错了，以后再不敢这样了。”

吴翠玉听后并不收敛，她说：“错你个头，还有以后吗？”接着将饭桌上先前炒好的韭菜朝小培良身上撒去。小培良脑袋一偏，韭菜正落在李奇身上。

这时李奇火了，他黑着脸，愤怒道：“他不过是三岁的孩子，你这么折磨他，他难道不是你亲生的儿子吗？”

“你他妈的给我闭嘴！”吴翠玉冲着李奇骂。

李奇也快要失去理智了，不过，他忍了忍，没有发作。他一声不响地拉起儿子的手，准备到外面去走走。儿子胆怯地看了看母亲，正要走，就听得吴翠玉歇斯底里地叫了一声：“李培良，你站住！”

儿子就站住了，一动不敢动。

“儿子，别理那疯子，咱们走。”李奇摸了摸儿子的头，微笑着说。

吴翠玉随即怒气冲冲地站了起来，去拉儿子。李奇飞起一脚，踹在了她的膝盖上。吴翠玉没站稳，一屁股坐在地上。

“哎哟喂，你还敢打老婆？”吴翠玉从地上站起来，挑衅似的将脸凑到李奇身边，“你打！你打！”

李奇被她逼得没办法，只得又给了她一巴掌。

这还是李奇第一次打吴翠玉。吴翠玉顿时号啕大哭，两行热泪溢出了眼眶。

哭了一会儿，吴翠玉突然停住了。

“离婚吧！”吴翠玉拢了拢耳边的湿发，低声说道，“你现在就写离婚协议。明天一早，我们去公社办离婚。”

李奇感到有些意外，不知如何作答。这时，翠玉干呕了几声，似乎要呕吐。李奇想，是不是刚才出手太重，把她打伤了？于是，他把椅背上的外套取过来，给她披上，又在她的肩上轻轻地按了几下。

吴翠玉转过身来，把他的手拿开了：“少来这一套，先说离婚的事吧。”

李奇说：“离婚的事不着急，身体要紧，要不要去邓医生那里看看？”

“暂时还死不了！”吴翠玉说。随后，她的声音低了下来：“好像绝经了。他妈的，昨天去县城出差时看了下医生，说是内分泌有问题。”

“那就是说，晚上我们亲热的时候，就可以不戴套了？”李奇微笑着说。

“李奇，你什么时候变得这么嬉皮笑脸的了？你正经一点儿好不好？说正事。”吴翠玉想到刚才自己的做法，确实有些过分。但她想，和解也要有自己的节奏，弯不能拐得太快。她必须对离婚一事稍作坚持。

“什么正事？我看晚上睡觉就是正事。”李奇仍然跟她开玩笑。他想，自己刚才打她有点过分。何况，妻子发火也是事出有因——她生理上出了问题。

“我们还是商量离婚的事吧。”吴翠玉说。

“离婚干吗？我又不想再娶，孩子也不想有后妈，难道，你有心再嫁？”李奇嘿嘿地笑了起来，开始笨拙地向她道歉。

翠玉没理他，半天，嘴里忽然冒出一句：“你是不是觉得我蛮不讲理？用你刚才的话来说，是个疯子？”

李奇道：“吵架嘛，总是挑难听的话来说事儿。”

吴翠玉沉默了一会儿，说：“离婚的事，我们慢慢再议。今天的事，不能就这么过去了。”

李奇说：“好。早饭我来做。儿子饿了，你看他可怜兮兮地缩在那个角落里，都是被吓的，要是吓出个三长两短，就麻烦了。”

吴翠玉看了看小培良，见他正靠在墙角，似懂非懂地听着父母的对话。那样子，确实让人心疼。吴翠玉走过去，拉了拉小培良的手，温和地说：“儿子，以后可不能破坏家里的东西。”

小培良使劲儿地点了点头。

3

三年自然灾害过去几年后，我国人口增长迎来了新中国成立以后的高峰期。到六十年代末，全国总人口已达到七亿。人口这种盲目增长的态势，引起了中央的关注。为此，国务院成立了计划生育委员会，决定尝试推广节制生育工作，提倡城乡一对夫妇只生一个孩子，农村一对夫妇只生两个孩子。

到了七十年代初，计划生育正式试点推行。县、公社电影队下乡放电影时，在正片之前，都会加放幻灯片，普及计划生育知识。当幕布上出现那些男女生殖器的夸张图像时，黑暗中的观众常常发出一阵阵怪笑。

东兴公社妇女办主任梁靓妹是公社计划生育领导小组副组长。组长不是别人，是公社党委书记洪耀华。洪耀华复任公社党委书记后，立即恢复李奇红星大队党支部书记一职。

洪耀华兼任计生小组组长一职，只是表示党委重视，但实际工作还是副组长梁靓妹来抓。她经常在高音喇叭里讲话，大多是以这样几句话开场：糖膏客卖糖，各干各行。干什么吆喝什么。我今天要讲的是计划生育……

尽管梁靓妹不遗余力地抓计划生育工作，但收效甚微，社员们根本不在乎。县剧团到村里演出，当那女主角在台上高唱“时代不同了，男女都一样”时，孙得利就在台下高声叫骂：“放屁！都一样？谁敢说都一样？”

台下社员群起响应，胡吵闹，乱叫嚷。孙得利那天喝了半斤白酒，仗着酒劲儿，分开众人，跳上舞台，指手画脚，发表演说：“你们管天管地，还能管着老百姓生孩子？有本事你们把女人们下身那东西都缝上吧！”

台下观众哄堂大笑。孙得利更来精神了，从舞台上捡起一块瓦片，瞄准那盏挂在幕前横杆上放射出耀眼光芒的汽灯，猛地投过去。汽灯应声熄灭，台上台下一团漆黑。

这下不可得了，由于影响了演出，同时干扰了计生宣传，为此，孙得利被拘留半个月。放出来后，他依然不服，气势汹汹地逢人就说：“有本事把老子鸟蛋割了，我就支持计划生育。”

孙得利老婆问李奇：“计划生育这事，是你琢磨出来的呢，还是上头让干的？”

李奇说：“这事自己哪能琢磨？这是号召，人类应该控制自己，做到有计划地增长。”

孙得利老婆摇摇头，说：“从古到今，生孩子都是天经地义的事。如果女人不生孩子，国家到哪里去征兵？天天宣传美国要来打我们，女人都不让生孩子，兵从哪里来？没兵，谁去打仗？”

李奇说：“嫂子，你不要啰唆了，我们不是没有人口，而是人口太多。人太多，到时粮食分配啊、城里住房供应啊，等等，都跟不上。”

孙得利老婆说：“我不相信。”

李奇哭笑不得地说："嫂子，我不是说不让咱们生孩子，只是让大家少生，有计划地生。"

孙得利老婆仍然不服："人一辈子生几个孩子，都是命中注定的，这还用得着你们计划？我看你们是瞎子点灯——白费蜡。"

梁靓姝与村干部的努力，也确如孙得利老婆所言，是白费财力人力，还落下骂名。刚开始时她们将免费的避孕套发给各村的妇女主任，让她们分发给育龄妇女，并要求她们的丈夫戴上套子行事。但这些避孕套却被他（她）们扔掉了。梁靓姝与村干部也曾挨家挨户发送女用避孕药，但妇女们都嫌副作用太大而抗拒服用。于是，以结扎男子输精管为手段的计划生育被提上了议事日程。

根据县里计划生育领导小组的会议精神，凡是老婆生过三个孩子及超过三个孩子的男人，都要到卫生院实行结扎手术。手术后，补助三十元营养费，休息一周，工分照记……

这个决定一下达，男人们聚在一起发牢骚："妈的，有阉猪的，有阉牛的，有阉鸡阉狗的，哪里见过阉人的？我们也不想进皇宫当太监，阉我们干什么？"当计生干部对他们解释，结扎只是堵住输精管，他们瞪着眼反驳道："你们现在说得好听，只怕麻药针一打，就不是这么简单，到时候连我们的鸟蛋也被割了去，我们只能像老娘儿们一样蹲着撒尿了。"

洪耀华了解到情况后，决定到红星大队召集一次群众大会。他在大会上说："计划生育是关系到国计民生的大事，公社各部门、各大队必须高度重视，符合男扎条件的干部、党员要带头先扎，给群众做好表率。譬如说我吧，我老婆邓山花已经因病做了子宫切除手术，已绝育了，但为了打消群众对男扎的恐惧，我决定，明天上午就去卫生院结扎。"

李奇接着发言，他说："我是大队支书，也带头，虽然我那难得的孩子才三岁多，但考虑到党的计划生育事业，考虑到红星大队的计划生育工作要打开局面，给群众做好表率，我明天也去结扎。"

这时，妇女主任吴翠玉接过话说："李书记结扎我不反对，但请组织和广大社员群众谅解一下，让他缓一缓。因为按计生政策，只生有一个孩子的夫妇，一方采取计划生育措施就可以了。明天上午我就去上环，这已符合政策要求，我用党性保证不再生育了，只生这一个孩子。"

吴翠玉第二天一早到公社卫生院上了环，可李奇下午也去结了扎。他们夫妇的这一积极行动，令干部群众惊讶，更多的是佩服。

由于洪书记和李奇夫妇的带头作用，孙保春、王锋等人也去结了扎，不过他俩各都有了两个孩子。干部都行动了，不少群众也开始响应。事实上，只要把道理讲透、把政策定好、领导带了头、层层抓落实，群众还是通情达理的。

李奇不征求吴翠玉的意见独自结了扎，吴翠玉很不高兴。因为毕竟小培良还是幼童，又是李家的独苗，万一有个三长两短，那就没有再生育的机会了，故吴翠玉几天来一直闷闷不乐。再则，吴翠玉的性欲较强，虽然计生宣传说男结扎不影响性生活，但谁也不敢保证绝对不影响，医学上也说因人而异。李奇结扎后万一性欲绝了，她还年轻，刚三十出头，叫她真的守活寡了，怎么不叫她疑虑揪心呢？

正在这时候，东兴公社来通知，说是县里召开计划生育表彰大会，红星大队及妇女主任吴翠玉抓计划生育成绩显著，获全县一等奖，公社要她赴县参加这次大会。吴翠玉因上述原因，对这次获奖参加大会并不那么感兴趣，但又不能缺席，只好带着不愉悦的心情参加。

这次大会，由于县里会议较多，没能安排住宿，要求各人自行找旅馆住宿，公家定额报销。吴翠玉为了图个便宜，便住进了县城一家公办私营（效益公私分红）的旅社。晚上，孤单寂寞，便找旅社女老板借书看。女老板年纪大吴翠玉几岁，四十岁上下，人长得很标致，也很丰满，且生性活泼，热情大方。她见吴翠玉神情有些不大愉快似的，便说："大妹子呀，敝人旅社没有书借，不如我给你讲女人的故事消遣消遣，好不？"

吴翠玉听她这么一说，很高兴，说："好啊，难得老板这么有雅趣，我求之不得呀！"

于是，旅社女老板便到吴翠玉房间讲她的故事：她自我介绍，自己名叫媚娘，小时候家境贫寒，无钱上学念书，割草放牛过日子。后来，家乡解放，读了几年夜校，识得许多个字。年纪大了些，母亲找婆家嫁她。一天，算命瞎子路过家门口，母亲要他给她看命。相命瞎子摸了她的耳朵、眼睛，说她耳大，眼睛浮，命大命硬，日后嫁给的男人能浮得起的升官发财，浮不起的命赴黄泉。"这瞎子神啊！我十六岁嫁人，十年嫁了六个男人，五人都是浮不起的成了阎罗王的鬼。那五个男人，第一个是唱戏的，那东西厉害啊，前门走顺了，又后门大闹腾，弄得我嗷嗷叫，可第二天连路都走不成了。第二个是个经商的，是个软蛋，医学上叫阳痿，没本事就用舌头舔。第三个是远洋船员，两个月回一次，一到屋里来不及洗手洗脸就扒下裤子，白天黑夜总不过瘾。我无法熬下去，心生一计，在避孕套里撒下胡椒粉，然后放入自己的那个地方。那船佬的东西受辣粉刺激，痛得哇哇叫。第四个是个阉牛大汉，那东西又长又大，如公牛的鞭一样，叫敝人怎顶得住呢，我只好在那开口处垫加自己一个大拳头，拳头内留一个大洞。第五个是个斯文人，可那东西又短又小，如小指头，两头不到岸，令我哭笑不得呀！”

“这五个男人娶我，算是倒霉了，都让我浮不起，被我克死了。我现在的男人让我浮起来了。他是县里的一名干部，可不见升官发财，但我俩性生活很和谐，日子过得也很美好的，且有一个三岁的儿子，我因此知足了。”

接着，她喝了杯暖开水，继续说：“男人嘛，对房事容易冲动、亢奋，比女人多那一泡狗尿，把那一泡狗尿撒了就安宁了。男人房事太勤不好，可不来房事你就得提防了，肯定在外头有相好的或寻花问柳了。女人嘛，对房事有时比男人还紧急，不过，强忍着嘛，假正经罢了。女人房事太多也不好，可厌恶房事那就说明身体有毛病了，得马上到医院检查。”

她盯了一下吴翠玉，说：“你房事咋样！满意不满意？”

吴翠玉一直津津有味地听她说这些荤语，脸上却不露一点羞臊。凡上了这个年纪的女人，好比老油条不怕油炸，老山猪不怕滚开水浇了。她很平静地说：“跟你的差不多，好着呢。不过，我老公前几天结扎了，不知性生活还会不会像原来那样子了，我真担心啊！且我的孩子还是独苗，万一……”

她马上说：“大妹子啊，这点你用不着担心。我老公是县里的干部，响应计划生育号召，去年也结扎了，可对性生活一点儿也不影响，原来怎么样还是怎么样的，你一百个放心。至于你说你孩子是独苗，而我的孩子也是独苗，但听我老公说男的结扎后还可让输精管还原，还可再生孩子，故你不必为此忧虑。”

吴翠玉一听，郁结在心里的那般忧愁一扫而光，脸上马上露出了久违的笑容。

吴翠玉很感激地说：“媚娘姐，你世事洞明，人生经验丰富，且经营有方，精明干练，乐观大方，饶有风趣。真令我钦佩啊！”

“再则，你为人又如此坦然，善解人意，实难能可贵呀！我真的太感谢你了。你今晚给我讲的消遣故事，把我一直担忧老公结扎后的‘万一’事情说清，茅塞顿开了。你恳意为我排了忧，解了难，真是我的大贵人啊！”

她微笑着说：“大妹子，我这个人没有什么特长，就喜欢讲些荤语，逗朋友开心。你不用这么夸奖我，也不用这么客气。俗话讲一面生，二面熟，三面不分你我。往后咱们就是朋友，你有什么难事就找我，能帮忙的，我一定尽力。还有，往后到县城来，多光顾敝店，跟我聊聊天，那就再好不过了。”说完，她便告辞。吴翠玉把她送到门外，并承诺往后一定多拜访。

这一夜，吴翠玉睡得又香又甜。

第十八章

果香夜幕下初恋

1

红星大队小伙子田蛙劳改期满获释，回到了村里。

田蛙是南吉小学肄业生，他读到四年级就没读了，父母找关系将他安排在东兴供销社做合同工。可是他生性顽劣，常跟一些不三不四的社会青年混到一起。有一次他参与打群架，用砖块将一名男青年的脑袋打伤了，被派出所抓获，随后被判劳改三个月，并赔偿了受害者全部医药费和营养费。他那份来之不易的工作，自然就没了。

田蛙回来后，与家人寒暄了几句，马上赶到马本善家里。

马本善出去记工分去了。正值春耕之际，全体社员都要出工，马本善仍旧负责记工分。公共食堂解散好几年了，当时政府已经认识到吃大锅饭的诸多不足，最主要的一条，就是多干比少干吃亏，社员们的生产积极性明显下降，甚至装病不出工的，也是大有人在。在大饥荒结束后，政府痛定思痛，最终逐步解散了食堂，恢复工分制。

田蛙进了马本善家，只有菊花和哑巴在家。一阵客套、问候之后，何菊花给田蛙让座倒茶。

田蛙坐下后，眼睛盯在哑巴身上。哑巴已经满十岁了，长得端正、清秀得多。

何菊花把茶杯递给田蛙，客气地问："田蛙啊，刚刚回村，就到我们家来，是有事吧？"

田蛙把视线从哑巴身上移到何菊花身上："婶婶，有件事要转告你，你可得做好心理准备！”

何菊花一听，睁大了眼睛，心里直打鼓。不过，她仍强颜欢笑：“是什么事啊，弄得这么神秘？”

田蛙说：“是个坏消息，你要是挺不住，我就不讲了。”

何菊花再也无法佯装微笑了，她说：“说吧，我挺得住。”

田蛙沉默了一会儿，轻声说：“魁汉叔，死了。”

何菊花双腿一软，瘫坐在地上，眼泪顿时涌了出来。她忍住悲痛，没让自己哭出声来。

过了一会儿，她问：“他是怎么死的？”

田蛙说：“被墙砸死的。当时，劳改队安排我们去拆一座破旧的厂房，准备新建一座灯泡厂让犯人们做灯泡。前几天，平安无事。后来，拆得只剩一堵很长的破砖墙，大家嫌一块一块地拆砖太烦，就决定直接推倒。队长喊大家都集中到墙的里边，外边的人都走开，可是魁汉叔耳朵有点背，没听清队长的喊话，依然弯着腰在那拾掇砖块。直到墙那边齐声喊一二三的时候，他才听到，于是准备跑开，可是已经来不及了，他被倒塌的墙给砸中了……”

何菊花听得揪心地痛。她问：“有没有抢救？他临死前有没有留下什么话？”

田蛙说：“有。劳改队的医生马上赶过来了。魁汉叔被人七手八脚抬出来时，还有气。可能觉得自己活不了，他就跟医生说了‘找田蛙’三个字。医生没听明白，就问队长，‘找田蛙’是什么意思。队长一听，就喊我。我赶紧凑近魁汉叔，他就吃力地给我说了几句话，说完还要我记下来。队长从笔记本上给我撕了一张纸，我就把他的话都写了下来。他点了点头，然后让我把纸递给他，他就用流血的手指，在上面按了手印。然后，他就闭上了眼睛……”

田蛙一边说，一边从口袋里掏出了那张纸，递给何菊花。何菊花颤抖着双手，接过纸，看到上面只有两行字，还有一块血手印。她不识字，又把纸递给田蛙。

“你给我念念，我不认识字。”她说。

田蛙就念：“我的房子和能用的东西，都留给哑巴。”

念完，田蛙又把纸还给何菊花。何菊花接过来，又看了看，眼泪滴下来，把纸打湿了。她能够联想到，郭魁汉临死前留遗言时忍住了多大的痛苦，付出了多大的毅力。

2

来自原南边村的红星大队治保主任老黑因为得病，提出辞职。李奇批准了，同时又提拔了三个人。一是，因合同期满从东方红林场返村的苏永发，李奇任命他做会计，兼任大队支委；二是吴拔众，吴拔群的堂弟，李奇任命他管理代销点；三是外号“小山猫”的孙三苗，李奇让他临时接替老黑，代理治保主任一职。

此外，大队还添置两件新玩意儿：两只高音喇叭，用于播放新闻和传达上级文件及指示精神。一只喇叭架在村中央的大榕树上，另一只架在村西队的一棵荔枝树上。播音室安排在大队部。

喇叭装起来后，村子里顿时热闹非凡。每天天刚亮，喇叭里就播出乐曲《东方红》《歌唱祖国》。接着，转播中央人民广播电台的《新闻与报纸摘要》，然后便是样板戏和县、公社、大队的各种通知。中间的大部分时间停止广播。到了傍晚，又开始转播中央人民广播电台《全国新闻联播》，接着又是话剧样板戏，最后以乐曲《大海航行靠舵手》结束。

红星大队的女播音员李碧玉，是初中毕业不久的年轻女社员，她的半普通话半雷州话，非常动听，令小伙子们很着迷。小山猫、田蛙等人曾多次挑逗她，许松亮也试着与她交朋友，但都没有捞到任何便宜。

每每遇到同龄人招惹李碧玉，苏光宗就会悄悄走开。他喜欢找个安静的地方看书。苏光宗还记着爷爷苏黑二的话，从小就勤奋好学。庄国荣校长和班主任林峰老师都说他将来一定会成才。遗憾的是，由于家里人口多，劳力紧缺，每年分口粮时家里都不够吃，只好向队里预支，弄得欠缺的粮钱，年年都往上涨。因此，为了家庭生计，他没有读完初中，就到生产队当社员挣工分了。虽然当了社员，但他还是书不离手，尤其喜欢钻研农技书籍。

一天上午，苏光宗出工劳动，中间休息时他又找到一处安静的地方看书。这时，队长孙保春走过来了。

孙保春笑着说：“苏秀才，要我说啊，你有中状元的才能，却投错了胎，成不了状元。人说，书中自有黄金屋，是不是真的啊？你挖到金子没有？”

苏光宗认真地说：“是的，当然能挖到，比如说，看农技方面的书，可以学会科学种田，科学种田，可以提高产量，产量高了，不就增加收入了吗？”

孙保春说：“种田有何难？经验比书本管用，这方面你要向我学习。”

苏光宗说：“保春伯，你们那时代的人，只能说会种田，却未必能种好田。只知道稻子需要施肥，却不一定知道稻子为什么要施肥、施什么样的肥。肥有氮、磷、钾，缺氮得施氮肥，缺磷得施磷肥，缺钾得施钾肥。施错了肥，不但浪费肥料，还会让稻子减产。”

孙保春一听，不服：“嘿，你个侄子，敢说我不会种田施肥？我和你爷爷一起搞农业合作社时，你都不知道在哪里。光读死书没用，除非你用你书本上的知识把粮食产量搞上去了，否则就别跟我一套套地讲大道理。”

苏光宗腼腆地笑了笑：“我学得不好，得罪了，您可别生气。”

孙保春说：“我不生气，我们打个赌，我们两人各种一块地，看谁的产量高。”

苏光宗问：“怎么赌？”

孙保春说：“你先说说你会种什么？”

苏光宗说：“种水果吧！我现在看的书，就是讲种水果的。”

孙保春说：“好，下午我跟李奇书记和郭泰和场长说一声，让你到咱村的果场里干吧！”

在征得李奇和郭泰和的同意后，第二天，苏光宗到果场劳动去了。

这时节，芒果树上的花已经盛开，害虫也蠢蠢欲动。农药杀灭了害虫，也杀死了蜜蜂。没了蜜蜂，金龟子却闻香而来，钻进花心里，贪婪地食用花朵。怎么办？苏光宗说不能再打农药了。那就用手捉。苏光宗与社员们一起出动，忙了好几天，消灭了金龟子。可蜜蜂还不来，怎么办？苏光宗说，可以人工授粉。于是，以苏光宗为代表的一群年轻社员，充当小蜜蜂，一朵一朵地给芒果花授粉。忙活了好几天，终于完工。几天后，一个个小芒果便从凋谢的花瓣下，露出了小脑袋。

芒果慢慢长大，压弯了枝头。果子多了，重了，必须疏果。接着，老枝又抽出了新条，又要剪枝。枝还没有剪完，虫子又来了，又得杀虫。苏光宗调动全场社员齐动手，连十四岁的弟弟耀祖，也被他叫来“锻炼”。

每天都有做不完的事情。果场里除了芒果，还有香蕉、菠萝、木瓜等热带水果。好不容易杀完虫子，年轻的社员们准备喘口气，轻松一下，没想到，暴风雨又来了。半岛的天气就是这样，夏天的时候，受台风影响特别大。这天晚上，场长从海南打电话回来，说那里在下暴雨，估计很快会到达雷州。苏光宗决定连夜开通果园东侧水沟道路，以备暴雨到来时及时排水，保护果树。

大家晚上全部行动。雨开始下，大家在雨中继续干活。苏光宗是果场最能干、最有奉献精神的人，大家都很服他。

到了暑假，湛海农校水果种植专业的老师、学生被派到红星大队果场锻炼。他们的身影充满果园的各个角落。苏光宗带领部分同学，给果树整枝、捉虫。劳动间歇，他经常把已经成熟的水果摘下来，给同学们吃。

苏光宗喜欢热闹，劳动时常常唱歌，鼓舞社员干劲儿。他还教同学们唱自己编的一首诗歌：

唱着歌儿往前走，
歌声绕着群山走，
草也笑来石也笑，
红花绿树绣山头；
菠萝香呀妃子美，
一片红土花果稠，
哎嗨哟，哎嗨哟，
一片红土花果稠。
唱着歌儿朝前走，
歌声顺着小河流，
地也舞来坡也舞，
金谷银薯满田畴；
机器转呀铁牛吼，
南荒变成了米粮洲，

哎嗨哟，哎嗨哟，
南荒变成了米粮洲。
唱着歌儿朝前走，
走在共产主义康庄路，
我们有一颗火热的心，
我们有两只结实的手，
齐心合力干到底儿呀，
幸福的光景就在前头。
……

同学们当中，有一位名叫朱小霞，是红星大队人。她小学时跟苏光宗是同学。苏光宗退学后，她继续读书，考上初中，接着又考上了中专。

有一天傍晚，收工后，朱小霞准备回家，遇到了苏光宗。

朱小霞跟苏光宗打招呼："光宗，你也回家吗？"

苏光宗微笑说："我到周围转转再回去。我想观察一下，周边的野树林是否存在病虫害，如果有，会不会影响我们的果场。"

朱小霞是个好学的年轻人，她一听这话，觉得与自己所学专业有关系，就说："那我跟你一块儿去。"

苏光宗愉快地点了点头。

他俩行走在一条杂草丛生的山路上，惊飞了几只鸟儿。最后来到一片小树林。苏光宗停在一棵不知名的野树下，朝树上看了看，又折下一根树枝，没发现异样。接着，他走到另一棵树边，也折下一根树枝，发现有一片树叶上有缺口。

朱小霞问："这缺口是不是虫子咬的？"

苏光宗说："造成树叶残缺的原因有很多，比如鸟儿啄食，高处落下的枯枝砸坏，虫子咬也是一个方面，如果这种受损的树叶极少，那就不具有研究的价值。"

朱小霞点了点头。她觉得，苏光宗虽然没有上过专业学校，但是懂得比自己多。

两人又走了走，没发现什么异常。苏光宗提议坐下休息一会儿，朱小霞表示同意。

两人各自拿出随身带的农技书，相互分享和交流农技知识，聊得非常投机。

自此以后，朱小霞总喜欢和苏光宗一起干活儿，喷药水，捉虫子，除杂草。累了，她就学苏光宗，摘一片很大的树叶，垫在屁股底下坐。

吃过晚饭，苏光宗开始正式向朱小霞约会了。朱小霞没有拒绝，等到月光升起的时候，两人就手牵着手，到野树林里拍拖。

她苗条秀气，皮肤白里透红。尤其令苏光宗着迷的，是她那双眼睛，妩媚中带着妖娆。

苏光宗摘了两片宽大的芭蕉叶，递一片给朱小霞。朱小霞红着脸，与苏光宗坐在一起。

突然，一只野兔子在附近的草丛中蹿了出来，往另一个方向跑去。朱小霞吓得直往苏光宗怀里靠。苏光宗又惊又喜，惊的是，兔子也吓了他一跳，喜的是，兔子帮了大忙，将朱小霞往自己怀里送。

苏光宗紧紧地抱住朱小霞，朱小霞也缩在他的怀里，不愿分开。

这时，苏光宗鼓起勇气，大胆地说："小霞，我喜欢你。"

朱小霞喃喃地说："光宗，我也喜欢你。"

苏光宗低下头，准备亲吻朱小霞。朱小霞抬起头来，主动迎合，两个人的嘴唇准确无误地碰到了一起。

月夜明亮无比，周围充满了虫鸣和青蛙的叫声。这对年轻人尽情地享受着这浪漫而温馨的夜晚。

3

红星大队牧果场搞得有声有色，东兴公社革委会主任金九癫决定前去视察，顺便检查红星大队的夏收工作。接到通知后，红星大队党支部书记李奇与牧果场场长郭泰和连忙迎接并陪同参观。

金九癫本名叫金九。他父亲是一名大队干部，有一定的社会关系。金九的名字，是他父亲起的。因他出生于九月，正逢金秋时节。金九小时候调皮捣蛋，是孩子王。到中学时，个子长得高大威猛，成绩也不错，且喜欢出风头，班主任便让他当班长。他的领导能力，便在那时表现了出来。他把班级秩序管得很好，不过，管理手段有时太过强硬，一些同学对他有意见。由于他名字中有个“九”字，与雷州方言“狗”字同音，所以不少同学暗地里叫他“疯狗”，或叫他“狗哥”。他高中毕业时，正逢“文革”开始，高考被废除，班主任就劝他当老师。于是，他当上了县二中初中部的语文老师。“文革”期间，他那爱出风头的个性，又派上了用场。

一次偶然的机会，金九认识了吴拔群，两人言谈甚欢，一拍即合。正在招兵买马的县革委会副主任吴拔群便邀请他一起闹革命。从此，他就成了吴拔群的铁杆干将。后来，吴拔群调他治理自己的家乡，任命他当上了东兴公社革委会主任。金九没有辜负吴拔群的重托，上任后连烧三把火，将无产阶级“文化大革命”及县里布置的各项工作，在东兴搞得风风火火，后来人家就叫他“金九癫”。

第一把火是“破四旧”。金九癫到任后连开几次动员大会，组织公社民兵团将东兴的寺庙进行了彻底清除。第二把火是割掉“资本主义尾巴”，将人均三分面积的自留地全部收归生产队集体。第三把火是紧跟全国学校都要搞革命的形势，进行教学改革，将小学学制缩短为五年，初中和高中各缩短为二年。同时要求普及小学教育，有条件的地方要普及初中教育。特别要求各中小学成立毛泽东思想宣传队，开展忆苦思甜、斗私批修等形势教育活动。

金九癫的三把火烧过之后，东兴公社处处红旗漫卷，红浪翻滚。“毛选”发到家家户户，红语录人手一本，各户正堂张贴大幅毛主席画像，以及马、恩、列、斯四幅肖像画。接下来是教唱革命歌曲，所有大队干部及在校师生必须背诵毛主席写的《为人民服务》《纪念白求恩》和《愚公移山》三篇文章，称作“老三篇”。不到半年，东兴公社几乎所有建筑的外墙上都刷着标语，所有学生都会背毛主席语录，会唱毛主席语录歌、革命样板戏、歌颂共产党毛主席等革命歌曲。

这天，金九癫与其秘书来到红星大队牧果场。金九癫每走过一棵树，就要问这问那。看着满园的芒果树，他有些喜不自禁。那树枝上的芒果似乎闪耀着胜利的光芒，他问道：“这一棵树的果子，至少有二百斤吧？”

郭泰和回答：“金主任说得太保守了。每棵树至少有七八百斤呢，如果这些果子能全部换成钱，一亩果子得顶上七八亩地。”

金九癫被这个数字惊呆了，他把眼睛睁得更大，不觉对这果园发生了更大的兴趣，于是更详细地问着全大队瓜果栽种的数字、年收入等。

转了大约半小时，李奇看时间不早了，便吩咐郭泰和把摘下的两筐芒果及一筐荔枝、一筐杨桃，搬到金九癫的车子上。接着他又与金九癫耳语几句，于是大家便一起往南吉埠一家饭店吃饭。

过了几天，金九癫在红星大队的芒果基地召开了一场全公社大队干部现场会。会上，金九癫大加赞扬红星大队在普及农业大寨县精神方面所做出的贡献，要求各大队好好学习红星大队，认真搞好普及大寨县精神的工作，迎接公社及县里的全面检查验收。李奇也按金九癫的指示，做了一份红星大队在普及大寨县精神中，渔业、牧果业发展情况的经验交流报告，引起与会人员浓厚的兴趣。

由于金九癫对红星大队的渔业、牧果业所获成绩的认可，加之李奇领导下的红星大队农业生产一年比一年好，在普及大寨县精神的检查验收中，样样走在前头，连连获得冠军荣誉，因此，金九癫对李奇的领导能力和工作方法很是赞赏。因而，东兴公社每一年度评优时，李奇不是先进工作者，就是模范标兵。同时，金九癫还推荐李奇当上了县里的“农业学大寨积极分子”“活学活用毛主席著作积极分子”等荣誉称号。

4

不仅抓农业生产很积极，李奇还紧跟革命形势，在全大队开展了很有成效的“斗私批修”运动。

时值果树飘香的季节，各种新鲜水果陆续成熟。红星大队社员们家家户户都分到了芒果、荔枝、木瓜等热带水果。今年水果产量比往年有了显著的增长，这离不开苏光宗的努力。为了让“斗私批修”运动不要搞得太紧张、严肃，李奇建议各生产队在会场上边吃水果边“斗私批修”。

这场运动的口号是：“狠斗私心，弘扬公心，扫除资产阶级利己主义障碍，批判修正主义，树立集体主义思想，团结一致向前看，一心一意走社会主义道路。”

“斗私”是最容易的。谁没有私心呢？人人都有私心，可都认为别人有私心，却从来没有一个人认为自己的私心大。

村西队的男社员“斗私”会场设在村西生产队的打谷场上。每天晚上八点开始“斗私批修”。生产队的干部列出先后“斗私批修”的社员名单。第一个被批的是陈日升，他在检讨中说，最早的私心是当年带头闹“按土地分粮”的旧事，说是当时思想糊涂，做了对不起大集体的事情。后来的私心是生产队分花生时，有一次偷偷地用脚顶住地磅板，多分了五斤花生。他说现在想起来很惭愧，愿意把多得的五斤花生退回集体。陈日升态度诚恳，李奇当即表扬他，并说过去的事就算了，主要看今后的思想与行动。

接着是王小三检讨，他承认自己是懒人，少年时还手脚不干净，曾偷过生产队的花生、瓜果等。他说虽然这些小偷小摸行为早已没有了，但现在“斗私批修”，必须公开出来，自我检讨，吸取教训，今后更好地做人，认真听党的话，树立集体主义思想，积极参加集体生产劳动，做一个好社员。王小三的“斗私”也很认真，大家也就不再计较他的其他缺点了。

轮到孙得利检讨私心时，他只是轻描淡写地说了一大堆。大家见他遮遮掩掩，有蒙混过关的意思，于是都纷纷地揭发他的短处，击中他的要害。孙得利不免有些愧意，也只好点头承认，愿意接受大家的批评指正。还有“牛角尖”朱明怀、光棍汉吴老六等社员，也先后作了批评与自我批评。最后，会计马本善、队长王锋等生产队干部也逐一“斗私”，正视问题，揭开盖子，纠正缺点与错误。总的来说，男社员会场的“斗私批修”会开得较有成效。李奇等大队干部都比较满意。

接下来是村西队女社员的“斗私批修”。俗话说，三个女人一台戏。这话一点也不假。雷州半岛三面环海，海潮汹涌，造就了半岛男人的粗犷，女人的粗野。因而，女人的斗争性最强、最彻底。现在，女人有了一个这么好的机会，她们是不会轻易错过的。她们把这场“斗私批修”的会场，变成了一种个人怨恨的宣泄场，似乎许许多多个围着锅台转的日子，在这里一并得到了解放。这是一个多么好的戏台呀，她们的演出是多么地贴近生活、贴近现实。因为“斗私批修”就是批评与自我批评，就是揭发别人的短处、烂处、臭处，这正符合她们的性格特征，这是她们最喜欢做的事情。

村西队“女会场”的主持人是村西队队委、大队妇女委员郭小英，她初中毕业不久，是进步青年。会议按队委事先决定的名单进行，最先“斗私”的是陈日升老婆李满花。李满花说：“我嫁来南吉村十多年，说‘私心’嘛，也有一些。比如，当年分地时埋界石，就与邻居许实厚两口子闹过一场，主要是牛不听话，偏偏向许实厚一方犁，占了他一手掌大的田地，这事大家都知道。后来，双方为此打架，许实厚抓了我的凸凸（奶子），当时我恼羞成怒，一脚踢中他的命根子。他要不摸我的胸脯凸处，我也不会踢他的下身。”

这时，有妇女哈哈大笑，说：“你的奶子是不是太漂亮了？露出来让大家欣赏欣赏！”还有人嬉笑说：“你是不是看到许实厚下身那东西比你老公的壮，妒忌呀？”又有妇女高声喊：“亮私不怕羞，斗私不怕疼！说呀！”

李满花羞红着脸说：“大家真的要看奶子是不是？”

人群中有妇女喊：“看！”

许多人跟着附和：“看！”

李满花说：“看就看。”于是解开上衣扣子，真的露出奶子让大家看。

在乡村，生过孩子的女人的奶子已不是那么神秘的。她们平时给婴儿喂奶时，往往不避讳众人的目光，何况是在女人面前。

这时，一个妇女走上前，摸了摸李满花的奶子，说：“挺滑嫩的，怪不得许实厚要抓呢！”众人哈哈大笑。

那妇女摸过后，又问李满花：“老实说，你见过许实厚下身那东西吗？”

李满花坦白：“一个大热天的中午，他在树下乘凉时，我看过。当时他那短裤裆底下敞开着，那条柱子顶住裤裆，怪吓人呢！”

这时，全场又是一阵哄堂大笑。

接着又有妇女高喊：“你还有许多私心，继续说吧！”

李满花继续坦白：“吃公共食堂那时，我打饭时总是故意少拿一两饭票，到打饭窗口时，总是扭过头临时向大家借，借了各家各户一两饭票，合计起来借了不少于五十斤了，可我至今都没还给大家。现在斗私了，我觉得占了大家便宜了，我得还给大家了。”

有妇女吆喝道：“现在大家都不想要你还了。”

李满花问：“那大家想要怎么样？”

那妇女说：“大家想痛痛快快地治治你。”

李满花一听，吓得脸色变白。她已经意识到，村里的女人们竟然是那么地恨她。她不知所措，只好低着头，像犯人等待着法官的审判。

这时一个妇女指着她的鼻子说：“某年某月某日，你偷了我家一袋子花生，是不是？”

李满花只好说：“是。”

又一妇女上前说：“某年某月某日，生产队分萝卜时，你看到那一堆大，硬是抢到我前头，把那大的全抢走了，是不是？”

李满花勾着头说：“是。”

又有一妇女说：“某年某月某日，你在队里劳动时说你心口痛，赖在地上不起来。当你听到队长说等一会儿分香蕉，你马上就爬起来，走在分香蕉的最前头，你是不是出工不出力？”

李满花汗珠从脸上滴下来说：“是。”

又一个妇女怒气冲冲地走到她面前说：“某年某月某日，你的儿子跟我的小儿子闹气打小架。你儿子比我小儿子大几岁，可你跑过来给了我小儿子几耳光，打得我小儿子哇哇直哭。我与你争吵了一下，你还要动手打我。你真虎呀，够霸道蛮横的，是不是？”

李满花觉得自己罪大恶极，悔泪涌出，哭丧着脸说：“是。”

揭发她的妇女越来越多，连她的亲人们也上来揭发她，其中有她的二婶儿、三婶儿、姑姑。最重量级的一发“炮弹”，是她二婶儿射出来的。

二婶儿说：“按亲情论，我不该揭发你，可你干的那事太缺德了！那一年，你说我老公那话是什么？你自己说吧……就是那一句没头没尾的话。”

李满花身子一晃，差点儿摔倒。只见她两眼一闭，满脸泪水。她万万想不到，跟她最要好的二婶儿也会上来揭发她。此时，下边的女人们齐声喊道：

“说了什么话？快说，快说呀！”

李满花低垂着头，闭着眼睛，一句话也说不出来了，听任众女人揭发她。她的丑事一件又一件地晒在了光天化日之下，连她的最隐私的事儿也被人弄了出来。女人们似乎越说越恼火。说着说着，就有人往她面前吐唾沫了，众女人你一口“呸”、我一口“呸”地吐她，吐得她满脸都是唾沫。甚至还有人试图上前拉下她的裤子，想让大家看看她两腿夹间的私处。不过，被人制止了。

接着，众妇女又议论着要周太公老婆蒋桂芳出来“斗私”。蒋桂芳平时恶语伤人也不少，人缘关系也是很差的。乡村女人的记恨全是由一件件小事引起的。女人的生活中心，也就是一件一件的小事，她们的目光自然也全都注视在小事上。似乎人人心里都有一本账，现在这本账要彻底地摊开来了，于是，众女人又义愤填膺地揭发蒋桂芳的一件件丑事，可蒋桂芳不是一盏省油的灯，不像李满花那样受人摆布。只见她挺直胸脯子，双手叉腰，放射出“挑战”的目光。当某某女人揭发她的短处、烂处、臭处时，她便横眉怒视，针锋相对地挖苦对方，击中对方的要害，时不时争辩得脸红耳赤脖子粗。会场上，众女人七嘴八舌揭发之后，就连带出了许多人。结果，“斗私批修”成了一条锁链，几乎把全村人都套了进去。

这时，主持人郭小英觉得会议开得有些异常，越开越不对劲儿。于是，郭小英离席找妇女主任吴翠玉汇报情况。听完汇报后，吴翠玉与团支书许春桃马上赶来了，她俩都觉得这样继续下去，人们的亲情将被破坏，族人之间的血缘关系将被分化，彼此间将产生更多的怨恨。这样的戏若再演下去，到了一定时候，全村就没有一个好人了。

吴翠玉挥手示意大家静下来。接着，她激动地说：“同志们，咱们‘斗私批修’会的宗旨是，通过开展批评与自我批评，让大家认识自己的不足，达到改正错误、缺点的目的。会议的要求是，营造良好的、生动活泼的氛围，做到文明地、善意地给同志提批评意见，让大家心情舒畅地接受教育，从而达到斗‘私’心，立‘公’心，扫除资产阶级的利己思想，振奋精神，把大家团结到大集体家庭里，一心一意走社会主义道路。我在这里重申：我们的‘斗私批修’会，不是泄私愤，图报复，引发新的矛盾斗争的。所以，我们要端正思想态度，明确‘斗私批修’会议的目的，共同把‘斗私批修’会议开好，要开出一个团结的会议、进步的会议、有成效的会议。今晚的‘斗私批修’会，大家给被批评者提意见，出发点是对的，但方式方法有些不对头了，今后要改正过来。今晚会议暂开至此，散会。”

散会后，吴翠玉、许春桃将村西队女社员在会场上发生的情况向李奇汇报。李奇听完汇报后，觉得村西队女社员斗私会开得走样了，急需改正过来。于是，他对她俩说：“明天晚上全大队社员集中开大会，总结一下情况，端正这场‘斗私批修’运动展开的方式方法，明确这场运动的目的与意义。只有大家思想认识统一了，才能把这场运动搞好，达到预期的效果。”

第二天晚上，全大队社员被集中在大榕树下开群众大会。李奇针对村西队女社员在“斗私”会上出现的异常情况，作了详细的分析矫正。

接着，李奇作自我“斗私”。他说：“我个人也有很多私心，有时候碍于面子，怕伤感情，也就不坚持原则，说过错话，办过错事，我也曾经反省过。尤其自己有时候脾气不好，容易冲动，说话不讲究方式方法，也挫伤了一些同志的感情。这些在我冷静下来后，也作了自我批评。今后，希望大家能多给我提出批评意见，让我更好地改正过来，更好地把工作做好。每个人都是有私心的，都会犯错误，只要知错能改，改了就是好同志。据我了解，村西队女社员的‘斗私’会开得有些走样了，有些人借‘斗私批修’泄私愤，图报复，恶语伤人，甚至有人对被批评者吐唾沫。这是什么行为？这是最大的私心行为，我对这种行为是坚决反对的。大家要下最大决心和勇气斗斗这种私心行为。这其实不只是私心行为，还有侮辱人格的行为，因为你已向被批评者吐了唾沫。这次‘斗私批修’会，许多社员能自觉地‘亮私’‘斗私’，我心里很是高兴。尤其是，陈日升夫妻俩能把私心彻底地亮出来，能够坦诚地揭露自己的私心，我心里很感动。我在这里，要大力表扬他们夫妇，他们敢于自我批评、自我纠正错误的精神是难能可贵的，值得大家学习的。毛主席说过，思想斗争是触及灵魂，不触及皮肉！所以，我希望村西队的那些给被批评者吐唾沫的女社员好好地反省自己，冷静地忏悔一下，端正批评与自我批评的态度、方式、方法，要采用文明的、善意的、温和的、良心的、热情的‘斗私’态度，诚恳地帮助同志改正错误和缺点。让大家在轻松、舒畅的气氛中接受教育，使之思想得到进步，作风得到提高，工作更加积极。这才是我们所希望的‘斗私批修’局面。

这才是我们开展‘斗私批修’运动的目的和意义。”

李奇发言结束，全场响起热烈的掌声。

李奇在红星大队开展“斗私批修”运动，最终达到了预期目的，受到了上下一致的好评。

第十九章

一曲殉情的悲歌

1

又是一个春天，天气变暖，猫在怀春了，青蛙在产卵了。

一天中午，李奇正要出门，忽见一队蚂蚁往庭院的树干上爬。他抬头望了望天空，只见两只燕子在头顶上飞，一会儿轻轻往下落，一会儿忽地冲向空中，最后，像是做表演一般，身子斜着往下坠，一直坠入屋檐下的巢里。

这时，天渐渐暗了下来，雷声隆隆滚过，接着便哗啦啦地下起了大雨。李奇退回院里。这时，吴翠玉拿着盆子去接檐水，准备用来洗衣或做饭。李奇回到屋里，抽了会儿水烟。

雨渐渐小了，李奇撑起一把雨伞，走出院门。这时，孙保春从河堤上回来，遇到了李奇。李奇便对他说："昨天公社开会，金主任要求各大队深入开展批林批孔，大种反修甘蔗，会议提出，要在咱们红星大队搞甘蔗高产试验基地。我琢磨了一下，这甘蔗试验基地就放在你村中队比较合适。这场雨下得及时，你抓紧行动吧！"

孙保春点点头，表示同意。

苏光宗初次指导果树生产，取得了很大成功，受到了社员们的好评。正暗自得意之际，孙保春又找上门来。

这天下午，苏光宗正在果场小屋里休息，这间小屋除了供社员临时休息，平时还会存放化肥农药与农具。孙保春一走进小屋，就直接走到苏光宗跟前，找了张小凳子坐下。

孙保春告诉苏光宗，准备把他调离果场，去搞高产试验甘蔗。孙保春说：

“刚才李支书说，公社要求大量种植‘反修蔗’，别吃进口糖。还说，公社在咱红星大队搞甘蔗高产基地，且这个基地就放在咱生产队。怎样才能提高甘蔗产量呢，我想你肯定懂，所以想再给你一个用武之地。我已经请示了李书记和郭场长，他们说只要你没意见，你马上可以调离，来负责这个基地的工作，让你再次大显身手。”

苏光宗一听，有点心动。他说：“我服从队里的安排。”

孙保春拍了拍苏光宗肩膀，说：“好！希望就寄托在你身上了，给你三十亩地，这面积可不小啊，要是种不好，对不住队里的社员。这个任务交给你，我放心，我现在任命你为甘蔗组组长，你给你们组挑几个人吧。”

“好。”苏光宗考虑了一会儿，对孙保春说：“我选四个人，黎琼花、朱三成、朱丽萍和吴婷婷。”

孙保春一听，愣住了：“选那么多娘儿们干吗？唯一的男社员还是个瘸子，这些人哪有什么战斗力？”

苏光宗笑了起来：“队长，我们是种甘蔗，要的是心细，不是蛮力。队里只要把地给我翻好就行了。”

孙保春似有所悟，就点了点头。他说：“你小子要是干得好，我每天给你记十二工分。”

苏光宗与孙保春达成君子协定后，第二天一早便急忙向朱黑脸家赶去，把这个好消息告知朱三成、朱丽萍兄妹。

早晨的太阳光芒万丈，照在朱家大院的篱笆上，牵牛蔓往上爬，一直伸向篱笆顶上，好像顺着太阳光线，还可以爬到天上去。苏光宗隔着柴门向院里看，里边坐着朱丽萍，她正在水泥石板上洗衣服。丽萍洗的衣服很多，竹竿上晾着上衣、裤子，还有内衣和胸罩。丽萍低着头，在大木盆里搓完最后一件衣服后，拧干，晾在竹竿上，接着便返回屋里了。

苏光宗在门外喊：“三成，三成。”

他不好意思喊丽萍，怕她父亲朱黑脸对他有什么看法。

朱三成听到叫声，便从屋里出来了，透过柴门缝见是苏光宗，便打开柴门，请光宗入内。苏光宗说还有事，在门外说就可以了。接着便一五一十地将他与孙保春的君子协定和大概意思向朱三成说了，希望他们兄妹一起加入高产甘蔗试验组，合力干一番事业。

朱三成听后很兴奋，当即表示他们兄妹一定尽力地干。

苏光宗告别朱三成，又找吴婷婷、黎琼花去了。一路上，他愉快地哼着雷州流行小调：

鸡角子呀鸡角歌，飞去菜园吃菜秧；
飞去南山吃竹籽，飞去海南吃槟榔。

就这样，十九岁的苏光宗领着三个女人、一个瘸子，成立了甘蔗种植组。此事迅速成了全村的大新闻。

苏永盛听了消息，既喜又忧。喜的是，队里有这么多年轻人，大队干部却挑中了他的儿子，敢将三十亩地交给他弄。忧的是，儿子万一种不好，就丢脸了，将来不好做人。

负责甘蔗种植，对于苏光宗来说，是一个理论联系实际的锻炼的好机会。接受任务的当天晚上，苏光宗就召集手下四名社员开会，在布置任务的同时，还跟他们讲解了甘蔗种植的要点。苏光宗之所以选这四个人，是有意图的。他认为，黎琼花体力弱，跟着男劳力一起做生产队里的活儿，既辛苦，又不宜轻易走开。到他的甘蔗组里，她就轻松些，而且还能照应到家里。至于吴婷婷和朱丽萍，因为与三人谈得来，两人又听话，容易相处。朱三成是朱丽萍的哥，选他，则是因为他干活儿细心，同时又喜欢说笑，有利于调节劳动气氛。

红星大队甘蔗高产试验田开工后，金九癫从县里请来专业农技员，派到红星大队不定期进行指导。苏光宗边干边学，收获颇丰。

入秋后，甘蔗林开始变得茂盛。李奇和孙保春来到试验田边察看，看到甘蔗林叶子绿、秆儿壮，两人脸上都堆满了笑容。

到了年底，甘蔗试验田大丰收，轰动全村。人们对苏光宗钦佩有加，苏永盛长舒了一口气，对儿子更是刮目相看。

李奇非常高兴，将试验田成果汇报到公社。金九癫看了汇报，精神抖擞，立即前往红星大队察看。看过之后，更是喜不自禁，马上将苏光宗评为公社种蔗模范，同时还将其列为县种蔗模范人选，上报到县里。一时间，苏光宗名声大振。

年终分粮时，孙保春兑现承诺，为苏光宗记了四千工分。从这年起，苏家不再超支了。苏永盛高兴得眉开眼笑。耀祖对光宗充满了崇拜之情，发誓要以哥哥为榜样，为家里争光。

就在这年年底，周太公儿媳妇柯莲珠早产，早产时肚子剧痛，呼天唤地，急得蒋桂芳团团转。

周太公也很着急，他对老婆吼道："别瞎转转，快去叫邓山花医生来吧！"

蒋桂芳说："不要叫邓山花，我去叫李满花。"

说着，蒋桂芳就跑去陈日升家，叫来了李满花。

李满花走到柯莲珠床前，见她流泪大哭，便说："哭什么呀，世上都是人生人的，有什么好哭的。忍着点，哎呀，羊水破了，躺好，躺好，生娃娃容易得很，就像拉一泡屎！"回过头对桂芳说："快去烧水，把剪刀在水里煮煮。"

剪刀煮好了，蒋桂芳放在盘子里拿到产妇床前。

周太公一口接一口吸烟。吸完烟，他走到屋门口对桂芳说："满花行吗？"

桂芳瞪了他一眼说："你不要进来。"说着把一卷带血的布扔在墙角。

周太公忙说："出血啦？严重不？"

桂芳说："鸡下头蛋都带血的，有什么大惊小怪的。"

过了一会儿，一声啼哭，周太公孙女落地了。

桂芳抱出婴儿让周太公看，那孩子瘦得像个老鼠。周太公看后并不高兴，叹道："人生在阴阳五行之中，尊卑贵贱天已注定。"

李满花再次端详婴儿，突然发现婴儿没有肛门，便说："怎么没屁眼儿？"

周太公、蒋桂芳一听慌了，急忙弯过头看了一下，果然没屁眼儿。蒋桂芳当场便晕了过去。

这样的事情，在南吉村几百年来没有发生过。人和人吵架的时候，咒过，说："你狗日的做亏心事，让你生娃没屁眼儿。"可咒语说过就说过了，现在看来，还真的有没屁眼儿的孩子。

柯莲珠知道后，一边哭一边双手拍打床头，拍得咚咚响。

周太公看到此情景，竟然流下了眼泪。当他看到蒋桂芳被李满花扶住边哭边捶胸顿足时，站起来，先去关了院门，回头吆喝说："谁都不准哭了，大家要为周家守住这个秘密，千万不能透出一丝风声。”

接着，周太公又对李满花哀求说：“满花，恳求你回去后，要绝对给我守住这个秘密，包括你家陈日升，也不能知道。”

李满花回答道：“你们放一百个心，我会守口如瓶的。”

这个娃生下来就喜欢哭，奶不吃，水不喝。李满花见状说：“这怪娃这么折腾下去，你们还怎么过日子呀？依我看，干脆丢出去算了。”

周太公说：“既然娃冲我们来了，我们就得养，决不能丢出去。我会想方法解决这问题。”

说着，他拿出笔墨纸，“天皇皇，地皇皇，我家有个夜哭郎，过路君子念一遍，一觉睡到天大光。”这句咒语，写了十几份。字写好后，贴到村巷的墙上、树上。

蒋桂芳再次抱起婴儿，不敢哭了，哀叹：“娃呀娃呀，你前世是个啥呀，咋就投胎到周家呀，你这是来给我报应呀，是不是报应我和你爷爷曾对李奇的陷害？对蔡玉珠的算计？或是报应父辈做了什么对不起天地的事？你爷爷一生给人算命占卦，怎么连自家的都占卦不出来呢？作孽啊，作孽！”

这时，周太公的儿子从外地赶回，了解到情况后，大声说：“妈，你不要太自责了，报纸也登过这类事情，不要大惊小怪的，现在医学发达了，完全可以给孩子动手术，把屁眼儿疏通，你放心吧！”

周太公在旁附和道：“是啊，是啊……”

再说周太公这没屁眼儿的孙女的出生，还隐藏着一段秘密的往事：

周太公娶来儿媳妇柯莲珠已整整五年了，还未育有一男半女。周太公夫妇早为此事着急。

周太公老婆蒋桂芳为此领着儿媳妇求遍雷州半岛上各个寺庙的神灵求生子，却毫无结果。有一次，蒋桂芳领儿媳妇到雷州双龙山仙人洞祈祷观音娘娘，烧一对红蜡，再燃三支香，然后跪下磕头。儿媳妇照样做完这一切拜谒礼仪之后，就羞怯地伸手到观音娘娘屁股下摸回一个留着马鬃头的男孩泥娃娃，每天晚上睡觉时夹在阴部。那泥娃娃蹭得她难以入眠，夜夜在床上缠着周太公的儿子做那事，但终究还是不见怀娃的任何征兆。周太公的儿子没了耐心，骂妻子：“你那屄真没屌用，再这样我真要离婚了。”妻子柯莲珠又惭愧又伤心又无奈。于是求家婆蒋桂芳找大夫邓式昌把脉治疗。

蒋桂芳领着儿媳妇到了邓式昌诊所，邓大夫先看气色，然后把脉，询问饮食、睡眠、经血来潮一类现象，先用祖传秘方，后来换了偏方，药引子竟是刚会叫唤的小公鸡或是刚刚阉割下来的猪睾丸、牛睾丸之类的活物。为找这些稀缺东西，一家人费了许多周折，可儿媳妇依然不见效果。蒋桂芳同儿媳妇再找邓式昌大夫，邓大夫安慰婆媳说："慢慢来，可能药还未起效，再等一段时间吧！"于是，婆媳只好回来再等一等。

儿媳妇柯莲珠第二天回娘家，将情况告诉自己的母亲，并说如果再不怀孕的话，丈夫要同她离婚了。

母亲为此很伤心地对女儿说："若真要离婚，消息一传出去，莲珠啊，你这辈子再也嫁不出去了。"想到这层，母女俩抱着痛哭了一场。她母亲痛哭中突然说："莲珠啊，这不怀孕的事，看来不是你的毛病，也许是男人的毛病，但男方的毛病我们是不能说出来的。事到如今，为了娘家的面子及你的生存，你我只能做件违心事了。我听说到双龙山拜石狗公很灵验呢。"

女儿柯莲珠一听，迫不及待地让母亲继续说："夜晚我带你去双龙山拜石狗公，到了石狗公的地方我即离开，在远处等你。到时，你给石狗公烧香，摆供品、跪拜，磕三个响头，磕后头上罩下一幅盖脸的纱布祈愿，接着抚摸石狗公那又粗又大的阳具，石狗即能显灵。这时，会有一个男汉从石狗公后面出来拉你摸石狗公阳具的那只手，把你引到石狗公后面的一个石洞里，谁也不许问谁一句话，两人默默地脱光衣服做那事（交媾）。完事后，谁也不许说什么。若你觉得做得不过瘾，可要他再做一次，或他觉得做得不过瘾，你也让他做过瘾，总之达到两人满足为止。都满足了，各自离开就大吉大利了。"

女儿柯莲珠听母亲这么说，显得有些羞怯地说："好吧，照妈说的做。"

两个月后，儿媳妇柯莲珠出现呕吐现象。家婆蒋桂芳高兴得很，周太公也露出久违的笑容。他夫妇把儿媳妇的怀孕归功于邓式昌大夫的神医妙药。于是，周太公夫妇提着厚礼拜谢邓大夫："您的医术高明啊！太感谢您了！"

邓式昌大夫谦逊地说："哪里，哪里，这是您周家的福气啊！"

就这年年底，儿媳妇柯莲珠（就前面说的）为周家产下了这没屁眼儿的孩子。

那没屁眼儿的孩子产下不久就夭折了，周家唉声叹气，柯莲珠万般无奈。

过了几个月，柯莲珠要子心切，又想再次拜“石狗公”要孩子。于是，再次回娘家，求母亲带她去拜石狗公。在赶回娘家的路上，却遇着生产队队长王锋。这时正值夏日中午，赤日炎炎，王锋一个人穿着内裤在溪口河里摸鱼虾正上岸，水淋淋的内裤贴紧下身，那玩意儿凸显。柯莲珠边盯着那玩意儿边笑着说：“王队长，你捕到这么多鱼虾啊！看你水淋淋的，日头又这么毒，不如到旁边香蕉园里凉爽一下，我也走累了想歇歇。”说完，羞怯似的又盯着王锋水淋淋的内裤里的那玩意儿。

王锋一下子猜透了柯莲珠的心思，环视一下四周静悄悄的，没见一个人影，那双眼色眯眯地瞅着莲珠那短袖薄衣的胸前凸起硕大的乳房，说：“莲珠，你说得是，我也有点儿累，咱们到香蕉园里歇歇。”说完，与莲珠对视一眼，两人会意地微笑着。

到了香蕉园，王锋、莲珠各摘下两大片香蕉叶铺在香蕉园隐蔽处。柯莲珠立即卧下，一会儿，便说天气太热、难受，起身便把衣服脱个精光，闭着眼睛。王锋盯着她那白花花的胴体，欲火马上升腾，迫不及待地脱下水淋淋的内裤，抱起莲珠卧放在香蕉叶上……

王锋的嘴唇、双手、胳膊和双腿上都带火似的，触及她的任何部位都带有火热的回应。他、她像两座火山，那深层熔岩在奔突、冲撞，寻找到了喷发的突破口，骤然爆发焚毁。爆发焚毁过后，熔岩在山谷里汩汩流淌……

这时，香蕉园里的一对公母野鸡也正偷着乐！

柯莲珠在与王锋完事的那天夜里，做了一个梦，梦见周家的祖先家“神”在她身边说：“曾孙媳妇呀，我要的是周家的‘种’，你怎么借人家的呢？上次你借石狗公那男人的‘种’生了个没屁眼儿的孩子，你若再借王家人的种，还是要生没屁眼儿的孩子的。你这是在造孽，造周家的孽，我饶不了你！”说完便不见踪影，而周太公在她旁边正盯着她。这时，她整个脸火辣辣的，又羞又耻，觉得无地自容，四处寻找地缝，一下子钻进地缝里去了……突然，一只猫从窗口跳过，她一下子醒过来，才意识到做了一个噩梦。

第二天一早起来，家婆蒋桂芳对她说：“莲珠，我这几天回娘家看社戏，明德（周太公的大儿子、莲珠的老公）又上工地去了，家里的一切交给你了，你要好好照顾家公的饮食起居，还有明义（周太公的二儿子）礼拜六放学回来，你得帮我给他下星期的伙食费及备足粮食等，你也得好好照顾他呀。”

柯莲珠连连点头，说：“婆婆你放心去吧，我会照顾好他俩的。”

蒋桂芳听儿媳妇这么说，也就放心去娘家看社戏了。

这天深夜，周太公喝得醉醺醺的回家，用脚踢大门。大门闩咣当一声便开了。周太公过门槛时脚尖绊了一下，跌倒在门里爬不起来，大声呻吟着发脾气：“桂芳……桂芳还不赶快扶我，还……立在那儿……看什么！”他以为开门的是老婆，却料不到今晚是儿媳开的门。莲珠难为情地说：“爸……是我。”周太公醉昏了头，分辨不清是谁的声音，继续发脾气：“我知道是你……你不扶我，盼着我跌死？”儿媳妇便伸手抓住他的手臂往上拉。周太公便挣扎着爬起来，本能地把一只胳臂搭在儿媳妇肩膀上，依托往前挪步。大声慨叹：“老婆，还是你对我好！”儿媳妇满脸骚烧，低声分辩说：“爸，你净说胡话，不是咱妈，是我。”

周太公眼睛一瞪，站住脚：“你妈怎么啦，你怎么啦！你对爸也好着呀……也好着！”莲珠扶着家公走过庭院时，周太公不知怎的柔声说：“你呀……孝顺得很……”说着就伸过右臂把儿媳抱住了，嘴巴在她脸颊着急吻了一下，喷出热骚骚的烧酒气味儿，几乎同时就有一只手在她单薄的衬衫里的胸脯上摸揉。

她惊叫一声，浑身燥热，双腿颤抖，但本能地央告：“爸，不能这样……快放手……”周太公说：“怕什么？你身子好润滑嘛……”莲珠很快恢复理智，猛力挣脱出来，奔回房间将门关死。莲珠从房的门窗朝外看，周太公又摔倒在地，哼哼着爬了起来，蹒跚着回了自己卧房。

夜里，她躺在床上，脑子里连续不断演示着给家公开门的情景，清晰地映现家公搂着自己肩膀的样子，突然冒出家公“你身子好润滑嘛”的声音，尤其是家公那双揉捏她胸脯的大手，那急切在她脸上热吻的嘴巴，可以感受到家公那男人气味儿的浸润和刺激。她忍不住浑身骚热，勾魂荡魄！她胡思乱想起来，昨夜那祖先家“神”的梦话及梦里家公一直在旁盯着她的眼神一下子浮现出来。她鬼迷心窍地下结论：“这肯定是祖先家‘神’托梦要自己与家公做那事，怀下周家的种吧！”

这一夜，她想入非非，在昏昏沉沉的梦中，与家公做“那事”。

第二天一早，她起床做了早饭，给家公端上，却没有离开，站在饭桌一角侧着身子说："爸，你爱喝酒在自家喝，跑到人家王锋队长家里喝不是麻烦？"周太公似乎对昨晚的事没有一点儿印象，很平静地说："在家喝酒没有对手呀，不爽快！"莲珠趁机说："你想喝酒，我陪你。"

周太公随口应诺："那好，那好啊！"

那晚，月光下儿媳妇端上四碟炒菜：炒鸡蛋，炒花生仁，还有一碟豆腐焖猪肉，一碟蒜蓉炒丝瓜。她把住酒壶往酒盅里斟满了酒："爸，你慢慢喝，慢慢吃。"周太公对她说："你妈不在，你坐下陪爸喝一盅，陪爸说说话，爸一喝酒就想跟人家说话儿。"

莲珠羞怯地说："那不行，叫人笑话。"

周太公说："公媳在家里喝酒有什么可笑的？来，坐下喝酒。"

莲珠见家公这么说，就坐下与家公喝起来，不过她喝得很少，只是畅快地与家公碰碰酒杯、说说话而已。

莲珠又斟满一盅酒递给家公，家公接酒盅时，毫无顾忌地抚摸了莲珠的手，且醉醺醺地说："你的手真巧，酒量还算不错啊！"这使她对原先胡思乱想的判断结论误认为是真实的了。于是，她大胆地对家公说："爸，你喝醉了，我扶你回卧房上床休息吧！"

周太公赶忙说："好！"

于是，莲珠扶着家公回卧房床上。顺势给家公脱鞋时，家公却对她说："不用你脱，我自己来。"于是，周太公自己脱鞋袜。莲珠呆呆地站在床头不离开。周太公说："怎么啦，还站在这里做什么？快回你房里休息吧。"

莲珠无奈地离开家公的卧房回到自己房间，躺在床上自言自语："原来昨晚家公是喝得太醉太醉，几乎不懂人事了，才说了糊涂话、干了糊涂事的，根本不像自己胡思乱想时作出的那鬼迷心窍的结论。"这使她真正明确家公完全没有意思和自己做那事，这完全是自己的胡乱猜测，作出错误的断定，错怪了家公。但前夜里那个祖先家"神"的梦又是怎么回事呢？既然自己跟拜石狗公时的男人和王锋做那事祖先家"神"已知道了，若像祖先家"神"说的那样，果真与王锋做那事怀上，到时又生出一个没屁眼儿的孩子怎么办？她越想越害怕，一下子冒起冷汗。

她在惊慌与忧心忡忡中清醒过来，努力地忆起祖先家“神”的托梦，她知道祖先家“神”的话绝对不能违背啊！她在想，既然祖先家“神”要我怀周家的种，如今，家公是绝对不行了，丈夫明德也绝对是没指望了，那周家还能指望谁？左思右想，终于想起了小叔子周明义（周太公的二儿子，今年十六岁，在县二中念初三）。家婆蒋桂芳前日回娘家时曾叮嘱过自己，周明义礼拜六回家，要自己好好照顾他的。

柯莲珠想到这里，便一下子兴奋起来，她立即做出周密的计划安排，让周明义与自己睡一晚做那事，让自己怀上周家的“种”。

说来也巧，礼拜六、日两天周太公正好出远门给人家办红白喜事，家中只有从学校回来的周明义和她。

莲珠向周明义说了母亲回娘家看社戏时，叮嘱过要嫂子她好好照顾他的。她从口袋里拿出三百元人民币交给明义说：“嫂子想了许久了，要给你买像样的布料做套衣服穿，可不懂得买哪种才让你满意。今天，你拿上这些钱，在县城挑一套合适自己的布料做衣服吧。”

周明义推辞说自己有衣服穿，不肯收下。莲珠硬要他收下，说若不肯收，就是看不起嫂子。于是，明义只好收下了。

接着，莲珠又说：“明义呀，嫂子平时对你好不好啊！”

明义马上说：“嫂子待我很好，我记在心里呢。”

莲珠接着说：“明义啊，你心地善良，是好孩子，嫂子很看重你、爱你，今后你有什么需要帮忙的，尽管跟嫂子说，嫂子一定尽力帮你解决。”

明义说：“谢谢嫂子了，今后若有需要嫂子帮忙的，一定跟嫂子说。”

这时，莲珠趁势说：“明义呀，嫂子近日身体不好，夜里睡不好，经常失眠，昨夜咱祖先家‘神’托梦，说我这失眠症，只有小叔子明义才能帮忙解决好。嫂子要你帮这个忙，你肯帮嫂子吗？”

明义马上说：“嫂子，你对我这么好，你有困难，我怎会不肯帮忙呢，快说要我怎么帮忙解决？”

莲珠不慌不忙地说：“先谢谢你懂得爱惜嫂子。”

明义说：“一家人还谢什么？我一定尽全力帮忙，快说吧！”

莲珠说：“那太好了，是这样的：昨夜梦里祖先家‘神’说：‘孙媳妇呀，明晚你叫你小叔子明义陪你睡觉做伴儿就行，你的失眠症就好了。’明义，你就陪嫂子睡觉，治好嫂子的失眠症吧！”

明义听后二话不说便答应下来。

莲珠接着说：“明义，祖先家‘神’还说，你陪嫂子睡觉治失眠症这事，对任何人包括咱爸妈、你哥等亲戚都不能说，说了不但嫂子的失眠症治不好，祖先家‘神’说也饶不了你。家‘神’说若你说了，就割下你的鼻子。明义，你敢保证绝对保密吗？”

明义马上举手立誓，绝对保密，叫嫂子百分百地放心。

于是，莲珠做了一顿丰盛的晚饭，叔嫂畅快地吃了个饱。

天黑了，明义便进了嫂子的卧房。莲珠已经赤裸裸地睡在被窝里。

明义说：“嫂子，我睡哪边？”

“明义，你就睡在我身边。明义，你得脱光衣服呀！”

“好，听嫂子的。”于是，明义脱光了全部衣服。

明义钻进嫂子被窝里。莲珠得意地在明义脸上亲了一下，接着搂紧明义，把硕大的奶头送到明义嘴边。明义说：“嫂子，我已长大了，不吃奶了！”莲珠马上在明义耳边神秘地小声说：“明义，你帮嫂子治失眠症的，嫂子要你怎么做你就怎么做，才灵验，懂吗？你千万不要开口说话，说了，祖先家‘神’往后就会割下你的鼻子！明义，你是好孩子，听嫂子的，好吗？”

明义便也在嫂子耳边小声说：“只要能治好嫂子的失眠症，要明义做什么都愿意，嫂子放心吧！”

于是，莲珠把奶头塞进明义嘴里让他吸吮，又拉明义的手抚摸她的胴体各部位，最后让明义的手停留在她下身那黑森森三角地带，摸来摸去。明义从未遇过这种事，朦朦胧胧的，任由莲珠嫂子摆布。

莲珠不停地抚摸明义下身那东西，那小东西慢慢地坚硬粗壮起来，她随即骑在明义身上，让那坚挺的东西进入自己的体内……

明义觉得又新奇又有快感，在嫂子身边说：“陪嫂子治失眠症原来这么嫽呀！”

莲珠接着说：“你觉得嫽就再来一回吧！”这回，明义开窍了，骑在嫂子身上，两人进入了极乐世界……

三个月后，莲珠的肚子微微隆起来了，谁知道是王锋的“种”还是明义的“种”？恐怕只有周家祖先家“神”才知道。不管怎么的，反正周家上下高兴，周太公夫妇再次笑逐颜开。

第二年，红星大队将甘蔗种植面积增加到四十亩。苏光宗继续担任种植组组长。由于已经有了经验，加上风调雨顺，甘蔗长势更加喜人，成熟后，比一般甘蔗要粗得多。李奇再次邀请金九癫来视察。金九癫看过后，非常满意。接着，他组织各大队干部都来参观学习。随后，金九癫又将苏光宗报为县劳模。次年五一节，苏光宗还出席了湛海地区劳模大会。

一开始，孙保春对苏光宗的能耐还是持观望态度，这下子，他信服了。俗话说得好，人不可貌相，尤其不能小看三岁流鼻涕小孩。就苏光宗而言，开始保春觉得他也是平庸的，但现在觉得判若两人了。青年人是具有可塑性的，他们随时都可能发生变化，甚至让我们都认不出他的面目来。

苏光宗没有忘记种植组里的手下干将，他向孙保春申请给四个社员增加工分，获得了同意。同时他又请求金九癫为四人评先进。金九癫满口答应，但由于名额有限，最终只有吴婷婷和朱丽萍被评为公社种蔗模范。

黎琼花见自己没评上模范，心情郁闷，不久之后辞职，回到了果场。朱三成因为朱丽萍经常对自己指手画脚，干得不开心，也走了。孙保春见甘蔗组人少了，想给苏光宗增加人手，被谢绝。苏光宗说，现在种植甘蔗早就轻车熟路了，不用那么多人手，再忙的时候，临时派人支援就行了。孙保春高兴地同意了。

五个人的小组，走了俩，苏光宗就更操劳了。好在，两个姑娘干活儿挺卖力。三个人一天到晚，都在甘蔗林里，打叶整枝，忙得不亦乐乎。

三个年轻男女在一起久了，难免会生出感情。苏光宗长得一表人才，干活儿勤快，又热爱读书，对两个姑娘自然有着不小的吸引力。苏光宗当然也喜欢这两个可爱的姑娘。不过，自从在果场里与朱小霞有过几次约会，苏光宗觉得朱小霞与自己更为志同道合。只是，开学之后，朱小霞似乎突然人间蒸发，音讯全无。她家里的人也不爱搭理苏光宗。

苏光宗慢慢意识到，朱小霞与自己是有很大距离的。毕竟，朱小霞考上了中专，吃皇粮，毕业后将会有一份体面的工作，可自己，农民一个，家里又穷。苏光宗觉得，果场中的恋情，不过是两人一时间的冲动与头脑发热。尽管如此，苏光宗内心还是喜欢朱小霞的。

过了三伏天，蔗螟虫开始活跃，苏光宗带着两个姑娘开始打农药。忙了两三天，终于在第三天下午干完。两个姑娘累得气喘吁吁，苏光宗看着心疼，就说："你俩到树荫下歇会儿，我回去取点凉水和西瓜来，解解渴。"

这时，婷婷开口说："我去拿吧，我上衣都湿透了，也不知道是汗水还是药水，我得回去换件衣服。"

"好吧！等休息好了，我们再给大前天打过药的地，除除草。"苏光宗说。

丽萍接过话说："婷婷，你快点儿去取菊花茶水来，加点盐，我快要中暑了。"

光宗和婷婷都笑了。

三个人来到水渠边，洗了洗手。然后，婷婷朝村里走去。

丽萍采了两片芭蕉叶，将芭蕉叶铺在一棵荔枝树荫下，叫光宗过来一起坐。光宗躺在叶子上，觉得很困，想小睡一会儿。

这时，丽萍柔声地喊了声："光宗。"

光宗坐起来，问："什么事？"

"你坐过来一点。"

"你说吧，我听得见。"

"靠近一点，我不好意思大声说。"

光宗就挪了挪位置，靠近丽萍："小萍，你说吧，什么事？"

丽萍的脸红了，她结结巴巴地说："我，我背好痒，可，可我，我的手抓不到，你，你帮我挠挠，行吗？"

光宗一听，心脏狂跳起来，不知该怎样作答。

丽萍眼珠一转，变出焦急的神情："痒得好厉害，满背都痒，会不会是药水滴到衣服上了？快帮我挠挠。"

光宗吓得赶紧问："会不会是中毒了？那得赶紧去邓医生那儿看看。"

丽萍趁势拉过光宗的手："那你帮我看看，背上有没有红？"

光宗感到为难："你是女孩子，我怎么能看啊？等婷婷来给你看，行不行？能忍一忍吗？"

丽萍说："忍不了，痒得要命。你先给我背上挠几下再说。"

光宗还在犹豫："要是让别人看到，多不好？"

丽萍不高兴了，大声说："哪来这么多废话，快挠。"

光宗只好伸出手，隔着衣服给丽萍挠痒痒。手一摸到她的背，自己的脸就红了，心跳也加快了。

可是丽萍还是不满意，说："用点儿力，你这样只会越挠越痒。"

光宗就用力挠。丽萍觉得舒服了，可还是意犹未尽。她说："再用点儿力，你干脆把手伸到衣服里面去挠。"

光宗的心跳得更快了。不过，这回他没有再废话，丽萍那白嫩且富有弹性的肉体，吸引了他。他把右手从丽萍上衣的后襟处伸进去，手一触到她的裸背，就感觉像是触碰到一股电流。

丽萍的身子也颤抖了一下，趁势倒在光宗的怀里。

"光宗，你亲亲我！"丽萍软绵绵地说。

光宗的呼吸变得急促起来，在夏日的凉风下，他感到了浪漫，感到了丽萍的妩媚。他忍不住低下头，用自己的嘴唇碰了碰丽萍的嘴唇。丽萍感到浑身发热，她解开胸前的衣扣，把光宗的右手拉进自己的乳沟里。

光宗与丽萍的这一举动，被回村取菊花茶水赶来的吴婷婷远远看见了。婷婷马上闪到甘蔗林里，两行泪水如断线的珠子，往下滚。

婷婷暗恋苏光宗，可光宗拿婷婷当妹妹，一点儿也察觉不到她的情感。

有一次，苏光宗到溪口河钓鱼，见吴婷婷在洗衣服，衣服洗完了正要往回走。可夏天的河水变化多端，此时，为了便于灌溉，上游的水库开了闸，河水很快涨起来，把河边的铺石都淹没了。婷婷胆子小，试着过河，却不敢跨过去。正在犹豫着，苏光宗来了。他脱掉鞋袜，蹚水来到婷婷面前，说："我背你过去。"

吴婷婷见状很感动，动情地说："这怎么好意思呢？"

苏光宗说："这有什么不好意思呢？小时候，咱们玩儿游戏时我不也背过你吗？"

吴婷婷不好意思拒绝，就撩了一下头发，往四周看了看，接着便一下子伏在光宗那宽阔的后背上，双手抱紧光宗的脖子，双脚绕缠在光宗的两腿间。不料，脚尖触到光宗那硬东西，她的脸蛋儿一下子就红了。她那圆鼓鼓的乳房，贴紧光宗的后背，心狂跳起来，也许光宗能听得到。

光宗很快把婷婷背过铺石，安全走上了堤坝。光宗又回头把婷婷洗干净的衣服拿上岸，交给了婷婷。

婷婷很感激地说："谢谢你，光宗。"

通过这件事，婷婷把光宗深深地刻在心底。她暗暗下决心，将来要嫁给光宗。可光宗一直蒙在鼓里。

2

又一个盛夏季节，田野里，稻子金灿灿的，番薯肥胖胖的；山坡上，橡胶、剑麻、甘蔗林一望无际，似绿色的海洋；那香蕉、菠萝、芒果香喷喷、甜蜜蜜，让人垂涎三尺！还有荔枝、龙眼，椰子树上挂满红绿、金黄的果子，它们蒙上大片晨露，在朝霞的映照下，泛着五彩光芒。盛夏一幅幅美丽的田园画卷，呈现出好一派丰收景象。

夏收结束后，公社革委会主任金九癫又来红星大队视察。这回，他带来了一个特大好消息：公社里有一个大学生推荐名额，他要把这名额安排给红星大队，而且指定给甘蔗种植组。具体人选，要遵照民主原则，由大队干部讨论决定。

甘蔗种植组就三个人，光宗、婷婷和丽萍。三个人都上过学，论种植经验，当然是光宗强，但要是论学历，光宗最弱。因为光宗小学都没有读毕业，而婷婷和丽萍都上过初中。

让谁去上大学，李奇犯了难。当天下午，他召集大队干部开会讨论。

"我觉得应当让光宗去。因为高产甘蔗，从管理，到技术指导，都是光宗负责的。论贡献和技术，当然是他最强。"吴翠玉首先谈了自己的看法。

吴翠玉话音未落，吴拔众马上提出了反对意见："我不同意让光宗走，他走了，高产蔗谁来负责？没有他，咱们种蔗的先进大队荣誉，就保不住了。"

"那你说说，应该让谁去？"李奇直奔主题。

吴拔众假装思考了一会儿，接口说：“我看丽萍最合适。”

吴拔众之所以提名丽萍，是因为他老婆娘家与丽萍妈的娘家在同一个村，他的婚姻就是丽萍妈牵的线，因此两家人关系非常好。

“为什么让丽萍去？你说说理由。”吴翠玉白了他一眼。

吴拔众早就想好了理由：“光宗不能去，是因为队里甘蔗试验田少不了他；婷婷不能去，是因为她舅是公社财政所副所长，是党员干部，要是让她去，人们肯定都说咱们李支书搞不正之风。而丽萍就不存在这些问题。”

李奇一听，觉得有理，就说：“那就丽萍吧！”

消息传出后，丽萍一家人高兴得不得了。而光宗却非常沮丧，他想不通的是，难道种蔗技术好，也成了自己不能走出去的障碍？

不过，几天之后，事情又发生了变化。公社教办发下通知，让婷婷去公社填表，而不是让丽萍去。

苏光宗得知消息后，田蛙已骑着自行车，载着婷婷去公社填表了。

事情是婷婷妈郭海英说的。田蛙兄妹刚走，郭海英就来到了苏家。她来的主要目的，是想安慰苏家人。她对苏永盛和郑英玲说：名额本该是苏光宗的，可大队非得让丽萍去。婷婷她舅得知后，很生气，就找金主任，硬把名额要了过来，让婷婷去。郭海英还说，要是大队一开始就让苏光宗去，她服气，绝不会争。

苏光宗听后，一语不发。他从墙上拿下草帽，戴在头上，去了甘蔗林。

他心口有些堵。对他来说，大学原本只是一个梦，只能是想想而已。可现在，机会来了，而且这个机会离自己本该是最近的。没想到，种植组三个人，唯独自己被晾在一边，连名额的边儿也没沾上。

苏光宗靠在一棵荔枝树上，望着眼前的甘蔗林发呆。突然间，他冲进地里，伸手抓住一棵甘蔗，大吼一声，连根拔起，然后使劲儿朝地里扔去……

完成这个动作后，苏光宗的泪水夺眶而出。

这时，苏光宗听到身后有脚步声。他回头一看，见父亲永盛来到了身边，爱怜地看着自己。

苏光宗擦了擦眼泪，不好意思地说：“爸，你怎么来了？”

永盛说：“我怕你想不开，就跟过来看看。”

苏光宗小声说：“爸，你放心，我不会想不开的。”

永盛长叹了一口气，说：“宗儿，咱没吃皇粮的命。这年头，谁有钱有势，谁的命就好。你争不过别人，就当上大学这事没有发生过……”

苏光宗没心思听父亲的唠叨，说：“爸，我想一个人待会儿，你回去吧！”

说完这话，苏光宗就晾下父亲，转身朝南吉岭走去。

在山林中呆坐了一天，苏光宗直到太阳西斜，才往村里走去。路过甘蔗地时，后面冷不丁冲过来一个人，用双手蒙住了他的双眼。

苏光宗吓了一跳，不过，他很快判断出那是一双女人的小手。而除了丽萍，应该不会有别的女人这样跟他开玩笑。

“丽萍？”苏光宗停住脚，喊道。

后面的人放开手，咯咯地笑了。果然是丽萍。

“你跑哪儿去了？我到处找你都找不到，还以为你想不开呢！”丽萍说。

“你现在不是找到了吗？”光宗淡淡地说。

“你在外面转悠一天，饿不饿？我给你带了一个番薯。”丽萍说着，从怀里掏出一个大番薯，递给光宗。那番薯还带着丽萍的体温。

苏光宗很感动，他没有吃午饭，这会儿确实感到有些饿。他接过了番薯。丽萍拉着他，又去了上次他俩亲热过的那棵荔枝树下。

夕阳已经碰到了山尖，周围静悄悄的，不时有归巢的鸟儿从甘蔗林上飞过。

丽萍又采了两片芭蕉叶，铺在地上，拉光宗一块儿坐下。光宗开始啃起番薯来。

“光宗，怎么不说话啊？”坐了一会儿，丽萍开口问。

“说啥？”光宗的声音还是淡淡的。

丽萍将身子靠在光宗身上，温柔地说：“光宗，我知道你心里苦。上大学这件事，不管是我，还是婷婷，都没资格去，名额本来就该是你的。大队开完会，拔众叔就到我家，说选了我。全家人都乐疯了，可我却很心痛，我觉着对你太不公平。后来婷婷家找门路，把名额抢去了，我就轻松多了。这样，我们俩就可以在一起了，因为我们俩无论谁去上大学，感情都会发生变化。再说了，上大学吃皇粮有什么了不起的，咱们俩在村里混，照样可以出人头地。你有知识，我干活儿勤劳，一起种甘蔗，保准年年当模范。”

苏光宗吃完了番薯，依旧沉默不语。

丽萍接着说：“只要我们俩在一起，生活就会美美的。”

这时，苏光宗开口了：“小萍，我，我不想种甘蔗了。”

丽萍接过话说：“好，那就不种。无论你做出什么样的选择，我都支持你，跟着你。”

苏光宗点了点头，又没话了。

这时，丽萍红着脸，轻声说：“光宗，我已经满十八了。”

苏光宗愣了一下，问：“今天是你生日？”

丽萍翘着嘴，嗔怪道：“生日早过了！你难道不懂满十八意味着什么？”

苏光宗想了想，然后摇了摇头。

丽萍说：“书呆子，满了十八岁就意味着媒人经常上门。今天又有媒人来我家了，我一见就跑了，找你找了半天。呆子，你得请媒人了。”

苏光宗点了点头：“哦！那你得想好了，将来跟着我受苦受累，可别后悔。”

丽萍说：“不后悔，只要你对我好就行。”

苏光宗说：“那请谁做媒？”

丽萍说：“李书记怎么样？他原先跟你爷爷关系很好，对你家也挺关心的。”

苏光宗说：“好，我回去就跟我爸说。”

3

晚饭后，苏光宗把自己要请李奇去丽萍家说媒的事，跟永盛和英玲说了。永盛夫妇一听，很高兴，觉得儿子总算从不能上大学的阴影中走出来了。当天晚上，永盛就提着一篮鸡蛋，去找李奇。

李奇这些天对没有安排光宗去上大学的事，一直懊悔不已。觉得自己受了吴拔众的误导，到头来，大队的安排还是被架空了。对于这件事，李奇也明显能感觉到永盛对自己的不满。所以，当永盛登门来访时，李奇对他热情有加，顺便把当初安排上大学名额的经过，跟永盛作了解释。

永盛说：“事情过去了，不提了。再说，就算安排了我家光宗，他也未必能去得成，这都是命！”

李奇点了点头。

接着，永盛就把光宗请李奇做媒的事情说了。李奇一听，觉得这是补偿光宗的一个好机会，于是满口答应。而且还让永盛把带来的鸡蛋提走，说为光宗做媒，不收任何酬劳。

第二天晚饭后，李奇去了朱黑脸家。朱家刚好也吃完了晚饭，见李奇进门，朱黑脸马上笑脸相迎。

“李书记，贵客啊，今天怎么有空儿来我这儿看看？”朱黑脸说。

“是有些日子没来过了，今天来，可是有喜事的哦！”李奇笑着说。

朱黑脸一听，笑了。他连忙给李奇让座，倒茶。

“什么喜事啊，书记？”朱黑脸把装好烟丝的水烟筒递给李奇，问道。

李奇没有马上回答，他深吸了一口水烟，品了品，赞叹说：“好烟！”

朱黑脸笑嘻嘻地说：“待会儿，你带点烟丝回去，我前几天从丽萍她舅舅家弄了两斤回来。”

李奇说：“有空儿我就来你这儿抽，带就不用了。”

朱黑脸点了点头。

李奇觉得蚊子叮得难受，说：“怎么不买蚊香？”

朱黑脸说：“天擦黑时，我烧蚊草熏过，现在因为点灯，蚊子见光后又从门缝钻进来了。”

这时，一只蚊子趴在朱黑脸的后脖上，李奇说：“不要动。”啪地拍了一掌，然后，他用烟纸把蚊子血擦了。

过了一会儿，李奇抬头，用目光四处扫了扫，问：“丽萍呢？”

朱黑脸说：“吃完饭就不见人了，也不知哪儿疯去了。”

李奇开始切入正题：“老朱啊，丽萍也老大不小了吧？我今天来，就是想给她做个月老，撮合一下婚事，看看你有什么意见。”

朱黑脸愣了一下，接着笑了笑：“好事啊！书记关心我家丽萍终身大事，我这个当父亲的，当然高兴。”

李奇点了点头，说：“老朱，苏家那大儿子，你觉得怎么样？我看啊，这孩子爱学习，庄稼种得好，长得也是一表人才，还是公社和县里的劳动模范，人品没的说。这些年来，我看他和丽萍出双入对，简直是天生的一对儿，我一直琢磨着想促成两人的美好姻缘，可惜两人年龄还没到。现在，光宗满了二十岁，丽萍也有十八了吧，正好符合《婚姻法》的要求。我算准了时间，这就迫不及待地来说合他俩了。”

朱黑脸听完，脸色变得凝重起来。沉默了一会儿，他脸上挤出一丝笑容说：“书记，苏家这孩子确实不错，我们也都看在眼里。只是，这婚姻大事，不能由我一人说了算。现在是新社会嘛，讲究恋爱自由，不能由父母包办婚姻。只要男女双方同意，我们做父母的没什么好说的。所以，等丽萍回来，我们再商量商量。”

朱黑脸话音刚落，只见丽萍从门外闪了过来，站在门边接口说：“爸，我同意这门亲事，不用商量了。”

原来，丽萍吃完饭后并没有走远，她知道李奇今晚要来说媒，所以，等李奇进门后，她又踅了回来，躲在门外偷听。

朱黑脸听到丽萍说这话，脸色铁青，喝骂道：“滚滚滚！你个死炸婄仔，丢人现眼，当着客人面，我这张老脸被你踩得不成样了。”

说着，朱黑脸操起桌上的茶壶，举起来就要砸过去。李奇一把抓住他的手，劝他别冲动。

丽萍一见这阵势，吓得转身走出门外，眼泪禁不住落了下来。

朱黑脸朝门外又骂了几句，然后对李奇说：“让书记见笑了，这炸婄仔没羞没臊，都是我教子无方啊！”

李奇笑笑说：“老朱，年轻人嘛，不拐弯抹角儿，敢于表达自己的想法，这没什么不好。你就别用世俗老眼光来看年轻人的行为了。”说着就告辞了，临走时说过几天再来。

李奇走后，朱黑脸越想越觉得不对劲儿。他叫来老婆，骂道：“我早就说过，这炸婄仔跟苏家那鳖子待下去，会出事的，让她早点儿离开甘蔗组，你偏偏不听，总是惯着她，这下麻烦了吧！”

丽萍妈说：“关在家里最安全！不去甘蔗组，就得去别的地方劳动，别的地方就没有男孩吗？我看光宗这孩子挺好的。”

朱黑脸又骂：“你少跟我钻牛角尖儿，丽萍的婚事，我说了算。今晚我就去找孙三娘，把那门亲事给落实下来。”

丽萍妈急了：“你，你真的要丽萍跟人家换亲？”

朱黑脸说：“不换亲，那咱们家三成的婚事怎么办？就凭他那双长短不齐的腿，哪个姑娘情愿嫁给他？再说了，丽萍嫁给苏家那小子，有什么好？要房子没房子，要钱没钱，家里人口一大堆，他妈英玲脾气又怪，丽萍嫁过去，还不是整天受苦受气！”

丽萍妈还是不乐意：“可是，我听说对方那男孩子有毛病，头发都掉光了，丽萍怎么肯嫁过去？”

“你闭嘴！也不想想，咱们家三成也有毛病。这事就这么定了。”朱黑脸不顾老婆反对，当晚就去了孙三娘家。

两天后，孙三娘回话：对方同意换亲。三天后的初八日，大家都见个面，如果两对男女都情愿，就把亲事定下来。

朱黑脸答应了，紧接着就张罗换亲见面事宜。朱黑脸知道丽萍爱着光宗，所以没有跟她商量换亲的事。

到了初八这天，朱黑脸谎称去看一个多年没走动的亲戚，将丽萍和三成带到邻村那小伙子家。屋里坐满了人，其中有一个小伙子戴着草帽，旁边坐着一个姑娘，眼圈儿红红的，好像刚哭过。丽萍觉得这家人怪怪的。更让丽萍觉得奇怪的是，孙三娘也在屋里坐着，她一个大媒婆，来这儿干什么？丽萍有一种不祥的预感。

见人都落座了，孙三娘开始切入正题。这时，丽萍才明白自己是来换亲的，马上脸色大变，站起来，吼了一声“我不要换亲”，然后发疯似的跑了出去。

朱黑脸气得站起来，要追出去揍丽萍。孙三娘将他拉住了，然后满脸歉意地向对方家长解释：“小萍这孩子性子烈，这件事家里一直瞒着她，现在突然让她知道了，肯定接受不了。”

朱黑脸接过话说：“你们放心，只要我同意，妹婿仔不敢不从。”

对方家长点了点头，连忙续茶水，招待客人。

丽萍疯了似的跑回村里，直奔甘蔗地。

苏光宗正坐在那棵荔枝树下看书。丽萍一见他，就一头扑进他怀里，委屈地哭了。

“怎么啦？”苏光宗吃了一惊，问她。

丽萍将事情的经过诉说了一遍。光宗一听，脸色也变了，愤恨地说：“怪不得你爸瞧不上我，原来他是想卖你啊！”

丽萍哭着说：“咱们快想想办法啊！”

苏光宗想了想，说：“你死活不从，你爸还能把你绑去成亲不成？”

丽萍说：“我爸性子好倔，绑我去成亲不是没有可能。”

苏光宗说：“那你妈呢，她也不帮你？”

丽萍摇摇头：“家里不管什么事，都是我爸做主，我妈从来不敢说半个不字。”

苏光宗说：“三成呢？他就忍心拿你换老婆？”

丽萍说：“我哥也怕我爸，我爸一心想要他传宗接代，要给他娶媳妇，他哪敢不听？”

苏光宗叹了口气：“唉！你怎么出生在这样一个家庭！”

沉默了一会儿，丽萍突然说：“光宗，要不我们私奔吧！书上说，过去恋爱男女因为家庭阻拦，好多都私奔了。”

苏光宗苦笑了一下：“能奔到哪儿去？”

丽萍说：“我想好了，去徐闻下寮岛。听人说，大饥荒那几年，有人去过，那里饿不死人。我们去那儿搭个草棚，开荒过日子。”

苏光宗说：“这主意可以考虑，可是，你敢吗？”

丽萍说：“只要跟你在一起，去老虎窝我也敢。”

苏光宗说：“私奔可以，不过等生米做成了熟饭，咱们还得回来，不能丢下家里人不管。”

丽萍说：“我听你的。”

苏光宗说：“那我们先回去准备准备，我再想想别的办法。今天晚上我们在这儿碰面，确定没有别的解决办法，就私奔。”

丽萍点点头。两人各自回家。

回到家，已经是傍晚时分。家里没人，丽萍找了一块被单，用于包装行李，然后收拾衣服和生活用品。

还没收拾完，父母和哥哥就回来了。进门后，朱黑脸见丽萍在收拾行李，马上暴跳如雷，他揪住丽萍，一阵拳打脚踢。丽萍是个烈性女子，任由父亲打骂，不哭也不反抗。母亲和三成也不敢去拉，母亲只是哭喊，叫朱黑脸别打了。

朱黑脸这会儿打红了眼，打过之后，还逼着丽萍下跪，接着破口大骂："当那么多人面儿，丢我的老脸，我看你是被惯得无法无天了。现在又回家收拾行李，想干吗？离家出走？私奔？我把你养那么大，你就这样对我？我告诉你，休想跟苏家那小子混在一起，你就死了嫁给他的那条心吧，除了替你哥换亲，你没有别的选择。从现在开始，你别想走出家门一步。"

丽萍跪在地上，用愤怒的目光盯着父亲。

当天晚上，朱黑脸就将丽萍锁在卧房里，不许她出门。丽萍急得在屋子里乱转，因为她和苏光宗约好了，晚饭后在老地方见。

这一夜，丽萍没睡，睁着眼呆坐在床沿上，任由蚊子咬，也不觉得痒。屋里的煤油灯照出她的影子，影子在昏暗中有几尺长，她拿脚用力踩自己的影子，影子不疼，可她的脚疼。

丽萍没办法走出自己的卧房。第二天，朱黑脸打开了锁，放丽萍出来吃饭。丽萍不吃，朱黑脸又骂开了，说她没良心，不体谅父母。

骂归骂，朱黑脸也担心丽萍挨饿受渴，就扩大了对她的关押范围，不再给卧室上锁，而是把堂屋锁上，自己则守在院子里。这样做，可以方便丽萍自己取水或弄吃的。但是，这样做也给丽萍自寻短见，提供了方便。

丽萍在屋里呆坐了一上午，一直坐到母亲做好了午饭，仍然不吃饭。朱黑脸气得又来骂："就算饿死了，你也休想出去见苏家那小子。"

这时，丽萍想到了死，耳边响起周太公曾经说过的话："人死了有的上天堂，有的下地狱，有的投胎做人，有的投胎做家畜走兽，还有的变成鬼，变成鬼的，是遭横死，或死时有气结、有冤的。"丽萍想，眼前只有死一条路了，而这样死应该属于横死或含冤的死，必定变鬼了。

她想："变成鬼才好，什么人都怕鬼，我做鬼来捉那些作恶的人、蛮横的人、没了良心的人，为人间打抱不平，不是很好吗？"

到了下午，伤心欲绝的丽萍知道没办法走出家门，也深知与光宗有缘无分，决定给自己的人生做个了断。她从父母的卧房里找到一条麻绳，然后又搬过来一把椅子。她站上椅子，把麻绳的一端朝堂屋上方的横梁上一甩，然后，将麻绳的两端打了个结。她用脖子试了试高度，然后，朝屋子的四周都看了看，似乎对这个世界还有所留恋。就这样犹豫了一会儿，最终，她将自己的脖子伸进了绳套，踢翻了椅子，将自己悬在半空。

丽萍上吊的时候，朱黑脸还在院子里守着，生怕丽萍从家里跑出来。屋里响起椅子倒地的声音时，朱黑脸首先想到的并不是丽萍会自尽，而是考虑丽萍有没有试图翻墙逃跑的可能。他站起来，不紧不慢地走到堂屋门口，朝门缝里张望。这一望不打紧，朱黑脸望见了悬在半空的女儿，顿时魂飞魄散。他哆哆嗦嗦地从口袋掏钥匙，没有掏到。这才发现，钥匙放在院中的小凳子上。他赶紧跑回院子中间，从凳子上取回钥匙。他又哆嗦着打开门锁，冲进堂屋，立即抱住丽萍的身体，大喊女儿的名字。

朱黑脸使出全身气力，将女儿的身体从绳子上弄下来。可是，丽萍已经没有了呼吸。朱黑脸大哭起来，边哭边喊救命。可是老婆和儿子都出工去了，周围邻居也没人在家。他只好抱着丽萍，往邓山花的诊所跑。

但是，两位医生也无力回天。丽萍死了，一朵鲜花般的生命，就这样消失了。

吴翠玉近几天参加县里组织的各大队妇女主任会议，不在村里。刚一回村，便得知朱丽萍因换姻亲而悬梁自尽，她一听，泪水便涌了出来。于是，她急忙赶到朱家来了。她跪在丽萍灵前，一连磕了三个响头，泪水一下子夺眶而出，说："丽萍啊，婶子来迟了，婶子对不起你啊！你这么一个好姑娘，怎么说死就死了呀，婶子悲痛啊！悔恨啊！这是本不该发生的不幸啊！红土地都解放这么多年了，咱们村还会有换姻亲这等封建陋俗悲剧发生啊！这都怪咱们村干部管教无方啊！这是我们村干部的失职！我代表村干部给你赔罪了！丽萍啊，人死不能复生。俗话都说，人啊，命中注定。也许是吧！我在想，倘若我不是去开会了，得知你父亲逼你换姻亲，我是绝对不允许的，我会尽一切办法阻止这种荒唐事发生的。若真是这样，也许就不会发生这等不幸吧！

"丽萍啊，你安息吧！也许你这一死，能给咱村一个血的教训，也许今后再不会有此类悲惨剧的发生了；也许你这一死，能唤醒咱村民废除那些封建陋俗，树立新风尚。若是这样，那你这一死就不是白死了！我相信会是这样，丽萍啊，那你一路走好！安息吧！"

吴翠玉说完，含着泪珠离开了朱家。

丽萍是个烈女，干活儿勤快，待人有礼，她殉情而死引起了全村人的悲痛。由于丽萍近几年一直种甘蔗，孙保春提议将她葬在甘蔗坡地旁边的山丘上。

朱黑脸是又悔又恨，直拿脑袋撞墙。他没想到，女儿的脾气比他还倔。他听从了孙保春的建议，择日给丽萍下葬。

丽萍殉情而死，对光宗来说如晴天炸了一个响雷。这几天不幸的事情接二连三，对他的打击实在太大了。他咒骂老天爷的不公，他哀叹命运捉弄人。他把自己关在房子里，一个人流泪、自言自语，他的精神已濒临崩溃，甚至想找几包老鼠药一口吞下去，了却此生，同丽萍一起飞向天堂。但他毕竟还没有完全丧失理智，他很快意识到，他不是一个人活在这世上，他还有许许多多的亲人。他活着，自己一个人痛苦；他死去，会给众多的亲人都带来不幸、带来痛苦。

从丽萍去世那天起，他睡不着觉，也吃不下饭，就像一个得了绝症的病人。他呆坐时，忆起他与她从童年到青年时相处的一幕又一幕。尤其是他与她在甘蔗地里那一桩桩既心酸又甜蜜的画面，让他终生难忘。当记忆进入他与她最后分别的情景时，泪水再一次夺眶而出。他只能用悲哀的泪水，祭奠这段不堪回首的爱情。

4

朱丽萍是吊死的，按照习俗，凡是上吊而死的人，必须把其“灵魂”从上吊的横梁或者树干上请下来，否则，那地方可能产生新的吊死鬼。

根据老规矩，招回吊死者的“灵魂”，仪式极为悲壮、神秘。这事，得由与死者有血缘关系的人亲自去操办。首先得扎一个竹笼，竹笼上有“引魂符”，符下用麻线拴上一只公鸡，而后绑上绳子，将竹笼悬在吊死人的横梁或树干上，这绳子可以上下升降。竹笼内有食物两种，一是一包香炒米，二是一小块煮熟的猪头肉。悬在上方的竹笼有一扇门打开，那门是弹簧装置，只要有动物进入，门马上关闭。

那天，朱黑脸将家里所有门窗全部打开。然后，他一边拉着悬在横梁上的竹笼上下升降，一边喊魂。他要一直拉到死者“灵魂”走进竹笼为止。

从上午到中午，又从中午到黄昏，丽萍的“灵魂”仍然没有进入竹笼。

夜幕降临后，村里许多人收工吃过晚饭，跑到朱家门口围观。堂屋的横梁上，挂了一张白纸糊的小灯笼。那白光在夜风中摇晃着，增添了几分让人恐怖的阴气。朱黑脸经过一整天的折腾，早已疲惫不堪，却仍然拉着那个竹笼，上下升降个不停，喉咙都喊哑了，声音已经发不出来了，但那嘴仍然张开，在心里喊：“小萍，你进笼吧，进笼吧……”

朱家的族人在院子里面向堂屋门口跪着，有的人在烧纸钱，嘴里不断发出诵念的声音，在一片袅袅的青烟里，众人都在不停地喊：“小萍，快进笼吧。”

对这种封建迷信仪式，李奇觉得不能不管了。他觉得，新中国已成立这么多年了，再也不能让这些神神鬼鬼的东西统治村人，这个陋习恶俗非破除不可。他来到朱家院门口，准备跨步进去制止。骤然间，人群中响起了一片欢呼声，只听竹笼里“扑棱棱”一阵响动，一只黑蝙蝠跳进竹笼里，准备吃熟猪肉。竹笼门的弹簧立即弹起，笼门就快速关上了。人群齐声高喊：“魂进笼了！魂进笼里了！”

朱黑脸马上将笼子往下降，双手捧着那个竹笼，走到门外，眼含热泪，哆哆嗦嗦地跪下来，说道：“神啊……”然后，他起身，准备提起竹笼去神庙，请周太公作法拜祭，祭后再放走竹笼里的黑蝙蝠。

此刻，李奇突然站起来，大步走上前去。他一伸手，把那个竹笼从朱黑脸手里拿过来。打开笼门，把黑蝙蝠捉出来，高高举起，大声说：“这是小萍的魂吗？”

朱黑脸夫妇一下子怔住了，张着嘴说不出话来。

李奇大声喊道：“谁说这是小萍的魂，站出来！”

没人回答。李奇又高声喊：“我知道这是老辈人立的规矩，我看，现在已解放这么多年了，这规矩得破除了！你们睁大眼睛看看，这能是小萍的魂吗？这分明是被猪肉引诱进笼子的小畜牲，可大家偏偏把它奉为神魂，太悲哀了！我告诉你们，我李奇不信邪，我不迷信那些神神鬼鬼的东西。我作为共产党的支部书记，决不能再让所谓的什么神鬼东西祸害大家！”

说着，他把那只黑蝙蝠高高举起。朱黑脸怕他把蝙蝠摔死，赶忙“扑通”一声，在李奇身前跪下了。

“书记，求求你放过小萍吧……”朱黑脸夫妇哀求说道。

李奇叹口气说：“我不是跟你们过不去，我只是不信这邪，我不能再让这邪恶的荒唐事儿祸害大家。我要把村里这股邪气压下去，把村里的正气树起来。”

李奇说着，再次把那只黑蝙蝠高高举起，对众人说：“大家听好了，如果它是‘鬼魂’，就让‘鬼魂’来惩罚我吧……”

说着，在明亮的月光下，在众人的注视下，李奇把黑蝙蝠朝空中使劲一扔，黑蝙蝠顷刻间飞得无影无踪。

此时，众人眼里都露出恐怖的目光，周围一片死寂。李奇接着又对着朱家屋顶大喊：“神鬼们听着，你们来找我吧！我是李奇，我是与你们作对的李奇。从现在开始，我天天候着你们！我不信邪，你们要是有能耐，就吃了我。”

朱黑脸气得脸色发白，他站起来，冲进家里找来一把菜刀，怒气冲冲地返回院里，扬言要跟李奇拼命。

李奇脸不变色地挺立着，冷冷地看他一眼，厉声喝道：“朱黑脸，孬样的，你要干啥？”

手握菜刀的朱黑脸愣了愣，“扑通”一声，又跪下来，哭着说：“小萍啊，小萍，你的命好苦呀！这李奇要跟咱们作对，是他害了你，不让人活了呀！”

李奇对着朱黑脸厉声道：“朱黑脸，你不要黑白不分。我李奇跟你无冤无仇，我怎么不让你活了？我怎么跟你们作对了？我怎么害了小萍啊？我都不追究是你害了小萍，你倒还有脸嫁祸别人。当初不是你逼着小萍换亲，不是你把小萍像犯人一样关押在家里，她怎么会自杀？是你逼死了小萍，我还没跟你算这笔账呢！你要么快站起来滚回屋里去，要么我叫民兵把你绑起来，送到公社保卫组学习班改造！”

朱黑脸一听，心里虚了，不敢再说什么了。

李奇见此，再次大声喊道：“神鬼们，我李奇等你们三天，你们有本事，要我的性命吧！”

三天后，什么也没有发生。后来，有人说，世上确实就没什么鬼神；也有人说，李奇连鬼神都镇住了；还有人说，李奇就是活神。这么一传十，十传百，李奇便成了远近有名的镇鬼神人了。从此，南吉村人对神鬼再也不那么迷信了，倒是对李奇更加敬畏了。

丽萍在甘蔗地附近的山丘下葬那天，苏光宗的泪水几乎要流干了。人们散去后，他却像一具僵尸，呆呆地站在丽萍的坟墓前。他不再哭泣，也没有下跪。站了很久，累了，他又在坟前坐了下来，久久地盯着坟墓，脑子里又闪现出丽萍的音容笑貌。

夜幕降临，月亮像镰刀一样，闪现在天上。

苏光宗开始与坟墓对话："亲爱的小萍，我爱你。你为我而死，就是我的人。今晚，我要娶你为妻，就让那天上的月亮做我们的红娘。亲爱的小萍，咱们今晚就拜堂成亲吧！"

说着，苏光宗跪下，对着月亮拜了三拜，对着甘蔗地又拜了三拜，最后，又与坟墓对拜一次。

拜完后，苏光宗对坟墓说："小萍，我们已经拜过堂了。从现在开始，你就是我的新娘了。这个月，就是咱俩的蜜月，我每天晚上都来陪伴你，陪你到天亮。"

苏光宗一个人呆坐着自言自语。他把与丽萍一起种甘蔗的经历、感受，从头到尾地细说了一遍。四周一片死寂，苏光宗闭紧双眼，隐隐约约，进入梦境。他梦见丽萍从高产甘蔗地里走出来。丽萍的上衣是粉红色的，裤子是蓝色的。她亭亭玉立地站在甘蔗林埂上。态惊鸿，貌落雁，月做眉，杨柳腰，芙蓉面。那芙蓉面，全是悲愁，两眼泪汪汪的。见到光宗，她又微笑起来。

光宗不知道说什么好，嘴唇在哆嗦。她来到他身边，她身上有一股清香，招来几只蛾子和瓢虫，趴在她的裤子上。光宗用手去赶，却扑通一声跌在了路边的水渠里。丽萍吓了一跳，愣了一会儿，对光宗说："你没事吧！"

"没事。"光宗看着她那着急的样子，庆幸自己掉到水渠里，让她可怜他。

丽萍说："让我亲一亲好不？"说完便扑到苏光宗怀里。

苏光宗紧紧地搂抱着她，嘴对嘴地亲了又亲。

忽然间光宗觉得亲错人了，忙问："你是丽萍吗，你不是死了吗？"

丽萍微笑着说："我是丽萍的鬼魂啊，你怕吗？"

苏光宗马上说：“我不怕，我就是来陪丽萍的魂的呀！”

丽萍说：“那好，算你有情有义，我们来对雷歌好吗？”

苏光宗说：“好！”

于是，丽萍妙舞翩翩，似春风摇柳；她清音袅袅，似黄莺哀唱：

开口一唱喉鬼硬，诉尽苦情给冤家；
生死分离悲泪日，未睡一个囫囵夜。

苏光宗此时也飘飘然起来，含着泪水唱：

地见悲伤海水响，天看动情雷公孱；
可恨你是铁肠肚，留我伶仃五更寒。

朱丽萍接唱：

命赴黄泉苦中苦，恨那天河水无渡；
牛郎东溪手弹指，织女西河脚夯土。

苏光宗对唱：

夜夜慕怀日日恨，守你墓头人苦癫；
恰似天崩压人死，全身都没点魂神。

光宗刚唱完，忽听到汪汪汪的狗叫声，丽萍不见了。他揉了揉眼睛，这才意识到，原来是南柯一梦。

梦醒后，光宗像弯木头一样，接着跪。

就这样，一直守到半夜，苏耀祖找了过来。苏耀祖看见苏光宗跪在地上，喃喃自语，惊叫道：“哥，你这是怎么了？爸爸妈妈四处找你，都快急疯了。奶奶都急哭了。快跟我回去吧！”

苏光宗头也不抬，他淡淡地说："你回去告诉爸妈，不用找了，也别担心。我要在这里陪我的老婆。"

耀祖说："什么？你老婆？哥，你没病吧？"

苏光宗说："对，我老婆，今晚成的亲，我要在这里陪伴她。"

耀祖说："哥，你别傻了，快回去吧。"

苏光宗抬起头来，对耀祖吼道："我不回，你快滚！"

耀祖看情况不对，马上回去把事情跟永盛说了。永盛一听，吓坏了，就去找李奇。李奇也觉得光宗的情况不对，担心他精神出问题，就跟着永盛一起去了丽萍的墓地。

苏光宗这会儿正坐在坟墓前，双手抱膝。

李奇语重心长地开导光宗："你爱着丽萍，我们都知道，但是丽萍因你而死，说明她也深爱着你，所以你不能摧残自己，搞垮了身体，丽萍在九泉之下，怎么能安心？你要尽快走出阴影，振作起来。你是进步青年，有着美好的前途。你活得精彩，丽萍才会欣慰，对不对！"

听了李奇的这番话，光宗似有所悟。他点了点头，说："我没事，你们回吧，我守到天亮就回去。"

李奇见光宗神志清楚，放了心，接着又说了一番安慰的话，就告辞了。永盛、永发、保春留下来，一齐劝他现在就回去，可苏光宗坚持要守到天亮。

保春情急生智，飞身跑回村，叫来了周太公。

周太公当时在床上睡觉，被叫醒后，问明情况，就跟保春来到墓地。借助月光和手电筒，他前看后看，又盯住苏光宗看了一会儿。然后，便将永盛拉到一边，说："永盛啊，就让你儿子守在这儿吧！"

永盛一听，急了："大叔，这怎么行，这姑娘死得凶，我怕宗儿中她的邪。"

周太公想了想，叹了口气，然后从口袋里摸出几根针，走到苏光宗身边，小声道："光宗，我是你周大爷，我在你身上下几针，你再说话，丽萍就能听见了。"

苏光宗点了点头，流着泪说："谢谢大爷。"

周太公在光宗的胳膊、大腿、头部、脚背、肩膀等部位各下了一针，都在阴穴上。光宗的额头渗出了汗珠。

周太公下完针，然后走到坟墓边，绕墓左转三圈，右转三圈，接着念起一串串咒语。旁边的人看得心惊肉跳。

念完咒，周太公走到苏光宗身边，将他身上的银针全部拔了，然后拍拍他的后脑勺，说："光宗，你就守这儿吧，守到天亮，丽萍就走了。你守这个整夜就够了，蜜月也度完了，因为丽萍的灵魂已上天堂，你不必再来了，知道吗？"

苏光宗点头，连连称谢。

永盛拉住周太公，小声问："大叔，真的让宗儿一个人守到天亮？"

周太公又长叹了一声："唉！咱光宗啊，跟丽萍前世有段孽缘，今世得还。"

永盛焦急地问："那可怎么办啊？"

周太公说："没什么大事，你放心。一切都会好起来的。"

5

苏光宗离开墓地回家时，正值八月底。吴婷婷收到了省城华南农学院的录取通知书。通知要求她九月三日到广州校园报到。

第二天中午，田蛙在家里大办升学酒，宴请亲朋好友和全村的乡亲。人来人往，好不热闹。李奇等大队干部也都来喝了喜酒。

此时，苏光宗却在家中昏睡。婷婷见来客中没有苏光宗，很是失望。她想，这个上大学的名额，本该是他的，可现在，他不仅失去了这个机会，又失去了丽萍，可谓祸不单行。

婷婷多么希望光宗能来喝她的升学酒啊！

第二天早上，婷婷起程去省城，亲朋好友都来送行。田蛙提着箱子，准备亲自陪同妹妹到广州去报到。婷婷则背着包，四处张望。

她要等的那个人，始终没有出现。婷婷有些失望，她转过头，跟着哥哥，一步步朝南吉埠的方向走去。

走了几步，突然身后有人喊："婷婷……"

婷婷回头一看，是光宗，立刻露出了笑脸。此时，光宗正气喘吁吁地跑过来。到了婷婷跟前，他就站住了。

“婷婷，昨天有事，不知道你收到了录取通知，没能参加你的升学宴，请你原谅。今天，我起床后才听说，你要去广州上学，这就赶了过来。”

苏光宗说着，从怀里拿出一支钢笔，送给婷婷：“我没有准备礼物，就把这支珍藏了两年的钢笔送给你吧。这支笔是我第一次获得表彰时的奖品，一直舍不得用，也用不上。”

“光宗！”婷婷接过钢笔，很感动，说话的声音带着哽咽，“你能来送我，我就很知足了。钢笔我收下了，留作纪念。”

光宗微笑着点头：“好好学习，用你所学的农业知识，将来造福咱们农民。”

“光宗，谢谢你的鼓励。其实，上大学的人应该是……”

婷婷话还没说完，就被光宗制止了：“别说了，婷婷，你去，一样代表了咱们东兴公社的进步青年。只要你学有所成，这个名额给你就是正确的，明白吗？”

婷婷咬着嘴唇，使劲儿点了点头。

“婷婷，上路吧，祝你顺风顺水。”光宗拍了拍婷婷的肩膀。

婷婷跟光宗挥了挥手，与田蛙一道，走出了村口。

苏光宗站在原地，目送婷婷和田蛙远去，直到背影消失。

错失上大学的机会，又失去了恋人丽萍，苏光宗的悲惨遭遇，乡村们看在眼里，痛在心里。尤其是吴翠玉，看着好端端的苏光宗如今变得颓废不堪，心里很难受。她在家中多次责怪李奇，当初不该听信吴拔众，伤害了这么好的一个青年。

吴翠玉的谴责令李奇无可辩驳，他也在深刻反省自己，觉得实在愧对苏光宗。自己为了保住红星大队“高产甘蔗种植模范基地”这一荣誉，让墙上那红色锦旗在红星大队永远生辉，便把本该上大学的苏光宗打压下来，未免显得自私。

经过一再地反省，李奇越来越觉得对不起苏光宗。再则，苏光宗是已故的南吉村土改时的农会主席苏黑二的孙子，苏黑二当年不仅对自己的工作支持有加，还为了救落水少年而牺牲，被评为烈士。想到这一层，李奇又觉得对不起苏黑二。有一天夜里，李奇还梦见苏黑二怒斥他反骨仔，没良心，太绝情。梦中惊醒后，李奇出了一身冷汗，良心一再遭受谴责。他叹息道：“自己还经常对人说：人若私心太重，良心必然很轻。可如今，自己不是在打自己的嘴巴吗？李奇啊李奇，你变了……”

经过反复地自我反省，李奇决定对苏家进行补偿。一天，他提着礼品到苏家看望苏光宗，问他身体和精神状态是否已经恢复。接着，他又关心地说：“光宗，你为大队争了荣誉，大队党支部感谢你、欣赏你，我考虑培养你当大队副大队长，管理农业生产兼抓大队牧果场工作，同时继续抓甘蔗高产试验，争取更上一层楼。你看怎么样？”

永盛一听，非常高兴：“宗儿，还不快感谢书记。我就说嘛，是金子总会发光的。”

光宗对李奇的提拔建议，表示了感谢。

李奇点点头，向光宗保证：“只要你好好干，往后有保送上大学或晋升的机会，一定优先考虑你。”

最后，李奇还关心起苏光宗的婚姻大事：“光宗，婷婷上大学了，论人品性情都不错，当初你们又在一起种过甘蔗，感情基础很好，我看得出，婷婷也喜欢你，你要是也中意他，我愿意促成这桩喜事。”

苏光宗沉默了，没有表态。李奇就说：“感情可以慢慢培养，你还年轻，不急。”

永盛夫妇见李奇对苏家关怀备至，很是感动。尤其看到苏光宗精神状态好转，更是倍感欣慰。

李奇说到做到，第二天就召开干部会议，提拔苏光宗到大队部工作，增加一名副大队长，由苏光宗担任。与会者一致同意了李奇的提议。

从此，苏光宗成了一名大队干部。他工作勤勤恳恳，敢作敢为，干出了成效，没有辜负李奇对他的信任。他不但农业生产抓得好，还使得甘蔗产量更上一层楼。苏光宗因此再获雷康县五一劳动奖章、五四青年标兵等荣誉，还被评为湛海地区五四青年标兵，成了全县赫赫有名的年轻村干部。

有了这些辉煌的荣誉，苏光宗自然也成了不少年轻姑娘暗恋的对象，媒人纷至沓来。不过，李奇为了兑现苏光宗的承诺，积极为他和婷婷之间的婚事穿针引线。他亲自到吴家说媒，做好婷婷父母的工作。婷婷父母了解光宗的为人，也深知婷婷上大学的机会本该属于光宗，因此他们表示决不干涉他和婷婷的来往，只要男女双方你情我愿，他们就同意这门婚事。

李奇为苏光宗做了一件又一件好事，弥补了他对苏光宗的愧疚之情，苏家人也都打心底里感谢并敬佩这位党支部书记。

婷婷在正式成为华南农学院工农兵学员后，正是秋高气爽的时节。晚上，婷婷经常从女生宿舍里走出来，一个人在校园的小径上，慢慢溜达。

对于这位年轻的工农兵学员来说，日子过得既快乐又不尽如人意。她没有什么大苦恼，但内心常常感到骚动不安。她孤身一人散步时，喜欢面对着华农对面的火炉山发呆。有时候，她觉得自己有点像《红楼梦》里的林黛玉，多愁善感，想到这儿，她忍不住会哈哈一笑。于是，加快脚步，向女生宿舍走去。进宿舍后，马上就给苏光宗写信。她是经常给苏光宗写信的，信中既有坦诚的歉意，又表达了她对光宗的相思之情，同时还有她学习的心得与农业知识的探讨。

婷婷知道，那信中的相思之情，还只是一厢情愿，她觉得苏光宗还不太认可她的朦胧之爱，她还得下一番功夫慢慢培养这份感情。在婷婷的生活中，似乎已不能没有苏光宗那个人了。

起初，光宗因为忙，对这些信并没有及时回复，偶尔回复，也是寥寥数语。后来，他发现婷婷通过语言文字表达思想，显得很有内涵，这与过去种甘蔗时的口头表达水平相比，简直是判若两人。这让光宗对她的好感日渐加深。特别是，婷婷经常在信中谈论所学到的农技知识，让光宗受益匪浅。于是，光宗与她的通信就越来越频繁。婷婷知道光宗热爱农学，还经常给他寄农学教材及其他相关书籍。

在光宗看来，这样的通信，是非常有意义的——既提高了自己的学识，又加深了他与婷婷之间的感情。常言说，距离产生美。通过一个学期的通信，光宗与婷婷的感情升温了，相互之间的好感也增强了。

这一年寒假，婷婷回来了。光宗事先通过书信，知道了婷婷回来的日期，于是大清早就到县城去接她。

在县城汽车站，光宗见到了婷婷。几个月不见，婷婷变得白嫩了、好看了，不再像那个曾经在太阳底下躬耕的村姑，而完全符合一个新时代的大学生形象。

光宗也变了，变得刚毅、有魄力，完全是一副年轻的基层干部模样。两人见面之后，都是满心欢喜。

冬天里，正值农闲之时。婷婷回村之后的第一件事，就是约光宗一起到九龙山游玩儿。光宗欣然同意。第二天，两人就手牵着手，乘车前往九龙山。

九龙山是雷州半岛的名山，这里四面环山，溪水长流，民间传说，有九条山脉在此会聚，如同九龙戏水，因此得名“九龙山”。

尽管已经是冬季，但南疆的气候却温暖如春。光宗和婷婷手拉手，行走在山道上。这里的环境，使人心旷神怡，路边盛开着花朵，似乎在夹道欢迎这对有情人的到来；斑鸠在林中咕咕叫着，云雀在树梢上飞翔；涓涓细流，在近处的小溪中，弹着曲子，仔细倾听，让人心醉。这样的环境，是适合恋爱的环境，也是容易引发激情的环境。

光宗和婷婷，在一处平坦的大石头上坐下。两人背靠着背，谈古今，谈农学，谈人生，也谈到了未来的婚姻生活。

婷婷告诉光宗，当年在甘蔗组一同劳动时，她就暗恋他了，后来发现丽萍捷足先登，她只好把这份单相思埋藏在心底。那次喷洒农药后，光宗给丽萍挠痒、亲嘴的情景，她也看到了。当时她很伤心难过，一直佯装不知。

光宗听了很感动，他搂住婷婷，爱怜地摸了摸她的头发，眼睛眺望着远方，感慨万千。

第二十章

披荆斩棘踏征程

1

苏汉儒新官上任时，全国各地正在热火朝天地举行中小学生野营拉练活动。苏汉儒提议，周末举行全校师生武装野营拉练，绕东兴地域拉练一圈儿，将反潮流的革命精神，传播到全公社及邻近公社。

教改办万主任大为赞赏，金九癫也表示支持，将亲自到场，鼓舞全体师生的革命斗志。

苏汉儒大为振奋，紧急布置，要求三年级及以下学生在附近三个大队往返徒步约十公里，由女教师郭凤琴带队。四年级及以上学生，三天行军，全程往返约八十公里，这支队伍由苏汉儒亲自带队，还请来雷州边防部队杨政委做拉练队伍顾问。每一个学生须带一支红缨枪，背一个小背包，穿上解放球鞋，学习解放军武装拉练阵容。

按照金九癫指示，拉练之前，全体师生要开斗争会，忆苦思甜，提高阶级斗争觉悟。接下来，教办万主任宣布拉练开始。苏汉儒站在队前，朗声宣读拉练路线，朝广场前的大路用力一挥："同学们，出发！"

一串鞭炮响过，然后是锣鼓齐鸣。数百名学生，列成三路纵队，按照年级顺序，分别跟在苏汉儒、郭凤琴身后，呼喊着口号，浩浩荡荡地向前走去……

根据县委宣传部和县教育局的指示，金九癫要求东兴公社教育办组织一支文艺宣传队，巡回到各大队宣传演出。由于南吉小学初中班里的苏万瑞和洪玉英表现突出，因此被选拔到这支文艺宣传队中来了。

万瑞和玉英分别当上了文艺宣传队的男女组组长，他俩在公社一中音乐老师为导演的辅导下，排演配合得很好。在排演样板戏雷剧《红灯记》时，万瑞出演男主角李玉和，玉英出演女主角李铁梅；出演样板戏雷剧《沙家浜》时，万瑞出演男主角刁德一司令，玉英出演女主角阿庆嫂；配合出演计划生育为题材的雷剧《计划生育》时，苏万瑞与洪玉英扮演一对恩爱夫妻。

经过一段时间排演，这支文艺宣传队就下东兴公社的各个大队表演了。万瑞和玉英第一次有了出头露面的锻炼机会。宣传队下乡表演，公社补贴的伙食很好，每顿干白米饭，还有大鱼大肉等好菜。演戏时，还能穿上很体面的戏服，他俩都感觉很惬意。

苏万瑞与洪玉英得到了导演的重点培养，加之两人很有天赋，在演出中，得到各大队观众的热烈鼓掌。这是他俩有生以来最激动的时刻，也是很值得骄傲的日子。特别是红星大队的演出，更是让他俩不亦乐乎。村里人在看戏时对他俩指指点点，说这万瑞是苏永盛的小儿子，这玉英是洪耀华书记的女儿，他俩这么小，戏就演得那么好，将来前途无量啊……

各大队巡回演出完毕，公社又在这支宣传队中挑选精英分子参加雷康县汇演，苏万瑞与洪玉英又都被选上了。宣传队的所有人都很羡慕他俩，他俩更是激动得晚上几乎失眠。

县里组织的汇演结束后，万瑞和玉英分别获得演出二等奖和三等奖。回公社时，金九癫也给他俩颁发了特别奖品，以资鼓励。当他俩带着奖品回家后，各自家人都满面光彩，眉开眼笑。

2

南吉小学的野外拉练活动及开展的文艺宣传活动，取得了很好的成绩，李奇和金九癫都很满意。

这两个活动结束后不久，雷康县革委会召开科局级会议，主题是移风易俗。会议要求，县直机关、各个公社，铲除坟墓，将封建残渣彻底清除。

金九癫开完会，回到公社，思索着如何有效地开展平坟工作。第二天早上，他叫来革委会的张副主任，让他安排人到各大队去摸查坟墓数量。

数据报上来后，金九癫就让人通知各大队支书与大队长都到公社来开会。会上，金九癫宣读了县革委会移风易俗办公室下发的红头文件。念完文件，金九癫喊道：“同志们，县里的文件精神大家都听到了，就是号召全县人民行动起来，清除封建残渣、建集体猪栏。”

雷康县委对这次农村平坟建集体猪栏运动非常重视，深知农村封建迷信思想很严重，平坟工作的阻力一定很大。于是，县委常委会作出决定，派出工作队，到公社各大队开展党的基本路线教育运动，协助当地搞好平坟建猪栏运动。两个运动一起抓，效果会更好。

派驻东兴公社红星大队的工作队共四个人，队长是县法院陈伟副院长。他们白天同社员一起劳动，晚上召集社员参加思想与政治学习，开展党的基本路线教育。

一提到平坟，李奇就担心起来。因为合作化那年，他血气方刚，大搞冬季水利建设，为南吉村造福，为此曾挖过恶霸地主李三泰的祖坟，遭到李三泰的报复，差点儿丢了性命。幸好，当时乡党委书记洪耀华与郑昌同志领导有方，正确应对，派公安干警及时抓捕了歹徒，才使自己免遭厄运。

对于个人的安危，李奇并没有看得太重，毕竟他经历过生死的考验。他现在考虑的是家庭，家里有老母亲，有妻子和儿子，他担心平坟事件会给家庭带来不测。他越想，越心神不安。

然而，抓革命工作不能当逃兵。对于上级交代的任务，有条件要干，没条件创造条件也要干。

想起十多年前砍大榕树的教训，李奇决定不再召开大队干部生产队长会。咬人的狗不叫，叫的狗不咬人。这一次，他不声张，决定搞突然袭击。

李奇苦想了两天，没漏出一丁点儿口风。他将整件事细细盘算一遍，确信切实可行了，就赶到公社，邀请金九癫前往红星大队坐镇。

金九癫点了点头，说：“行，明天上午，我和张副主任都去。”

第二天早上，大榕树上的高音喇叭突然响了，广播员李碧玉甜甜地说：“重要通知，重要通知，全体社员请注意，全体社员请注意，现在播报大队部重要通知：今天上午九点，全体社员请带上铁锹、锄头去西北岭，各家各户都得去，公社领导要在西北岭开现场会……”

“公社领导要到西北岭开现场会？会是什么重要的事情呢？”正在周太公家闲坐的孙保春问。他觉得有些异常，连他这个当队长的事先都没有听到任何消息。

周太公没有直接回答，而是缓缓地说：“怪不得，我这两天眼跳心慌的。”

孙保春更迷糊了，他问：“怎么了，大叔？”

周太公没说话，而是长叹了一口气，然后闭上眼，陷入冥思之中。孙保春见他像是又要占卜了，赶忙起身，走出周家大门。

全大队大约两百名能挣工分的男女社员，扛着农具，陆续来到西北岭。这儿说是岭，其实是一座遍布乱石的坡地。

在社员们议论纷纷之际，李奇来了。跟他一起的，有金九癫、张副主任以及其他几名公社干部。

李奇见人差不多到齐了，就与金九癫等人站在坡地高处，面朝众人。

“社员同志们！”李奇接过小山猫递过来的扩音器，开始喊话，“今天召集大家来，是想开个现场会，公社领导很重视，亲自来到现场作指示。会议的内容是什么呢？是移风易俗，节约用地。如何节约用地？平掉坟墓，就是一个重要措施……”

李奇说到这儿，人群顿时炸开了锅，他的话很快就被打断了。

“平坟？为什么平坟？”

“我还以为是挖水渠，原来是干这事啊！”

“坟里面住着老祖宗，怎么能平呢？”

“这事一定要问问周太公。”

……

众人议论纷纷，愤愤不平。周太公则默默地蹲在一边，抽着水烟。

“请大家安静，听我把话说完。”李奇对人群摆了摆手，接着他从包里取出一份文件，对众人喊，“平坟，是上级交代的任务，这个是县革委会的文件。县里要求，要移风易俗建集体猪栏。具体情况，请公社金主任来解释。”

李奇说着，就将扩音器递给金九癫。

金九癫接过扩音器，用大嗓门发表了一通讲话，将移风易俗、平坟归田，与抓革命、促生产联系起来。同时，还谈到了落实县革委会移风易俗运动的具体措施和奖惩政策。

金九癞讲完，又请驻红星大队的县法院陈伟副院长讲话。陈伟传达了县委的指示，以及党的基本路线教育运动工作队进村工作的一些情况。

最后，李奇接过扩音器，对众人说："社员同志们，现在你们明白了，移风易俗是政策。我希望，大家提高思想认识，不要做无谓的阻挠。抓革命促生产，要靠自觉。好了，大家有没有什么意见要讲？"

场下很安静，没人说话。

过了几分钟，李奇再次举起扩音器，说："沉默表示许可，好，大家要是没意见，现在就开始。"

李奇对着不远处正在待命的小山猫喊道："开始吧，我带头，先平我家的。"

正在这时，有人喊了一声："慢！"

众人转脸一看，是周太公。

李奇脸色一沉，知道真正的麻烦来了。他对周太公喊："大叔，你有什么话要讲？"

周太公拨开众人，来到李奇与金九癞等干部面前，慢条斯理地说道："各位领导，政府移风易俗，我没意见。我只想问一句，为什么要平坟？"

李奇说："移风易俗啊，刚才我们不是都讲过了吗？"

周太公问："什么叫风？什么叫俗？"

李奇愣住了，这个问题他可从来没有想过。

这时，金九癞接过话说："老人家，这里的风，是指旧思想；俗，是指旧习气，合起来说，就是指封建迷信。"

周太公显然是有备而来，他不紧不慢地说："金主任，你的理解有误。社会流行的行为，是风；民众约定的规矩，叫俗。从古至今流传下来的规矩，就是风俗。比方说，过年过节，就是一种风俗，你能说那是封建迷信吗？"

金九癞一听，怒了，他指着周太公说："老人家，你别强词夺理。我移的，是封建迷信的那部分风俗，那些优良的传统习俗，不在之列。"

周太公接过话说："你说的道理，我不反对，可是我不明白，坟墓怎么就成了封建迷信呢？这些坟，从民国到现在，一直好好地立在这儿。前些年'破四旧'，砸庙、烧书，就是没有平坟。怎么到现在，这坟就突然成了封建迷信？”

金九癫说：“以前没有平坟，是因为人口少土地多。现在，人口不断增长，死人数量自然也在增长，同时又因为大办工业，土地就不断减少，那么粮食生产就受到了影响，所以就要平坟。”

周太公听后，笑着说：“平坟种庄稼，这很好。但是，请金主任看看身后的这片坡地，全是乱石，不要说种粮食，就是种树，也长不大啊！”

众人一听，觉得有理，就你一言我一语地说道：“这乱石荒坡种不了庄稼。”

3

月亮高挂中天。夜已深，整个村庄都已经沉睡。

隐隐约约中，周太公家的堂屋里燃着两根蜡烛。周太公没有睡，而是盘腿坐在蒲团上。他两眼微闭，目不斜视，穿着一身崭新的长袍，坐在那儿一动不动。

周太公平时装神弄鬼的，屋子里充满了阴气。他儿子一家忍受不了，早几年另建了一套新房，与周太公分开住了。蒋桂芳已过世，这处宅院就只有周太公一人住。

每天早上，周太公的儿媳妇柯氏都会过来给周太公提水做饭。这天一早，柯氏与往常一样，来到周太公家，没见到周太公，以为他外出串门了，就直接跑到厨房做饭。

这时，柯氏忽然看到厨房门口周太公瘫倒在地，什么话也说不出来。

柯氏费尽全身气力，将公公扶到床上躺下，然后火急火燎地去通知了她的丈夫。周太公的儿子和孙保春等人闻讯，都赶到了周太公家。没多久，邓式昌医生也被人从南吉埠请来了。

邓式昌摸了摸周太公的脉，好久都不肯放下。

孙保春急了：“大叔，太公到底怎么样了？”

邓式昌松开手，不声不响地走到堂间，取出笔，在桌上开了个方子，然后对在场的人说：“你们谁动作快？赶紧骑个单车，去东兴街西头的大药铺里抓这几样药。这几样药我的诊所里缺货。”

这时田蛙站出来：“我去！”说着，拿过方子就跑了。

邓式昌又回到卧室，从药箱里抽出银针，在周太公身上扎了好几针。柯氏按邓医生嘱咐，煮好了姜汤。她用勺子撬开公公的嘴，将姜汤慢慢地喂了下去。

在姜汤和银针的作用下，周太公渐渐缓过神来，睁开了眼睛，但仍旧不能开口说话。

一个小时后，田蛙提着药，赶回来了。邓式昌叫柯氏去煎药，煎好后，又一勺一勺地给周太公喂下去。到中午时，周太公终于可以开口说话了。

“爸，你，你还好吗？”周太公的儿子哽咽着问。

“没，没事……”周太公的声音很微弱，需要把耳朵凑近他嘴边才能听清。

邓式昌说：“看样子，太公挺不了多久了。他的脉象全乱了，我用那几味药，只能救救急，让儿孙们尽尽孝道，顺便也听听太公有什么要交代的。”

周太公吃力地对孙保春说：“保春，这阵儿你明白了吧！唉，善有善报，恶有恶报。我预测，南吉村近段将不平静，会死人的，往后李奇的日子也不好过。但我要跟你们说清楚，我的遇难，不是李奇作为，是天自有报应……”

孙保春紧握周太公的手，点了点头。

周太公又把头扭向他儿子：“儿子，我走之后，把我葬在西北坡东面的坡地上，我的头要朝东，脚要朝西。另外，要坟上栽一棵柏树……”

儿子使劲儿点头：“爸，你不会死的。”

周太公摇了摇头，眼里突然滚出了泪水。

到了黄昏时分，周太公的生命终于走到了尽头，驾鹤西去了。

在场的人无不跪倒，放声大哭。

李奇得知周太公的死讯后，急忙赶来向遗体告别，并慰问了他的家属。

当天下午，天空乌云密布，接着电闪雷鸣，狂风大作，紧接着就下起了倾盆大雨。

这场雨，人们已渴望许久了。人们担心雨下不长久，纷纷将水桶、尿桶、盆子、罐子等都放在屋檐下接水。但是，雨一直下到天将黑了还不停。这雨下得有点怪了。天已完全黑了，忽然，雷声一阵接一阵猛烈炸响，电闪半边天。

那雷声震天撼地，甚是恐怖。这种怪象是罕见的。于是，各家各户关闭门窗，全都躲在屋子里。

4

红星大队开展移风易俗运动没几天，李奇白天吃不好饭，夜里睡不好觉。而贤内助（妻子）吴翠玉自一开始就不在村里了，她带领南吉村的部分社员在南渡河水利工地奋战至今还未回来过一次。因此，他在家里连一个能说上话的都没有。如今，一连串的烦恼一直绷紧着他所有的神经，令他坐立不安，惶惶不可终日。这时，他无时无刻不在想念吴翠玉，恨不得吴翠玉马上回到自己身边，他要把所有困扰向她倾诉，让她同自己一起排忧解难，共同拿出个好主意，挽救目前南吉村的危机，这该多好啊！他在心里呼唤：翠玉啊，我的好妻子，你快回来吧！而今，该怎么办啊？翠玉啊，翠玉！

驻村工作的县法院副院长陈伟，法律观念较强，觉得问题很严重。在那天的现场会上，陈伟觉得周太公及部分社员群众所讲的话，不无道理，如何处理好官民之间的认识问题，一直困扰着他。

于是，他决定去找李奇，交流一下意见和对策。他来到大队部，正好李奇在。李奇一见到他，马上停下手中的活儿。陈伟坐下后，便开门见山：“李支书，我来，是想与你探讨一下移风易俗的有关对策，群众对我们的意见很大，下一步该怎么处理，咱们交换一下意见。”

李奇微笑着说：“陈院长，你来得正好，我也正打算找你呢！那天的现场会，你也听到、看到了，西北坡上的墓地情况确实如周太公他们所说的那样，都是沙石，绝对不能种庄稼。我还是希望听听你的意见。你在县里工作，对政策掌握得充分，管理经验也丰富，所以，还是请你指教，我全力配合与执行。”

陈伟笑了笑，沉思了一会儿，接着提了一个建议：“李支书，我同意你所说的，西北坡的坟地不能平，平了既不能种庄稼，还会激起民愤，我们没必要这样蛮干。那么，我就想问问你，南吉村还有其他地方有坟墓吗？”

李奇马上回答：“有。在前洋大片农田中间，夹着两块小丘墓地，一块是在逃恶霸地主李三泰的祖墓地，另一块是村里地主许培德的祖墓地。这两块墓地是坡地，没有石头，土质也好，可以种庄稼。原先，这两块坡地属于村里公有的，当年，李三泰、许培德有钱有势，觉得这坡地没石头，风水好，便与村保甲长串通，买下做墓地使用。土改时，因为是墓地，农会也就不处理，保留下来了。”

陈伟一听，很高兴：“这两块地主的墓地，是这次移风易俗的最好对象，因为它可以种庄稼。建议通知许培德和在逃地主李三泰亲属立即迁走墓地，归还村公有土地。然后，组织广大社员群众把这两块墓地摊平，整理成方块田园，种上庄稼或甘蔗等农作物。接着，把挖出来的墓砖，用于建集体猪栏。”

李奇一听，连声称赞。

陈伟笑了笑，接着说：“还有，我建议各家各户将自己家中存有的旧砖拿出来，没旧砖的家庭可以借或想方法弄到，实在没方法可以拆自家围墙的旧砖。把集体猪栏建起来。”

李奇连连点头。

陈伟说：“这是我的个人意见，李支书，你参考着办吧。”

李奇很是佩服陈院长的处事能力，他高兴地说：“陈院长，你放心好了！你的建议切实可行，我内心的一块石头，也算是落了地。真的太感谢你了。”

陈伟说：“这也是我的工作职责所在，不用谢我。”

李奇按陈伟的建议一一落实。地主分子许培德虽然很不情愿，但也没有办法，只好与其老婆郭婧一起亲自动手，同时邀来几个堂兄弟帮忙，三天之内处理完毕；在逃恶霸地主李三泰没有什么亲属或亲戚肯帮他，李奇只好派民兵处理妥当。

猪栏砖的问题，各家各户也都想尽方法解决，把分配的猪栏砖任务完成了。整个工作都顺利地进行着，李奇和县工作队的干部们都感到满意。

5

树欲静而风不止，半个月后，李奇家出事了——他的六岁儿子李培良突然失踪了。

事情的原因，当然还是与平坟事件有关。民兵挖掉地主李三泰的祖墓数天后，在逃香港的李三泰得知了消息。年近七旬的李三泰虽然身体大不如前，但是一听到祖坟被挖，捶起桌子来却是山响。他咬牙切齿地骂道："李奇啊李奇，你们分了我的田地和财产还不够，合作化时又挖去了我父亲的墓，旧仇未报，又添新恨，如今你又挖了我母亲与祖父的坟墓，此仇不共戴天！"骂完，便召集家人，商量如何报仇之事。最后，大家一致同意，请来杀手潜入南吉村，对李奇的儿子下手。最好是做得神不知鬼不觉，把那孩子弄到荒郊野外杀死，让李奇家人连尸首也找不到。

这天下午，午饭过后不久，天阴沉沉的。一个戴着墨镜和大草帽的陌生人，来到李奇家的院子外。他四处瞅瞅，发现周围没人，就朝院里张望。他看见一个小男孩在院里玩耍，知道那就是李奇的儿子。于是，他从事先准备好的笼子里捉出一只蝴蝶，投进院子里。这是一只蓝色碧凤蝶，又大又漂亮，投到院子里，非常醒目。碧凤蝶获得自由，飞进院子，在小培良面前翩翩起舞，吸引了小培良的注意。

碧凤蝶有小培良巴掌那么大，蓝色的羽翼点缀着些许黑色斑纹，漂亮极了。小培良赶紧跑过去捉蝴蝶，蝴蝶受到惊吓，飞出院外。

此时，李奇到生产队打谷场去了，吴翠玉上了南渡河水利工地，只有培良的奶奶玉婶儿在家。老人家在厨房里洗碗，没有注意到孙子跑到院外追蝴蝶去了。

蝴蝶朝村子西边飞去了，小培良跟在后面追。

躲在院外的陌生人见小培良中了圈套，内心窃喜，他远远地跟在小培良的后面，保持着一定的距离。

蝴蝶飞到了一块坡地上空，落在一丛野花上。小培良追得气喘吁吁。

正在坡地锄草的地主许培德，见小培良跑了过来，就瞪了那孩子一眼，问他老婆郭婧："李奇家的那个小杂种跑来干什么？"

郭婧四处瞅瞅，说："谁知道啊！"

自从许培德被要求移掉祖坟以来，这对地主夫妇对李奇也是怀恨在心。

这时，许培德朝四处察看了一番，突然发现了那个戴墨镜和草帽的陌生人，站在远处朝这边张望。他用手拍了拍郭婧的肩膀，说："你看，那里有个人呢！”

郭婧朝许培德示意的方向看了看，果然看到有个陌生人在远远地尾随小培良。于是恍然大悟地说了一声：“会不会是香港派过来的？”

许培德说：“可能是吧！上次儿子在香港发回的电报，说近日将有‘贵客’到来呢！咱们得配合配合人家。”

这会儿，小培良追到了许培德夫妇旁边，发现蝴蝶不见了，很是不爽。他找了找，没有找到，于是转身准备回去。

郭婧恶狠狠地对许培德说：“要是有一只狼把这杂种叼走多好啊！”

许培德心里一动，说：“那我们就把他骗到山上去。”

郭婧一想，觉得可以试试，她故作亲切地对小培良喊：“小培良，你在那儿干什么呢？”

小培良听到有人喊，就朝这边走过来说：“捉蝴蝶，一只又大又漂亮的蓝色蝴蝶，可是没有抓着，不知道飞哪儿去了。”

“你是说大蝴蝶啊，那山上多的是！”郭婧用手指着山那边，亲切地说。

“真的？可以夹到书里做标本吗？”小培良问。

“当然可以，那山里有各种各样的蝴蝶，可以做成很多好看的标本。”郭婧故意把小培良往山上引。

“可是，我一个人有点儿害怕。”小培良心动了，但不敢付诸行动。

“没事，我刚才看见有几个小朋友都到那边玩儿去了。”郭婧说。

“真的？乐乐去了吗？”小培良问。

“乐乐去了，还有涛涛也在那儿。”郭婧说。

“我回去跟爸爸说一下，爸爸不让我一个人乱跑。”小培良犹豫了一下说。

“你爸爸这会儿肯定不在家。再说了，等你回去问了，那些小朋友就走远了，你哪里能找得到？”郭婧说。

“可我怕爸爸知道后打我。”小培良说。

“没事，你抓到蝴蝶就回来，你爸怎么会知道？”郭婧说。

“你们保证，不跟我爸爸妈妈说。”小培良说。

“我保证不跟你家里任何人说。”郭婧说。

小培良这才放心了，他撒开腿，就朝西边那片山林跑去。

许培德与郭婧望着小培良远去的背影，相视一笑。然后，他们又朝那个陌生人出现的地方望了望，发现那人不见了。

那边，小培良正朝前一路猛跑，跑到了山脚下，已是汗流浃背，上气不接下气了。不过，他心里却是美美的，马上就能找到乐乐、涛涛他们了，可以抓蝴蝶回去做漂亮的标本了。

他一边往上跑，一边喊："乐乐——涛涛——"

跑了好久，还是没有小伙伴们应声。他回头望望，南吉村就在眼底下了。

乐乐和涛涛，当然不在山上。此时，他们几个光着屁股的男孩正沿着河边采蘑菇呢。他们一边走一边采，遇到了许培德夫妇。于是乐乐就问："喂，许培德，你们俩在这儿干什么呀？不许偷公家的东西啊！"

许培德点头哈腰地说："哪敢哪敢，我们在这儿给菜园子锄草呢！"

乐乐又问："许培德，你看到培良没有？"

许培德摇了摇头，然后扛起锄头，走了。

此刻，小培良还在山坡上跑。他跑累了，还没看见小伙伴们的身影。他站住了，正考虑还要不要往山上走。

不一会儿，那只蓝色碧凤蝶又出现了。小培良一看，很高兴。他想：原来蝴蝶飞到这儿来了呀！这一趟真是没有白跑。

小培良不知道，这蝴蝶是那个尾随他的陌生人从笼子里放出来的另一只。小培良追着蝴蝶，继续往前跑。

突然，从一棵大树后闪出来一个人，拦住了小培良。

小培良吓了一跳，问："你是谁？请你让开。"

来人正是那个戴墨镜的陌生人。他一把抓住小培良的胳膊，面目狰狞地说："你个小坏蛋，落到我手里还想走？"

小培良意识到遇见坏人了，吓得赶紧朝山下喊："涛涛，乐乐，你们快来呀，这里有坏人！"

陌生人说："你才是坏人，你全家都是坏人，你的坏爸爸挖人家祖坟，伤天害理，我代表天理来惩罚你们。"

说着，陌生人把小培良抱起来，要往山崖下扔。小培良吓得拼命挣扎，边挣扎边喊救命。

陌生人用手使劲儿抱紧小培良，威胁说：“臭小子你给我老实一点，不然我掐死你！”

小培良不肯就范，他朝陌生人的手背狠狠地咬了一口。

陌生人疼得直甩手，接着又用那只手狠狠甩了小培良一个耳光，骂道：“小杂种，你找死！”

小培良哭了。陌生人又恶狠狠地骂：“小杂种，今天是你的死期，你不要怪我，要怪就怪你爸把坏事做绝，现在，仇人要断了你爸的根。上路吧！”

陌生人说着，就把小培良往山崖下一扔，小培良立即顺着山崖滚了下去。

这会儿，半山腰上有一个人在采药，这人突然听到一阵闷响，抬头一看，惊讶地发现有个人通过杂树枝坠落下来，被一根粗大的藤缠住了。他吓了一跳，马上攀爬过去，到近处一看，认识：这不是李奇家的小培良吗？这会儿，小培良受到过度惊吓，脸色苍白，眼神呆滞，也说不出话来。

这采药人不是别人，正是老中医邓式昌。他走到小培良身边，用随手带来的镰刀，把缠住小培良的藤蔓，一条一条地割断，一边割，一边安慰小培良：“好孩子，别怕，怎么这么不小心掉到山崖下来了？身上疼吗？你不用担心，我会救你的。”

费了很大力气，邓式昌终于把那些藤蔓清理掉了，然后把孩子抱起来。可是，邓式昌毕竟年岁大了，在抱孩子的时候，他脚一滑，摔了一跤，孩子从手上滚了下来。好在，地上是草丛，小培良摔得不重，但邓式昌自己却扭了脚，疼痛难忍。

此时，小培良正处于神志不清的状态。邓式昌顾不上脚痛，将随身带的急救丹取出来，又从腰间取下水壶，打开盖子，将丹药放进盖子里，加水磨成药液，给小培良喂了下去。过了十来分钟，小培良终于清醒过来了，眼睛也有神了，但是想坐起来时，非常费力，努力几下，最终仍然只能躺在草丛上。

根据邓式昌行医多年的经验，他确认孩子已没有生命危险，只是在摔下来时，腰部受了伤，一时半会儿还坐不起来，想走回去就更难了。

邓式昌给小培良按了按腰，又守着他坐了一阵子。眼看天色渐暗，邓式昌开始有些急了。他想，必须赶回去找人帮忙把孩子背回去，自己老了，脚又受了伤，是没办法把孩子弄回去的。

想到这儿，邓式昌便住忍痛，跛着脚，拄着一根树枝，一步步往崖上爬去。

6

小培良失踪的事情，惊动了全村。

午饭后洗完碗，玉婶儿见孙子不见了，就在院里院外找了找，仍然没看到人。她心里就有点儿慌了，于是跑到大队部去告诉儿子。

可是李奇并不在大队部，于是玉婶儿又去寻找儿子。在村中队的打谷场上找到了李奇，李奇正领着干部和社员们在整修打谷场，为秋收做准备。而吴翠玉，前两天就已经出差在外。

玉婶儿把小培良不见的情况跟李奇说了。李奇却不慌不忙地说：“妈，你就别到处找了，培良肯定又是跑到哪儿玩儿去了。”

玉婶儿说：“我到处都找过了，都没见到人啊！”

李奇说：“全村那么大地方，谁知道他钻到哪儿去了？怎么找得过来？别急，等到他玩儿累了，自然就会回来。”

在农村，大人找小孩，可谓家常便饭，现场劳动的人谁也没往心里去。

到了傍晚，玉婶儿准备张罗晚饭时，还不见小培良回家，就又火急火燎地跑到打谷场上跟李奇说：“小培良还没有回家啊，你还是去找找吧。”

李奇一听，开始有些慌了。正在现场劳动的社员们听了，也很紧张。

孙保春走到李奇跟前，说：“书记，还是去找找吧，咱们多派几个人一起找。”

李奇点了点头，放下手中的铁锹，离开了打谷场。就这样，小培良失踪的消息，慢慢传开了。

这个黄昏，村里大多数人都没心思做饭了，人们放下手边的事情，分头寻找小培良。村巷、田野、山林、池塘，到处都找了个遍，仍然没有一点儿有关小培良的消息。

李奇的心变得空荡荡的。他有一种不祥的预感：孩子不会是自己走失的，小培良对这个村子很熟悉，怎么可能自己走失呢？最大的可能，是遭遇坏人的暗算。一想起当年挖李三泰父亲坟墓后的惊险一幕，他至今仍然脊背发凉。

李奇抬头望望天空，天上的红云正在慢慢变黑；他望望山野，山上的林子与田野的庄稼已经连成一片。他用手背擦了擦湿润的眼眶，这时候，儿子的欢声笑语，儿子的一切，都浮现在他的眼前。

他想起，儿子还不满一岁时，学会的第一句话就是喊爸爸；他想起，儿子弄丢鹦鹉时的沮丧神情；他想起，翠玉打儿子时，自己坚定地站在儿子一边，他是多么地疼爱小培良啊；他还想起，秋收的时候，儿子和小伙伴们，跟在大人的后边愉快地捡稻穗……

想到这些，李奇的眼泪掉了下来。他不敢再在脑子里翻这些记忆了，他得快些走，快些找到心爱的儿子。

他跨过一条沟，遇见了王锋的叔父王百顺。

王百顺老人欲语泪先流。他叹了口气："唉！为啥坏事都落在你身上啊？朱家孩子不丢，许家孩子不丢，偏偏丢的是你支书家的独子……"

听到这里，李奇心里一沉。这似乎印证了自己的预感——有人专门针对他。他将村里的几名地主在脑子里过了一遍，然后决定去找吴明山。

此时，村里人还在搜寻小培良。人们边找，还边议论。

朱道德说："我听百顺叔讲，可能有人暗害培良，我觉得很有可能啊！"

苏永发说："不会吧？那得有多大的仇，冲孩子动刀？"

陈日升说："别瞎猜，杀了人，总得留下个尸首，现在连尸首都没见着。"

孙得利说："遭人暗算，也不是没可能。他是领导，有意见的人自然就会把账记到他头上。"

苏永发思考了一下孙得利和陈日升的话，似乎有所发现："如果这样想的话，那么我们的搜寻目标还要扩大，比如到河底找尸首。"

大家一致同意，决定分派一些水性好的人去溪口河中摸索尸首。

苏永发、朱道德、苏光宗等一群青壮年社员，穿着短裤，泡在水里，像摸鱼似的在河底摸索。

此时，玉婶儿哭得死去活来。村里人的动静，给她的感觉是孙子已经被人杀害了。在这位老人的精神世界里，只有儿子和孙子这两个人。在日常生活中，她甚至更爱孙子，这可是李家的独苗儿啊！她想，孙子的失踪，都是自己没有看护好，她觉得对不起孙子，对不起儿子和媳妇，对不起九泉之下的丈夫。要是孙子真的没了，她觉得自己也活不下去。

此时，兼管治保工作的大队长吴明山，也想到应当从地主分子许培德身上调查。他正打算去找李奇，正好李奇也来找他了。李奇把自己的想法跟吴明山一说，吴明山连连点头："好好，跟我想一块儿去了。我这就带几个民兵去许培德家。"

李奇说："好，有结果就马上通知我，我现在去溪口河边。"

吴明山点点头，马上转身往村里走。半路上，他遇见了乐乐和涛涛，心想：小培良平时喜欢跟他俩一块儿玩儿，看看他俩能不能提供什么线索。

他走到俩孩子跟前，弯下腰，温和地说："涛涛，今天下午你们有没有找培良玩儿呀？"

涛涛说："找了，我们想找他跟我们一块儿去采蘑菇。"

吴明山问："他去了没有？"

乐乐插嘴说："他没去。他说他爸爸不许他跑那么远去玩儿。"

吴明山又问："你们走后，小培良也没去找你们吗？"

两个孩子都使劲儿摇头。

吴明山想了想，接着问："后来，你们也没看到过他吗？"

俩孩子又摇了摇头。涛涛怕吴明山不信，又加了一句："就我们几个人在河边玩儿，那时候地里也没有人，就只有地主许培德夫妻两人……"

吴明山心里一动："许培德在那儿干吗？"

涛涛说："在河边的菜园里锄草。"

吴明山说："确定没有看错？"

乐乐和涛涛异口同声地说："没有看错，就是他们夫妻俩。"

吴明山说："好好，你们回村里玩儿吧，别在外面转悠。"

吴明山到村里去找民兵时，好几个社员正在大队部院门口议论丢孩子的事。见吴明山急急地走过来，其中有个社员对他说："依我看，不能光在河里、沟里找呀！也要在坏人里边查查。"

许昌民接口说："对，比如，地主们早就记着李书记的仇，从土改时分他们的田地及财产，到后来批斗他们，随后又有了挖坟风波，都遭地主们记恨。

搞水利工程那年，李三泰对李奇进行报复，许培德老婆充当了歹徒的马前卒。前段时间，李三泰和许培德的祖墓又被挖，这些地主肯定会报复的。”

吴明山说：“大家分析的情况，我们也想到了。王锋上午跟我说，他叫许培德出工，可许培德说他病了，走路都走不动。但是就在刚才，涛涛和乐乐跟我说，下午看见地主夫妻俩扛着锄头在自家菜园里锄草。”

“害人的肯定是许培德。”许克安咳嗽了一声说。

“明山，赶紧去把他抓起来，别让他跑了。”许昌民说。

吴明山说：“好，我回来就是办这事的。”

说着，吴明山找了两个民兵，往许培德家走去。在场的几个社员也跟了去。

郭婧见门口来了这么多人，深知大事不好。她拦在门口，不让吴明山他们进去，同时大喊大叫：“吴大队长，我家培德正在发汗呢！求你别进去了。”

这时，屋里传出了许培德的声音：“外面是谁啊？是吴大队长吗？郭婧，请大家到屋里坐吧！”

郭婧让开，吴明山等人进了屋。

吴明山撩起卧室的门帘子，冲着床上躺着的许培德吼道：“许培德，你给我起来，别在这儿装模作样了。”

许培德假装痛苦地撑起来，然后压低嗓音，以气喘吁吁的语调说：“吴大队长，你们这么多人来找我，究竟是要干什么呀？”

有人喊道：“别装了，快起来！”

这时，郭婧跑过来，给许培德掖了掖被子，说：“怎么能说是装呢？你们有什么事就跟我说，别折磨病人。”

吴明山说：“别在这儿给我演双簧。许培德，你给我老老实实地交代问题，抗拒从严！”

许培德继续装模作样：“我的大队长啊，你要我交代什么呀？”

吴明山说：“我问你，你今天生病，一直都没有出门吗？”

许培德说：“是啊，我病得这么厉害，怎么出门？不信你问郭婧。”

吴明山冷笑了一声：“你可真会找证人啊！我有其他证人。我问你，你下午是不是去了河边的菜园？”

许培德一愣，连忙说：“没有，绝对没有，那是昨天的事情。”

吴明山说：“那好，我帮你找了两个证人。”

许培德又是一愣：“什么证人？”

吴明山事先已经让人将乐乐和涛涛叫来了，他对门外喊了声：“乐乐，涛涛，你们进来。”

涛涛进屋后，就对着床上的许培德喊：“坏地主，我下午和乐乐在河边玩儿的时候，就看到你们夫妻两人在那地里锄草。”

许培德知道自己的谎言被识破了，但是仍然不肯妥协：“小毛孩儿别乱讲，你大概是看错了吧！”

这时候乐乐也喊了起来：“坏地主，我也看到你了，你别耍赖。”

许培德这下是真的冒汗了，他瞪了两个孩子一眼，然后又笑眯眯地对吴明山说：“吴大队长，小毛孩儿的话你也信？”

吴明山正色说：“童言无忌，我当然信。”

这时郭婧插话说：“哎呀，大队长，我们真的冤枉啊！”

许培德附和说：“是啊，冤枉啊。再说了，就算我们去了菜园，又能说明什么呢？去菜园总不犯法吧？”

吴明山说：“去菜园不犯法，但是杀害小孩子是犯法的。”

许培德夫妇越来越紧张了，许培德说：“吴大队长真会开玩笑，我们杀小孩子干什么？小培良走丢了，跟我们有什么关系啊？”

吴明山说：“跟你没关系，你干吗撒谎啊？”

郭婧喊道：“你们当干部的也太霸道了吧？我们可没有撒谎。再说了，就算撒谎了，也只是因为身体原因，不想出工，怎么扯到杀人上去了？”

吴明山说：“我不跟你们扯，你们有作案的重大嫌疑，现在跟我去大队部接受调查，走！”

郭婧说：“要问话就在这里问，人家现在正病着呢，不能一点儿人性也不讲吧！”

吴明山不理郭婧，对许培德命令道：“马上起来，去大队部接受调查。”

许培德苦苦哀求：“我真的动不了，求求你，有话就在这儿说吧！”

门口的众多社员们纷纷喊起来：“起来，快走……”

吴明山对众人摆了摆手，把脸转向郭婧说：“郭婧，你把他背到大队部去。”

郭婧哭了起来："你们欺负人，压迫人，不给人活路啊！"

吴明山说："坦白从宽，抗拒从严。谁叫你们不配合？你们再不老实，我就只好报警了，让你们到公安局去睡觉了。"

许培德只好下床。民兵和众社员押着许培德夫妇，进了大队部。

吴明山吩咐民兵对许培德严加看守，接着打电话报了案，要求公安局派人来审讯。

天完全黑了下来，搜寻小培良的行动，还在进行中。许春桃一路找到了山坡下，打着手电筒，钻进树林里。她一边找，一边喊："培良——培良——"

山崖里响起了她的回声。

许春桃望了望朦朦胧胧的天地，又撩起衣襟，擦了擦额头上的汗水。她心想：一个五六岁的孩子，又没伴儿，能跑到哪儿去呢？难道是野兽叼去了？是坏人把他带走了？真要是这样，李奇一家人该怎么办呀？不行，一定要找到孩子。

想到这儿，她就朝前走。走着走着，突然她的脚被什么软软的东西绊了一下，她低头一看，不是石头，也不是树根，好像是什么动物，还一动一动的。

许春桃内心一震：是人？会不会是小培良？

她打开手电筒，一照，果然是个人。那人还不停地呻吟着。许春桃凑近一看，原来是邓式昌老人。

许春桃蹲下去，用手摇了摇邓式昌："式昌伯，你怎么了？"

邓式昌轻声说："你是春桃吧！我的脚扭伤了，想急着赶回村子报信，又扭了一下，就摔倒了，走不动了。春桃啊，快，快去救小培良，小培良就在崖底下，快……"

春桃一听说找到了小培良的下落，精神大振。她急忙搀着邓式昌，一步步向崖底走去。好不容易走到了崖底，这时小培良已经清醒了不少，但还处于惊慌失措的状态，不肯开口说话。许春桃一见到小培良，眼泪立马滚下来，哽咽着说："小培良，跟小姑回家。"

说着，许春桃背起小培良，迈步向崖顶走去。邓式昌拄着树枝，一跛一跛地跟在后面。

好不容易到了崖顶。这时，许春桃看到崖顶的山坡上出现了火把，她知道那是寻找小培良的乡亲们。她停下来，高声喊：“喂，小培良在这儿，你们快过来呀！”

打火把的人听到喊声，赶紧朝这边赶来。走到跟前，才知道他们是苏永发、苏光宗叔侄，和许春桃的丈夫朱道德。

大家见到小培良，欣喜若狂。朱道德背起小培良，苏永发背起邓式昌，大家一起朝村里走去。

很快，小培良被找到的消息就传开了。村里人高兴极了。还没到家，李奇就飞也似的朝村道奔去。当他看到小培良时，眼泪夺眶而出。他从朱道德背上抱过小培良，大哭起来。

邓式昌激动地说：“李书记，不要这样，小培良需要马上吊针输液，你们马上把小培良送到我的诊所吧。光宗，你先赶过去，通知山花做好准备。”

话音刚落，苏光宗就箭一般地朝南吉埠奔去。李奇则背着儿子，与众人一道，跟在后面。

到了诊所，小培良输了几瓶药液，神志完全清醒过来，终于开口说话了。他对身边的李奇说：“爸爸，戴墨镜，陌生人，还有，臭地主……”

在场的李奇、吴明山一听，已大致明白谋害小培良的真相了。

晚上，东兴公社保卫组及县公安局各派出两名公安干警，连夜赶到南吉村，带走了许培德夫妇，将他们押送到县公安局，隔离审讯。

在庄严的法律面前，在民警强大的心理攻势下，许培德夫妇供认了引诱小培良进山的经过。同时，夫妇俩都不承认小培良坠崖与自己有关。不过，民警连续追问许培德与戴墨镜的陌生人是何关系时，他一直不答。经过一阵拖延后，许培德估计那陌生人逃离内地的时间应当足够了，这才向民警坦白。

许培德交代：“李奇逼我挖掉祖墓后，我将这段受辱之事写信告诉了我在香港的儿子，要他永远记住李奇这个仇人。我在信中还说到李三泰的祖墓也被李奇挖掉了，要儿子转告李三泰，并请求李三泰再次秘密行动，报复李奇。但因为上次对李奇的报仇行动连累了自己，所以这次行动我不想牵涉其中。直到今天，那个戴墨镜的陌生人在村里出现，我才知道李三泰开始实施报复行动了。为了暗中配合那个陌生人，我对小培良进行了言语上的引诱。但我发誓，我们夫妇绝没有直接参与谋害小培良的行动，这一点，你们可以问那孩子。”

民警听后，便要求许培德夫妇供出李三泰在香港的住所。他们夫妇绝口不说，因为他们担心自己的儿子受牵连。审讯继续进行……

7

三天后，小培良在邓式昌与邓山花的精心护理下，身体完全康复。但是，由于受到了过度惊吓，孩子内心还存有恐惧的阴影，半夜里经常被噩梦惊醒。

小培良离开诊所回家的当天，吴翠玉不知从哪儿听到的消息，急急忙忙地从南渡河堵海水利工地赶回来了。看到身体已经完全康复的小培良，吴翠玉抱着儿子，热泪夺眶而出……

俗话说，福无双至，祸不单行。就在小培良与吴翠玉回家的次日，李奇六十五岁的母亲玉婶儿，却病倒了。她发着高烧，同时还有抽搐、昏迷、说梦话的症状。李奇急忙跑到南吉埠，请来邓式昌。

邓式昌给玉婶儿把了把脉说："老人家脉象极弱，郁结攻心，肝火骤升，这是悲喜交替所产生的症状。小培良失踪，给老人家的打击实在太大了，导致她肝气郁结；接着小培良又被救回，她喜极生悲，伤及心脏。根据我的经验，这是心肝两损，元气丧尽，老人家的病恐怕……"

邓式昌欲言又止，李奇和吴翠玉听后，明白了。两人红着眼圈，向邓式昌求救。李奇哽咽着说："式昌伯，我幼年丧父，母亲一辈子受苦，把我拉扯大，到这把年纪，都没享过清福。我没有尽到孝道，心里难受啊！式昌伯，您医者父母心，救了我的儿子，我感激不尽；现在，您再行行好，无论如何得想法子救救我母亲。您的大恩大德，我们一定报答！"说完，他拉着吴翠玉，向邓式昌跪下，连磕了三个响头。

邓式昌急忙扶起李奇夫妇，说："李书记，别这样，作为医生，不用你说，我肯定会尽力把病人治好，这是我的天职嘛！这样吧，先给你母亲服一粒救心丹、一粒牛黄丸，服后看效果再说。牛黄我一直没时间去进货，但我知道南吉埠原升隆店的老板郭景山手头还保存了一粒，你先去找他借，救救急，往后我一定帮他买回来。你是支书，他应当会借，其他人就不好说了。所以，你要亲自去一趟。”

李奇听后，立即向南吉埠狂奔而去。到了郭家，他向郭景山说明了来意。郭景山二话不说，就把那心爱的牛黄拿出来交给了李奇。李奇连连作揖道谢。

拿到牛黄后，李奇如获至宝，觉得母亲的命就在这牛黄上了。他又飞也似的返回，平时要走二十多分钟的路程，他只用了不到十分钟。

李奇将宝贝牛黄与救心丹磨成粉，然后加上开水调和，吹凉，一匙一匙地往母亲嘴里喂。

到傍晚时，老人家的高烧退了许多，抽搐减少了，人也醒了过来。李奇松了一口气，总算把母亲从鬼门关拉了回来。

到了下半夜，玉婶儿突然叫起来：“奇儿，奇儿。”

李奇和吴翠玉都被惊醒了，两人立刻跑到母亲床前。李奇握住母亲的手说：“妈，你怎么了？”

玉婶儿开始说话了，她断断续续地说：“奇儿，妈，剩下的日子，不多了。妈没多少话，要留给你，妈只求你，求你两件事……”

李奇一听，眼泪立马滚了下来。他说：“妈，你会好起来的，放心吧，我们一定会把你治好。”

玉婶儿无力地摇了摇头，接着说：“你，你要答应我……”

李奇不停地点头：“妈，你放心，你说什么我都照做。”

玉婶儿吃力地说：“第一，不要，再做，再做大队书记了。第二，要好好，好好培养，我孙子，培良。你们，离开这个村子，到县城，培良到县城，读书……”

玉婶儿死死抓住李奇的手，说话的声音越来越弱：“奇儿，你，一定要答应，我。不然，我，我死不，瞑目……”

李奇握紧母亲的手，生怕一松手，母亲就走了。他流着泪，哽咽着说：“妈，儿子什么都答应你，儿子听妈的话，一不当大队干部，二要把培良送到县城读书，把他培养成才……”

李奇的话还没说完，突然发现母亲的头一偏，眼睛一闭，手也松开了。李奇意识到，母亲听到自己的承诺后，放心地走了。

李奇放声大哭：“妈，妈，你怎么说走就走了，儿子不孝啊！儿子对不起你啊！”

吴翠玉也哭得很伤心，很凄凉。她泪流满面地说：“妈，儿媳妇不孝，对不起你啊！儿媳妇知错了……”

第二天早上，李奇的妹妹李华玉一家人，也来到了母亲身边。面对母亲的遗体，华玉也是哭得死去活来。

吴明山及大队干部、村里的社员，也都闻讯赶来，向玉婶儿的遗体告别。

为了对母亲尽最后一份孝道，李奇对母亲的丧事考虑得很细致，操办得也很隆重。出殡那天，全村男女老少，李家远亲近戚，还有李奇、翠玉的亲朋好友，都来到了葬礼现场。

吴文才与孙三娘一直在李家忙着玉婶儿的后事，这让李奇既安慰又感动得不好意思，因为吴文才与孙三娘从不参与村中任何人家的丧事的。

吴文才，地地道道的红土地庄稼汉，现已是年近半百了。他早年丧妻，既当爸又当妈，好不容易把他的宝贝儿子拔群拉扯大，希望他能出人头地，光宗耀祖。这些年来，他对拔群的成长很是欣慰。儿子先是在村里当小干部，后又当上公社干事，接着又上县里供职，他非常高兴。这让他面上有光，村里人也无不对他另眼相看。前年，寡妇孙三娘总与他套近乎，他也耐不住寂寞，慢慢地与孙三娘好上了。后在李奇的张罗下，他与孙三娘结了婚。有了新家庭，他心里充满了说不出的幸福和甜蜜。

再说孙三娘，天生丽质，能说会道，又善解人意。可命运捉弄她，丈夫早年在地里干活儿时，不知中了一颗从哪儿飞来的流弹，死了，留下了一个又黑又傻的儿子。

孙三娘本是可以改嫁的，土改时工作组李琼花也动员她改嫁。但她被身边那个傻乎乎的儿子及老家婆拖累着，生怕嫁人后，老人和孩子被对方嫌弃，所以她拒绝改嫁。如今，老家婆过世了，傻子也能独立生活了。俗话讲，人往高处看，水往低处流，孙三娘看到吴文才家境好，儿子吴拔群又步步高升，她考虑再三，决定找个靠山，过好下辈子，也让傻子往后能有个依靠，于是她主动出击，与吴文才好上了。这迟来的婚事，对吴文才和孙三娘来说，都是再完美不过了。

吴文才与孙三娘如此破例地诚心恳意为玉婶儿的丧事献殷勤，这怎能不让李奇感动呢！

刘艳听到玉婶儿丧事的消息后，专程从湛海赶回。吴拔群、郑昌、洪耀华等党员干部，也都来到李奇家慰问。参加葬礼的人数有两三百人。众人跪在灵前，默默致哀，磕头。随后，又跟着哀乐队，送了老人家一程，到十字路口，向棺柩告别。

葬礼仪式结束后，刚刚获知玉婶儿遗嘱的刘艳，来到了吴拔群面前。

“吴主任，李书记母亲的遗嘱你大概也听说过吧？”刘艳问。

“听说了，李书记已经向我透露了辞去大队支书的意思，因为忙于办丧事，我们没有细说，我也不方便做他的思想工作。”吴拔群说。

“李书记的情况，你我都很清楚。他在咱们村，当了二十多年的干部，咱俩都在他手下工作过。他的为人处世，对村里的贡献，大家都明白。一九五九年，县委要调他进城工作，可他为了尽孝道和造福乡亲，没有答应。现在情况不同了，他那唯一的儿子快要入学了，他母亲临终前也交代过，要让孩子进城接受教育。我看，李书记也确实该变换一下工作和生活环境了。所以，如果有办法，我们应当帮帮他。即使从革命事业和同志感情上来讲，也应该给他调动工作，最好能调到县城。”刘艳说。

“艳姐，你说的，正是我想的。事实上在此之前，我就想给李书记调动工作，只是因为忙，一直没有落实。你看这样好不好，等会儿咱俩找他聊聊，看他对这个问题是怎么想的。”吴拔群说。

刘艳点头表示同意。两人一起找到李奇后，把他们的想法跟李奇说了。

李奇听后，很感动：“对这个问题，我原本是没有思想准备的。不过，母亲临终嘱咐的事，我都答应了。答应的事，就要兑现。支部书记一职，我当了二十多年，是应该辞职了。往后何去何从，我还没想好。但进城，好好教育儿子，也是母亲的要求，我也要兑现。如果我能够进县城工作，那就再好不过了。在此，我先谢过两位的关心。”

“吴主任，李支书工作调动一事全靠你了。你在县里工作了这么多年，现在又是行署派驻的正县级巡视员，你找一下县委书记、县长，这两位都不会不给你面子。”刘艳说。

“艳姐太抬举我了。不过，李书记的事就是我吴拔群的事，我会尽心尽力去做，你放心。”吴拔群说。

刘艳点了点头。两人随后向李奇告别，各自回城。

一个月后的一天，吴翠玉去县里参加妇工委的工作会议，李奇决定带着小培良同行。自从小培良受到那次事件的惊吓后，一直闷闷不乐，李奇觉得愧对儿子，希望多陪陪他，带他到外面散散心。这次，吴翠玉去开会，他就带儿子逛县城。

上午，吴翠玉开完会，就到县供销社约定的地点与父子俩会合。吴翠玉看时间还比较早，就建议李奇去拜访吴拔群：“孩子他爸，你看，妈去世都一个月了，你的承诺还没有兑现，得抓紧时间啊！上次拔群不是说要调你到县城吗？到现在还没动静，咱们是不是去拜访他一下，探探口风，顺便送点儿礼？”

李奇一听，很不舒服。他一直反对搞歪门邪道，坚决不做行贿受贿的勾当。所以，他立马拒绝了吴翠玉的提议：“要调动，就走正当程序申请，行贿送礼，我作为一名共产党员，办不到，不去。”

吴翠玉说：“我也不想啊，但是有什么办法？妈的遗嘱咱不能不办啊！要不，我们不送礼，去拔群家坐坐，总可以吧？”

李奇想了想，同意了吴翠玉的意见。

两人带着孩子，来到县革委会大院，打听到了吴拔群的住处。

吴拔群对李奇一家人的到访很是高兴，表现得很热情，又是倒茶，又是递烟，还给秘书打了电话，让他去食堂备一些像样的饭菜送到家里来招待客人。

客套一番后，吴拔群对李奇说：“李书记，你调动的事，我一直在办，我也在等候县里的消息。毕竟，我现在已经不是雷康县的直接领导人，办事也要求人啊！”

李奇点了点头，表示“不着急”。吴翠玉则不停地道谢。

吴拔群接着说：“李书记，你在家乡当了二十多年父母官，为咱们村的发展立下了汗马功劳，是值得我拔群尊敬的前辈。况且，你对我吴家也有知遇之恩，我拔群能有今天，离不开你的培养。后来，我听说我堂弟拔众也被你提拔到了大队部，这些恩情，我却一直未报，实在惭愧！”

李奇听后，说：“吴主任，我提拔你们兄弟，决不是图回报，而是看中了你们的才干。知人善任，人尽其才，归根到底还是为人民服务，让人才为社会主义事业添砖加瓦。所以，我所做的一切，都是为了公。你们能够报效国家和人民，我李奇就很欣慰、很高兴了。”

吴拔群说：“李书记还是我心目中的那个李书记，是大公无私的好干部。这样的干部不重用，是党和人民的损失。今天我也要知人善任，一定要把你的事情办好，让你到更重要的岗位为人民服务。我已经与县革委会主任谢保说过了，建议调你到南渡河堵海水利工程指挥部工作，同时我还打算与县妇工委主任沟通一下，看能否把翠玉嫂子调到妇工委办公室工作。这样，也方便你们一家人在一起。我想，如果事情能够全部落实，我再想办法给你们安排一套家庭住房，让你们在县城安家。”

李奇听到吴拔群为他们一家的未来想得这么周到，非常感动。他紧紧握住吴拔群的手：“拔群，感谢你为我们家所做的一切。我母亲若地下有知，也会深感欣慰。谢谢你……”

吴拔群说：“李书记，别谢我，要谢就谢你自己。是你当初培养了我，是你让我懂得了什么叫知人善任，什么叫为人民服务。你为社会主义事业奉献了那么多，早该有个好的归宿。把你调到县里来，是你应得的，你不用感谢任何人。”

吴翠玉插话说：“吴主任说得太好了。但是，没有你的开明、你的热心，我家李奇，仍然只能默默无闻地做基层工作，所以，还是谢谢你！”

吴拔群转向吴翠玉：“翠玉嫂子，我作为党的干部，让李书记这么优秀的人才长期埋没，本身就是我的失职。对了，上次回村里参加玉婶儿的葬礼，我听说老书记洪耀华的女儿中学毕业，待业在家，据说这孩子聪明能干，敢作敢为，值得培养。老洪也是大好人，不为权贵折腰，我还欠他的人情债，我想，借这次嫂子职务交接的机会，看能否把他女儿提拔到咱们大队团支部当团支书，往后再慢慢培养，这样也了却我一个心愿。奇哥、玉嫂，你们看我这想法怎么样？”

李奇夫妇听后，都连连表示赞赏。李奇微笑着对吴拔群说：“这个想法非常好，我支持。你重情重义，令人感动。我想，老洪也一定会欣慰的。他在仕途上再怎么顽固，也不会不重视女儿的前途。放心，你说的这件事，我们一定办好！”

这时，秘书带着食堂师傅，把饭菜全端上来了。吴拔群与李奇一家人高高兴兴地上桌用餐。

李奇回到村里后，开始为自己的离职做准备。他首先要做的，就是考察大队部领导班子人选。李奇先找洪耀华与邓山花表明了他的意图，想让洪玉英进大队部工作。他知道洪耀华那硬脾气，没敢透露这是吴拔群的意思。老洪夫妇及女儿玉英都很感激李奇的栽培。接着，李奇要考虑自己的接班人。吴明山已经五十多岁了，年纪偏大，但经验丰富，能力出色；吴拔众年轻有为，人才难得，但还需要历练。再说了，要是直接让他接班，会让人说闲话，以为这是与吴拔群的某种交易，这个嫌疑还是要避一避的。他李奇重视名节，决不能因为这件事毁了他在村子几十年的声誉。

最后，他在心里决定，等接到调令后，大队支部书记由吴明山接任，吴拔众任副书记兼大队长，许春桃任妇女主任，洪玉英任团支部书记……

8

又等了半个月左右，李奇、吴翠玉两人终于收到雷康县革委会人事局送来的人事调动通知书：李奇调往雷康县南渡河堵海水利工程指挥部工作，吴翠玉调往雷康县妇工委办公室工作。

李奇夫妇举家离开南吉村的那一天，全村父老乡亲都来送别。人们对李奇的离去，有些依依不舍，但又希望他有一个好的前程。

村里的中老年人，都是李奇奋斗一生的见证者，他们早就习惯了李奇当支书。李奇在任时，他们都习以为常，甚至有时候还对他的某些办事方法有怨言。但是，如今，得知李奇要离任了，甚至他举家都要离开故土，大多数社员内心都非常不舍，也突然感觉到了李奇的重要。李奇奔走于田间地头的身影，他雷厉风行的办事风格，他那句“人若私心太重，良心必然很轻”的口头禅……一幕幕浮现在社员们的脑海中。

送行的队伍来到村口的大路上，人们依然不愿离去。年过花甲的许克安，紧紧握住李奇的手，老泪纵横。他说：“李书记，这儿是你的根，希望你常回来看看乡亲们。”王百顺也一直站在旁边，欲语泪先流。孙保春、王锋、许昌民等人则强颜欢笑，但笑得比哭还难看。

李奇被深深地感动了，眼眶湿润。

大队部事先制作了送别的横幅标语，将它拉在村口的两棵荔枝树中间，上面写着：“欢送李奇、吴翠玉光荣调往县里工作”。全体干部们也都在场参加了欢送活动。

李奇与干部群众们一一握手后，在村口发表了简短的讲话。

“乡亲们，今天是我们一家人离开南吉村的日子。此时此刻，我的内心非常复杂。我是土生土长的南吉村人，我在这里生活了四十多年，对这里有着很深的感情。我曾经打算，只要乡亲们需要，我愿意为这个村工作一辈子。但是，母命难违。在即将告别之际，我要真诚地感谢乡亲们，感谢你们对我工作的支持，感谢你们对我缺点的容忍。对于少数不愿配合我的乡亲，我也要感谢你们，你们的监督和鞭策，让我在工作中不敢懈怠，不敢犯错。最后我还要向你们道歉，我在工作中有很多不足，对有些需要关心照顾的家庭，可能没有一一关心到。在此，我恳请你们原谅。对于我曾经冒犯过的乡亲，我也要道歉。我的无心之失，希望你们能够谅解。千言万语，容我将来细说。我承诺，会经常回来看望大家。我生是南吉村人，死是南吉村鬼。最后，请各位乡亲接受我真诚的鞠躬！”

李奇说完，朝着人群深深地弯腰，鞠躬致意。吴翠玉也拉着儿子，一起朝众人鞠躬。

礼毕，李奇夫妇带着儿子，坐上了吴拔群派来的吉普车。

车子启动后，乡亲们不停地对着车子招手。李奇和吴翠玉也将头探出车外，朝后面挥手致意。直到车子驶上南吉埠，看不到后面的人群，他们才停止招手。

到了县城，一家人安顿好之后的第二天，李奇和吴翠玉各自去单位报到。

报完到之后，吴翠玉留在县革委会大院上班。小培良被安排到大院内的子弟学校学前班插班就读。李奇休整一天后，起程前往南渡河堵海水利工程指挥部。

到达指挥部后，摆在李奇办公桌上的，是一份关于南渡河的新闻报道材料：

南渡河，又名擎雷水，雷州半岛唯一一条集水面积大于1000平方公里的河流，属南海水系河流，是广东雷州半岛腹地最大的河流，其流域与雷州半岛西部干旱地区接壤，部分区域属西南干旱地区。发源于遂溪县坡仔，在雷州市境内流长97公里，流经客路、纪家、唐家、杨家、松竹、南兴、白沙、附城、雷高等9个镇，从双溪口注入南海雷州湾。

南渡河干流全长88公里，流域面积1444平方公里，占雷康县面积的40.8%。最宽处200米，平均河面宽31.13米，河流总落差27.9米，河床坡降0.172‰。

流域内100平方公里以上支流有土塘水、公和水、松竹河、花桥水。

土塘水，南渡河支流。河长28公里，发源于雷康县后庙坑，河口于雷康县那平新村，流经雷康县纪家镇、杨家镇，集水面积220平方公里，坡降0.58‰，流域耕地总面积3.42万亩。

公和水，南渡河支流。河长30公里，发源于雷康县草罗岭，河口于雷康县官塘，流经雷康县唐家镇、杨家镇，集水面积146平方公里，坡降0.94‰，流域耕地总面积1.89万亩。

松竹河，南渡河支流。河长32公里，发源于雷康县谢家北，河口于雷康县南渡河山尾，流经雷康县松竹镇，集水面积158平方公里，坡降0.53‰，流域耕地总面积5.92万亩。

花桥水，南渡河支流。河长40公里，发源于雷康县石卯岭，河口于雷康县双溪口，流经雷康县雷高镇、南兴镇，集水面积178平方公里，坡降2.12‰，流域耕地总面积6.63万亩。

流域内集水面积100平方公里以上的支流有4条，多年平均降水量1486毫米，最大年雨量2889毫米（唐家站1973年），最小年雨量485毫米（纪家站1962年），6—9月雨量约占全年雨量的三分之二。

平均年径流量8.9亿立方米。后洋水文站（集水面积162平方公里）查测1945年7月最大洪峰流量1140立方米每秒，而1960年最枯流量仅0.02立方米每秒。

旱灾是流域内较为严重并普遍的自然灾害，以春旱为主，秋旱间有发生。流域上游有洪灾，中下游则常受严重的洪潮灾害，洪潮威胁的耕地 21.74 万亩。

流域面积 1444 平方公里，除 40 平方公里属遂溪县外，其余均在雷康县境内。南渡河流域地势属于台阶地及低丘陵地带，海拔在 45 米高程以下，地形变化不大，北部草木稀少，水土流失严重，流失面积达 120 平方公里，占全县水土流失面积的 59.1%；南部地势高于北部，最高点为海拔 133 米高程的草罗岭，草木茂盛，水土流失较少；下游两岸为冲积洋田，土地肥沃，素有“雷州粮仓”之称的东、西洋 22 万亩连片水田位于此。南渡河流域是暴雨区，由于河床平缓，潮水顶托，常发生洪涝灾害。

南渡河的支流绕过几个湾来到城墙处的关部，关部在西汉时期已经成为“巨舶往来，可致千里”的外贸港口。商船从关部起航，东可达广州、潮州、福建，南可达海南、东南亚。汉武帝派人携带黄金和丝织品，从关部起航，前往东南亚各国。到宋时，宋太宗派遣宦官从关部乘船到南海诸国招商，对外贸易达到了空前，每年的市舶税收收入高达五六十万之多。到清康熙、乾隆年间，在关部内港康皇庙侧设雷州口海关部，所有出海的货物不再经广州报关，而是直接在关部报关，关部街更是名扬海外。

雷州人常把南渡河比喻为养育自己的母亲河，但由于是临海河，南渡河也是一条灾难频发的河。历史上每逢飓风大作、咸潮逆流而上、洪水大发之时，“沿岸禾田房屋皆没，雷人苦不堪言”。

宋朝以前，南渡河大堤所处的这一带还是一条海汊。宋绍兴二十七年（1157 年），雷州人开始建筑南北防潮大堤。十几年间，飓风不止，海潮不时前来偷袭，大堤多次被冲垮。

宋乾道五年（1169 年），知军事戴之邵巡视海堤，号召雷州人再上工地，在原有海堤之外再增筑海堤，比原堤高一倍，也宽一倍，还多开垦几百顷农田。清康熙三十五年（1696 年）福建巡抚陈璸公，获悉家乡防潮海堤被冲崩的惨况后，便上书皇帝拨给五千三百余两银，并将自己所存的俸银五千两统交粤督掌握，重修南北防潮堤。

即使是改朝换代，大自然的习性并没有因此而改变。对每年接连而来的飓风和海潮，雷州人早习以为常了。海泥毕竟是海泥，狂潮一冲，必定土崩瓦解。但是当时人力财力有限，不可能用更好的方法筑堤。风来潮到，田园、家宅被淹了，掩埋了死者的尸体，又去筑堤，坚忍不拔的雷州人，总是默默无闻地为此付出劳动，甚至付出生命的代价。

时光飞逝,1970年5月，中共雷康县委、县革委发出“斩断南渡河，建设新雷康”的号召，成立了“雷康县南渡河水利工程指挥部”，谢保担任总指挥，徐宗森、谢聪任副总指挥。在省委、湛海地委的支持帮助下，当时的雷康县自筹资金数千万修建南渡河大堤。1970年6月1日，南渡河大堤破土动工。

世界上没有无代价的事。雷州人知道，想要降伏几千年来在雷州肆虐的咸水狂潮，解决雷州旱魔，必须有人付出代价。不是这代人，就是那代人。

这代人付出代价，“苦干”之后，就能让子子孙孙不再“苦熬”，不再遭受一代代遭受的那些痛苦。

雷州人用锄头、铁铲、半自动机械投入了战斗，建筑一条南起雷高镇黎陈坎，北至沈塘镇铺墩村，全长21.05公里的南渡河堵海大堤。以附城、雷城、白沙、南兴（含松竹）、沈塘、调风（含雷高）、杨家等公社出工兴建为主，东里、龙门、英利、北和、乌石、覃斗、客路等公社出工支援为辅进行建设，10万民工安营扎寨，苦干加巧干，手提肩挑，汽车、手扶拖拉机、胶轮拖拉机、牛车、单车、人力车、木帆船、汽船，一齐上阵。

1971年9月，堵口合龙，合龙那天的战斗场面相当激烈、壮观、惊险。当龙口越来越窄，潮水越来越汹，那激涛飞转像龙卷风啸，漩涡急流惊心动魄。一担担、一车车的石头被推下堵口处，眨眼就消失得无影无踪。里面装满了石头的巨大三脚架，推下去时也如树叶般轻飘飘。在这万般紧急的关头，几张装满石头的木帆船上阵了，奔腾咆哮的潮水终于发出最后的呻吟。紧接着，挑石片的、运石头的，抢时间争速度，有如千军万马冲锋陷阵，场面蔚为壮观。急流终于有所收敛，下午6时许，南北堤合龙了，通向南海的南渡河终于被堵住了——浩瀚深邃的南海伸进雷州的海汉被拦腰斩断。

李奇是南渡河堵海水利工程堵口合龙后才进工地的。他到工地两年后，也就是一九七四年七月，南渡河大堤全面竣工。从此以后，东西洋再也没有受到海潮的袭击。

南渡河堵海水利工程是集南渡河大堤、排洪大闸工程为一体的综合性水利工程。南渡河排洪闸共设有十九孔排洪口，每孔净宽六米，净高三点五米，闸总长一百五十七米。南渡河堵海工程竣工后，南渡河不但成为东西洋灌溉基地，而且是雷州人民养殖淡水鱼的基地，是雷州“鱼米之乡”的象征。

堵海工程宣布竣工的第二天晚上，也就是工程指挥部决定撤回县城的前夜，李奇独自一人在河岸上散步。河风混合着海风，吹在李奇的脸上，非常舒适。往事再次像电影一般，一幕幕在眼前浮现……李奇庆幸，他是这些重大历史事件的见证者、参与者。然而，往事悠悠，感慨万千，那些事，那些人，犹如头顶的浩渺星空、无限宇宙……

李奇抬头仰望夜空，又深情地望着河面上映现的月亮，陶醉于其中。他想，人生反复无常，但愿，这宁静夜空中的皎洁月亮，与半岛同在。

全书完

图书在版编目（CIP）数据

半岛的月亮／曹林光著．-- 北京：作家出版社，2021.11
ISBN 978-7-5212-1211-2

Ⅰ．①半…　Ⅱ．①曹…　Ⅲ．①长篇小说－中国－当代
Ⅳ．①I247.5

中国版本图书馆 CIP 数据核字（2020）第 252132 号

半岛的月亮

作　　者：曹林光
责任编辑：翟婧婧
装帧设计：百丰艺术
出版发行：作家出版社有限公司
社　　址：北京农展馆南里 10 号　　**邮　　编：**100125
电话传真：86-10-65067186（发行中心及邮购部）
86-10-65004079（总编室）
E-mail: zuojia@zuojia.net.cn
http: //www.zuojiachubanshe.com
印　　刷：中煤（北京）印务有限公司
成品尺寸：170×240
字　　数：380 千
印　　张：25.5
版　　次：2021 年 11 月第 1 版
印　　次：2021 年 11 月第 1 次印刷
ISBN　978-7-5212-1211-2
定　　价：48.00 元
